Kathrin Lichters

Unendlich nah

Backstage-Love 1

feelings
* emotional eBooks

Bitte besuchen uns im Internet:
www.facebook.de/feelings.ebooks

FSC
www.fsc.org
MIX
Papier aus verantwortungsvollen Quellen
FSC® C083411

Redaktion: Sandra Lode
Covergestaltung: ZERO Werbeagentur, München
Coverabbildung: © FinePic®, München
Druck und Bindung: CPI books GmbH, Leck
ISBN 978-3-426-21507-4

Für Jan und Lenny,
die Liebe meines Lebens

Prolog

»Frauen sind mutiger als wir Männer!«
Nic Donahue spricht exklusiv über seine Frauen!

Der gefeierte Jungstar erscheint beinahe eine halbe Stunde zu spät an unserem Treffpunkt im Hotel Savoy – lässig gekleidet, unrasiert, mit einer RayBan-Sonnenbrille und unglaublich charmant. Auch wenn sein Look leger ist und an den meisten jungen Männern einfach nur gewöhnlich wirken würde, so trieft doch aus jeder seiner Poren Testosteron. Kurz gesagt: Er ist megasexy! Und das habe wohl nicht nur ich inzwischen bemerkt. Jede britische Frau zwischen sechzehn und sechzig scheint diesem so sensationell lächelnden Mann verfallen zu sein. Als er mich entdeckt, begrüßt er mich verschmitzt grinsend mit Küsschen rechts und Küsschen links. Es ginge zu weit, wenn ich beschreiben würde, wie seine Bartstoppeln meine Wange streiften und wie mich das in diesem Augenblick kribbelig gemacht hat, aber lassen Sie es sich gesagt sein: Er riecht auch noch unglaublich gut!

Nic: *Entschuldigen Sie meine Verspätung, ich hatte so viele Termine heute Morgen, und in London ist es um die Zeit beinahe unmöglich, gut durch den Verkehr zu kommen.*

Seine Entschuldigung wird von einem schiefen Lächeln begleitet, und er greift zu dem Cappuccino, der extra für ihn bereitgestellt wurde.

Nic: *Fettarmer Cappuccino mit Süßstoff. Es ist schließlich auch* *für einen Mann nicht einfach, seinen Körper in Form zu halten. (Er grinst breit und zwinkert mir lässig zu.)*

Die junge Frau, die in diesem Boulevardblättchen las, stieß einen verächtlichen Ton aus. Sie dachte an die Abende mit Nic vor dem Fernseher, an denen sich die Pizzakartons auf ihrem Bett gestapelt hatten. Sie hatten sich nie für ein Gericht entscheiden können und daher immer gleich mehrere bestellt. Sie hatte Nic noch nie einen Cappuccino trinken sehen. Er mochte seinen Kaffee schwarz mit drei Stückchen Zucker. Ein wehmütiges Lächeln huschte über ihr Gesicht, während sie den Kopf schüttelte und sich wieder der Frauenzeitschrift widmete.

Nach einigen Minuten können wir beginnen. Nic Donahue, der Leadsänger der momentan angesagtesten britischen Rockband, widmet nun seine gesamte Aufmerksamkeit meinen Fragen.

JM: *Nun, Mr. Donahue …*

Nic: *Bitte nennen Sie mich Nic.*

JM: *Gut, Nic … Wie war Ihr Tag?*

Nic *(streckt sich in seinem Sessel): Na ja, ich bin seit vielen Stunden unterwegs und habe letzte Nacht nur knappe drei Stunden geschlafen … sagen wir einfach, ich sehne mich nach einem langen und ausgiebigen Bad.*

JM: *Sind das die Schattenseiten des Starlebens?*

Nic: *Glauben Sie das? Nein, ich denke, das ist nun mal mein Job. Sehen Sie, ein Arzt im Krankenhaus arbeitet nicht selten achtundvierzig Stunden am Stück, eine Kellnerin steht oft bis in die frühen Morgenstunden im Pub, vor allem wenn die* Swores *da sind. (Er lacht und reibt sich übers Gesicht. Dann fährt er fort.) Ich denke, das nennt man schlicht und ergreifend Arbeit. Wobei mein Job wohl der bestbezahlte und leichteste ist, den ich mir vorstellen kann.*

JM: *Glauben Sie, dass Ihnen der Erfolg zufällt?*

Nic: *Oh nein, ich denke nicht, dass jeder so einfach einen guten Song schreiben könnte oder mit dem Druck der Öffentlichkeit fertigwerden würde. Wir haben jahrelang unsere Tapes eingeschickt, und nie zuvor hatte es eine positive Rückmeldung gegeben. Wir haben hart daran gearbeitet, dass ich heute hier mit Ihnen zusammensitzen kann. Doch mal ehrlich: Mein Job ist von der Verantwortung her der leichteste, den ich mir vorstellen kann. Ich will mir gar nicht ausmalen, welcher Druck auf einem Arzt lastet, der im OP steht und den die Herzmaschine mit diesem fiesen Piepton daran erinnert, dass er um ein Menschenleben kämpft. Wissen Sie, dieser tragische Moment, wenn die Kamera bei* Grey's Anatomy *das entsetzte Gesicht des Arztes zeigt, bevor er mit der Herzmassage beginnt. Ich fürchte, diese Art von Druck ist in keiner Weise mit meinem zu vergleichen.*

JM: *Sie haben viele Folgen von* Grey's Anatomy *gesehen? Das überrascht mich jetzt doch etwas.*

Nic: *Nun ja, ich habe zwei Schwestern und wurde oft von* *meiner besten Freundin genötigt, diese Serie zu verfolgen. Aber mal ehrlich, gegen Patrick Dempsey hat niemand eine Chance. (lacht)*

***JM:** Und welcher Art von Druck ist eine Kellnerin ausgesetzt? Diese Frage steht zwar nicht auf meiner Liste, aber es interessiert mich brennend, was Sie dazu zu sagen haben …*

***Nic:** Ich gebe Ihnen ein paar Minuten mehr, damit ich Ihnen diese wichtige Frage beantworten kann … Haben Sie jemals einer Meute wilder Kerle gegenübergestanden, die völlig betrunken waren und sich mit Stühlen und Stehtischen bewarfen? Sie brauchen ein gewisses Maß an Mut und noch mehr Verantwortungsgefühl, um sich da als Frau einzumischen und behaupten zu können. Das soll nicht heißen, dass ich einer Frau das nicht zutraue, ganz im Gegenteil. In meinem Leben gibt es einige Frauen, die mich tagtäglich davon überzeugen, dass Frauen nicht nur mutiger sind als wir Männer, sie sind auch selbstloser …*

***JM:** Nun, ich verstehe, was Sie meinen … aber da Sie es schon selbst ansprechen, und ich wage zu behaupten, dass diese Frage unsere Leserinnen am meisten interessiert, wie dürfen wir uns diese mutigen Frauen in Ihrem Leben denn vorstellen?*

***Nic:** Sie sind tatsächlich sehr an dieser Frage interessiert, wie sich in der Vergangenheit gezeigt hat … Meine Mutter ist beispielsweise so eine wundervolle Frau, meine Schwestern ebenso. Sie sind tough und auf eine nervtötende Art und Weise ziemlich verbissen. (lacht) Aber ich bin sehr dankbar für ihren*

Rückhalt und ihre Unterstützung. Ohne sie wäre ich sicher nicht der geworden, der ich heute bin.

JM: *Die Art Frau hatte ich eigentlich nicht gemeint. Es spekulieren viele Leute über Ihr Liebesleben, und bislang hat man noch kein offizielles Statement von Ihnen dazu gehört. Gibt es denn eine Frau in Ihrem Leben, Nic?*

Nic: *Wenn ich bisher dieser Frage ausgewichen bin, wieso glauben Sie, dass ich es diesmal nicht wieder tun werde?*

JM: *Weil Sie meinem Charme nicht widerstehen können und ich Sie ganz nett gefragt habe? Es gibt Gerüchte, dass Sie das It-Girl Melanie Green daten? Stimmt das?*

Nic: *Wollen Sie nun wissen, ob es eine Frau in meinem Leben gibt oder ob diese Frau Melanie Green sein könnte?*

JM: *Vielleicht gibt es ja auf beide Fragen dieselbe Antwort?*

Nic: *Nein, gibt es definitiv nicht! Aber eins kann ich Ihnen sagen, Melanie und ich daten uns nicht.*

JM: *Zugegeben, das war ein geschickter Schachzug. Aber wenden wir uns wieder Ihrer Karriere zu. Sie haben mit den* Swores *Gold und Platin für Ihr erstes Album bekommen. Wie geht es nun weiter?*

Nic: *Wir werden in den nächsten drei Monaten eine kleine Clubtour durch Amerika machen … danach geht es dann zurück ins Studio, wo wir unser nächstes Album aufnehmen wer-*

den. Wir haben schon einige neue Songs dafür geschrieben. So viel darf ich Ihnen bisher verraten. Mal sehen, was sich dabei ergeben wird …

Seufzend schlug sie die Zeitung zu und schloss die Augen. Drei Monate! Es war doch verrückt, dass er ihr in jedem Interview ein Zeichen hinterließ. Nic wollte nicht, dass seine Familie und Freunde diese Zeitungen lasen und die Berichte über ihn und die Band verfolgten, doch sie konnte einfach nicht widerstehen und glaubte, dass er das ganz genau wusste. Warum warf er ihr sonst Brotkrumen hin, als wollte er sie tadeln und mit erhobenem Finger verspotten. »Patrick Dempsey … Pfft …«, murmelte sie leise und blickte über den Campus.

»Honey, du hast es versprochen«, hatte er einmal vorwurfsvoll zu ihr gesagt, als sie ihn auf ein Interview angesprochen hatte. Danach hatte sie nie wieder ein Wort darüber verloren. Sie konnte ihn gut verstehen. Er wollte, dass seine Lieben ihn so betrachteten wie vor dem großen Erfolg. Ihr Urteil über ihn sollte nicht durch blöde Zeitungsartikel verfälscht werden. Im Laufe der letzten vier Jahre hatte sich so viel für ihn verändert, dass er sich wenigstens seiner Heimat und seiner Freunde sicher sein wollte. Doch das wurde zunehmend schwieriger für sie alle.

Sie erhob sich und schlenderte vom Unigelände. Die Zeitschrift warf sie in den nächsten Papierkorb. Es war jedes Mal dasselbe. Als wäre man auf Diät und ginge in einen Süßwarenladen. Man rang so lange mit sich, bis man eines der wahnsinnig leckeren Pralinenbouquets gekauft und auf einmal hinuntergeschlungen hatte, danach fühlte man sich einfach nur elend und versuchte krampfhaft, alle Spuren zu beseitigen. Doch die Waage log niemals, ebenso wenig wie die Traurigkeit, die die junge Frau jedes Mal überkam, wenn sie sein Gesicht in den Hochglanzmagazinen betrachtete und seine Worte las.

Kapitel 1

Emilia Sophie Kennedy!« Ihr Name drang mit erstaunlicher Kraft über die drei Etagen zu Mia durch. Sie seufzte entnervt auf. Dieser Ton machte deutlich, dass ihre Großmutter ihr leer geräumtes Zigarettenversteck entdeckt hatte. Mia musste ein Grinsen unterdrücken, während sie den Kohlestift beiseitelegte.

»Was zum Teufel habe ich dem lieben Herrgott nur angetan, dass er mich mit so einer nichtsnutzigen Enkelin straft?«, donnerte es lautstark zu ihr herauf. Ihre Großmutter Sophie schien heute blendender Laune zu sein.

»Himmel noch mal«, murmelte Mia und pustete sich eine dunkle Locke aus der Stirn. Wie oft würde sie diese Diskussion noch führen müssen, und wie konnte man in diesem Alter nur so unglaublich starrsinnig sein? Diese Momente zeigten Mia wieder einmal, dass ihre liebevolle, stets um sie besorgte, beinahe dreiundsiebzig Jahre alte und leicht exzentrische Großmutter wesentlich uneinsichtiger war, als sie es als Teenager je gewesen war.

Sie wischte die von Kohle schwarz gefärbten Finger an ihrer Kleidung ab. Die dunkelblaue Latzhose, die ihr viel zu groß war und deren Träger ihr ständig von den Schultern rutschten, hatte schon einige künstlerische Phasen zusammen mit ihr durchlebt. Sie war über und über mit bunten Farben, Sprays und etlichen anderen Dingen bedeckt. Es hatte lange gedauert, bis ihre Mutter Celine sie davon überzeugen konnte, nicht in ihren guten Kleidern zu malen. Nur weil Celine irgendwann nicht mehr bereit gewesen war, ständig neue Kleider zu kaufen, hatte Mia schließlich nachgegeben. Im Nachhinein musste sie über ihre eigene Vehemenz schmunzeln. Ganz so einfach hatte sie es ihrer Familie als Teenager dann auch wieder nicht gemacht. Aber war das nicht der eigentliche Sinn der Teenagerzeit?

»Emilia! Ich weiß, dass du mich hören kannst! Setz dich in Bewegung, oder erwartest du, dass ich die verdammte Leiter hochklettere?«

Mia wusste, dass nichts auf dieser Welt Sophie davon abhalten konnte, ihr eine ordentliche Strafpredigt zu halten. Sie strich sich die widerspenstige Haarsträhne entschlossen hinters Ohr und hinterließ dabei einen schwarzen Strich auf ihrer Wange. Eigentlich war sie froh über die Ablenkung. Heute wollte ihr einfach nichts gelingen. Ihre Entwürfe gaben aus irgendeinem Grund nicht das wieder, was Mia im Kopf herumspukte. Eines dieser Kreativlöcher … ihre Chefin wäre alles andere als begeistert, wenn sie ohne brauchbare Entwürfe bei ihr aufkreuzen würde.

Mia sah sich kurz in ihrer Dachkammer um und warf einen Blick in den Spiegel. Dort hingen allerlei gemalte Bilder und Fotos aus vergangenen, glücklichen und unbeschwerten Tagen. Sie lächelte wehmütig beim Anblick ihrer Freunde und ihrer Familie. Wie hatte sich ihr Leben nur in so kurzer Zeit so sehr verändern können? Sie hielt einen Moment inne und schluckte den Kloß im Hals hinunter.

»Emilia!«, donnerte es nun drohend von der unteren Etage, und Mia gab nach. Sie wollte nicht, dass Sophie gezwungen war, die Leiter zum Dachboden hinaufzuklettern.

»Ich komme ja schon!«, rief sie genervt und stapfte durch die Dachluke nach unten.

»Das will ich dir auch geraten haben, junges Fräulein!«, erwiderte ihre Großmutter barsch. Deutlich aus der Puste und dennoch wild entschlossen, verschnaufte Sophie am oberen Treppenabsatz. In der Dachluke erschienen nun ein paar schlanke, nackte Füße, gefolgt von der restlichen zierlichen Gestalt ihrer Enkelin. Auf Sophie Kennedys Gesicht breitete sich ein Lächeln aus. Mias langes, dunkles Haar war zu einem dicken Zopf geflochten, und im Sonnenlicht, das durch die großen Dachfenster hereinfiel, schimmerten kastanienbraune Strähnen darin. Das von Kohle geschwärzte Gesicht sah aus wie das eines Schornsteinfegers. Doch darunter versteckten sich sanfte und hübsche Gesichtszüge, ganz die ihrer Mutter. Emilia war ziemlich klein, doch dank ihres Temperaments machten nicht viele den Fehler, sie zu unterschätzen.

Sophie liebte diesen Wirbelwind von ganzem Herzen. Auch wenn sie es ihr nicht oft genug sagte, bewunderte sie ihre Enkelin sehr dafür, dass sie sich mit einer alten Schachtel wie ihr abgab. Mia war chaotisch, rechthaberisch und sehr, sehr liebenswert. Und ein Dickkopf. Eine echte Kennedy eben. Emilia konnte nur wenigen Menschen eine Bitte abschlagen. Und so kam es, dass Sophies zweiundzwanzigjährige Enkelin in den Semesterferien zu Hause lebte, ihre kleine Cousine beaufsichtigte und ein Auge auf ihre Großmutter hatte, anstatt selbst eine tolle Reise zu unternehmen oder zumindest ordentlich auf den Putz zu hauen.

Um Emilias Aufenthalt für sie so angenehm wie möglich zu machen, ließ Sophie keine Gelegenheit aus, hitzige Wortgefechte mit ihr auszutragen. Es machte einfach zu viel Spaß, einen ebenbürtigen Gegner um sich zu haben. Unter Sophies Altersgenossen gab es davon leider nur noch wenige, oder sie waren nach dem kleinsten Meinungsaustausch bereits eingeschnappt. Das war sehr ermüdend, und Sophie langweilten die Kaffeeklatschfahrten und Bingo-Abende mit lauwarmem Tee, der sie die ganze Nacht aus dem Bett trieb. Es ging doch nichts über einen ordentlichen Scotch oder ihren berühmten selbstgebrannten Schnaps. Gott sei Dank gab es noch Charlotte und Martha in ihrem Dorf. Ein paar alte Schachteln, die einen klassischen Skat-Abend inklusive Sophies Selbstgebranntem nicht zu verachten wussten. Doch ihre Wortgefechte mit Emilia waren kaum zu überbieten, und Sophie wollte diese nicht missen. Das herausfordernde Blitzen in den Augen ihrer Enkelin bewies, dass es ihr ebenso ging.

»Warum schreist du das ganze Haus zusammen, Granny?«

Sophie musterte Emilia eindringlich mit vorwurfsvollem Blick. »Du weißt genau, dass ich es hasse, ›Granny‹ genannt zu werden! Sehe ich etwa wie eine aus?«

Nein, das tat sie tatsächlich nicht. Ihre grauen Haare waren zu einem flotten Kurzhaarschnitt frisiert, und die leicht stämmige Gestalt wirkte alles andere als gebrechlich. Ihre Kleidung war ausgefallen, doch in Wahrheit war es Sophies Art, die einen einfach überzeugte. Sie war brüsk, offen, unhöflich und oft gnadenlos ehrlich, was viele zu schätzen wussten.

»Wo sind sie, Mia?«, fragte sie aufgebrachter, als sie eigentlich war.

»Was meinst du, Sophie?« Mias unschuldige Miene war nur ein halbherziger Versuch, ihr weismachen zu wollen, dass sie keine Ahnung hatte, wovon sie sprach.

»Du freche Göre weißt ganz genau, was ich meine! Ich will eine rauchen, und scheinbar hast du dich an meinem Vorrat vergriffen.« Empörung schwang in Sophies Stimme mit, und Mia unterdrückte einen Lachanfall.

»Ich habe keine Ahnung, Sophie! Meinst du, ich muss mir

ernsthaft Sorgen machen?«, neckte Mia sie mit einer Anspielung auf ihre Vergesslichkeit.

Sophie stemmte eine Hand in die Hüfte und fuchtelte wild mit dem ausgestreckten Zeigefinger vor Mias Nase herum. »Werd ja nicht frech, du Göre. Du bist mir einiges schuldig! Zigaretten kosten ja schließlich auch Geld.«

»Ich bin mir keiner Schuld bewusst, Granny. Vielleicht waren es ja die Heinzelmännchen«, schlug Mia mit einem Augenzwinkern vor. »Außerdem dachte ich, du hättest vom Arzt die Anordnung bekommen, nicht mehr zu rauchen? Man kriegt von Zigaretten Lungenkrebs. Ist dir das eigentlich klar? Erst vorgestern hast du mir weismachen wollen, du wärst abstinent.« Ein weiterer halbherziger Versuch, Sophie dazu zu bringen, an ihre Gesundheit zu denken. Mia sah sie herausfordernd an, erntete jedoch nur eine wegwerfende Handbewegung.

»Na, dann wär hier wenigstens mal was los!«, schnaubte Sophie und ging gar nicht weiter auf das Argument ein. Resigniert fragte sie: »Die Heinzelmännchen?« Sie holte tief Luft, um noch etwas hinzuzufügen, stieß sie allerdings ungenutzt wieder aus.

Sie schwiegen sich kurz an, dann sagte Sophie: »Heinzelmännchen wären gar nicht so schlecht für das Chaos, das du hier überall verbreitest. Erst neulich habe ich deinen Schlüssel im Kaffeeschrank gefunden.«

Mia zuckte nur mit den Achseln. Sie war nun mal chaotisch. Das hatte sich nicht geändert. Ihr Vater hatte immer die Krise bekommen, wenn sie morgens mit Zahnbürste im Mund ihre Schulbrote schmierte oder mit ihren Hausschlappen auf dem Weg zur Schule in seinem Auto gesessen hatte. So war sie eben. Ganz die Tochter ihrer Mutter. Eine Künstlerin mit wenig Sinn für Ordnung und Gradlinigkeit, dafür aber mit erheblicher Lebensfreude.

»Vielleicht helfen die dir ja auch beim Abwasch?« Mia grinste breit, während Sophie ihr leicht in den Arm knuffte. »Hey!«, beschwerte sie sich, lächelte aber. Nichts von ihren Streitereien war wirklich böse gemeint. Es peppte nur ihrer beider Alltag auf. Mia stemmte die rechte Hand in die Hüfte, ganz ähnlich wie es zuvor Sophie getan hatte. »Ich würde übrigens mal nach deinem Fusel gucken, wer weiß, ob sie den nicht auch schon gefunden haben.«

»Man sollte dich übers Knie legen und dir den Hintern versohlen!«, schimpfte Sophie. »Du bist schlimmer als deine Mutter, Bea und dein Bruder zusammen!«

»Und trotzdem schaffst du es innerhalb kürzester Zeit, deinen Vorrat erneut aufzustocken. Ich dagegen werde wieder Tage brauchen, um das neue Versteck zu finden, Granny.« Mia legte eine Hand sanft auf die ihrer Großmutter, mit der diese sich am Geländer festhielt, und lachte. »Außerdem … von wem habe ich diese Beharrlichkeit wohl geerbt?«

»Na, von mir bestimmt nicht!«, erwiderte Sophie brüsk und wandte sich ab, um das Lächeln zu verbergen, das gerade an ihren Mundwinkeln zupfte. Allein um Mias Lebendigkeit und den Glanz in ihren Augen zu sehen, erfand sie immer wieder neue Herausforderungen für ihre Enkelin.

Das Kennedy-Haus war selten so leer wie im Moment. Allerdings gab es keinen Platz auf der Welt, an dem sie lieber gewesen wären. Sie lebten in einem verträumten Dorf namens Bodwin, ganz in der Nähe der Stadt Falmouth. Es war ein malerischer Ort, der im Sommer grün und voller bunter Blüten war. Für die ländliche Idylle zahlten sie nur einen geringen Preis. Falmouth und die nächsten größeren Geschäfte lagen lediglich etwas über eine halbe Stunde entfernt. Mia lebte nur während der Semesterferien in ihrem Elternhaus und genoss die Vorzüge eines ruhigen Lebens in dieser Zeit sehr. Während ihres jetzigen Besuchs sah Sophie jedoch eine gewisse Ruhelosigkeit an ihrer Enkelin, die ungewöhnlich für sie war.

Sophie seufzte, als sie an den seltsamen, leeren Blick in Mias Augen dachte, wenn diese sich unbeobachtet fühlte. Da war ein Winkel ihres Herzens, den ihre Mia gut verschlossen hielt: die Sehnsucht nach der Freiheit, die jedem Menschen in diesem Alter zustand – und in ihrem besonderen Fall war nicht die Freiheit der ganzen weiten Welt gemeint.

Schon Emilias Vater war hier in Bodwin geboren und aufgewachsen, und auch wenn er für einige Zeit in Frankreich studiert hatte, so hatte ihn doch immer starkes Heimweh geplagt, für das er sich als erwachsener Mann sicher geschämt hatte. Dieses kleine malerische Dorf an der britischen Küste hatte seinen ganz eigenen Charme. Die Nachbarschaft hockte sich zwar ziemlich auf der Pelle und ging sich regelmäßig auf die Nerven, und doch war es gerade diese Gemeinschaft, die es fertigbrachte, dass man sich nirgendwo mehr zu Hause fühlte als hier. Die sanfte Meeresbrise und das viele Grün waren für die Touristen ein Traum, und auch die Bewohner wussten das alles zu schätzen. Emilia war ebenfalls von dem Heimweh betroffen. Es zog sie nicht hinaus in die weite Welt, abgesehen vielleicht von der einen oder anderen kurzen Reise. Doch ihr Leben war hier und holte sie immer wieder zurück. Während Emilias Freunde und Studienkollegen sich amüsierten, regte sich in Sophies Enkelin ein Gewissen, das größer nicht hätte sein können.

Gott sei Dank war da noch Lizzy, Mias beste Freundin und Nachbarin. Eine Chaotin der ganz besonderen Art, weswegen sie hervorragend zu Mia passte. Doch die Verantwortung für ihre Familie lastete schwer auf Mias Schultern. Das war etwas, das ihr Vater Alan ihr vermacht hatte. Es gab kaum einen Menschen, um den er sich nicht gesorgt oder gekümmert hatte.

Vor drei Jahren hatte Celine ihren Ehemann und Sophie ihren Sohn zu Grabe tragen müssen. Dieses Loch, das er im Herzen aller hinterlassen hatte, wurde nie wieder richtig gefüllt, und Celine litt unter dem Verlust ihres Liebsten so sehr, dass sie es kaum länger als ein paar Wochen in ihrem gemeinsamen Zuhause aushielt. Sie hatte einen neuen Lebensinhalt gefunden und bereiste nun die Welt.

Im Hause Kennedy lebten drei Generationen zusammen, und meistens bestanden diese nur aus Frauen. Celine Kennedy, Mias und Liams Mutter, war Sophies innig geliebte Schwiegertochter. Celines Schwester Bea wohnte seit ihrer Scheidung vor ein paar Monaten mit ihrer kleinen Tochter Haley ebenfalls bei ihnen. Momentan betrachteten Celine und Bea Elefanten unter der Sonne Afrikas und hatten es Mia überlassen, sich um Haley und Sophie zu kümmern. Durch Celines immer häufigere Abwesenheit fühlte Mia sich mehr und mehr verpflichtet, hier die Stellung zu halten.

Doch Sophie war nicht damit einverstanden, dass Mia ihre Jugend dafür opferte, regelmäßig zu Hause zu bleiben, damit Celine vor ihrer Trauer flüchten konnte. Auch wenn Mia vielleicht hierhergehörte, so hatte sie doch mehr verdient, als ein trostloses Leben neben einer alten, verrückten Schreckschraube wie ihr zu führen. Es war Mias Zeit, Abenteuer zu erleben, Fehler zu machen und das Leben zu genießen. Sie war zufrieden, da war Sophie sich vollkommen sicher. Doch war sie viel zu jung, um bloß zufrieden zu sein. Ihre Augen sollten vor Lebensmut glänzen und vor Glück funkeln.

Ein mittlerweile auch selten gesehener Gast war Liam, Mias drei Jahre älterer Bruder. Er war mit seiner Band, den *Swores*, in der ganzen Weltgeschichte unterwegs. Im Moment bestand seine einzige Aufgabe darin, seinen weiblichen Fans den Atem zu rauben, die Nächte mit Alkohol, seinen Bandkollegen und zahlreichen Models sowie wichtigen Persönlichkeiten zu durchzechen und hin und wieder einige Songs zu schreiben.

Mia war diejenige, die sich schlussendlich um alles kümmerte, während der Rest der Kennedys sich in der Welt herumtrieb. Sie war ein wahrer Schatz für diese so zerbrochene Familie.

Sophie seufzte bei dem Gedanken daran, was sie in Wahrheit für diese Menschen alles tat. Man konnte es mit einem unsichtbaren Band vergleichen, das sich fest um die einzelnen Familienmitglieder, ihre Geschichten und all die Emotionen geschlungen hatte und sie zu gegebener Zeit wieder zueinanderführen würde. Sie war immer für Sophie da, und auch wenn diese es nicht gern zugab, so war Mia doch unersetzlich für sie geworden. Seit nun die fünfjährige Haley in ihrem Haus lebte, noch viel mehr. Mia kümmerte sich um ihre kleine Cousine, als wäre sie ihr eigenes Kind. Auch wenn Sophie selbst immer großspurig sagte, dass sie selbst schon genügend Kinder großgezogen hatte, musste sie doch zugeben, dass niemand diesen kleinen Wirbelwind so gut im Griff hatte wie Mia. Leider blieb ihr eigenes Leben dabei auf der Strecke, was allerdings niemandem so recht aufzufallen schien. Scheinbar noch nicht mal ihr selbst.

»Geh und wasch dich gefälligst, du Schmutzfink! Gleich gibt es Essen. Das heißt, wenn Haley dort unten nicht eine kleine Katastrophe hinterlassen hat«, wies Sophie ihre Enkelin an.

»Haley oder du?« Mia streckte ihrer Großmutter die Zunge heraus, salutierte und sagte, während sie sich auf den Weg ins Bad machte: »Zu Befehl, Ma'am!« Wie aufs Stichwort drang der unangenehme Piepton des Rauchmelders zu ihnen hoch. Erstaunlich schnell verließ Sophie, höchst undamenhaft und überhaupt nicht ihrem Alter entsprechend, fluchend die Treppe, während Mia sich wusch und umzog. Sie legte keinen Wert auf Markenkleidung, dazu fehlte ihr auch schlicht und ergreifend das Geld. Sie trug viel aus Secondhandläden, von Walmart und nicht zuletzt ihre eigenen Kreationen. Das wollte sie auch zu ihrem Beruf machen. Sie studierte Modedesign an der Uni in Falmouth. Ein Blick in den Spiegel verriet ihr, dass ihre Haare wieder mal nicht zu bändigen waren. Sie löste daher den Zopf und kämmte sie mit den Fingern, wodurch einzelne Locken entstanden. Mia hasste ihr Haar. Nie war es möglich gewesen, eine schicke Frisur zu machen, wie Lizzy es bei sich gern tat. Mia beneidete ihre Freundin schrecklich darum. Immer sah sie anders aus. Sie experimentierte mit Farbe, ob kurz oder lang. Doch Mias wilde Mähne neigte zur Krause und kringelte sich schon beim kleinsten bisschen Luftfeuchtigkeit.

Ihr Blick fiel wieder auf die Fotos, die am Rahmen des großen Spiegels befestigt waren. Im Moment waren alle wichtigen Menschen in ihrem Leben auf Reisen, und jedes Mal holte Mia eine unsägliche Leere ein, die von Mal zu Mal größer zu werden schien. Seit dem Tod ihres Vaters waren ihre Mutter und ihr Bruder rastlos geworden, und auch sie verspürte eine wachsende Sehnsucht nach etwas, das sie selbst nicht in Worte fassen konnte.

Ihre Mutter und ihre Tante Bea erkundeten vier Wochen lang Afrika, während ihr Bruder Liam und Nic mit ihrer Band in den USA durch die Clubs tourten. Und sie? Sie kämpfte sich durch den Alltag und kam sich oft klein und unbedeutend vor, während die anderen von ihren besonderen Erlebnissen berichteten. Sie sollte ein Mittel gegen Aids oder Krebs erforschen und damit ihrem Leben Bedeutung verleihen. Leider hatte sie nie die Begeisterung ihres Dads für Medizin geteilt. Vielleicht hätte sie Polizistin werden und wenigstens für Gerechtigkeit sorgen sollen. Aber für besonders mutig hielt sie sich auch nicht. Ganz davon abgesehen, dass ihr dafür eine riesige Portion Fitness fehlte. Sicher war sie nicht völlig untrainiert, denn sie tanzte Ballett und gab regelmäßig Unterricht, doch sie war meilenweit davon entfernt, in dieser Richtung erfolgreich zu sein.

Eigentlich gab es nicht viel, was sie besonders gut konnte. Sie war in jeder Hinsicht chaotisch. Ihr Zimmer war unordentlich, mit den viel zu vielen Büchern, Klamotten oder Stofffetzen, die überall herumlagen, und nicht selten hatte sie sich schon auf ein Nadelkissen gesetzt. Ihre Schlüssel fand sie nie rechtzeitig, sie verschlief regelmäßig, und nie hatte sie alles für ein anständiges Abendessen da. Sie schrieb sich Einkaufszettel, ja wirklich, doch die vergaß sie in der Uni oder im Auto oder, oder, oder …

Doch eins konnte sie ziemlich gut: zeichnen. Schon als Kind war sie ein Naturtalent gewesen. Ihre Eltern hatten ihr die besten Kunstlehrer bezahlt, um dieses Talent zu fördern und ja nicht zu vergeuden. Das hatte ihre schlechten Noten in Mathe oder Biologie aber auch nicht wettmachen können. Nun war sie dabei, ihr Hobby zum Beruf zu machen und Kleidung zu entwerfen.

Momentan absolvierte sie ein Praktikum für ihr Studium bei Cathleen Harding. Sie war eine tolle Designerin, allerdings für gediegenere Mode, was es Mia und Cathleen oft schwer machte, auf einen Nenner zu kommen.

Ihr Blick fiel auf das Foto von ihrem Bruder und einem jungen Mann, der schief grinste. Nic … Wie lange war es her, dass sie zuletzt mit ihm gesprochen hatte? Durch die Zeitverschiebung waren es seltene Anrufe geworden, und mit jedem verstreichenden Tag wurde die Einsamkeit um sie herum unerträglicher. Früher hatte sie seine Abwesenheit schon als verstörend empfunden, doch in den letzten Monaten wurden seine Aufenthalte in Bodwin immer seltener und kürzer. Domenic Donahue war seit beinahe vier Jahren mit seiner Band ein Stern am Musikhimmel. Er war der beste Kumpel und Bandkollege ihres Bruders, der Bruder ihrer besten Freundin Lizzy, ihr Nachbar und ihr allerbester Freund.

Das Foto zweier Teenager auf einem Motorroller, die ausgelassen lachten, hing in ihrer Blickhöhe. Ein gutaussehender Junge mit graublauen Augen, verstrubbeltem, dunkelblondem Haar und dem ersten Bartschatten grinste frech in die Kamera und umfing Mia, nur in einer deutlich jüngeren Ausgabe.

Mittlerweile war aus Nic ein erwachsener Mann geworden. Ihre Bindung zueinander hatten sie beide nie wirklich erklären können. Seit einiger Zeit war es komplizierter zwischen ihnen geworden, und es schien immer schwieriger zu werden, je öfter sie getrennt waren. Die Zeitungen waren voll von seinen Fotos mit Fans und seinen Begleiterinnen. Mia empfand seither eine ständig stärker werdende Traurigkeit, denn sie wusste, eines Tages wäre er unerreichbar für sie. Er würde in Amerika leben, weil er dort viel mehr Erfolg hätte als hier, und seine Besuche mussten zwangsweise seltener werden. Letztendlich würde er womöglich eine Frau treffen, die diese Nähe zwischen ihnen nicht tolerieren wollte. Mia konnte das verstehen, denn auch ihre Freunde hatten diese Verbundenheit nicht ertragen können. Schlussendlich waren ihre Beziehungen alle daran zerbrochen. Alle bis auf eine …

Seufzend legte Mia ihre Kleidung für die späteren Ballettstunden heraus. Um sich für ihr Studium etwas nebenher zu verdienen, gab sie in den Semesterferien einen Ballettkurs für Kinder und Jugendliche. Hin und wieder arbeitete sie auch für Jeff, dem die beliebteste Bar in Bodwin gehörte. Ihr Bruder verdiente zwar genug, um locker ihren Lebensunterhalt finanzieren zu können. Sie fand den Gedanken, ihrer Mutter und Liam auf der Tasche zu liegen, jedoch schrecklich. Außerdem liebte sie es, in Jeffs Bar oder mit den Mädchen zu arbeiten.

Mia band ihr Haar im Nacken zu einem Knoten und bändigte die losen Strähnen mit einem Haarband. Mit geschulterter Tasche hüpfte sie die Stufen zur Küche hinunter und sah das Chaos. Die Eingangstür und alle Fenster standen sperrangelweit auf, ebenso wie die Tür des Backofens, aus dem es stark rauchte. Der Auflauf war verkohlt, und Mia griff auf dem Weg zur Küche schon zum Telefon. Mit einem Lächeln auf den Lippen nahm sie Sophie in den Arm, drückte ihr einen Kuss auf die Wange und gab sich dem Versuch hin, zu retten, was zu retten war: Sie rief beim Pizzaservice an.

Kapitel 2

Oh Mia, du solltest dein Gesicht sehen. Köstlich!« Lizzy lachte ungeniert über den dicken Fauxpas ihrer Freundin. Das war natürlich wieder mal klar gewesen. Egal, wo es eine peinliche Situation gab oder wie tief das Fettnäpfchen auch war, Mia schaffte es immer, hineinzutappen. Herrgott noch mal ... wie schusselig konnte man nur sein? Aber woher sollte sie auch wissen, dass ausgerechnet Bill und Lizzy ...

»Ich ... nun, du hast nie etwas gesagt, Lizzy. Dann hätte ich doch nie ...«

»Ach komm schon, Süße! Wir beide haben nun mal einen völlig unterschiedlichen Männergeschmack. Das ist doch schon lange kein Geheimnis mehr.« Lizzy zwinkerte ihr zu, und Mia spürte, dass ihre Freundin ihr nicht wirklich böse war. Trotzdem wollte sie sich rechtfertigen.

»Ich hätte doch trotzdem nie so ... in der Art über Bill ... gesprochen, wenn ich davon gewusst hätte. Warum hast du es mir nicht erzählt?« Zum Ende hin klang Mias Stimme etwas erbost, und das war sie auch. Wenn Lizzy nur vermutete, dass Mia ihr etwas verheimlichte, wurde Mia so lange ausgequetscht, bis sie es schließlich preisgab. Und nun musste sie erfahren, dass Lizzy Donahue selbst ein paar pikante Dinge vor ihr verborgen hatte. Sie hätte schwören können, dass Lizzys Wangen sich rosig verfärbten, doch die Dunkelheit ermöglichte ihr keinen genauen Blick. Dass sie das noch mal erleben durfte, wie Lizzy – ausgerechnet Lizzy – rot anlief ... nicht zu fassen.

Elizabeth Donahue, von allen nur Lizzy genannt, arbeitete in einem Tonstudio in Falmouth und schrieb Songs. Sie war neben Sophie und Haley die Einzige, die Mia nicht allein zurückließ. Im Kindergarten hatte Lizzy ihr mit der Bastelschere einen neuen Haarschnitt verpasst und ihr nachträglich erklärt, wie viel schicker sie damit aussah. So verrückt es auch schien, so war sie seither nie mehr von Mias Seite gewichen, und man konnte sich keine bessere Freundin wünschen. Lizzy studierte BWL an der Uni. In Wahrheit jedoch dümpelte das Studium so vor sich hin. Lizzy war die geborene Songwriterin, doch ihr Vater hatte darauf bestanden, dass sie einen alternativen Weg für ihren Lebensunterhalt finden musste. Während der Semesterferien lebte sie wie Mia in Bodwin bei ihren Eltern und genoss die Zeit des Sich-treiben-Lassens. Sie war ein paar Monate älter als Mia und wesentlich verrückter. Jeden zweiten Monat hatte sie eine andere moderne Frisur in den schillernsten Farben. Seit Neuestem zierte ihre schmale Nase ein Piercing, und Mia wusste von ein paar Plänen, sich neue Tattoos zuzulegen.

»Lizzy?«, hakte Mia nach und sah, wie ihre Freundin unbehaglich auf dem Fahrersitz herumrutschte. Sie wippte wieder so seltsam mit dem Fuß, was sie immer tat, wenn sie nervös war.

»Nun … ist das nicht offensichtlich?«

Mia bedachte sie mit einem auffordernden Blick, der mit Ärger drohen sollte.

»Also, ich wollte nicht, dass du dich darüber lustig machst«, gab Lizzy kleinlaut zu.

»Das hätte ich doch auch nie gemacht.«

»Nein, aber du hättest so darüber gedacht, wie du es eben verraten hast.« Da war Mia sprachlos und musste zögerlich nicken. Lizzy hatte recht.

»Und das, obwohl ich mir immer vornehme, nicht über andere zu urteilen«, murmelte sie vor sich hin. Offensichtlich war es jedoch laut genug, dass ihre Freundin sie verstehen konnte.

»Emilia Kennedy! Du bist die verrückteste und liebste Person, die ich je getroffen habe. Die reinste Mutter Teresa!«

»Ach was!«, entrüstete sich Mia und machte eine wegwerfende Handbewegung.

Lizzy beobachtete ihre Freundin aus den Augenwinkeln und lächelte milde. Sie war ein viel zu guter Mensch. Selbst wenn man ihr regelmäßig auf die Füße trat, vergab sie einem das immer wieder. Doch wie sie selbst so schön zu sagen pflegte: Man durfte niemals darauf stehen bleiben, dann wurde sie zum tasmanischen Teufel. Lizzy grinste, als sie an ein paar amüsante Ereignisse zurückdachte. Man sollte wirklich niemals den Fehler machen und Mia unterschätzen.

Der blaue Toyota bog in die nächste Straße ein und hielt auf das letzte Haus zu, das mit den grünen Fensterläden, dem frisch gemähten Rasen und den akkurat arrangierten Rosen im Vorgarten absolute Vorstadtidylle heuchelte. Mia fühlte sich an die Fernsehserie *Desperate Housewives* erinnert. Sie und Lizzy wechselten einen Blick. So eine Perfektion bereitete ihnen beiden immer schreckliches Unbehagen. Sie brauchten kein Wort zu wechseln, um zu wissen, dass die jeweils andere an den Zustand ihrer eigenen Wohngemeinschaft dachte, die sie ziemlich verwüstet zurückgelassen hatten. Sollte dort einmal jemand nach dem Rechten schauen, würde er glatt die Polizei rufen und einen Einbruch melden.

Sie besuchten die gleiche Universität in Falmouth und teilten sich eine Wohnung ganz in der Nähe des Campus. Mia hatte keinen großen Ordnungsdrang, um nicht zu sagen – gar keinen. Sie liebte, nein, brauchte das Chaos, um denken zu können. Lizzy selbst war genauso wenig aufs Aufräumen und Putzen bedacht, und so kam es, wie es kommen musste: Es herrschte Chaos, überall. Kein Geschirr wurde abgespült und keine Wäsche gewaschen, es wurden lieber neue Slips gekauft, statt am gleichen Tag noch in den Waschsalon zu laufen. Nicht jeder kam mit dieser Art zu leben klar. Lizzy und Mia schienen sich jedoch auch diesbezüglich gefunden zu haben.

Mia beschäftigte sich selten mit Pflanzen. Sie liebte es, dass der Garten ihres Elternhauses aussah wie ein … Garten. Überall wucherten bunte Blumen in Sträuchern und Gewächsen. Mia fragte sich gerade, ob die Kanten des Rasens wohl mit der Nagelschere geschnitten worden waren, als ihre Freundin Anabelle durch die Gartentür kam und Mias Gedanken unterbrach.

»Ihr seid aber spät dran! Wir werden nicht mehr rechtzeitig ankommen«, meckerte sie in ihrer üblichen Art.

Lizzy rollte neben Mia mit den Augen und trommelte mit den Fingern auf dem Lenkrad. »Hey, immer langsam. Es ist erst kurz nach acht Uhr. Du hast gesagt, wir sollen gegen acht Uhr da sein, und da sind wir.«

»Eben! Ich sagte *gegen* acht, nicht *nach* acht«, wies Anabelle ihre Freundin zurecht. Lizzy machte eine kurze Pause, um theatralisch die Luft einzuziehen, während Anabelle um den Wagen herumging.

»Ganz tief durchatmen, okay?«, murmelte Mia und legte Lizzy eine Hand auf den Arm. Diese sah sie mit einem eindeutigen Blick an und sagte, während Anabelle gerade die Tür öffnete: »Eines Tages …« Der Rest des Satzes hing unausgesprochen in der Luft. Mia konnte sich denken, zu welchen Ausführungen Lizzy gekommen wäre, hätte Anabelle nicht in

Hörweite gesessen. Bevor sie sich auch nur anschnallen konnte, ging es schon los.

»Wie kann man nur so eingefahren sein, Himmel noch mal? Dann hättest du sagen sollen …« Lizzy imitierte Anabelles hohe Stimme nahezu perfekt. »Elizabeth, schaff deinen Hintern vor acht Uhr hierher! Und bevor du noch ein Wort sagst: Schnall dich an, denn du befindest dich an Bord des Terminators.«

Lizzy ließ den Motor aufheulen und machte demonstrativ ein paar Geräusche mit dem Gaspedal. Schließlich fuhr sie mit quietschenden Reifen los, allerdings hoppelte der Terminator nur langsam vor sich hin, was dem Ganzen die Dramatik nahm. Mia unterdrückte ein Lachen und tarnte es schnell als Husten, doch Lizzy bemerkte es trotzdem. Sie verdrehte die Augen und war sehr darum bemüht, Anabelles Geplapper weitgehend zu ignorieren.

Die beschwerte sich schon wieder über Lizzys Fahrstil. Lizzy und Anabelle waren nie wirklich dicke Freundinnen geworden. Lizzy mit ihrer direkten und chaotischen Art passte nicht zu Anabelles perfekt durchorganisiertem Lebensstil. Doch da war etwas an Anabelle, das Lizzy seltsam fand. Sie konnte selbst nicht erklären, was es war, doch bei ihr schrillte Lizzys Vorsicht-falsche-Schlange-Frühwarnsystem los.

Selbst Anabelles Erscheinung ließ keinen Zweifel daran, dass sie äußerst bedacht mit sich umging. Ihre blonden Haare waren schon, seit sie sich vor zwei Jahren kennengelernt hatten, zu einem Pagenkopf geschnitten. Selbst bei den unmöglichsten Wetterverhältnissen schien ihre Frisur perfekt zu sitzen. Mia beneidete ihre Freundin manchmal darum. Sie hatte ein hübsches Gesicht und makellose Haut, die sie regelmäßig in einem Kosmetiksalon pflegen ließ und dafür mit Sicherheit eine Menge Geld hinblätterte. Ihr Make-up war zwar nie übertrieben, doch mit Bedacht gewählt. Ihre Augen betonte sie maximal mit Wimperntusche und hellem Lidschatten, während sie ihren schönen Mund mit trendigen Farben in Szene setzte. Die Männer hingen ihr regelrecht an den Lippen. Selbst Mia musste zustimmen, dass Sie etwas anstrengend war. Doch sie genoss auch ihre Genauigkeit und ihr Organisationstalent. Vielleicht, weil sie manchmal gern mehr so sein wollte wie Anabelle. Die arbeitete in einer Bank, konnte wunderbar mit Finanzen umgehen und bügelte ihre Unterwäsche samt Socken und Küchenhandtüchern. Dazu fehlte Mia schon seit jeher die Geduld.

Ihr einziger Makel war scheinbar Kevin, ihre umstrittene Affäre. Wenn Mia für ihre Freundin einen Mann hätte aussuchen sollen, dann hätte sie sicher jemanden wie Chris gewählt. Einen Mann, der sich den ganzen Tag in einem Anzug wohlfühlte, seine Unterhosen faltete und sofort wusste, welche Lieblingsspeise auf der Speisekarte eines gut gewählten Restaurants für seine Freundin die richtige war. Ein netter, guter Mann eben. Bei dem Gedanken biss Mia sich schuldbewusst auf die Unterlippe.

Doch Anabelle war dem verruchtesten und draufgängerischsten Frauenhelden verfallen, den es im Umkreis von Falmouth gab. Sie hatte sich das genaue Gegenteil ihrer selbst gesucht und konnte ihm nicht widerstehen. Sie sah in ihm offenbar eine Seite, die Mia und ihren anderen Freundinnen verborgen geblieben war. Wer wusste schon, ob sie wirklich existierte? Denn wirklich kennengelernt hatten sie ihn bisher noch nicht.

Nach zwanzig Minuten Fahrt parkte Lizzy in einer winzig kleinen Parklücke, die Mia nicht einmal im Entferntesten in

Betracht gezogen hätte, und sie stiegen aus. Nur einige Meter entfernt sahen sie Lisa, die auf sie wartete. Anabelle ging auf die Letzte im Bunde zu und begrüßte sie mit einem missbilligenden Blick auf Lizzy.

»Entschuldige Süße, aber die Damen hatten mal wieder Verspätung.«

»Ach was! Das macht doch nichts. Ich bin selbst erst vor zwei Minuten gekommen. Hey ihr zwei.« Sie begrüßte Mia und Lizzy ebenfalls mit einem Küsschen und hakte sich dann bei Lizzy unter. Lisa war mit ihrer langen roten Mähne, ihren wohlgeformten Rundungen und ihrem extragroßen Busen der Traum eines jeden Mannes. Sie hingegen fand ihre Pfunde lästig, und immer wenn Lizzy sie vom Gegenteil zu überzeugen versuchte, winkte sie ab.

»Vielleicht wollen die Kerle mit mir ins Bett, aber glaubst du wirklich, einer würde mir einen Ring an den Finger stecken wollen? Himmel, nein! Er will schließlich keine Frau, die nach zwei Kindern aussieht wie eins der Weather-Girls«, sagte sie dann oft, und Mia musste ein Lachen unterdrücken, während sie an das Gesicht ihrer Freundin zurückdachte. Viel Glück hatte Lisa bisher wirklich nicht mit Männern gehabt. Irgendwo da draußen musste es doch aber einen Kerl für sie geben, oder etwa nicht?

»Lasst uns reingehen. Ich verhungere schon«, sagte Mia und öffnete die Tür zu ihrem Lieblingsitaliener. Pedro, der gepflegteste Mann des Landes, kam sofort auf sie zu. Das Lokal war ein Insider-Tipp. Mit den kleinen, niedlichen Tischchen und der kitschigen Tischdekoration wirkte der Laden völlig unscheinbar. Doch die vier Frauen, und mittlerweile auch eine ganze Reihe anderer Leute, wussten das Ambiente zu schätzen, denn nirgendwo sonst gab es so leckere italienische Köstlichkeiten. Pedros liebe und gleichzeitig herrische Mama kochte die Gerichte hier noch selbst, während ihr Sohn und ein paar Kellner sich um die Gäste kümmerten. Pedros strahlend weiße Zähne kamen zum Vorschein, während er seinen ausgeprägten Mund zu einem Grinsen verzog. Sein kinnlanges Haar war mit einer halben Dose Gel nach hinten gekämmt.

»Oh meine wunderschönen Bellas!«, rief er zur Begrüßung, und keine der vier konnte sich des Gefühls erwehren, etwas Besonderes zu sein. Auch wenn Mia glaubte, dass das zu seiner Verkaufstaktik gehörte. Er umfing Mias Taille und drückte ihr einen Kuss auf beide Wangen. Diese Begrüßung wiederholte er bei jeder ihrer Freundinnen. Sollte eine von ihnen zuvor auch nur ein leicht angekratztes Selbstwertgefühl gehabt haben, so war das im Nu verflogen. Beinahe sofort plapperte er drauflos und erzählte von seiner letzten fragwürdigen Eroberung. Seine Art war locker, aber diskret. Man fühlte sich sofort wohl in seiner Nähe. Nachdem er sich nach ihrem Wohlbefinden erkundigt hatte, verschwand er mit der Getränkebestellung hinter der Bar und überließ die Frauen sich selbst. Nur kurze Zeit später war die Neugierde von Mias Freundinnen förmlich mit Händen greifbar.

»Und wie läuft es zu Hause, Mia?«, wollte Lizzy so beiläufig wie möglich wissen. Mia warf ihr einen abschätzigen Blick zu.

»Ach was, hören wir auf mit dem unwichtigen Quatsch«, empörte sich Anabelle und lehnte sich in ihrem Stuhl zurück, während sie ihr Weinglas leicht hin und her schwenkte.

»Ich finde es alles andere als unwichtig«, stellte Lizzy scharf klar.

»Du hast wahrscheinlich auch schon alles gehört«, gab Anabelle zurück, und Lisa nickte zustimmend.

»Eins zu null für Anabelle«, entschied sie und schenkte Lizzy einen entschuldigenden Blick, was diese mit einem missbilligenden Kopfschütteln kommentierte. Ja, sie kannte die Geschichte, fand es jedoch abartig, wie sich die anderen beiden wie Aasgeier, allen voran natürlich Anabelle, darauf stürzten.

»Nun?«, fragte Lisa auffordernd und sah Mia eindringlich an. »Wie war der Abend mit Chris?«

Mia nahm gemächlich einen weiteren Schluck Wein, lehnte sich in ihrem Stuhl zurück und schlug die Beine übereinander. »Er hat mich gestern um acht zu Hause abgeholt, hat mich schick ausgeführt und mich gegen halb zwei wieder zu Hause abgeliefert«, erklärte sie schlicht und bemerkte sofort Anabelles triumphierendes Augenblitzen.

»Ja … und?«

»Was und?«

»Na, wie war es? Was hat er so gesagt? War er mit bei dir im Haus, oder seid ihr auf direktem Weg zum Essen gefahren? Lass dir doch nicht alles aus der Nase ziehen!«, forderte Anabelle sie auf.

»Es war ein schöner Abend, mehr gibt es dazu nicht zu sagen. Wirklich nicht!«

Verständnislos musterte Lisa ihre Freundin. »Es wäre ein gelungener Abend gewesen, wenn er dich zu sich eingeladen und dir sein Bett gezeigt hätte, Liebes«, sagte sie und lachte vergnügt.

Mia schüttelte den Kopf. »Wer sagt euch, dass er das nicht getan hat?«

»Warum hätte er dich dann noch nach Hause bringen sollen?«, hakte Lisa irritiert nach.

»Weil wir eine lockere Affäre haben und mehr nicht«, gab Mia offen zu.

»Na spuck's schon aus … Was war es diesmal?«, fragte Anabelle und sah ihre Freundin missbilligend über den Tisch hinweg an.

Mia versuchte gar nicht erst, etwas zu leugnen. »Es waren eher so Kleinigkeiten! Er hat sich geduldig Sophies Ausführungen über die Raserei der jungen Leute angehört, bei den passenden Stellen artig genickt und Haley so gut es ging von seinem teuren Armani-Anzug ferngehalten.«

»Was ist daran so schlimm? Ich meine, du sagst das so, als sei es ein Kapitalverbrechen«, fragte Anabelle. Bevor Mia auch nur zu einer Antwort ansetzen konnte, fügte sie noch hinzu: »Ich meine, es war Armani. Da kann man doch verstehen, wenn er nicht unbedingt scharf auf Schokoladenfinger war, oder?«

Mia rollte mit den Augen, ging jedoch nicht weiter darauf ein. »Ich hatte auf der Speisekarte ein Auge auf Pilzravioli geworfen, doch er hat mich so lange bearbeitet, bis ich schließlich zu dem Gericht umgeschwenkt bin, zu dem er mich kriegen wollte. Es war ganz in Ordnung, aber ich hatte das Gefühl, keine eigene Wahl gehabt zu haben.«

»Ich finde es süß, wenn der Typ dir was empfiehlt. Er versucht dich doch nur einzuschätzen«, warf Lisa ein.

»Oder zu prahlen!«, gab Lizzy zu bedenken, wurde jedoch geflissentlich ignoriert.

»Außerdem hättest du es ja nicht nehmen müssen, oder?«, sagte Anabelle.

»Ich wollte eben nicht unhöflich sein. Irgendwie fehlt mir halt was bei ihm. Das ist alles!«

»*Es fehlt doch immer was!*«, warf Anabelle genervt ein, und Lizzy fragte sich, warum sie sich so aufregte. Was hatte sie davon, wenn es Mia nun mal nicht ernst genug mit Chris war?

»Und dann?«, fragte Lisa noch mal nach.

»Nichts und dann. Es war ein angenehmer Abend. Wir mögen uns und hatten wirklich viel Spaß miteinander.«

»Mia, was willst du eigentlich noch?«, fragte Anabelle, und die Atmosphäre am Tisch war plötzlich aufgeladen.

Lizzy wollte eingreifen und etwas erwidern, weil sie genau wusste, bei welchem Thema sie ankommen würden, und das wollte sie Mia heute ersparen. »Sag mal, auf wessen Seite stehst du eigentlich?«, maulte sie ungewöhnlich angriffslustig.

Doch ihre Freundin setzte sich selbst zur Wehr. »Was willst du damit sagen?«

»Was willst du denn noch von diesem Kerl? Chris zieht alle weiblichen Wesen an wie das Licht die Motten. Er arbeitet bei einem großen Unternehmen und verdient einen Haufen Kohle, und er interessiert sich wirklich für dich. Er hat schon ziemliche Geduld bewiesen und lässt nicht locker, obwohl du ihn immer auf Abstand hältst. Abgesehen davon sieht er einfach wahnsinnig gut aus. Was ist es also, was dir noch fehlt?« Mia zögerte nur für den Bruchteil einer Sekunde, doch schon wieder bekam sie keine Chance. »Ich sag dir, was es ist: Er ist nicht *Nic*!«

»*Na wunderbar!*« Lizzy warf die Serviette auf ihren Teller und lehnte sich angesäuert über den Verlauf des Abends in ihrem Stuhl zurück. »Diesmal hast du es geschafft, uns den Abend schon vor dem Essen zu versauen. Verdammt noch mal, Anabelle!« Lizzy wechselte einen Blick mit Lisa, die die Ruhe selbst zu sein schien und eher darauf bedacht war, Frieden zu stiften.

»Nur weil er dein Bruder ist, musst du nicht gleich so ausflippen. Ich sag doch nur die Wahrheit. Ich spreche aus, was alle anderen denken«, ereiferte sich Anabelle weiter, während

Lisa den drohenden Streit gelassen hinnahm und Mia ein aufmunterndes Lächeln schenkte.

Doch Mia saß ungerührt auf ihrem Stuhl und taxierte Anabelle förmlich. Man spürte jedoch, wie es in ihr zu brodeln begann. Lizzy freute sich insgeheim schon auf das, was gleich kommen würde. Ein Orkan der Stufe neun war nichts im Vergleich zu einer wütenden Emilia Kennedy, und Lizzy war froh, dass sie nur äußerst selten Mias Ziel war. Verbal war sie, bis auf wenige Ausnahmen, unschlagbar.

»Ich frage mich ehrlich gesagt nicht nur, auf wessen Seite du stehst, sondern auch, was du davon hast, mir ständig zu sagen, welcher Typ der Richtige für mich ist?«, brauste sie auf. »Ich habe doch jedes Recht der Welt, mir meine eigene Meinung zu bilden. Aber wenn du es unbedingt hören möchtest: Ich denke auch so einiges über dich. Wie kann es sein, dass du meinen Verehrer in den höchsten Tönen lobst und alles als so wunderbar hinstellst, dich aber selber mit einem arroganten und selbstverliebten Casanova zufriedengibst? Wenn du doch so angetan von Chris bist, warum versuchst du nicht dein Glück mit ihm? Wie kannst du mich ständig belehren wollen und selber scheinst du aus deinen Fehlern überhaupt nicht zu lernen? Als wärst ausgerechnet du die richtige Ansprechpartnerin in Liebesdingen.«

Nun blinzelte Anabelle kurz und versuchte sich zu fassen. Doch bevor sie sich rechtfertigen konnte, fuhr Mia fort: »Ich sag dir mal was! Ich schätze bei einem Mann nicht, wie viel er auf dem Konto hat oder was für ein Auto er fährt oder was für Klamotten er trägt. Und auch wenn ich zugeben muss, dass mir sein Äußeres sicher nicht komplett unwichtig ist, ist es mir doch vollkommen egal, wie wahnsinnig toll er aussieht. Er sollte Humor haben, mich zum Lachen bringen und auch über sich selbst lachen können. Er sollte loyal sein, Freundschaften pflegen und mir ein Gefühl von Sicherheit geben können. Er sollte mir immer eine Wahl lassen und mich nicht pausenlos beeindrucken wollen. Er sollte einfach er selbst sein. Ich schätze Offenheit nun mal sehr. Das mögen alles kleine Dinge für dich sein, doch für mich sind sie wesentlich wichtiger als ein Markenschild an seiner Kleidung.«

»Erst mal geht es hier nicht um mich. Ich möchte damit nur sagen, dass du keinen Kerl nahe genug an dich heranlässt, um dich auch wirklich von seinen Qualitäten überzeugen zu können. Du wünschst dir doch in Wahrheit jemanden, der ständig auf anderen Kontinenten unterwegs ist und jede Woche mit einer anderen ›Bekanntschaft‹ abgelichtet wird.«

Man sah Mia deutlich an, dass Anabelles Worte sie getroffen hatten, doch sie lächelte tapfer weiter. »Ich hab keine Ahnung, wie oft ich dir schon erklärt habe, dass Nic und ich ... das ist was völlig anderes. Er ist schon mein ganzes Leben lang mein bester Freund.« Mia trank ihren Wein in einem Zug leer und bestellte sich sofort einen neuen.

»Jetzt erzählst du uns schon wieder diesen Freundschaftsquatsch! Wenn Nic nur ein Freund ist, warum lässt du dann alles stehen und liegen, sobald er sich mal meldet? Und warum misst du jeden Mann insgeheim an ihm? Ich bitte dich, wir sind doch alle nicht blind oder blauäugig.«

»Was Anabelle dir glaube ich sagen möchte, Mia, ist, dass wir uns nur Sorgen um dich machen. Du warst seit Jake mit niemandem mehr so richtig zusammen. Du weißt schon ...«, mischte sich nun auch Lisa leise ein und blickte mitfühlend zu Mia hinüber.

»Ich bin nun mal nicht der Typ, der sich sofort in eine ernste Geschichte verstrickt ... war ich auch noch nie, wie ihr wisst!

Es hat bisher einfach noch nicht richtig gefunkt. Wer kann von euch denn eine feste Beziehung vorweisen? Aber ihr könnt beruhigt sein … Ich treffe Chris weiter, und solange wir mit dieser Affäre glücklich sind, sollte euch der Rest egal sein.« Wie aufs Stichwort kamen Pedro und zwei Kellner an ihren Tisch getrabt und überreichten ihnen Mias Wein und ihre wohlriechenden Gerichte. Als Lizzy auf Mias Teller blickte, sah sie … Pilzravioli.

Es war nach Mitternacht, als Lizzy und Mia den Terminator vor ihren Häusern abstellten und durch die gemeinsame Gartenpforte traten. Die Fahrt von Anabelles Haus hatten sie weitestgehend schweigend zurückgelegt. Das Wunderbare an ihrer Freundschaft waren diese besonderen Momente. Es bedurfte nur weniger Worte, um der anderen zu sagen, was einem auf der Seele lag. Es waren nicht immer diese Dinge, die einem weiterhalfen, sondern manchmal einfach nur der stille Beistand einer entgegengestreckten Hand.

In Wahrheit fühlte sich Lizzy furchtbar schuldig. Denn diese Begegnung mit Chris Bennley war einzig und allein auf ihrem Mist gewachsen. Ihre neueste Eroberung war Nathan, den sie im Tonstudio kennengelernt hatte. Er hatte diesen Freund, den Lizzy Mia unbedingt vorstellen wollte, weil ihre Freundin, auch ihrer Meinung nach, zu sehr unter Liams und Nics Abwesenheit litt. Chris war eigentlich ein feiner Kerl, soweit Lizzy das beurteilen konnte. Sie befanden sich in einer Pattsituation, und über kurz oder lang würde es schwierig werden. Während Chris sich immer mehr in Mia verliebte und sie selbst sich davon zu überzeugen versuchte, dass sie ihn auf eine ähnliche Art mögen könnte, näherte sich die Tour der *Swores* ihrem Ende.

»Alles in Ordnung, Süße?«, fragte Mia sanft und drückte Lizzys Hand.

»Ja, ich dachte nur gerade daran, wie dringend ich mir nach diesem Abend einen Drink gönnen muss ... Meinst du, wir finden in Sophies Versteck Reste von ihrem Fusel?«

Mia kicherte, nickte dann jedoch. Sie brauchten nicht lange zu suchen, um Sophies Selbstgebrannten zu finden. Mia stolperte mit ihrer Freundin über den sparsam beleuchteten Rasen und ließ sich auf der alten Schaukel nieder, während Lizzy auf dem Boden Platz nahm.

»Ich werde morgen nur gerade so an einer Tracht Prügel vorbeischliddern, nachdem Sophie erst gestern das leer geräumte Zigarettenversteck entdeckt hat. Also genieß jeden Schluck!«, scherzte Mia. Nach dem ersten Drink gewöhnten sie sich an das starke Brennen in ihren Kehlen und schenkten sich nach. Mia hielt die Schaukel mit der Hand umfasst und hatte den Kopf nachdenklich dagegengelehnt. »Keine Ahnung, warum das alles so kompliziert sein muss. Ich meine, Chris ist wirklich nett, aber dieser besagte Funke fehlt ... es gibt nichts Magisches bei uns. Ganz schön kitschig, dass ich noch an Magie glaube, oder?«

»Etwas vielleicht, aber ... Mia ... Lass dir von diesen Hühnern nichts einreden. Ich hätte dieser Hexe doch einen Tritt versetzen sollen. Anabelle hat manchmal wirklich seltsame Ansichten.«

»Also findest du nicht, dass sie recht hat?«

Lizzy zögerte kurz und gab dann zu: »Halb, halb würde ich sagen. Ich glaube, sie ist nicht völlig im Unrecht, aber sie verwechselt offenbar ihre eigenen Ansprüche mit deinen. Du bist total anders als sie, und du wünschst dir demnach auch einen ganz anderen Mann.«

»Also denkst du auch, dass Chris nicht der Richtige für mich ist?« Lizzy konnte Mia deutlich ihre Erleichterung anhören und fühlte sich sofort noch schlechter.

Wie sollte sie ihrer Freundin nur sagen, dass der Richtige für sie viel zu weit entfernt war, um überhaupt infrage zu kommen? Und damit war nicht allein die räumliche Entfernung gemeint. Ihr Bruder lebte durch seinen Erfolg und seinen Ruhm zurzeit in einer komplett anderen Welt. Mia und er betrachteten sich selbst als beste Freunde, auch wenn ihre Umgebung das etwas anders sah. Sie waren ziemlich weit davon entfernt, selbst zu bemerken, was eigentlich mit ihnen los war. Wäre die Sache mit der Band nicht so entsetzlich gut gelaufen, hätten Mia und Nic womöglich ihre Chance bekommen und vielleicht zueinandergefunden. Schließlich waren sie schon so verdammt nah dran gewesen.

Lizzy sprang auf und sah Mia eindringlich an. »Nein, Mia, das kannst du nicht auf mich abwälzen. Ich finde, er ist ein feiner Kerl, und ich fürchte, er meint es tatsächlich ernst mit dir. Aber du allein entscheidest darüber, was aus euch werden wird. Hat er eine Chance verdient, dass du ihn besser kennenlernst oder nicht? Das ist wirklich allein deine Entscheidung. Du solltest nicht auf diese Hexe hören oder auf deinen Verstand … sondern nur auf dein Bauchgefühl.«

Nur wies ihr Bauchgefühl Mia in eine völlig andere Richtung. Doch ihr Verstand drängte sie dazu, Chris diese Chance zu geben. Sie konnte es nicht abstreiten, dass ihre letzte richtige Beziehung schon ewig her war.

Kapitel 3

»Die Aufnahmen von gestern sind absolut Scheiße, Nic!«, meckerte Jim, der Bassist der *Swores*, und schlug resigniert die Hände auf seine Oberschenkel.

Die Jungs saßen gemeinsam in einem Hotelzimmer und warteten darauf, dass die Interviews mit diversen Reportern losgehen würden. Es sollten Fotos gemacht werden, deshalb schlenderten ein paar Visagistinnen um sie herum und überprüften die Augenränder, die von zu wenig Schlaf, zu vielen Frauen und noch mehr Alkohol herrührten.

»*Was du nicht sagst!*«, gab Nic patzig zurück. Er schob seine Sonnenbrille höher auf den Nasenrücken und ließ sich mit der Eleganz eines Panthers, um die ihn jeder Mann beneidete und für die ihn jede Frau bewunderte, tiefer in den Sessel sinken. Die Sonnenbrille schützte ihn vor den vorwurfsvollen Blicken seiner Kollegen. Er schaute dabei aus dem großen Fenster, von dem aus man nur einen von vielen Wolkenkratzern sah. »Glaubst du, ich hab mir absichtlich die Stimme ruiniert?« Er wusste selbst, dass seine Kehlkopfentzündung nicht das beste Timing hatte, aber was sollte er schon tun?

»Mädels, meint ihr nicht, dass es langsam mal gut ist?«, fragte Stan. Er war ihr Schlagzeuger und trommelte mit seinen Drumsticks auf Nics Zigarettenschachtel herum. Es war eine zwanghafte Angewohnheit, die er schon als Teenager gehabt hatte. Er war der Jüngste von ihnen und konnte Unstimmigkeiten, insbesondere richtigen Zoff, nicht besonders gut ab. Doch das schien keinen der anderen zu interessieren, denn innerhalb der letzten Tage hatte es aufgrund der unbedeutendsten Dinge ziemlich häufig Stress gegeben. Es war beinahe albern. Sie benahmen sich wie eine Horde fünfjähriger Mädchen. Auch wenn es nicht immer so lief, wie sie es sich vorgestellt hatten, so ging es ihnen doch insgesamt gut, und sie hatten ihre Tour sehr erfolgreich hinter sich gebracht. Allerdings lastete der Druck des Managements, der Fans und des Plattenstudios auf ihnen, und jeder schob mit Vorliebe dem anderen die Schuld in die Schuhe, wenn etwas nicht ganz so gut funktionierte. Hinzu kam, dass jeder seine eigenen Probleme hatte, und auf so engem Raum war es nicht immer leicht, die Launen des jeweils anderen zu ertragen.

Jim musterte Stan scharf, vermied es aber, ihm seine Schuld daran auch noch unter die Nase zu reiben. Nic war ein hervorragender Musiker und der Leader der Band. Doch in letzter Zeit ließ er seinen Emotionen einfach zu viel Raum. Er wusste selbst, dass er seine Aufgabe früher wesentlich besser erledigt hatte.

Sie spielten schon seit ihrer Teenagerzeit in einer Band zusammen. Viel wichtiger war, dass sie schon seit Jahren befreundet und gemeinsam aufgewachsen waren und nun ihren Lebensunterhalt gemeinsam verdienten. Einzig Stan, ihr neuer Schlagzeuger, ersetzte seit ein paar Jahren ihren früheren Bandkollegen Sam, der sich gegen eine Karriere als Rockstar und für den Anwaltsberuf entschieden hatte. Seither war er für sie erster Ansprechpartner in Rechtsfragen.

Es war nicht immer einfach für sie, miteinander auszukommen. Seit das Thema Geld, Popularität und Erfolg eine stetig größere Rolle spielte, hatten sie öfter Streit. Sie warfen sich gegenseitig vor, nicht hart genug für ihren Erfolg zu arbeiten, was natürlich völlig aus der Luft gegriffen war. Oft tauchte eine gewisse Rivalität unter ihnen auf, was viel schlimmer zu ertragen war. Nic war der Sänger und bekam mehr unmoralische Angebote als alle anderen zusammen. Die Aufmerksamkeit, die ihm gewidmet wurde, führte meist zu Frust bei seinen Bandkollegen. Insgeheim fanden sie, dass er noch härter dafür arbeiten sollte als sie. Doch Nic genoss ebenso viele Partys wie seine Kollegen, was am darauffolgenden Tag regelmäßig seinen Tribut forderte.

Ihre Tourneen wurden immer länger, die Aufnahmen und Songs schwieriger, und ihre eigenen privaten Bedürfnisse wurden weniger erfüllbar. Sie spürten den wachsenden Druck als unüberwindbare Last auf ihren Schultern. Es war einfach verrückt. Vor wenigen Jahren hatten die Plattenfirmen ihre Probeaufnahmen ungeöffnet zurückgesendet und jetzt? Jetzt konnten sie kaum unerkannt über die Straße gehen, mussten überall Autogramme geben, traten bei den MTV Music Awards auf, verbrachten mehr Zeit in Studios als an der frischen Luft, ertränkten ihre Isolation im Alkohol und verbrachten die Nächte mit fremden Frauen, die sich ihnen an den Hals warfen.

Nic traf es am härtesten, obwohl die anderen dies mit gehörigem Spott belächelten. Er war eben der Star! Er war nicht nur ihr Bandleader, sondern auch der hübscheste von ihnen. Die Frauen waren verrückt nach ihm, und auch wenn er es kaum ertragen konnte, ließ er es sich nicht anmerken. Zu Beginn hatte er die Aufmerksamkeit der Frauen genossen, doch schnell war klargeworden, dass es ihnen selten um seine Persönlichkeit ging. Seither nahm er den Seiten- oder den Hintereingang, um sich in ein Kino zu schleichen oder einen Kaffee zu trinken.

John war mit einunddreißig der älteste der ›Jungs‹ und hatte tiefes Verständnis für seinen Freund. Er hatte sich einzig ihrer Musik verschrieben. Damit fuhr er auch wirklich gut. Johns langes dunkles Haar fiel ihm ins Gesicht, als er den Kopf zur Seite legte und seinen Freund beobachtete. Es fiel Nic ganz offensichtlich immer schwerer, so lang seiner Heimat fernbleiben zu müssen. Er trank zu viel, tat nicht, was er sollte, und sträubte sich mittlerweile bei allem.

Paul, ihr Manager, war schon völlig genervt von seiner ständigen Rebellion. Sie waren alle keine Unschuldslämmer, aber Nic war einer von der übelsten Sorte. Er brauchte Rückhalt und nicht noch mehr Druck, zu dem Schluss war John schon vor längerer Zeit gekommen. Er selbst wusste zu gut, was er durchmachte. Man hatte vorher keine Vorstellung davon, was für eine Art Leben man zu führen gezwungen war. Oft hatte er schon daran gedacht, aufzuhören. Abgesehen von den rechtlichen Konsequenzen gab es da noch zwei andere Dinge, die ihn bislang davon abgehalten hatten. Zum einen fühlte er sich seinen Bandkollegen sehr verbunden und wollte ihnen auf keinen Fall schaden. Doch reiner Edelmut war es auch nicht, denn ein Teil von ihm wollte weiterhin genau das machen: Musik. Er war mit Leib und Seele Musiker und konnte sich einfach nichts vorstellen, was er lieber tun wollte. John wusste, dass es Nic ganz genauso ging. Er benötigte seine Familie mehr, als er es zugeben wollte. Auch wenn keiner von ihnen etwas angedeutet hätte, so wussten sie doch beide, woran es lag. Es war, als verbände ihn etwas Besonderes mit ihrer Heimatstadt. Und so war es auch.

In den vergangenen Monaten waren Nics Stimmungsschwankungen noch schlimmer geworden. Er verpatzte beinahe jede Aufnahme und riss sich bei ihren Auftritten gerade noch genug zusammen. Sie waren am Ende ihrer Tour angekommen, und die Rückreise verzögerte sich etwas. Nics Stimmung verschlechterte sich dadurch von Tag zu Tag. Hinzu kam seine Kehlkopfentzündung, die ihm zu schaffen machte. Einige Tage hatte er gar nicht sprechen können, und der hatte ihm eine Ruhepause verordnet.

»Wo bleiben denn die Pressefuzzis?«, moserte der lange und schlaksige Jim wieder. Sie brauchten alle einfach eine Pause voneinander. Doch das Management sah das nicht ein und forderte immer mehr von ihnen. Sie waren seit Wochen nicht zu Hause gewesen, und ihre Akkus waren leer.

»Was macht ihr als Erstes, wenn ihr in die Heimat kommt?«, fragte Stan, um sie aus ihrer miesen Stimmung zu holen.

»Oh, ich werde mich in mein Bett legen und drei Tage lang durchschlafen. Außerdem werde ich Maureen und die Mädchen sehen«, antwortete John glücklich und gähnte. Seine roten Augen zeigten deutlich den erheblichen Schlafentzug.

»Das tust du doch auch hier«, neckte ihn Liam grinsend. Alle lachten kurz, während John Liam ein Kissen an den Kopf warf.

»Ich werde ein paar Tage ausspannen, vielleicht im Süden, wo es schön warm ist und es wundervolle Bikini-Schönheiten gibt.« Ein Funkeln in Jims Augen verriet, dass er es kaum erwarten konnte, zu den nächsten Partys zu kommen.

»Als hättest du hier nicht ebenso viele Möglichkeiten, die Frauen ins Bett zu kriegen …« Nic schüttelte den Kopf.

»Du vielleicht, mein lieber Freund«, entgegnete Jim feindselig.

»Ich gebe sie gern alle her. Ich will sie nicht«, verteidigte sich Nic mit einem Achselzucken.

»Na komm, gib's zu! Du konntest Angela nicht widerstehen … Sie hat echt tolle Beine, aber was sag ich dir das? Du hast sie sicher schon kennenlernen dürfen, besser als wir alle. Und jetzt tu nicht so, als sei das ein besonders schweres Opfer gewesen.« Jim machte es am meisten zu schaffen, dass Nic so umjubelt wurde.

Der hob abwehrend die Hände und grinste. Ein Panzer, den er sich in den letzten Jahren zugelegt hatte, um sein Innerstes zu schützen. »Ein Gentleman genießt und schweigt.«

»Sie hat dich nicht entkommen lassen, richtig?«, hakte Liam lachend nach und schlug ihm anerkennend auf die Schulter. Es stimmte.

Seit sie Angela Jeffers, die Assistentin ihres Managers, kennengelernt hatten, war diese nicht von Nics Seite gewichen. Sie war eine wahre Schönheit, so viel musste man ihr einfach zugestehen. Ihre blonden langen Haare hatten dank eines teuren Friseurs immer einen satten Honigton, ihre Augen waren hellblau, und allein ihr Mund war die pure Versuchung. An ihrem makellosen Körper war rein gar nichts auszusetzen, abgesehen von ihren wenigen, weichen Rundungen. Wie Nic nur zu deutlich wusste, tat sie alles, um ihren Körper so in Form zu halten, und wenn sie es nicht schaffte, die Kalorienfalle zu umgehen, trainierte sie sie im Fitnessclub sofort wieder ab. Sie war immer adrett und sexy gekleidet und hatte einige von Nics einsamen Nächten durch ein Sexabenteuer gefüllt, und er war dabei immer auf seine Kosten gekommen. Doch von Anfang an hatte er gewusst, dass es ein Fehler war. Nicht sie war eine seiner Trophäen, sondern er eine von ihren. Sie war immer auf der Jagd nach einem neuen Star, und Nic wusste, dass sie es auch bei Liam versucht hatte. Ihre Freundschaft ließ sich jedoch leichter abschotten, als Angela gedacht hatte, und so war sie eiskalt abgeblitzt. Seither war Funkstille zwischen ihnen allen.

Nic war nicht traurig darüber, sondern erleichtert. Sie war immer eine Spur zu wild, zu schnell und zu fordernd gewesen.

Er hatte es kaum abwarten können, in sein Bett zu verschwinden und dort seinen Gedanken nachzuhängen. Er war rastlos geworden. Er hatte damals gedacht, dass seine innere Unruhe und Sehnsucht damit gestillt werden konnten, wenn er nur weit genug die Welt bereiste. Das tat er nun seit fast vier Jahren. Trotzdem fühlte er sich einsam und leer. Es tat weh, zu wissen, dass sich das Leben seiner Familie und Freunde auch ohne ihn weiterdrehte. Es kam ihm alles so unwirklich und weit weg vor, dass er manchmal ernsthaft an ihrer Existenz zweifelte. Dann brauchte er nur Mias Stimme zu hören und wusste, dass sie echt war. Sie war keine von seinen Groupies oder Verehrerinnen, die ihm alles gaben, was er von ihnen wollte. Sie ließ sich nicht von seiner Popularität blenden und maulte ihn dank ihres herzerwärmenden Temperaments an, sobald es nötig war. Auf seine Frage, warum das so war, hatte sie gesagt: »Mhhhmm, weißt du, ich habe dich mit fiesen Pickeln gesehen, während einer Magen-Darm-Grippe, ungewaschen und unrasiert … ich finde dich stinknormal und manchmal sogar langweilig!« Ihr freches Mundwerk war nicht zu bremsen und genauso erfrischend wie sie selbst. Dann hatte sie hinzugefügt: »Ich vermisse dich, Nic! Komm bald nach Hause!« Und wie *sie* ihm erst fehlte …

Sein Selbstmitleid widerte Nic an. Er fand es unwürdig, dass er sich über dieses Leben beschwerte. Es war unglaublich, dass er scheinbar nie zufriedenzustellen war. Andererseits hatten ihn der Erfolg und das neue Leben kalt erwischt. Er hatte nicht damit gerechnet, was das alles für einen Preis von ihm fordern würde.

Während der unbefriedigenden Zeit in seinem Leben war Mia stets an seiner Seite gewesen. Und seit er das Leben führte, das er sich immer erträumt hatte, war sie fort.

»Aufwachen, Prinzessin! Erde an den schönsten Mann in diesem Land!« Ein vertrautes Gesicht tauchte urplötzlich vor Nic auf. Er wusste, dass er sicher seltsam ausgesehen haben musste, ganz in Gedanken versunken und auf einem Fingernagel kauend. Liam stand vor ihm und grinste breit auf ihn hinunter. »Wo warst du denn?«

Liam Kennedy war, so lange Nic denken konnte, sein bester Freund und Mias großer Bruder. Sie waren zusammen aufgewachsen und hatten früh ihre Leidenschaft für Musik entdeckt. Liam kam mehr nach seinem Vater als Mia. Seine dunklen Haare waren gelockt, und die dunklen Augen, glichen denen seines Vaters bis ins kleinste Detail. Insgesamt war er ein ruhiger Mensch, und seine Melancholie machte sich zwar für seine Musik bezahlt, doch in seinem Leben wirkte sie sich eher negativ aus. Er mochte es, wenn alles seine Ordnung hatte, und musste deswegen viele Witzeleien über sich ergehen lassen. Dennoch neigte er auch dazu, öfters überzureagieren, und Nic hatte schon so manchen Streit schlichten müssen.

Nic stand schnell auf und erwiderte hastig: »Bei den gestrigen Aufnahmen natürlich … wo soll ich sonst gewesen sein.«

Liam grinste immer noch, als er seinem Freund in das angrenzende Zimmer folgte, um sich der Pressemeute zu stellen.

Kapitel 4

Es war neun Uhr abends, als Mia am folgenden Tag nach Hause kam. Der Morgen hatte wie immer damit begonnen, dass sie zu spät dran gewesen war. Sie hatte Haley im Kindergarten abgesetzt, nicht ohne vorher noch ein Sandwich für sie beide zu kaufen und ihren heißen Kaffee über ihre Jeans gekippt zu haben. Da wusste sie schon, dass dies wieder einer dieser verrückten Tage werden würde. Sie hatte eine Nachprüfung an der Uni gehabt, zu der sie trotz eigentlicher Verspätung zwei Stunden zu früh erschienen war, weiß der Himmel warum. Sie hatte ihre Praktikumschefin besucht und sich einen Rüffel abgeholt, weil ihre Zeichnungen nicht ihren Vorstellungen entsprachen. Nun hatte sie neben den ohnehin noch zu verbessernden Vorlagen ein weiteres Bündel Blätter im Gepäck. In Lizzys und ihrer WG hatte sie auch nach dem Rechten sehen müssen.

Eigentlich hätte das Chaos darin sie erschrecken sollen, denn Lizzy und sie waren seit einer Woche nicht mehr dort gewesen. Mias Hoffnungen, ihren chaotischen Aufbruch vor einer Woche nur geträumt zu haben, waren verpufft, als sie die Eingangstür nur schwer öffnen konnte. Hinter der Tür lag immer noch der schmutzige Kleiderberg, der von ihr und Lizzy dort ignoriert worden war. Doch ironischerweise fand Mia ausgerechnet dort zum ersten Mal an diesem Tag einen Moment Frieden. Im Chaos das Chaos besänftigen …

Haley hatte auch heute wieder stoisch darauf gewartet, dass sie nach Hause kam. Mit ihrem hübschen Schmollmund, den wilden hellblonden Locken, dem rosa Pyjama und den verschränkten Armen sah sie unglaublich niedlich aus. *Eines Ta-*

ges wird sie eine Schönheit werden und allen Männern das Herz brechen, überlegte Mia.

Sophie brummte nur missbilligend, dass sie auch allein mit dieser rotznäsigen Kleinen zurechtgekommen wäre. In Wahrheit musste die alte Frau sich jedoch eingestehen, dass Mia für diesen Job besser geeignet war als sie. Auch wenn sie es ständig zu vertuschen versuchte, so wurde sie langsam alt. Die alltäglichen Arbeiten in diesem großen Haus fielen Sophie immer schwerer. Wenn sie glaubte, dass Mia es nicht sah, machte sie kurze Pausen und verschnaufte.

Nach einem ernsten Gespräch zwischen Mia und Haley, in dem sie ihrer Cousine zum wiederholten Mal deutlich machte, dass sie nicht ständig so lange aufbleiben konnte, trug Mia sie nach oben in ihr Zimmer. Das kleine Kinderzimmer hatte früher Mia gehört. Doch kurz vor Alans Tod hatte er im Dachgeschoss eine kleine Wohnung ausbauen lassen, die Mia nun in den Ferien bewohnte. Ein kurzer, widerstrebender Besuch im Bad und schon kuschelten sich Mia und Haley in das kleine Bett, und Mia las ihr ihre Lieblingsgeschichte von der Schönen und dem Biest vor, bis Haley kurz darauf eingeschlafen war.

Müde machte Mia sich dann in ihr Zimmer auf und dachte an den heutigen Tag. Chris war kurz nach ihrem Unterricht zu ihr gekommen, nur um zu fragen, wie es ihr ginge. Er hatte gewusst, dass Mia keine Zeit für ein Essen hatte, und ließ dennoch keine Gelegenheit aus, sie wenigstens kurz zu sehen. Dass Chris sich mehr von ihr wünschte, war ihr mittlerweile auch klargeworden. Er gab ihr immer wieder das Gefühl, die absolut schönste Frau auf der ganzen Welt zu sein. Er war ziemlich nett, gutaussehend, und er gab sich wirklich viel Mühe. In Wahrheit genoss sie die Zeit mit ihm immer mehr. Chris hatte tatsächlich viele Vorzüge, und auch wenn Mia gern über ihn meckerte, um ihre Reserviertheit ihm gegenüber zu rechtfertigen, so war er schon ziemlich nah dran, der Richtige für sie zu sein. Ein Mr. Darcy, wie ihn Jane Austen beschrieb, hatte nun mal auch seine Fehler. Und was nicht zu vergessen war: Elizabeth Benett ebenso. Nicht umsonst hatte es einige Hundert Seiten und Verwicklungen gebraucht, bis sie sich gekriegt hatten. Einen Menschen zu suchen, der perfekt war, schien doch ziemlich arrogant zu sein. Man selbst war es schließlich auch nicht. Nur sollten diese kleinen Makel einen nicht von Anfang an in den Wahnsinn treiben. Der Sex mit Chris war wunderbar gewesen. Das war sicher auch der Grund dafür, warum Mia die vergangenen Wochen mit ihm zusammengeblieben war. Sie seufzte und ließ sich auf ihr Bett fallen.

Die Liebe war alles andere als einfach. Sie musste zugeben, dass Chris sie nicht verließ, um die Welt zu erkunden, so wie Nic oder ihr Bruder, und allein dafür mochte Mia ihn noch mehr. Bisher hatte es nur einen Mann gegeben, der an einen Mr. Darcy herangereicht hatte, sodass Mia ernsthaft daran gedacht hatte, ihre Heimat zu verlassen. Jake.

Jake Bower war ein begeisterter Sportler gewesen, der in Mias erstem Studienjahr ebenfalls ein Jahr an der Uni von Falmouth studiert hatte. Er hatte ein Sportstipendium bekommen und studierte nebenbei Biologie. Jake war in Australien geboren und in den ersten Jahren seines Lebens auch dort aufgewachsen. Die Trennung seiner Eltern hatte ihn nach London verschlagen, wo er seine Leidenschaft für Fußball entdeckt hatte. Er spielte in der Jugendmannschaft von Bristol und hatte sich ein zweites Standbein aufbauen wollen. Denn niemand konnte ewig Fußballer sein, zumindest war das die Aussage und damit auch Bedingung seines Vaters gewesen. Mia hatte ihn an ihrem zweiten Tag an der Uni in der Cafeteria kennengelernt, und ab diesem Tag hatte es eine ganze Weile niemand anderen in ihren Gedanken gegeben. Nicht einmal Nic. Er war gerade erst mit den *Swores* durchgestartet und hatte überhaupt keine Zeit mehr für Mia gehabt. Es war dieser eine Moment gewesen, in dem Mia beinahe den Weg aus ihrer Misere gefunden hätte.

Jake hatte sie vergöttert und jede freie Minute mit ihr verbracht, ohne sie einzuengen. Sie selbst war auch so unglaublich verliebt in ihn gewesen. Seine hellbraune Haut, unter der sich unzählige Muskeln abzeichneten, und seine grünen Augen und die braunen Haare, die ihm ständig in die Stirn fielen, hatten ihr den Atem geraubt. Er hatte kaum einen Makel gehabt, außer einem: Er sollte nur einige Monate bleiben und dann nach Deutschland versetzt werden, um in München zu studieren und dort im Nachwuchskader des FC Bayern zu spielen.

Mia hatte von Anfang an darüber Bescheid gewusst, und von Woche zu Woche war sie sich immer sicherer gewesen, dass sie ihn begleiten wollte. Sie hatte ihr Studium dort fortführen wollen. Als sie ihrer Familie von ihren Plänen erzählte, gab es nur glückliche Gesichter. Lediglich ihr Dad schien darüber betrübt zu sein. Doch er war oft betrübt gewesen, und Mia war sich sicher, dass er sich irgendwann für sie gefreut hätte. Wenn Alan wieder versucht hatte, mit Mia die Nachteile ihrer Zukunftspläne zu besprechen, hatte ihre Mutter ihn mit einem einzigen Argument zum Schweigen gebracht: Sie hatte ihre Heimat auch für ihn verlassen und diese Entscheidung nicht einen Moment bereut. Mia würde nie den Ausdruck in den Augen ihres Vaters vergessen. Sie hatte nur Glück und Liebe in ihnen gesehen. Das waren seltene Augenblicke gewesen, denn Alan hatte mit starken Depressionen zu kämpfen gehabt. Doch ihre Mutter hatte ihn immer wieder aus seinem Loch geholt. Anstatt sich von seiner Schwermut unterkriegen zu lassen, hatte Alan für ein wunderbares Leben mit Celine gekämpft, und er hatte gewonnen. Er hatte seine eigene Praxis eröffnet, dieses Haus gebaut und zwei Kindern das Leben geschenkt. Er hatte ein glückliches und erfülltes Leben geführt, wenn es auch viel zu kurz gewesen war.

Ein paar Wochen, bevor Mia ihre Koffer hatte packen wollen, geschah etwas Schreckliches. Ihr Vater starb plötzlich und unerwartet an einem Herzinfarkt, und Mias Pläne waren wie eine Seifenblase zerplatzt. Ihr Herz hatte den Kummer nicht ertragen, und so war kein Platz mehr für eine gemeinsame Zukunft mit Jake gewesen. Er hatte noch lange versucht, den Kontakt mit Mia aufrechtzuerhalten, und nicht wahrhaben wollen, was Mia im schlimmsten Moment ihres Lebens gewusst hatte: Alles, einfach alles, hatte sich völlig verändert. Sie selbst hatte sich verändert. Eines Tages war ein Brief aus Deutschland gekommen, in dem Jake ihr Lebewohl gesagt hatte.

»Leben ist das, was passiert, während du etwas anderes planst. Vielleicht geschieht nichts ohne Grund, und wir haben alle einen Platz auf der Welt, um zu einem bestimmten Zeitpunkt an einem bestimmten Ort einem bestimmten Menschen zu begegnen, für den wir bestimmt sind. Leb wohl, Jake«

Mia hatte nie wieder etwas von ihm gehört, und irgendwann hatte sie sich gewünscht, dass er recht behalten würde. War Chris vielleicht dieser Mensch? Aber hätte sich das dann nicht anders anfühlen müssen? Sie las so viele Bücher, in denen von der großen Liebe geschrieben wurde. Alles an so einer Liebe musste besonders sein. Selbst die Liebe ihrer Eltern war es gewesen, und Mia wollte das Gleiche. Doch bei Chris fehlte ihr etwas.

Das Vibrieren ihres Telefons unterbrach die Stille in ihrem Zimmer, während sie an die Decke starrte. Ihre Glieder waren so schwer, und die Müdigkeit setzte sie schachmatt, sodass sie sich gar nicht bewegen wollte. Der plötzliche Gedanke an Liam und Nic rüttelte sie allerdings wach. Wie immer hatte sie ihr Telefon irgendwo hingelegt und wühlte wie verrückt unter ihren Uni-Unterlagen. Sie folgte dem Brummen des Vibrationsalarms und öffnete die Schranktür. Da lag es gemeinsam mit ihren Spitzenslips in ihrer Unterwäsche, die sie vor gut zwölf Stunden dort eingeräumt hatte. *Na wunderbar! Typisch!*

Einige Anrufe waren bislang eingegangen, und durch ihr Chaos und ihre Zerstreutheit hatte sie sie verpasst.

Sie öffnete die aufblinkenden Nachrichten, darunter eine von ihrer Mutter, klickte jedoch direkt auf Nics Namen.

Wette, dein Telefon liegt im Kühlschrank!? XX Nic

Sie lächelte und öffnete eine weitere.

Haley versteht die Angelegenheit mit dem Telefon immer noch nicht … XX Nic

Die nächste Mitteilung war nur eine halbe Stunde später eingegangen.

Sie hat nicht richtig aufgelegt!:(Nic

Verdammt Mia, wo ist dein Telefon? Wir kommen zurück! Liam

Ups … da wartete sie schon seit Tagen auf ein Lebenszeichen von den beiden, und dann verpasste sie die wichtigsten Informationen. *Mia Kennedy, du bist ein chaotisches, dummes Schaf!*, schimpfte sie mit sich selbst.

Schnell hechtete sie die Treppe hinunter und suchte nach sämtlichen anderen Telefonen im Haus. Sophie war dabei, die

Reste des Abendessens zu verpacken, während Mia triumphierend das Telefon unter den Zeitschriften hervorkramte, jedoch enttäuscht wieder weglegte, weil der Akku leer war. Ihre Großmutter zog eine Braue in die Höhe, verstand die Aufregung aber sofort.

Sophie lächelte in sich hinein. Die Erschöpfung war Mia eben noch sosehr anzusehen gewesen, doch nun glühten ihre Wangen vor Aufregung. »Verdammt Mia! Du machst mich ganz wuschig«, meckerte sie argwöhnisch, fügte aber sofort hinzu: »Sie kommen also endlich zurück?!« Es war eher eine Feststellung als eine Frage, und die Erleichterung war deutlich in ihrem Gesicht zu sehen. »Das wurde aber langsam auch mal Zeit, zum Teufel!«

»Granny!«, warnte Mia sie und deutete zum oberen Stockwerk, wo ihre kleine Nichte schlief.

»Was denn? Ich hab doch recht! Und der kleine Quälgeist schläft tief und fest. Alles andere hätte mich auch gewundert, nachdem sie mich den ganzen Mittag auf Trab gehalten hat. Du hast zu viel Einfluss auf die Göre.«

»Vielleicht solltest du dann lieber auch zu Bett gehen?«, neckte Mia sie grinsend, und Sophie war sichtlich entrüstet.

»Zu dieser Zeit gehen nur Großmütter schlafen! Dafür muss ich noch zwanzig Jahre mehr auf dem Buckel haben, damit du das erleben wirst.«

Mia dachte an die etlichen Male in den vergangenen Wochen, als sie heimgekommen war und eine schlafende Sophie in ihrem Sessel vorgefunden hatte. Und wenn sie sich recht erinnerte, war das schon gegen einundzwanzig Uhr gewesen.

»Na endlich kommen sie wieder heim. Diese komischen Amerikaner haben nun mal keinen guten Einfluss auf die Jungs. Aber auf mich hört hier ja sowieso keiner.« Sophie warf die Hände in die Luft und wischte die Küchenanrichte weiter sauber.

»Dafür können sie dort richtig gutes Geld verdienen. Außerdem ist es wichtig für ihre Karriere, auch in den USA den Durchbruch zu schaffen«, erwiderte Mia achselzuckend.

»Verdient man hier kein richtig gutes Geld, Mia? Ich finde, dass sie hier sie selbst sein können, während sie da drüben zu solchen Weicheiern umgeformt werden …«

»Sophie!« Mia schnaubte und ließ das Thema lieber auf sich beruhen. Es hatte keinen Sinn, mit ihrer Großmutter zu diskutieren. Sie hatte das andere Telefon gefunden – zum Glück mit vollem Akku – und wählte Nics Nummer.

»Außerdem ist der Wahnsinn hier auch schon groß genug. Wie soll das denn weitergehen? Hauptsache, sie fangen nicht auch noch alle gleichzeitig an zu hopsen wie diese anderen amerikanischen Gruppen«, maulte Sophie.

Mia konnte gerade noch verhindern, in hysterisches Lachen auszubrechen bei der Vorstellung, die *Swores* hopsen zu sehen.

Nachdem es eine Weile geklingelt hatte, meldete sich eine raue Männerstimme. »Honey!«

Ein seltsamer Schauer überlief Mia. »Hey!« Sie zögerte, und plötzlich fiel es ihr schwer, alle Emotionen und Gedanken in einem normalen Satz zusammenzufassen. »Sorry ich … mein Handy!« *Super Sache, Emilia! Jetzt hält er dich für total bescheuert.* Offenbar waren weitere Erklärungen gar nicht nötig.

»Mmmmhhmm, so was dachte ich mir schon.« Mia konnte Nics Grinsen förmlich durchs Telefon hören.

»Wo war es diesmal?« Ein raues Lachen, gepaart mit einem merkwürdig verstimmten Ton drang an ihr Ohr.

»Bei meiner Unterwäsche … was ist mit dir los? Du hörst dich gar nicht gut an.«

»Oh, nur eine Kehlkopfentzündung. Unterwäsche? Erzähl mir jedes schmutzige Detail. Wie ist es dahin gekommen?«

Mia schmunzelte, ignorierte jedoch seine Neckerei. »Ach Scheiße, musstet ihr abbrechen? Hast du Fieber? Musstest du Medikamente nehmen? Ich hoffe, du hast nicht dieses eine Antibiotikum gekriegt, wovon du mal diesen fiesen Ausschlag bekommen hast.«

Nic lachte leise und sehr unmelodisch ins Telefon. »Mach dir keine Sorgen, Süße!«

»Das sagst du so leicht, ich weiß noch ganz genau, wie du ausgesehen hast, als du damals dieses Zeug genommen hast. Es war schrecklich!« Nun ähnelte Nics Lachen einem verzerrten Quietschen. »Im Ernst Nic, was ist mit dir los?«

»Sehr charmant, junges Fräulein, warte nur, bis ich morgen da bin ...« Er ließ den Satz unvollendet, aber bedeutungsschwer in der Luft hängen und wurde schnell wieder ernst. »Mmmhhmm, alles schon wieder auf dem Weg der Besserung. Es waren eh nur noch zwei Auftritte geplant ... aber Liam ist trotzdem sauer auf mich, weil er so seine kleine Affäre früher beenden musste als geplant, du verstehst?«

Eine Stimme im Hintergrund meldete sich zu Wort. »Ist das Mia? Gib sie mir!« Plötzlich wurde sich Mia der Anwesenheit von Sophie deutlich bewusst, und ihr forschender Blick war ihr unangenehm. Ein kleines Gerangel entstand am anderen Ende der Leitung, was Nic scheinbar vorerst für sich entschied.

Mia schlenderte nach draußen auf die Terrasse, wo sie sofort fröstelte. Für Anfang April war es noch recht kalt, vor allem nachts. Mia genoss kurz den Blick in den Garten, der fast vollkommen dunkel und geheimnisvoll vor ihr lag.

»Ich spreche mit ihr. Das hier ist mein Telefon, du Verrückter. Du wirst nie glauben, was er gerade angestellt hat, Honey.« Nic lachte wieder, und es knackte im Telefon. Die Stimme ihres Bruders drang wieder näher an ihr Ohr.

»Du lausiger Musiker! Er darf nicht sprechen, Mia!«, hallte die Stimme ihres Bruders im Hintergrund.

Mia lachte und ließ sich auf einer Bank im Garten nieder. Sie genoss es, den beiden bei ihrem Gerangel zuzuhören. Es erinnerte sie an alte Zeiten, Zuhause und Geborgenheit.

Jemand rief ihren Namen, und Mia erkannte Lizzy. Sie winkte fröhlich und kam auf sie zu.

»Nic, ist das wahr? Anweisungen vom Arzt sollte man nicht auf die leichte Schulter nehmen. Dann solltest du mir lieber Liam geben.« Plötzlich kam Mia sich dumm vor, und ihr wurde ganz heiß im Gesicht. Sie hörte sich schon an wie ihre Mutter oder noch schlimmer wie Nics Mutter.

»Ach was, er ist bloß eifersüchtig, weil ich öfter mit dir spreche als er.« Sie konnte den gedämpften Protest durchs Telefon hören.

»Deine Schwester kommt gerade rüber«, berichtete Mia.

»Oh sie will dir sicher die Nachricht unserer Rückkehr überbringen. Ich hab es schließlich aufgegeben, dich ans Telefon zu kriegen.« Er lachte rau.

»Ich fürchte nicht nur das ... es sieht ganz so aus, als hätte sie noch was mit mir vor ... sie schaut schon so komisch ...«, stellte Mia argwöhnisch fest. Stille herrschte am anderen Ende, sodass Mia schon dachte, er hätte aufgelegt.

»Hat er dir schon gesagt, dass er zu meinem Geburtstag zu Hause ist?« Lizzy grinste Mia breit an, auch sie schien erleichtert über die Rückkehr der beiden zu sein. *Die sonst so toughe Schwester,* dachte Mia amüsiert. Lizzy stand schon im Pyjama auf der Terrasse und kuschelte sich neben Mia auf die Bank.

»Wo warst du?«, formte sie lautlos mit den Lippen und wedelte aufdringlich vor Mias Gesicht herum.

»Moment Nic, deine Schwester ist … deine Schwester …« Mia hielt halbherzig den Hörer zu und fragte: »Was ist denn, du verrücktes Huhn?«

»Wo hast du gesteckt? Wolltest du nicht schon längst zu Hause sein?«

Mia verdrehte die Augen und hielt den Hörer wieder ans Ohr. »Ich wurde von jemandem aufgehalten.«

»Oh, und dieser jemand ist besonders gutaussehend, richtig?«, flüsterte sie lautstark zurück.

Mia ignorierte sie. »Nic?«

»Ich bin noch dran«, murmelte er.

»Wann seid ihr zurück?«

»Unser Flug hat Verspätung, aber ich denke morgen Mittag landen wir.« Nun war es Mia, die schwieg, und Nic fragte: »Mia?«

»Ja, ich bin noch da. Gibst du mir bitte Liam kurz?«

»Klar! Aber … ähm … Honey?«

Mia lächelte. Sie liebte es, wenn er sie so nannte. »Ja?«

Er sagte leise: »Ich bin froh, wieder nach Hause zu kommen.« Er verabschiedete sich schnell krächzend, und Liam kam in die Leitung.

»Hey Schwesterherz, ich bin völlig erledigt und freu mich auf zu Hause. Wie geht's euch so? Alles in Ordnung mit euch?« In dem Moment, als Mia Liams Stimme hörte, wurde ihr erst klar, wie sehr sie ihn vermisst hatte.

»Du kannst dich bald selbst davon überzeugen. Haley ist das blühende Leben und Granny auch. Vor ein paar Tagen hab ich wieder mal eins ihrer Zigarettenverstecke entdeckt. Du wirst nicht glauben, wo sie diesmal waren …«

Sie plauderten noch ein paar Minuten, bis sie sich voneinander verabschiedeten. Lizzy sah Mia an, als erwartete sie eine besondere Regung von ihr.

»Was ist?« Lizzy zuckte nur mit den Achseln und grinste breit. »Okay, nun sag schon … was willst du?«, hakte Mia noch mal nach.

»Sie kommen nach Hause, ich freu mich nur«, war alles, was Lizzy sagte, und doch deutete ihr ganzes Verhalten darauf hin, dass mehr dahintersteckte.

Mia schaute ihre Freundin prüfend an, sagte jedoch nichts mehr. Nach einem Plausch über ihre Unterhaltungen mit ihren Brüdern schwiegen sie kurz.

»Und … wie geht es dir damit?«, fragte Lizzy vorsichtig.

»Womit?« Mia wirkte überrascht, doch das nahm Lizzy ihr nicht ab. Sie wusste ganz genau, worauf Lizzy hinauswollte. »Na, ich freu mich, dass sie wieder heimkommen!« Mia atmete tief ein, und das war Antwort genug.

Eine Heimkehr ihrer Brüder war immer etwas Besonderes, doch in Wahrheit fragte Mia sich, wie lange der Aufenthalt diesmal dauern würde und wie aufgewühlt sie sich nach Nics Abreise fühlen würde. Zurückkehren war mittlerweile immer mit einem Verlassenwerden verbunden. Und das konnte kein Mensch auf Dauer verkraften.

Lizzy verschränkte Mias Hand mit ihrer und starrte darauf. Sie räusperte sich und sagte vorsichtig: »Es wird sich für ein paar Wochen wieder alles so anfühlen wie früher. So wie du es dir immer wieder wünschst. In dieser Zeit wird er dein ganzes Leben über den Haufen werfen. Du wirst Ärger mit deinem aktuellen Freund bekommen, keine Zeichnungen fertigstellen können, all deine Freunde vernachlässigen und viel, viel Zeit mit Nic verbringen. So wie jedes Mal.« Ihre Freundin sprach, wie so oft, genau ihre eigenen Gedanken aus. »Dann wird er wieder seine Tasche packen und sich für viele Wochen, vielleicht Monate kaum mehr blicken lassen. Du wirst wie eine verrückte alte Schrulle hier oder in der WG herumlungern, allen aus dem Weg gehen und dich darüber ärgern, dass du es wieder zugelassen hast. Es wird Wochen dauern, bis du wieder die Alte bist. Aber es wird mit jedem Mal schwerer für dich, in dein Leben ohne Nic zurückzufinden.«

Lizzy hielt inne und sah Mia vorsichtig in die Augen. »Ich weiß, dass du kaum etwas dagegen tun kannst. Das Einzige, um das ich dich bitte …« Sie holte tief Luft. »Bitte, mach es ihm nicht zu einfach. Bitte sei dir selbst so viel wert, alles endlich auf eine Karte zu setzen und ihm zu sagen, was du in einem Winkel deines Herzens schon eine Weile verborgen hältst.«

Mia schluckte und blickte an ihrer Freundin vorbei in die Dunkelheit. Sie hatten nie so direkt über Mias Beziehung zu Nic gesprochen. Lizzy drückte ihre Hand fester, als Zeichen, dass sie es verstand, schon immer verstanden und gewusst hatte.

»Lizzy …«

Doch ihre Freundin schüttelte den Kopf. »Nein, Schatz. Du musst nichts dazu sagen. Du weißt, ich habe eine Schwäche für alles Schrullige an dir, und wenn wir ehrlich sind, wären wir perfekte Kandidatinnen für diese zwei alten Ladys, die bis zu ihrem Tod in einem Haus weitab vom wirklichen Leben wohnen und dort auf ihre alten Tage viele Tiere halten. Sehr viele Tiere. So was wie fünfundzwanzig Katzen, fünf Hunde, vielleicht auch Hühner. Die Leute würden über uns tuscheln und schaurige Geschichten erfinden, um ihre Kinder vor so einem Leben abzuschrecken. Ein wenig reizt mich der Gedanke daran schon. Aber wir wären Närrinnen, wenn wir es nicht zumindest anders versucht hätten.«

Mia fühlte einen Kloß in ihrem Hals und strengte sich sehr an, nicht zu weinen.

»Was hältst du davon, wenn wir zumindest für heute Abend alles so lassen, wie es war, bevor mein dummer, dummer Bruder nach Hause kommt?«

Mia nickte entschlossen, wusste aber, wie recht Lizzy hatte.

»Ich rufe Nate an, und ich wette, Chris und er brauchen weniger als eine halbe Stunde, bis sie uns abholen kommen.« Lizzy kramte ihr Handy hervor und tippte darauf herum, während Mia in Gedanken versunken war.

Noch nie zuvor hatte Lizzy ihr so deutlich zu verstehen gegeben, was sie von dieser Sache zwischen ihr und ihrem Bruder hielt. Mia hatte sich immer solche Mühe gegeben, ihre Gefühlswelt nicht so offen preiszugeben. Es war eins, es mit sich selbst auszumachen, aber zu wissen, dass alle anderen längst informiert waren, machte Mia dann doch nervös. Nic war ein besonderer Mann für sie. Er kannte all ihre Macken und gab ihr trotzdem das Gefühl, der wichtigste Mensch in seinem Leben zu sein. Sie waren zusammen aufgewachsen und Mia hatte sich irgendwann zwischen dem Sandkasten und jetzt in ihn verliebt. Sie konnte keinen Moment ausmachen, in dem ihr das klargeworden war. Wahrscheinlich war es ein schleichender Prozess gewesen. Manchmal hatte sie geglaubt, Nic würde es ähnlich gehen, doch dann war er wieder reserviert und distanziert gewesen. Ganz so, als würde er sie auf Abstand halten wollen.

Als der alles entscheidende Anruf ihrer Plattenfirma kam, die die *Swores* von einer Nacht auf die andere berühmt machte, hatte Mia jede Hoffnung verloren. Irgendwann war sie zu dem

Schluss gekommen, dass Nic und sie nicht rechtzeitig auf den fahrenden Zug aufgesprungen waren, und sie hatte begonnen, einen anderen Weg einzuschlagen. Sie waren schlicht und ergreifend über den Punkt hinaus, an dem man ein Paar werden konnte. Wahrscheinlich kannten sie sich zu gut.

Vielleicht war sie aber auch zu unsicher gewesen. Denn Nic und Mia verband wirklich eine wunderbare Freundschaft. Hätte sie ihm von ihren Gefühlen erzählt und er hätte sie nicht erwidert, wäre womöglich alles verloren gewesen. Dieses Risiko war Mia nicht bereit gewesen einzugehen.

Nichtsdestotrotz hatte Lizzy mit allem recht, was sie gesagt hatte. Sie ließ zu, dass er für ein paar Wochen in ihr Leben zurückkehrte und sie alles für die Zeit mit ihm über den Haufen warf. Irgendwann war er wieder fort, und Mia stand vor den Trümmern einer neuen Beziehung oder hatte neue Bekanntschaften verloren.

»Diesmal nicht!«, sagte Mia entschieden und laut genug, dass Lizzy lächelnd zu ihr herübersah und weitere Einzelheiten mit Nate verabredete.

Kurz darauf klingelte Mias Handy und Chris rief an. Er freute sich sichtlich, dass sie kurzfristig zu einer weiteren Verabredung kamen.

»Was möchtest du denn heute noch unternehmen, Süße?«, fragte er.

»Du, eigentlich passe ich mich euch an. Was hast du denn mit Nate besprochen?«

Chris lachte. »Eigentlich ist mir alles recht … ich könnte mir durchaus vorstellen, dir meine Badeentensammlung zu zeigen.« Eine Anspielung auf ihr letztes intimes Date, und Mia fühlte sich sichtlich wohl bei dem Gedanken daran.

Sie hatten alles in allem einen recht amüsanten Abend. Sie

trafen sogar Anabelle und Lisa mit ein paar anderen gemeinsamen Bekannten in ihrer Lieblingskneipe in der Nähe der Uni. Auch die anderen Freundinnen waren skeptisch hinsichtlich der Neuigkeit, dass die *Swores* auf dem Rückweg waren. Lizzy erstickte allerdings jede Diskussion im Keim und erinnerte ihre Freundinnen daran, dass sie ihre Männer dabeihatten.

Doch Mia war so mit ihren Gedanken beschäftigt und voller Vorfreude auf die Heimkehr ihrer Freunde, dass sie sich nicht auf Chris einlassen konnte. Also brachte er sie ein wenig enttäuscht bald wieder nach Hause, bat jedoch darum, dass sie anriefe, wenn ihr danach wäre. Er begleitete sie zur Tür und küsste sie leidenschaftlich, bis sie schließlich im Haus verschwand. Seine offene und ehrliche Art gefiel Mia, und sie wünschte sich, sie hätte die Nacht mit ihm verbracht.

Es war ganz allein Nic, der dieses Gefühlschaos in ihr auslöste. Wie oft hatte Mia sich schon selbst verflucht, weil sie insgeheim wusste, dass die Art, wie sehr sie ihren besten Freund vermisste, weit über die normalen freundschaftlichen Grenzen hinausging. Jedes Mal, wenn sie diese Gedanken zuließ, wurde ihr schlecht.

Jeden Mann an ihrer Seite verglich sie mit Nic. Es gab niemanden, der sie auf die gleiche Art und genauso oft zum Lachen brachte wie er. Es gab niemanden, mit dem sie besser hätte streiten können, der sich jedoch genauso schnell wieder mit ihr versöhnen konnte. Niemand verschaffte ihr die gleiche Entspannung wie Nic, wenn sie einen harten Tag gehabt hatte. Mit keinem sonst konnte sie stundenlang in einem Raum sein und nicht müde an seiner Gegenwart werden.

Mia dachte an den Tag der Beerdigung ihres Vaters. Nachdem sie den ganzen Tag ihrer Mutter beigestanden und all die furchtbaren Mitleidsbekundungen entgegengenommen hatte und anschließend wortlos in ihrem Zimmer verschwunden war, hatte es nur einen Menschen gegeben, der ihr in diesem Moment nah sein durfte, und dieser Mensch war nicht Jake gewesen.

Nic war sofort zurückgekehrt, als er von Alans Tod hörte, und hatte Mia gehalten, beim Weinen getröstet und sie in seinen Armen gewiegt. Liam hatte seinen Kummer im Alkohol ertränkt und Mia damit nur weitere Sorgen bereitet. Doch Nic hatte sich liebevoll um sie gekümmert. Er war als Einziger in der Lage gewesen, sie in dieser Zeit zu stützen. Das Zusammensein mit Nic war so einfach und natürlich wie ihr Herzschlag, denn Nics Leben war unwiderruflich mit ihrem verknüpft.

Kapitel 5

Während das Flugzeug sich sicher in den Wolken bewegte, kam die Band langsam zur Ruhe. Es war seltsam, aber sie waren wesentlich aufgeregter, nach Hause zu kommen, als damals, als ihre Tournee begonnen hatte.

Vielleicht hat ja das Neue langsam seinen Reiz verloren?, sinnierte Nic. Er saß am Gang neben seinen Kumpels und Kollegen. Er hatte sich seine Mütze ausgezogen, sodass seine dunkelblonden Haare wild von seinem Kopf abstanden. Wie es sich für einen Musiker gehörte, waren sie eine Spur zu lang und zu unordentlich. Er fragte sich, wie lange seine Mutter ihm diesmal wieder in den Ohren liegen würde, bis er freiwillig einen Friseur aufsuchte. Sein Drei-Tage-Bart war deutlich zu fühlen, was ihm das klischeehafte Aussehen eines Bad Boys verlieh. Ihr Management war sehr darauf bedacht, dass er ein bestimmtes Image erfüllte, was ihm nicht besonders schwerfiel. Er fand es wesentlich anstrengender, wie aus dem Ei gepellt zum nächsten Fotoshooting zu erscheinen. So war er mehr er selbst. Er hatte seine Sonnenbrille auch im Flugzeug nicht abgenommen. Es mochte einigen albern vorkommen, doch seit dem Rummel um seine Person verspürte er hinter den dunklen Gläsern ein Stück mehr Sicherheit. Es war, als könne man aus seinen Augen alles ablesen. Er gewann so ein wenig Distanz zu den Medien, den Fans und den Reportern.

Durch seine Kehlkopfentzündung trug er heute einen Schal, und sein Sweatshirt saß locker über dem engen, verwaschenen T-Shirt. Seine Bandkollegen redeten ununterbrochen, und Nic hatte sich schon seit einer ganzen Weile ausgeklinkt.

In Gedanken war er längst zu Hause. Er blickte in meergrüne Augen und auf einen süßen Mund, der sich zu einem spitzbübischen Grinsen verzogen hatte, während in den Tiefen ihrer Augen der Schalk tanzte. Seine Familie und seine Heimat vermisste er sehr, doch Mia fehlte ihm schrecklich. Seit er ständig unterwegs war, hatte er das Gefühl, dass sie ihm immer mehr entglitt, was in ihm einen dumpfen Schmerz hinterließ. Seine Aufenthalte zu Hause wurden seltener und immer kürzer.

In den letzten Wochen war es kaum noch auszuhalten gewesen, weil sie sich wegen der Zeitverschiebung am Telefon ständig verpasst hatten. Natürlich wusste er, dass Mia ihr eigenes Leben führte und viel um die Ohren hatte. Doch es hatte eine Zeit gegeben, da war sie für ihn jederzeit erreichbar gewesen. Er hatte nur anzurufen brauchen, und Mia hatte alles stehen und liegen lassen, um Nics freie Zeit mit ihm zu verbringen. Das hatte sich geändert und Nic vor Augen geführt, dass Mias Zuwendung keine Selbstverständlichkeit war. Sein ganzes Leben war Mia für ihn da gewesen, doch in den letzten Wochen hatte er sie kaum ans Telefon bekommen. Zum ersten Mal hatte er einsehen müssen, dass Mia nicht ständig für ihn zur Verfügung stand, und das machte ihn unglücklich.

Sie kannten sich beinahe ein Leben lang und waren wie Geschwister zusammen aufgewachsen. Doch seine wirklichen Schwestern hatten keinen so wichtigen Platz in seinem Herzen. Nirgendwo war er sicherer, nirgendwo war er lieber und fühlte sich sorgenfreier als bei Mia.

Sie besaß mehr Temperament, als gut für sie war, und so wurde es niemals langweilig mit ihr. Sie war chaotisch und manchmal ein wenig schusselig und neigte dazu, in jedes noch so gut versteckte Fettnäpfchen zu treten. Mia liebte ihre Familie und kümmerte sich rührend um die verrückte Großmutter, ihre kleine Nichte und sonstige Findelkinder. Vor allem kümmerte sie sich aber um ihn ... Er wusste, er konnte kommen, wann er wollte, sie wäre schon da. Doch nach den vergangenen Wochen musste er sich eingestehen, dass es nur eine Frage der Zeit war, bis Mia es satthatte, nur auf ihn zu warten. Vielleicht fand sie einen Mann, der ihr all das bot, was Nic nicht konnte? Und wie würde er dann damit leben können?

Emilia Kennedy weckte die unterschiedlichsten Gefühle in ihm, und das verunsicherte ihn immer mehr. Sie hatten alles geteilt, von den Gummibärchen in der Schule über den ersten Liebeskummer, und bis heute standen sie füreinander ein. Eine wahre Freundschaft. Doch sie war mehr als eine Freundin für ihn. Mit Liam, Mias Bruder, war Nic auch eng befreundet, und doch glich diese Freundschaft nicht annähernd dem, was er und Mia hatten.

Sie ließ ihn nachts nicht schlafen, weil er daran dachte, was sie gerade tat. Mia war sein Ruhepol, doch gleichzeitig weckte sie all seine Lebensgeister. Ergab das einen Sinn? Nic schüttelte den Kopf über seine wirren Gedankengänge. Nie hatte er eine andere Frau getroffen, die an Mia heranreichte.

Als Kinder hatten sie zu viert oder in Gruppen oft die Wälder, Flüsse und das Dorf unsicher gemacht. Kein Fisch war vor ihnen sicher gewesen, und in jedem Bach und See waren sie schwimmen gegangen. Sie hatten gemeinsam Baumhäuser gebaut und Fußball gespielt.

Als sie dann älter wurden, verbrachten sie den Großteil ihrer Zeit in einem alten Tonstudio, nur ein paar Straßen weiter. Sie schrieben Songs, gingen in Pubs und in die Disco. Die Wochenenden verbrachten sie am Strand, machten Lagerfeuer und grillten. Nichts hätte ihr junges Leben stören können.

Schlagartig wurden sie dann erwachsen … Nics Karriere mit den *Swores* nahm Gestalt an, und er war kaum noch zu Hause. Alan starb so plötzlich, dass es keinen Trost für die Kennedys gab. Mit einem Mal wurde Mia die Kindheit entrissen, und sie musste sich plötzlich um ihre Familie kümmern. Einzig bei ihm und Lizzy ertrug sie ihre eigenen Tränen. Ihr endloses Vertrauen in ihn bestärkte ihn immer wieder.

Irgendwann war es anders zwischen ihnen geworden. Er konnte nicht in ihrer Nähe sein, ohne sie berühren zu müssen. Es war zum Verrücktwerden. Er ertrug keinen Mann an ihrer Seite, aus Angst, dieser könnte sie ihm wegnehmen oder Mia ernsthaft näherkommen.

Er ahnte längst, dass seine Gefühle für Mia weit mehr als freundschaftlich waren. Aus Angst davor, das Einzige aus der normalen, realen Welt zu verlieren, was ihm etwas bedeutete, machte er keinen Schritt auf Mia zu. Er war nicht sonderlich erfahren, was eine feste Freundin anging. In seiner Lebenssituation war es schwierig, eine richtige Beziehung zu führen. Wie konnte er seine jahrelange Freundschaft mit Mia für den bloßen Versuch einer zum Scheitern verurteilten Beziehung riskieren?

Er würde es niemals zugeben, und meist verdrängte er das Gefühl, aber es gab keinen Menschen in seinem gottverdammten Leben, den er mehr liebte. Jedoch hütete er sich davor, diese Art von Bindung zu ihr zuzulassen. Abgesehen von Liam, der ihn höchstwahrscheinlich eigenhändig erwürgen würde, gab es viele Gründe dafür, und diese waren selbst für Nic nicht leicht zu verstehen.

Vor mehr als vier Jahren stand er kurz davor, zur Uni zu gehen. Seine Band und er hatten Unmengen Tapes und Aufnahmen gemacht, sie an unzählige Plattenlabels geschickt und in den widerwärtigsten Bruchbuden Englands gespielt. Sie hatten manchmal sogar bezahlen müssen, um einen Song spielen zu dürfen. Damals war Nic knapp zwanzig gewesen, ebenso wie Liam. John war sogar noch ein paar Jahre älter als sie und war gerade zum zweiten Mal Vater geworden. Es wurde Zeit, dass sie ein richtiges Leben begannen und keiner Träumerei hinterherjagten. Während dieser schrecklichen Zeit hatte Nic Kleidung von Walmart getragen, kaum ein Restaurant von innen gesehen, höchstens mal eine Imbissbude, und zu Hause gewohnt. Mittlerweile trug er Armani-Anzüge, die angesagtesten Label-Jeans und fuhr einen Sportwagen. Sein Name stand ganz oben auf der Gästeliste der prominentesten Clubs und Restaurants, und er aß Sushi, obwohl es ihm nicht besonders schmeckte. Er besaß ein Loft in London, ein Haus in Italien (wobei die Bezeichnung Haus leicht untertrieben war) und wohnte in teuren Hotelsuiten. Insgesamt betrachtet musste er jedoch feststellen, dass er damals um einiges glücklicher gewesen war.

Mia gehörte nicht in diese glamouröse Welt. Nicht weil sie ihrer unwürdig gewesen wäre, nein, ganz im Gegenteil. Er hielt sie davon fern, weil er fürchtete, dass ihr feuriges Wesen darin erlöschen würde. Sobald er heimkehrte, sah er eine junge Frau, die ein glückliches Leben führte. Sie war sie selbst. Sie lachte und strahlte wie immer. Nic wusste, dass sie unter der ständigen Beobachtung und dem Druck der Öffentlichkeit zusammenbrechen würde. Er hatte schon miterlebt, wie dieses Leben Johns Ehe zerstört hatte, und er sah seinen Freund jeden Tag darunter leiden. Außerdem hatte er Liam sein Versprechen gegeben, Mia so weit es ging von der Presse fernzuhalten. Manchmal glaubte er, dass sein Freund von seinen verwirrenden Gefühlen für seine kleine Schwester wusste. Er ertappte ihn oft dabei, wie er Mia und ihn beobachtete, und manche Sprüche von Liam bereiteten ihm Kopfzerbrechen. *Denk an unsere Abmachung!* oder *Sie sollte, das Leben führen können, das sie sich selbst wünscht.* Also tat Nic nichts, was seine Freundschaft zu Liam oder Mia gefährden könnte.

Der Tag ihrer Heimkehr zog sich ewig hin. Das Flugzeug kam erst am späten Nachmittag am Flughafen Bristol an, und während die Band sich langsam nach draußen begab, erwartete sie schon eine Limousine, die sie nach Bodwin bringen sollte. Eine Menschentraube von Fans wollte vor dem Flughafengebäude Fotos machen. Nic seufzte. Wie hatten die das schon wieder herausbekommen? Also gaben sie ein paar Autogramme und lächelten in die Kameras. Ihre Heimat war schon in Sichtweite, und doch verzögerte sich wieder alles. Nun gut, diese Menschen bezahlten schließlich auch ihre Hotelsuiten, Sportwagen und Häuser.

Nic blickte zum Himmel und freute sich ein wenig mehr, endlich anzukommen. Die Sonne schien, und es war schon relativ warm für diese Jahreszeit. Bei diesem Wetter sah Bodwin am schönsten aus. Wenn die Sonne noch so tief stand und die Blätter auf dem Gras Schatten warfen und wenn die malerische Küstenkulisse einem den Atem raubte. Wenn einem der Duft der frisch gemähten Wiesen in die Nase stieg, dann wusste Nic, dass er zu Hause war.

In ihrer Straße standen ein paar weitere Häuser, und die Nachbarschaft bemühte sich um ein offenes und lebhaftes Miteinander. Oft nervte die Tratscherei, doch andererseits war es auch unterhaltsam für die älteren Bewohner. Und doch war nie etwas über Nics und Liams Jugend an die Presse gedrungen – und eins war sicher: Es hätte viel zu berichten gegeben. Diese Gemeinschaft war wie ein Geheimbund.

Als der Wagen in ihre Straße bog, überkam Nic ein ungeahntes Hochgefühl. Als die Limousine endlich vor den beiden Häusern hielt und ihr Fahrer sie aussteigen ließ, angelte Liam nach den Taschen und Koffern. Nic betrachtete sein Zuhause, und eine Welle der Erleichterung erfasste ihn. Es war alles genau so, wie er es verlassen hatte. Diesmal nahm er sich vor, ein wenig länger zu bleiben.

»Meinst du, der gefeierte Star würde sein Gepäck selbst reintragen?«, ertönte eine belustigte Stimme. Er wandte sich um und betrachtete Liam, der allein hinter ihm stand, umringt von Taschen. Die Rücklichter des Wagens verschwanden am Ende der Straße, und Nic grinste fröhlich.

»Endlich wieder zu Hause!«

Liam nickte schwach. Nic wusste, dass sein Freund seit dem Tod seines Vaters, ähnlich wie seine Mutter, immer schnell wieder das Weite suchte. Zu viele Erinnerungen waren für ihn mit diesem Ort verbunden.

Nic schulterte seine Tasche, zog seinen Koffer hinter sich her und öffnete das Türchen zu den beiden Gärten. Seine Lieben waren zu Hause, das wusste er. Da keinem von ihnen eine genaue Ankunftszeit bekannt war, warteten sie dort. Es war warm genug, um mit einer leichten Jacke draußen zu sitzen, und genau das taten sie alle. Wie eine große, glückliche Familie saßen sie an einem braunen Holztisch zusammen und aßen gemeinsam zu Abend.

Nic seufzte, und auch auf Liams Gesicht breitete sich ein Lächeln aus. Es war ein Bild wie aus einem Werbefilm, aber richtig dazugehörig fühlte sich Nic nicht. Ihm war, als käme er von einem anderen Kontinent mit anderen Sitten und Gebräuchen, und doch gab es da diese Erinnerung ... eine Erinnerung an ein vergangenes Leben. Er wusste, sobald er ein paar Wochen dabliebe, würde sich das Gefühl legen.

Auf der Terrasse tauchten zwei Gestalten auf. Ein fünfjähriges Mädchen, das aussah wie ein blondgelockter Engel, tapste die letzten Stufen hinunter. Ihr bunt gemusterter Rock wehte wild um die dünnen Beinchen. Voller Stolz über die ihr aufgetragene Verantwortung marschierte sie vor der schlanken Frau her. Sie trug eine Schale mit Nachtisch in ihren Händen.

Doch Nics Blick blieb sofort an der Frau hinter ihr hängen. Die Sonne zauberte Reflexe in ihre kastanienbraunen Locken, die munter um ihr Gesicht wippten. Sie trug eine abgewetzte Jeans und eine rote Bluse, die ihre schmale Figur perfekt betonte. Sie hatte ein Lächeln auf den Lippen, und Nic kam nicht umhin, erneut festzustellen, wie wunderschön sie war. Viel schöner, als er sie in Erinnerung hatte. Wie ein Idiot starrte er sie an und wurde zuerst von der kleinen Haley entdeckt.

»Nic! Liam!«, brüllte sie aufgeregt und stellte die Schale einfach auf dem Rasen ab. Nic ließ seine Taschen ins Gras fallen, bückte sich zu ihr und umarmte sie. Ihre kleinen dünnen Arme schlangen sich um seinen Hals, als wären sie genau dafür gemacht worden. Dann wirbelte er sie herum.

Ein Lächeln stahl sich auf sein Gesicht. »Hallo Prinzessin!«, flüsterte er ihr ins Ohr. Über ihre Schulter sah er seine Familie auf sich zukommen. Doch Haley ließ ihn gar nicht mehr los und plapperte auf ihn ein.

Seine Mutter hatte Tränen in den Augen und eilte auf ihn zu. Sein Dad hielt sich wie immer etwas distanziert im Hintergrund, doch er lächelte, als freute er sich wirklich, ihn zu sehen. Zwischen ihnen war es oft nicht so leicht gewesen. Und da war Lizzy, seine chaotische kleine Schwester. Selbst diese

Nervensäge hatte er vermisst. Alle drückte er nacheinander fest an sich.

Mia verspürte ein leicht beunruhigendes Flattern in der Magengegend, als sie die beiden vertrauten Gestalten im Garten stehen sah. Sie waren wieder da! *Er* war wieder zurück! Für den Bruchteil einer Sekunde setzte ihr Herz aus, als er Haley an Liam weitergab und auf sie zukam.

Seine Haut war unter der Bräune aschfahl, er hatte sich ein paar Tage nicht rasiert, und seine Haare waren zerzaust wie immer. Doch es gab für sie keinen schöneren Mann. Sie ignorierte das flaue Gefühl in ihrem Bauch und flog ihm förmlich in die Arme. Wie er es schon bei Haley zuvor getan hatte, hob er sie an, als würde sie nichts wiegen, und drehte sich übermütig mit ihr im Kreis. Mias aufgeregtes Lachen war Musik in seinen Ohren. Allein ihr Geruch beschleunigte seinen Puls, als Nic endlich ihren zarten Körper an seinem spürte. Kurz überlegte er, wie sie sich ohne lästige Kleider anfühlen mochte. Mia redete schon munter drauflos, ohne dass er sich weitere Gedanken machen konnte. Sie nahm ihm die Sonnenbrille ab, betrachtete ernst sein Gesicht und schüttelte mahnend den Kopf.

»Wie fühlst du dich? Du siehst so müde aus!«, sagte sie bekümmert.

»Mmmhhmm!«, brachte er hervor. Seine Stimme hatte sich beinahe vollständig verabschiedet. »Und du siehst großartig aus!«, sagte er rau. »Ich glaube, mit jedem Mal wirst du schöner!« Sie errötete, und eine Stimme hinter ihnen räusperte sich.

»Entschuldigt, aber ich würde meine Schwester auch zu gern begrüßen!« Liam schob sich an Nic vorbei und zog Mia an sich. Seufzend schlang sie beide Arme um ihn, und er drückte sie fest.

Nics Schwester sprang fast so übermütig in seine Arme, wie Haley es getan hatte. Laut lachend sagte sie: »Ich bin so froh, dass ihr wieder da seid!«

Nic lächelte breit. Sophie stürmte mit einer knappen Begrüßung an ihnen vorbei, um ihnen etwas Vernünftiges zu trinken zu holen. Mia beauftragte Haley, den Tisch mit zwei weiteren Tellern einzudecken. So ein Begrüßungsessen fand selten statt, aber an diesem frühlingshaften Sonnentag war alles möglich.

Spät am Abend, es ging schon auf Mitternacht zu, saß Nic in der Gartenlaube, eine Decke unter den Arm geklemmt und zwei Flaschen Bier in der Hand. Er wartete schon eine halbe Stunde, während es dank des kleinen Heizöfchens in der Ecke angenehm warm geworden war. Mia und Nic betrachteten diese Hütte als ihren persönlichen Rückzugsort. Sie hatte zwar schon bessere Zeiten gesehen, doch Hauptsache sie war kuschlig und bot ihnen Abgeschiedenheit. Die Klinke quietschte leicht, und ein wirrer, brauner Haarschopf lugte durch die Tür.

»Oh, entschuldige bitte, aber Haley wollte unbedingt noch diese Geschichte hören … und ich musste duschen …« Mia erschien vollständig im Türrahmen, und ihr Blick hielt Nic gefangen. Er hatte diesen Blick schon öfter an Mia beobachtet, und eigenartigerweise fühlte er sich durch ihn nicht bedrängt. Vielmehr blühte er darunter auf. Er fühlte sich um seiner selbst willen geliebt.

Sie ließ sich neben ihm aufs Sofa sinken, und Nic reichte ihr ein Bier. Ganz wie von selbst verharrten seine Finger an ihrer Hand, bevor er die Flasche freigab. Ihre Haut war samtweich, und nicht zum ersten Mal fragte er sich, wie sich ihre Haut an anderen Stellen ihres Körpers anfühlen würde. Er verbot sich diesen Gedanken sofort und fragte stattdessen: »Was für eine Geschichte?«

Mia kicherte. »Oh, du weißt schon ... ein großes Schloss, ein armes Mädchen ... und da gibt es diesen einen wahnsinnig tollen Prinzen ... kurz gesagt, das, wovon alle Mädchen träumen.«

Nic lachte und nippte an seinem Bier. »Oh, klar! Alle Mädchen träumen also davon?«

Mia zuckte nur mit den Achseln und lächelte. »Ich hab mit Lizzy zu viele Disney-Filme gesehen und nun eine ziemlich hohe Erwartungshaltung an die Männerwelt.«

»Und das wären welche?«, hakte Nic grinsend nach. Mia wurde ernst, und er spürte, dass dieses Thema nicht glücklich gewählt war.

»Ach nur ein paar Kleinigkeiten ... ein Pferd, ein Schloss und Liebe bis in alle Ewigkeit ... vielleicht noch ein paar Schuhe ... weiter nichts«, scherzte sie mit einem gewissen Schalk in den Augen, wodurch Nic nicht entging, dass sie um eine ehrliche Antwort verlegen war.

»Also nach meinen Infos hast du es verpasst, dir unseren letzten Prinzen zu angeln.« Nic nippte an seinem Bier und stützte sich auf den Armen ab, wobei er Mia nicht aus den Augen ließ.

»Na ja, ich gebe die Hoffnung nicht auf, dass wenigstens für Haley was zu machen ist. Da werden wir uns einfach einen neuen Prinzen suchen müssen. Lizzy und ich haben eh schon entschieden, als alte Jungfern in einem Provinznest Hühner und Katzen zu züchten, um eine Warnung für die dortige Jugend zu sein«, erzählte Mia weiter und lachte herzhaft, was Nic ebenfalls zum Lachen brachte.

»Es ist ganz schön kalt da draußen«, plapperte sie weiter und zog den Reißverschluss an ihrem Sweatshirt höher.

»Ich hab eine Decke dabei.«

»Du hörst dich an, als wärst du im Stimmbruch«, sagte Mia grinsend.

»Na, na so ganz bestimmt nicht.«

»Oh, glaub mir, Mr. Obersmart! Ich war dabei, erinnerst du dich?«

Klar erinnerte er sich. Es war eine seltsame Zeit in ihrem Leben gewesen. Nic begann sich für Mädchen zu interessieren, und Mia war lieber noch auf Bäumen herumgeklettert. Damals hatte der kleine Altersunterschied ihre Freundschaft auf eine harte Probe gestellt.

Nic schüttelte ungläubig den Kopf und dachte an Mias Grinsen, als er damals zu einem Mann herangereift war. Sie hatte ihn ständig damit aufgezogen. Damals fand er das ungemein lästig.

»Oh doch! Aber ich finde, es hat sich gelohnt.« Sie stieß ihn freundschaftlich gegen die Schulter.

Mia ließ sich gegen die Sofalehne sinken und streckte die Beine über Nics Schoß aus. Sie sah ihn erneut mit diesem durchbohrenden Blick an.

»Nun sag schon! Was ist passiert? Du siehst so erschöpft aus wie nie zuvor.«

»Die Tour war anstrengend. Ich bin einfach nur froh, wieder zu Hause zu sein. Das ist alles!«

»Wenn das alles ist, frage ich mich, wo dieses Lächeln geblieben ist, das ich so vermisst habe?«

Nic sah in ihre grünen Augen, die ihn liebevoll und eindringlich zugleich musterten. Er konnte nicht anders, er musste lachen. »Mia, bitte … könntest du mir nicht von deinen letzten Wochen hier erzählen? Ich möchte viel lieber wissen, was hier bei euch so los war.«

Mia seufzte, wusste jedoch, dass es keinen Sinn hatte, weiterzubohren. Er war sturer als ein Maulesel und sie zusammen, was bedeutete, dass sie heute keine Chance mehr hatte, irgendwas aus ihm herauszubekommen. Also begann sie zu erzählen, brachte ihn zum Schmunzeln und zum Lachen, wenn sie die neuesten Geschichten von Sophie zum Besten gab.

Ein ihm fremder Name erregte seine Aufmerksamkeit: *Chris?* »Du hast noch nie von einem Chris erzählt. Kenne ich den?«

Mia wurde rot und wich seinem Blick aus. Es war schwierig für sie, mit Nic über Männer zu sprechen, was völlig absurd war. Sie konnten sich alles anvertrauen, und eigentlich gab es keine Tabus. Eigentlich ... außer diesem einen eben. Natürlich sagte sie ihm, sobald es etwas Ernsteres wurde, meist Bescheid, doch über die Beziehung oder ihre Gefühle sprachen sie nie. Ebenso wenig erzählte er ihr von seinen Eroberungen oder derzeitigen Kurzzeitfreundinnen.

Es war nicht so, als hätten sie es nicht mal versucht. Entweder wurde Nic böse, weil derjenige Mia seiner Ansicht nach nicht richtig behandelt hatte und er somit bei ihm untendurch war. Oder er benahm sich mürrisch und seltsam, beinahe als wäre er eifersüchtig. Und wenn sie ehrlich zu sich selbst war, wollte sie lieber nichts über seine Abenteuer erfahren, die er sicher reichlich hatte. Ihr Herz zog sich bei diesem Gedanken seltsam zusammen. Seitdem sparte Mia dieses Thema lieber aus, und da er selten längere Zeit zu Hause war, lernte er viele ihrer Bekanntschaften gar nicht erst kennen.

»Mhmm, nein. Du kennst ihn noch nicht!« *Noch* nicht?

»Aha.« Wieder senkte sich diese unangenehme Stille über

sie. Mia war gerade dabei, sich ein besseres Gesprächsthema zu überlegen, da fragte Nic: »Und, wie ist er so?« Er gab sich möglichst beiläufig, als wäre es das Natürlichste der Welt. Mia konnte ihre Überraschung schwer überspielen.

»Was schaust du so? Ich möchte gern wissen, ob du glücklich bist, und scheinbar ist dieses Thema im Moment ziemlich wichtig für dich!« Seine missbilligende Miene gefiel Mia gar nicht, ebenso wenig wie die Richtung, die ihr Gespräch nun nahm.

»Ich finde es komisch, mit dir über solche Dinge zu reden«, erklärte Mia wahrheitsgemäß. Sie war überzeugt davon, wenn Menschen nur öfter ehrlich miteinander wären, gäbe es weniger Missverständnisse.

Haha, haha, lachte ihre innere Stimme. *Bist du es nicht, die seit Jahren in ihren besten Freund verliebt ist und kein Sterbenswort darüber verliert?!*

»Also ist es dir ernst mit ihm?«, hakte Nic nach, als hätte er ihren Einwand nicht gehört.

»Mmmhhhmm … ja, nein … ach, keine Ahnung. Ich kenne ihn noch nicht lange. Er ist sehr nett und zuvorkommend. Ich genieße die Zeit mit ihm. Das ist alles, was ich dir sagen kann.«

Nic musste sich erst mal davon erholen und zupfte lässig an seiner Gürtelschnalle. »Was sagt Sophie zu ihm?«

»Oh … du weißt doch, was sie immer über Männer sagt, die länger als acht Stunden am Tag einen Anzug tragen …«

»Er ist also langweilig.« Es klang nicht wie eine Frage, eher wie eine Feststellung.

Mia schlug ihn entrüstet auf den Arm. »Jetzt fang du nicht auch noch so an. Du kennst ihn nun wirklich nicht.«

»Aber Sophie hat ihn kennengelernt, und ich denke, ihrem Urteil ist zu trauen.«

»Sophie möchte entweder, dass ich mich richtig austobe, oder, wenn es unbedingt eine feste Bindung sein soll, dann nur mit einem Rebellen.«

»Mit jemandem wie Liam oder mir zum Beispiel?«, neckte er Mia.

»Ja«, wisperte sie und fügte dann hinzu: »Womit wir beim eigentlichen Problem wären ... Rockstars sind mir einfach zu unsicher ... und Liam würde ihm wahrscheinlich jede Affäre, die er je gehabt hat, als Laster auslegen.«

Nic lächelte breit, denn er wusste zu gut, wie recht Mia damit hatte. »Jeder Typ, der mit dir zusammen war, kann froh sein, dass er überhaupt noch atmet«, stimmte er belustigt zu.

»Wahrscheinlich! Aber deswegen ist es ja auch gut, dass ihr die meiste Zeit über nicht hier seid.«

Nic erstarrte und riss sich von den Bildern los, die plötzlich in seinem Kopf aufstiegen und ihm Übelkeit bescherten.

»He, was ist los? Du schaust schon wieder so komisch.«

Nach etwa drei Stunden intensiver Gespräche, Neckerei und Witzeleien lagen sie schweigend auf dem Sofa. Mias Kopf war auf Nics Brust gebettet, und sie hatte sich neben ihm zusammengerollt. Die Hitze seines Körpers wärmte sie. Sie sog seinen Duft tief ein und genoss das Gefühl seiner Muskeln unter ihrer Handfläche. Zärtlich strich sie mit ihrem Daumen darüber und entspannte sich beim rhythmischen Klopfen seines Herzens immer mehr, bis sie schließlich in einen tiefen Schlaf fiel.

Nic hörte ihren gleichmäßigeren Atem und spürte ein Lächeln an seinem Mundwinkel zupfen. Es war erstaunlich, was es nur brauchte, damit er glücklich war. Es war ein herrliches Gefühl, für jemanden ein so sicherer Hafen zu sein, wie er es für Mia war. Er genoss ihr grenzenloses Vertrauen, ihre stumme Bitte, sie nicht erneut zu verlassen, und dieses warme Gefühl, das ihn innerlich durchströmte, sobald sie ihn auch nur anlächelte. Sie war der wichtigste Mensch in seinem Leben, so wie er für sie. Er hatte nicht vor, diesen Platz an jemanden abzutreten. An keinen Jake und erst recht an keinen Chris.

Er umschloss die zarte Gestalt fester, und sie drängte sich näher an ihn. Nic schob die Decke über Mias Schulter und drehte sich leicht zu ihr, damit er sie besser betrachten konnte. Er war ihr so nahe, dass er die winzigen Sommersprossen auf ihrer Nase sehen konnte. Wie oft hatte er sie damit geneckt, weil er wusste, dass sie sie selbst blöd fand? Ihr Haar war zu einem Zopf geflochten, und einige lose Strähnen fielen ihr ins Gesicht. Ihre Augen waren geschlossen, der süße Schmollmund leicht geöffnet. Er keuchte leise, als er spürte, wie nah er Mias Mund war. Er brauchte sich nur ganz leicht vorzubeugen und würde diese vollen, weichen Lippen berühren können. Ein so überwältigender Drang überkam ihn, dass er zurückschreckte. Plötzlich war er sich sehr klar darüber, dass er jede Wölbung ihres Körpers an seinem spürte. Hitze machte sich in ihm breit, und er schob die Decke etwas von sich. Ein stärker werdendes Pulsieren in seinen Shorts ließ sich einfach nicht bekämpfen. Höchstens mit einer kalten Dusche …

Er hatte dieses Verlangen nach Mia bereits einige Male unterdrückt. Er lehnte sich von ihr zurück, um ja nichts Dummes anzustellen. Er musste sich nur aufs Atmen konzentrieren …

Kapitel 6

Das Nächste, was Nic spürte, waren helle Sonnenstrahlen und etwas Nasses und Kaltes an seinem Arm, der vom Sofa hing. Und da war dieses leise Kichern. Langsam öffnete er die Augen und sah in das Gesicht seiner Freundin. Sie lächelte spitzbübisch und lag immer noch in seinen Armen. Nic lächelte zurück und wurde das Gefühl nicht los, dass sie ihn auslachte. Er sah an seinem Arm hinab und entdeckte die rote, flauschige Nachbarskatze, die genüsslich an seiner Hand schleckte und ihre Schnauze an seinem Arm rieb. Mia lachte glockenhell, und Nic spürte einen stechenden Schmerz durch seinen Kopf fahren. Er rieb sich das verzerrte Gesicht. Er hatte einen Kater … einen Kater von drei Bier. Das war neu.

»Tiger hat dich also auch vermisst«, lachte Mia und zog sich errötend von Nic zurück, als wäre sie sich gerade erst der Nähe zwischen ihnen bewusst geworden.

Nic fühlte sich sofort seltsam unvollständig. »Was tut diese fleischfressende Bestie hier? Wie ist er hier reingekommen?«, fragte er und entzog dem Kater rasch den Arm.

Mia rief empört: »Tiger ist keine Bestie!«, doch sie lächelte, wandte sich dem Tier zu und nahm es auf den Arm. Dann deutete sie auf das Klappfenster über dem Rasenmäher, das offen stand.

Nic fand Katzen lästig. Selbstverständlich hatte er keine Angst vor ihnen, aber geheuer waren sie ihm nicht. Unerklärlicherweise hatte Tiger es immer auf ihn abgesehen. Sobald er seine Schuhe auf der Terrasse vergessen hatte, lag Tiger eingerollt darauf. Und zwar jedes einzelne Mal.

»Du wirst dich daran gewöhnen müssen, dass er nie dasselbe

für dich empfinden wird, Tiger!«, flüsterte Mia dem Kater zu, während er sich in ihrem Arm fläzte. Nic kniff die Augen zusammen und gab sich Mühe, den Kater nicht zu beneiden. So weit war es mit ihm schon gekommen. Er rollte mit den Augen und räusperte sich ein paar Mal. Mia öffnete die Tür und ließ Tiger nach Hause flitzen, während sie ihre ganze Aufmerksamkeit auf Nic richtete. »Hi!«

»Hi!«

»Du siehst so erschöpft aus, immer noch«, sagte Mia, sah ihn besorgt an und nahm neben ihm Platz. Sie löste ihren Zopf und fuhr sich mit den Fingern durch die Haare. Nics Gesicht war trotz seiner Bräune aschfahl. Seine hübschen Züge, die Umrisse seiner Wangenknochen und die gerade Nase, waren ohne Frage anziehend, aber Mia missfielen die grauen Schatten unter seinen Augen. Er wirkte so düster, beinahe gefährlich. Das Lächeln war nicht dasselbe, das sie so sehr an ihm liebte.

Als er in ihr Gesicht sah, schien die Sonne um ein Vielfaches stärker, und er schloss die Augen kurz, um wieder klarer im Kopf zu werden. Er hatte seine Gefühle über Nacht nicht vergessen, und was noch viel schlimmer war: sein Körper offenbar auch nicht. Der Druck seiner Jeans war unangenehm, und Mia machte es ihm nicht leichter. Sie hatte sich halb über ihn gebeugt, und ihre Brüste zeichneten sich unter dem Top ab, das unter ihrer Sweatjacke hervorblitzte.

»Du hast keine Ahnung, wie gut es mir genau in diesem Moment geht. Lass uns einfach hierbleiben. In dieser Hütte für den Rest unseres Lebens«, wisperte er leise, aber eindringlich. Er schloss die Augen und wartete auf ihr Lachen, doch es geschah nichts. Als er sie wieder ansah, wirkte sie beunruhigt.

»Was ist mit dir los, Nic? Ist was passiert? Rede bitte mit mir.«

Nic seufzte und blitzte sie wütend an. »Emilia Kennedy! Ich bin gerade erst wach geworden und möchte nicht wieder über diese furchtbare Tour reden. Können wir es nicht einfach dabei belassen?!«

»He! Wir haben noch gar nicht darüber gesprochen. Ich möchte wissen, ob du glücklich bist und wie es dir geht«, sagte sie mit einem grimmigen Blick, ohne sich auch nur einen Zentimeter zu bewegen. »Ich habe dich seit Wochen nicht gesehen und kaum mit dir gesprochen, da werde ich ja wohl mal fragen dürfen, oder!?« Sie appellierte an sein schlechtes Gewissen … typisch Frauen.

»Oh, du bist teuflisch! Das ist dir doch klar, oder?« Mia verzog keine Miene und sah ihn nur starr an. Ihre Sorge ärgerte ihn, weil sie ihn damit so unter Druck setzte, über Dinge zu reden, die nicht zu bereden waren. Was sollte er ihr auch sagen? *Ich bin unglücklich, wenn du nicht da bist. Ich bin so egoistisch und will dich nur für mich allein?*

»Du wirst nicht nachgeben, richtig?«, fragte er völlig genervt. Doch Mia kannte ihn einfach zu gut.

»Ich bleibe so lange hier sitzen, bis du endlich mit mir sprichst!«

Nic lachte freudlos und schaute umso grimmiger drein.

Sie legte ihren Kopf auf ihrem Arm ab und klimperte mit den Wimpern.

Er zögerte einen Moment, dann gab er nach. Es war einfacher, ihr einen Teil der Wahrheit zu sagen. »Weißt du, die Tour war anstrengend. Hunderte, ach was, Tausende Leute wedeln mit Zetteln unter deiner Nase herum, die du unterschreiben sollst. Sie sagen dir alle, wie wundervoll, einzigartig und fantastisch du bist. Sie wollen nur dich! Die Frauen warten vor deiner Zimmertür, um dich zu vernaschen und später jede

Einzelheit ihren Freundinnen und der Presse zu erzählen. Deine Kollegen erliegen dem Rausch von Ruhm, und dein Manager will dich in Werbespots sehen, wo du nicht mehr als enge Boxershorts tragen sollst. Plötzlich wirst du für das Cover von Jugendmagazinen abgelichtet und sollst in rosafarbenen Hemden oder halb nackt posieren. Rosa Hemden, Mia!« Mia musste sich auf die Lippe beißen, um nicht loszukichern. Doch er meinte es völlig ernst.

»Auf jeder Party jagt dir die Versuchung nach, Drogen zu nehmen oder dich hemmungslos zu besaufen. Du willst das alles nur ausblenden und dich für eine gewisse Zeit dem Druck entziehen und betäuben … Hinzu kommt, dass du das Gefühl hast, alles zu haben. Du willst eine tolle Karre fahren? Ja, dann kauf sie dir. Du willst ein Apartment in New York? Kein Thema … du wirst überall mit Kusshand aufgenommen. Die Clubs und Restaurants brennen darauf, deinen Namen auf der Gästeliste stehen zu haben. Dabei willst du nur mit Freunden in ein kleines Restaurant gehen und dich entspannen. Doch das ist einfach nicht mehr möglich, Mia! Denn jeder Schritt von dir wird verfolgt. Das ist eben der lächerliche Preis, den du bezahlen musst, wenn du alles haben willst! Ich darf nicht jammern, solange es Menschen gibt, die nicht wissen, wie sie ihre Familien durchkriegen sollen.« Nic sog scharf die Luft ein und entzog sich Mia, sanft aber bestimmt. In ihren Gesichtszügen konnte er nichts erkennen, was darauf schließen ließ, was sie gerade dachte. Er stand auf und ging zur Tür der Laube. An den Scheiben hatte sich Kondenswasser gebildet. Seine Worte fühlten sich ausgesprochen falsch an.

Doch seine Freundin überraschte ihn mit einer winzigen Frage. »Und? Hast du alles?«

»Was?«

»Du hast gesagt, dass das der Preis ist, den man zu zahlen hat, wenn man alles haben will. Besitzt du *alles*? Bist du glücklich?« Mia saß nun im Schneidersitz auf dem Sofa.

Nic betrachtete sie einen Moment zu lang. »Nein. Ist das nicht lächerlich? Ich habe Kohle wie verrückt, habe tolle Wohnungen und Autos. Mia, ist das nicht Wahnsinn? Ich habe ein Haus in Italien, wo ich meine Songs schreiben kann! Viele Menschen besitzen überhaupt niemals *irgendein* Haus! Wie kann ich mich überhaupt beklagen, wenn ich es doch so leicht habe!«

Mia schüttelte den Kopf, und erst jetzt fiel Nic auf, dass sie ihre Haare offen trug. Eine braune Haarlocke kräuselte sich entlang ihres schmalen Halses bis in ihren Ausschnitt. Der gute Teil seines Herzens zog sich langsam von dieser Vorstellung zurück, während der andere, dunkle Teil in ihm verzweifelt danach schrie, Mia für sich allein zu haben. Es war zum Verrücktwerden.

Überfordert wandte er sich von ihr ab. Er war keine vierundzwanzig Stunden in ihrer Nähe und konnte sich kaum unter Kontrolle halten. Was sagte das über ihn aus? Wie selbstzerstörerisch war er nur? Wie konnte er nur ernsthaft in Erwägung ziehen, das Einzige, was ihm wirklich etwas bedeutete, aufs Spiel zu setzen – für ein paar wilde Nächte?

»Das ist absurd, Domenic. Du glaubst, dass es Menschen, die mehr Geld als der Durchschnitt haben …«

»Viel mehr Geld!«, warf er halbherzig ein und musste sich an das Thema seines Monologes zurückerinnern. Ironischerweise ging es um seine verzwackte Seele, die Mia ständig zu retten versuchte. Sie gab ihn einfach nicht auf.

»Gut … dass es also Menschen, die wesentlich mehr Geld haben, nicht gestattet ist, Sorgen, Probleme und Ängste zu haben? Du glaubst, es ist dir untersagt, dich miserabel zu fühlen?«

Nic dachte kurz darüber nach und nickte. Das traf es in etwa.

»Das ist vollkommener Blödsinn. Weißt du, ich glaube sogar, dass Geld oft mehr Probleme verursacht, als es eigentlich löst. Gut, natürlich ist man damit von vielen Sorgen befreit, man braucht beispielsweise keine Angst um seine Existenz zu haben. Aber sieh das doch mal von der anderen Seite. Was ist mit Neid, Habgier und der Wertschätzung von kleinen Dingen, die man nicht kaufen kann? Das ist es, was Geld verursacht. Du bist ständig unter Beobachtung der Presse und der Öffentlichkeit. Du kannst keinen Schritt tun, ohne dass es am nächsten Tag in der Zeitung steht. Ganz davon abgesehen, dass viele Gerüchte und Geschichten deinen Ruf beschmutzen und dich als Mensch völlig falsch darstellen. Du bist eine Marionette deines Managers geworden und musst Dinge tun, die du für dich selbst nie gewollt hast. Du musst dich mit deiner Band abstimmen … Du darfst nichts gefährden, was deine Kollegen auch etwas angeht. Ich weiß, dass ich dieses Leben nicht führen könnte. Ich wäre immer fern von denen, die ich liebe, und könnte nie wirklich ich selbst sein.«

Nic sah mit leeren Augen zu ihr hinunter. Hier bestätigte seine wunderbare Freundin ihm das, was sie so weit entzweit hatte. In diesem Moment fühlte er sich ihr so nah und gleichzeitig fern wie niemals zuvor. Er war rettungslos in diese junge Frau verliebt, die ihm seit seiner Kindheit die beste Begleiterin überhaupt gewesen war. Sie hatte ihn so oft zum Lachen gebracht. In so vielen wichtigen Augenblicken seines Lebens war sie bei ihm gewesen. Nicht nur die wichtigsten Lebensinhalte hatte sie mit ihm geteilt, sondern sie hatte auch im Regen mit ihm am Bus gestanden. Es gab so vieles, das er Mia als Freundin sagen wollte. Er wollte ihr erzählen, wie sehr sie ihn in ihren Bann gezogen hatte und dass es ihm so falsch erschien, ihr seine Gefühle zu offenbaren. Wie konnte er ihr diese Last auferlegen, mit ihm zusammen sein zu sollen, wo sein Leben sie mit Sicherheit fürchterlich unglücklich machen würde? Doch all das konnte er seiner Freundin nicht sagen, denn diese Freundin, dieser Kumpel aus Kindheitstagen, die gemeinsam mit ihm jede Schokokussschlacht gewonnen hatte, und die bezaubernde Mia, die in ihm den Wunsch weckte, nie mehr mit ihr aus dem Bett steigen zu wollen, waren ein und dieselbe Person.

»Und was macht einen Menschen in Wahrheit glücklich? Ist es Geld, Ruhm und Erfolg? Darf man sich nicht auch nach anderen Dingen sehnen? Es gibt immer zwei Seiten einer Medaille. So ermöglicht dir dein Leben so vieles, und wiederum verdirbt es dir auch alles. Du musst dich davon befreien, dass du kein Recht hast, nach weiteren Dingen zu streben. Was wären wir Menschen ohne Träume und ohne Wünsche? Geld macht nicht glücklich.«

Nic holte tief Luft und sah mit einem merkwürdigen Blick auf Mia hinab. Ihr lief ein Schauer über den Rücken, und sie konnte nicht sagen, ob ihr wirklich kalt war oder ob das Frösteln mit Nics Nähe zusammenhing.

Nach einer schier endlosen Pause sagte er: »Ich fühle mich nur hier vollkommen wie ich selbst. Ich fühle mich nur hier zu Hause. Im Haus meiner Eltern. Mit dir in dieser Gartenlaube, mit dir, wenn wir über den Strand toben, mit …« Er brach ab, als er sich Mia plötzlich gegenüberstehen sah. Sie ergriff seine Hand und drehte die Handinnenfläche nach oben, während sie gedankenverloren die feinen Linien nachzeichnete.

»Dann komm öfter nach Hause. Ich mache mir Sorgen um dich. Du fehlst mir hier so sehr«, wisperte sie, und er hörte deutlich die Traurigkeit in ihrer Stimme. Er hatte sich so oft gefragt, wie es ihr erging, wenn er fort war. Fühlte sie eine ebenso starke Sehnsucht wie er?

Nic legte die freie Hand unter ihr Kinn und hob es sanft an, sodass sie ihn ansehen musste. Sein Blick versank in ihrem, und ab dem Moment löste sich alles um sie herum auf … Da sah er es! Er sah etwas in ihren Augen, was ihn beflügelte weiterzugehen … etwas zu wagen … zu träumen … sich etwas zu wünschen …

Seine Hand strich ihren Unterkieferknochen bis zu ihrem Hals entlang. Nic spürte das sanfte Pochen ihrer Halsschlagader an seiner Fingerkuppe. Dieses Gefühl drängte ihn danach, in ihr Haar zu fassen und sich mit aller Kraft das zu nehmen, was er seit einer kleinen Ewigkeit begehrte.

Seine Fingerkuppen waren dank der Gitarre leicht rau, doch Mia erregte diese feine Unebenheit, als hätte er sie an einer viel intimeren Stelle berührt. Nics Finger verweilten für einen Sekundenbruchteil an ihrer Halsmulde, als wollte er ihren Puls fühlen, und bewegten sich dann in Richtung ihres Nackens. Mias Hände entwickelten plötzlich ein Eigenleben. Eine Hand hielt Nics Hand fest und führte sie zu ihrer Hüfte, während die andere sich gegen seine Brust lehnte, sodass sie die festen Muskeln unter seinem T-Shirt spüren konnte. Ihr Atem stockte, als sie den hungrigen Blick in seinen Augen wiedererkannte, den sie oft bei sich selbst zu spüren glaubte. Sie waren sich noch nie so nahe gewesen. Denken war in diesem innigen Moment nicht möglich, als hätten sich alle Sorgen und Ängste von ihr gelöst, als wäre alles leichter mit ihm. So natürlich wie ihr beider Herzschlag, der wie das Flügelschlagen eines Schmetterlings an Mias Hals zu spüren war.

Die Tür zur Gartenlaube wurde abrupt aufgerissen, und ein schrilles »Morgen!« ließ sie auseinanderfahren. Plötzlich in die Wirklichkeit zurückversetzt, blinzelte Mia dem Sonnenlicht entgegen. Lizzy stand wie angewurzelt vor ihnen und blickte von dem einen zum anderen.

»*Mist!* Oh … ich wollte nur wissen, ob … vielleicht … ich komm später wieder …«

»Nein, Lizzy! Ich … wir sind schon wach!«, rettete Mia die Situation halbherzig. Ihre Freundin wagte kaum, ihr in die Augen zu sehen, und druckste einige Sekunden herum, während sie an ihrem Pferdeschwanz zupfte, was eine ihrer schlechten Angewohnheiten war, wenn sie nervös wurde.

»Mum hat Croissants gemacht und möchte, dass ihr zum Frühstück kommt. Liam ist schon drüben …«, stammelte Lizzy verwirrt und war bereits wieder auf dem Rückzug.

»Oh, ja! Aber was ist mit Sophie? Und Haley?«, rief Mia ihr noch hinterher.

»Sie haben schon gefrühstückt. Es ist schon recht spät, Süße.« Nun konnte Lizzy ihr bedeutungsvolles Grinsen nicht länger unterdrücken, und die Situation wurde noch seltsamer.

»Gut, dann mache ich mich frisch und komme rüber«, entschied Mia und wollte nur noch fort. Sie winkte Nic und Lizzy kurz zu und floh nach Hause.

Lizzy folgte Nic, der mit schweren Schritten vor ihr herlief. Er signalisierte ihr: *Sag jetzt bloß nichts! Ich will nichts hören.* Wie üblich ließ sich Lizzy davon nicht abschrecken.

»Na, gut geschlafen, Bruderherz?« In ihrer Stimme lag so viel Doppeldeutigkeit, dass er kurz versucht war, ihr den Hals umzudrehen. Auch dieses Gefühl hatte er keinen ganzen Tag im Zaum halten können. Seine verrückte kleine Schwester. Manchmal glaubte er, dass sie sich für seine Quälereien in Kindertagen rächen wollte oder nur auf der Welt war, um ihn nerven zu können.

»Wunderbar, Lizzy! Aber ich bin ein verdammter Morgenmuffel, daran hat sich in den letzten Wochen nichts geändert.«

»Scheinbar nicht, wenn du neben Mia aufwachst. Habe ich gestört?«, hakte sie nach und musste beinahe neben ihm herlaufen, so große Schritte machte er mittlerweile.

»Wobei?«

»Och, Nic bitte!« Er hatte beinahe schon vergessen, wie nervtötend Lizzy sein konnte. Sie war ein Schatz in so vielen Dingen. Doch ihre Neugierde und ihre Direktheit brachten ihn manchmal um den Verstand. Sie traf ihn oft an besonders empfindsamen Stellen, und er ahnte, dass sie das ganz genau wusste. Nie ließ er daher ein Gespräch zu, wenn es um ihn und Mia ging.

Sie betraten durch die große Terrassentür die Küche und sahen zu ihrer Mutter Lynn. Sie strahlte und hatte ein riesiges Frühstück gezaubert.

»Hallo mein Junge, endlich ausgeschlafen?«

»Morgen, Mum«, sagte er versöhnlich und begrüßte seinen Freund mit einem Schulterklopfen.

»Die Croissants deiner Mum sind einfach die besten, die ich je gegessen habe«, meinte Liam kauend.

»Mum, das ist wirklich ein Kompliment. Liam hat schon viele Croissants gegessen, und immer liegt er mir mit deinen selbstgemachten in den Ohren«, sagte Nic grinsend und gab seiner Mutter einen liebevollen Kuss auf die Wange.

Lynn lächelte und fragte: »Wo ist Mia?«

»Sie kommt, sobald sie sich frisch gemacht hat«, grinste

Lizzy und betrachtete Nic eingehend. »Ganz ehrlich Nic, das solltest du auch schleunigst mal tun.« Sie rümpfte die Nase und deutete auf den Flur, an dessen Ende sich das Badezimmer befand.

»Verdammtes Weibsstück!«, brummte Nic und zog sich schnell zurück.

Als er im Bad verschwand, sagte Lynn warnend zu ihrer Tochter: »Ärger ihn nicht gleich zu sehr, Lizzy.«

»Keine Sorge, Mum! Er bleibt schon noch etwas.«

»Du weißt genau, was ich damit meine.« Sie verdrehte die Augen und ließ sich Liam gegenüber nieder. Scheinbar hatte sie ein neues Opfer gefunden und begann nun ihn auszuquetschen.

Nic lehnte sich gegen die Badezimmertür und seufzte schwer. So unglaublich nahe war er einem Kuss mit Mia nie zuvor gewesen, wenn man von dem Flaschendrehen vor zehn Jahren mal absah. Er ging auf das Waschbecken zu, stützte sich auf den Rand und sah in den Spiegel.

»Was denkst du dir nur dabei? Mia ist das Beste, was es in deinem Leben gibt. Sie ist nicht eins deiner Betthäschen!« Und genau da lag sein Problem. Er wusste, würden sie diese Grenze nur einmal überschreiten, wäre es nie mehr wie vorher. Er würde Mia verlieren. Nic hatte sich schon vor einiger Zeit entschieden, dass ein Leben ohne Mia für ihn nicht infrage kam. Lieber eine reine Freundschaft mit ihr als ein Leben ohne sie. Doch in der Liebe konnte man nichts festlegen … nichts planen.

Als Nic geduscht hatte und mit einer einfachen Jeans und einem T-Shirt bekleidet zum Frühstückstisch kam, saß Mia schon da. Es war Donnerstagvormittag gegen elf Uhr, und so hatten sie reichlich Zeit. Sie überlegten gerade, was sie an diesem schönen Tag machen wollten, als Mias Handy klingelte. Sie betrachtete die Nummer und stellte es auf lautlos. Überrascht musterte Nic sie, und auch Lizzy schien es bemerkt zu haben. Das Handy vibrierte ein weiteres Mal, und Lizzy hob die Brauen.

»Liebes, vielleicht solltest du rangehen und ihm sagen, dass du keine Zeit hast. Sonst läufst du noch Gefahr, dass er hier auftaucht«, schlug Lizzy ihr gut gemeint vor.

»Ach was!« Mia machte eine wegwerfende Handbewegung, sah aber verunsichert aus, und Liam unterdrückte mühselig ein Grinsen.

»Du weißt, er kann ziemlich hartnäckig sein, wenn er etwas will.« Lizzy zwinkerte, und Mia seufzte.

»Wenn du ihn loswerden willst, erledige ich das gern. Nicht wahr, Nic?«, schlug Liam grinsend vor. Nic nickte abwesend und ließ sein Croissant achtlos auf dem Teller liegen. Er hatte keinen Hunger mehr.

»Nein, so ist das nicht …«, sagte Mia niedergeschlagen und griff zum Handy. Sie hob ab und stand gleichzeitig von ihrem Stuhl auf. »Hey Chris! Sorry, ich war gerade beim Frühstück!«, sagte sie und ging dabei aus der Küche auf die große Terrasse hinaus. Kurze Zeit später kam sie zurück und wurde sofort von Lizzy befragt.

»Und was wollte er?«

»Er wollte sich freinehmen und mit mir nach London fahren.«

Lizzy schüttelte resigniert den Kopf. »Zum Shoppen?«

»Wahrscheinlich.«

»Ausgerechnet mit dir. Die für sich selbst näht und nur in

kleinen Boutiquen, Secondhandläden oder Versandhäusern einkauft. Mir sollte so was mal passieren«, murmelte Lizzy schmollend.

»Soll ich anrufen und fragen, ob er dich stattdessen mitnehmen will?« Mia streckte ihrer Freundin die Zunge raus.

»Sei nicht albern ...«

Mia lächelte und sah herausfordernd in die Runde. »Nun, was treiben wir heute?« Allgemeines Schweigen schlug ihr entgegen, und sie rollte mit den Augen. »Ich habe grade ein wirklich heißes Date abgesagt, also ...«, scherzte Mia, wurde jedoch von einem unterkühlten Kommentar von Nic unterbrochen.

»Meinetwegen kannst du diesen Anzugtypen ruhig treffen.«

Spott schwang in seiner Stimme mit, und Mia musterte ihn irritiert. Warum war er nur so bissig? Heute Morgen waren sie sich noch so nahe gewesen ... Doch insgeheim stolperte ihr Herz ein klein wenig. Konnte es sein, dass Nic mehr als rein freundschaftliche Gefühle für sie hegte? Aber warum machte er es ihnen beiden dann so schwer? Mia war keine Idiotin, denn es gab häufiger innige Momente zwischen ihnen. Aber es handelte sich hier nicht um irgendeinen Mann. Es war Nic, ihr Begleiter seit Kindertagen, ihr allerbester Freund. Einerseits bräche es ihr das Herz, wenn er ihre Gefühle womöglich doch nicht erwiderte. Andererseits würde ihre Welt zusammenbrechen, sollte sie ihn gänzlich verlieren, weil ihr Beziehungsversuch fehlschlug. Ein echtes Dilemma ...

»Sei nicht albern, Nic! Ich wollte eigentlich Zeit mit euch verbringen, wo ihr gerade mal hier seid.«

»Ich will dir nicht dieses *heiße* Date versauen ...«, sagte er knapp, jedoch mit deutlichem Hohn in der Stimme.

Mia seufzte genervt und schnappte zurück: »Okay ... vielleicht sollte ich doch zusagen.« Sie hatte nicht die größte Geduld, und ein Stück weit wollte sie Nic auch auf die Probe stellen. Doch er begegnete ihr mit Gleichgültigkeit.

»Ja, das würde ich dir auch vorschlagen. Ich bin sowieso schon anderweitig verabredet.« Achselzuckend trank er einen Schluck Kaffee und stellte den heißen Becher eine Spur zu fest ab. Ungläubig starrte Mia ihn an.

Na toll, Emilia! Da hast du dich ja wieder mal selbst übertroffen.

Nun war der Karren aber schon in den Dreck gefahren, und Mia konnte aus reinem Stolz heraus nicht mehr zurückrudern. Wobei es ihr unter den Nägeln brannte zu erfahren, was er so Wichtiges geplant hatte. Oder ob es sich nur um eine Finte handelte. Hilflos blickte sie kurz zu ihrer Freundin, die angestrengt in der Besteckschublade kramte. Von dort war also keine Hilfe zu erwarten. Liam schien sich aus dem Gespräch ebenfalls ausgeklinkt zu haben. Lynn kam zurück in die Küche und schaute fragend in die Runde. »Braucht ihr noch etwas?«

Mia und Nic sahen aneinander vorbei und schüttelten die Köpfe, während Liam antwortete: »Einen Stimmungsaufheller, bitte!« Also hatte er das Gespräch sehr wohl verfolgt.

Lynn verstand den Wink und sagte: » Fangt nicht jetzt schon an, euch zu streiten. So lange seid ihr noch gar nicht wieder hier.«

Mia konnte einfach nicht anders, als Lynn zu mögen. Mal davon abgesehen, dass sie so etwas wie ihre zweite Mutter war. Es gab in ihrem näheren Umfeld keine Frau mit so einer gütigen Ausstrahlung. Sie war immer gepflegt und modern gekleidet und tat alles für ihre Familie und die Menschen, die ihr wichtig waren. Manchmal, ganz still und heimlich, hatte Mia sich gewünscht, ihre Mutter wäre etwas mehr wie Lynn. Celine war sicherlich eine gute Mutter, doch es gab markante Unterschiede zwischen den beiden Frauen, die trotz allem Freundinnen geworden waren. Celine war immer eine Spur zu extrem, wogegen Lynn erst auf den zweiten Blick auffiel. Celine war zur Elternsprecherin ernannt worden, während Lynn tagelang Vorbereitungen für ihr Schulfest traf und stundenlang in der Küche stand, um Muffins und alle möglichen Leckereien zu backen. Ihre Mutter trug teures Parfüm, doch Lynn umgab stets ein Duft von frisch gebackenem Kuchen und frischer Erde. Es war ein Geruch, den Mia als heimelig und häuslich beschreiben würde.

Lynn blickte zwischen ihren Kindern hin und her, gab es schließlich auf und verschwand im Garten.

»Nun, dann werde ich mich wohl mal um mein Date kümmern«, sagte Mia kurz angebunden und griff zu ihrer Tasche.

Sie machte sich auf den Weg zur Terrassentür, als Nic ihr nachrief: »Lass dich nicht aufhalten, Prinzessin.« So nannte er sie immer, wenn er sie ärgern wollte, und Mia hasste es. Sie fühlte sich herausgefordert und warf ihren Freunden einen giftigen Blick zu, bevor sie ohne ein weiteres Wort durch den Garten verschwand.

Mia saß auf den Knien und rammte eine kleine Schaufel mit Wucht in die Erde. In ihr loderte ein Feuer, das sie nur zu gern losgeworden wäre. Sie war nicht gut darin, ihre aufkeimende Wut hinunterzuschlucken. Nachdem sie sich selbst in diese Situation gebracht hatte, konnte sie nichts mehr tun, um Nic zu sagen, was für ein riesiges Arschloch er war. Allerdings stand ihr der Sinn auch nicht danach, mit Chris zusammen zu sein.

Nics Rückkehr hatte in ihr wieder einmal alles aufgewühlt, ganz so, wie es zu erwarten gewesen war. Heute konnte Mia sich unmöglich damit befassen. Deshalb tat sie das, was Sophie auch immer tat, wenn Mia mal wieder eins ihrer Geheimfächer geplündert hatte. Sie buddelte im Garten, bis sie voller Erde war und die frische Luft sie so müde gemacht hatte, dass sie wie tot ins Bett fiel. Mia hätte gut daran getan, sich an ihre Zeichnungen für die nächsten Entwürfe zu setzen. Cathleen hatte schon ein paar Nachrichten geschickt und deutlich gemacht, dass sie schnellstmöglich ein paar Verbesserungen sehen wollte. Mia verbannte auch diesen Gedanken an das andere Ende der Welt. Das Einzige, was ihr heute helfen würde, war dieser Garten. Sie und der Garten würden diese Sache zu Ende bringen. Sie würde ihn, wenn es sein musste, vollkommen umgraben oder so lange darin herumhacken, bis sie vor Erschöpfung umfiel.

Als Erstes kam ihre Großmutter dazwischen. Beiläufig schlenderte sie in Mias Richtung und murmelte etwas vor sich hin, was Mia nicht verstand. Ohne darauf einzugehen, buddelte sie weiter in der Erde.

»Er ist noch keine vierundzwanzig Stunden hier und macht aus dir schon einen Wirbelsturm«, sagte Sophie so laut, dass es unmöglich zu überhören war. Es war auch nicht schwer zu erraten, wen sie mit *er* meinte.

Mia verkniff sich eine bissige Antwort und murmelte irgendwas von: »beinahe küssen« und »riesiger Arsch« und »Gleichgültigkeit!« und »nicht mit mir!«.

Sophie lachte kurz und rau auf. »So muss das sein, meine Liebe! Wie langweilig wäre das Leben ohne eine ordentliche Portion Leidenschaft!«

Alles, was Mia dazu sagen konnte, war: »Pfffttt!«

Auf Sophies wettergegerbtem Gesicht breitete sich ein wissendes Lächeln aus, was Mia geflissentlich ignorierte. Sie machte kehrt, ohne länger darauf herumzureiten.

»Ich mochte den Burschen schon immer!«, hörte Mia sie sagen und ignorierte sie weiter.

Kurze Zeit später stürmte Haley in den Garten und hielt Mia eine Puppe hin, die offenbar entstellt worden war. Mia sah zu ihrer Cousine, deren Unterlippe bedenklich zitterte. Sie nahm ihr die Puppe ab und untersuchte deren verstümmelte Haare.

»Was hast du nur angestellt, Haley?«, fragte sie. Die Augen ihrer Cousine waren tellergroß und ihr kleiner Mund zog sich zusammen. Sie versuchte nicht zu weinen, was Mias Herz berührte.

»Gar nix!«

Aufmerksam musterte Mia den blonden Engel und strich ihr liebevoll über den Kopf. »Nach gar nichts sieht das aber für mich nicht aus!« Mia betrachtete das Haar der Puppe genauer und überlegte, seit wann genau sie diesen seltsamen Kurzhaarschnitt hatte.

»Das war Granny oder ein Einbrecher. Als ich sie gestern gesehen hab, war noch alles normal.« Ihre Augen füllten sich mit Tränen, und Mia drückte sie an sich.

»Ach Süße, das war sicherlich ein Versehen, meinst du nicht auch?«

»Das ist meine Lieblingspuppe«, jammerte das kleine Mädchen und weinte in Mias Shirt. Mia strich sanft über ihre Locken und machte beruhigende Laute.

»Aber Haley, erinnerst du dich an die Star-News von letzter Woche?« Die Kleine nickte und rieb sich die Augen. »Weißt du noch die Schauspielerin? Die mit den kurzen Haaren?«

»Die hübsche?«

Mia lächelte. »Genau! *Das* ist der letzte Schrei im Moment! Ich habe auch schon drüber nachgedacht, mir einen flotten Kurzhaarschnitt zuzulegen. Wenn Halle Berry so etwas tragen kann, dann muss es modern sein!«, schwindelte sie. Prüfend schaute Haley auf Mias schönes, langes Haar.

»Echt?«, fragte sie skeptisch. Mia nickte nur, und ihre Cousine schien etwas beruhigter zu sein. Mit ihrer Puppe in den Händen ließ sie sich ins Gras sinken und sah sie sich genauer an. Mia setzte ihre Arbeit nicht mehr ganz so temperamentvoll wie zuvor fort.

»Mia?«, sagte Haley plötzlich. »Lass deine Haare lieber so.« Mia stutzte und sah der Kleinen hinterher, die wieder ins Haus stürmte. Es ging doch nichts über die erfrischende Ehrlichkeit von Kindern. Sie schmunzelte und war sich nicht ganz sicher, ob sie lachen oder beleidigt sein sollte.

Sie wandte sich wieder dem Garten zu und sah zweifelnd auf die Blumen hinunter. Wie sollte sie bloß entscheiden, welche Unkraut waren und welche nicht? Während sie so dahockte und überlegte, ertönte ein Männerschrei, und Mia drehte sich reflexartig um. Sie sah Nic auf der Terrasse stehen und entsetzt auf den Boden starren. Er schien sich vor irgendwas zu ekeln, was Mia von ihrem Platz aus nicht sehen konnte.

Liam war aus der Terrassentür getreten, um sich anzusehen, was mit seinem Freund los war. Er prustete kurz darauf los und schüttelte sich vor Lachen, während er Nic auf die Schulter klopfte. »Eine tote Ratte. Nur eine tote Ratte, Nic! Wahrscheinlich hat Tiger sie gefangen und dir als Willkommensgeschenk auf die Schuhe gelegt.«

Mia lachte still in sich hinein. Angewidert drehte Nic sich

um und verschwand in der Küche, sicher um irgendetwas zu holen, während Liams Belustigung weiter anhielt.

»Eine einseitige Liebe, nehme ich an? Ich hätte schon erwartet, dass du mir von deinem Verhältnis mit der Nachbarskatze erzählen würdest.«

Nic erwiderte etwas, was Mia leider nicht verstehen konnte, aber er schien nicht im Geringsten so viel Spaß zu haben wie ihr Bruder.

Unvermittelt stand Mia nun auf, klopfte sich den Dreck von der Jeans und ging zufrieden grinsend ins Haus. Sämtlicher Groll war verflogen.

»Karma!«, lachte sie leise in sich hinein und stellte eine Schüssel mit Katzenleckerlis auf die Terrasse, bevor sie die Tür hinter sich schloss. So viel Loyalität musste schließlich belohnt werden.

Kapitel 7

Das hättet ihr sehen sollen, wie dieser Typ Lisa angestarrt hat. Einfach unglaublich.« Lizzy schüttelte sich vor Lachen, während alle mit einstimmten. Es war Abendbrotzeit bei den Donahues. Eine Essenszeit, an die sich alle Familienmitglieder zu halten hatten, zumindest an einem Abend in der Woche.

»Schmeckt es dir nicht, Nic?«, fragte Lynn besorgt, während sie ihren Sohn dabei beobachtete, wie er seine Lieblingsspeise auf dem Teller hin und her schob.

Nic schaute plötzlich auf, als hätte er eben erst bemerkt, dass seine Familie mit am Tisch saß. »Ähm, ja doch, superlecker, Mum!«, beteuerte er. Seine Mutter lächelte nachsichtig, schluckte jedoch jeglichen Kommentar hinunter.

»Wahrscheinlich ist er keine feste Nahrung mehr gewohnt«, stichelte Lizzy und grinste. Nic warf gespielt empört die Serviette nach ihr, was in ein albernes Wurfspiel ausartete.

Richard, der erst gerade von der Arbeit heimgekommen war, wirkte genervt und strich sich über das halb ergraute Haar. Er wirkte konservativer, als er war. In Schlips und Anzug, dessen Jackett er nur schnell über den Sessel geworfen hatte, sah er wie ein Versicherungsvertreter aus, der zu Gast war. Er war ein netter und sympathischer Mann. Alle mochten und bewunderten ihn für seine gradlinige und freundliche Art. Er kam mit allen gut aus, abgesehen von seinen eigenen Kindern. Richard und Lynn Donahue hatten vor mehr als zwanzig Jahren neben den Kennedys gebaut, und seither waren die Familien eng befreundet.

Richard arbeitete in einer Bank, während Lynn für eine Reihe von Wohltätigkeitsorganisationen und -stiftungen tätig war, die in Falmouth und sogar bis hin nach London äußerst großen Zuspruch fanden. Ihre älteste Tochter Josslin lebte mittlerweile mit ihrem Mann und einem Kind in Irland, während Lizzy noch bei ihnen zu Hause wohnte, zumindest in den Semesterferien.

»Nun hört schon auf, ihr zwei.« Lynn hatte immer ein Gespür für Disharmonie und versuchte bereits, alle Wogen zu glätten, bevor etwas passieren konnte.

Nic hatte seit seiner Rückkehr das Gefühl, dass sein Vater einiges missbilligte. Eigentlich hatte er dieses Gefühl schon seit dem Beginn seiner Karriere. In Nics Teenagerzeit hatte Richard seinen Traum, Musik zu machen, als Hirngespinst abgetan. Er hatte ihm ein Praktikum in seiner Bank besorgt, um ihn in die *richtigen* Bahnen zu lenken. Doch Nic waren andere Dinge wichtiger gewesen als eine Festanstellung, Krankenversicherung und feste Arbeitszeiten. Er wollte nichts lieber, als Musik machen und am besten damit seinen Lebensunterhalt bestreiten. Richards Hauptargument dagegen war, dass er damit kein Geld verdienen könne. Mittlerweile war dieses Argument natürlich hinfällig geworden, denn Nic hatte in den letzten vier Jahren sicher weitaus mehr als sein Vater in seinem gesamten Leben verdient.

Es befriedigte Nic, dass sein Vater nicht in allem Recht behalten hatte, allerdings ließ er es nicht heraushängen. Er hatte ein paar finanzielle Belastungen seiner Eltern beglichen und ihnen öfter einen Wunsch erfüllt. Er wollte, dass es Ihnen ebenso gutging wie ihm selbst. Sein Vater ließ keinen Zweifel daran, dass er auch das nicht guthieß.

Es herrschte eine bedrückende Stille am Tisch, und Nic

fühlte sich nicht zum ersten Mal seit seiner Rückkehr fehl am Platz.

»Elizabeth, wann fängt das Studium wieder an? Wirst du den Wirtschaftskurs weiter belegen?«, hakte Richard nach.

Bei seiner Jüngsten hat er noch Hoffnung, dachte Nic verbittert. Er war sich ziemlich sicher, wie damals bei ihm selbst, dass auch Lizzy seine Erwartungen nicht erfüllen würde.

»Dad, komm schon. Ich habe gerade erst Semesterferien. Ich genehmige mir eine Pause und werde mich pünktlich zu Beginn des neuen Semesters damit auseinandersetzen«, erklärte Lizzy.

»Du solltest dich nicht so treiben lassen! Langsam müsstest du herausfinden, was du eigentlich möchtest.« Richard ließ sie nicht vom Haken, und Nic hatte das seltsame Gefühl, als hätte er einen Zeitsprung gemacht.

Vor einigen Jahren hatten sie ein ganz ähnliches Gespräch geführt, das mit Türenschlagen und wochenlangem Schweigen geendet hatte. Nic schwante Böses.

Lizzy sah auf ihren Teller hinunter und schob ihr Essen unsicher hin und her. »Eigentlich weiß ich, was ich möchte, Dad. Ich arbeite in einem Tonstudio und schreibe Songs. Ich bin sehr zufrieden damit.«

»Und das soll alles sein?«, fragte Richard und starrte seine Tochter über den Tisch hinweg an.

»Richard, nun lass uns das Thema wechseln. Es ist Nics zweiter Abend zu Hause!«

»Er ist schließlich Teil dieser Familie, und nur, weil er alle paar Wochen mal hier ist, können wir keine Rücksicht darauf nehmen.« Nics Vater hatte offenbar einen schlechten Tag gehabt oder die Nase voll davon, seine Meinung für sich zu behalten. Nic ließ seine Gabel sinken. Sein Appetit war vollkommen dahin. Er rieb sich erschöpft die Augen.

»Richard!«, empörte sich Lynn und sah ihn strafend an.

»Schon gut, Mum!«, beruhigte Nic seine Mutter und lächelte sie über den Tisch hinweg an.

»Warum sprechen wir nicht darüber, warum du eigentlich so angepisst bist, Dad!« Nic hatte ein paar Dinge mit in die Wiege gelegt bekommen, aber Diplomatie gehörte eindeutig nicht zu seinen Stärken. Richard sah seinen Sohn von oben herab an. Er bewahrte wie immer Ruhe, das machte Nic beinahe rasend. Er war nie aus der Reserve zu locken. Nic wäre glücklich, wenn sein Vater auch mal die Kontrolle verlieren und ihn so richtig anschreien würde. Das würde bedeuten, dass er nicht ständig der perfekte und ausgeglichene Mann war, der er vorgab zu sein.

»Nun gut, ich habe nicht vor zuzusehen, wie meine Jüngste in deine Fußstapfen tritt. Sie soll ein anständiges Leben führen.«

Nic grinste seinen Vater arrogant an und klatschte erfreut in die Hände. »Da haben wir es endlich, na also! War doch gar nicht so schwer, was Dad?!« Die Ironie triefte aus jedem seiner Worte, und Lizzy zog den Kopf ein.

Lynn unternahm einen weiteren Versuch, ihren Familienabend zu retten. »Muss das wirklich heute Abend sein?«, fragte sie in einem müden und gleichzeitig flehenden Tonfall.

»Es ist egal, wann wir darüber reden. Es weiß doch jeder, was für eine riesige Enttäuschung ich für unseren alten Herrn bin.«

Richard richtete seinen Finger auf Nic. »Du bist nie hier. Egal, wann deine Mutter oder deine Schwester dich brauchen, du bist nicht hier! Du schlägst dir die Nächte in irgendwelchen

Clubs und Bars um die Ohren, und deinen Augenringen nach zu urteilen sind nicht nur die Alkoholexzesse daran schuld. Ich will gar nicht wissen, was du noch alles zu dir nimmst!«

»Ach so, das Klischee eines Rockstars ist das neueste und beste Abschreckungsmittel für deine Tochter. Jeder Rockstar nimmt Drogen, Lizzy. Drogen sind schlecht.« Nics Provokation ließ Lynn nach Luft schnappen und vom Tisch aufstehen.

»Ist es nicht so? Eine Party jagt die nächste, und du willst dein Stück vom Kuchen?«

»Ach, als ob das der wirkliche Grund wäre. Ich bin der Kerl, über den pikante Details in der Zeitung stehen. Alle deine Nachbarn und Arbeitskollegen wissen davon. Eigentlich schämst du dich einfach nur für mich, oder? Für den Typen, der deine letzte Hypothek beglichen hat.« Nic hatte seinen Panzer hervorgeholt, das sah Lynn in diesem Moment und wusste, dass kein Herankommen mehr an ihn war. Er verletzte seinen Vater, um nicht zugeben zu müssen, wie verletzt er selbst war.

Richard stand auf, ging wortlos zum Sekretär im Wohnzimmer und schrieb etwas auf. Als er zurückkam, erkannte Lynn, dass er sein Scheckbuch in der Hand hielt und einen Scheck abriss, um ihn vor seinen Sohn zu legen.

»Ich will nichts mehr davon hören!«, sagte er nur und wandte Nic den Rücken zu. Lynn wusste, wie wütend ihr Ehemann war. Seine Schultern bebten förmlich.

Nic sprang von seinem Stuhl auf und gestikulierte wild herum. »Du hast doch keine Ahnung von meinem Leben! Als hätte es in deinem Leben keine wilde Zeit gegeben. Wieso verlierst du nicht mal die Nerven und brüllst mich an? Dann würden deine Kinder wenigstens wissen, dass dir nicht alles völlig gleichgültig ist. Und soll ich dir noch was sagen? Ich bin verdammt erfolgreich bei dem, was ich tue. Ich mache genau das, was ich immer wollte, und verdiene mehr, als ich im ganzen Leben ausgeben kann. Ich mache das, was ich liebe!« Dabei zerriss er demonstrativ den Scheck.

Richard blickte seinem Sohn aufmerksam ins Gesicht. »Ach ja? Bist du dir da so sicher?« Mit diesen Worten machte er sich auf den Weg in sein Arbeitszimmer, während Nic einen Moment innehielt und dann ebenfalls davonstürmte.

Lynn und Lizzy blieben wie erstarrt zurück. Lynn schniefte und stützte sich auf der Küchenzeile ab. Ihre Tochter kam auf sie zu und legte eine Hand auf ihre. »Mensch, ich hätte einfach ja sagen sollen«, murmelte Lizzy betrübt.

»Ach was, das hätte es nur um ein paar Erwiderungen hinausgezögert.« Lynn hielt inne und fuhr nach einem weiteren Seufzer fort: »Demnächst bestell ich einfach was! Diese Schufterei in der Küche, und dann isst keiner etwas davon.«

Lizzy lächelte. »Ehrlich gesagt weiß ich jemanden, der sich sehr über das Hühnchen freuen wird.«

»Meinst du, Sophie hat wieder die Rauchmelder abnehmen müssen?«, hakte ihre Mutter nach und zog die Nase kraus, als hätte sie etwas Ekliges gerochen.

»Ich hab eben ein verdächtiges Piepen im Garten gehört.«

Lynn lachte und wurde dann wieder Ernst. »Vielleicht sollten wir deinen Bruder rüberschicken. Ich meine damit, dass er die Sache mit Mia bereinigen kann.«

Lizzy schmunzelte. Es stimmte, was man über Mütter sagte. Sie wussten immer und über alles Bescheid und taten nur so, als gäbe es da gar nichts zu wissen. »Mhmm, du weißt, sonst bin ich immer für eine Verschwörung zu haben, aber diesmal sollte Nic die Suppe, die er sich eingebrockt hat, selbst auslöffeln. Dieser riesige Hornochse!«

Lynn sah aus, als wollte sie etwas erwidern, entschied sich aber dafür, wortlos ein paar Vorratsdosen hervorzukramen.

Es war Freitagnachmittag, und Mia hatte eine ihrer Ballettstunden mit ihren jüngsten Schützlingen hinter sich gebracht. Der große Raum, der auf zwei Seiten mit Spiegeln vertäfelt war und an einer Seite eine komplette Fensterfront besaß, war definitiv zu klein für eine zusätzliche Horde Frauen. Ein Riesentumult war ausgebrochen, als die Stunde zu Ende war und alle Mütter hereingestürzt kamen, um ihren Kindern beim Umziehen zu helfen. Mia seufzte. Sie hatte den ganzen Tag schon leichte Kopfschmerzen, und das Pochen an ihren Schläfen nahm minütlich zu. Überall war Geschnatter zu hören, und die Mütter jagten ihren Kindern hinterher. Mia war immer wieder überrascht, wie stressig es sein konnte, ein Kind anzuziehen. Seit ein paar Wochen hatte sie da einige Erfahrungswerte, wobei Haley es ihr ziemlich leicht machte.

Sie hörte sich gerade an, was die Mädchen am Wochenende geplant hatten, und sprach mit den Müttern, als eine männliche Gestalt sich zu ihr vorarbeitete. Haley erkannte ihn zuerst und kreischte von Weitem.

»Nic!« Sie rannte auf ihn zu und sprang aufgeregt an ihm hoch. Mit Haley an der Hand kam er auf sie zu, und Mia hasste ihn einen Moment dafür. Er hätte Bescheid sagen können, dass er kam, dann hätte sie ihre Kleidung aufgewertet oder zumindest ihre Frisur und ihr Make-up überprüft. Himmel, sie sah sicher völlig durch den Wind aus. Ihr blieb keine Zeit, sich darüber zu ärgern, denn er nahm seine Sonnenbrille ab und lächelte sie auf seine typische Art an, sodass sie ihm nicht lange böse sein konnte. Wie machte er das nur?

Sie hatten sich seit dem Frühstück am Donnerstagmorgen

nur flüchtig gesehen. Natürlich war es nie einfach, sauer auf ihn zu sein. Mia hatte sich diesmal vorgenommen, nicht so schnell klein beizugeben. Immerhin hatte sie nichts getan, außer einen selten blöden Scherz gemacht. Was stellte er sich so an? Seine Reaktion auf Chris ärgerte sie in Wahrheit nicht nur. Es ließ sie auf etwas hoffen, was sie in eins dieser unsicheren und ständig an sich herumzupfenden Weibchen verwandelte. Sie wollte keins seiner Groupies werden! Es war zum Verrücktwerden … Er würde sie eines Tages noch in den Wahnsinn treiben. Da vermisste sie ihn so sehr, dass sie morgens kaum aus dem Bett kam, wenn er fort war. Und sobald er da war, ließ sie es zu, dass ein so kindischer Streit ihre kostbare Zeit verschwendete. Mia hatte gehört, dass die *Swores* nur zwei freie Wochen haben würden, und Lizzys Geburtstagsfeier war schon am nächsten Wochenende. Das bedeutete, dass sie sich in Vorbereitungen stürzen mussten, was ihnen wiederum Zeit raubte.

»Hey!« Seine Stimme hörte sich wieder normal an.

»Hey!«, antwortete Mia leicht unterkühlt. Dann sahen sie sich einen Moment lang nur an, und Mia bemerkte am Rande, wie sie von den umstehenden Müttern beobachtet wurden. Oder vielmehr Nic … Sie konnte es den Frauen nicht verübeln, er sah verdammt gut aus. Die ersten Tage zu Hause taten ihm offenbar gut, denn die Schatten unter seinen Augen waren kleiner geworden, und er sah so erholt aus wie nach einem zweiwöchigen Strandurlaub. Außerdem war er beim Friseur gewesen, und sein langes Haar war einer ordentlichen Frisur gewichen.

»Mia, sieh nur! Nic ist da! Er ist gekommen!« Mia wandte sich zögerlich ihrer Cousine zu, musste aber lächeln, als sie Haleys aufgeregtes Gesicht sah. Sie war völlig hingerissen von ihm so wie ganz Großbritannien. Wie war es möglich, dass er eine solche Wirkung auf alle hatte?

»Ja, das sehe ich, Chérie.«

Er räusperte sich leicht und sagte: »Ich dachte, ich hol euch zwei ab, und wir unternehmen etwas zusammen!« Überraschung blitzte in Mias Augen auf, und Haley rannte schon zu ihrer Tasche und warf eilig ihre Schuhe hinein. Typisch Nic! Das war seine Art, die miese Stimmung beiseitezuschieben. Anstatt sich nett zu entschuldigen, tat er einfach so, als sei nie etwas gewesen.

Mia verschränkte die Arme vor der Brust und versuchte so zu tun, als hätte er keinerlei Wirkung auf sie. »Aha!«, war ihr einziger Kommentar, und Nic beobachtete aufmerksam ihre Reaktion. »Hast du gedacht, ja?«

»Nur wenn ihr Zeit habt natürlich!«, fügte er grinsend hinzu und blickte in die aufmerksamen Gesichter der Frauen um sie herum.

»Wir haben nichts vor!«, rief Haley wenig hilfreich zu ihnen rüber, während sie mit ihrer Strumpfhose kämpfte. Mia holte geräuschvoll Luft und sah Nic genervt an.

»Ja ... ähm ... nein, scheinbar haben wir nichts vor«, stieß sie zwischen zusammengepressten Zähnen hervor. Nic hatte wenigstens den Anstand, zerknirscht dreinzublicken. Sein unterdrücktes Grinsen machte das Bild von einem sich entschuldigenden Nic allerdings zunichte. »An was hast du gedacht?«, gab Mia sich geschlagen.

»Das erzähl ich euch gleich!«, raunte er ihr zu, berührte eine von Mias Locken, die sich aus der Frisur gelöst hatten, und verursachte so eine Gänsehaut bei ihr. Sanft schob er sie zurück hinter Mias Ohr, und sie sah ihn verdattert an. Dieser Moment wurde von den Mädchen zunichtegemacht, die sich um Mia scharten.

Nic bedeutete ihr, dass er bei Haley warten würde. Er ließ sich auf der kleinen Bank nieder, und Haley nahm ihn sofort in Beschlag. Nic mochte Haley unheimlich gern. Sie hatte ein wirklich süßes und lebhaftes Wesen. Sie war ein hübsches Ding, und in einigen Jahren würden sie alle Hände voll zu tun haben, die pubertierenden Jungs von ihrem Schlafzimmerfenster fortzujagen. Haley kletterte auf seinen Schoß und plapperte munter drauflos. Sie erzählte ihm, was sie heute gelernt hatten und wie Mia sie gelobt hatte. Nic beobachtete die kleine Kindertraube, die sich um Mia versammelt hatte und sich nur langsam lichtete. Jede Einzelne ihrer Schülerinnen wollte sich verabschieden, und Mia hatte viel Geduld und genoss es geradezu. Sie hatte Kinder schon immer gemocht, das wusste Nic.

Es war lange her, dass er Mia in Tanzkleidung gesehen hatte, und er fühlte sich in eine frühere Zeit zurückversetzt. Sie war damals beinahe damit schlafen gegangen, weil sie nichts anderes getan hatte, als zu tanzen. Einer Knieverletzung und der Arbeit für die Uni war es nun zu verdanken, dass sie es seltener und nur zu ihrem eigenen Vergnügen tat. Dennoch sah sie in ihren Tanzklamotten einfach bezaubernd aus. Ihre widerspenstigen Haare waren zu einem Dutt zusammengesteckt, und nur einzelne Strähnen fanden den Weg in die Freiheit. Die langen, engen Leggins betonten ihre schlanken, wohlgeformten Beine. Der kurze Rock reichte nicht einmal bis zu ihren Knien, und Nic musste schlucken, als sie sich zu ihm umdrehte. Ihre Rückansicht war ebenso wenig zu verachten wie ihre Vorderseite. Er wies sich bei diesem Gedanken selbst zurecht, konnte jedoch nicht wegschauen, wie sie lachend mit ihren

Schülerinnen herumalberte und die Kleinen um die Aufmerksamkeit ihrer Tanzlehrerin buhlten.

Ein Seufzen von Haley rief ihm ins Gedächtnis, dass er ihr hätte zuhören sollen.

»Oh, bitte entschuldige Haley, ich war abgelenkt«, sagte er, und sie sah ihn tadelnd an.

»Du hast Mia angeguckt ...«

»Mhhmmm ...«, brummte er und hätte sich selbst in den Hintern beißen können.

»Magst du sie?«

»Natürlich!«, sagte er und hoffte, dass sie das Thema schnell wieder fallenlassen würde.

»Diese ganzen Mädchen mögen sie auch, und das nervt mich ... sie ist schließlich *meine* Cousine«, murmelte Haley und lehnte sich gegen seine Brust. Nic lachte.

»Ja, das ist sie. Da hast du recht. Aber hier kann sie sich ja nicht nur um dich kümmern, Süße.«

»Ich weiß. Lizzy sagt, dass Mia dich gern hat.« Nic war über den abrupten Themenwechsel irritiert und wurde neugierig.

»Was hat Lizzy denn noch gesagt?« Er wusste, dass es nicht die feine englische Art war, eine Fünfjährige auszuhorchen.

»Mia ist traurig, wenn du weg bist. So traurig wie meine Mum wegen meinem Dad. Ich glaube, du solltest zu uns ziehen.« Nic lächelte nachdenklich und wollte gerade weiterbohren, als er eine Frau auf sich zukommen sah.

»Mr. Donahue?«, fragte sie und lächelte zurückhaltend.

Sie hatte rotes Haar, eine schlanke, hohe Gestalt und ein hübsches Gesicht. Das typische Abbild einer Irin. »Entschuldigen Sie die Störung. Aber ... nun ja, ich bin ein Fan von Ihnen und wollte Sie um ein Autogramm bitten.« Mit einem Schlag war er in die Realität zurückgeschubst worden und setzte sein Showbizz-Lächeln auf.

»Aber gern, wie ist denn Ihr Name?«, fragte er schlicht.

Er nahm Stift und Papier entgegen – es handelte sich um ein Stück eines Einkaufszettels – und schrieb »Für Amanda« über seine eigene Unterschrift. Als er wieder aufblickte, sah er in weitere Gesichter und wusste sofort, dass es mit dem schnellen Verschwinden nichts werden würde. Er hatte in den letzten Tagen eine Anonymität erlebt, die ihn hatte vergessen lassen, was draußen auf ihn wartete.

»Ich meine, wann hat man schon mal die Chance, einem richtigen Star zu begegnen? Ich hatte ja keine Ahnung, dass die Frau, die meiner Tochter Tanzunterricht gibt, solche Berühmtheiten zu ihren Freunden zählt«, sagte eine Frau, und Nics Blick suchte den von Mia. Er fand sie, wie sie dabei war, Haleys und ihre eigene Tasche zu packen. Es war, als hätte sie seinen Blick auf sich gespürt, und sie sah zu ihm herüber. Ihre Miene war unergründlich, doch er spürte, dass ihr etwas missfiel.

Nie hatte sie ihre Bekanntschaft mit ihm für sich ausgenutzt. Sie sprach vor Fremden nie über seinen Promistatus, und er war dankbar dafür. Denn das war es, was er in den letzten Jahren oft hatte erfahren müssen. Frühere Bekanntschaften, welcher Art auch immer, packten Details aus seinem Leben aus und nutzten das, um selbst in die Medien zu kommen. Für Nic bedeutete das natürlich, dass er niemandem mehr wirklich vertrauen konnte. Mia hingegen war die treueste seiner Freundinnen. Nie und nimmer würde sie sich über ihn äußern.

Die Paparazzi hatten einige Fotos von Nic und Mia gemacht, und sie wurde in den Klatschblättern zunächst als die mysteriöse, unbekannte Frau und potenzielle Freundin benannt. Später irgendwann gaben Nic und Liam bekannt, um wen es sich dabei handelte, und die Spekulationen wurden weniger.

Mia lächelte leicht und bedeutete ihm fortzufahren.

Er schrieb eine gute halbe Stunde weiter Autogramme, und als sich die Frauen langsam verabschiedeten, blieb nur noch Amanda übrig und sah ihn lächelnd an.

»Falls Sie mal Langeweile haben sollten oder einfach eine Ablenkung brauchen, rufen Sie mich doch an«, sagte sie und steckte ihm ihre Telefonnummer zu.

Mia saß etwas abseits mit Haley, die sich an ihren Körper schmiegte, und beobachtete ihn dabei, wie er das Papier mit der Telefonnummer in den Mülleimer warf. Er betrachtete sie eingehend und nahm wortlos ihre Tasche, die neben ihr auf der niedrigen Bank stand, wo er zuvor gesessen hatte. Haley warf ihm einen unzufriedenen Blick zu, und er seufzte. »Lasst uns endlich hier verschwinden!«

Als sie durch die Tür des Ballettstudios gingen, rief jemand Mias Namen. Sie wandte sich um und erkannte Jason, ihren Boss. Er war schon weit über dreißig, sah aber viel jünger aus.

»Hey, ich hatte gehofft, dich für einen Kaffee zu gewinnen … aber wie ich sehe, ist mir schon jemand zuvorgekommen. Haben Sie den Tumult dort drin verursacht?«, wandte er sich an Nic und reichte ihm die Hand. »Jason Briggs. Ich bin Mias Boss, sozusagen. Sie gehorcht mir leider nur selten.«

Mia rollte mit den Augen. In Wahrheit hätte sie keinen besseren Chef haben können, doch sie wusste auch, dass Jasons Interesse über das normale Chef-Angestellten-Verhältnis hinausging. Deswegen hielt sie sich ihm gegenüber bedeckt.

Nic nickte kühl und nahm seine Hand entgegen. »Nic Donahue, ich bin ihr Freund!« Jason hob erstaunt die Brauen, und

Mia ahnte, welchen Gedanken Nic damit provozieren wollte. Offenbar fand er es ausgesprochen amüsant, denn er grinste beim Anblick von Jasons verdutzter Miene und hatte es nicht eilig, die Situation aufzuklären.

»Dann sind Sie also tatsächlich der Grund für diesen Tumult. Sie sind von dieser Rockband … ich weiß, meine Schwester schwärmt ständig von Ihnen. Himmel, wenn ich ihr das erzähle!«, ereiferte sich Jason weiter und sah Mia dabei tadelnd an. »Und du sagst keinen Ton? Wollt ihr es also noch geheim halten, ja?«

Mia warf Nic einen strengen Blick zu und sagte: »Nic ist nicht mein fester Freund, sondern ein Freund, und ich gehe in der Tat nicht damit hausieren, dass mein Bruder Mitglied dieser Band ist. Was gibt es denn, Jason?«

Jasons Miene hellte sich bemerkenswert schnell wieder auf. »Nun, eigentlich wollte ich mit dir wegen der Aufführung sprechen. Ich habe mir überlegt, die Mädchen tanzen zu lassen.«

»Wirklich?« Nun war Mias Interesse geweckt, und sie war keine Spur mehr genervt.

»Ich wollte mir eure nächste Stunde ansehen und … na ja, vielleicht überzeugst du mich bei einem Abendessen danach noch? Aber da sprechen wir ein anderes Mal drüber! Ich halt euch nur auf. Bis Montag dann.« Damit verschwand er unglaublich gut gelaunt, und Mia schnaubte.

»Dürfen wir dann tanzen?«, fragte Haley kleinlaut.

»Das wird sich noch zeigen«, murrte Mia. »Dieser Schuft …«, murmelte sie so leise, dass nur Nic sie verstehen konnte. Haley lief zur Tür hinaus. Bevor Mia ihr folgen konnte, hielt Nic die Tür fest und sah sie fragend an. »Im Klartext heißt das: Wenn ich mit ihm ausgehe, ist fast alles möglich. Und er weiß ganz genau, wie viel es mir und den Mädchen bedeuten würde, wenn sie einen Auftritt bekämen. Und nun nutzt er das schamlos aus«, schimpfte sie.

»Du hättest ihn halt glauben lassen sollen, dass ich dein *fester* Freund bin, statt nur *ein* Freund!«

Wenn Mia es nicht besser gewusst hätte, wäre ihr der Gedanke gekommen, dass in Nics Stimme Ärger und vielleicht ein klein wenig Eifersucht mitschwangen. »Und dann hätte nächste Woche in der Zeitung gestanden, dass wir zwei verlobt sind«, rechtfertigte Mia sich.

Nic stützte seinen Arm an der Tür ab und sah sie eindringlich an. »Du weißt hoffentlich, dass er dich nur rumkriegen will?«

Mias Blick verfinsterte sich, und in ihrer Stimme schwang eine große Portion Sarkasmus mit. »Du hast eine rasche Beobachtungsgabe, Mr. Superstar.«

»Hey, ich bin ein Mann und kenne die Maschen solcher Typen.« Nic hob abwehrend die Hände. Er gab es zwar nicht gern zu, aber es missfiel ihm zutiefst, wie dieser Jason Mia angesehen hatte. *Verdammter Chris, verdammter Jason, verdammte Typen, denen auffällt, wie wunderschön Mia ist!*

Und das war sie wirklich. Ein Blick in ihre finstere Miene und ihre grünen Augen, in denen es gefährlich funkelte, und Nic verlor die Kontrolle über seine Hände. Eine Hand trug, Gott sei Dank, Mias Tasche, die andere steckte er rasch in seine Jeanstasche und zwang sich, nach vorn zu sehen. Ihr nächster Satz ließ ihn innehalten.

»Du meinst, weil du selbst dazuzählst?« Mias Wangen waren rosig, doch ihre Augen hatte sie leicht zusammengekniffen, und das verhieß nichts Gutes.

»Was willst du mir denn damit sagen?!«

»Dass ich sehr gut auf mich allein aufpassen kann und sehr wohl die Maschen, so wie du es nennst, von euch Kerlen durchschaue. Du vergisst, dass ich schon mein halbes Leben lang mit Brüsten herumlaufe. Was glaubst du eigentlich, wie alt ich bin? Ich weiß selbst, was gut für mich ist. Dafür brauche ich keinen weiteren großen Bruder, der alle paar Monate einen Check-up für mich macht.« Mia war stolz auf sich. Sie dachte an das letzte Gespräch mit Lizzy und atmete tief durch. »Du bist doch selbst ein Top-Aufreißer, also halt bloß nicht anderen Männern vor, dass sie diesen Sport auch für sich entdeckt haben!«

»Was soll das nun wieder heißen?«, fragte er irritiert und wagte einen weiteren Blick in Mias schmale Augen. Nic wusste nicht, womit er so eine heftige Reaktion hervorgerufen hatte, und starrte der drohenden Gewitterwolke entgegen.

»Nichts! Komm, lass uns endlich von hier verschwinden, bevor sich noch eine ausgehungerte Amanda an dich ranschmeißt.« Sie drückte gegen seinen Arm, der sich keinen Millimeter von der Klinke bewegte.

»Bist du etwa eifersüchtig?« Seine Stimme strotzte nur so vor Selbstgefälligkeit, und Mia hatte schon eine scharfe Erwiderung auf der Zunge, die sie jedoch beim Anblick seiner Miene sofort vergaß. Er grinste auf eine völlig neue Art. Es war keine Spur von Spott darin zu sehen, sondern er wirkte hoffnungsvoll und beinahe … zärtlich. Mia räusperte sich und sah auf sein T-Shirt, um seinem bohrenden Blick auszuweichen.

»Ganz sicher nicht! Du solltest nur wissen, dass Amanda einen gewissen Ruf hat«, verteidigte sie sich halbherzig. Nics Arm hielt beharrlich die Tür fest.

»Ich habe, wie du vielleicht gesehen hast, ihre Nummer sofort im Mülleimer versenkt und keinerlei Interesse an ihr gezeigt …«, murmelte er entschlossen und durchaus glaubwürdig.

»Nein?«, wisperte Mia, und ihre Blicke versenkten sich wie von selbst ineinander.

»Nein!«, bestätigte er mit rauer Stimme und umfing mit der freien Hand Mias Wange. Ihre Tasche ließ er fallen und hielt Mias Gesicht zärtlich in den Händen. Sanft schob er erneut eine Haarsträhne hinter ihr Ohr und streichelte mit dem Daumen ihre Wange.

»Und du hast kein Interesse an einem Date mit deinem Boss?«, fragte er. Mia schüttelte den Kopf. »Das ist gut.«

Sie legte eine Hand auf Nics Brust und sah zu ihm auf. Für den Bruchteil einer Sekunde, die sich anfühlte wie eine Ewigkeit, gab es nur sie beide auf der Welt.

Bis ganz plötzlich ein lautes Klopfen ertönte und eine zornige Mädchenstimme den Augenblick ruinierte. »Wo bleibt ihr denn?«

Mia schenkte Nic einen flüchtigen Blick, und sie gingen zu seinem BMW. Es war ein altes Modell. Er hatte zwar noch ein anderes, schickeres Auto, doch in der alten Kiste fühlte er sich unbeobachteter. Sie stiegen ein, und Nic erzählte endlich, was er vorhatte.

»Was haltet ihr von Zuckerwatte, Karussellfahren, Feuerwerk und Bratwurst?«

Mia lächelte bei Haleys schüchterner Frage: »Darf ich mit?«

Nic sah überrascht aus. »Ja klar! Was glaubst du denn? Mit wem soll ich denn Riesenrad fahren? Mia hat doch dann immer die Hosen voll!« Er grinste und schaltete das Radio an. Ein schneller Song ertönte. Mia schlug ihm entrüstet auf den Oberarm, lächelte aber dabei. Haleys Jubelschrei und die Vorfreude hielten sie den ganzen Weg bis nach Hause auf Trab. Als sie im

Haus ankamen, war sie so aufgeregt, dass Sophie nach dem Grund fragte.

»Nic fährt mit uns zur Kirmes«, erklärte Mia daraufhin und hielt für Nic die Tür auf.

»Mach schnell, Mia!«, befahl Haley in energischem Tonfall.

»Ja, ja, ich bin schon auf dem Weg nach oben, junges Fräulein.« An Nic gewandt fügte sie hinzu: »Ich bin gleich zurück.«

Nun blieben nur noch Sophie und Nic übrig. Sie sah ihn lächelnd an. »Es ist gut, dass du wieder da bist, mein Junge. Du solltest sie sehen, wenn du fort bist.« Sophie blickte ihm forschend ins Gesicht. »Und du siehst auch um einiges besser aus, möchte ich sagen.« Ohne Näheres zu erklären, schob sie ihn ins Wohnzimmer und bat ihn, ihr die Fernsehkanäle neu einzustellen, die Haley alle verstellt hatte.

Sophie Kennedy war ein Fall für sich. Sie war eigenwillig, stur, direkt und unglaublich unvernünftig. Aber sie war eine wohlwollende Frau, hilfsbereit und klug. Ihre Meinung hielt sie nicht zurück, sodass jeder schnell wusste, woran er war, und es war immer lustig mit ihr. Nic kannte keine Frau, die in diesem Alter mehr Freude an einer Packung Zigaretten und einer Flasche selbstgebranntem Fusel hatte als Sophie. Sie war für ihn wie eine Großmutter, die er nie gehabt hatte, und er ahnte, dass sie genau wusste, was in ihrer Familie vor sich ging. Sie wusste erstaunlich gut über all die Probleme und Gefühlslagen ihrer Lieben Bescheid und hielt mit ihren Vermutungen nie lange hinterm Berg. Nic spürte, dass sie ihn von Mal zu Mal genauer begutachtete. Wusste sie, was zwischen Mia und ihm vor sich ging? Er hockte auf dem dicken Teppich vor dem Fernseher und hörte Sophies rasselnden Atem, der in einen starken Husten überging.

»Du solltest vielleicht mit dem Rauchen aufhören …«, schlug er unschuldig vor.

»Glashaus, Steine, nicht werfen! Fass dir an die eigene Nase, bevor du einer alten Lady gute Ratschläge gibst, Bursche!«, schoss sie zurück und klopfte demonstrativ auf ihre Gesäßtasche, in der ihre Zigaretten verwahrt waren.

Nic grinste breit. »Keine Ahnung, was du meinst, Granny!« Er wusste nur zu gut, wie er sie ärgern konnte. Sie mochten ihre kleinen Wortgefechte.

»Nun, ich rede von Zigaretten, Alkoholexzessen und ein paar nicht frei verkäuflichen Substanzen, zu denen du sicher nicht immer nein sagst! Auch wenn ich schon alt bin, so bin ich doch nicht von gestern.«

»Dafür bist du aber so richtig, richtig alt. Dein Husten hört sich nicht gesund an.«

»Du frecher Tunichtgut, Domenic Donahue, ich hätte dich häufiger übers Knie legen sollen!« Sophie knuffte ihn viel zu sanft, als dass sie ihm hätte wehtun können.

»Ach was, du wirst wahrscheinlich senil, denn ich hab nie Schläge bekommen«, lachte Nic, und Sophie lachte mit.

»Natürlich nicht, denn bei all dem Unsinn, den Liam und du immer angestellt habt, wusste ich immer, dass aus euch mal was Anständiges wird!«

»Na, ob man das von ein paar Rockstars behaupten kann?« Nic starrte nachdenklich auf den Bildschirm, der vor sich hin flimmerte.

»Aber klar doch! Besser als diese Schlipsträger … denen kann man nicht trauen! Ihr zertrümmert wenigstens nur ein Hotelzimmer, wenn euch danach ist! Aber diese Banker treiben die ganze Welt in den Ruin. Dein Dad ist natürlich ein viel zu kleiner Fisch und beinahe unschuldig«, erklärte Sophie sorgsam. Nic lachte leise vor sich hin. Man konnte sich Sophies Art nicht entziehen. Es entstand eine kleine Pause, in der sie einfach nur schwiegen.

»Wann hast du vor, endlich etwas zu unternehmen?«, fragte Sophie völlig unvermittelt mit ruhiger Stimme und sah ihn über ihre Brillengläser hinweg direkt an. Verblüfft blickte er in ihre blauen Augen. »Na, glaubst du etwa, ich wüsste nicht, was hier los ist?« Sie schüttelte den Kopf. »Ich bin eine alte Frau und habe sicherlich viel gesehen. Wenn man etwas wirklich will, sollte man nicht zögern, es sich auch zu nehmen, sonst ist vielleicht ein anderer schneller!« Sie lächelte verschwörerisch und wandte sich Haley zu, die aufgeregt hereingehüpft kam.

Nachdenklich schaute Nic auf die Stelle, an der zuvor noch die alte Frau gesessen hatte.

Kapitel 8

Während der Fahrt zum Rummelplatz hörten sie laute Musik und sangen ausgelassen mit. Vergessen waren ihre Unstimmigkeiten, und es tat gut, Unsinn zu machen. Nicht nur Nic genoss dieses ungezwungene Zusammensein, sondern Mia fast noch mehr. Bei anderen Männern wie Chris war alles immer furchtbar anstrengend. Es gab keine Albernheiten, aus Angst, sich zu blamieren. Man musste sich benehmen und wie aus dem Ei gepellt aussehen.

Auch Haley war wie ausgewechselt. Sie war voller Vorfreude, und ihre Wangen glühten. Ihre kleine Cousine gab ein schönes Bild ab, und Mias Herz schwoll an vor Dankbarkeit. Nic hätte genauso gut nur mit ihr zur Kirmes gehen und sich viele Fahrten mit Haley ersparen können. Es schien, als mache es ihm nicht das Geringste aus, von ihr von einem Karussell zum nächsten geschleppt zu werden.

Als Haley schließlich mit Zuckerwatte und einem *Hello-Kitty*-Luftballon bewaffnet auf Nics Schultern saß, wurde es beinahe schon dunkel. Nic konnte nicht anders und erfüllte ihr so gut wie jeden Wunsch. Die großen Kinderaugen leuchteten, als sie auf den Schießstand zusteuerten und all die riesigen Stofftiere sahen. Als er einige Treffer erzielte und für Haley ein Einhorn gewann, zog der Standverkäufer ihn zur Seite und flüsterte ihm etwas zu. Nic lachte kurz und nickte. Dann kam er mit einer Sonnenblume auf Mia zu. Verschmitzt grinste er und gab sie ihr.

»D-Danke! Was hat er zu dir gesagt?«

»Er sagte, dass ich doch nicht nur meiner Tochter ein Geschenk machen dürfte. Ehefrauen könnten richtig nachtragend sein.« Nic lachte über Mias perplexen Gesichtsausdruck. »Er glaubt, Haley wäre unsere Tochter.«

»Oh! Hast du es ihm wenigstens erklärt?«

Nic schüttelte amüsiert den Kopf. »Nein! Warum auch? Es gibt schließlich schlimmere Verwechslungen, oder?« Ganz plötzlich ergriff er ihre Hand und hielt sie fest. Ihre Hand passte so gut in seine, als hätte sie schon immer dort hingehört. Mia fühlte sich wohl, und das sanfte Flattern in ihrem Magen störte sie nicht, sondern sie genoss die Nähe zu Nic.

Sie näherten sich dem großen Riesenrad, und Nic wandte sich an Haley, die er an die Hand nahm und mit der er auf den Verkaufsstand zuging. Er kam mit drei Tickets zurück, und Mias Atem stockte. Sie hatte unglaubliche Höhenangst, und Nic wollte tatsächlich mit ihnen beiden fahren. Das amüsierte Aufblitzen in seinen grauen Augen verriet, dass er das genau wusste.

»Komm schon, Honey! Selbst deine fünfjährige Cousine …« Weiter kam er nicht, denn Haley unterbrach ihn.

»Ich bin schon fünfeinhalb!«

»Oh verzeih mir, Süße. Deine fünfeinhalbjährige Cousine fährt mit, und du traust dich nicht? Früher bist du mit mir um die Wette auf Bäume geklettert, und jetzt hast du Angst vorm Riesenrad?« Er schnalzte mit der Zunge und sah sie geringschätzig an.

Mias Augen verengten sich. »Du Schuft! Du weißt genau, dass ich Höhenangst habe. Ich steige nicht mal auf eine Leiter …«

Er lächelte weiter. »Ich wette um ein Abendessen bei Pedro, dass du dich nicht traust, mit uns mitzufahren!«

Mia blickte prüfend an dem Riesenrad hinauf und dann wieder in Nics unverschämt gutaussehendes Gesicht. Der

Wind blies einige Haarsträhnen hinein, und sie musste sich zurückhalten, um ihm nicht durch sein volles, frisch gestutztes Haar zu fahren. Bislang war es ihm gelungen, nicht erkannt zu werden, obwohl Mia das Gefühl hatte, dass einige der Leute um sie herum zu tuscheln begannen und Fotos mit ihren Handykameras machten. Wahrscheinlich gaben sie ein perfektes Familienbild ab, und die Leute waren sich nicht sicher, ob er *der* Nic war. Sie wollte dieses Angebot annehmen. So sicherte sie sich einen weiteren Abend allein mit ihm.

»Okay, aber nur, wenn ich eine Vorspeise und das wahnsinnig leckere Panna Cotta von Pedros Mum bekomme!« Nic lachte und nickte schnell. Bevor Mia es sich noch anders überlegen konnte, schob er sie schon vor sich her und ging mit ihr und Haley durch die Schranken. Als sie auf die nächste Gondel warteten, wurde Mia nervös, und Nic umfing sanft von hinten ihre Taille.

»Vertrau mir!«, hauchte er ihr ins Ohr und drängte sie zu der Gondel, in der Haley schon Platz genommen hatte und sie ungeduldig erwartete. Den Luftballon und all ihre Schätze ließen sie unten, und Mias Herz setzte einen Schlag aus, als das Rad sich in Bewegung setzte.

»Oh Gott!«, kreischte sie und suchte Schutz in Nics Armen. Er lachte nicht, sondern hielt ihre Hand, bevor er sie dazu brachte, die Augen zu öffnen.

»Sieh nicht direkt nach unten … Schau lieber in die Ferne.«

Und das tat sie. Der Ausblick war einfach unbeschreiblich schön. Die Sonne ging gerade unter und tauchte den Himmel im Westen in rötliche Wolken. Doch auf der anderen Seite lag er bereits im Dunkeln und präsentierte eine Mondsichel. Überall leuchteten winzige Lichter.

»Und? Ist doch schön, oder?«

Mia nickte sprachlos. Es war ein wunderschöner Nachmittag mit ihm gewesen. Ein paar Stunden mit ihm ließen sie alle Sorgen hinter sich lassen.

»Ich danke dir.« Nic überhörte ihre geflüsterten Worte und wandte sich Haley zu, die ungeduldig auf etwas deutete und wissen wollte, was es war. Er behielt Mias Hand in seiner und erklärte Haley geduldig, wo sich ihr Zuhause befand.

Fröhlich winkte Haley in eine Richtung und rief: »Hallo Granny!«

Nach einem riesigen Feuerwerk und einer Portion Bratwurst für jeden machten sie sich auf den Nachhauseweg. Haley schlief erschöpft in ihrem Kindersitz ein, das Einhorn fest umklammert und Tomatenketchup an ihrer Nase. *Hello Kitty* tippte gegen das Autodach, und leise Musik drang dazu aus dem Radio. Frische Aprilluft wehte durch das leicht geöffnete Schiebedach zu ihnen hinein, und Mia lehnte sich zufrieden und glücklich im Beifahrersitz zurück.

»Ich danke dir, Nic! Du hast keine Ahnung, was du Haley und mir heute für einen schönen Tag bereitet hast.«

Sein Blick huschte kurz zu Mia hinüber, dann sah er lächelnd auf die Straße. Sie lehnte ihren Kopf gegen die Kopfstütze und sah ihn von der Seite her nachdenklich an. Ihr Herzschlag wurde schneller, und sie wollte ihn gern berühren. Also streckte sie eine Hand aus, hielt aber abrupt inne, als er sich ihr zuwandte.

»Ist es nicht furchtbar langweilig für dich, mit einer Fünfjährigen und deiner besten Freundin den Nachmittag auf einem Rummelplatz zu verbringen?« Fragend betrachtete er Mia. »Na, ich meine bei all dem, was du sonst so erlebst. Ich rede von Hollywood! Vegas! Partys mit erfolgreichen Männern und langbeinigen Models ... Da können wir hier doch gar nicht mithalten.« In dem Moment, als sie es gesagt hatte und in seine versteinernde Miene blickte, wusste sie, dass sie ihn verärgert hatte. Seine Lippen verzogen sich zu einem harten, blassen Strich, und seine Wangenmuskulatur spannte sich an.

»Was soll das nun wieder heißen?«, knurrte er.

»Entschuldige, ich ... wollte nichts Falsches sagen ... ich dachte nur ...«

»Du dachtest nur, dass ich jede Party mitnehme, mir kein Angebot von Kokain und Alkohol durch die Lappen gehen lasse, ganz zu schweigen von den Tausenden Frauen ...«

Für einen Moment hielt Mia inne. Ehrlich gesagt befürchtete sie genau das. »Ist es denn nicht so?«

»Wie gut kennst du mich eigentlich?«, fragte er ungehalten und blickte herausfordernd zu ihr herüber, während sie vor einer roten Ampel hielten. In Wahrheit wusste er, wie wahr Mias Unterstellung war. Aber es schmerzte ihn, dass sie ihn genauso sah. Vor beinahe vier Jahren hatte ihn dieses Leben hier in Bodwin gelangweilt. Er war geblendet gewesen von den Hoffnungen und Erwartungen eines Lebens im Rampenlicht, die ein junger Mann sich so machte, bevor ihn die Realität traf. Er hatte das Gefühl gehabt, dass das Leben noch mehr für ihn bereithalten musste. Warum sonst hatte er seinen Ruhm so sehr herbeigesehnt?

Mia ließ sich nicht aus der Ruhe bringen. Sie hielt seinem trotzigen Blick stand und wählte ihre nächsten Worte mit Bedacht. »Weißt du, ich kannte einen jungen Mann, der nichts mehr liebte als seine Musik, seine Familie und seine Freunde. Er war der loyalste, treueste und großzügigste Mensch, den ich je kennengelernt hatte. Niemand konnte mich mehr zum

Lachen bringen und sich besser mit mir streiten als er. Und nun sehe ich in die Augen des Mannes von früher. Ich sehe ihn nur selten, und er ist ein Rätsel für mich. Er ist berühmt, wird von den Frauen angehimmelt und lebt in Ruhm und Reichtum. Doch meistens macht er den Anschein, als sei er gar nicht wirklich hier bei mir. Sein Körper ist eine Art Schutzschild geworden, und nur selten kann ich zu ihm vordringen. Ich sorge mich um ihn, weil er viel zu selten lacht und ich keine Ahnung habe, warum das so ist.« Mia hielt inne und beobachtete Nic, der angestrengt aus dem Fenster starrte und seine Handoberfläche vor den Mund gelegt hatte. Er wirkte so ernst, so traurig, dass Mia die Luft anhielt. Sie griff nach seiner anderen Hand, die auf der Kupplung lag, und Nic versteifte sich für einen Moment noch mehr.

»Bitte sei nicht böse auf mich. Ich gehöre nicht zu dieser Welt, in der du sonst lebst, und ich kann mir manches nur ausmalen. Ich lese all diese Sachen über dich in der Zeitung, und auch wenn ich ihnen keinen Glauben schenken möchte, weiß ich trotzdem nicht, was wirklich in deinem Leben vorgeht. Ich bin eben nur das Mädchen, das Menschen wie euch beim Essen bedient, und niemand, der mit euch am Tisch sitzt.«

»Sag so was nicht, Mia!«, herrschte er sie an und sein Gesichtsausdruck ließ sie zurückschrecken. Er wirkte gefährlich, und für einen Moment flackerte Wut in seinen Augen auf. Er entglitt ihr, das spürte sie mit einem Mal. Sie war allerdings viel zu aufmüpfig, um sich davon beeindrucken zu lassen, und noch zu weit davon entfernt, ihn aufzugeben.

»Ach komm schon, Nic! Es war eher bildlich gesprochen.«

»Du hast keine Ahnung, wovon du redest. Du bist viel mehr als all das«, erwiderte er und mied ihren Blick. Wenn er ihr nur sagen könnte, wie besonders sie für ihn war … Wenn er nur ein Wort sagen könnte ... »Du weißt ja gar nicht, welche Art von Menschen du über dich stellst. Du bist ... du hast ... du ...« Seine andere Hand umfing ihre, und er seufzte leise. Keine Spur von Wut war mehr an ihm zu sehen. Mia war verwundert über diese rasche Veränderung. Er wirkte plötzlich so müde und um Jahre gealtert.

»Es ist nicht einfach mit mir, richtig?«, fragte er, statt seine Antwort zu Ende zu bringen, was Mia jammerschade fand. Es war, als hätte er ihr etwas Wichtiges sagen wollen ... doch der Moment war vorüber.

»Mit mir doch auch nicht«, sagte sie stattdessen und verbarg ihre Enttäuschung nur schlecht.

»Ich wünschte, ich könnte in meine Anonymität zurückkehren und ein Leben wie jeder andere führen. In Wahrheit wünsche ich mir nur solche Ausflüge wie heute.«

Es war für Mia unmöglich, ernst zu bleiben, sonst hätte sie ihm verraten, was sie wirklich fühlte. »Tatsächlich? Und was ist mit einer Einladung bei Bruce Willis?«

Nic grinste. »Schrecklicher Angeber.«

»Und Johnny Depp?«

»Langweiler ... sitzt den ganzen Tag mit seiner Familie in seiner Villa in Frankreich und schlürft Rotwein.« Mia lächelte. »Oh, ich hatte vergessen, dass du eine Schwäche für ihn hast. Aber er hat es mir selbst erzählt. Seine wilde Zeit ist wohl vorüber.« Er zwinkerte ihr zu.

»Und was ist mit Halle Berry?«

»Hm, das ist wirklich eine knifflige Angelegenheit. Ich denke, ich würde dann später nachkommen.« Mias kleine Faust traf Nic am Oberarm, wie schon am Nachmittag. Er lachte ausgelassen, sodass Haley wach wurde und im Halbschlaf fragte: »Sind wir schon da?« Da bemerkten sie erst, dass die

Ampel schon ein paar Mal wieder grün geworden war und die Autos um sie herumfuhren.

»Übrigens: Strandparty. Die Jungs haben heute vorgeschlagen, morgen ein Lagerfeuer am Strand zu machen … Bis auf Jim sind alle dabei. Wie sieht's mit dir aus? Hast du Lust?«

Mia dachte kurz nach. »Wenn Lizzy auch mitkommt, gern.«

»Reiche ich dir etwa nicht?«, fragte er scherzhaft, doch sein Grinsen erreichte seine Augen nicht. Er wirkte viel zu ernst für Mias Geschmack.

»Na, hör mal, es gibt ein paar Dinge, die übersteh ich nur mit Lizzy an meiner Seite.« Daraufhin sagte Nic nichts mehr und sah schweigend nach vorn, bis sie in ihre Straße einbogen.

»Kommst du noch mit rein? Sophie ist noch beim Skat«, erklärte Mia.

»Klar! Warte, ich nehme Haley«, sagte Nic, schnallte sich ab und stieg geschmeidig aus dem Auto, was Mia beneidenswert fand. Sie stand mit den Füßen im Matsch, da es geregnet hatte, und rutschte ungelenk aus, was ihr plötzlich sehr peinlich war.

Als sie den Weg zur Kennedy-Haustür einschlugen, fiel ihr ein anderer Wagen vor ihrem Haus auf. Ein nagelneues silbernes Mercedes-Cabrio. Und dann sah sie eine Gestalt auf den Stufen vor ihrer Haustür sitzen, die sich bei ihrem Anblick aufrichtete.

»Wer …?«, fragte Nic irritiert.

»Mia!«, sagte die Person und kam ihnen die letzten Stufen entgegen.

»Chris?«, fragte Mia verwundert. An ihn hatte sie schon ein paar Tage nicht mehr gedacht. Nic versteifte sich neben ihr, und Mia fühlte sich ganz und gar nicht wohl dabei, ausgerechnet *ihn* hier anzutreffen. Eben hatten sie gerade noch so die

Kurve gekriegt, und Mia befürchtete, dass dies den Abend endgültig verderben würde. Sie hatten heute einige Stolpersteine überwunden … doch ausgerechnet Chris …

»Waren wir verabredet?«, fragte Mia und strich sich ein paar Haarsträhnen aus dem Gesicht. Chris beäugte Nic eingehend, während der ihn mit Blicken zu erdolchen drohte. »Darf ich vorstellen: Nic Donahue, Lizzys Bruder. Nic, das ist Chris Bennley.« Die beiden Männer nickten sich kaum merklich zu, während sie sich kühl musterten.

Oh je, was für ein Revierverhalten, kam es Mia in den Sinn.

»Chris?«, fragte sie erneut, und endlich hatte sie seine Aufmerksamkeit. Er beugte sich zu ihr hinunter, um ihr einen Kuss zu geben. Mia fühlte sich nicht wohl dabei und wandte sich ab, sodass er nur ihre Wange erwischte.

»Ähm nein, ich … waren wir nicht. Ich dachte nur, du wärst vielleicht hier. Wir hätten uns vielleicht einen schönen Abend machen können … du weißt schon … Ich hatte ja keine Ahnung, dass …«

»Den hatten wir auch«, sagte Nic kühl und sah befriedigt, wie Chris sich versteifte. »Ich geh schon rein und lege Haley schlafen. Kommst du gleich, *Honey*?« Nic betonte ihren Kosenamen besonders.

Mia nickte abwesend und sah von dem einen zum anderen. *Das nennt man dann wohl klassisches Balzverhalten*, dachte sie unbehaglich. Und das war allein ihre Schuld. Nic marschierte zur Tür, die Mia für ihn aufschloss.

In diesem Moment betrachtete Nic sie eingehend. Er sah die zusammengekniffenen Lippen und spürte, dass ihm wohl Ärger drohte.

»Ja, ich komme gleich«, antwortete sie genervt. Chris beobachtete Mia aufmerksam.

»Das ist dann also der berühmte Sänger der *Swores*, ja?« Abschätzig schnalzte Chris mit der Zunge und fuhr sich durch sein ordentlich gekämmtes Haar.

Sie verstand ihn ja ... wie hätte sie sich wohl in seiner Haut gefühlt? Andererseits spürte sie den starken Impuls, Nic in Schutz zu nehmen. Er würde sich später was von ihr anhören müssen. »Nein, das war mein bester Freund, Nic!«, erwiderte sie scharf und sah Chris eindringlich an.

»Dann möchte ich ihn nicht erleben, wenn er als Promi auftritt. Seine Arroganz ist ja förmlich greifbar«, ließ Chris seinem Unmut freien Lauf.

»Nun, da scheint ihr etwas gemeinsam zu haben!«, stellte Mia nüchtern fest und sah zur Tür, in der Nic verschwunden war.

»Offenbar nicht nur das«, murmelte Chris und kickte einen kleinen Stein beiseite. Die Stimmung war seltsam, und Mia wünschte sich nichts mehr als ein Glas Wein und einen Fernsehabend mit Nic. Das sagte natürlich mehr als alles andere aus, und sie bekam ein schlechtes Gewissen. Es fühlte sich an, als würde sie Chris nur benutzen, und Mia musste sich eingestehen, dass es auch so war.

Chris sah aus wie ein zu groß geratener Schuljunge in seiner Schuluniform. Seine Krawatte baumelte lose an seinem Hals. Seine Hände hatte er in den Hosentaschen versenkt, und er wirkte unsicher. Zum ersten Mal, seit sie sich trafen, strahlte er nicht diese Selbstsicherheit aus, die Mia so beängstigend fand.

»Was wolltest du wirklich Chris? Du hättest anrufen können.«

»Das habe ich, sogar mehrfach, und als du nicht rangegangen bist, dachte ich ...«

»Du kommst einfach vorbei? Ich finde, du solltest mir schon eine Möglichkeit geben zurückzurufen, wenn ich es auch will.« Der *Hello-Kitty*-Luftballon wackelte lächerlich an ihrem Arm. Zum ersten Mal hatte sie nicht das Gefühl, dass sie sich für ihn verändern musste.

»Mensch Mia, du wolltest dich noch am selben Abend melden. Seit er wieder da ist, hast du mich nicht ein einziges Mal angerufen …«

»Ich hatte viel um die Ohren, und ja, ich hätte dich anrufen müssen. Das tut mir leid. Aber wenn Nic und Liam schon mal hier sind, versuche ich, so viel Zeit wie nur möglich mit ihnen zu verbringen. Bitte versteh mich doch …«

»Und wenn er in ein paar Wochen verschwunden ist, dann darf ich wieder auf ein Treffen mit dir hoffen? Ich soll der Lückenbüßer sein, richtig? Das wird nichts, Mia!«, rief er aufgebracht.

Allerdings fragte sie sich, mit welchem Recht er sich hier so aufführte. Immerhin waren sie kein Paar, und sie war ihm auch keine Rechenschaft schuldig. Oder? Sie versuchte, die Wogen zu glätten. »Nein, so ist das doch nicht!«

»Dann beweise es und fahr mit mir morgen zum Ferienhaus meiner Eltern!« Hoffnung schwang in seiner Stimme mit, und Mia biss sich aus lauter Schuldgefühl auf die Lippe. Sie sagte nichts. Doch das schien Antwort genug zu sein.

»Das heißt dann wohl nein …«

»Ich hab morgen Abend schon was mit Lizzy vor.«

»Dann sag ihr ab … sie würde es sicher verstehen«, schlug er halbherzig vor.

»Nein … dann wäre sie allein unter den Jungs, und außerdem kann ich Sophie nicht mit Haley allein lassen.« Ein wirklich schwacher Versuch, sich herauszureden, und das wussten sie beide. Himmel, warum war bloß alles so kompliziert?

»Als wenn deine Großmutter nicht auch zwei Tage allein mit einer Fünfjährigen zurechtkommen würde. Sie hat mehr Pfeffer im Hintern als so manche Frau in den Vierzigern.« Sie schwiegen eine Weile und sahen betreten zu Boden.

»Wird *er* morgen auch da sein?«, fragte Chris schließlich unvermittelt. Mia nickte, und Chris sagte leise: »Tja, da hab ich dann wohl keine Chance.«

Ohne etwas zu erwidern, sah Mia ihm nach. Als sie die Tür schloss, hörte sie die Reifen des Mercedes quietschen. Sie lehnte sich an die Haustür und schloss die Augen.

»Warum sperrst du sie aus?«, fragte eine Stimme neben ihr, und Mia blickte in Nics lächelndes Gesicht.

»Wen?«

»Na Kitty!« Er deutete auf das Band an Mias Arm, und sie erkannte, dass Haleys Luftballon noch vor der Tür schwebte. Schnell holte sie ihn herein. Nic grinste breit und schien sich prächtig zu amüsieren. Dieser Mistkerl triumphierte auch noch.

»Was gibt es da zu grinsen, Mr. Donahue?«

»Nichts!«, gab er zur Antwort und marschierte ganz selbstverständlich in die Küche. »Willst du einen Wein? Oder was anderes?« Seine gute Laune war nervtötend.

»Einen Schluck von dem Rosé würde ich nehmen«, sagte sie und erinnerte sich schnell wieder daran, dass sie sein Verhalten äußerst ungehobelt fand. »Wieso hast du dich so blöd benommen?«

»Blöd? Ich? Er war doch total angepisst … wegen was? Einer Fahrt auf dem Riesenrad in der Begleitung deiner Cousine? Was hätte da schon groß passieren können, hä?« Nic schüttelte den Kopf, öffnete zielstrebig einen Hängeschrank und nahm ein Weinglas heraus.

»Du hast mich Honey genannt.«

»Das tue ich oft, Honey.« Er sah aus wie ein Unschuldsengel, doch Mia wusste es besser. Er war sich völlig im Klaren darüber, was er getan hatte. Aber was bezweckte er damit? Es war nicht ihre erste Bekanntschaft, und auch wenn Nic selten einen Freudentanz aufgeführt hatte, so hatte er sie nie so offensichtlich zu vergraulen versucht.

»Oh du … du … du hast das absichtlich getan«, ereiferte sie sich. Sie hatte erwartet, dass er alles abstreiten würde. Das tat er jedoch nicht.

»Sieh es doch mal so: Je eher er begreift, wie es um uns steht, desto eher kann er damit umgehen. Und wenn er das nicht will, dann ist es besser, du weißt es von vornherein.«

Mia öffnete den Mund und schloss ihn wieder wie ein Fisch, der nach Luft schnappte. Er hatte nicht ganz unrecht, doch das war ganz allein ihre Angelegenheit. Nic goss den Wein in das Glas, stellte ihn dann zurück in den Kühlschrank und nahm sich ein Bier heraus.

»Er regt sich auf, weil du deine Freizeit mit mir und deinem Bruder verbringen willst, wenn wir mal hier sind …«

»Du hast also gelauscht«, beschwerte sich Mia.

Ohne darauf einzugehen, fuhr Nic fort: »Wenn er das nicht verstehen kann, dann ist er ohnehin nicht der Richtige für dich.«

»Und wer soll deiner Meinung nach für mich der Richtige sein?«, fragte sie tonlos. Nic blickte Mia nur an, ohne zu antworten.

Nach einer halben Ewigkeit regte er sich wieder. »Bitte lass uns nicht streiten ... Die Zeit ist zu kostbar.« Da musste sie ihm wiederum recht geben.

»Gut, aber zuerst versprichst du mir, dass du in Zukunft freundlicher zu ihm bist.« Nic kniff die Lippen zusammen. Das Wort Zukunft passte ihm überhaupt nicht, doch was sollte er dem entgegensetzen? Er war nicht in der Position, sich darüber zu beklagen.

»Versprich es!«

»Wenn er es auch ist!« Er wirkte trotzig, beinahe bockig wie ein fünfjähriger Junge.

»*Nic!* Ich warte!«

»Gut ja, ich verspreche es ...« Er rollte genervt mit den Augen und kam mit geschmeidigen Schritten auf sie zu. Er reichte ihr das Glas, und bei der Berührung ihrer Finger zuckten sie beide zusammen, sodass das Weinglas bedrohlich schlingerte und ein Tropfen auf die Fliesen fiel.

»Hoppla«, raunte Nic, und das Knistern im Raum war beinahe so offensichtlich, dass er rote Ohren bekam. Mias Wangen sahen auch sehr lebendig aus. Er rückte etwas von ihr ab, um einen gewissen Sicherheitsabstand einzuhalten. Der ganze Tag war so emotionsgeladen gewesen, dass Nic sich ausgelaugt fühlte. Mias nächster Satz trieb ihm das Blut durch die Adern und weckte all seine Lebensgeister.

»Okay, denn mit wem ich ins Bett gehe, geht Liam und dich nämlich nicht das Geringste an.«

Geschockt riss Nic die Augen auf, um etwas zu sagen. Aber Mia hatte sich bereits von ihm abgewandt.

Kapitel 9

Später am Abend schlich Mia leise die Treppe hinauf. Obwohl sie zwei Gläser Wein getrunken hatte, fühlte sie sich kaum betrunken. Nic war ziemlich rasch nach seinem Bier heimgegangen. Er brachte ihr Herz in Aufruhr, und Mia kannte den Grund.

Auf halbem Wege vibrierte ihr Handy in der Hosentasche, und sie nahm den Anruf entgegen, ohne auf das Display zu schauen.

»Ja?«, flüsterte sie, um Haley nicht zu wecken.

»Salut Chérie«, ertönte eine ihr nur allzu vertraute Stimme. Sie klang weich und doch leicht rauchig. *Perfekte Stimme für Telefonsex,* durchfuhr es Mia, und sie musste lachen. Sie konnte sich ihre Mutter beim besten Willen nicht beim Telefonsex vorstellen.

»Mia, Schätzchen, bist du noch dran?«, ertönte die Stimme ihrer Mutter noch einmal etwas eindringlicher.

»Oui, oui«, sagte Mia schnell, und automatisch verfiel sie ins Französische, wie so oft, wenn sie mit ihrer Mutter sprach.

Celine war gebürtige Französin, und Alan, ihr Vater, hatte sie während eines Auslandssemesters in seinem Medizinstudium kennengelernt. Als er danach heimkam, brachte er plötzlich eine Verlobte mit, die kaum ein Wort Englisch sprach. Celine besaß von allem einen Touch zu viel. Sie war ein wenig zu temperamentvoll, zu emotional, zu lebhaft, und selbst ihr Lippenstift war für den ländlichen Ort Bodwin eine Spur zu grell. Doch innerhalb der wenigen Tage, die Celine dort verbrachte, wurde seiner Familie schnell klar, was diese Frau für ihn so besonders machte. Sie lernte schnell und versorgte den ernsten und zuweilen melancholischen Alan mit viel Lebensmut, Tatendrang und Liebe.

»Hab ich dich geweckt, mein Schatz?«, fragte Celine.

Mia schüttelte den Kopf und merkte erst, nachdem ihre Mutter erneut nach ihrem Namen gefragt hatte, dass sie es ja nicht sehen konnte. »Nein, nein …«

»Also Liebling, irgendwas stimmt nicht mit dir? Ja, ja, nein, nein … mehr habe ich von dir noch nicht gehört.« Ein leichter Vorwurf schwang in ihrer Stimme mit.

»Es ist nur …«

Die Stimme ihrer Mutter veränderte sich mit einem Mal völlig. Der vorwurfsvolle Ton wich einem extrem besorgten Klang. »Himmel, ist etwas nicht in Ordnung? Geht es euch allen gut? Ist etwas mit Sophie? Etwa wegen diesem Selbstgebrannten? Oh nein, sag nicht, dass es wieder darum geht … ich habe nicht die Kraft auf eine erneute Auseinandersetzung mit Dr. Jackson. Er war beim letzten Mal so furchtbar anklagend …« Das war typisch ihre Mutter. Sie war nicht zu bremsen, auch wenn sie auf einer falschen Fährte war.

»Nein, Mum, es geht Sophie gut. Alles ist in Ordnung.«

»Ist etwas mit Haley? Nun sag schon Mia!«

»Lass mich doch mal ausreden! Es geht uns allen gut! Ich habe nur zwei Gläser Wein getrunken und war nicht auf deinen Anruf vorbereitet. Aber wie geht es dir? Ich freu mich so, von dir zu hören.« Mia öffnete die Luke zu ihrem eigenen Domizil und ließ sich in ihre Leseecke fallen. Von ihrer gemütlichen kleinen Dachgeschosswohnung aus hatte sie einen wunderschönen Ausblick auf den Garten und die Wälder dahinter, daher hatte sie aus der niedrigen Fensterbank eine gut ausgepolsterte Leseecke gemacht und genoss ihre Abende dort oft mit einem Buch und einem Bier.

Ihre Mutter plapperte ungehalten über die unterschiedlichen Touren, die sie mit Bea unternommen hatte – aber vor allem redete sie mit bedrückter Stimme über die große Armut und die vielen Kinder, die ohne Eltern aufwachsen mussten.

»Chérie, bist du noch da?«

Mia erschrak.

»Irgendwas stimmt doch nicht mit dir. Du hörst mir gar nicht zu.«

»Doch, Mum, natürlich. Ich war nur in Gedanken, das ist alles.«

»Meine kleine Träumerin.« Die Stimme ihrer Mutter klang so zärtlich, und Mia sehnte sich nach ihrer Umarmung und ihrem Duft. Wenn sie sich ihrer Mutter anvertrauen würde, hätte diese Mia verstehen können. Sie hätte ihr sicherlich eine ganze Liste mit guten Ratschlägen gegeben und ihr am Ende eine tröstliche heiße Tasse Schokolade gemacht, so wie früher. Doch ihre Mutter war weit weg, und Mia wollte, dass sie ihre Reise genoss.

»Mia, ist es dir zu viel? Wächst dir alles über den Kopf? Wir sind in zwei Tagen zurück, und dann verspreche ich, erst mal keine weitere Reise zu planen.«

Wie oft hatte sie das schon gehört? Aber darum ging es ihr nicht. Es machte ihr nichts aus, dass ihre Mutter die Welt bereiste. Es machte ihr nur zu schaffen, dass sie kein Teil davon sein konnte. Es tat weh, dass die Trauer um ihren Dad so viel größer war als die Liebe zu ihren Kindern. Das mochte sich egoistisch anhören, und Mia schämte sich wegen ihrer Gedanken ein bisschen. Was sollte Celine davon abhalten zu reisen? Ihre Kinder waren jenseits der zwanzig, und ihr Sohn war die meiste Zeit ebenfalls fort. Wie oft hätte Mia gern ihre Sachen gepackt und sich mit ihrem Kummer auf ihr Zuhause gefreut, in dem ihre Mutter dann heißen Kakao mit Marshmallows machte und sie fest in den Arm nahm.

Es war seltsam, aber diesen Platz hatte nicht ihre Großmutter eingenommen, sondern Lynn. Mia erinnerte sich noch, wie sie vor drei Jahren völlig verweint zu Lizzy gefahren war, als sie sich von Jake, ihrem damaligen Freund, getrennt hatte. Lizzy war unter der Dusche gewesen, und Lynn hatte genau das getan, was sie sich von ihrer eigenen Mutter gewünscht hätte. Sie hatte sie zum Sofa geführt und sie in eine Decke gewickelt und dann Kakao zubereitet. Den Trick mit den Marshmallows hatte sie schon in ihrer Kindheit gemacht. Mia fühlte sich mit einem Mal so geborgen, wie sie sich zu Hause gefühlt hätte. Lynn war ganz anders als ihre Mutter. Sie war nicht so hektisch, sondern viel bodenständiger und verströmte eine gewisse Ruhe.

Mia fühlte genau, wie sehr ihre Mutter unter dem Verlust ihres Mannes litt, und wenn sie nicht gewusst hätte, wie sehr sie einander geliebt hatten, hätte sie es vielleicht nicht verstanden. Celines Reisen waren keine Reisen in ferne Länder. Nein, sie waren eine Flucht aus dem Leben, das sie gemeinsam mit Alan geführt hatte, und sie fürchtete sich davor, dieses Leben allein weiterführen zu müssen. Deswegen sagte Mia schnell: »Liam ist wieder da.«

Eine längere Stille herrschte am Ende der Leitung, und Mia konnte sich Celines Gesichtsausdruck genau vorstellen. Es war eine Erleichterung und beruhigte ihr Gewissen, dass ihr Sohn schon heimgekehrt war.

»Daher weht also der Wind«, sagte sie nun völlig ruhig, und man konnte das Lächeln in ihrer Stimme hören. Mia antwortete nicht darauf. »Deswegen bist du so … so entzückend wirr. Ist Nic bei dir?«

»Was meinst du?« Mia musste zugeben, so ahnungslos, wie sie tat, war sie weiß Gott nicht. »Liam ist wieder da« war gleichzeitig ein Code dafür, dass auch Nic wieder in ihrem Leben war. Wer wusste das besser als ihre Mutter? Doch sie ging nicht darauf ein, sondern plapperte munter weiter.

»Wie geht es den beiden? Ich hab mich schon gewundert, warum ich meinen Großen nicht ans Telefon bekommen habe. Aber er hat sozusagen Urlaub.«

»Ich weiß nicht, ob er zu Hause ist. Ich hab ihn schon seit gestern nicht mehr gesehen. Sonst würde ich ihn dir ans Telefon holen.«

»Nein, Chérie, ist schon gut. Ich wollte dich nur informieren, dass Lynn so lieb ist, Bea und mich vom Flughafen abzuholen. Du brauchst dir also keine Gedanken darüber zu machen. Wir sind in zwei Tagen wieder da. Ich muss jetzt aufhören, Mia. Ich freue mich auf euch.« Irgendwie zweifelte Mia etwas daran, aber sie verabschiedete sich auch. Bevor sie auflegte, sagte Celine noch: »Ach, Mia? Ich liebe dich!«

Mia lächelte und wollte etwas erwidern, da war die Leitung jedoch schon wieder tot. Plötzlich sah sie draußen einen Punkt in der Dunkelheit aufglühen. Die Gestalt war beinahe nicht zu erkennen, doch Mias Körper signalisierte ihr mit einem angenehmen Prickeln, wer dort unten im Garten hin und her ging und eine Zigarette rauchte. Leise sagte sie: »Dito«, und lehnte sich an den Fensterrahmen. Sie genoss die kühle Luft auf ihrer Haut, die durch das geöffnete Fenster hineinströmte, und ignorierte die Last, die ihr auf den Schultern lag.

Am nächsten Mittag luden Nic und Liam die beiden Mädels in den Wagen und fuhren gut gelaunt zum Strand. Die Jungs warteten schon auf sie. John war mit seinem Surfbrett erschienen, was ihm einen spöttischen Blick von Lizzy einbrachte.

»Bist du sicher, dass es heute nicht zu kalt dafür ist?«, fragte sie und hob eine Braue.

Es war nicht warm genug, um schwimmen zu gehen. Surfen hatte nichts damit zu tun. Mit seinem Neoprenanzug war er vor den Wetterverhältnissen bestens geschützt.

»Typisch Frauen, ihr werdet das mit dem Surfen nie verstehen«, erwiderte er nur und stapfte kopfschüttelnd in Richtung Meer. Mia und Liam begrüßten die restlichen Bandmitglieder und zwei weitere Freunde und machten sich daran, die Decken auszubreiten. Es war ein sonniger und entspannter Tag, trotz der wenigen Wolken, die hin und wieder Schatten warfen. Sie spielten Frisbee, grillten Marshmallows und erzählten sich die witzigsten Storys ihrer Tour.

Gegen Abend kamen Johns Exfrau Maureen mit ihren gemeinsamen Töchtern und Mias und Lizzys Freundinnen dazu. Insgesamt war es eine große, lustige Runde.

Liam und Mia neckten sich und spielten schließlich Fangen wie kleine Kinder. Diese Ausgelassenheit tat Liam gut. Vor ein paar Jahren hatte seine kleine Schwester ziemlich genervt, doch das war lange vergessen. Sie stand ihm treu zur Seite, und er liebte sie dafür. Er wünschte sich sehnlichst, dass sie glücklich war. Aber eine zaghafte Stimme in seinem Kopf sagte ihm, dass er es ihr nicht leichtmachte. Sie kümmerte sich zu Hause um alles, während er nur Schecks schickte und hin und wieder ein paar Wochen im Lande war. Es sollte seine Aufgabe sein, sich um die Familie zu kümmern. In Wahrheit war Mia die Stärkere von ihnen beiden. Sie hatte immer Haltung bewahrt, und mittlerweile hatte er sich daran gewöhnt, dass sie da war und es von sich aus tat. Es war schließlich am einfachsten so –

zumindest für ihn. Das schlechte Gewissen schüttelte er so oft er konnte ab. Doch er spürte, dass sich etwas verändert hatte.

Nic beobachtete Mia und ihren Bruder, und ihm wurde warm ums Herz, als er sie so glücklich sah. Ihr Haar wirbelte um ihren Kopf herum, einzelne Strähnen tanzten im Wind vor ihrem Gesicht und kitzelten sie offenbar an der Nase. Sie hatte es längst aufgegeben, ihre Haare in Form zu halten. Sie lachte und winkte Nic zu. Sie wirkte so unschuldig und jung, wie sie da mit Liam am Strand entlangtobte. Sie spielten Softball oder etwas Ähnliches. Er zweifelte nicht daran, dass sie dieses Tempo eine gute Stunde durchhalten würden, bis sie wieder bei ihnen im Sand zusammensackten. Er kannte viele Menschen, die sich gern am Strand und am Meer aufhielten, aber Mia blühte hier förmlich auf. Gedanklich machte er sich eine Notiz, dass er öfter mit ihr hier rausfahren sollte.

Nic stützte sich im Sand ab und betrachtete die zwei, wie sie weiter herumalberten. Entfernt nahm er wahr, wie sich jemand neben ihn setzte.

»Es ist wirklich schön hier«, hörte er die Person sagen.

Er war so in Gedanken, dass er über diese Störung irritiert war. Dann sah er zu der jungen Frau mit Pagenkopf hinüber und versuchte sich an einem Lächeln. »Ja, ich genieße die Zeit hier sehr.«

Sie lächelte zurück und erzählte ihm eine Geschichte über ihre Erinnerung ans Meer. Währenddessen dachte Nic angestrengt nach. Sie war Mias Freundin, aber wie war noch mal ihr Name? Sie war eine hübsche Frau, und Nic musste ihr zugestehen, dass es angenehm war, auf diese Art angesprochen zu werden. Normalerweise fielen sie ihm buchstäblich um den Hals und zeigten sich von ihrer aggressiven Seite. Er wusste auch nicht, warum alle Frauen davon ausgingen, dass er auf den Vamp-Typ stand. Die junge Frau war eher zurückhaltend, und doch hatte Nic ein eigenartiges Gefühl. Sie stand auf ihn, da war er sich sicher, und das allein war ihm unangenehm. Auch wenn er durchaus kein Kind von Traurigkeit gewesen war, so waren Mias Freundinnen ganz sicher tabu. Davon abgesehen war sie überhaupt nicht sein Typ.

Nicht nur Mia kannte ihre Freundin schon ein paar Jahre, sondern auch Lizzy, die Anabelle immer skeptisch gegenübergestanden hatte. Sie ließ sich von ihrer freundlichen Art nicht täuschen. Anabelle wusste genau, was sie wollte, und sich so schüchtern zu geben war so gar nicht ihre Art. Genervt schnaubte Lizzy und murmelte: »Du Schlange!«

Lisa, die es sich neben ihr auf der Decke gemütlich gemacht hatte und die restlichen Sonnenstrahlen genoss, schob ihre Sonnenbrille herunter, um Lizzy anzusehen. »Was?«

Lizzy grinste über Lisas verdutzte Miene und deutete auf Nic und Anabelle, die auf der anderen Seite am Lagerfeuer saßen. Lisa folgte ihrem Blick und verstand.

»Mmmhhhmmm, wundert dich das?«, fragte sie nur. »Sie steht nun mal auf böse Jungs, auch wenn sie es selbst nicht wahrhaben möchte.«

»Wie kannst du dabei so gelassen sein? Sie redet Mia ständig ein, dass Nic nicht der Richtige für sie ist und versucht sie in Chris' Richtung zu drängen, und dann macht sie sich selbst an ihn ran.«

Lisa zuckte mit den Achseln. »Seltsam.«

»Berechnend trifft es wohl eher.«

»Hast du schon mal drüber nachgedacht, dass sie Mia schützen will?« Lizzy machte demonstrativ große Augen. »Mia braucht jemanden an ihrer Seite, der sie nicht dauernd allein lässt. Jemanden, der für sie da ist und nicht die gesamte Welt bereist«, fügte Lisa erklärend hinzu. »Sie wartet nun seit beinahe vier Jahren hier auf deinen Bruder, Lizzy. Wir wissen doch beide, dass sie das nur aus einem Grund tut.«

Lizzy schnaubte wieder unzufrieden und streckte die Beine aus. »Du hast recht. Allerdings ist der Kopf bei der Liebe Nebensache. Und das ist doch auch nicht relevant. Wie kann Anabelle ihr das antun? Sie weiß doch ganz genau, was hier los ist!«

Lisa nickte zustimmend. »Das ist wirklich nicht die feine Art.«

Lizzy sah, wie ihr Bruder sich entschuldigte und aufstand. Sie lächelte in sich hinein. Plötzlich war sie sich sicher, dass Anabelle sich an Nic die Zähne ausbeißen würde. Nic hatte null Interesse, was seiner Schwester eine diebische Freude bereitete.

Nach einer Weile nahm Nic Lizzy beiseite und fragte sie, wer von den beiden jungen Frauen das bekannte Biest war. Es überraschte ihn nicht, als Lizzy sagte: »Anabelle, du meinst die, die dich angemacht hat. Diese falsche Schlange!« Lizzy sah ganz und gar nicht erfreut aus, und das traf auch auf Nic zu. Er wollte die Zeit mit Mia genießen und es hatte schon genügend Verwicklungen gegeben. Eine weitere konnte er nicht gebrauchen.

»Tu mir einen Gefallen und mach ihr klar, dass ich kein Interesse habe.«

»Seit wann so schüchtern, Mr. Donahue? Du bist es doch gewohnt, dass die Mädels sich um dich reißen. Wo ist das Problem?« Lizzy sah ihn herablassend an, und Nic hatte wieder das unbändige Bedürfnis, ihr an die Gurgel zu gehen.

»Das ist etwas völlig anderes, und das weißt du. Mia und ich hatten uns schon genügend in der Wolle …«

Lizzys Blick war weicher geworden, und sie antwortete versöhnlich: »Ich werde mein Bestes tun, aber ich warne dich. Meistens interessiert es Anabelle nicht die Bohne, was ich zu sagen habe.«

Mia kam auf sie beide zugerannt und hakte sich müde bei Nic unter. »Oh, ich glaube, ich brauche eine Erfrischung«, sagte sie munter.

Nic legte sie im selben Moment über seine Schulter und rannte mit ihr übermütig zum Meer. Sie kreischte empört auf und drohte ihm mit allerhand Dingen, die sie ihm antun würde. Nic hatte natürlich nicht vor, sie tatsächlich hineinzuwerfen, dafür wurde es allmählich wirklich zu kalt.

»Hey, du hast gesagt, du brauchst eine Erfrischung.« Er stellte sie vor sich ab, betrachtete ihren roten Kopf, der langsam wieder einen normalen Farbton annahm, und grinste.

»*Domenic Donahue!* Du solltest besser vorsichtig mit mir umgehen. Ich kenne verdammt viele Geheimnisse über dich«, warnte sie ihn lachend.

Natürlich wusste er, dass sie das niemals ernst meinen würde. Sie ließ sich neben Lizzy nieder, die ihnen lächelnd bei den Neckereien zusah.

»Oh ja, weißt du noch, wie er immer heimlich kleine Briefchen in den vermeintlichen Spint von Sarah Sparkly gesteckt hat?«, fragte Lizzy und lachte übermütig.

Mia stimmte mit ein. »Oh ja, und dabei war es der von Jessica Stamp … oh, armer Nic …« Sie tätschelte sein Bein und lachte erneut über seine beleidigte Miene. Sie lehnte sich gegen ihn und streckte ihre Beine genüsslich aus, während Nic einen Arm um sie legte.

»Die ganzen Weiber, die dich damals verschmäht haben,

beißen sich jetzt sicher in den Hintern«, sagte seine Schwester nachdenklich und prustete sofort wieder los.

»Unglaublich, wenn man bedenkt, dass die Frauen dir damals keine Beachtung geschenkt haben«, fügte Liam hinzu und konnte sich ebenfalls ein Grinsen nicht verkneifen.

»Echt? Stimmt das?«, fragte Stan, und Nic nickte ernst.

In seiner Teenagerzeit hatte es kaum eine Frau gegeben, die mit ihm ausgehen wollte. Zum einen hatte er ziemlich mit Akne zu kämpfen gehabt, zum anderen war er für sein Alter sehr schmächtig gewesen. Er war damals eben nicht der gefeierte Rockstar, sondern der schräge Freak mit den seltsamen Klamotten, der lieber Gitarre als Fußball gespielt hatte. Dieses Elend hatte er mit Liam geteilt, auch wenn Liam der hübschere Junge von beiden war. Er war kräftiger gewesen, hatte dunkles Haar und dunkle Augen. Er wirkte auf die Mädchen immer interessanter als Nic. Nicht umsonst war Nic damals mit Mia zum Abschlussball gegangen, die ganze zwei Jahre jünger war. Allerdings hatte sich bald herausgestellt, dass sie bei den Jungs seines Alters ziemlich gut ankam, und so war er nach diesem wirklich schönen Abend von seinem Stempel als Freak befreit gewesen.

»Ja … alle bis auf eine …«, antwortete er und sah Mia direkt ins Gesicht. Er wusste, dass sie an dasselbe dachte wie er. Bilder aus vergangenen Zeiten jagten durch ihre Köpfe, und es war nicht zu sagen, welcher der beiden dümmlicher grinste.

Lizzy schaute zwischen den beiden hin und her und wusste plötzlich, was sie sich irgendwann einmal für sich selbst wünschte: Sie wünschte sich nichts sehnlicher, als dass ein Mann sie auf dieselbe Weise anblickte wie ihr Bruder Mia. Sie war es zwar gründlich leid, dass er wie ein Tornado über die Kleinstadt Mia fegte und alles zerstörte, was sich ihre Freundin aufgebaut hatte. Nicht selten überkam sie eine Wut, die sie am liebsten nutzen und ihren dämlichen Bruder schütteln oder ihm eine verpassen würde. In Momenten wie diesen wusste sie jedoch, dass das alles echt war. Das war Magie.

John bemerkte die seltsame Stimmung nicht und sagte stattdessen: »Dann solltest du dir diese Frau schnell zurückholen, denn auf ehrliche Zuneigung trifft man in unserer Branche eher selten.«

John war selbst mit seiner Jugendliebe Maureen verheiratet gewesen und hatte zwei Töchter. Er war der Einzige in der Band mit einer eigenen Familie. Doch seine Ehe hatte diese starke Veränderung nicht überlebt, und ein großer Teil von ihm bereute diesen Schritt deshalb sehr.

Einige Flaschen Bier später wurde es ziemlich kalt, und Mia ging mit Lizzy gemeinsam den Weg zu Liams Auto, um sich ihre Jacken zu holen. Ganz vertraut hielt Lizzy Mias Hand, und sie schlenderten gemütlich vor sich hin.

»Wie geht's dir so, Süße?«, fragte Mia ihre Freundin, die ganz in Gedanken versunken war.

»Mir? Wieso? Ich dachte, du wärst unser Problemfall?«, neckte Lizzy sie zurück.

Mia rollte mit den Augen. »Ganz geschickt, wie du vom Thema ablenkst. Aber mal ganz ehrlich, *Elizabeth*, wann hat das je geklappt? Was ist los? Was bedrückt dich?«

»Mein Dad und Nic hatten einen fürchterlichen Streit, wegen mir, durch mich oder vielmehr um mich. Ich bin mir nicht sicher. Doch seitdem ist bei uns dicke Luft. Nic steht erst auf, wenn Dad weg ist, was ja eigentlich nix Besonderes ist.« Lizzy kicherte, wurde dann aber ungewöhnlich ernst. »Jedenfalls haben Mum und Dad wohl auch ziemlichen Stress deswegen. Ich fühl mich irgendwie schuldig …«

»Lass mich raten, es ging um deine Kurse!«

Lizzy nickte. »Dad lässt einfach nicht locker, was diese Wirtschaftsgeschichte angeht. Dabei gibt es nichts auf der Welt, was mich mehr anödet, abgesehen vielleicht von Miley Cyrus … und dem Royal Baby.«

Mia kicherte leise, blieb aber dann stehen. »Du musst es ihm endlich sagen, Lizzy. Wenn er erst versteht, was es dir bedeutet …«

Lizzy stöhnte theatralisch auf. »Das wird nicht passieren, Mia. Er ist so von Nics Lebensstil angewidert, dass er niemals zulassen würde, dass ich in derselben Branche arbeite. Er versteht das einfach nicht.«

»Richard ist sicher nicht der einfachste Dad und ein gebranntes Kind, was deinen Bruder angeht, doch er ist ein liebender Vater und möchte, dass seine Kinder glücklich werden. Das ist es, was er eigentlich will. Ich gebe zu, dass es ewig gedauert hat, bis er sich an alle eure Wünsche gewöhnt hatte, aber dann war es doch noch jedes Mal in Ordnung für ihn.«

Lizzy schüttelte den Kopf. »Du hättest hören sollen, was sich die zwei an den Kopf geworfen haben. Dad glaubt, dass Nic sich ruiniert …«

Auch Mia war insgeheim dieser Ansicht. Er wirkte oft so fertig, wenn sie irgendwelche Interviews im Fernsehen sah. »Ich weiß nicht, ob diese Sorge nicht berechtigt ist, Lizzy. Er wirkt so zerrissen, als befände ein Teil sich hier und der andere dort. Ich hab ihn selten so launisch erlebt.«

Sie kamen am Auto an und kramten nach ihren Jacken und dem letzten Sixpack Bier im Kofferraum.

»Aber egal, was dein Bruder auch durchgemacht hat, es hat

nichts mit dir zu tun. Rein gar nichts. Die Songs, die du schreibst, sind wirklich wunderschön. Du brauchst nur die richtigen Kontakte und …« Mia hakte sich frierend bei Lizzy unter. »Vielleicht musst du ihn nur etwas mehr an deinen Plänen und Gedanken teilhaben lassen«, versuchte sie ihrer Freundin Mut zu machen. Doch sie spürte, dass sie nun sagen konnte, was sie wollte. Lizzy war entschlossen, Trübsal zu blasen.

Schweigend gingen sie daraufhin zurück, und Mia hörte schon von Weitem die Gitarrenklänge. Die *Swores* waren also wieder voll in ihrem Element. Mia freute sich darauf, einen ruhigen Platz zu suchen, den Ausblick auf das Meer in sich aufzusaugen und Nics Stimme zu lauschen … So lange hatte sie keinen Auftritt der Jungs mehr besucht, und sie mochte diese kleinen Kostproben wesentlich lieber. Nics Stimme drang zu ihr, und sie sah, dass er ganz in seiner Welt versunken war und nichts seine Aufmerksamkeit erregen konnte.

Anabelle schien sich mit der Zurückweisung abgefunden zu haben, denn sie wirkte nur leicht verstimmt. Sie saß neben Nic, und Mia hätte sie am liebsten in den Sand geschubst und ihren ordentlichen Pagenkopf mal so richtig durcheinandergebracht. Eine leise Stimme flüsterte ihr zu, dass es nichts gab, was Anabelle mehr strafen konnte, als einen Korb von dem Mann zu bekommen, auf den sie ein Auge geworfen hatte.

»Mia, eines Tages werde ich dich anrufen und deine Hilfe benötigen«, sagte Lizzy und schnaubte. Mia sah überrascht auf und begegnete dem typischen Donahue-Grinsen. »Ich habe einen Mord begangen und werde mir eure Schaufel ausleihen müssen, um Anabelles Leiche zu vergraben.«

Mia prustete los und lachte so herzlich wie leider selten in der letzten Zeit. Sie liebte Lizzy für ihren Witz, aber noch mehr für ihre Loyalität. »Ich werde da sein und den Fluchtwagen fahren«, versprach Mia und drückte ihre Freundin fest an sich.

»Was ist so lustig?«, fragte John irritiert und bekam nur ein hysterisches Lachen zur Antwort.

Liam stimmte eins ihrer alten Lieder an, und Nic setzte mit seiner Gitarre ebenfalls ein. Mia blickte auf und verstummte, während sie sich die Lachtränen aus den Augen wischte.

Innerhalb der wenigen Tage, die er hier war, hatte er jede kleine Gefühlsregung in ihr hervorgeholt. Er hatte alles auf den Kopf gestellt, was Mia über Monate und mit viel Mühe in Schubladen sortiert hatte.

Sie wandte sich dem Meer zu und lauschte der Musik, die sie an vergangene Zeiten erinnerte. Sie dachte an die vielen Momente in trauter Zweisamkeit, die sie mit Nic verbracht hatte. Alles an Nic und Mia war so intensiv gewesen. Nie hatte sie darüber nachgedacht, was geschehen würde, wenn sie dieses tat oder jenes nicht tat. Ihr Leben wurde davon beherrscht, dass sie sich über alles Sorgen machen musste. Vielleicht sollte sie eine Weile gar nicht mehr darüber nachdenken?

Der Abend endete damit, dass Liam sich übergab und wie ein Häufchen Elend im Auto saß. Lizzy hatte sich geweigert, sich hinten zu ihm zu setzen. Nic hatte den Abend über nichts getrunken und fuhr, sodass Mia neben ihrem Bruder saß und seine Hand hielt, während er unverständliche Worte von sich gab. Es war schon ewig her, dass Mia ihn so elend gesehen hatte, und sie litt mit ihm.

Es dauerte nicht lange und Lizzy war eingeschlafen. Nic lenkte den Wagen hoch konzentriert über die Straßen und blickte immer wieder in den Rückspiegel zu Mia und ihrem Bruder. Jedes Mal, wenn sich ihre Blicke begegneten, stürzte sich ein Schwarm Schmetterlinge von einem imaginären Hochhaus in Mias Magengrube. Seine Blicke fühlten sich wie eine Liebkosung an. Es war, als flirte er mit ihr, und Mia fühlte sich berauscht.

»Angelas Beine …«, murmelte Liam vor sich hin. »Wer ist Angela?«, fragte Mia und Nic fuhr sich fahrig mit einer Hand durch die Haare.

»Die Assistentin unseres Agenten«, erklärte er kurz angebunden.

»Liam findet ihre Beine toll … vielleicht solltest du die zwei mal zusammenbringen«, scherzte Mia, doch Nic schien das nicht komisch zu finden.

»Geht nisch …« murmelte Liam weiter. »Nic hat se bekommen …«

Mia stockte kurz der Atem, während sich Nics und ihre Blicke im Rückspiegel flüchtig trafen. Sie sah schnell weg und biss sich auf die Unterlippe. Etwas Langes und Spitzes bohrte sich in ihr Herz. Es brannte in ihrer Kehle, als hätte sie Glassplitter verschluckt.

Atme, Emilia! Atme einfach weiter, ermahnte sie sich selbst.

Wut loderte in ihrer Magengegend auf. Wut auf Nic. Er führte sich so bescheuert auf, wenn es um Jason oder Chris ging … und dabei hatte er selbst eine Beziehung. Mia hielt inne und fragte sich plötzlich, ob Nic sich so wie sie fühlte, wenn er sie mit diesen Männern sah? Plötzlich war sie erschlagen und wünschte sich nach Hause in ihr Bett, unter ihre Decke und möglichst weit weg von dem Mann, der ihre Gedanken beherrschte.

Da hielt der Wagen an, und Nic weckte Lizzy. In Mia kam Leben, und sie öffnete rasch ihre Tür, um Liam aus dem Auto zu helfen. Nic war schneller und hielt seinen Freund fest, der bedrohlich schwankte. Er schlang einen von Liams Armen über seine Schulter und hievte ihn die Treppe zum Haus hoch. Mia ging vor, um die Tür aufzuschließen, während Lizzy ihnen gähnend folgte.

»Ist schon gut, ich bring ihn ins Bett«, sagte Mia kurz angebunden und nahm ihren Bruder entgegen. Nic schwieg. Er schien verunsichert zu sein, wie der Abend geendet hatte. Mia sah ihm in die Augen und lächelte traurig. Zu mehr war sie einfach nicht fähig.

»Danke fürs Fahren«, sagte sie mit belegter Stimme und schloss die Tür vor Nics und Lizzys Nase.

Lizzy blickte Nic irritiert an und fragte: »Was hast du nun wieder angestellt?«

Nic raufte sich die Haare und machte sich auf den Weg nach Hause. »Halt einfach die Klappe, *Elizabeth*!«, sagte er so scharf, dass Lizzy ihm nur mit einem Meter Abstand folgte. Er fluchte wie ein Rohrspatz und trat gegen ihr Gartentor.

Mia verfrachtete Liam in sein Bett, zog ihm die Schuhe aus und deckte ihn zu. Sie setzte sich kurz auf die Bettkante und betrachtete ihn traurig. Dann übergab er sich auf ihren Schoß, und ihr letzter Weg führte sie unter die Dusche, wo sie hemmungslos zu weinen begann.

Kapitel 10

Das Wochenende raste nur so an ihnen vorbei, und die Rückkehr von Celine und Bea rückte näher. Mia war dankbar, dass Lynn sich um den Rücktransport der beiden Urlauberinnen kümmern wollte. Den verregneten Sonntag hatte sie komplett in ihrem Zimmer verbracht, um endlich ihre Zeichnungen zu korrigieren und niemandem erklären zu müssen, warum sie so traurig war. Sie ging nur runter, um etwas zu essen oder die Toilette zu benutzen. Sie brauchte eine Pause. Die Emotionen und Ereignisse hatten sich in den letzten Tagen fast stündlich überschlagen. Einmal hatte sie kurz nach Liam sehen wollen, als sie aber Gitarrenklänge im Flur hörte und sicher war, dass Nic bei ihm war, hatte sie auf dem Absatz kehrtgemacht. Sie wusste, es war albern, ihm böse zu sein oder ihn deswegen mit Verachtung zu strafen, aber darum ging es gar nicht. Mia fühlte sich schlecht. Sie ertrug keinen weiteren Tag in Nics Nähe, während sie sich immer wieder fragte, was an ihr so verkehrt war.

Als ihr Wecker am Montagmorgen um halb sieben klingelte und sie in ihren Alltag starten konnte, fuhr sie nach Falmouth zu ihrer Wohnung, um nach dem Rechten zu sehen. Sie hatte einen Termin mit Cathleen, und am späten Nachmittag hatte sie dann Tanzstunde mit den Kleinen. Sie hoffte, den ganzen Tag über fort sein zu können, damit sie Nic nicht in die Arme laufen konnte.

Am nächsten Tag hatte sie sich mit Lizzy verabredet, um einige Vorbereitungen für ihre Geburtstagsfeier zu treffen. Anabelle kam kurz vorbei, um ein paar Hosen abzuholen, die Mia für sie gekürzt hatte, verschwand aber zum Glück recht schnell wieder. Kaum war sie aus der Tür, machte Mia sich auf den Weg zu Lizzy. Draußen hielt sie Ausschau nach Nics Auto und war erleichtert, als sie es nirgends entdeckte. Sie zögerte kurz, als sie die Klingel betätigte, und wartete nervös, bis Lynn die Tür geöffnet hatte. Erleichterung durchströmte sie, während Lynn sie strahlend begrüßte und ihr über den Rücken streichelte.

»Seit wann nimmst du denn den Hauseingang?«, fragte sie verwundert, und Mia errötete leicht. Eine Antwort blieb ihr erspart, denn Lizzy kam soeben aus dem Wohnzimmer gestürmt.

»Da bist du ja endlich«, war alles, was dieses Nervenbündel sagen konnte. Mia wurde samt Jacke ins Wohnzimmer geschleift, wo Lynn und Lizzy damit begonnen hatten, eine Liste anzufertigen.

»Was hältst du von Häppchen mit Fisch und Hähnchen? Meinst du, das reicht mit dem Fingerfood? Ich möchte nicht, dass es zu wenig ist«, überlegte Lizzy weiter. Lynn folgte ihnen und fragte Mia, ob sie Tee wollte, den sie sowieso in der Kanne hatte. Mia wollte gern, wirkte aber nervös.

»Seid ihr allein?«, fragte sie vorsichtig.

Lizzy war sofort misstrauisch und antwortete: »Dad ist auf der Arbeit.«

Das war nicht ganz die Information, die Mia sich gewünscht hatte, und sie wurde das Gefühl nicht los, dass Lizzy das ganz genau wusste. Sie beobachtete ihre Freundin aufmerksam, während sie betont lässig auf dem Stuhl neben ihr Platz nahm.

»Nic ist gestern Abend nach London gefahren und übernachtet in seiner Wohnung. Er trifft sich dort heute mit der Band und hat wohl ein paar Termine«, beantwortete Lynn Mias unausgesprochene Frage. Mia entspannte sich sofort, was keiner der beiden anderen Frauen entging. »Wie geht es Celine? Hat sie sich von ihrem Jetlag erholt?«, wechselte Lynn daher lieber rasch das Thema, und Mia war ihr dafür sehr dankbar. Sie hatte ihre Mutter gestern Abend nur kurz begrüßt und seither nicht mehr zu Gesicht bekommen.

Sie besprachen das Essen und wie sie mit dem Regen umgehen wollten, den der Wetterdienst für das Wochenende angekündigt hatte. Ursprünglich war eine Gartengrillparty mit ein paar Freunden und der Familie geplant gewesen, doch jeder, den Lizzy kannte, wurde eingeladen, und so sprengte allein die Gästeliste schon bald den Rahmen eines gemütlichen Grillabends. Schnell wurde umdisponiert, und Richard und Lynn schenkten ihrer Tochter diese riesige Party. Die einzige Bedingung war, dass sie nicht im Haus stattfand. So drohte nun das Wetter zum Spielverderber zu werden, aber Mia fiel ein, dass Liam Kontakte zu einem Eventplaner im selben Ort hatte. Vielleicht hatte er eine Art Zelt oder Überdachung, die sie mieten konnten. Also rief sie ihren Bruder an, der ebenfalls in London war.

»Und du hättest dich nicht von mir verabschieden können?«, warf sie ihm vor und war selbst überrascht, wie sauer sie darüber war.

»Sorry, Mia. Wir sind gestern spontan gefahren und du warst schon im Bett. Mum wusste Bescheid. Außerdem hab ich dich gestern kaum zu Gesicht bekommen«, entgegnete er.

Sie war sonst nicht so zickig und musste sich eingestehen, dass ihr Bruder nichts für ihre Laune konnte.

»Weswegen ich anrufe ... Hast du noch Kontakte zu diesem Patrick, der damals das Catering für Dads fünfzigsten Geburtstag organisiert hat? Wir brauchen für Lizzys Geburtstag ein Zelt.«

Liam versprach, sich gleich darum zu kümmern und sich dann später zu melden. Als Mia aufgelegt hatte, machte sie ein unzufriedenes Gesicht. »Er kümmert sich darum, hoffe ich zumindest.« Sie konnte ihre schlechte Laune kaum verbergen, und Lizzy und Lynn tauschten einen Blick, woraufhin Lynn erklärte, dass sie noch ein paar Dinge fürs Abendessen einkaufen gehen musste.

Als die Haustür ins Schloss fiel, meldete sich Lizzy zu Wort. »Willst du mir endlich erzählen, was hier eigentlich los ist?«

Mia begegnete dem argwöhnischen Blick ihrer Freundin und wich aus. »Was meinst du?«

»Hm, lass mich kurz überlegen ... am Samstag waren Nic und du noch unzertrennlich, dann knallst du uns die Tür vor der Nase zu und bist wie vom Erdboden verschluckt. Plötzlich muss Nic ganz dringend nach London, obwohl er fest entschlossen war, die gesamten zwei Wochen hier zu verbringen, und du weißt nichts davon. Eigentlich bist du immer meine Informationsquelle, wenn es um meinen Bruder geht. Ich lebe nicht hinter dem Mond, Mia!«

Mia sah auf ihre Schuhe und wusste nicht, was sie erwidern sollte. Es gab gar nichts zu erzählen. Sie benahm sich einfach ungerecht Nic gegenüber, und trotzdem war es ihr unmöglich, sich normal zu verhalten.

»*Emilia*, nun rück schon mit der Sprache raus! Ich weiß doch, dass da was nicht stimmt«, drängelte Lizzy weiter.

»Ich bin in deinen Bruder verliebt, okay?«, schnauzte sie zurück und konnte ihre Freundin kaum dabei ansehen.

»Da erzählst du mir nichts Neues«, erwiderte Lizzy ruhig.

Mia schnaubte und kämpfte wieder mit dem Kloß in ihrem Hals. »Er ... er ... ach, ich weiß einfach nicht weiter ...« Ungehalten stand sie auf und wanderte traurig im Zimmer auf und ab.

»Was hat sich denn geändert? Ich meine am Samstag wart ihr noch so süß zusammen. Er hatte nur Augen für dich, und als wir Liam ins Bett bringen wollten, hast du uns die Tür vor der Nase zugeschlagen. Nic wollte mir nichts sagen, aber ich hab ihm angesehen, dass irgendwas nicht in Ordnung war. Ich bin sicher, ein entscheidendes Detail ist mir entgangen. Und Sonntag hast du dich dann nicht blicken lassen, und Nics Laune war alles andere als rosig. Ich meine, ich weiß ohnehin nicht, was du an ihm findest … ich nenne ihn ja gern den Schlechte-Laune-Bär, aber zugegeben, ich bin sicher nicht die objektivste Quelle, was Nic …«

Mia schluchzte los, und Lizzy lief zu ihr, um sie in die Arme zu nehmen. Eine ganze Weile sagte niemand etwas, und erst als Mia sich beruhigt hatte, nahmen sie auf dem Sofa Platz. Lizzy holte aus Richards Sekretär eine Flasche mit honigfarbener Flüssigkeit und gab einen kräftigen Schuss in ihren Tee. Alkohol war auch keine Lösung, aber er machte es für den Moment erträglicher.

»Sag mir sofort, was passiert ist«, forderte Lizzy Mia erneut auf, und Mia erzählte ihr alles. Über die schönen Tage mit Nic, über ihre ständigen Streitereien und ihre seltsam innigen Momente. Über Chris und Jason und über diesen lächerlichen Kommentar von Liam und darüber, wie kindisch sie sich benahm.

Ihre Freundin hörte geduldig zu und sagte, als sie geendet hatte: »Ich hasse ihn einfach mit, geht es dir dann besser?«

Mia lächelte und schnäuzte sich einmal kräftig die Nase. »Ich bin so albern. Wenn Nic mich jetzt fragen würde, was mit mir los wäre … wüsste ich nicht mal, was ich ihm eigentlich sagen sollte. Ich bin nur so unglaublich wütend auf ihn.«

»Na, und ich bin es erst.« Lizzy nickte heftig und brachte Mia damit zum Lachen. Die Welt konnte in sich zusammenfallen, und doch würde Lizzy Donahue Mias Hand niemals loslassen. Dafür liebte Mia sie wie eine Schwester.

»Mir war natürlich klar, dass er Frauen hatte, und es gab ja auch genügend Bilder von ihm mit irgendwelchen Eroberungen. Trotzdem scheint diese Sache mit dieser Frau was Ernsteres zu sein. Wahrscheinlich trinkt er jetzt in diesem Augenblick mit ihr bei Starbucks einen Kaffee oder noch schlimmer … sie ist mit ihm im Bett.« Mias Unterlippe bebte bedenklich, und Lizzy hatte tiefes Mitleid mit ihrer Freundin.

Nach einer Weile sagte Lizzy: »Ich möchte kurz darauf hinweisen, dass ich, trotz der Blutsverwandtschaft mit meinem Bruder, natürlich auf deiner Seite bin. Aber Mia, warum sagst du ihm nicht endlich, was du für ihn fühlst? Es ist kaum zu übersehen, dass es ihm ebenso geht.«

Mia schüttelte den Kopf. »So sicher bin ich mir da nicht. Ich hab Angst, einen Stein loszutreten, der sich in eine Lawine verwandelt. Was, wenn er nicht so empfindet oder es nicht mit uns klappt, dann wird es nie mehr so sein wie jetzt.«

»Wie jetzt?«, wiederholte Lizzy. »Schatz, nun sieh dich mal an. Was ist an der Beziehung zwischen euch denn jetzt noch so schön? Er ist kaum hier, und wenn er hier ist, streitet ihr euch oder ihr geht euch aus dem Weg. Es hat sich doch schon längst alles verändert.«

Mia kämpfte gegen die neu aufsteigenden Tränen an. »Da hast du wahrscheinlich recht. Aber …«

»Aber?«

»Was ist, wenn er mich nicht auf diese Weise mag? Ich habe

ständig das Gefühl, nicht besonders genug für ihn zu sein. Wie kann ich gegen die langbeinigen, tollen und erfolgreichen Frauen ankommen, mit denen er ständig zusammen ist? Ich bin zweiundzwanzig. Ich bin winzig, ich wohne teilweise noch zu Hause und studiere … ich bin grottenlangweilig und absolut nicht besonders. Ich hab keine Talente und bin einfach …«

Lizzy starrte sie böse an und hielt ihr entschlossen den Mund zu. »*Emilia Sophie Kennedy!* Ich will nie wieder irgendetwas in dieser Richtung aus deinem Mund hören. Du bist der wunderbarste Mensch, den ich je kennengelernt habe, und ich muss es wissen, denn ich bin deine beste Freundin. Glaubst du, ich würde mich mit dem Durchschnitt zufriedengeben?!«

Liam lümmelte sich auf Nics Sofa und schob sich ein Karamellbonbon nach dem anderen in den Mund, während Nic zum hundertsten Mal die Melodie eines neuen Songs auf der Gitarre spielte und auf dem Blatt vor sich Worte aufschrieb, wieder durchstrich und erneut niederschrieb. Liam spielte währenddessen eins von Nics Play-Station-Spielen. Eigentlich wollten sie die zwei Stunden bis zum nächsten Meeting locker rumhängen, doch wenn einen die Muse küsste, dann konnte einen echten Musiker nichts davon abhalten, zu komponieren. Das wusste niemand besser als Liam. Er hatte längst gemerkt, dass irgendwas zwischen Mia und Nic los war. Und Nic schrieb immer seine Emotionen nieder … dann war er am kreativsten. Er war nicht so melancholisch wie Liam, aber Nics beste Songs entsprangen meist aus tiefer Traurigkeit.

Liam war sicher nicht doof und hatte schon länger das Gefühl, dass sich bei Nic und Mia etwas anbahnte, und er war nicht sicher, wie er dazu stehen sollte.

Einerseits wusste er, dass Nic seine Schwester nie mit Absicht verletzen würde. Er war bisher nicht gerade der Typ für eine längere Beziehung gewesen und hatte sich die Frauen genommen, die er wollte. Für Liam war das völlig okay, solange er einfach nur sein Kumpel war. Aber als Schwager sah das Ganze anders aus. Wie sollte die Beziehung der beiden funktionieren, wenn Nic ständig unterwegs war, und wie sollte Mia mit dem Druck der Öffentlichkeit fertigwerden? Er glaubte nicht, dass seine Schwester dieses Leben auf Dauer glücklich machen würde, wo es ihm selbst manchmal schwerfiel, damit klarzukommen.

Liam selbst wollte von der wahren Liebe nichts wissen. Es war nicht so, dass er nicht glaubte, dass sie irgendwo existierte. Seine Eltern hatten eine erschreckend tiefe Liebe zueinander empfunden. Keine gewöhnliche Liebe, die mit den Jahren verblasst war, sondern eine tiefe, mit den Jahren stark verwurzelte Liebe.

In Wahrheit musste er sich eingestehen, dass er bis vor einigen Jahren gehofft hatte, dass Mia sich schlussendlich für Nic entscheiden würde. Dann veränderte sich mit einem Demo-Tape alles. Eine einzige Aufnahme veränderte ihr Leben von Grund auf, und ironischerweise war er selbst die Ursache dafür gewesen. Er hatte diesen Song geschrieben und mithilfe von Nic dazu die passende Melodie komponiert. Nic und er waren von unzähligen Frauen umschwärmt worden und ergatterten den Ruhm, den sie sich jahrelang erträumt hatten. Plötzlich war ihnen alles in den Schoß gefallen. Nach einiger Zeit hatte sich herausgestellt, dass dieses Leben viel mehr schlechte Seiten hatte, als sie es je für möglich gehalten hatten. Viele Paparazzi verfolgten sie rund um die Uhr, sodass ein Leben in der Öffentlichkeit zur Qual wurde.

Eine Aufnahme von Mia, die sie mit Nic in einer sehr vertrauten Pose zeigte, war plötzlich auf allen Titelbildern aufgetaucht. Das Foto war nicht besonders scharf geschossen worden, sodass Mia kaum zu erkennen gewesen war. Es war eine Art Warnschuss für sie gewesen. Liam und Nic hatten nach einem heftigen und seltenen Streit entschieden, dass sie ihr dieses Leben nicht zumuten wollten. Liam war sich sicher, dass Mia für Nic mehr als nur eine Freundin war. Er wusste es schon lange, bevor Nic sich dessen überhaupt sicher war. Und trotzdem rang er Nic das Versprechen ab, Mia aus dieser Sache herauszuhalten. Er sprach das Offensichtliche nicht aus. Es war aber klar, dass Nic ihn genau verstanden hatte. Danach tröstete dieser sich mit Frauen, die ihn umwarben, und auch wenn Liam ihn verstehen konnte, ärgerte es ihn etwas.

Nic war sein bester Freund, er war auch wie ein Bruder für ihn, aber Blut war dicker als Wasser. Er schluckte den Ärger hinunter und besann sich darauf, dass er es selbst so gewollt hatte. Liam war kein Narr. Es machte Mia unglücklich, unglücklicher wahrscheinlich sogar, als es Nic machte.

Der Dienstag zog trostlos an Mia und Lizzy vorbei, die ihren Abend mit einem Horrorfilm der Extraklasse abrundeten. Wie konnte man Mia sonst von ihrem doofen Bruder ablenken? *Bestimmt nicht mit einem Liebesfilm*, hatte Lizzy sich gedacht. Allerdings hatte diese Taktik auch nur bedingt funktioniert. Irgendwann war Mia bei dem Film eingeschlafen, und Lizzy hatte den Fernseher ausgemacht und über Mia und sich ihre Decke ausgebreitet. Sie tippte eine knappe SMS an Celine, dass Mia bei ihr blieb, und machte das Licht aus.

Mitten in der Nacht wurde Mia wach, kämmte sich ihre wilde Mähne mit den Fingern durch und schlich auf Zehenspitzen den Flur entlang, um ja nicht Lynn und Richard zu wecken. Allerdings brannte Licht im Wohnzimmer, und Mia blickte auf die große Pendeluhr im Flur. Sie zeigte 0.15 Uhr, und Mia überkam eine große Erleichterung. So spät war es gar nicht, und Richard arbeitete manchmal noch, wenn er einen Tag freimachen wollte. Mia fand es unhöflich, sich ohne ein Wort rauszuschleichen, und betrat daher nervös das Zimmer. Sie blickte sich um, konnte aber niemanden entdecken.

»Seltsam …«, murmelte sie und wollte grade das Licht ausmachen, als ihr eine Reisetasche auf dem Sessel auffiel, an den auch ein Gitarrenkoffer gelehnt war. Auf der Küchenanrichte standen zwei dampfende Becher mit Tee.

Panik ergriff Mia, und plötzlich kam ihr das Herausschleichen nicht mehr so unhöflich vor. Sie wog kurz ihre Möglichkeiten ab. Noch konnte sie schnell zu Lizzy zurückeilen und versuchen weiterzuschlafen. Sie glaubte allerdings nicht, dass sie auch nur ein Auge zumachen konnte, wenn sie wusste, dass Nic nebenan schlief. Haustür oder Terrassentür? Mia hörte Geräusche aus einem der Zimmer im Erdgeschoss, woraufhin sie sich für die Terrassentür entschied. Sie stürmte zurück in den Wohn- und Küchenbereich, als sie plötzlich mit Richard zusammenstieß.

»Oh Gott!«, entfuhr es ihr, und sie zuckte erschrocken zurück.

»Nein, bloß ich«, erwiderte Richard trocken und lächelte sie an.

Mia strich sich verlegen durchs Haar. »Entschuldige, ich … ich wollte … ich war nur …«, stammelte sie leise vor sich hin.

»Auf dem Weg nach Hause?«, beendete Richard hilfsbereit ihren Satz. Sie lächelte erleichtert und nickte. Jemand betätigte eine Klospülung und den Wasserhahn, und Mia wusste ganz genau, wem sie gleich gegenüberstehen würde. Sie wollte sich schnell an Richard vorbeischieben, als dieser sich ihr in den Weg stellte.

»Schläft Lizzy?«, fragte er, und Mia wurde das Gefühl nicht los, dass er sie aufhalten wollte.

»Ja, ich bin auch ziemlich müde. Ich gehe jetzt lieber. Entschuldige die Störung.«

»Ach was, du störst doch nie, Mia! Du kannst auch ruhig bleiben.« Mia blickte in Richards Augen und spürte, wie ehrlich seine Worte gemeint waren. Sie hatte sich bei den Donahues immer wohlgefühlt.

Sie winkte ab. »Das ist lieb, aber nein danke. Ich muss wirklich rüber, falls Haley wach wird. Gute Nacht.« Einen kurzen Augenblick war Mia erleichtert, während sie durch die offene Küche lief, dass er sie endlich gehen ließ.

Ich hab mir seine Verzögerungstaktik wohl nur eingebildet, dachte sie, als Richard auch schon sagte: »Einen Moment noch Mia, ich wollte dich kurz was wegen Lizzys Freundesliste fragen.« Er deutete auf ein paar Unterlagen auf dem Esszimmertisch, die ganz und gar nicht danach aussahen, als hätten sie irgendetwas mit Lizzys Geburtstagsfeier zu tun. Mia zweifelte ernsthaft daran, dass Richard sich so viel Mühe machte und für Lizzys Geburtstag Statistiken erstellte. Sie hörte Schritte, und er schien gespannt die Luft anzuhalten.

Mias Augen verengten sich zu schmalen Schlitzen, und sie sagte in einer für sie eher untypischen Art: »Richard! Das hat sicher auch Zeit bis morgen.«

Die Schritte wurden leiser, und Mia hoffte schon, dass sie davongekommen war, als Richard lauter als nötig erwiderte: »Ich weiß nicht, morgen ist immerhin schon Mittwoch, und alle sollten doch langsam mal Bescheid wissen, oder?« Mia schloss die Augen, als Nics Stimme zu hören war.

»Dad, sag nicht, dass du schon so lange arbeitest, dass du Selbstgespräche führst.« Er erschien im Türrahmen, mit nichts weiter bekleidet als seiner Jeans. Er hatte wohl geduscht, denn seine Haare waren feucht und kräuselten sich im Nacken. Ein paar Wassertropfen rollten seinen Rücken hinunter. Mia wusste gar nicht, wohin sie zuerst schauen sollte. Nic war nach wie vor sehr schlank, aber trotzdem hatte er an den richtigen Stellen die richtigen Proportionen angesetzt. Mia schluckte hart und verfluchte Richard noch mehr. Nic entdeckte sie zwei Sekunden später als sie ihn, und man konnte ihm seine Verblüffung deutlich ansehen.

»Sieh mal Nic, Mia ist da!«, erklärte Richard überflüssigerweise, und sie warf ihm einen genervten Blick zu. Nic stand ratlos vor ihr und sagte nichts, ebenso wenig wie Mia. Dafür kam in Richard Leben.

»Ich denke, du hast recht Mia, wir bereden das morgen. Es ist ja auch schon ziemlich spät, und ich muss früh raus.« Während er das sagte, schloss er die Akten mit Lizzys *Freundesliste*, wünschte ihnen eine gute Nacht und verließ kommentarlos das Zimmer. Bedrückendes Schweigen breitete sich im Raum aus. Mia fühlte sich genötigt zu erklären, dass sie nicht seinetwegen hier war.

»Ich wusste nicht, dass ihr heute wiederkommen würdet.« Nic sagte immer noch nichts. »Ist Liam auch wieder da?«

Er nickte nur, während Mia sich Mühe gab, ihm ins Gesicht zu sehen, damit sie sich nicht noch unbehaglicher fühlte als ohnehin schon. Nic sah kurz auf seine nackten Füße und strich dann überflüssigerweise seine Haare zurück. Unschlüssig starrten sie sich an, und Mia kam sich albern vor. Sie hatte einen

Streit vom Zaun gebrochen, der in seinen Augen völlig unverständlich sein musste. Er wartete sicher darauf, dass sie einen Schritt auf ihn zu machte.

»Hör zu, Mia, wegen …«, begann er unsicher.

»Habt ihr in London alles erledigt?«, unterbrach sie ihn. Nic betrachtete sie immer noch, kam aber etwas näher. Sie riskierte einen Blick nach unten und sah die Narbe von der Blinddarm-OP vor vielen Jahren sowie die gekräuselten hellen Härchen, die im Bund seiner Jeans verschwanden. Ihr wurde warm, und ihre Wangen bekamen deutlich Farbe. »Gut, du bist sicher müde … ich geh dann mal«, sagte sie eine Spur zu hastig und wandte sich zur Tür.

»Warte!«, rief er und war plötzlich bei ihr. Sie sah ihn an und erkannte, wie müde er war. Er hatte ganz rote Augen, die von dunklen Schatten umgeben waren. Sie bekam Mitleid mit ihm, weil sie ihm so Kummer machte. Seufzend berührte sie sein Gesicht.

»Nic …«, hauchte sie nur, doch er schüttelte den Kopf. Ein paar Zentimeter trennten sie noch voneinander, und Mia vergaß zu atmen, während Nic selbstsicher lächelte.

»Ich …«, begann sie erneut, doch er legte einen Finger auf ihren Mund. *Gut, dann tu endlich was!*, sagte Mias innere Stimme, und ohne weiter darüber nachzudenken, überbrückte sie die letzte Distanz zwischen ihnen und sah den erleichterten Ausdruck in seinen Augen, als hätte sie eine schmerzende Leere gefüllt. Ihr Verstand hatte sich abgemeldet, und ihr Herz entschied, das zu tun, was sie schon sehr lange hatte tun wollen. Ihre Hand wanderte in seinen Nacken, ihre Nasen berührten sich, während Mia einen Moment innehielt und sanft, ja beinahe vorsichtig ihre Lippen auf seine legte. Ihre andere

Hand glitt in seine noch nassen Haare. Sie öffnete die Augen einen Spalt, aus Angst, es würde ihm nicht gefallen.

Doch als hätte sie einen Schalter umgelegt, drängte er Mia gegen die Kühlschrankwand. Er umfing ihr Gesicht mit beiden Händen und lehnte seinen Körper mit ungeheurer Kraft gegen ihren. Sie seufzte erleichtert auf, was ihre Leidenschaft nur weiter entfachte. Entfernt hörten sie das Klingeln des Telefons. Ihr Kuss wurde intensiver, ihre Zunge strich über seine Unterlippe, und Nic entfuhr ein Stöhnen. Sein Arm legte sich um Mias Taille, und er zog sie fest an sich, als könnten sie nicht nah genug beieinander sein. Mia ließ seine Zunge gewähren und öffnete leicht den Mund. Ihr Herz klopfte wie wild, als würde es gleich aus ihrer Brust springen, und alles in ihr zog sich in freudiger Erwartung zusammen. Nics Erregung war deutlich zu fühlen, und Mia spürte, wie sehr er sie wollte, was in ihr nur ein weiteres Hochgefühl auslöste.

Plötzlich zog Nic sich etwas von ihr zurück und hielt an ihrem Gesicht schwer atmend inne. Mia sah entsetzt zu ihm auf, aus Angst, er hätte es sich anders überlegt. Da hörte sie die aufgebrachten Stimmen.

Nic wagte nicht, sich zu bewegen, und blickte sehnsüchtig auf Mias Lippen. Hin und her gerissen zwischen ihr und dem, was da die Treppe hinunterpolterte, hielt er weiter inne. Das Licht im Flur ging an, und jetzt waren die Stimmen besser zuzuordnen. Es war Lizzy, die Nics Namen rief. Er schloss genervt die Augen, gab Mia einen leichten Kuss und löste sich schweren Herzens von ihr.

»Hier!«, rief er mit belegter Stimme und trat zurück ins Wohnzimmer. Mia folgte ihm und hörte an Lizzys Tonfall, dass etwas ganz und gar nicht in Ordnung war.

Lizzys Sprachvermögen löste sich spontan in Luft auf, als

sie Mia und Nic so aufgewühlt vor sich stehen sah. Richard, noch immer im Hemd, und Lynn im Bademantel kamen knapp hinter ihrer Tochter zum Stehen und starrten Nic und Mia an. Unsicher sah Mia kurz zu Nic, dessen Haare zerwühlt in alle Richtungen standen. Sie war gerade versucht, ihm übers Haar zu streichen, als Lizzy auf sie zugestürmt kam und sie mit den Worten »Oh Gott sei Dank, dir geht es gut!« fest in die Arme schloss.

Mia sah verwirrt zu Nic und erwiderte Lizzys Umarmung. »Natürlich geht es mir gut, Lizzy.«

Lizzy starrte sie ungläubig an und wurde plötzlich böse. »Wie kannst du es wagen, uns so einen Schrecken einzujagen? Alle sind in völligem Aufruhr wegen dir. Ich dachte schon, du hättest eine Dummheit gemacht, weil du heute Mittag so fertig warst. Was fällt dir eigentlich ein, hier mit meinem Bruder rumzumachen, während alle verrückt vor Sorge sind?« Mia löste sich von ihr und sah ihre Freundin verständnislos an.

»Lizzy, jetzt beruhige dich bitte und sag uns, was los ist«, sagte Nic mit sanfter Stimme, was Lizzy daran erinnerte, dass er auch noch da war.

»Du!«, sagte sie nur und machte ein Gesicht, als wäre ein Gewitter im Anmarsch. Ein ausgestreckter Finger piekte gegen seine nackte Brust. »Du!«, sagte sie noch mal, und Nic wich einen Schritt zurück. Dann sackte Lizzy in sich zusammen und begann zu erklären: »Celine hat angerufen, gerade eben. Sie ist völlig aufgelöst. Bitte Dad, ruf sie an und sag ihr, dass Mia hier ist.« Lizzy stützte sich auf der Küchenanrichte ab und holte tief Luft. »Die Polizei war gerade bei euch und hat deine Mutter gefragt, wo du bist. Celine war davon ausgegangen, dass du in deinem Bett liegst, obwohl ich ihr extra noch eine SMS geschickt hatte, dass du bei mir schläfst. Was ist das nur für eine Unart von euch Kennedy-Frauen, dass ihr nie wisst, wo euer Handy ist?«, empörte Lizzy sich.

»Nun erzähl schon!«, drängte Lynn weiter.

»Jedenfalls wurde dein Auto gegen einen Baum gefahren. Der Schlüssel steckte wohl noch, doch von dir fehlte jede Spur. Die Polizei hat anhand deines Kennzeichens deine Adresse rausgefunden. Alle haben gedacht, dir sei etwas passiert, und als du nicht neben mir lagst, dachte ich, du wärst nach alledem noch irgendwohin gefahren und …« Lizzy kamen die Tränen, und der Schock war ihr im Gesicht abzulesen.

»Sie kommt sofort rüber!«, informierte Richard sie, kurz bevor es an der Terrassentür klopfte und Celine tränenüberströmt hereinstürmte, gefolgt von der restlichen Familie Kennedy, und ihre Tochter fest in den Arm nahm. Sie redete auf Französisch auf Mia ein und weinte. Mia erwiderte die Umarmung und streichelte beruhigend über den Rücken ihrer Mutter.

»Mum, sieh doch! Es muss ein Irrtum sein, mir geht es gut«, sagte Mia und blickte über Celines Schulter zu ihrer Familie, die ebenfalls völlig aufgewühlt war. Sogar Liam sah schrecklich besorgt aus. Nacheinander schlossen sie alle in ihre Arme, bis es an der Tür klingelte und Richard nun auch noch die Polizei hereinließ.

»Ma'am, ist das Ihre Tochter?« Celine nickte nur, und der Beamte wandte sich an Mia. »Miss Kennedy, geht es Ihnen gut? Sind Sie heute in einen Unfall verwickelt gewesen?«

»Nein, ich meine ja … Also nein, ich war in keinen Unfall verwickelt, und ja, mir geht es bestens.«

»Ihr Auto wurde gegen einen Baum gefahren, und niemand war darin. Ihr Schlüssel steckte allerdings noch.« Er hielt ein Plastiktütchen hoch, in dem sich ihr Autoschlüssel mit dem

Eiffelturm-Schlüsselanhänger befand, und Mia erstarrte. »Wie ist das möglich?«, fragte sie verwirrt.

»Das würden wir sehr gerne von Ihnen wissen, Miss Kennedy. Ich fürchte, ich muss Sie mit zur Wache nehmen, um Ihnen einige Fragen zu stellen.« Mia verschlug es die Sprache.

»Soll das heißen, Sie glauben, dass Emilia an einen Baum gefahren ist und dann einfach ausgestiegen und, ohne einen Kratzer davongetragen zu haben, nach Hause gelaufen ist?« Sophie ließ keinen Zweifel daran, was sie von dieser Theorie hielt. »Bei Ihnen piept's wohl!«, sagte sie entrüstet.

»Wann ist der Unfall denn passiert? Sie war doch die ganze Zeit hier bei uns«, sagte Richard in einem Ton, der keinen Widerspruch duldete. Mia war dankbar für den Rückhalt, den ihr diese beiden Familien gaben.

»Heute Abend gegen einundzwanzig Uhr«, antwortete der Polizist.

»Da hat sie schnarchend neben mir gelegen, während ich *SAW 6* geguckt habe. Keine Ahnung, wie du es jedes Mal schaffst, bei Horrorfilmen einzuschlafen«, sagte Lizzy achselzuckend an Mia gewandt.

»Ich bin den ganzen Tag nicht mit meinem Auto gefahren«, beeilte sich Mia zu sagen.

»Und wo waren Sie dann eben, als sie von niemandem gefunden werden konnten?«, hakte der Polizist nach.

»Sie war bei mir! Hier unten ... in der Küche. Allein!«, fügte Nic hinzu. »Keiner wusste, wo sie war, weil wir zusammen waren«, erklärte er übertrieben genau, und Mia wurde ganz warm ums Herz, als sie daran zurückdachte. Alle Anwesenden hielten erstaunt inne. Nic schob sich an Sophie vorbei und baute sich hinter Mia auf, während er eine Hand auf ihre Hüfte legte.

»Also gut, ich denke, wir müssen trotzdem zur Wache fahren. Sie wollen sicher auch Anzeige erstatten.«

Mias Gedanken überschlugen sich. »Wer sollte meinen Autoschlüssel klauen, um dann gegen einen Baum zu fahren?«

»Das werden wir auf der Wache klären.«

Mia setzte sich automatisch in Bewegung, als Nic ihr folgte. »Ich komme mit!«

Mias Herz klopfte wie wild, sie wandte sich zu ihm um und sagte: »Du bist so erschöpft und die ganze Nacht auf gewesen. Leg dich lieber hin. Ich schaff das schon allein.«

»Ganz sicher bin ich nicht zu erschöpft, um herauszufinden, was hier los ist. Irgendein Irrer hat deine Schlüssel geklaut und dein Auto vor einen Baum gesetzt. Ich hol mir nur schnell ein paar Schuhe.«

»Und ein Pullover wäre auch nicht schlecht. Es ist ziemlich kalt draußen«, schlug Liam grinsend vor.

»Ich komme auch mit«, fügte Lizzy entschlossen hinzu, und Celine folgte dem Polizisten ebenfalls nach draußen, als Mia sie aufhielt.

»Mum, ist schon gut. Bleib hier. Wir sehen uns gleich zu Hause.«

»Bist du sicher?« Mia nickte und deutete auf ihre Begleiter.

»Nic und Lizzy können auch direkt bezeugen, dass du hier warst. Damit du keine Probleme bekommst, Mia«, sagte Richard.

»Ich rufe Sam, unseren Anwalt, auf jeden Fall an, damit keine Schwierigkeiten für sie entstehen«, erklärte Nic, der in Sweater, Lederjacke und Boots zurückkam, Mias Mutter, die ihn dankbar anlächelte.

Der Polizist bat Mia, bei ihm einzusteigen, wodurch Mia

sich wie eine Verbrecherin fühlte. Nic holte seinen Wagen, während Lizzy Mia noch mal fest drückte.

»Lizzy, alles wird gut.«

»Das sagst du so. Aber für ein paar schreckliche Sekunden dachte ich, dir wäre was zugestoßen und du wärst vielleicht sogar tot.« Mia lächelte in Lizzys Haar und drückte ihr einen Kuss auf die Wange.

Der Polizist fuhr los, und Lizzy stieg in Nics Wagen. »Allein, ja?«, fragte sie nur, während sie sich anschnallte. Nic grinste wie ein Kind an Weihnachten. »Du kannst so froh sein, dass ihr nicht wirklich was passiert ist. Sonst hätte ich dich umgebracht. Und bevor du fragst, es wäre kein angenehmer Tod gewesen.«

Nic sah Lizzy überrascht an, sagte aber nichts.

Kapitel 11

Das Verhör verlief für Mia problemlos. Nic hatte Sam, seinen Anwalt, mit dem er seit Jugendtagen befreundet war, trotzdem aus dem Bett geklingelt und ihn gebeten zu kommen. Durch Sams Auftauchen wurden alle Vorgänge beschleunigt, sodass die drei gegen kurz nach zwei wieder im Auto saßen. Mia war völlig erledigt. An Schlaf war nicht zu denken. Sie war viel zu aufgebracht und tief in Gedanken. Wer konnte nur an ihren Schlüssel gekommen sein? Und wie? Aber die viel wichtigere Frage lautete: warum?

Mia wäre viel lieber bei Nic geblieben, doch sie wusste, ihre Mutter würde völlig außer sich sein, sollte sie nach diesem Schrecken nicht nach Hause kommen. Sie sah, dass in Celines Schlafzimmer noch Licht brannte, und verabschiedete sich verlegen von Nic und Lizzy. Nic betrachtete sie ebenso wehmütig wie sie ihn. Der wenige Schlaf der vergangenen Tage forderte auch von ihm seinen Tribut. Lizzy flitzte durch die Haustür, um den beiden noch ein bisschen Privatsphäre zu gönnen. Nic grinste verlegen, während er um das Auto herumging und sich lässig dagegenlehnte. Er nahm Mias Hand und zog sie an sich.

»Was für ein verrückter Tag …«, murmelte er in ihr Haar, während Mia ihren Kopf an seine Brust lehnte. Sie hörte das regelmäßige Pochen seines Herzens und hätte ewig so dastehen können.

»Du bist sicher total müde«, sagte sie und fügte beinahe flüsternd hinzu: »Danke, dass du mich begleitet hast.«

»Ach, mach dir um mich keine Sorgen. Ich bin schon mit weniger Schlaf ausgekommen. Ich mach mir nur Gedanken um dich. Morgen sollten wir mal darüber nachdenken, wer so etwas tun würde. Im Moment fällt mir niemand ein, der dir was anhängen wollen würde.« Mia brummte nur leise, und Nic wusste, dass sie dringend ins Bett gehörte. »Du solltest jetzt reingehen«, meinte er, und die Niedergeschlagenheit war ihm deutlich anzuhören.

»Nur ein bisschen noch, ja?«, bat Mia, und Nic lächelte.

»Glaubst du, sie beobachten uns?«

»Ich verwette mein gewonnenes Essen bei Pedro und lege noch eine Pizza-und-Popcorn-Nacht drauf, dass wir mit Argusaugen beobachtet werden.«

»Schade, denn ich würde dich gern wieder küssen«, flüsterte er, und in Mias Magen machten sich sämtliche Schmetterlinge zu einem Sturzflug bereit. Sie löste sich sachte von ihm, um ihn ansehen zu können.

»Und worauf wartest du dann noch?«, fragte sie.

Nic umfing Mias Gesicht mit beiden Händen und ließ sich nicht länger bitten. Der Kuss war sanft und zärtlich. Nach einer Weile löste er sich von ihr und sah sich um.

»Was ist?«, murmelte Mia mit verschleiertem Blick.

»Na, als ich das beim letzten Mal gemacht habe, tauchte plötzlich die Polizei auf. Ich wollte nur sichergehen, dass das nicht zur Gewohnheit wird.«

Mia kicherte. Plötzlich ging die Kennedy-Haustür auf, und sie sah ihre Mutter. »Gut, das ist schon mal ein Fortschritt«, meinte sie lachend, und Nic stimmte mit ein.

»Mia? Kommst du?«, rief Celine. »Entschuldige Nic, aber …«

Nic winkte ab, grinste und strich Mia über die Wange. »Schlaf gut, Honey.«

Mia ging wie in Trance auf ihr Haus zu und wurde von ihrer Mutter erneut in die Arme geschlossen.

Am Mittwochmorgen wurde in beiden Häusern lange geschlafen. Bis auf Haley, die die ganze Aufregung zum Glück nicht mitbekommen hatte, und Richard, der sich nach drei Tassen Kaffee auf den Weg ins Büro machte, bequemte sich niemand vor zwölf Uhr aus dem Bett.

Mia hetzte nach dem Frühstück durchs Haus, als ihr mit Entsetzen der Termin bei Cathleen um halb zwei einfiel. Nach einer warmen Dusche legte sie einen Hauch Make-up auf und machte sich mit ihrer geschulterten Zeichenmappe auf den Weg zu ihrem Auto. Da fiel ihr auf, dass sie gar kein Auto mehr hatte. Mia fluchte ungehalten und wog ihre Möglichkeiten ab. Wenn sie den Bus nahm, würde sie vielleicht noch pünktlich kommen. Also rannte sie los, als sie aus den Augenwinkeln eine Bewegung wahrnahm.

Dort im Auto auf der anderen Straßenseite vor dem Haus saß jemand. Doch sie kannte das Auto nicht. Skeptisch hielt sie inne. Es war nicht gerade selten, dass sich Paparazzi vor Liams und Nics Elternhäusern aufhielten, um einen Schnappschuss zu ergattern. Bevor sie sich entscheiden konnte, ob sie sich das Auto näher anschauen oder es ignorieren sollte, wurde der Motor des Wagens angelassen, und er fuhr schnell davon. Mia schüttelte den Kopf und erinnerte sich an ihren Bus, den sie nicht verpassen wollte. Nach ein paar Metern fuhr ein Auto in Schrittgeschwindigkeit neben ihr her, und Mia erschrak. Es war Lizzy.

»Was ist denn mit dir los?«

»Ach nichts weiter. Bitte sag mir, dass du in unsere Wohnung fährst und mich bei Cathleen absetzen kannst.«

Lizzy grinste breit und hielt an. »Nun, ich könnte mich dazu überreden lassen, wenn du mir alles von gestern Abend erzählst.«

Mias Augen leuchteten, und sie stieg ein. Sie war selbst so glücklich, dass sie es am liebsten der ganzen Welt erzählt hätte, aber Lizzy tat es erst einmal. Sie freute sich ehrlich für Mia und Nic und betonte nur an die hundertmal, dass sie also doch recht gehabt hatte.

»Und was bedeutet das jetzt? Seid ihr zusammen? So richtig meine ich?«

Mia schüttelte den Kopf. »Ich habe wirklich keine Ahnung. Wir hatten auch nicht wirklich Gelegenheit darüber zu reden, weil wir so unsanft unterbrochen wurden.«

»Jetzt bin ich also schuld, ja?« Lizzy wirkte alles andere als ernst, was Mia wiederum zum Lachen brachte.

»Na, ich würde eher demjenigen die Schuld geben, der mein Auto zu Schrott gefahren hat.« Plötzlich wurden sie beide still.

»Hast du eine Idee, wer das gewesen sein könnte?«

Mia schüttelte den Kopf. »Ich finde den Gedanken zu heftig, dass jemand das bewusst getan haben könnte. Deswegen sind alle Menschen, die mir hin und wieder durch den Kopf gehen, unschuldig. Warten wir einfach ab, was die Polizei dazu sagt.«

Lizzy schien noch etwas ergänzen zu wollen, behielt es jedoch lieber für sich. »Heute Abend treffen sich alle bei Jeff. Du kommst doch auch, oder?«, wechselte sie das Thema und Mia stimmte zu.

Nic, Mia, Liam und Lizzy wollten sich gegen acht Uhr mit der Band in Jeffs Bar treffen. Mia arbeitete hin und wieder bei Jeff, um die Buchhaltung zu machen oder spontan für eine Kellnerin einzuspringen. In letzter Zeit schien es ruhiger zu sein, was

Mia sehr genoss. So hatte sie mehr Zeit für die Uni. Jeff brachte ihnen die erste Getränkefuhre und erzählte Mia von Kelly, seiner neuen Kellnerin.

Jeff war dreiundsechzig, und dieses Pub gehörte ihm schon sein ganzes Leben. Er hatte ein mürrisches Gemüt, war aber immer großzügig und freundlich zu Mia gewesen.

»Kelly hat schon fünf Gläser zerdeppert und ist erst seit zwanzig Minuten hier. Wenn sie nicht aufpasst, hab ich ihr in einer Stunde gekündigt«, maulte er wie üblich.

»Nun sei nicht so hart mit ihr. Weißt du noch, wie viele Gläser ich dich in den ersten Tagen gekostet habe?«, erinnerte ihn Mia und verzog das Gesicht, als sie ein erneutes Klirren hörte.

»Ich glaub's nicht!«, murrte Jeff und verschwand in der Menge.

Mia wechselte einen Blick mit Nic, der sie beobachtet hatte. Es war seltsam zwischen ihnen, seit Liam zwischen ihnen stand. Nic schien sich nicht schlüssig zu sein, wie er vor seinem Freund mit Mia umgehen sollte, und tat einfach gar nichts, was Mia irritierte, was sie aber irgendwie auch verstehen konnte.

Sie wollten eine Runde Darts spielen, als ein kleiner Aufruhr durch die Gäste ging und die restlichen Bandmitglieder die Bar betraten. Liam und Nic begrüßten ihre Kumpels mit Handschlag. Obwohl sie so oft zusammen waren und es einige Meinungsverschiedenheiten gab, waren sie immer noch Freunde. Mia und Lizzy wurden ebenfalls mit einer ulkigen Begrüßungszeremonie des Hände-ineinander-Schlagens begrüßt. Plötzlich versteifte sich Nic und Mia sah in dieselbe Richtung.

Jim kam in Begleitung einer sehr hübschen Frau auf sie zu. Irgendwas an dem blonden Supermodel wirkte falsch, und Mia war sie sofort unsympathisch. Natürlich fühlte sie sich ihr völlig unterlegen, was es Mia nicht leichter machte, ihr unvoreingenommen gegenüberzutreten. Sie gesellten sich zu ihnen und Jim grinste breit in die Runde, als gäbe es etwas zu feiern.

Die Frau betrachtete Nic eingehend und beugte sich auf eine Art zu ihm hinüber, die Mia nicht gefiel. Sie stützte eine ihrer Hände auf Nics Oberschenkel ab, als wäre es das Natürlichste der Welt. Dann flüsterte sie ihm etwas ins Ohr, was Nic mit einem seltsamen Ausdruck in den Augen kurz kommentierte. Was hatte das zu bedeuten? Sie berührte Nic auf eine Art, als wäre es nichts Neues für sie. Mia wollte sie nicht so anstarren, doch sie konnte nicht anders. Die Frau sagte wieder etwas zu ihm und wirkte so vertraut mit ihm, dass Mia ihr gern an die Gurgel gegangen wäre. Plötzlich blickten beide in ihre Richtung, und Mia fühlte sich ertappt. Die Frau kam auf sie zu und lächelte sehr freundlich, nein ... eher *zu* freundlich. Sie sah Mia an, und ihr herablassender Blick wurde kühler.

»Dann muss das wohl *Honey* sein!« Ihre Stimme strotzte vor Spott, und sie sah bedeutsam zu Nic, der nur knapp nickte und sich nicht wohl in seiner Haut zu fühlen schien. »Oh, ich wollte in kein Fettnäpfchen treten«, sagte sie unschuldig. Scheinbar spürte sie genau, was sie bei Mia auslöste.

»Keine Sorge, das bist du nicht«, antwortete Nic betont ruhig und warf sich eine Erdnuss in den Mund. Er wirkte so gleichgültig, wie Mia ihn selten erlebt hatte.

»Da die Jungs nicht gedenken, uns bekannt zu machen: Ich bin Angela und gehöre zum Management. Ich toure mit den Jungs und kümmere mich ganz persönlich um ihr Wohlergehen.« Der Satz hing bedeutungsschwer in der Luft, und Mia kämpfte mit dem Drang, aufzustehen und zu gehen. Ihre Worte hätten nicht deutlicher sein können.

Sie brauchte einen Moment, um sich zu sammeln, bevor sie

kühl erwiderte: »Ich weiß nicht, was du gehört hast, aber mein Name ist Emilia.« Sie grinste angestrengt, stand vom Stuhl auf und ließ sie allesamt stehen. Toilette? Nein. Jeffs Büroräume? Zu auffällig. Also steuerte sie auf die Bar zu und machte sich daran, ein Bier nach dem anderen zu zapfen. Sie verspürte nicht die geringste Lust, zu dem Tisch zurückzukehren. Jeff, der gerade aus dem Keller kam, sah sie irritiert an.

»Was treibst du da, Kennedy?«, rief er quer durch den Raum, sodass alle auf sie aufmerksam wurden, auch Lizzy.

Mia setzte zu einem Lächeln an. »Dir den Arsch retten, alter Mann! Ich dachte, ich gebe Kelly ein paar Tipps im Umgang mit dir.« Sie holte tief Luft, schnürte sich eine Schürze über das kurze Kleid und band sich die Haare im Nacken zusammen, sodass sie über ihre linke Schulter fielen.

Plötzlich lächelte Jeff breit, als könne er sein Glück kaum fassen. »Jesus, ich bin gerettet«, stieß er hervor und schob sich hinter den Tresen.

Mia ignorierte alle fragenden Blicke ihrer Freunde und tat das, was sie gut konnte. Nach einer Weile übernahm Kelly das Bierzapfen, und Mia brachte die Getränke an die Tische. Unter anderem bediente sie auch die *Swores* und erinnerte sich an das Gespräch zwischen ihr und Nic, in dem es darum gegangen war, dass sie nicht in seine Welt gehörte. Er hatte es vehement bestritten. Sie brachte ihnen einige Biere und ein Mischgetränk für Lizzy, die Mia prüfend ansah.

»Was machst du da eigentlich?«, fragte sie halblaut. Nic beobachtete sie ebenso wie John und Liam. Die anderen scherten sich nicht weiter um sie, sondern grölten und spielten Darts.

Mia wich ihrer Freundin aus. »Bitte lass mich einfach«, bat sie und stellte alle Getränke auf den Tisch.

Angela kam rauchend auf sie zu und legte beide Arme um

Nic, der sich ihr sofort entzog. »Ist das dein Job?«, fragte sie freundlich.

Mia reckte sich zu ihrer vollen Größe und hob stolz den Kopf. »Einer davon, ja«, antwortete sie.

»Mia geht noch zur Uni und ist eine angehende Designerin«, erklärte Nic ungehalten. Das machte es für Mia nur noch schlimmer. Sie brauchte sich für nichts zu schämen.

»Lass gut sein, Nic! Ich bin genau da, wo ich hingehöre, und bediene Menschen wie euch«, sagte sie und reckte dabei trotzig das Kinn.

Nic wirkte bestürzt, aber nur für einen Augenblick, dann stand er von seinem Hocker auf, als wäre ihm das alles zu blöd. Vielleicht war sie das ja, und Nic hatte dieses ganze Hin und Her endgültig satt. Mia war so müde … so müde zu warten, dass er ihr ein Zeichen gab, was sie von ihm zu erwarten hatte. Sie konnte einfach nicht mehr. Gestern war sie es gewesen, die ihn geküsst hatte … und heute hatte er keine Meinung dazu, wie er sich ihr gegenüber verhalten sollte, sobald andere dabei waren.

Mia füllte wieder ihr Tablett und wollte sich gerade umdrehen, um die Getränke zu verteilen, als sie einem Mann gegenüberstand, den sie hier am allerwenigsten erwartet hätte.

»Hallo Mia«, sagte Chris mit seltsam belegter Stimme.

Mia war so überrascht, dass sie ihn nur mit großen Augen anstarren konnte. »Chris!«

Er lächelte und fuhr sich unsicher durch sein nach hinten gekämmtes Haar. Er trug Jeans und T-Shirt, was Mia noch nie an ihm gesehen hatte.

»Wie … was machst du denn hier?«

Er deutete auf Nathan und Lizzy, die sich gerade in den Armen lagen. »Ich dachte, ich sollte vielleicht nicht so schnell aufgeben und wegen dieser Geschichte einfach alles hinwerfen.« Er hielt inne, sah sie entschuldigend an, und Mia wusste nicht, was sie denken sollte. War es Zufall, oder hatte Lizzy irgendwelche Fäden gezogen oder wollte gar das Schicksal ihr ein Zeichen geben? War die Lösung für ihr Problem die ganze Zeit vor ihrer Nase gewesen? Mia seufzte und konnte nicht glauben, dass das alles an einem Tag zusammenkam. Wie war so etwas nur möglich? Das war eine Achterbahnfahrt der Gefühle, und das seit einer Woche.

»Chris, ich bring das eben weg, dann hab ich Zeit für einen Drink«, entschied sie. Das war sie ihm schuldig.

Also nahm er an einem Tisch Platz, Mia brachte ihm und sich etwas zu trinken und setzte sich dann zu ihm.

»Ich war wirklich nicht fair zu dir letzten Freitag. Ich weiß auch nicht, aber irgendwas fühlte sich nicht richtig an.«

Mia hatte Schuldgefühle, weil er sich schlecht fühlte und sich rechtfertigte. In Wahrheit hatte er mit allem recht. Sie griff über den Tisch und sah ihn traurig an.

»Hör zu Chris, ich weiß, du wünschst dir mehr …«, begann sie und wusste mit einem Mal genau, was zu sagen war.

Es gab kein Schicksal, und selbst wenn es etwas gab, was sie insgeheim auf ihrem Weg leitete, dann waren es ihre Gefühle. Sie waren es, auf die sie hören musste, und nach all diesen Tagen lag es nur an ihr, die ganze Geschichte zu entkomplizieren.

Natürlich merkte Mia, dass Nic sie mit seinen Blicken durchbohrte, und sie wappnete sich innerlich gegen den Streit, der mit Sicherheit später über sie hereinbrechen würde. Sie tat nichts, oder? Sie gewährte Chris diesen Drink, den er ihr anbot, und würde danach zu den anderen zurückkehren. Insgeheim befriedigte es sie ungemein, Nic so sauer zu sehen. Jetzt wusste er vielleicht mal, wie sie sich fühlte.

Nic hatte sich derweil an die Bar gesetzt, und Mia beobachtete ihn, wie er da so einsam auf dem Barhocker saß. Sie war fest entschlossen, ihm die Stirn zu bieten.

Missmutig sah Nic seiner Freundin und ihrem Verehrer zu. Sie sah so bezaubernd aus in ihrem roten, kurzen Kleid und mit der unordentlichen Haarmähne. Sie war eine Schönheit, ganz ohne Frage, und seit er von der verbotenen Frucht gekostet hatte, war sie viel realer. Warum musste ausgerechnet heute Angela auftauchen? Wer spielte ihm nur so übel mit? Sie hatten erst gestern einen wichtigen Schritt gemacht, und jetzt war alles wieder so kompliziert.

Er nippte hastig an seiner Whiskey-Cola und starrte missmutig in eine andere Richtung. Wie oft hatte er einen Mann an ihrer Seite ertragen müssen? Es war immer unangenehm gewesen, vor allem weil die meisten in ihm eine ernste Bedrohung sahen. Bisher hatte sie sich von diesen Männern jedes Mal wieder abgewandt. Aber wie lang würde das noch so sein? Wann würde der Richtige auftauchen und sie völlig in Beschlag nehmen?

Nic wusste, dass Mia in manchen Dingen ebenso romantisch und naiv war wie viele andere junge Frauen. Sie glaubte an die große, wahre Liebe und wünschte sich einen Mann, Kinder und ein Heim. Er würde in diesem Leben keinen Platz haben, sinnierte er traurig. Nie hatte er sich so in Zukunftsplanungen verstrickt wie in den letzten Wochen und Monaten. Allerdings gab es etwas, was er mehr als alles andere wollte: Er wollte Mia bei sich haben und ein Stück seiner Privatsphäre behalten. Oder lag genau da das Problem? Er spülte den bitteren Geschmack seiner Gedanken mit seinem Drink hinunter.

Dann blickte er über die Schulter, und ihm fiel auf, wie ernst sich seine Freundin mit diesem Typen unterhielt. Wie beiläufig streifte er ihren Arm, während er ihr aufmerksam zuhörte. Der Anzugfuzzi hing förmlich an ihren Lippen, was Nic mit einem verächtlichen Blick kommentierte. Er kannte die Maschen der Kerle zur Genüge und wollte es diesem Typen nicht zu leicht machen, sich in Mias Herz zu schleichen. Er stand abrupt auf, hielt aber sofort wieder inne, als er Mias Gesichtsausdruck sah.

Seufzend wandte er sich um und sank zurück auf den Barhocker. Seine Laune war selten so tief im Keller gewesen. Er machte Jeff ein Zeichen, dass er ihm einen neuen Drink bringen sollte, als ihn eine Stimme in die Wirklichkeit zurückholte.

»Entschuldige, ist hier noch frei?«

Nic hob den Blick und sah Angela neben sich. Sie war blond, schlank, und man konnte durchaus sagen, dass sie schön war. Er nickte vage, ohne wirklich Lust auf ein Gespräch mit ihr zu haben, womit sie ihn ohnehin nur provozieren würde. Sie quälte ihn, weil er nicht mehr ihre Trophäe im Bett war und sie keinen Vorzeige-Star mehr hatte. Das alles interessierte ihn nicht. Das Einzige, was ihn interessierte, war Mia.

»Du siehst ziemlich schlecht aus«, sagte sie, legte einen Zeigefinger auf seinen Arm, den er auf dem Tresen abgelegt hatte, und wanderte mit ihrem Finger Richtung Schulter. »Ich könnte etwas dagegen tun«, hauchte sie und machte keinen Hehl aus ihren Absichten oder ihren Reizen. Es hatte mal eine Zeit gegeben, in der er ihnen erlegen wäre.

»Und was hast du vor?«, fragte er lahm.

»Du siehst aus, als könnte dir ein Bett guttun. Ich denke, du erinnerst dich noch ziemlich genau daran, wie gut das mit uns beiden geklappt hat!«

Sicher, er war immer auf seine Kosten gekommen, doch ihre Art war irgendwann abtörnend gewesen. Sie war zu aggressiv dabei, zu bekommen, was sie wollte. Er lachte und blieb ihr eine Antwort schuldig.

»Warum zierst du dich so? Doch nicht etwa wegen *Honey*? Sie schien eben ziemlich interessiert an einem anderen Mann, und ist sie nicht auch Liams Schwester?« Ihre Worte versetzten Nic einen Stich. Aber nichts konnte etwas daran ändern, dass er sich auf Angela nie wieder einlassen würde.

»Angela, zwischen uns wird nichts mehr laufen!«, sagte er kalt und stand abrupt von seinem Stuhl auf. Doch sie hängte sich an seinen Hals und küsste ihn so plötzlich, dass er perplex innehielt. Damit hatte er wirklich nicht gerechnet, stieß sie aber sofort wieder von sich. »Nie wieder!«, betonte er noch mal laut.

Als er sich umwandte und zwei Schritte in den Schankraum machte, sah er Mia bei Lizzy stehen. Sie sah nicht zu ihm herüber, doch er wusste, dass sie ihn absichtlich ignorierte. Ihre Haltung war angespannt, und sie sprach aufgeregt mit seiner Schwester, die ihm wiederum einen scharfen Blick zuwarf. Dann griff Mia zu ihrer Jacke, nahm den Schlüssel des Terminators entgegen und verließ den Pub über den Strandeingang. Lizzy sah ihr nach, und sie wirkte besorgt, bis ihr Blick sich wieder auf ihn richtete. Seine Schwester hatte ihre Hände in die Hüften gestemmt und sah ihn mit einem Funkeln in den Augen an, das ihn hätte beunruhigen sollen. Doch was konnte es schon noch schlimmer machen?

»Ich soll dir Grüße von Mia ausrichten. Sie ist gegangen«, sagte sie scharf.

»Aha.«

»Was soll das heißen ›Aha‹?«, fragte Lizzy angriffslustig.

»Aha heißt eben aha, Lizzy. Bringt dieser Anzugtyp sie wenigstens nach Hause?«

»Nein, Mia ist ohne ihn gegangen.«

»Warum das?« Jetzt war Nic verwirrt.

»Na, weil sie dachte, dass sie mit dir hier wäre und du nun anderweitig beschäftigt warst.« Lizzys Stimme war voller Ungeduld.

»Elizabeth, Mia hat sich eine geschlagene Stunde mit diesem Schmalztypen unterhalten. Sie hat mich schon seit wir hier sind keinen Moment beachtet. Woher soll ich denn ahnen, dass sie den Abend mit mir verbringen will!« Er wusste selbst, wie trotzig er sich anhörte, und Lizzy sah ihn mit einem mitleidigen und zugleich tadelnden Blick an.

»Wir beide wissen sehr genau, was hier heute Abend abgelaufen ist.« Sie deutete hinter Nic und meinte Angela.

»Ich wusste nicht, dass sie hier auftaucht, und sie hat mich einfach kurz überrumpelt. Ich hab kein Interesse an ihr. Aber Mia ...«

Erbarmungslos fügte Lizzy hinzu: »Hör mir mal zu, mein lieber Bruder. Ist dir noch nie der Gedanke gekommen, dass Mia, wenn sie die Wahl zwischen einem romantischen Candle-Light-Dinner mit Johnny Depp und einem DVD-Abend inklusive Pizzaservice mit dir hätte, immer dich wählen würde?« Lizzy durchbohrte ihn mit einem bedeutungsschweren Blick, wandte sich dann aber ab und rief ihm noch über die Schultern zu: »Wie lange soll das noch so zwischen euch beiden gehen? Nun hau schon ab!« Dann verschwand sie in der Menge.

Nic sah Mia schon von Weitem. Sie ging den Weg bis zur Promenade zurück und war gerade bei der Treppe angekommen, als er sie endlich einholte. Nach Luft schnappend, stützte er sich am Geländer ab. Mia betrachtete ihn mit ausdrucksloser Miene.

»Mia … ich wusste, ich krieg dich noch.« Er holte tief Luft. Abwartend sah sie ihn an. Ihre Haltung war angespannt und, was Nic noch weniger gefiel, abweisend. Langsam kam er wieder zu Atem. »Was soll ich sagen, damit du mir glaubst, dass ich nichts davon wusste, dass Angela heute kommen würde.«

»Darum geht's doch gar nicht, Nic«, erwiderte sie traurig.

»Und worum geht's dann?«

Sie wandte sich auf dem Absatz ihrer Stilettos um und marschierte weiter die Treppen hoch.

»Warum bist du so wütend auf mich? Was bitte hab ich getan?« Sie sah ihn entgeistert an. »Das mit dem Kuss ist nicht auf meinem Mist gewachsen, und wenn du es gesehen haben solltest, dann hast du auch gesehen, dass ich sie weggestoßen habe.«

»Welcher Kuss?«, fragte Mia hellhörig.

Nic sah sie überrascht an. Er hatte gedacht, sie hätte ihn bemerkt. »Was habe ich getan, Mia? Was?«

»Du hast nichts getan!« Nic sah, wie sie innehielt, die Augen schloss und langsam wieder öffnete, bevor sie weiterlief. »Und das ist genau das Problem.«

»Wann habe ich ›nichts‹ getan?« Nic wusste nicht, worauf sie hinauswollte. »Nun spuck's schon aus, Mia! Wir haben uns doch immer alles sagen können.«

Aber Mia lachte nur freudlos auf und blickte ihn fest an. »Ist das wahr, Nic? Hast du mir immer die Wahrheit gesagt in den letzten Jahren?« Aufmerksam sah sie ihm in die Augen. Und da wusste er, was sie meinte.

Er konnte nicht antworten, weil sie weitersprach: »Warte! Bevor du etwas sagst und ich wieder den Mut verliere. Ich war es nicht. Ich war nicht ehrlich und konnte dir meistens nicht alles sagen. Ja, wir haben über Alltägliches gesprochen, über die Familie, deine Tour und die Uni. Aber das Wichtigste konnte ich dir nicht sagen. Ich konnte dir nicht sagen, wie schwer es mir fiel, mein Leben hier ohne dich weiterzuführen. Wie schlecht es mir oft ging, und dass ich manchmal Tage brauchte, um wieder normal aus dem Bett zu kommen, weil ich dieses Leben hier ohne dich hasse. Ich hasse es, dass ich dir ständig nahe sein will und es nicht kann. Ich hasse es, wenn du alle paar Monate wiederkommst und es immer schwieriger zwischen uns wird. Ich hasse dich dafür, dass du mir das Gefühl gibst, nicht gut genug für deine Welt zu sein. Dass du kommst und gehst, wann du möchtest, und ich immer noch hier feststecke. Dann sehe ich dich mit diesem Model, dieser Schauspielerin oder sonst irgendeiner Frau und weiß nicht, worauf ich eigentlich warte. Also versuche ich, mein Leben ohne dich weiterzuführen. Ich lerne Männer kennen, die nicht annähernd so sind wie du, und ich hasse mich dafür, dass ich sie trotzdem alle an dir messe. Doch was bleibt mir auch für eine Wahl? Was soll ich rumheulen und mich fragen, wie mein Leben mit Jake gewesen wäre, wenn mein Dad nicht gestorben wäre? Ob ich dann von dir losgekommen wäre? Und nun habe ich diese Chance wieder. Ein Leben, ein normales Leben mit einem Mann zu führen …« Nics Mienenspiel war kaum zu deuten.

»Du meinst diesen Anzugfuzzi?«, fragte er leise.

»Er heißt Chris! Im Gegensatz zu dir weiß Chris, was mir in den letzten Wochen widerfahren ist. Er ist nämlich hier und bemüht sich um mich. Er steht vor mir und sagt mir, dass er mit mir zusammen sein will. Doch was passiert? Du tauchst auf, verdrehst mir wieder den Kopf, und ich habe Chris innerhalb eines Tages vergessen.« Mia brach ab und senkte den

Blick, als sie Nic ansah. Er sah aus, als hätte sie ihm nicht nur eine Ohrfeige verpasst, sondern ihn zusätzlich mit dem Laster überrollt, neben dem sie standen. Doch es war noch nicht vorbei.

»Es könnte sogar sein, dass er in mich verliebt ist. Gut, er ist vielleicht ein Schnösel, aber er will mich an seiner Seite haben – immer! Genau, das ist es doch, was du mir nicht bieten kannst! Außer ein paar Wochen im Jahr. *Er ist da!* Ganz im Gegensatz zu dir.«

»Ich verstehe«, sagte er und wirkte bestürzt, erschöpft, aber ganz offensichtlich widersprach er ihr nicht.

Sie musste diesen Moment ausnutzen und ihm endlich sagen, was zu sagen war. Wer wusste schon, ob sie morgen noch den Mut dazu hätte?! Es war endlich an der Zeit, ein paar Dinge auszusprechen.

»Ich habe wenigstens den Anstand und beleidige deine Eroberungen nicht! Ich frage nie nach den Tausenden von Frauen, mit denen du abgelichtet wirst.« Ihre Stimme wurde ganz leise und erstickt, als müsse sie mit einem riesigen Kloß im Hals kämpfen. Dann fügte sie noch viel leiser hinzu: »Ich frage dich auch nicht danach, was an mir so falsch ist, dass du nicht mit mir zusammen sein kannst. Warum du mich einfach nicht genug willst, um dieses Katz-und-Maus-Spiel zwischen uns zu beenden.« Damit ließ sie ihn stehen und ging zu Lizzys Auto. Tränen brannten in ihren Augen. Entschlossen wischte sie über ihre Wangen und ließ den Motor an. Sie legte den Rückwärtsgang ein, schlängelte sich an den parkenden Autos vorbei und vermied jeden weiteren Blick in Nics Richtung.

Nachdem sie einige Zeit ziellos in der Stadt herumgefahren war, hielt sie vor ihrer früheren Schule. Sie blickte auf das alte

Gebäude, das viele Erinnerungen in ihr weckte. Sie sah ihre Schulzeit vor sich, wie sie mit ihren Freundinnen über den Schulhof stolziert war. Sie hatte immer viele Freunde gehabt. Sie war Vertrauensschülerin gewesen und hatte nie Probleme in der Schule. Ganz im Gegensatz zu Nic.

Er war der seltsame Freak, der lieber Musik machte, als Mathe zu büffeln oder mit Mädchen auszugehen. Er spielte nicht Fußball und hatte schlimme Akne gehabt. Aber er war ihr allerbester Freund gewesen. Dadurch, dass Mia ihn akzeptierte und immer mit ihm rumhing, fasste er etwas Fuß. Nicht zuletzt fand sich in seinem letzten Schuljahr ein Teil der *Swores* zusammen.

Sie sah Nic mit einer Wollmütze, seiner Gitarre und abgewetzten Jeans, die damals so gar nicht *in* gewesen waren, auf dem Dach der Sporthalle hocken. Während er vor der Schule wartete, um gemeinsam mit ihr auf seinem Fahrrad nach Hause zu fahren. Es war damals so viel einfacher zwischen ihnen gewesen. Wann war es nur so kompliziert geworden? Durch die Berühmtheit der *Swores* war alles in diese Endlosschleife geraten. Sie legte beide Hände auf das Lenkrad und stützte ihren Kopf darauf, während im Radio *Chasing Cars* von *Snow Patrol* lief.

Alles, was ich bin,
alles, was ich jemals war,
ist hier in deinen perfekten Augen,
sie sind alles, was ich sehen kann …
Ich weiß nicht wo,
bin auch verwirrt über das Wie,
ich weiß nur, dass sich für uns nie etwas ändern wird …

Irgendwie war das nicht besonders aufmunternd … Mia seufzte und krampfte die Hände zusammen. Was hatte sie Nic alles gesagt? Sie spürte, wie ihr Puls in ihrer Panik zu rasen begann. Heiße Scham überfiel sie. Sie hatte zu viel preisgegeben, was tief in ihr vergraben war. Es würde sich alles ändern … alles würde zwischen ihnen anders sein. Ihre Freundschaft war dahin. Eine Weile konzentrierte sie sich auf ihre Atmung, und das beruhigte sie wieder. Sie stieg aus dem Wagen und ließ die kühle Luft in ihre Lungen fließen.

Da stand sie nun, vor den Mauern ihrer alten Schule, und kam endlich zu der einzig richtigen Erkenntnis. Sie würde Nic ziehen lassen müssen. Sie spürte den schmerzhaften Stich in ihrem Magen. Sie hatte die letzten Jahre im Stand-by-Modus verharrt, um da zu sein, wenn er zurückkam. Sie hatte darauf gehofft, dass alles schon werden würde – von ganz allein. Das war aber nie geschehen. Deswegen hatte sie selbst nicht richtig gelebt.

Es wurde Zeit, dass sie sich selbst so viel wert war, dass sie ihr eigenes Leben führen konnte. Dass sie das bekam, was sie sich wünschte. Der Tod ihres Dads war der beste Beweis, dass man nicht unendlich viel Zeit hatte. Sie musste an sich selbst denken. Sie musste sich für sich selbst entscheiden, nicht für Nic oder Chris oder sonst wen, sondern nur für sich selbst.

Mia wischte über ihre Wangen – Tränen waren okay. Sie fühlte sich dadurch besser. Irgendwie war es gut zu wissen, was man tun wollte. Ein Lächeln stahl sich auf ihr Gesicht. Dann stieg sie wieder in ihren Wagen, um endlich nach Hause zu fahren. Sie war so müde und erledigt von den vergangenen Tagen, dass sie hoffte, in einen tiefen, traumlosen Schlaf zu fallen.

Als sie auf ihr Zuhause zufuhr, fasste sie einen weiteren

Entschluss. Sie würde endgültig dort ausziehen. Dieses Haus mit ihrer Familie würde immer ihre Heimat bleiben. Es war ihre Vergangenheit, und es war das Leben, das ihre Mutter führen sollte. Nicht Mia. Sie wollte nicht ständig in mehrere Teile zerrissen sein, weil sie allen gerecht werden wollte. Sie wollte ganz sie selbst sein.

Kapitel 12

Lizzys lang herbeigesehnter Tag begann genauso, wie es zu erwarten gewesen war: stressig. Das Wetter hatte sich nicht zum Besseren gewendet, sondern eher zum Schlechteren. Für den Abend war sogar Sturm angesagt worden. Lizzys Verzweiflung kannte keine Grenzen. Vor allem, weil nicht klar war, ob Mia zurückkommen würde. Ihre Freundin war am Morgen nach dem großen Streit mit Nic mit gepackten Taschen und ein paar Kartons in Lizzys Auto gestiegen und in ihre gemeinsame Wohnung zurückgekehrt. Die Polizei hatte Mias Auto zwar nach der Spurensicherung wieder freigegeben, aber nach dem Unfall war es leider reif für den Schrottplatz. Mia hatte Lizzy einen kurzen Brief hinterlassen, indem sie erklärte, dass sie Zeit für sich allein bräuchte, um ihre Gedanken ordnen zu können. Sie hatte versprochen, sich bei ihrer Freundin zu melden, sobald ihr danach war.

Lizzy hatte ihrem Bruder eine Riesenszene gemacht und ihn ordentlich runtergeputzt. Er hatte nur in seinen Kaffee gestarrt und war ohne einen Kommentar ebenfalls verschwunden. Da hatte Lizzy bemerkt, dass nicht nur Mia unter dieser Situation litt, sondern Nic genauso. Insgeheim hatte sie ihrem Bruder die Schuld für das ganze Drama gegeben. Natürlich hatte sie einen wesentlich tieferen Einblick in Mias Gefühlswelt als in Nics. Er war früher schon verschlossen gewesen. Seit er eine Berühmtheit war, ließ er noch weniger Menschen wirklich an sich heran – außer Mia. Lizzy hatte sich nie wirklich Sorgen um Nic machen müssen, denn er hatte ja Mia gehabt. Nach diesem letzten Streit und Mias Auszug machte Lizzy sich langsam Gedanken, dass die beiden es nicht mehr schaffen würden.

Nics Blick war seit Mias Verschwinden düster und abweisend geworden, und er wollte mit niemandem reden. Er hatte seine Mutter mehrfach zurückgewiesen, und selbst Liam hatte kaum Zeit mit ihm verbringen dürfen. Stattdessen saß er allein in seinem Zimmer oder der kleinen Gartenlaube und klimperte auf seiner Gitarre herum. Lizzy hielt es einerseits für falsch, sich einzumischen. Doch die Vorstellung, dass Mia und Nic am Ende wirklich nicht mehr zueinanderfinden würden, war zu beängstigend.

Am Abend zuvor war das Zelt geliefert und alles soweit aufgebaut worden. Die Stimmung war hundsmiserabel, und als das Geburtstagskind am Morgen aufgewacht war, verspürte sie keinen Drang mehr, irgendetwas zu feiern. Ohne Mia, die sich nicht gemeldet hatte, und mit ihrem nervig schlecht gelaunten Bruder hätte Lizzy nicht mal eine Mini-Grillparty veranstalten wollen. Sie wurde langsam wirklich wütend auf die beiden. Sie hatte immer Verständnis für sie gehabt und Mia bei ihren Problemen jedes Mal zur Seite gestanden. Sie hatte ihr zugehört und sie immer vor allen verteidigt. Manchmal hatten ihre Mutter und sie sogar Gelegenheiten provoziert, um Mia und Nic allein zu lassen. Und jetzt, wo sie ihren eigenen Geburtstag feiern wollte, herrschte so eine miese Stimmung. Sie hätten ihren Streit wenigstens kurz beilegen und Lizzy einen schönen Tag bescheren können.

Nic, Liam und ein paar Jungs aus der Band übernahmen den Aufbau der Biertischgarnituren im Zelt, während sie selbst, Celine, Sophie, Bea und Josslin, die mit ihrer Familie übers Wochenende zu Besuch war, in ihren Küchen standen und ein Büfett vorbereiteten. Es sollte ursprünglich kein großes Essen werden. Irgendwie waren während der Vorbereitung ihre Absichten aus dem Ruder gelaufen, sodass nun in beiden Küchen Hochbetrieb herrschte. Lizzys Frust war mittlerweile so groß, dass sie nicht länger auf ein Lebenszeichen von Mia warten wollte. Sie schnappte sich das Handy und wählte Mias Nummer. Nach mehrmaligem Klingeln ging ihre Freundin endlich ans Telefon.

»Herzlichen Glückwunsch, Lizzy!«, sagte Mia direkt, was Lizzy erst mal den Wind aus den Segeln nahm, sodass sie nur schnauben konnte. Lynn und ihre älteste Tochter standen in der Küche, bereiteten den Dipp für die Sticks und die Häppchen für den Abend vor und ließen Lizzy nicht aus den Augen.

»Sag mir lieber mal, warum meine beste Freundin nicht bei mir ist, um meine Geburtstagsfeier vorzubereiten, so wie sie es mir versprochen hat«, warf sie Mia vor. »Ich finde, du hast genug geschmollt und kannst langsam mal wieder nach Hause kommen. Ich dachte, wir verbringen unsere Semesterferien zusammen, und du feierst meinen Geburtstag mit mir. Doch was machst du? Haust einfach ab, ohne Vorwarnung und ohne eine wirkliche Erklärung, und lässt mich mit meiner mies gelaunten Familie allein.« Josslin stieß ein empörtes Keuchen aus, was Lizzy nicht weiter beachtete.

»Lizzy, ich weiß, du bist sauer …«, begann Mia.

»Ich bin nicht sauer, *Emilia*, ich bin echt wütend auf dich!«

»Ich weiß, und es tut mir auch leid, aber …«

»Mir ist egal, wie leid es dir tut.«

»*Elizabeth*, lässt du mich bitte auch mal zu Wort kommen?«, fragte Mia freundlich, aber bestimmt. Lizzy schnaubte wieder empört.

»Schau mal aus dem Wohnzimmerfenster«, sagte Mia, und Lizzy sprang sofort vom Sofa auf und sah nach draußen. Da stand sie. Ihre Freundin hatte gerade die Autotür von Lizzys Terminator geöffnet und winkte ihr lächelnd zu, während sie weiter ins Telefon sprach: »Du glaubst doch nicht ernsthaft, dass mich irgendwas davon abhalten könnte, mit meiner besten Freundin ihren Geburtstag zu feiern, oder? Kein Unwetter …« Lizzy sah mit Tränen in den Augen, wie ihre Freundin sich im Auto nach hinten drehte und schwer atmend etwas hervorkramte. »… keine Naturkatastrophe …« Sie kletterte endlich aus dem Auto, das Handy zwischen Schulter und Ohr geklemmt, eine Tüte mit Geschenken am Arm baumelnd und einen Kuchen in der anderen Hand. »… und schon gar kein Kerl …«, beendete Mia ihren Satz mühsam und kam jetzt auf die Haustür zu.

Mit dem Telefon am Ohr rannte Lizzy sofort zur Eingangstür und öffnete sie.

»Hallo Geburtstagskind«, begrüßte Mia ihre Freundin und streckte ihr den Kuchen entgegen.

»Hey«, murmelte Lizzy kleinlaut.

»Eigentlich sollten noch dreiundzwanzig Kerzen auf dem Kuchen brennen, du solltest mich nicht anschnauzen, sondern vor Überraschung quietschen. Aber da war jetzt keine Zeit mehr für, du Wirbelwind.« Mia versetzte ihr einen leichten Seitenhieb.

»Tut mir leid, ich war wohl etwas …«

»Voreilig?«, half Mia nach, betrat den Flur und ging zielstrebig an Lizzy vorbei.

»Na ja, … ja …« Zerknirscht folgte Lizzy Mia, die den Kuchen auf der Küchenzeile abstellte und Lynn und Josslin begrüßte. Sie wandte sich strahlend zu Lizzy um und drückte sie fest an sich.

»Alles Liebe zu deinem Geburtstag, meine Hübsche. Ich bin so froh, dass es dich gibt, du kleine Nervensäge.«

Lizzy bemühte sich, nicht loszuweinen. Sie war ziemlich sentimental, wenn es um ihren Geburtstag ging. »Tut mir leid. Der Kuchen ist echt toll«, entschuldigte sie sich kleinlaut.

»Sie hätte dich gestern schon angerufen, wenn ich sie nicht dauernd davon abgehalten hätte«, erzählte Josslin, während Mia sie umarmte.

»Du wusstest davon?«, fragte Lizzy überrascht.

»Natürlich, jemand musste dich Nervenbündel ja im Auge behalten«, gab Lynn zur Antwort. »Eine Verschwörung, sozusagen«, warf sie noch ein.

Lizzy betrachtete Mia eingehend, während diese ein in buntes Geschenkpapier gewickeltes Päckchen aus der Tragetasche kramte. »Bitteschön.«

Lizzy nahm das Paket entgegen und öffnete es sofort. Ein Kleidungsstück kam zum Vorschein, und Lizzy hielt verzückt inne, während sie es betrachtete.

»*Wow!*«, brachte sie nur hervor.

»Ich hoffe, es gefällt dir?«, fragte Mia unsicher.

»Gefallen? Es ist wunderschön, Mia, ich finde einfach Wahnsinn, was du so alles zustande bringst.« Mia hatte für sie ein Kleid in einem wunderschönen Goldton, verziert mit zarter Spitze, entworfen und selbst genäht. Ein echtes Unikat nur für Lizzy, und sie liebte es augenblicklich. »Damit steht meine Garderobe für heute Abend fest. Danke Mia! Das ist wirklich wundervoll.«

Mia wurde rot, und auch Lynn und Josslin sprachen ihr ein großes Lob aus. »Ich freu mich, wenn es dir gefällt. So und nun, was kann ich tun?« Sie klatschte in die Hände und wartete auf Kommandos.

»Eigentlich würde ich lieber erst mal wissen, wie es dir geht und was eigentlich los ist«, sagte Lizzy.

Mia schüttelte den Kopf. »Heute nicht, Süße. Heute feiern wir deinen Geburtstag und reden nicht über mich. Mach dir keine Sorgen. Im Gegenteil, freu dich lieber. Unsere Wohnung ist nicht wiederzuerkennen. Ich habe alles aufgeräumt, geputzt und unsere Wäsche gewaschen. Sag mal, erinnerst du dich an ein T-Shirt in Übergröße? Keine Ahnung, wo das herkommt …« Mia plapperte weiter, was Lizzy so sehr ablenkte, dass sie nicht weiter nachbohrte, und begann Lynns Spülmaschine einzuräumen.

»Sag mal Mia, gibt es eigentlich Neuigkeiten von der Polizei? Celine meinte, du hast gestern noch mal zum Revier kommen müssen?«, fragte Josslin ernst.

Mia nickte, und ihr Blick verdüsterte sich. »Die Polizei hat alle Spuren gesichert und auszuwerten versucht. Aber es wurden ausschließlich meine Fingerabdrücke im Innenraum gefunden. Es gibt keinen Anhaltspunkt dafür, dass jemand anderes den Wagen gefahren hat, abgesehen von einer Sache …« Alle sahen Mia gespannt an. »Der Sitz war für eine recht große Person eingestellt.«

»Das ist doch gut, oder? Ich meine, dann kannst du ihn nicht gefahren haben.«

»Ja, aber dank Lizzys Aussage war ich nie wirklich verdächtig. Das bedeutet aber auch, dass irgendjemand sich wirklich große Mühe gegeben hat, keine Spuren zu hinterlassen. Es war also keine spontane Tat.«

»Unglaublich! Wer sollte so etwas tun?«, fragte Lynn bestürzt.

Mia zuckte mit den Achseln und sagte: »Ich habe keine Ahnung. Ich habe so gehofft, dass es einfach ein Zufallsdiebstahl war. Aber ich darf gar nicht drüber nachdenken, was das alles zu bedeuten hat.«

»Übernimmt die Versicherung den Schaden?« Josslin schaute Mia mitleidig an.

»Nicht solange die Ermittlungen andauern …«

»Aber Liam wird sicher einspringen und dir aus der Patsche helfen, oder?« Lizzy rollte mit den Augen, weil sie Mias Antwort kannte.

»Er hat es angeboten, aber ich möchte keine großen Geschenke von ihm annehmen. Im Moment komm ich ganz gut zurecht, wenn ich mir Lizzys Terminator oder Mums Auto leihe.«

In Lynns Küche fehlte schließlich noch Backpapier, und Mia lief eilig hinüber, um auch ihre Familie zu begrüßen. Schwungvoll betrat sie die Terrasse der Donahues und stolperte über Nic, der sie gerade noch rechtzeitig daran hinderte zu fallen.

Mia gab einen erstickten Laut von sich, während ihm nur »Hoppla!« herausrutschte. Als Mia erkannte, über wen sie gestolpert war, presste sie die Lippen aufeinander und bedachte ihn mit einem ausdruckslosen Blick. Es war das erste Mal, dass sie sich seit ihrer Auseinandersetzung vor ein paar Tagen über den Weg liefen. Mia war förmlich über ihr Problem gefallen, und sie verfluchte eins ihrer stillen Talente.

»Nicht so stürmisch. Auch wenn ich daran gewöhnt bin, dass die Frauen auf mich fliegen …« Seine Stimme war so anziehend, und Mia bemühte sich, ihn dafür zu hassen. Es war so typisch, dass er sie sofort wieder in seinen Bann zog. Sie hatte beschlossen, sich von ihm nicht aus der Ruhe bringen zu lassen. Sie war nur hier, um mit ihrer besten Freundin ihren Geburtstag zu feiern, und nichts würde sie davon abhalten können.

Wie also würde sie zu ihm stehen? Sie hatte gewusst, dass sie ihm heute gegenübertreten musste. Ein Blick in sein Gesicht, und Mia musste sich zusammenreißen, um nicht sofort Wachs in seinen Händen zu werden. Es gab nur eine gewisse Anzahl an Zurückweisungen, die sie unbeschadet einstecken konnte. Die Letzte war auch die Letzte für Mia gewesen. Sie war wütend, aber viel mehr war sie verletzt.

Ihr rutschte eine schärfere Antwort heraus, als sie zunächst beabsichtigt hatte. »Du weißt ja, wie das mit Fliegen ist, sie streiten sich alle um dieselbe Scheiße.«

Er wirkte vor den Kopf gestoßen. Sie konnte exakt den Augenblick bestimmen, als er seinen Panzer hervorholte und eine Maske aufsetzte, die keine Gefühle mehr erkennen ließ. Mia hasste diese Momente, weil er dann undurchschaubar für sie wurde. Mit einem Mal schlug ihre Wut in Traurigkeit um. Das war ihnen geblieben, von dem was sie einmal gehabt hatten. Sie kämpfte den Drang nieder, ihm die Haare hinters Ohr zu schieben und so einen besseren Blick auf den Mann hinter der Maske zu erhaschen.

»Nun, ich gehöre jedenfalls nicht zu ihnen.«

»Zu den Fliegen oder den Frauen?«, fragte Nic.

»Zu keinem von beiden«, hörte sie sich sagen, wobei ihre innere Stimme zu rebellieren begann: *Lüge! Lüge!*

Mia biss sich auf die Unterlippe, und Nic musste rasch seinen Blick abwenden. Sie sah so süß aus. Ihre Haare waren ein heilloses Durcheinander, aber er liebte es genau so. Er fragte sich oft, wie sie nach einer langen Nacht im Bett aussah und … schnell blickte er über ihre Schulter und versuchte, seine Erregung in den Griff zu bekommen. Rettung war nah, denn er sah seinen Vater am Ende des Zeltes hilfesuchend winken.

»Ich muss dann …«, sagte er schnell und war gleich wieder distanziert.

»Nic?« Er wandte sich ihr erneut zu. »Ich bin wegen Lizzy hier. Ich möchte, dass sie einen schönen Geburtstag hat.«

»Das möchte ich auch.« Es tat weh zu wissen, dass Mia ohne Lizzys Geburtstag wahrscheinlich nicht zurückgekommen wäre.

Die ersten Gäste kamen kurz vor Einbruch der Dunkelheit, und Nic baute mit seinen Bandkollegen die letzten Instrumente auf, während seine Schwester alle Gäste begrüßte. Sie sah hübsch aus in ihrem neuen Kleid, und Nic war nicht überrascht, dass Mia es entworfen hatte. Sie war talentiert und hatte viele tolle Sachen gemacht. Lizzy wirkte sehr, sehr glücklich, und Nic wusste, einer der Gründe dafür war, dass Mia hier war.

Meistens empfand er es als lästig, dass ausgerechnet Mia auch Lizzys beste Freundin sein musste. Das gab Lizzy einen Einblick in Nics Leben, den er lieber nicht mit seiner Familie geteilt hätte. Doch in der letzten Woche hatte er erkennen müssen, wie wichtig die beiden Frauen füreinander waren. Sie waren wie Schwestern. Schwestern, die sich wirklich liebten und brauchten.

Er war Mia dankbar dafür, dass sie Lizzys Glück über ihre eigenen Wünsche gestellt hatte. Das war für ihn keine große Überraschung gewesen. Das war einer der Gründe, warum er so gelassen am Fenster gestanden hatte, als Mia ihre Kisten und Taschen ins Auto geworfen hatte und in ihre Wohnung in der Nähe des Campus geflohen war. Natürlich war der Teil in ihm, der so schrecklich verliebt in diese junge Frau war, fast vor Schmerz zergangen, als er ihre Worte vor Jeffs Bar gehört hatte. Auch der Teil, der Mias bester Freund war, war vor den Kopf gestoßen worden. Alles hatte sich in diesem Moment gewandelt. Alles, was er von Mia zu wissen glaubte, hatte sich als Lüge herausgestellt. Sie war unglücklich hier. Sie hasste ihn dafür, dass er sie verließ … gab ihm die Schuld dafür. Und sie hatte recht.

Wäre er nicht ein Teil der *Swores* geworden, wären sie beide zur Uni gegangen und sicher längst ein Paar. Sie würden zusammen wohnen, ein Leben teilen, und alles wäre einfach. So einfach wie das Atmen. Sie würden sich Fußballspiele angucken wie Kumpels. Er würde leckeres Essen für sie kochen und sie damit überraschen, wie frisch Verliebte das eben tun. Er würde ihre Tränen trocknen und sie wieder zum Lachen bringen wie ihr bester Freund. Und sie würden sich leidenschaftlich lieben. Ihre Mütter würden ihre Hochzeit planen, und sie würden eine Familie gründen und glücklich sein.

Aber wäre er glücklich ohne seine Musik? Und wäre es dann wirklich so einfach? Es war nie leicht und unkompliziert. Nic hatte immer gedacht, dass er es für Mia erträglicher machte, wenn er sie ihr Leben in Falmouth leben ließ. Doch nun hatte er festgestellt, wie sehr sie darunter litt. Dass sie hier womöglich genauso unglücklich war wie er weit weg von zu Hause. Zum ersten Mal erlaubte er sich einen Blick auf etwas, was er sich bisher selbst verwehrt hatte. Ein Leben mit Mia an seiner Seite, irgendwo auf dieser Welt. Natürlich war Mias bester Freund von der Erkenntnis, dass sie schon lange nicht mehr das waren, was sie voneinander geglaubt hatten, zutiefst schockiert. Aber der Mann, der sie liebte, hatte plötzlich Hoffnung.

Daher hatte er sich vorgenommen, an diesem Abend alles auf eine Karte zu setzen. Er hatte gewusst, dass sie ihre Zeit zum Nachdenken brauchte. Er brauchte sie auch, um all das verarbeiten zu können. Ihre erste Begegnung hatte er sich zwar anders vorgestellt, aber er kannte sie gut genug, um zu wissen, wie hitzig Mia sein konnte. Er würde nicht aufgeben.

Er warf einen Blick zum Büfett, wo Mia gerade aufgetaucht war, und ihr Anblick versetzte ihn in Hochstimmung. Sie hatte ihr Haar hochgesteckt, doch so zwanglos, dass einzelne Locken ihr Gesicht umspielten. Ihr Kleid war ein Gegenstück zu Lizzys. Es war kurz und schwarz, mit zwei verspielten Trägern, die mit einer hübschen Spitze bis zu ihrem Arm hinunterreichten. Sie trug schwarze Stiefel und sah verdammt sexy darin aus. Mias Blick glitt zu ihm hinüber und huschte sofort zurück, als er sie dabei ertappte. Nic grinste und wurde etwas ruhiger. Das hier war Mia, seine Mia.

Wenige Minuten später hatte seine Selbstsicherheit sich in Luft aufgelöst. Lizzys neuester Freund Nathan war mit Chris aufgetaucht. Wie hatte Nic darauf nicht vorbereitet sein können? Er fluchte innerlich, pfefferte die Drumsticks von Stan über die kleine Bühne und verschwand an der frischen Luft. Er wollte Mias und Chris' Zusammentreffen nicht beobachten und floh quer über den Rasen, als ihn eine junge Frau begrüßte.

»Hallo Nic, wie schön dich zu sehen …« Weiter hörte er nicht zu, denn er stiefelte, ohne ihr Beachtung zu schenken, an ihr vorbei. Auf so etwas konnte er verzichten. Er wollte nichts hören. Er betrat die Küche über die Terrassentür und marschierte zum Sekretär seines Vaters, wo er sich einen Schluck von dessen teurem Whiskey genehmigte.

»Na, mein Junge. Musst du dir Mut antrinken? Oder betrinkst du dich?«, fragte eine ihm nur allzu vertraute Stimme. Er erkannte Sophie und schluckte den Whiskey rasch hinunter. Sie stellte eine Schüssel auf der Küchentheke ab und betrachtete ihn neugierig. Er zuckte mit den Schultern und goss sich etwas nach.

»Bist dir wohl nicht sicher, was?«, hakte sie nach, kam auf ihn zu und fügte hinzu: »Na, was ist? Wo sind deine Manieren, mein Freundchen? Ich weiß genau, dass du irgendwann mal welche hattest. Ich hab zum Teil dazu beigetragen.« Sie deutete auf den Whiskey, und Nic grinste.

»Was auch sonst …«, murmelte er gedehnt und goss etwas in ein zweites Glas.

»Ich dachte nicht, dass du so geizig wärst, Domenic Donahue!«, tadelte Sophie ihn und deutete auf ihr Glas.

Er goss noch etwas nach und schüttelte den Kopf. »Wehe, du sagst etwas davon zu Celine. Dann bin ich ein toter Mann.« Er deutete mit dem Finger auf sie.

»Von mir erfährt sie kein Sterbenswörtchen. Aber nun zu dir … was zum Teufel ist hier eigentlich los? Wann hast du endlich vor, dir meine Enkelin zu schnappen? Wo sind deine Eier geblieben, mein Junge? Lässt seit zwei Wochen zu, dass meine Mia sich ihre hübschen Augen ausweint. Ich dachte, du hättest den Schneid, den ich mir für sie wünsche. Seit jeher warst du es doch, dem Mias Herz gehörte. Nie gab es jemanden, der an dich heranreichte. Gäbe es noch die arrangierte Ehe, wärt ihr zwei ein Glücksfall gewesen. Nic, du musst dich endlich entscheiden, was du tun willst. Denn Mia hat ihren Entschluss längst getroffen. Und lass dir eins über uns Kennedy-Frauen gesagt sein: Wir wissen *immer*, was wir wollen. Ich glaube nicht, dass du noch viele Gelegenheiten bekommen wirst, da anzuknüpfen, wo ihr aufgehört habt. Sie hat am Mittwoch ihrer Mutter und mir erklärt, dass sie auszieht, endgültig und für immer. Sie wird nicht für alle Ewigkeiten hier sein, du alter Hornochse. Da draußen rennt vielleicht kein zweiter Nic Donahue rum. Aber es wird auch nicht immer nur ein Chris da sein. Irgendwann kommt einer und bietet ihr all das, was sie von dir nicht bekommt.«

Sophie wurde rüde unterbrochen. »Ich dachte, sie wäre mit Chris zusammen!«

Sophie lachte nur. »Ach was, das hat sie doch bei Jeff neulich endgültig beendet.«

Nic sah Sophie an, als hätte sie ihm gerade einen Lottogewinn eröffnet. »Sie hat ihn in den Wind geschossen? Was macht er dann hier?«

»Na, darauf warten, dass du es wieder verbockst, nehm ich an. Im Moment sieht es ganz danach aus.«

»Sophie?« Sie sah ihn argwöhnisch an. »Ich könnte dich auf der Stelle küssen.« Er drückte sie kurz an sich.

»Heb dir das lieber für Mia auf«, rief sie ihm nach, als er rasch durch die Küchentür nach draußen verschwand.

Nic beobachtete seinen Vater und Mia. Lächelnd ließ sie sich von seinem alten Herrn beim Tanzen führen. Seit sie hier waren, hatte sie ihn weitestgehend ignoriert, und das machte ihn wahnsinnig.

Das ist etwas, was du mir nicht bieten kannst! Dieser Satz hämmerte nach wie vor in seinem Kopf. Sie glaubte, nicht gut genug für ihn zu sein. Sie verstand nicht, dass es nur darum ging, dass sie *zu* gut für ihn war. *Zu* gut für seine Welt. Ein altbekannter Song ertönte aus den Boxen und brachte eine romantische Stimmung in das Zelt. Nic nahm aus den Augenwinkeln wahr, wie sich Chris durch die Menge schob und auf Mia zusteuerte. Nein, das konnte er auf keinen Fall zulassen. Mit drei großen, geschmeidigen Schritten war er bei seinem Vater und ihr. Er tippte ihm lässig auf die Schulter und grinste ihn mit seinem charmantesten Lächeln an. Richard löste sich von seiner Tanzpartnerin und warf seinem Sohn einen triumphierenden Blick zu.

»Darf ich?«, fragte Nic mit ungewohnt kratziger Stimme. Mias Blick erdolchte ihn, und er fürchtete, sie würde ablehnen. Sein Vater legte ihre Hand in seine und ließ ihr, dem Himmel sei Dank, damit keine Wahl.

»Ich dachte schon, du fragst nie, Junge«, lachte Richard.

Mias Körper versteifte sich kurz, als er sie an sich zog. Langsam bewegten sie sich zum Takt der Musik.

»Du hast vielleicht Nerven …«, beschwerte sie sich an seiner Brust.

»Erinnerst du dich noch, wann wir zu diesem Song getanzt haben?«, fragte er unvermittelt, und Mia entspannte sich langsam unter seinen Berührungen.

»Natürlich … bei deiner Abschlussfeier, bei meiner … und so oft danach.«

Er hörte den sanfteren Ton in ihrer Stimme und entschied, noch etwas näher an sie heranzurücken. Er lachte leise und spürte die Blicke in seinem Rücken. Er kümmerte sich nicht weiter darum. »Verrückt, dass sie ausgerechnet heute dieses Lied spielen, oder nicht?«

»Mmhhhmmm …«

Nic spürte den schwindenden Widerstand in ihrer Stimme.

Nach einem kurzen vertraulichen Schweigen sagte er sanft: »Bitte entschuldige Mia. Ich war furchtbar dumm … Wir sollten miteinander reden.« Sie sah ihm in die Augen und hielt seinen Blick mit einem Schlag gefangen. Es war, als wären sie ganz allein in diesem Zelt, so ähnlich wie vor Kurzem in Nics Küche. Nichts konnte sie jetzt voneinander trennen. Nic kam ihrem Gesicht so nah, dass er versucht war, sie zu küssen. Nur ein paar Zentimeter trennten sie noch. Nach einigen Sekunden zwang Mia sich wegzusehen. Sie schmiegte sich an ihn und bettete ihren Kopf an seine Brust. Ihr Atem kitzelte ihn an der freiliegenden Haut und ließ ihn erzittern. Sie vergab ihm, das wusste er. Er legte seine Wange auf ihren Kopf.

Sein warmer Körper drängte sich an ihren eigenen, und dennoch fröstelte Mia leicht, und eine Gänsehaut überzog ihren Rücken. Seine bloße Anwesenheit machte es ihr unmöglich, wirklich böse auf ihn zu sein. Mia war so stolz auf sich! Sie erkannte, dass sich an ihrem gefassten Entschluss nichts verändert hatte, als er sie in seinen Armen hielt. Sie hatte sich entschieden. Es musste auch für sie weitergehen. Selbst wenn sie keinen Schritt gemeinsam tun konnten, würde sie ihn wahrscheinlich ihr gesamtes Leben lang lieben. Sie würde lernen müssen, einen anderen Mann ebenso sehr zu lieben wie ihn. Wenn Nic dieser Mann für sie nicht sein konnte, dann musstesie eben so lange suchen, bis sie ihn fand.

»Gott sei Dank, sie scheinen sich zumindest vertragen zu haben …«, murmelte Liam leise zu Lizzy, die mit verschränkten Armen an einem Biertisch lehnte und andächtig nickte.

»Was würde ich nur dafür geben, wenn mich jemand mal so ansehen würde wie mein Bruder deine Schwester.«

»Was meinst du denn damit?«, fragte Liam betont begriffsstutzig.

»Du kriegst aber auch gar nichts mit, oder?!«

Liam grinste und nippte an seinem Drink. »Ich stecke meine Nase nur nicht in anderer Leute Angelegenheiten, wie du.«

Sie knuffte ihn gegen den Oberarm und sagte dann: »Wenn wir nicht nachhelfen, dann wird das nie was.«

»Was zusammengehört, kommt auch zusammen!«

Lizzy sah ihn aus großen Augen an. »Du alter Romantiker, du!« Sie lachte über seine finstere Miene.

»Du bist wirklich eine Nervensäge, Donahue«, rief Liam und deutete mit dem Zeigefinger auf sie. »Denk an meine Worte!«

Erst als das Lied endete und sich jemand mit mehrmaligem Räuspern Aufmerksamkeit zu verschaffen versuchte, öffnete Mia die Augen. Vor ihnen stand Chris, und sein Gesicht war seltsam versteinert. Für einen Moment überfiel Mia das schlechte Gewissen, dass sie ihm in den letzten Wochen etwas vorgemacht hatte. Sie hatte ihm am Mittwoch endlich die Wahrheit gesagt. Zumindest die Wahrheit, die ihn etwas anging. Sie war erstaunt gewesen, wie gut er ihre Zurückweisung weggesteckt hatte. Nun musste sie aber erkennen, dass es kein beidseitiges Einverständnis gewesen war. Er war eindeutig wütend.

»Darf ich?«, fragte er eine Spur zu scharf, da Nic keine Anstalten machte, sich von Mia zu lösen. Es schien, als würden sie einen geheimen Kampf allein mit ihren Blicken austragen. Erst als eine schrille Frauenstimme nach Nic rief, löste er sich widerstrebend von Mia. Er bedachte sie mit einem warmen Blick, ergriff ihre Hand und hauchte einen Kuss darauf, bevor er sich von ihr abwandte. Augenblicklich erfüllte Mia eine seltsame Leere, die Chris nicht annähernd ausfüllen konnte. Sie sprachen kein Wort, und Mia fühlte sich unbehaglich und falsch an seiner Seite. Erst als die allgemeine Aufmerksamkeit sich der Bühne zuwandte, hatte Mia eine Gelegenheit, Chris mit einer knappen Entschuldigung stehen zu lassen. Sie gesellte sich so unschuldig wie möglich zu Lizzy, die sie aufmerksam beobachtete.

»Alles in Ordnung mit dir?«, fragte sie, als Mia ihr das Glas mit der Bowle aus der Hand nahm und es in wenigen Zügen leerte.

»Na klar«, gab sie nüchtern zurück. Lizzy ließ sie mit einem knappen Schmunzeln in Ruhe und besorgte ihnen beiden ein neues Glas Bowle.

Die *Swores* betraten die Bühne. Nic nahm sich eine Gitarre und legte sie um. Er strich seine Haare aus dem Gesicht und schaffte es mit nur einem Wort, sich die Aufmerksamkeit aller Gäste zu sichern. Es war immer wieder schön zu sehen, wie wohl er sich auf der Bühne fühlte. Dort gehörte er hin. Er stimmte zuallererst ein ›Happy Birthday‹-Lied für seine Schwester an, und seine Stimme bannte Mias ganze Aufmerksamkeit.

»Auf das Drängen Einzelner hin werden wir euch auch hier nicht mit unserer Musik verschonen …« Er grinste wie ein zu groß geratener Lausbube und setzte sich mit der Gitarre auf einen Hocker vor das Mikrofon. Sein Blick glitt suchend über die Menge, und als er den von Mia auffing, lächelte er.

»Es gibt da ein neues Stück, das ein sehr persönliches Lied ist, und ich werde es einer ganz besonderen Frau widmen. Sozusagen als nachträgliches Geburtstagsgeschenk. Das ist für dich, Honey.« Ein Raunen ging durchs Zelt. Mias Herz setzte kurz aus und schlug, als es wieder im Takt war, heftig gegen ihre Rippen. Ihr Atem ging schnell, viel zu schnell.

»Es heißt *The One*.« Leises Gitarrenzupfen setzte ein, und eine wundervolle Melodie erklang.

»Niemals daran gedacht,
was in deinem Herz vorgeht,
was in unserem Zuhause vor sich geht,
Alles, was ich wollte, war Glück,

Glück für dich.

Doch du stehst da, siehst mich an,
voller Hoffnung und Vertrauen,
Vertrauen in mich.

Du solltest lernen, mich zu hassen,
doch du willst mich,
willst mich retten aus der Dunkelheit,
willst meine Seele heilen,
aber, oh Honey, ich weiß nicht, wie.

Doch du stehst weiter da, siehst mich an,
voller Hoffnung, Vertrauen und Liebe,
Liebe zu mir.
Doch du stehst weiter da, siehst mich an,
voller Hoffnung, Vertrauen und Liebe, Liebe, Liebe,
Liebe zu mir.

Nun sehe ich dich,
so wie ich es hätte tun sollen, lange vorher,
ich entscheide zu kämpfen,
zu kämpfen für uns,
bevor du zu weit fort bist.

Nun stehe ich da, sehe dich an,
voller Hoffnung, Vertrauen und Liebe,
Liebe zu dir,
nun bleibe ich da, sehe dich an,
voller Hoffnung, Vertrauen und Liebe.

Es ist die eine Sache, die ich weiß,
du bist die Eine,
das eine Mädchen, auf das ich gewartet habe,
das Mädchen, das mich zu einem besseren Mann macht,
mich vervollständigt.
Die Eine!

Kapitel 13

Ungläubig lauschte sie seiner Stimme. Was tat er denn da? Er hatte sie ziehen lassen. Er hatte sie nicht zurückgehalten. Er hatte sie nicht von seiner Liebe überzeugt, und doch stand er da auf der Bühne und sang dieses Lied. Nur für sie. Er hatte ihr mal erzählt, dass er seine Emotionen, die er nicht aussprechen konnte, am besten in Musik verwandelte. War es das?

»Na, endlich. Das wurde aber auch mal Zeit«, seufzte Lizzy und drückte Mias Hand fest. Mia war dankbar dafür, denn sonst wäre sie vor Schreck umgefallen. Der Song endete, und Nics Blick suchte wieder Mias, die ihn weiterhin nur sprachlos anstarren konnte.

Lizzy sah sie lächelnd von der Seite an und sagte: »Nun lass dich endlich von ihm einfangen, bevor es wieder Komplikationen gibt.« Mia brachte nur ein schwaches Lächeln zustande und wischte vorsichtig über ihre Augen. Nic grinste breit, und sie wollte schon auf ihn zugehen, als Jim das nächste Lied anstimmte.

Sie benötigte erst mal frische Luft und verließ mit schnellen Schritten das Zelt. Sie brauchte Zeit und wollte ihre Gedanken sortieren. Von drinnen erklangen rockige Töne, und Mia konnte Nics Stimme heraushören.

Es hatte bereits zu regnen begonnen. Der Sturm würde sie vielleicht diese Nacht noch treffen. Schwer atmend blieb sie unter dem Vorzelt stehen und versuchte, ihren flatternden Magen zu beruhigen. Sie wollte schon wieder reingehen, als eine Hand sie am Arm festhielt.

»Mia …« Sie blickte in Chris' mürrisches Gesicht. Er baute

sich direkt vor ihr auf und sah ihr tief in die Augen, als wollte er sie gleich küssen. Sein Atem roch nach Alkohol, und seine Pupillen waren riesig. Mia senkte erschrocken den Blick und ließ sich von ihm zurückdrängen.

Er lachte spöttisch und sagte: »Ich hätte es wissen müssen.« Damit wandte er sich von ihr ab.

»Was ist bitte los mit dir, Chris? Ich dachte, wir hätten alles besprochen?!«, fragte sie überrascht. Er schien sich über irgendetwas köstlich zu amüsieren. Ein ironischer Laut kam über seine Lippen. »Wenn du etwas zu sagen hast, dann sag es, und mach es nicht auf diese herablassende Art!« Ein paar Freunde von der Uni, die in der Nähe standen, sahen zu ihnen herüber.

»Ich denke nicht, dass es noch irgendwas zu erklären gibt, nachdem, was ich da drinnen eben gesehen habe.«

»Entschuldige? Ich kann dir nicht ganz folgen.« Mia wusste natürlich längst, was er meinte, und schimpfte sich selbst eine Idiotin. Wie hatte sie nur annehmen können, dass er ihre Trennung gleichmütig hinnehmen würde.

Er wandte sich ihr wieder zu, und sein Gesicht hatte einen gequälten Ausdruck angenommen. »Hast du wirklich gedacht, ich lass mich von dir abservieren, komme zu dieser Party und sehe dabei zu, wie du und dieser Möchtegernrockstar …« Er brach ab. »Ich bin verliebt in dich, Mia. Schon von Anfang an. Was habe ich bloß getan, dass du mich so behandelst? Ich war immer anständig zu dir! Und dann hintergehst du mich mit ihm. Ich habe gehofft, dich trotzdem für mich gewinnen zu können.«

Mia sah ihm an, wie verletzt er war. Er hielt ihren Arm viel zu fest. »Du meinst Nic?«

»Ja verdammt, ich meine Nic.«

»Hör zu, Chris, es tut mir leid. Aber du verstehst das falsch …«

Er lachte spöttisch, und sein Blick wurde böse. »Ach so … rede dich nicht raus! Ich habe Augen im Kopf, und dieses Lied … wie lange läuft das schon mit euch beiden?«

»Lass uns in Ruhe darüber reden, dann wirst du verstehen …«

»Halt einfach die Klappe!«, schnauzte er sie an, und einer der beiden Männer in der Nähe, ein Kommilitone von Lizzy, kam auf sie zu, während der andere ins Zelt lief. Mia war das furchtbar peinlich.

»Alles okay, Mia?«, fragte der Mann misstrauisch. Mia sah ihn hilfesuchend an.

»Er benimmt sich seltsam …«, sagte sie leise, als hoffte sie, dass Chris es nicht hören würde.

»Du findest, ich benehme mich seltsam?«, echote dieser wütend.

»Chris, sei doch vernünftig … ich finde, wir sollten das heute nicht mehr besprechen.«

»Hey Kumpel, warum lässt du sie nicht erst mal los und unterhältst dich vernünftig mit ihr?!«, schlug der junge Mann vor und stellte sich neben sie beide.

»Bitte Chris, lass uns morgen darüber reden …« Chris ließ von ihr ab, nur um sich direkt wieder vor ihr aufzubauen. Mittlerweile kamen ein paar Leute aus dem Zelt, die in geringem Abstand vor ihnen stehen blieben.

»Du liebst ihn!?«, fragte Chris direkt, aber es klang wie eine Feststellung.

Mia sah die Traurigkeit in seinen Augen, die sie nur zu gut kannte. Also antwortete sie ehrlich, damit er weitermachen konnte, nachdem er es überwunden hatte. »Ja«, hauchte sie,

»aber ich wollte es wirklich mit dir versuchen.« Sie merkte jedoch, dass sie nur ihre Handlungen rechtfertigte und Chris damit nicht im Geringsten half.

In diesem Moment nahm Mia den Tumult um sich wahr. Der andere junge Mann schien Hilfe geholt zu haben. Da ließ Chris sie los. Sie ging langsam auf Lizzy zu, die sie nur entgeistert anstarrte. Chris folgte ihr wieder und verstellte ihr erneut den Weg.

»Was ist denn hier los?«, fragte Lizzy laut und fing Mias flüchtigen Blick auf. Chris ließ sich von der Anwesenheit der anderen gar nicht stören. Der Wodka entfaltete wohl seine Wirkung.

»Wie lange schon?«

Mia wirkte unsicher und wollte sich an ihm vorbeidrängen. Er ließ das nicht zu, und seine Hände umschlossen ihr Handgelenk fest.

»Sag es mir!« Er starrte sie an, aber bevor er ihr auch nur ansatzweise näherkommen konnte, schlug sie die Augen nieder und wich einen Schritt zurück.

»Schon lange«, wisperte sie und wollte noch weiter zurückweichen. Mia wusste, dass sie ihm eine Erklärung schuldig war, und sie verstand auch, dass er sich betrogen fühlte. Es mochte nicht ihre Absicht gewesen sein, aber sie hatte zugelassen, dass er sich in sie verliebte. Er tat ihr leid. Doch er ging zu weit! Vor all diesen Leuten und auf Lizzys Geburtstagsfeier durfte er sie nicht so behandeln. Das war auch nicht der immer beherrschte Chris, den sie zu kennen geglaubt hatte.

»Nicht vor allen Leuten, Chris«, flüsterte sie.

»Was wolltest du dann von mir? Warum hab ich mich dann die letzten Wochen zum Affen gemacht?«

»Du bist betrunken, lass mich jetzt bitte los«, sagte sie flehend und wollte sich ihm wieder entziehen. Er drängte sich näher an sie, und aus den Augenwinkeln sah Mia, wie jemand blitzschnell angeschossen kam. Sie wurde zur Seite gestoßen und von Josslin aufgefangen. Es geschah alles in Sekundenschnelle, und ein Knäuel aus Beinen und Armen war alles, was Mia zu sehen bekam. Ein Faustschlag traf Chris ins Gesicht, und er ging taumelnd zu Boden. Nic stand breitbeinig und wutentbrannt über ihm.

»Fass sie nicht noch mal an!«, brüllte er und sah mit Genugtuung, wie Chris am Boden lag. Mia drehte sich um und schaute ungläubig zwischen beiden hin und her. Als Chris sich wieder gefangen hatte, raffte er sich auf und taumelte auf Nic zu.

»Nic!«, schrie Mia entsetzt und wollte schon dazwischengehen, als Liam seinem Freund zu Hilfe eilte. Erstaunlicherweise behielt heute Liam den klaren Kopf und stieß Chris nur erneut zu Boden. Er hielt Nic davon ab, sich noch einmal auf ihn zu stürzen und sagte: »Es reicht Nic. Er hat genug.«

Nic sah das offenbar anders und wirkte so wütend, wie Mia ihn selten gesehen hatte. Sie blickte ihrem Freund ins Gesicht und sah die aufgeplatzte Braue, aus der Blut tropfte. Chris hatte es wesentlich heftiger erwischt. Mia lief auf Nic zu und schaute besorgt zu ihm auf. All seine Wut war wie weggeblasen, als Mias Hände sanft sein Gesicht berührten.

Er umfing ihre Wange und hauchte: »Geht's dir gut?« Mia nickte und schüttelte entschlossen den Kopf, was Nic zum Lachen brachte.

»Das fragst du mich? Im Ernst jetzt? Bist du verrückt geworden?« Nic antwortete nicht, sondern sah weiter auf sie hinab.

Nathan schob sich aus der Menge und half seinem blutenden

Freund auf die Beine. Wortlos wandte Chris sich ab und ging gestützt von Nathan davon. Er blickte nicht zurück, als hätte er genug gesehen. Niemand scherte sich wirklich um ihn.

»Gut, Leute, die Show ist vorbei. Nic gibt später sicherlich Autogramme für seinen Boxkampf«, rief Liam, und Stolz schwang in seiner Stimme mit.

»Das muss versorgt werden«, meinte Lizzy und sah vorwurfsvoll zu ihrem Bruder auf. »Du Rüpel!« Allerdings grinste sie bei diesen Worten.

»Es stimmt also, was man über euch Rockstars sagt«, murmelte Josslin und tätschelte Nics Schulter. »Ihr seid richtige Raufbolde.«

»Na hör mal, er hat regelrecht darum gebettelt«, lachte Nic selbstzufrieden. »So behandelt ein Gentleman eine Lady nicht.«

»Ach, und was bist du?« Lizzy schnaubte und schaute Nathan und Chris hinterher. Scheinbar hatten sie beide in die Flucht geschlagen. Na ja, wenn das Glück ihrer Freundin und ihres Bruders damit näherrückte, war es das allemal wert.

»Was ist denn passiert?«, fragte Lizzy Mia interessiert.

»Ich hatte mich getäuscht … er wirkte so gefasst, als ich ihm letzte Woche gesagt hab, dass ich ihn nicht mehr treffen will …«

»Du hast was?« Lizzys Augen wurden tellergroß. »Wieso weiß ich davon nichts?«

»Na ja, als er am Mittwoch bei Jeff aufgetaucht ist … ist ja auch egal«, beeilte sich Mia das Thema zu beenden, als ihr bewusst wurde, dass alle anderen ebenfalls zuhörten. Lynn tauchte dicht gefolgt von Mias Familie vor ihnen auf.

»Ach du lieber Gott, was hast du nur angestellt, mein Junge?«, rief sie.

»Mum, alles okay«, winkte Nic ab. Aber Lynn ließ sich nicht so leicht abschütteln und hakte weiter nach.

»Unser Sohn musste nur einem Kerl Manieren beibringen!« Das war Richard, der die Szene von der Terrasse aus beobachtet hatte. Das war ein Zuspruch, den Nic am allerwenigsten erwartet hatte. Sein Vater lehnte ihn und seinen Lebensstil vehement ab. Er ließ keine Gelegenheit aus, ihn daran zu erinnern, dass er sich für ihn schämte. Dass er ihm in dieser Situation Rückendeckung gab, tat Nic wirklich gut.

»Was? Aber was hat das bitteschön mit deinen eigenen Manieren zu tun, Nic? So löst man keine Konflikte.«

Nic verdrehte die Augen. Frauen! Wie oft hatte er diesen Satz schon zu hören bekommen? Und wieder war es sein Vater, der ihn in Schutz nahm. Nic konnte es kaum fassen.

»Manche Kerle verstehen diese Konfliktlösung auf deine Art nicht, Liebling.« Er legte eine Hand auf Nics Schulter, der ihn ungläubig ansah.

»Und das aus deinem Mund?«, murmelte Nic.

»Wenn es aus den richtigen Absichten geschieht …« Damit ließ er die kleine Menschenansammlung stehen und sagte, er wolle drinnen nach dem Rechten sehen.

»Es ist meine Schuld, Lynn«, sagte Mia leise.

»Du hast mit Nic gekämpft?«, fragte Lynn und lächelte nachsichtig.

Nic grinste breit und sagte: »Dann sähe ich schlimmer aus.« Mia konnte ein Grinsen ebenfalls nicht unterdrücken, boxte ihm liebevoll in den Bauch, während Nic besitzergreifend einen Arm um ihre Schultern legte.

»Woran sollst du bitte Schuld haben? Dass der Kerl dich

bedrängt hat?«, fragte Liam verständnislos, und Mia setzte zu einer Erwiderung an, die scheinbar niemand hören wollte.

»Nun …«

»Na hoffentlich hast du ihm ordentlich eins übergebraten, Nic!«, fügte Sophie ungehalten hinzu. »Ich konnte ihn noch nie leiden.« Damit verschwand sie wieder im Zelt und hinterließ nur erstaunte Blicke.

»Er hat dich bedrängt, Süße?«, fragte Lynn sofort mit wachsender Besorgnis. »Na, dann ist es gut, dass du ihm eine verpasst hast.«

»Sag ich doch!«, schnaubte Nic.

»Komm, das muss versorgt werden«, sagte Mia an Nic gewandt und zupfte an seinem Ärmel.

»Ich glaube, im Bad haben wir Jod und Pflaster«, überlegte Lynn.

Mia ging vor Nic ins Haus. Wortlos eilte er ihr hinterher und betrachtete sie nachdenklich. Er hatte natürlich nicht alles von Anfang an gehört. Aber es war genug, um zu wissen, was er wissen musste, und das versetzte ihn in Hochstimmung.

Sie betraten das Bad, wo Mia sich sofort auf die Suche nach dem Desinfektionsmittel im Arzneischrank begab.

»Setz dich da hin!«, befahl sie und deutete auf den Stuhl in der Ecke. Nic betrachtete ihre Rückansicht. Das eng anliegende, schmal geschnittene Kleid betonte ihren Po so vorteilhaft, dass er sich sehr zurückhalten musste, um nicht über sie herzufallen. Hatte sie überhaupt eine Ahnung, was sie mit solcher Kleidung bei einem Mann auslöste? Nic wusste das sehr genau und setzte sich schnell, um sich abzulenken.

Mia kam mit Jod, Wattestäbchen und einer Dose voller Pflaster zurück. Ihr Blick war vorwurfsvoll und besorgt zugleich.

»Halt dich bloß nicht zurück und sag mir ordentlich die Meinung«, forderte er Mia heraus, die ihn streng ansah.

»Was denkst du dir nur? Er hätte dich ernsthaft verletzen können.«

Entrüstet entzog er sich ihr. »Hey, ich war klar im Vorteil. Außerdem war er schon betrunkener als ich …«

»Was das alles ja nicht besser macht.«

»Aber Mia … er hat sich wirklich nicht gut benommen!«

Sie seufzte ergeben und erwiderte leise: »Trotzdem hat er das auch nicht verdient. Eigentlich bin ich selber schuld.«

»Emilia! Er hat dich bedrängt und dir Angst eingejagt. Welchen Grund könnte irgendein Kerl haben, eine Frau so zu behandeln?!« Sie antwortete nicht, und Nic war versucht, das Thema weiter auszudehnen. »Wieso nimmst du ihn auch noch in Schutz?«, fragte er provozierend.

»Weil ich ihm in den vergangenen Wochen falsche Hoffnungen gemacht habe. Und anstatt ihm schon vor Wochen den Laufpass zu geben, hab ich seine Gefühle nicht weiter ernst genommen und ihn einfach links liegen lassen. Egal, was du über ihn denkst und was ich an ihm auszusetzen hatte, auf diese Weise war das einfach nicht fair.«

Nic verstummte und dachte über ihre Worte nach. »Ich kann ihm nicht verübeln, dass er ebenfalls bemerkt hat, was für eine wundervolle Frau du bist.« Nics Stimme war plötzlich rau, und Mias Augen schimmerten, als sich ihre Blicke trafen. »Trotzdem würde ich ihm gern allein deswegen noch in den Hintern treten.« Mia drehte seinen Kopf ruckartig zur Seite.

»Au!«, beschwerte sich Nic.

»Etwas Buße tut dir ganz gut. Chris verbringt die Nacht sicher in der Notaufnahme.«

»Das wird schon wieder, glaub mir. So ein klein wenig Haue

tut ihm sicher mal gut. Außerdem habe ich ihm nur einen Gefallen getan. Hätte ich ihm keins auf die Nase gegeben, hätte Liam das für mich übernommen, und glaub mir, dann hätte er nicht mehr ins Krankenhaus laufen können. Du hast ja keine Ahnung, was dein Bruder mit seinem Temperament so alles anstellen kann.«

»Ihr scheint beide reichlich Übung darin zu haben«, sagte Mia scharf. Nic erwiderte lieber nichts darauf und ließ sich weiter von ihr versorgen. Sie umfing sein Gesicht jetzt wieder viel sanfter und betrachtete die Verletzung genauer. Sie begann, die Wunde mit wassergetränkten Wattestäbchen zu reinigen. »Du hast Glück gehabt! Es ist nicht sehr tief. Sonst würde ich uns ein Taxi rufen, das uns zur nächsten Notaufnahme fährt.«

»Egal, das war's wert.« Plötzlich war ihr Blick auf ihn gerichtet. Er war ganz sanft, beinahe zärtlich.

»Danke«, sagte sie leise.

»Ich dachte, ich sollte Buße tun, weil ich so ein böser Junge bin?«, stichelte Nic.

»Nun ... jedes Mädchen wünscht sich, trotz dieses ganzen Emanzipationsgehabes, hin und wieder einen Retter. Und du warst heute meiner.«

»Also bin ich heute ein Held? So mit Maske und Kostüm?«, versuchte er Mia zum Lachen zu bringen.

»Vergiss die Strumpfhosen nicht.«

Nic verzog entsetzt das Gesicht. »Die zwicken doch so entsetzlich.«

Da war es um Mia geschehen. Sie lachte so lange, bis ihr die Tränen kamen, und ließ sich auf seinem Schoß nieder. Nic genoss es, sie so herzhaft lachen zu hören, stimmte mit ein und legte die Arme um sie.

Plötzlich wurde Mia ernst und sah ihn aufmerksam an. »Du warst es schon immer – mein Held.«

Nic wickelte eine ihrer Locken um seinen Finger. »Du hast doch noch nie zuvor einen Helden gebraucht.«

»Du hast ja keine Ahnung«, erwiderte sie nur leise, stand von seinem Schoß auf und tränkte ein weiteres Wattestäbchen mit Jod, womit sie die Reinigung der Wunde fortsetzte. »Ich werde das hier vermissen … wenn ich nicht mehr hier bin, wenn du deine Eltern besuchen kommst.« Ihre Worte klangen zwar beiläufig, doch Nic versteifte sich sofort.

Er schüttelte den Kopf und sagte: »Ich bin nie meine Eltern besuchen gekommen. Ich bin nur immer zu dir zurückgekehrt.«

Mias Augen füllten sich mit Tränen, und Nic überlegte, ob sie ihn testen wollte. Was sollte er ihr noch sagen, nachdem er ihr sein Herz zu Füßen gelegt hatte, als er den Song vorhin nur für sie gesungen hatte? Sie schien auf eine Antwort zu warten, dann räusperte er sich, um den Kloß in seinem Hals loszuwerden. Ihre Augen zogen ihn an wie Magneten. Mia wandte sich wieder der Wunde zu und seufzte unzufrieden. Sie musste ein Stück näher zu ihm rücken und stellte sich zwischen seine Beine. Nic konnte so auf ihr Dekolleté schauen, das wirklich keinen schlechten Ausblick bot. Ihre Haut schimmerte im Licht wie Seide.

»Honey …«, begann er unsicher, brach ab und diesmal suchte er ihren Blick. Sie sahen sich tief in die Augen und verloren sich sofort darin. Nic ergriff Mias Hand und verschränkte seine Finger mit ihren. Seine andere Hand umschlang ihre Hüfte, während er aufstand und sie um einen guten Kopf überragte. Dann legte er eine Hand an ihre Wange und sah sie an.

»Ich werde immer zu dir zurückkommen, egal, wo du bist. Immer! Das Einzige, was mich aufrecht hält, wenn wir so lange fort sind, ist der Gedanke, dass ich bald zu dir zurückkehren kann. Ich würde es nicht ertragen, dich zu verlieren. Du bist mein Leben ... du vervollständigst mich. Ich hab mich so lange dagegen gewehrt, aus vielen Gründen, die ich selbst nicht so ganz verstehe. Doch die bloße Vorstellung von dir und einem anderen Mann ...«, gestand er und blickte wieder auf ihr wunderschönes Gesicht. Er hob ihr Kinn sanft an und betrachtete sie ganz intensiv. Fast so, als wolle er sich jedes Detail besonders genau einprägen. Er sah, wie sie ihre Lippen kurz mit der Zunge befeuchtete, und seine Erregung war so unglaublich groß. Da wusste er, dass es für sie beide kein Entkommen mehr gab.

Zärtlich berührten seine Lippen kurz darauf ihre. Sie hatte die Augen geschlossen. Ihre feinen Gesichtszüge wirkten völlig entspannt und ... glücklich. Dann strich er erneut über ihre weichen Lippen, die bei jeder Berührung einen Schwarm Schmetterlinge durch seinen Körper jagten. Er hatte sich noch nie derart leicht gefühlt. Nie zuvor hatte er sich von einem anderen Menschen begehrter gefühlt als jetzt.

Er spürte, wie Mia die Watte und das Stäbchen fallen ließ und ihre Hände vorsichtig über seine Brust in seinen Nacken glitten. Dort streichelte sie seine erhitzte Haut und fuhr in seine dichten, unordentlichen Haare. Rein intuitiv liebkoste Nic die winzige Stelle unter Mias Ohrläppchen, was kleine Schauer durch ihren Körper sendete.

Mia verlor ihre Hemmung und erwiderte den Kuss heftiger. Nic spürte, dass seine Selbstbeherrschung ebenfalls von ihm abfiel, und drückte sie noch fester an seine Brust. Er fühlte, wie sie unter seinem Kuss erzitterte. Seine Zunge bat fordernd um Einlass, und als sie dieser Aufforderung nachkam und ihre Zungen sich berührten, verflog auch ihre letzte Zurückhaltung. Eine wilde Mischung aus Hormonen entfachte ein Feuer, das niemand mehr löschen konnte. Es gab nur diesen einen Augenblick, nach dem sie sich beide so sehr gesehnt hatten. Nur diesen Menschen, der in ihren Armen lag. Sie passten perfekt zueinander. Seine Zunge umspielte ihre, und es gab keinerlei Unstimmigkeiten mehr.

Mias Körper sendete jedes nur mögliche Signal, dass er Nic wollte. Und wenn das bedeutete, etwas *Gefährliches* zu tun, so würde sie nicht eine Sekunde zögern. Sie spürte Nics Erregung an ihrem Bauch. Sein Keuchen und der kehlige Laut, der ihm entfuhr, bewiesen, dass er sie genauso wollte. Ihr Kuss wurde leidenschaftlicher, glich einem Kampf um einen Preis, den sie teilen würden. Wild drängte er Mia gegen die Badezimmerkommode, umfing ihre Taille und hob sie an, sodass er sie auf den Schrank setzen konnte. Er schob sich zwischen ihre Beine, wo sie ihn willkommen hieß. Kosmetikartikel und ordentlich aufgestapelte Toilettenpapierrollen segelten herunter und wurden unachtsam liegen gelassen. Seine Hände fanden wie von selbst den Weg zu ihren Brüsten, die sich fest und wohlgeformt anfühlten.

Oh Gott, nein! Er konnte Mia nicht einfach hier … Es war Mia … Sie war keins der Mädchen, die sich ihm an den Hals warfen. Er wollte sie nicht nur nehmen … sondern er wollte sie lieben.

Es sollte sich nicht nur um den Akt drehen …

Keuchend hielt er inne und unterbrach den Kuss. Mias Blick war verschleiert vor Erregung, was es ihm nur noch schwerer machte, sich zurückzuhalten.

»Mia … nein, lass uns … lass uns in mein Zimmer gehen …«

Sie sah überrascht aus, als er ihr einen weiteren Kuss gab und ihr zuflüsterte: »Ich will es richtig machen.«

Nics Körper war angespannt, seine Muskeln traten deutlich unter seinem Shirt hervor und zogen Mias Blicke auf sich. Sie wusste genau, wie es sich dort anfühlte. Sie wünschte sich, ihn nach allen Regeln der Kunst zu liebkosen und jeden Muskel, jede Sehne nachzuzeichnen. Ein weiterer langer Kuss wurde von ihr beendet. Im Flur war wildes Gekicher zu hören, und Mia entschied: »Lass uns rübergehen. Hier ist viel zu viel los.«

In Nic kam Leben. Er half ihr von der Kommode herunter und wuschelte sich durch die Haare. Mit vor Leidenschaft dunklen Augen sah er sie grinsend an, was Mia unbeholfen erwiderte.

»Das ist wirklich die beste Entscheidung des ganzen Abends«, lachte er und verstummte schlagartig, als Stimmen vor der Toilette erklangen. Mias Gesicht wurde bleich, als sie sich im Spiegel ansah und ihre verwüstete Frisur erblickte. Dann schaute sie Nic an, der selbst so aussah, als käme er gerade aus dem Bett. Überall lagen Sachen auf dem Boden, und Mia wurde hektisch.

Nic eilte zur Badezimmertür, schloss sie ab und brüllte: »Besetzt!« Er lauschte, wie sich die Stimmen verzogen, und bedeutete Mia, zu ihm zu kommen. Er verschränkte seine Hand mit ihrer, dann öffnete er die Tür und eilte mit ihr den Flur entlang.

»Nic … deine Eltern!« Ermahnte sie ihn. Er lachte nur. Sie durchquerten die Küche, in der seine Schwester und seine Mutter standen und sie perplex ansahen.

»Mum? Lizzy? Mia und ich gehen jetzt«, sagte er knapp.

Mia lächelte und kicherte beschämt. »Sorry, Lizzy …«, beeilte sie sich zu sagen, wurde aber schon von Nic durch die Tür zur Terrasse geschleift. Draußen angekommen stellten sie fest, dass es wie verrückt zu regnen begonnen hatte. Er hielt inne, während Mia übermütig lachte und ihn an sich zog, um ihn erneut innig zu küssen. Es war ihm völlig egal, wer sie beobachtete, denn einzig und allein diese Frau an seiner Seite zählte für ihn. So war es immer gewesen, und so sollte es zukünftig bleiben.

»Auf drei?«, fragte Mia ganz nah an seinem Gesicht, und er nickte zustimmend. Dann rannten sie Hand in Hand auf Mias Haus zu. Aus Nics nassem Haar perlten Wassertropfen, als sie anhielten und Mia nach ihrem Schlüssel suchte. Sie sehnte sich nach seinem Geschmack, dem Gefühl in ihrem Bauch, wenn seine Lippen auf ihre trafen.

»Mia …«, hauchte er und wirkte mit einem Mal verlegen, was Mia noch mehr verwirrte. Nic war als Schuljunge schüchtern und unscheinbar gewesen. Doch in den letzten Jahren war er ein selbstbewusster und selbstsicherer Mann geworden. Seit Ewigkeiten hatte sie eine solche Miene nicht mehr an ihm gesehen. Er wirkte viel jünger, unsicher und verletzlich. Seine Stimme war so rau, wie seit seiner Kehlkopfentzündung nicht mehr. Ihre Hand griff nach seiner Jacke, zog ihn unter die trockene Überdachung und näher zu sich heran. Sie fühlte sich in diesem Moment so begehrt und geliebt.

Er stemmte seine Hände rechts und links von ihr gegen die Hauswand, als wollte er ihr keine Fluchtmöglichkeit mehr lassen. Mia wusste aber, ein Wort von ihr, und er würde zurücktreten. Er küsste sie leidenschaftlich, und seine Hand glitt unter ihr Kleid. Sie wollte nicht, dass er aufhörte. Plötzlich schaute er sie fragend an. Sie sah ihm tief in die Augen. Ein Hauch von Zärtlichkeit, gepaart mit leidenschaftlichem Verlangen und Unsicherheit, lag in seinem Blick. Es wirkte, als erwarte er ein Zeichen von ihr.

Ein brennendes Verlangen breitete sich in ihrer Brust aus und wanderte über ihren Bauch bis in ihren Schoß. Zärtlich vergrub sie ihre Hände in seinem Haar, und Nic schloss kurz die Augen. Als er sie wieder öffnete, glaubte Mia schon, er würde sich zurückziehen wollen, doch er drängte sich noch näher an sie. Er umschloss ihren Mund mit seinem, und ihre Lippen öffneten sich automatisch für seine Zunge. Mia kraulte seinen Nacken und seufzte leise vor lauter Verzückung.

»Mia!«, stöhnte er und drängte seine Lenden an ihren Bauch. Sie verstand ihn und umklammerte ihn noch mehr. »Gib mir deinen Schlüssel, Honey«, wisperte er, als er sich an ihrer Kinnpartie entlangküsste und bei ihrer empfindlichsten Stelle am Hals verharrte.

All die aufgestaute Leidenschaft schwappte nun wellenartig über sie hinweg und begrub sie unter sich. Ihre Hände glitten unter den dünnen Stoff seines schwarzen, eng anliegenden T-Shirts. Er zuckte zusammen, als ihre Finger jeden Muskelstrang nachzeichneten. Sie hielt abrupt inne und sah ihm in die Augen. Er lächelte und blickte zu dem Schlüssel in seiner Hand. Widerstrebend löste er sich von ihr, steuerte die Tür an und schloss sie leise klickend auf. Mit fragendem Blick wandte er sich wieder Mia zu. Sie stand hinter ihm und schob ihn sanft, aber bestimmt über die Schwelle. Obwohl er sich genauso gut auskannte, wie in seinem eigenen Haus, stolperte er ungelenk über einen der acht Stühle im Esszimmer. Mia zog ihn die letzten beiden Etagen mit sich hoch und schloss ihre Dachluke mit dem Fuß.

Sie streifte ihm die Jacke von den Schultern, während sie nicht aufhörten, sich zu küssen. Es war, als wollte er ihr etwas sagen, doch Mia hatte genug Zeit mit reden verbracht. Sie wollte keine weiteren Verwicklungen. Sie wollte Nic. Er schien nicht ganz einverstanden zu sein.

»Bitte sieh mich an, Mia.« Und das tat sie. Das Nächste, was sie spürte, waren seine Lippen auf ihren. »Bist du dir völlig sicher?«, fragte er verantwortungsvoll, und Mia liebte ihn noch mehr dafür.

»Nerv nicht, Donahue!«, erwiderte sie deshalb grinsend und ließ ihre Hände unter sein T-Shirt gleiten.

Er lachte leise in ihr Haar. Sie spürte seinen warmen Atem auf ihrer Haut, fühlte seinen schnellen Herzschlag unter ihren Händen.

Voller Leidenschaft drückte er sie an sich, und seine warmen Hände glitten zu den winzigen Knöpfen an ihrem Kleid. Mia strich unter dem T-Shirt über seinen straffen Bauch. Ein Schauer lief über seinen Rücken, was Mia mit einem Seufzen kommentierte. Zärtlich ließ sie ihre Hände tiefer gleiten und zeichnete jeden einzelnen Wirbel und Muskel nach. Während draußen der prophezeite Sturm über die kleine Stadt fegte, wütete ein ganz anderer Sturm in ihrem Zimmer, der nicht weniger intensiv war.

Kapitel 14

Sonnenstrahlen fielen auf Nics Gesicht, und langsam wachte er auf. Er hatte vergessen, seine Vorhänge zuzuziehen. Genüsslich streckte er sich und war erstaunt, dass er nicht in seinem eigenen Bett lag. Für einen Augenblick setzte sein Herz aus, als er den schlanken Arm sah, der über seiner Brust lag. Sein Blick glitt zu der Staffelei am Fenster. Er schloss die Augen, bevor er an sich hinunterblickte. Er sah auf einen breit aufgefächerten Vorhang dunkelbrauner Locken. Mit voller Wucht trafen ihn die süßen Erinnerungen ihrer ersten gemeinsamen Nacht.

Oh Gott, Mia! Er schob einige ihrer Locken zur Seite und betrachtete glücklich ihr schlafendes Gesicht. Sie wirkte völlig entspannt und sah so wahnsinnig süß aus. Eine Welle von Zärtlichkeit und neuem Verlangen überrollte ihn, als er ihren schlanken und nackten Körper an seinen gekuschelt wahrnahm. In seiner Erinnerung spürte er ihre Küsse, ihr Streicheln, ihre Stimme an seinem Ohr, wie sie seinen Namen hauchte, als sie sich liebten. Als er daran dachte, wurde er sofort hart und verfluchte sich dafür. Sie war unglaublich. Sein einziger Halt in der großen, weiten Welt da draußen. Und er? Er liebte sie eben nicht nur, wie ein Bruder seine Schwester liebte oder wie ein Freund seine beste Freundin liebte. Er hatte sich schon so lange nach ihr verzehrt, nach ihrem Körper, ihren Küssen und ihrem Geschmack.

Liam würde ihn umbringen, so viel stand fest. Er sah immer noch sein Gesicht vor sich, als er Nic einschärfte, dass er jeden Kerl, der Mia zu nahe kam, mit bloßen Händen erwürgen würde. Damals war Sam Chapman hinter Mia her gewesen. Er war bekannt für seine diversen Liebschaften, und Liam hatte ein wachsames Auge auf ihn gehabt.

Noch intensiver war die Erinnerung an den Morgen vor fast drei Jahren, als John mit den neuesten Zeitungsmeldungen von ihnen hereinkam. Danach hatte es einen riesigen Streit zwischen Nic und Liam gegeben. Sein Freund war der Auffassung gewesen, dass seine Familie von all dem Wahnsinn ferngehalten werden sollte. Vor allem für Mia sollte es keinerlei Beeinträchtigung geben. Sie sollte zur Uni und zum Shoppen gehen können, wann immer es ihr beliebte. Sie sollte ein Leben führen können, das sie für sich selbst wählte. Nic war klargewesen, dass Liam recht hatte, und so gab er seinem besten Freund das Versprechen, das er von ihm erwartete. Mia sollte nie in diese Welt gezerrt werden. Und das führte zu dem Tabu, das sich ganz selbstverständlich daraus ergab. Nic und Mia durften nie mehr als Freunde sein. Seine Besuche zu Hause wurden seltener, der Alkoholgenuss nahm zu, ebenso wie seine Liebschaften mit Frauen.

Die elementarste Frage des Ganzen war: Was bedeutete diese Nacht für sie beide? Sie würde eindeutig Konsequenzen für sie haben – so viel stand fest. Sie konnten nicht mehr zurück, und der trotzige Junge in Nic wollte das auch gar nicht.

Wie willst du mit einer Frau befreundet sein, die du ständig in dein Bett zerren möchtest?

Eine feste Freundin passte nicht in sein Leben. Er hatte seit seiner Karriere kaum noch ein Privatleben, geschweige denn Zeit. Er hielt sich selten länger an ein und demselben Ort auf. Das würde keine Frau auf Dauer mitmachen. Er kämpfte mit vielen Dämonen und schaffte es kaum, Verantwortung für sich selbst zu übernehmen. Wie sollte er das nur einer Frau zumuten? Wie könnte er das Mia zumuten?

Sie war der wichtigste Mensch in seinem Leben, und dieses Leben wollte er nicht für sie. Doch hatte er in den vergangenen Wochen feststellen müssen, dass Mia selbst nicht glücklich war. Womöglich war das Leben, das er für sie ausgesucht hatte, nicht das Leben, das sie für sich haben wollte. Vielleicht sollte er ihr die Gelegenheit geben, selbst zu entscheiden … Vielleicht würden sie beide einen Weg finden, zusammen zu sein. Aber eins war sicher, sollten die Medien erst mal auf sie aufmerksam werden, dann würde sie nie mehr so wie bisher leben können. Man würde sie nicht nur auf Schritt und Tritt verfolgen. Sie würde von Kopf bis Fuß analysiert und kritisiert werden. Es würden Gerüchte in die Welt gesetzt werden, und sie würde immer wieder über das Aus ihrer Beziehung lesen, weil er sich scheinbar neu verliebt hatte. Wie sollte Mia das überstehen können? Würde sie das wollen? Plötzlich blickte Nic in Mias grüne Augen, die ihn verschlafen und aufmerksam beobachteten.

»Hey«, sagte sie leise und streichelte über seine Wange. Und all seine Zweifel waren verflogen.

»Hi!«

»Wo warst du mit deinen Gedanken? Welche Dämonen hast du wieder heraufbeschworen?«, fragte Mia direkt, rekelte sich kurz und rollte sich halb auf ihn.

»Ich kann mich nicht erinnern«, schwindelte er und zog sie an sich, um sie lang und intensiv zu küssen. Sie verloren sich wieder in ihrem Kuss, und der Tag begann so, wie der Abend zuvor geendet hatte.

Einige Zeit später knurrte Mias Magen, und Nic lachte. »Da hat jemand Hunger …«

»Ich hatte gehofft, für immer mit dir hierbleiben zu können«, murmelte sie und versteckte ihren Kopf in seiner Halsmulde.

»Ich bin auch nicht wirklich scharf darauf, Liam unter die Augen zu treten«, murmelte er in ihr Haar.

»Er hat nichts zu melden!«, schimpfte Mia sofort los, was Nic ein liebevolles Lächeln entlockte.

»Du vergisst, dass er nicht nur dein Bruder ist. Er ist auch mein bester Freund, und es gibt da diesen Kodex …«

»Ach was! Der gilt nur für Exfreundinnen«, ereiferte sich Mia.

Nic schüttelte grinsend den Kopf. »So einfach ist das nicht, Mia. Vielleicht würde es helfen, wenn ich ein paar Antworten hätte.«

Mia sah ihn aufmerksam an. Würden sie dieses Gespräch führen? »Ich glaub, wir bleiben einfach hier oben, und ich schau mal, was noch so in meiner Tasche herumliegt. Irgendwo hab ich bestimmt noch einen Müsliriegel oder Traubenzucker. Vielleicht hättest du noch Chancen auf einen Kaugummi, und für Haley hatte ich zum Geburtstag ein Paket Gummibärchen gekauft und vergessen, es ihr zu schenken.«

Nic schmunzelte. »Das heißt, wir überleben die nächsten zehn Minuten.«

Mia boxte ihn viel zu sanft, um ihm wirklich wehzutun, gegen die Schulter. »So verfressen bin ich gar nicht. Ich kann durchaus von Luft und Liebe leben …«

»Liebe, ja?«

Mia errötete und wandte sich von ihm ab.

Er setzte sich auf, nahm ihre Hand und sagte: »Lass uns darüber reden. Es hat uns nie wirklich weit gebracht, als wir gehofft haben, dass sich alles von alleine regelt.«

»Also gut«, gab sie sich geschlagen.

Nic schüttelte den Kopf und lehnte sich gegen die Rückenlehne von Mias Bett. »Ich muss bald zurück nach London, und dann?« Mia sah ihn traurig an. Keine Antwort. »Wo wirst du sein, Mia? Du bist offenbar endgültig ausgezogen. Was sind deine Pläne?«

Mia dachte darüber nach. »Ich weiß es selbst nicht genau. Bisher habe ich die Wochen immer irgendwie überbrückt, in denen du fort warst. Die Uni, meine Arbeit für Cathleen und Jeff ... die Tanzstunden, Sophie und Haley ... Das war mein Leben. Was steht bei euch an?«

Nic seufzte. »Nun, in ein paar Tagen muss ich in London sein. Es gibt ein paar Meetings mit der Plattenfirma, dem Management und den Jungs. Danach geht's für einige Wochen ins Studio außerhalb von London. Keine Ahnung, wann wir da fertig sein werden. Ein paar Auftritte bei den British Music Awards und einige Fernsehauftritte stehen ebenfalls an. Ich weiß selbst nicht, wann ich wo sein werde.«

Mias Gesicht verdüsterte sich. Kein Wort davon, dass er sie bei sich haben wollte. Sie schwang die Beine übers Bett und stand auf. Völlig entblößt suchte sie in ihrem Schrank nach frischer Wäsche, die sie sich schnell überzog.

Nic war nicht entgangen, dass er offenbar nicht die Antwort gegeben hatte, die Mia sich wünschte. Was sollte er machen? So sah die Realität aus, und die hatte ihn bislang davon abgehalten, sie beide in genau diese Situation zu bringen. Mia zog ein T-Shirt und einen langen Rock an. Nic schlüpfte in seine Shorts und stellte sich vor sie.

»Es tut mir leid, Mia«, sagte er und sah wirklich so aus. Sie wollte nichts davon hören. Wieso hatte er überhaupt davon angefangen und so ihre wundervolle kleine Blase zerstört?

»Mia! Rede doch mit mir. Dir muss doch auch klar gewesen sein, dass mein Leben kompliziert ist.«

Ja, das hatte sie verdammt noch mal gewusst, und doch fühlte es sich so an, als gehörte sie nicht dazu. Als wolle er sie dort nicht.

»*Emilia Sophie Kennedy!* Lass uns endlich darüber reden!«, rief er.

Sie stemmte beide Hände in die Hüften und sah ihn mit einem herausfordernden Blick an. »Jetzt zähl schon all die Dinge auf, die dich dazu veranlassen, gleich aus dieser Tür zu marschieren und mich wieder zu verlassen.«

»Nein, das wird nicht passieren, Honey«, sagte er überzeugter, als er sich fühlte. Seine Zweifel waren nach wie vor da. Mia sah ihn hoffnungsvoll an.

»Nein?« Ihre Unterlippe bebte, und sie musste sich sehr zusammenreißen, um nicht laut loszuschluchzen und sich in seine Arme zu werfen. »Warum fühlt es sich denn genau so an?«

Nic kam auf sie zu und schlang beide Arme um sie. Er hielt sie fest, während Mia eine Träne an seiner Brust verdrückte. »Mia, ich … die ganze Zeit, in der ich dich wollte, hat mich die Frage nach dem *Wie* immer davon abgehalten.« Er hielt inne. »Und jetzt gibt es eine gute und eine schlechte Nachricht …«

»Die schlechte bitte zuerst!« Mias Stimme klang traurig, was Nic beinahe das Herz zerriss.

»Ich weiß immer noch nicht *wie*. Aber die gute ist, dass ich einfach zu stur bin, um das hinzunehmen. Ich will uns! Solange du es nur auch willst?!« Es klang eher wie eine Frage, und Mia sah zu ihm auf.

»Ich will ›uns‹ schon so lange, aber ich dachte immer, dass du mich nicht genug willst.«

»Dumme Mia …«, schalt Nic sie.

»Was ist mit all den anderen Frauen? Mit Angela?«

»Ein Ablenkungsversuch … ich musste es wenigstens versuchen. Ich denke, so ähnlich war es auch bei dir, oder?« Sie küsste ihn leidenschaftlich, fuhr mit ihren Händen in seine Haare und drängte sich an ihn. Beinahe wären sie erneut im Bett gelandet, doch Mias Magen knurrte wieder.

»Ich wusste, ich hätte gestern Abend was essen sollen«, jammerte sie.

»Bereit, dich den Aasgeiern zum Fraß vorzuwerfen?«, fragte Nic theatralisch, und Mia lachte bei seinem Anblick.

»Ich schon, aber du solltest dir lieber was überziehen«, schlug sie vor. »Ich bin mir nicht sicher, ob meine Mum das gutheißen würde.«

Nic gab ihr einen Klaps auf den Po und suchte seine Sachen zusammen.

Als sie unten ankamen, war niemand zu sehen, und Nic hob ratlos die Schultern.

»Vielleicht sollten wir die Chance nutzen, uns mit Essbarem eindecken und wieder nach oben verschwinden«, schlug er halbherzig vor. Die Vorstellung, den ganzen Tag mit Mia im Bett zu verbringen, war viel verlockender, als ihren Familien etwas zu erklären, was sie selbst nicht so genau verstanden.

»Vergiss es, ich glaube einen zweiten Anlauf schaffen wir nicht.«

Nic umarmte Mia von hinten, küsste sie auf die Schulter und murmelte: »Aber es gibt da noch ein paar Dinge, die ich mit dir machen wollte …«

»Eine Versuchung, der ich in der Tat nicht widerstehen kann …«, säuselte sie zurück.

»Na, endlich! Wir dachten schon, wir sehen euch frühestens in ein paar Tagen oder so wieder«, ertönte eine ihnen nur zu bekannte Stimme, und sie fuhren erschrocken auseinander.

»Lizzy, du hast mich vielleicht erschreckt.«

Lizzy grinste von einem Ohr zum anderen und wackelte mit den Brauen. »Na, schöne Nacht gehabt?«

Nic schnaubte entnervt und ließ sie mit den Worten »Deine Baustelle!« stehen.

» Danke auch, Mr. Donahue!« Er drehte sich beim Gehen zu ihr um und hob unschuldig die Hände, während er schelmisch grinste.

»Was tust du überhaupt hier?«, fragte Mia ihre Freundin, die anfing, die Spülmaschine einzuräumen.

» Während ihr verschwunden wart, haben wir uns schon mal ans Aufräumen gemacht. Ich stell nur die Spülmaschine an und mach mich dann daran, das Chaos zu beseitigen. Aber das ist völlig unwichtig. Nun erzähl schon, jedes pikante Detail bitte.« Lizzys Miene wurde zu einer Grimasse. »Oder besser doch nicht. Wir reden hier schließlich über meinen Bruder.«

Mia lachte. »Keine Sorge, ich werde nicht ins Detail gehen.«

»Also ist tatsächlich Happy-End-Stimmung, ja?«

Mia zuckte die Achseln. »Eher nicht. Ich meine, es ist alles noch so vage und unklar, wie das klappen soll.«

Lizzy strich Mia über den Rücken. »Ach Süße, freu dich doch erst mal darüber, dass ihr euch endlich habt. Glaub mir, keiner ist glücklicher als ich darüber. Alles Weitere wird sich mit der Zeit finden.«

»Meinst du?«

»Ja, ganz bestimmt! Sag mir nur rechtzeitig Bescheid, wenn du zu ihm ziehst, damit ich mir einen Untermieter suchen kann.«

Daran hatte Mia gar nicht gedacht. »Nein, so schnell wirst du mich nicht los.«

Lizzy wirkte etwas betrübt. »Ich freu mich so für euch. Aber ich werde dich auch sehr vermissen. Vor allem unsere Pläne für die Zukunft. Ich wäre gern eine alte Schrulle mit dir geworden.«

Mia kicherte. »Sei nicht albern, Lizzy. So weit sind wir noch lange nicht.«

Lizzy sagte nichts dazu, wusste aber ganz genau, dass diese Zeit schneller da sein würde, als ihr selbst lieb war.

Gemeinsam gingen sie hinaus in die warme Frühlingsluft, auf der Suche nach frischem Kaffee und Frühstück, was es zweifellos im Donahue-Haus geben würde. Mia täuschte sich nicht. Da saßen sie alle zwanglos in der Küche und dem Wohnzimmer verteilt. Sie begrüßten Mia fröhlich und bedachten sie mit eindeutigen Blicken.

»Kaffee und Croissant, meine Liebe?«, fragte Lynn und reichte ihr einen Becher mit heißem Kaffee.

Nic kam mit einem frischen T-Shirt und einer kurzen Hose aus dem Flur, erblickte sie und strahlte. Er ging an ihr vorbei, ließ keinen Zentimeter zwischen ihnen und trank einen großen Schluck aus ihrem Kaffeebecher.

»Na, wurdest du schon gelöchert?«, fragte er eher die versammelten Familienmitglieder. Alle winkten schnell ab und beeilten sich »Nein!«, »Auf gar keinen Fall!«, »Wie kommst du denn da drauf?« zu sagen.

Nic grinste. »Ich hatte es ihnen auch ausdrücklich verboten.« Danach gab er ihr einen Kuss aufs Haar, schnappte sich ein Croissant und ließ sich auf einem Stuhl neben Liam nieder. Der hatte nicht zu erkennen gegeben, ob er Nic eins überziehen oder es akzeptieren würde.

»Wenn du weiter so viele Croissants in dich hineinstopfst, drückt Paul dir einen Personal Trainer aufs Auge«, warnte Nic seinen Freund und deutete auf Liams vollgepackten Teller.

»He, ich darf das, ich wachse noch«, verteidigte sich Liam und stichelte zurück. »Viel interessanter ist doch die Frage …« Er kaute etwas und schluckte, bevor er weitersprach. »Und ich frage das nur, damit Mum und Lynn sich vor Neugier nicht die Nägel abkauen … wann genau dürfen sie denn eure Hochzeit planen?«

Nics Gesichtsfarbe wechselte von Tiefrot zu Leichenblass, und er verschluckte sich prompt bei dem Versuch zu antworten.

Freundschaftlich klopfte Liam ihm auf den Rücken und grinste ihn vielsagend an. »Nun, wie auch immer … als Bruder der Braut und dein bester Freund bin ich gern bereit, den Trauzeugen zu mimen, nur für den Fall, dass dir der Gedanke gekommen ist. Ich bringe die Ringe mit, während du dir einen Schwur überlegen solltest, der die Todesstrafe beinhaltet, falls du ihr auch nur auf eine winzige Weise wehtun solltest …«, sagte er immer noch in freundschaftlichem Tonfall. Nic war sich sicher, dass das seine Art war, ihnen seinen Segen zu geben und gleichzeitig eine Warnung auszusprechen. Sie sollte nur hübsch verpackt werden, mit einem Schleifchen und so.

Die Umstehenden lachten, und Mia sah Nic mitleidig, aber auch eine Spur aufmüpfig an. Er verstand ihre Botschaft: *deine Baustelle!*

Der Sonntagabend rückte näher, und alle sahen sehnsüchtig einem entspannten Fernsehabend entgegen. Den Tag über hatten sie damit verbracht, das riesige Zelt abzubauen und alles zurück an seinen Platz zu bringen. Lizzy war sehr zufrieden mit ihrer Geburtstagsparty trotz diverser Zwischenfälle. Liam hatte sich vor einer Stunde verabschiedet, um ein Mädchen zu treffen. Richard und Lynn wollten den Abend vor dem Fernseher ausklingen lassen, und Lizzy wollte den beiden Turteltäubchen ihre gemeinsamen letzten Tage überlassen. So schlug sie vor, dass die beiden in Mias und Lizzys Wohnung übersiedeln sollten. Mia wollte Nic nicht von seiner Familie fernhalten, doch er sagte sofort zu. Sie packten ein paar Sachen zusammen und verabschiedeten sich von allen.

Es wurde schon dunkel, als sie endlich losfuhren, und Mia schlief bei dem leichten Schaukeln des Autos sofort ein. Ihre Nacht war tatsächlich kurz gewesen.

Nic weckte sie liebevoll, als sie ankamen. »Hey Schlafmütze, wir sind da.«

Verschlafen schloss Mia die Haustür auf. Sie war glücklich darüber, dass sie ihre Wohnung vorher aufgeräumt hatte, denn das wäre ihr sehr unangenehm gewesen. Sie ging an der Tür von Josés Wohnung vorbei, klopfte kurz und brüllte durch die Tür: »Ich bin wieder da!«

Nic sah sie irritiert an, während Mia ohne auf eine Antwort zu warten, gähnend die letzten Stufen zu ihrer Wohnung hochging. Plötzlich tauchte der Kopf eines gutaussehenden Mannes durch den Spalt seiner Tür auf.

»Das wurde aber auch Zeit, Schatz«, sagte er und erstarrte, als er Nic sah. »Uhhh, hübscher Männerbesuch?«

»Keine Cher heute Abend, José«, warnte Mia ihn lachend.

»Na, aber nur weil er ein so hübsches Kerlchen ist. Morgen will ich alles wissen … jedes Detail!«, rief er zu Mia hoch, die schon vor ihrer Tür stand.

»Gute Nacht José!« Sie schüttelte den Kopf und lächelte über Nics seltsame Miene.

»Möchtest du mir etwas zu dieser bizarren Erscheinung sagen?«

Mia lachte. »Ich dachte, du würdest so schnell nichts mehr als bizarr bezeichnen. José ist unser Nachbar und kümmert sich um die Wohnung, wenn wir nicht da sind. Und bevor du fragst: Er ist stockschwul.« Mia schob ihre Tasche mit dem Fuß über die Türschwelle und trat ein.

Nic war erst einmal hier gewesen, um Mia und Lizzy abzuholen. Damals war die Wohnung nicht so wohnlich gewesen. Jetzt hingen überall Fotos von Lizzy und Mia, Zeichnungen von Mia und Pflanzen, die halb vertrocknet waren. Der Wohnungsdienst schien nicht gut zu funktionieren. Nic fühlte sich sofort wohl. Mia reichte ihm aus dem Kühlschrank ein Bier, das er dankend entgegennahm, aber hinter sich auf dem Schränkchen abstellte. Er kam mit einem eindeutigen Blick auf Mia zu, und sie bewegte sich keinen Zentimeter.

»Ich würde gern dein Zimmer sehen.« Er grinste anzüglich, und Mia hielt einen Augenblick inne. Sie konnte ihr Glück kaum fassen. Wie lange hatte sie sich das hier gewünscht? Nic in ihrem Zimmer, in ihrem Leben, als ihr Freund. Sie schaute zu ihm hoch, atmete tief durch und kam ganz langsam auf ihn zu. Nic schien die seltsam innige Stimmung zu bemerken und ließ Mia keinen Moment aus den Augen. Er atmete hörbar ein und wieder aus, als sie sich auf die Zehenspitzen stellte, ihre Arme um seinen Hals schlang und ihn leidenschaftlich küsste. Sie presste sich so nah an ihn, dass kein Blatt Papier zwischen ihnen mehr Platz gehabt hätte. Nic umfing ihre Taille, ließ seine Hände hinunter zu Mias Po gleiten und sie darauf ruhen. Ihr Kuss wurde inniger und zärtlicher. Irgendwann schob Mia ihn rückwärts durch eine Tür. Nic ließ sie keinen Augenblick los, um seine Liebkosungen zu unterbrechen. Er übernahm das Ruder und legte sie auf ihr Bett, während er sein Shirt auszog und sich auf sie fallen ließ, was sie beide zum Lachen brachte.

Sie genossen jeden Moment dieser zweiten Nacht, weil sie ganz genau wussten, dass ihnen nicht mehr viele bleiben würden, bevor Nic in sein Leben zurückmusste. Keiner von beiden hatte eine Lösung für ihre gemeinsame Zukunft parat. Sie mieden das Thema, denn was sollten sie schon sagen? In stillem Einverständnis hatten sie beschlossen, jeden Moment auszukosten, und das taten sie auch. Sie genossen jede gemeinsame Stunde, ob sie sie nun im Park, auf dem Sofa, in der Badewanne oder bei ihrem alten Lieblingsitaliener verbrachten. Sie taten das, was sie immer taten. Sie waren Nic und Mia, doch mit so viel körperlicher und emotionaler Nähe, wie es nur ging.

Einen Tag, bevor Nic in London erscheinen sollte, klingelte sein Handy und brachte sie beide in die Realität zurück, die sie gut verdrängt hatten. Er sprach mit seinem Manager Paul und traf Terminabsprachen für die ersten zwei Tage. Danach rief er Liam an und vereinbarte, dass er ihn am kommenden Morgen bei Mia abholen sollte.

Mia stand in der Küche und schnitt Salat zu ihrem Nudelgericht. Der Appetit war ihr plötzlich vergangen. Ihr Kopf hatte ihr in den letzten Tagen immer wieder klarzumachen versucht, dass Nic das war, was er war. Er war mit Leib und Seele Musiker. Er liebte es, sich treiben zu lassen, keine festen Arbeitszeiten zu haben, und Mia liebte ihn genau dafür, was er war. Sie wusste, dass es keine andere Möglichkeit gab, als dass Nic morgen wieder in sein Leben zurückkehren musste. Sie wusste auch, dass er sie nicht bitten wollte, mitzukommen. Diese Sache zwischen ihnen beiden hatte gerade erst begonnen. Es war nicht klar, wie es weitergehen würde.

Es wäre völlig unvernünftig gewesen, Hals über Kopf nach London zu ziehen und dort mit ihm zu leben. Dieser Gedanke machte ihr sogar Angst. Aber noch viel mehr fürchtete sie sich davor, ohne Nic hierzubleiben. Und ihr Herz brüllte ihren Verstand regelrecht an, dass endlich mal Zeit für Unbesonnenheit war.

Als Nic auflegte, herrschte Stille. Irgendwann wandte er sich zu ihr um. Mia und er wechselten einen Blick, und ihr stiegen Tränen in die Augen. Er schien es zu bemerken und kam auf sie zu. Doch sie hielt, wie ein Polizist, eine Hand hoch und sagte laut: »Stopp!«

»Mia …«

Sie würde auf keinen Fall weinen. Auf keinen Fall wollte sie, dass er sich noch schlechter fühlte. Also durfte er nicht näherkommen. Er hielt es offenbar nicht aus und trat trotzdem zu ihr.

»*Domenic Donahue!* Ich warne dich, keinen Schritt weiter … sonst …« Ihre Stimme zitterte, und Mia wandte sich rasch um, damit er ihre Tränen nicht sehen konnte.

»Sonst …«, wiederholte er leise.

»Sonst trete ich dir so dermaßen in den Arsch, dass du tagelang nicht sitzen kannst!« An Nics Mundwinkel zupfte ein Lächeln. Seine tapfere, stolze Mia erinnerte ihn gerade mehr denn je an Sophie.

»Bitte, gib mir einfach ein paar Minuten.« Damit verschwand sie kurz im Bad, drehte den Wasserhahn auf und vergoss ein paar Tränen, bevor sie sich wieder aufrichtete. Ihre wunderschöne, kuschelige Blase würde morgen in die große, weite Welt hinausgetragen werden. Es würde sich erst zeigen müssen, ob sie beide bereit dafür waren. Mia trat wieder ins Wohnzimmer und sah Nic am Fenster stehen.

»Werden wir darüber reden?«, fragte er traurig.

»Worüber?«

Nic sah sie kurz an. »Darüber, dass ich morgen im besten Fall ein paar Hundert Meilen entfernt sein werde. Darüber, wie wir beide damit umgehen, darüber, ob es noch ein ›Uns‹ ab morgen gibt … ob … werde ich meinem Management einen neuen Beziehungsstatus bekannt geben, oder wirst du deinen ändern?«

Mia seufzte vor Traurigkeit, aber auch vor Glück. Nic quälten offenbar genau dieselben Fragen wie sie.

»Ich werde deine Fragen nur aus meiner Sicht beantworten können. Du wirst deine eigenen Antworten finden müssen. Falls du wissen möchtest, ob ich vorhabe, andere Männer zu treffen, ist die Antwort ein ziemlich klares Nein, mit vielen, vielen Ausrufezeichen. In meinen Augen hat es schon immer ein ›Wir‹ gegeben, und das weißt du. Aber ich habe keine Antwort für dich, wie wir mit der Distanz, mit der Presse, mit deinen Fans, mit all dem umgehen sollen. Diese Antworten findest du heraus … du weißt, wo ich bin. Du weißt, wo ich immer war. Wenn du bereit für dieses ›Wir‹ bist, dann komm zurück und hol mich. Ich denke, es sollte ziemlich klar sein, dass ich dir bis ans Ende der Welt folgen werde.«

Nic wirkte zerknirscht. »Es tut mir leid, dass ich für den Rest bis jetzt noch keine Antworten habe. Aber ich finde sie, ganz bestimmt! Das verspreche ich dir.«

Sie fiel in seine Arme und ließ sich halten. »Ich wäre schon mit einem Versprechen zufrieden, dass beinhaltet, dass es keine anderen Frauen gibt.«

Nic gluckste. »Das ist gar nicht möglich, Mia.«

»Versprich es!«, drängte sie weiter, und das tat er.

»Wollen wir heute nicht was ganz Besonderes machen? Vielleicht darf ich dich in ein spezielles Restaurant einladen?«

Mia schüttelte den Kopf. »Nein, ich weiß was Besseres.«

Sie packten Nics Tasche und ein paar Sachen für Mia und fuhren zu ihrem einzigen gemeinsamen Zuhause. Dort verbrachten sie den Mittag mit Nics Eltern und Lizzy. Am Abend gingen Nic und Mia am Strand spazieren, aßen an einem Imbissstand, und Mia wurde von Nic auf der Schaukel im Garten geküsst, bevor sie ihre letzte gemeinsame Nacht verbrachten. Ganz genau so, wie Mia sich vor nicht allzu vielen Wochen ein perfektes Date vorgestellt hatte.

Kapitel 15

Mia war längst in einen tiefen, unruhigen Schlaf gefallen, während Nic noch wach lag, ganz nah an sein Mädchen geschmiegt. Er betrachtete ihr Gesicht und genoss den Atem, der wie eine wiederkehrende Brise über seine Brust strich. Er fuhr zärtlich durch ihr Haar und sog ihren vertrauten Duft ein, als müsse er ihn sich besonders einprägen. Nic hasste es, sie wieder verlassen zu müssen. Er fühlte sich schlecht, weil er ihr keine Lösung anbot. Sie hatte deutlich gemacht, dass sie alles zurücklassen und mit ihm kommen würde. Nic wollte nicht, dass sie so plötzlich ihr Leben aufgab. Sie sollten beide genau über ihre nächsten Schritte nachdenken. Wenn er ehrlich zu sich war, hatte er zu viele Selbstzweifel. Eine feste Freundin in seinem Leben bedeutete Verantwortung. Bisher hatte er kaum Verantwortung tragen müssen. Er war gekommen und gegangen, wie er wollte. Er war niemandem Rechenschaft schuldig, und die Vorstellung, Mias Erwartungen nicht gerecht zu werden, machte ihm Angst. Am schlimmsten war für ihn der Gedanke, dass Mia ihm eines Tages vorwerfen könnte, er habe zugelassen, dass sie ihr Leben fortwarf.

Langsam entzog er sich Mias Klammergriff. Wie ein Äffchen hatte sie die Arme um ihn gelegt, so als spürte sie, dass er ganz heimlich eine Entscheidung getroffen hatte. Liam und Nic hatten abgesprochen, schon in der Nacht loszufahren. Ohne große Verabschiedungsszenen. Nic wusste, dass Mia Abschiede genauso sehr hasste wie er und dass sie ihm nicht böse sein würde. Er zog sich leise an, um sie nicht zu wecken. Da hörte er bereits Liams leise Rufe durch Mias Dachluke. Er öffnete sie, während er die Knöpfe an der Hose schloss.

»Wo bleibst du denn, Buddy?«, fragte Liam im Flüsterton.

Nic hielt seinen Zeigefinger vor die Lippen und deutete auf Mia. Liams Kopf tauchte in der Dachluke auf, und er betrachtete seine schlafende Schwester. Er lächelte wehmütig. Nic zog sein Shirt über, schrieb ein paar Worte auf einen Zettel und legte seinen Pullover und den Zettel, auf den Platz, wo er zuvor gelegen hatte. Er hockte sich vors Bett und betrachtete sein Mädchen. Ein Kloß in seinem Hals hinderte ihn am Schlucken. Dieses Gesicht würde er eine Weile nicht sehen, stellte er fest und hauchte ihr einen Kuss aufs Haar. Schnell löste er sich von ihr, löschte die kleine Lampe, die das Zimmer erhellt hatte, und ging hinaus.

Nic warf Liam seine Autoschlüssel zu, damit er den ersten Teil der Strecke fuhr. Schweigend stiegen sie ins Auto, und Liam stellte den CD-Player an, während Nic aus dem Fenster starrte und Liams Blick mied. Als die Musik ertönte, stellte Nic wortlos auf Radio. Diese CD hatte er mit Mia auf dem Heimweg gehört, und er brauchte dringend Ablenkung.

Sie waren schon eine ganze Weile gefahren, als Liam sich räusperte. »Du machst mir Angst, wenn du so beharrlich schweigst, Mann.«

Nic sah zu seinem Freund und setzte ein leichtes Lächeln auf. »Ich gebe mir Mühe, nicht mit dir zu streiten.«

Liam sah verblüfft zu Nic. »Was hab ich nun wieder angestellt?«

Nic seufzte, grinste aber traurig. »Ich bin sauer, dass ausgerechnet dein Song unseren Durchbruch gebracht hat. Diesem Tape ist es zu verdanken, dass ich nun mein Mädchen zurücklassen muss.«

Liam setzte ein schiefes Grinsen auf, wurde aber sofort wieder ernst. »Bereust du es?«

»Manchmal«, gab Nic zu. »Aber was sollten wir sonst tun? Wir sind Musiker mit Leib und Seele. Wäre da eben nicht …«

»Meine entzückende Schwester, an die du dein Herz wahrscheinlich schon in den Windeln verloren hast.«

Nic lachte kurz auf, verfiel aber schnell wieder in Schweigen.

»Was wollt ihr tun?«, fragte Liam nach einer Weile.

»Fragst du mich das als Mias Bruder oder als mein bester Freund?«, fragte Nic vorsichtig.

»Ich bin immer beides, Buddy.«

»Ich weiß es nicht … Mia hat mir zu verstehen gegeben, dass sie mit mir kommen würde. Doch ich bin völlig unerfahren im Umgang mit einer Frau an meiner Seite. Was, wenn ich sie unglücklich mache, weil ich ständig weg bin?«, sagte er offen, was Liam einen seltsamen Laut entlockte.

»Nic, mal ehrlich … unglücklicher als sie und auch du in den letzten Jahren wart, geht ja wohl nicht, oder? Ich weiß, dass das zum Teil auch meine Schuld ist. Denn ich habe dich darum gebeten …« Er hielt inne und sah Nic von der Seite an. »Was ganz eindeutig falsch war. Das sehe ich mittlerweile ein. Doch ich dachte wirklich, dass es für Mia das Beste wäre, und das ist das Einzige, was für mich zählt. Mit der Zeit musste ich einsehen, dass ich offenbar nicht weiß, was meine Schwester braucht. Nach allem, was sie zu Hause gestemmt hat, während ich besoffen in der Ecke irgendeines Hotelzimmers lag … sie ist eine viel stärkere Frau, als ich gedacht habe, und ich glaube, uns ist allen klar, was sie braucht … dich! Also solltest du sie bald zu dir holen. Ihr seid ohneeinander sowieso nicht zu gebrauchen, geschweige denn auszuhalten.«

Nic war dankbar für Liams Worte, und seine miserable

Stimmung hob sich auf einer Skala von eins bis zehn auf eine Acht.

Mia erwachte einige Zeit später langsam aus einem verrückten Traum. Sie wollte Nic anstupsen, um ihm davon zu erzählen, als sie ins Leere fasste. Nic … Sie wandte sich langsam in ihrem Bett um und … fand nichts. Er lag nicht mehr neben ihr. Sie richtete sich auf und sah sich im Zimmer um. Einen Moment hielt sie inne und fragte sich, ob es diese Nacht nur in ihren Träumen gegeben hatte. Abgesehen vom blinkenden Licht ihrer Musikanlage wirkte alles wie immer. Seine Klamotten lagen nicht mehr über Mias Sessel, und plötzlich streifte ihre Hand ein Stück Papier. Sie drehte es um und sah die Worte wie versteinert an.

Wir hassen Abschiede …, stand in krakeliger Schrift darauf.

Ungläubig hielt sie den Zettel näher an die Augen, als hoffte sie, er würde sich in Luft auflösen oder sie würde sich nur täuschen. Aber sie irrte sich nicht. Auch als sie wieder und wieder hinunterblickte, standen die Buchstaben immer noch da, und schließlich verschwammen sie vor ihren Augen.

Er war fort.

Mia ließ sich zurück in die Kissen fallen und starrte an die Decke. Überwältigt vom Schmerz, blieb sie reglos liegen. Wenn sie sich nicht bewegen, die Augen schließen und ihre Erinnerungen löschen würde, dann würde alles gut werden. Eine Minute später, gefühlte dreißig Minuten, änderte sich nichts. Ihr Herz verkrampfte sich nur stärker, und plötzlich stieß sie die angestaute Luft aus. Sie hatte zu atmen aufgehört.

Aber diese letzte Nacht … sie hatten sich derart geliebt, dass jede Bewegung ihrer Schenkel sie deutlich daran erinnerte. Es war wunderschön gewesen, viel intensiver als alle anderen Nächte zuvor.

Draußen dämmerte es, und Mia wusste, dass es viel zu früh war, um aufzustehen. Sie fror und würde nicht mehr schlafen können. Also zog sie den Pullover von Nic an und machte in der Küche Kaffee. Der Wecker verriet ihr, dass es erst 5.32 Uhr war und sie keine Angst haben musste, irgendwem über den Weg zu laufen, der sie mit quälenden Fragen löchern würde. Sie ging in ihr Zimmer zurück, setzte sich aufs Sofa und blickte in den Garten und dem herannahenden Tag entgegen. Dem ersten Tag ohne Nic.

Das erste Meeting der *Swores* war geprägt von Freude über ihr Wiedersehen und Neugier, wie es mit dem neuen Album weitergehen würde. Sie hatten sich bei Paul im Büro eingefunden, mit vielen Bechern Kaffee und Bagels. Paul hatte fünf Wochen für die Studioarbeit angesetzt, und bis dahin hatten sie nicht mehr viel Zeit. Es war besser, gut vorbereitet ins Studio zu gehen, als erst dort Songs zu schreiben. Es sah aber gut aus. Alle hatten in ihren freien Wochen mit ein paar Songs begonnen. Meistens wurden sie erst in der Gemeinschaft richtig gut, und dafür hatten sie knapp zwei Wochen Zeit. Die Stimmung war gut zwischen den Jungs, und alle Feindseligkeiten der Wochen zuvor waren vergessen.

Als das Thema auf Nics Urlaub fiel, hakte John mehrfach nach. »Erzähl schon, Nici-Boy! Wie ist das mit Mia ausgegangen?«

Nic wurde das Gefühl nicht los, dass da ein Vögelchen gezwitschert hatte, und sah Liam interessiert an. »Du bist ein richtiges Klatschweib!«, beschwerte er sich.

Liam zuckte nur mit den Achseln. »Ich dachte, du sagst es ihnen sowieso.«

»Ja, eben: *Ich* sage es ihnen!«

»Hört endlich auf zu streiten, ihr Mädchen«, fuhr Jim grinsend dazwischen.

»Willst du uns etwa sagen, dass du offiziell vom Junggesellenmarkt bist, Donahue?«, fragte Stan.

Paul, ihr Manager, wurde hellhörig und ließ Angela mit ihrer Aufgabenliste stehen. »Hier gibt es also Neuigkeiten, von denen ich wissen sollte?«

»Ich bin offiziell vom Markt«, grinste Nic, und der Stolz, den er dabei empfand, war für ihn Neuland.

Paul sah ihn interessiert, aber skeptisch an. »Wer ist es?«

»Meine Schwester!«, antwortete Liam prompt und wurde von Nic mit einem leeren Pappbecher beworfen.

»Nicht im Ernst? Die kleine Schwester vom besten Kumpel? Das hört sich super an. Vielleicht können wir daraus eine richtige Lovestory machen.« Natürlich dachte Paul nur ans Geschäft, was Nic tierisch nervte, und er zog die Notbremse.

»Halt! Stopp! Es wird keine Home- oder Lovestory von uns geben. Lass uns mal Zeit zum Durchatmen und zum Überlegen, wie es weitergehen soll. Die Pressegeier werden noch früh genug auf uns aufmerksam.«

»Sehe ich da schon dunkle Wolken am Horizont der frisch Verliebten?«, meldete sich Angela zu Wort. Ihre Augen blitzten vor Boshaftigkeit, und Nic empfand Genugtuung dabei zu sehen, dass sie scheinbar in ihrem Stolz gekränkt war. Er ging nicht weiter darauf ein, sondern wandte sich an Paul.

»Mia und ich werden ganz sicher keine Homestory bringen. Wenn es nach mir geht, erfährt die Öffentlichkeit so spät wie möglich davon. In keinem Fall werde ich Mia der Presse und den Fans ausliefern. Ich werde sie so lange davor beschützen, wie es geht. Das Leben in Bodwin soll so normal wie möglich für sie weitergehen. Also keine Berichte, keine Doku und am allerwenigsten Fotos von uns oder meiner Familie!«

Bei den letzten Worten klatschte Liam Beifall, musste sich jedoch eingestehen, dass er für Nics Reaktion dankbar war. War ihm denn nicht klar, dass dieses Leben Mias Zukunft war?

»Aber … das ist die perfekte Promotion für das neue Album«, gab Paul zu bedenken und fügte hinzu: »Du musst auch an die anderen denken. So einen Zufall sollte man … nutzen!«

Nic blickte mit starrer Miene zu seinem Manager. Wieder einmal zeigte sich, dass dieser Typ seine Großmutter verkaufen würde, um Profit daraus zu schlagen. Bislang war es okay gewesen, weil es sich nur auf sein eigenes Leben beschränkt hatte. Paul ging definitiv zu weit. Die Raumtemperatur kühlte sich ab. Wo eben noch freudige Gemüter miteinander gelacht und Nic beglückwünscht hatten, saßen sich jetzt sechs versteinerte Mienen gegenüber.

»Pass auf, Paul, ich sag das jetzt nur ein einziges Mal! Es wird kein Wort über Mia und mich verloren. Wenn nur ein Fitzelchen davon an die Presse gelangt und ich rauskriegen sollte, dass du etwas damit zu tun hast, bin ich raus.«

Nic war selbst über seine resolute Entscheidung überrascht, die er vorher nicht überdacht hatte. Er bereute kein einziges Wort. Im Augenblick würde es ihm nicht schwerfallen, alles hinzuwerfen, mit Mia über alle Berge zu verschwinden und irgendwo in Timbuktu ein Haus zu bauen. Scheinbar waren die anderen ebenso geschockt.

»Hey, nun mal langsam«, beschwichtigte John, als er sah, dass auf Pauls Hals hektische rote Flecken erschienen.

»Weißt du überhaupt, was du da sagst?«, warf Stan ein und fixierte Nic mit seinem Blick.

»Ich weiß sehr genau, was ich sage. Jeder Rummel, der um meine Person gemacht wird, ist in Ordnung. Ich akzeptiere halb nackte Shootings, habe Zusammenführungen mit den unterschiedlichsten Frauen hingenommen, um der Presse etwas zum Schreiben zu geben. Ich gebe artig Autogramme, lasse mich immer und überall ablichten. Ich werde dafür kräftig entlohnt. Aber meine Familie wird, so gut es geht, vor der Öffentlichkeit abgeschirmt. Punkt!«

»Die Fans haben auch ein Recht darauf, etwas über dein Privatleben zu erfahren.«

»Das werden sie. Sie werden erfahren, dass Mia und ich zusammen sind – zu gegebener Zeit. Sie werden es erfahren, wenn ich sie zum Altar führe oder es sonstige Neuigkeiten gibt. Aber ich werde mein Mädchen, so gut es eben geht, vor ständigen Verfolgungen beschützen.«

»Wie stellst du dir das vor, Nic?«, fragte Paul, der anscheinend seine Sprache wiedergefunden hatte.

»Ganz einfach: Keiner sagt einen Ton. Ansonsten bin ich raus!«

»So einfach geht das nicht!«

»Vielleicht nicht, aber das werden wir dann sehen. Ich habe einen ziemlich guten Anwalt.«

Nic war immer der Rebell von ihnen gewesen. Er hatte vieles auf die harte Tour durchgezogen, war oft auf die Schnauze geflogen und immer wieder aufgestanden. Alle hatten in den letzten Monaten die Veränderung an ihm bemerkt. Er war ständig gereizt gewesen, hatte keine Geduld gehabt und wollte nur seine Ruhe haben. Einige Zeit war es sogar noch schlimmer geworden. Er hatte sich im Tonstudio oder in seiner Wohnung vergraben. Seine Laune war kaum auszuhalten gewesen, und er hatte eindeutig zu viel getrunken. Es flogen die Fetzen, und selbst wenn Nic der eindeutige Verlierer des Kampfes war, fühlte es sich nie so an. Natürlich wussten sie alle, dass Mia eine sehr wichtige Person in seinem Leben war, und hin und wieder hatten sie ausgesprochen, was sie gedacht hatten. Dass Nic und Mia seit langer Zeit ineinander verliebt waren. Jetzt schienen sie wenigstens das überwunden zu haben.

Paul tobte in seinem privaten Arbeitszimmer. Er war mittleren Alters, legte viel Wert auf sein Äußeres und war das klassische Beispiel für einen Mann, der mehr darstellen wollte, als er war. Die falsche, aber gut imitierte Rolex war nur ein Merkmal davon. Nic hatte ihm von Anfang an Schwierigkeiten gemacht. Paul war sehr beunruhigt über Nics Androhung, die Band zu verlassen. Jeder von ihnen hatte es mal im Streit gesagt. Aber bei Nic musste man so etwas immer ernst nehmen. Er würde nicht mit der Wimper zucken, selbst wenn er dafür einen Batzen Geld rausrücken musste.

Solche Drohungen hatte er Paul gegenüber bisher immer nur unter vier Augen ausgesprochen. Heute jedoch hatte er kein Blatt vor den Mund genommen, und Paul wusste, dass er es ernst meinte. Er wusste nicht, was da zwischen Nic und Liams Schwester vor sich ging, und es interessierte ihn auch nicht, solange es ihm keine Kohle brachte.

Das Ganze war *die* Gelegenheit für ihn, die *Swores* ganz nach oben zu bringen. Genau die Publicity hatte er gebraucht, um das neue Album zu promoten. Er machte sich nichts vor. Sollte Nic tatsächlich aussteigen, dann war die Band Geschichte. Er war das Herzstück der *Swores*. Da gab es keinen Ersatz. Es war wie bei *Take That*. Er musste ganz vorsichtig an die

Sache herangehen. Nic musste erst überzeugt werden, und er würde einen Weg dafür finden. Ganz egal, was es ihn kostete. Ein einfältiger Rockstar würde ihm nicht die Karriere ruinieren. Auf gar keinen Fall. Er zog an seiner Krawatte und machte den obersten Knopf seines Hemdes auf, während er sich auf seinen Bürostuhl fallen ließ.

Nic verließ gerade Pauls Büro und war auf dem Weg zu seinem Loft, als ihn Emma, eine von Pauls Mitarbeiterinnen, aufhielt. Sie kümmerte sich in der Regel um die Fanpost. Innerlich verfluchte er die kleine, freundliche Frau. Er war so geschlaucht von der Fahrt in der Nacht, dass er sich nur noch nach seinem Bett sehnte.

»Nic? Ich denke, du solltest dir etwas ansehen …« Er wollte abwinken und sie auf morgen vertrösten, als die ehrliche Sorge in ihren Augen ihn umstimmte.

»Was ist denn los?«, fragte er bestürzt.

»Ich weiß nicht genau … vielleicht ist es gar nichts. Doch seit immer mehr davon kommen, mache ich mir doch etwas Sorgen.« Sie führte ihn zu ihrem Schreibtisch und zog einen Stuhl für Nic heran. »Glaub mir, du solltest dich lieber setzen.«

Dann zeigte sie ihm eine ganze Mappe mit Briefen. Mit Drohbriefen. Nics erster Impuls war, laut loszulachen. Aber ein Foto von sich und Mia ließ ihn innehalten. Das Foto war definitiv in den letzten Wochen entstanden. Dass jemand ein privates Foto von ihm machte, ließ ihn nicht erstarren. Viel mehr aber die Tatsache, dass Mias Gesicht mit einem spitzen Gegenstand völlig zerkratzt worden war. Dazu nahm er sich einen der Drohbriefe vor. Auf das weiße Papier waren ausgeschnittene Buchstaben geklebt worden, wie im Film.

Warum antwortest du nicht? Ich weiß, dass diese Schlampe sich zwischen uns drängt. Aber ich kümmere mich darum.

Das sollte hoffentlich ein Scherz sein. Nic sah verblüfft zwischen dem Foto, dem Brief und Emma hin und her. Er hatte schon viel erlebt, verrückte Fans, deren Begeisterung für ihre Lieblingsgruppe über die normalen Grenzen hinausging. Es gab Fans, die sein Gesicht oder seinen Namen tätowiert hatten. Und selbst für Nic, der Tattoos liebte, war das ziemlich krank.

»Wie lange geht das schon so?«, fragte er.

Sie schüttelte hilflos den Kopf. »Seit ihr zurück seid, kamen immer häufiger welche. Aber vorher gab es auch ein paar«, gab Emma zu und sah ihn entschuldigend an.

»Wusste Paul davon?«

Sie nickte bestürzt. »Es tut mir so leid! Ich dachte, er würde es an dich weitergeben.«

Nic war nicht überrascht, dass Paul es ihm verheimlicht hatte. Sein Manager wollte ihn ruhig halten, damit er ja nicht aus der Spur lief.

»Vielleicht sollte langsam die Polizei eingeschaltet werden«, gab Emma zu bedenken.

Bei dem Wort Polizei tauchte eine sehr ausgeprägte Erinnerung in Nic auf. Plötzlich wurde ihm übel, er legte die Blätter in die Mappe zurück und stand auf. Bevor er verschwand, sagte er an Emma gewandt: »Bitte sag Paul nicht, dass ich hiervon weiß. Ich möchte den Überraschungsmoment nutzen.« Sie nickte zerknirscht und ließ Nic gehen.

Die *Swores* waren fort, und die ersten Tage schlichen nur so dahin. Aus Angst vor dem Alleinsein in ihrer Wohnung in Falmouth blieb Mia vorerst im Kreise ihrer Familie und in

Lizzys Nähe. Sie befürchtete, dass all die Zweifel sie so verunsichern würden, dass sie, was ihren Auszug betraf, einen Rückzieher machen könnte. Nic rief sie mindestens einmal am Tag an und schickte ihr Nachrichten und Fotos. Doch das war irgendwie nicht genug. Oft hatte sie Nics Nummer gewählt und sofort wieder aufgehängt, weil sie ihn nicht nerven wollte.

Das einzig Gute für Mia war, dass sie selbst viel zum Arbeiten kam. Sie bearbeitete für ihre Chefin die Entwürfe und machte eigene, was für ihre Mappe genauso wichtig war. Sie hatte noch zwei Semester vor sich, und so langsam musste sie darüber nachdenken, wo sie selbst hinwollte. Wollte sie für ein Modelabel arbeiten? Oder selbst ein kleines Modelabel gründen? Alles war so schwammig, und Mias Traurigkeit ließ sie keinen richtigen Gedanken fassen, der ihre Zukunft betraf. Das Einzige, worin sie sich absolut sicher war, war, dass sie Nic wollte. Frustriert legte Mia den Zeichenstift weg und pustete sich eine Locke aus der Stirn. Sie musste Geduld haben. Nic brauchte Zeit, um über alles in Ruhe nachzudenken. Aber wie es bei vielen Frauen war, zählte Geduld nicht zu ihren besonderen Stärken.

Ihre Mutter machte sich große Sorgen um sie und trieb Mia mit ihrer ständigen Fragerei in den Wahnsinn. So entschied sie schließlich, doch wieder in ihre kleine chaotische Wohnung in der Nähe des Unigeländes zurückzukehren. Lizzy bestand darauf, sie zu begleiten.

Eines Abends hatten sie das wichtigste Zeug in den Terminator gepackt. Der Abschied war für Mia nicht leicht, denn Haley weinte sich die Augen aus dem Kopf, und Mias Herz wurde ganz schwer. Selbst wenn ihr die Kleine leidtat, so war Bea ihre Mutter, und es war wichtig, dass sie wieder die erste Bezugsperson wurde.

Lizzy und Mia atmeten tief durch, als sie nach einer halben Stunde vor ihrer Wohnungstür standen. Das Unileben war etwas sehr Spezielles. Es war laut und ging wild zu, und Mia genoss die Ungezwungenheit. Hier war das Leben so viel einfacher. Es gab fast nur Partys, Bücher und einen ordentlichen Kater.

»Ich glaube, wir können uns neben dem schimmeligen Käse auf eine Flasche Wein im Kühlschrank freuen«, sagte Lizzy und wühlte in der Handtasche nach ihrem Schlüssel.

Mia blieb wie erstarrt stehen. Da stimmte etwas nicht. Die Tür stand einen Spaltbreit auf. Nicht so weit, dass es direkt zu sehen wäre, aber die Tür war definitiv nur angelehnt. Das war seltsam. Lizzy suchte immer noch den Schlüssel, als sie von Mia angestupst wurde.

»Duuuu, Lizzy …«

Irritiert folgte sie Mias wachsamem Blick. Die stieß mit dem Fuß sachte die Tür auf. Wie versteinert starrten sie ins Innere ihrer Wohnung, und selbst Lizzy, die sonst immer etwas zu kommentieren hatte, war sprachlos. Mia sog scharf die Luft ein, als sie die Unordnung erblickte. Und mit Unordnung war nicht das Chaos gemeint, das üblicherweise in ihrer Wohnung herrschte, sondern ein Chaos, in dem alles kurz und klein geschlagen und schlichtweg verwüstet worden war. Im Wohnbereich lag das einfache Holzmobiliar, das mit einem schweren Gegenstand zertrümmert worden war, in vielen Einzelteilen vor ihren Füßen. Lizzy machte einen Schritt, wurde aber von Mia aufgehalten.

»Sollten wir nicht lieber …« Sie schluckte den Rest ihrer Worte beim Anblick von Lizzys vernichtendem Blick hinunter und folgte ihrer Freundin in die Wohnung. Das Wohnzimmer war spärlich eingerichtet gewesen. Ein altes Ausziehsofa von Liam war mit roter Farbe beschmiert worden. Der Fernseher, der kaputt auf dem Boden lag, hing noch in der Steckdose, und das Radio machte ein seltsames Geräusch, obwohl es in einer Ecke des Raumes lag, wo es nicht hingehörte. Mias Staffelei lag zertrümmert neben dem kleinen Klapptisch. Man konnte kaum einen Schritt gehen, ohne auf zerrissene Kleidungsstücke, irgendwelche CDs oder andere persönliche Gegenstände zu treten.

Fassungslos betrachteten sie ihre zerstörte Wohnung, ihr Zuhause. Lizzy fröstelte, als sie in dem Metallmülleimer Asche und halb verkohlte Fotos von ihnen beiden fand. Es roch nach dem Feuer, und sie öffnete ein Fenster, weil sie den beißenden Gestank nicht ertragen konnte. Sie suchte Mias Blick und konnte die Fassungslosigkeit in den Augen ihrer Freundin sehen.

»Ich kann nicht glauben, dass ich das jemals sage, aber mir fehlen die Worte. Ich habe nicht mal mehr trostlose Gedanken, Mia.«

»Was ist hier nur passiert?«

Lizzy erwiderte nichts. Sie wusste nicht, wohin sie zuerst schauen sollte, und drückte ihre Handtasche fest an ihre Brust. Es dauerte ein paar Minuten, bis sie wieder sprechen konnte.

»Irgendjemand hat uns einen Besuch abgestattet und uns ein Andenken hinterlassen«, stellte sie sarkastisch fest.

»Was tun wir jetzt?«

»Ich rufe die Polizei.«

Lizzy telefonierte mit einem Beamten und erklärte, was vorgefallen war, während Mia sich weiter vortastete. Etwas hatte ihre Aufmerksamkeit erregt. Ihre Zimmertür stand offen, während Lizzys geschlossen war. Sie ging zögernd vorwärts und schob die Tür auf, was nicht so einfach war, denn dahinter lag etwas Schweres. Ein Schrei entfuhr ihr, und Lizzy war in Sekundenschnelle bei ihr. Das Zimmer war noch schlimmer demoliert worden als die anderen. All ihre Kleider, ihre Bücher lagen zerrissen und zerstreut im Raum herum. Kein einziges Foto hing mehr an den Wänden. Nichts war mehr zu erkennen.

Doch das, was Mia und Lizzy wirklich schockierte, war das Ding, das auf Mias Bett lag. Genau dort, wo Mia und Nic zuletzt gelegen hatten. Ein totes Tier, eine Ratte oder ein Biber. Es war ausgeweidet und die Organe auf dem Bett verteilt worden. Mit roter Farbe hatte jemand ein Wort auf die gelb gestrichene Wand dahinter geschrieben: *HURE!*

Ein Polizist nahm Mias und Lizzys Aussage auf. Beide waren zu entsetzt, um zu verstehen, was vorgefallen war. Es hatte sich herausgestellt, dass Lizzys Zimmer wahrscheinlich nicht mal betreten worden war. Man hatte nur Mias Zimmer und den Rest der gemeinsamen Wohnung zerstört. Die Beamten gingen davon aus, dass dieser Einbruch persönliche Hintergründe hatte, was Mia noch viel mehr entsetzte. Sie zitterte, trotz der Decke, die sie von José umgehängt bekommen hatte, und dem warmen Becher Tee in ihrer Hand. Wie eine Ertrinkende klammerte sie sich daran fest.

Die rote Farbe auf dem Sofa im Wohnzimmer war Blut, genau wie die Farbe an der Wand. Vermutlich von dem toten Tier auf ihrem Bett. Die Tür war nicht gewaltsam aufgebrochen worden, was vermuten ließ, dass der Täter die Möglichkeit gehabt hatte, sich einen Schlüssel zu besorgen. Mia und Lizzy hatten sofort an ihre letzte Begegnung mit der Polizei gedacht. Mia wurde speiübel bei dem Gedanken, dass jemand ihr etwas anhaben wollte.

Die Polizisten bestätigten, dass es unwahrscheinlich war, dass es sich hierbei um einen Zufall handelte. Diesmal hatte Mia niemanden beauftragt, nach ihrer Wohnung zu sehen. Immerhin waren sie nur eine halbe Stunde entfernt gewesen, und Mia hatte geplant, nachdem Nic fort war, wieder in ihre Wohnung zurückzukehren. Es musste am Wochenende passiert sein.

Der Polizist, der Mia zu den ersten Dingen befragt hatte, stellte ihr einen älteren Herrn vor, der die Befragung übernehmen würde. Er war der Hauptkommissar und bearbeitete ab jetzt ihren Fall. Er war Mitte fünfzig und ein sympathischer Mann mit grauen Haaren und einem Schnauzbart. Seine Augen waren dunkel und blickten mitfühlend auf sie herab.

»Mein Name ist Jeffrey Smith, Miss …« Er blätterte in seinem Notizblock, um ihren Namen zu suchen.

»Nennen Sie mich einfach Mia.« Er nickte und ließ sich neben ihr nieder.

»In Ordnung, Mia! Ich fühle mit Ihnen. Wenn jemand Unbekanntes mit unbekannten Absichten in das eigene Zuhause eindringt, ist das fürchterlich. Vor allem für zwei junge Frauen, die alleine leben. Ich bin mir sicher, meine Frau würde noch am selben Tag ins Hotel ziehen und unser Haus verkaufen, egal, was für wundervolle Dinge dort geschehen sind. Ich kann Ihnen dieses Gefühl leider nicht nehmen, allerdings kann ich dafür sorgen, dass diese Person gefasst wird, und Ihnen ein Stück dieser Sicherheit zurückgeben. Wären Sie bereit, mir dafür ein paar Fragen zu beantworten?« Seine mitfühlende Art war keineswegs geheuchelt, und Mia fühlte sich wohl. Er erinnerte sie an ihren Vater, was es ihr nicht unbedingt leichter machte. Sie war ohnehin sehr aufgewühlt.

»Sicher …«

»Wann waren Sie oder Ihre Mitbewohnerin das letzte Mal in dieser Wohnung? Miss Donahue erzählte einem Kollegen, dass sie sich in den letzten Wochen bei ihren Eltern aufgehalten hat?«

Mia nickte und sah zu Lizzy, die nachdenklich in einen Küchenschrank schaute. Sie war beauftragt worden, die Wohnung zu durchsuchen und festzustellen, ob etwas fehlte. Sie sah so mitgenommen aus, wie Mia sich fühlte. Ihr würde höchstwahrscheinlich nichts auffallen.

»Mia?!« Der Polizist sah sie prüfend an.

»Ähm ... ich war am Dienstag, nein, warten Sie ... es war Mittwoch, zuletzt hier. Ich glaube, Lizzy war seitdem nicht noch mal hier. Das Wochenende war ...« Erinnerungen an Nic durchfuhren sie, und sie schluckte. »Am Wochenende war ihr Geburtstag, und mein Freund und ich waren danach für ein paar Tage alleine hier.« Mia errötete, als hätte sie irgendwelche intimen Details preisgegeben. Der Polizist schien nichts bemerkt zu haben, oder er war so taktvoll, es nicht zu erwähnen.

»Es wäre gut, wenn wir auch mit ihm reden könnten. Vielleicht ist ihm etwas aufgefallen, oder er hat etwas bemerkt, was Ihnen entgangen ist. Wo können wir ihn erreichen?« Mia seufzte und erklärte ihm die Situation.

Er wirkte ganz entspannt, als er von Nics Berühmtheit erfuhr, und sagte ganz cool: »Und wenn Ihr Freund der Papst wäre, müsste ich ihn trotzdem befragen.«

Mia kicherte kurz und wählte sofort Nics Nummer. Sie ließ einige Male klingeln, aber er ging nicht dran. Sofort fühlte Mia sich einsamer. Sie wählte Liams Nummer, der in irgendeiner Bar war, der Musik im Hintergrund nach zu urteilen. Liam sagte, dass Nic nach Hause gegangen sei.

»Was ist denn los, Mia? Du hörst dich furchtbar aufgeregt

an.« Sie erklärte ihm kurz und knapp, was passiert war und dass die Polizei mit Nic reden wollte, weil er zuletzt mit ihr vor Ort gewesen war. Liam versprach, zu Nic zu gehen und mit ihm nach Hause zu kommen.

Nach einer Weile setzten sie die Befragung fort.

»Wer hat einen Schlüssel zu dieser Wohnung?«

»Mmhmm, Lizzy und ich haben jeweils einen und unsere Eltern. Außerdem hat José, unser Nachbar, einen Schlüssel, falls wir längere Zeit fort sind.«

»Und dieser José heißt wie weiter?«

»Fernandez. Er wohnt unter uns. Er war gerade noch hier. Sie glauben doch nicht …?«

»Nun Miss, ich glaube erst mal noch gar nichts. Aber wir müssen das alles überprüfen. Ist ein Schlüssel verloren gegangen oder gestohlen worden?«

»Mein Autoschlüssel wurde mir vor der Sache mit dem Auto geklaut, und da war auch ein Haustürschlüssel dran. Daran habe ich damals überhaupt nicht gedacht.«

»Womöglich wurde ein Duplikat angefertigt. Gibt es jemanden, der Ihnen schaden möchte? Jemanden, mit dem Sie Streit hatten? Jemanden in Ihrem Freundeskreis, der sich vielleicht seltsam verhalten hat?«

Mia starrte ihn ungläubig an. »Sie glauben doch nicht etwa, dass es jemand aus unserem Freundes- oder gar Familienkreis war? Sie hatten doch von ähnlichen Fällen gesprochen, die hier ganz in der Nähe stattgefunden haben?«, echauffierte sich Mia und atmete schwerer.

»Hören Sie Mia, ich weiß, dass diese Vorstellung noch viel schlimmer ist. Aber sehen Sie, ein paar Beweise deuten auf eine persönlich motivierte Tat hin. Die Tür wurde nicht gewaltsam geöffnet, und alles ist verwüstet, außer dem Zimmer Ihrer

Freundin. In Ihrem Zimmer wurde ein totes Tier deponiert, und dann diese abartige Beschimpfung an der Wand. Sehen Sie es mir nach, wenn ich ehrlich zu Ihnen bin, aber das sieht nach jemandem aus, der genau wusste, was er tat. Hinzu kommt der Fall mit Ihrem Auto. Ich fürchte, dass Sie im Moment gut auf sich aufpassen müssen. Gibt es einen Ort, wo Sie bleiben können? Oder möchten Sie, dass ich einen Beamten bei Ihnen lasse?«

Mia war sprachlos. »Muss ich Angst haben?«, fragte sie und atmete hörbar ein.

»Da bis jetzt keine Person zu Schaden gekommen ist, gehe ich nicht davon aus. Aber wir müssen das unbedingt klären«, antwortete er behutsam.

»Aber das alles könnte doch auch Zufall sein, oder?«

Der Polizist seufzte nachsichtig und nickte. »Natürlich folgen wir allen Spuren.«

Wer tat nur so etwas? Und wieso wollte er ihr Angst machen? Die Vermutung, die der Beamte geäußert hatte, wollte ihr nicht mehr aus dem Kopf gehen, und Mia lief es eiskalt den Rücken runter.

Kurz bevor die Befragung beendet war – draußen war es bereits dunkel geworden –, stürmten Richard, Lynn und Celine herein. Besorgt lief Celine auf Mia zu, und sie ließ sich nur allzu gern von ihrer Mutter in die Arme nehmen.

»Oh, Chérie! Was ist nur geschehen?« Mia atmete das erste Mal auf, als sie in den Armen ihrer Mutter lag. Richard und Lynn taten das Gleiche bei ihrer Tochter. Alle starrten fassungslos auf die zerstörte Wohnung und ließen sich von den Beamten ebenfalls einige Fragen stellen und Informationen geben. Schließlich fuhren sie alle gemeinsam nach Hause. Es gab keinen Platz auf der Welt, an dem Mia lieber gewesen wäre, abgesehen vielleicht von Nics sicheren Armen. Er hatte sich nach wie vor nicht gemeldet, und Mia wurde das unangenehme Gefühl nicht los, dass dort etwas vor sich ging.

Kapitel 16

Liam ging wie versprochen auf direktem Weg durch Londons Straßen zu Nics Wohnung. Nic lebte in einer Art Loft, was eine ziemlich gute Tarnung war. Der Eingang zu seinem Reich war nur über eine Seitenstraße zu erreichen. Die Tür wirkte wie eine Tür zu einem Lagerraum, und so kam auch kaum jemand auf die Idee, hier einer bekannten Persönlichkeit über den Weg zu laufen. Es war schon weit nach dreiundzwanzig Uhr, als Liam bei seinem Freund ankam, und er erwartete, Nic aus dem Bett zu klingeln. Doch er täuschte sich. Nic öffnete ihm mit seltsam ausdrucksloser Miene und hatte dieselben Klamotten wie am vergangenen Abend an. Er hatte ein Bier in der Hand, und Liam war sofort verärgert.

»Was machst du denn hier?«, fragte Nic irritiert.

»Ich überbringe dir eine Nachricht von deiner Freundin. Was mich aber zu der Frage führt, warum du nicht selbst mit ihr gesprochen hast, wenn du noch wach und bei bester Gesundheit bist?« Liam legte seine Jacke ab, fuhr sich kurz durch die Haare und atmete noch mal tief durch. Nic wirkte unsicher, was Liam sofort misstrauisch machte.

»Was hast du angestellt?«

Nic zog eine Grimasse, trat aber zur Seite und bedeutete Liam, ihm zu folgen. Nics Wohnung hatte ziemlich hohe Decken, und jeder Raum war quasi offen mit den anderen verbunden. Die Küche, die selten bis nie benutzt wurde, grenzte an das Wohnzimmer, in dem ein riesiger Fernseher stand, mit allem, was das Herz eines Mannes begehrte. Vom Esszimmer führte eine Treppe nach oben, wo eine Art Studio war. Dort war Nics Schlafzimmer mit angrenzendem kleinem Büro.

Hier bewahrte er seine Gitarrensammlung und sein Piano auf. Es war immer sauber und aufgeräumt in Nics Wohnung. Nic blieb vor dem großen Tisch im Esszimmer stehen, und Liam war so angesäuert, dass er beinahe in ihn hineingerannt wäre und die vielen Blätter und Fotos auf dem Tisch übersehen hätte. Irritiert schaute er Nic an.

»Was ist das alles, verdammt noch mal?« Liam hielt ein Foto in der Hand, das Nic und seine Schwester zeigte. Mit Großbuchstaben war das Wort ›Hure‹ daraufgeschrieben. Er ließ seinen Blick über den Tisch gleiten. Ein weiteres Foto zeigte Mia und Nic in vertrauter Pose am Strand und im Auto. Auf jedem Foto war Mias Gesicht mit einem spitzen Gegenstand unkenntlich gemacht. Dazu tauchte Mias Name in jedem der Drohbriefe auf, die Liam überflog, und ihn überkam eine schreckliche Unruhe.

»Kannst du dich noch an den Abend erinnern, als ihr kurz gedacht habt, Mia wäre gegen einen Baum gefahren und verschwunden?«, fragte Nic tonlos.

»Ähm … ja dieser Anblick von dir ohne Shirt hat sich mir in die Netzhaut gebrannt …«, witzelte Liam, verstummte aber, als er Nics ernstes Gesicht sah.

»Ich glaube, ich hab eine Ahnung … eine Vermutung, wer dahintersteckt.«

Liam brauchte einen Moment, während er eins und eins zusammenzählte. Er wurde blass, sehr blass. »Du glaubst doch nicht etwa …?« Er sah auf all die Briefe und nahm sich einen nach dem anderen vor. »Nein!« Fassungslosigkeit überfiel ihn. Im Hinblick darauf, was er Nic zu berichten hatte, musste er sich erst mal hinsetzen. »Glaubst du wirklich, jemand würde …? Ein Fan?«

»Nein, kein Fan. Jemand Verrücktes! Ich habe alles nach

dem Poststempeldatum sortiert, und irgendjemand hat uns scheinbar verfolgt. Es gibt einige Fotos, die es eigentlich nicht geben kann, Liam! Was soll ich jetzt nur tun? Die Polizei rufen? Mia anrufen? Was soll ich ihr nur sagen? Wie soll ich sie beschützen? Mit so was habe ich nicht gerechnet. Ich dachte, das Schlimmste, was uns passieren kann, ist, dass uns die Presse verfolgt, wir tausend Gerüchte ertragen müssen … oder dass es einfach nicht funktioniert. Aber das … das ist so viel größer! So viel schrecklicher!« Nic stellte bestürzt seine Bierflasche auf den Tisch. »Ich meine, wenn dieselbe Frau Mias Schlüssel geklaut und ihr Auto kaputtgefahren hat, zu was ist sie dann noch fähig?«

Das war Liams Stichwort. »Nic? Du solltest dich hinsetzen! Ich muss dir was sagen … ich bin nicht ohne Grund hier.« Und dann erzählte er seinem Freund von Mias Telefonanruf und dass sein erster Impuls gewesen war, wieder zurückzufahren. Die beiden Freunde saßen sich auf dem Sofa gegenüber, und Nic ließ den Kopf in die Hände sinken. Liam war sich im Klaren darüber, wie verzweifelt Nic sein musste.

»Ich muss Mia anrufen! Sie wartet auf einen Anruf von uns, Nic«, sagte Liam irgendwann. »*Domenic!*«, rief er etwas lauter, weil Nic nicht reagierte.

Plötzlich sah er ihn aus roten Augen an. »Bitte Liam, du musst mir glauben. Das habe ich nie gewollt. Ich wusste, es gibt krasse Fans, die seltsame Dinge tun, aber so etwas hätte ich nie erwartet. Ich wollte Mia nie in Gefahr bringen. Niemals, eher würde ich mir das Bein und den Arm abhacken oder …«

Liam nahm neben Nic Platz und legte eine Hand auf seinen Rücken. »Bevor du mir noch mehr Möglichkeiten nennst, wie du dich verstümmeln würdest, um Mia zu beschützen, sage ich dir: Du konntest das nicht wissen. Du bist nicht schuld an dem, was passiert ist.«

Nic schüttelte den Kopf, als glaube er ihm nicht. Sie hielten einen Moment inne.

»Ich denke, das Beste wird sein, das alles der Polizei zu geben. Dann sollen die diese Irre finden«, überlegte Liam.

»Und was, wenn sie sie nicht finden? Was, wenn ich Mia immer weiter in große Gefahr bringe? Einfach nur, weil ich sie liebe? Was, wenn diese Person uns nach wie vor beobachtet?«

»Wahrscheinlicher ist, dass du das Objekt ihrer Begierde bist.«

»Dann ist Mia jetzt in Sicherheit, weil ich fort bin?«

»Wahrscheinlich, aber Nic … das spielt keine Rolle.«

Nic war aufgestanden und rannte im Loft umher wie ein aufgescheuchtes Huhn. Er schien fieberhaft einen Plan auszuhecken. »Ich werde sie verlassen. Ich werde den Kontakt zu Mia abbrechen … bis diese Irre gefasst wurde.«

»Das wird sie niemals zulassen! Du weißt doch, wie kämpferisch sie ist«, gab Liam zu bedenken und erkannte in diesem Moment, wie groß Nics Liebe zu seiner Schwester war.

»Dann darf es ihr niemand sagen!«, erwiderte Nic scharf.

»Nic, hörst du dir eigentlich selber zu? Sie wird dich hassen. Sie wird es nicht verstehen.«

»Aber hast du nicht gehört, was passiert ist? Mia ist ernsthaft in Gefahr …«

»Ich weiß, aber mir gefällt die Richtung, die dein Plan annimmt, nicht.« Liam stand ebenfalls auf und hielt Nic an den Schultern fest, damit er ihn ansehen musste. »Du liebst Mia. Nichts anderes hast du gerade bewiesen. Aber Nic, warum willst du wieder eine Entscheidung über Mias Kopf hinweg fällen? Lass uns zurückfahren und Mia einweihen. Wir machen einen Plan und lassen sie von der Polizei schützen.«

Nic schüttelte hektisch den Kopf. Liam sah die blanke Angst in seinen Augen. »Verstehst du denn nicht, Liam? Wenn Mia irgendetwas passiert, ist es meine Schuld. Das könnte ich mir niemals verzeihen.«

»Aber du kannst doch nichts dafür!«, wiederholte Liam.

»Weißt du noch, als die Fotos von Mia und mir in der Zeitung aufgetaucht sind? Damals hast du mich gebeten, mich von ihr fernzuhalten. Du wolltest nicht, dass Mia in diese Welt gezerrt wird, und du hattest recht damit.«

»Nein Nic, ich lag total falsch damit. Mia ist eine erwachsene Frau und viel stärker, als wir immer von ihr angenommen haben.«

Nic schien sich längst entschieden zu haben. »Ich könnte es mir nie verzeihen, wenn ihr etwas zustoßen würde.«

»Wenn du das tust, dann gibt es diesmal vielleicht kein Zurück mehr. Vielleicht kann sie das nicht verzeihen. Und dann wärt ihr beide unglücklich, und diese Sau hätte das erreicht, was sie möchte.«

»Aber Mia wäre dann unversehrt.« Nics Stimme war fest und endgültig.

»Was ist mit einer weiteren Option? Bodyguard, Polizei … jemand, der ständig bei ihr ist. Vielleicht könnte sie herkommen und bei dir sein …«

»Mia würde daran kaputtgehen, eingesperrt zu sein. Auch wenn es ein goldener Käfig ist. Außerdem ist sie hier in noch größerer Gefahr.«

»*Domenic* …«, versuchte Liam es erneut, ließ sich aber aufs Sofa fallen. Irgendwo klingelte ein Telefon, und Nic verfolgte das Geräusch, bis er sein Handy fand. Sein Blick verriet Liam, wer dran war.

»Also abgemacht? Liam? Du verrätst niemandem ein Wort?«

Er schüttelte den Kopf. »Das kann ich ihr nicht antun!«, sträubte er sich.

»Du würdest es nur eine Weile tun müssen. Und nur, damit sie sicher ist!«, beschwichtigte Nic.

»Wir sollten die Polizei informieren«, sagte Liam.

»Das werde ich, nach meinem Anruf bei Mia.«

Liam legte eine Hand an seine Stirn, atmete tief durch und nickte dann zögernd.

Nics Gesichtsausdruck veränderte sich kaum merklich. »Ich werde mir jetzt eine Möglichkeit überlegen, wie ich Mia davon überzeugen kann, dass ich ein Arschloch bin.« Damit verschwand er auf die Terrasse, zündete sich eine Zigarette an, stützte sich auf die Brüstung und atmete tief durch, während er auf die Schnellwahltaste auf seinem iPhone drückte. Mias Stimme meldete sich mit deutlicher Erleichterung.

»Nic … ich dachte schon, irgendwas stimmt nicht«, sagte sie, und Nics Herz zerbrach in tausend Teile.

Müde, aber zu aufgewühlt, um schlafen zu können, sanken Lizzy und Mia mit einem Bier in der Hand auf die Gartenstühle auf der Kennedy-Terrasse.

»Ich kann nicht glauben, dass es jemand aus meinem Bekanntenkreis sein soll …« Mia schüttelte ungläubig den Kopf. Lizzy schwieg verdächtig. »Hey, was ist?«, hakte sie nach.

Lizzy zuckte mit den Achseln. »Mia, ich verstehe, dass du erschüttert bist, glaub mir, das bin ich auch. Aber so abwegig ist der Gedanke nicht. Wie hätte man die Tür so sauber aufkriegen sollen ohne einen Schlüssel? Da liegt der Gedanke doch nahe. Und wer sollte speziell dein Zimmer so besudeln? Doch nicht irgendein Irrer!« Lizzy schaute nach unten und vermied es, Mia direkt anzusehen.

»Wie kannst du nur so was von Menschen glauben, die du kennst?«, fragte Mia und konnte den Impuls nicht unterdrücken, Lizzy Vorwürfe zu machen. Sie konnte nicht glauben, dass das wirklich passiert war, um ihr zu schaden. Was hatte sie denn getan, um so einen Hass zu verdienen?

»Mutter Teresa!«, stöhnte Lizzy. »Du bist manchmal einfach zu naiv! Es gibt nicht nur gute Menschen auf der Welt. Wenn irgendwelche Gewaltverbrechen geschehen, wie oft sind das Menschen, die dem Opfer nahestehen?« Lizzy stritt nicht oft mit Mia, doch ihre Nerven lagen blank, und die permanente Unschuldsvermutung ihrer Freundin nervte sie. »Wie kannst du immer so gutgläubig sein? Denk doch mal nach: Wen hast du am Wochenende sehr verärgert? Oder wer hätte Grund, dir eins reinzuwürgen?«

»Du glaubst doch nicht, dass Chris …« Mia kam nicht weiter zu Wort.

»Ich glaube nichts, Mia! Nichts! Aber Fakt ist, dass dein Urteilsvermögen manchmal nicht wirklich realistisch ist. Nehmen wir zum Beispiel Anabelle.«

»Was bitte hat *sie* denn damit zu tun?«

»Sie ist eine falsche Schlange, und du merkst es nicht mal!«, schimpfte Lizzy.

»Du mochtest sie noch nie! Du hast ihr doch von Anfang an keine Chance gegeben!«, hielt Mia dagegen.

»Weil sie keine verdient hat. Merk dir meine Worte! *Sie ist keine Freundin!*« Damit stand Lizzy auf und ging ohne ein weiteres Wort nach Hause. Mia war wie vor den Kopf gestoßen und dachte über das nach, was Lizzy gesagt hatte.

Sie stritten so selten, dass Mia sich nicht wohl dabei fühlte, im Streit mit ihr schlafen zu gehen.

Sie rief noch einmal bei Nic an, nur um wieder bei der Voicemail zu landen, und sie fühlte sich schrecklich allein. Wo steckte er nur? Plötzlich klingelte ihr Telefon, und erleichtert erkannte sie Nics Nummer.

»Nic … ich dachte schon, irgendwas stimmt nicht«, sagte sie erleichtert.

»Mia …« Seine Stimme hörte sich seltsam an. War er sauer, dass sie ihn geweckt hatte?

»Tut mir leid, dass ich so oft angerufen habe. Aber hier ist wirklich was los … Hast du mit Liam gesprochen?«

»Ja, hab ich … hör zu Mia …«

»Ich mag dich nicht gern fragen, aber wäre es möglich, für ein paar Tage bei dir unterzutauchen? Du brauchst dich gar nicht weiter um mich zu kümmern. Die Polizei fände es nur gut, wenn ich eine Weile aus der Schusslinie und aus der Stadt wäre.« Nic schwieg am Telefon. »Nic? Bist du noch dran?«

»Ja … hör zu Mia! Du kannst nicht herkommen! Das … das wäre nicht richtig. Nicht, nachdem ich über uns nachgedacht habe und zu dem Schluss gekommen bin, dass es nicht klappen wird. Dich hier zu haben macht die Sache nur schwieriger. Ich muss …« Er hielt kurz inne und sprach dann leiser weiter: »Ich muss mich auf meine Arbeit konzentrieren. Ich kann keine weitere Ablenkung gebrauchen.«

Mia hatte die Augen geschlossen und brachte vor Schock kein Wort heraus. Ihr Temperament, ihr Feuer war erloschen. Fassungslosigkeit machte sich in ihr breit. Was war passiert? Wie konnte sich innerhalb weniger Tage alles, einfach alles in ihrem Leben in einen Horrorfilm verwandeln? Wie hatten sich Nics Gefühle so verändern können? Doch tief in ihrem Inneren hatte Mia immer geahnt, dass sie keine Zukunft mit ihm haben würde. Sie gehörte nicht zu ihm und in seine Welt. Es fiel ihr nicht schwer, ihm das abzukaufen. Sie verlor den Boden unter den Füßen und fühlte sich wie im freien Fall.

»Wann genau kam es denn zu dieser Hundertachzig-Grad-Wende?«, fragte sie tonlos.

»Mir ist einfach klargeworden, dass ich keinen Platz für eine Freundin in meinem Leben habe.«

»Du hast keinen Platz für *eine* Freundin oder nur für *mich* nicht?«

»Du hast selbst gesagt, dass du nicht in diese Welt hineinpasst.«

Das bestätigte Mia jeden Selbstzweifel, den sie je gehabt hatte, und es gab nichts zu sagen, außer: »Leb wohl, Nic!«

Dann klappte sie ihr Telefon zu, starrte in die Dunkelheit und brach in Tränen aus. Wie konnte er ihr das antun? Was war nur in ihn gefahren? Sie hatten jeden Tag telefoniert, seit er weg war, und da hatte er ihr ständig gesagt, wie sehr sie ihm fehlte. Es gab nichts, was ihre Tränen trocknen konnte.

Da trat Lizzy plötzlich auf sie zu. Fassungslos starrte sie Mia an, kam mit eiligen Schritten näher und drückte sie fest an sich. »Oh Mia! Es tut mir so leid, Süße! Bitte, ich hab es nicht so gemeint. Du weißt, ich liebe die Mutter Teresa in dir!« Das war es ja gar nicht, doch Mia konnte nicht lange genug aufhören zu weinen, um ihrer Freundin zu sagen, was passiert war. Sie weinte und weinte.

Lizzy strich ihr beruhigend über den Rücken. »Es wird alles gut. Sie finden den Schweinehund!«

»Ach, das ist es doch gar nicht!«

Lizzy nickte bloß. »Ich weiß, das Leben ist manchmal ein Arschloch! Aber irgendwann kommt alles in Ordnung, Süße, glaub mir!«

Das würde es nicht … nichts würde jemals wieder so sein wie zuvor.

Es gab keine Worte, die Mias Kummer lindern konnten. Keine Umarmung, keine Streicheleinheiten. Selbst Haley schaffte es nicht, Mia aus ihrer Trauer zu holen. Sie war seit drei Wochen nicht mehr vor die Tür gegangen und hatte sich überall krankgemeldet. Celine machte sich große Sorgen um ihre lebensfrohe Tochter. Sie hatte schreckliche Angst, dass Mia die Neigung zu Depressionen von ihrem Vater geerbt haben könnte. Andererseits wusste Celine nur zu gut über ein gebrochenes Herz Bescheid, daher wusste sie auch, dass Mias Schmerz nichts mit Depressionen zu tun hatte. Sie selbst litt unter einem gebrochenen Herzen.

Sie hatte seit Alans Tod keinen anderen Mann auch nur angesehen. Schuldgefühle und die Gewissheit, dass keiner ihren Alan ersetzen würde, ließen es nicht zu. Mia mochte jung sein, und trotzdem war der Verlust der einzig wahren Liebe das Schrecklichste, was einem so jungen Herzen zustoßen konnte. Lizzy hatte nur wenige Details aus Mia herausgekitzelt, aber es waren genug, damit Celine Nic die volle Schuld geben konnte.

Wie hatte er ihrer Tochter das nur antun können? Sie hatte immer geglaubt, dass er Mia genauso liebte wie sie ihn. Mütter täuschten sich wohl oft, oder Nics Job hatte aus ihm einen schrecklichen Menschen gemacht. Der Nic, dem sie Mia oft anvertraut hatte, als sie noch nicht alt genug gewesen war, um allein um die Häuser zu ziehen, war nicht mehr der Nic, der ihre Kleine derart verletzt hatte.

Erschwerend kam hinzu, dass die Polizei nicht mit den Ermittlungen weiterkam. Sie hielten sich insgesamt sehr bedeckt, was den Fortschritt anging, und hatten erklärt, dass es aus ermittlungstaktischen Gründen besser war, wenn sie nicht über alles ins Bild gesetzt wurden. Aber all das hinderte Mia daran, in ihr Leben zurückzukehren. Sie hatte vor ein paar Tagen erst kurz und knapp verkündet, nicht mehr in ihrer Wohnung leben zu wollen. Lizzy hatte ein Kündigungsschreiben verfasst und es abgeschickt. Celine konnte verstehen, dass es für keine der beiden Frauen möglich war, wieder dort zu wohnen. Sie selbst hatten neue Schlösser an ihren Häusern angebracht, damit dort nicht auch noch jemand hineingelangen konnte.

Mia fehlte jegliche Perspektive. Sie vergrub sich in ihrem Bett oder in ihrem Zimmer, und außer Lizzy ertrug sie keine andere Gesellschaft. Celine sorgte sich sehr. Vor allem weil Mia wie erstarrt zu sein schien. Sie hatte keine einzige Träne an ihr gesehen. Ihr Gesicht war wie in Stein gemeißelt. Nur ihre Augen schimmerten vor Traurigkeit.

Am liebsten wäre Celine nach London gefahren und hätte Nic eine Abreibung verpasst, die er nicht so schnell wieder vergessen würde. Lynn war der einzige Grund, der sie von diesem Vorhaben abhielt. Sie litt mindestens so sehr wie Lizzy. Sie fühlten sich beide mit schuldig und schämten sich für ihren Sohn beziehungsweise Bruder. Celine machte ihnen keine Vorwürfe. Lynn liebte Mia wie ihre eigene Tochter, und sie wusste, dass sie Nic viele bitterböse Nachrichten auf der Voicemail hinterlassen hatte. Lynn mochte immer der besonnenere Elternteil von beiden gewesen sein, aber in diesem speziellen Fall wollte Celine auf keinen Fall in Nics Haut stecken, wenn er seiner Mutter wieder unter die Augen treten würde.

Zwei weitere Wochen waren vergangen, in denen Mia sich gehenließ. Das Praktikum bei Cathleen hatte sie abgebrochen, und das Training ihrer Ballettschüler übernahm eine andere Lehrerin. Nach mehreren Versuchen aller Familienangehörigen, sie endlich aus ihrem Zimmer zu locken, entschied Mia, dass es reichte. Sie musste ganz dringend aus diesem Haus raus. Jede ihrer Bewegungen führte zu höchster Wachsamkeit bei ihren Mitbewohnern, als hätten sie Angst, Mia würde sich aus dem Fester stürzen. Aber sie fühlte sich nicht, als würde sie in ihrem Kummer ertrinken, so wie man es erwarten würde. Sie war wie erstarrt. Alle Gefühle oder Emotionen, die sie gehabt hatte, waren zu Eis gefroren. Sie fühlte sich seltsam leer und taub. Als wäre sie hohl. Das machte ihr schreckliche Angst. Sie wusste um die Krankheit ihres Vaters und dass sie durchaus vererbt werden konnte. Hatte er sich so gefühlt? Wie hatte es bei ihm begonnen? Es war schrecklich, nichts zu empfinden. Lieber wäre Mia von ihrem Kummer erdrückt worden. Irgendwie war das jedoch keine Entscheidung, die sie fällen konnte. Hinzu kam, dass sie sich auch körperlich nicht wohlfühlte. Sie war so ausgelaugt und müde, dass sie ernsthaft Sorge hatte, Depressionen zu bekommen. Der einzige Ausweg, ihren Frust darüber an niemandem auszulassen, der es nicht verdient hatte, war, endlich fortzugehen.

In Gedanken hatte sie längst ihre Koffer gepackt und war vor ihrem Leben in Bodwin weggelaufen. Doch wo sollte sie hin? Eine Stadt in England aussuchen und sich dort ein Zimmer nehmen? Und wovon sollte sie das bezahlen? Mia entschied sich vorerst für das Naheliegende und wollte bei Jeff aushelfen.

Anabelle und Lisa waren am Telefon hartnäckig gewesen und drohten, sie persönlich zu Hause rauszuholen, was Mia ihnen durchaus zutraute. Lizzy hatte ihre beiden Freundinnen wohl auf den neuesten Stand gebracht, und Mia hatte keine Ambitionen, Anabelles selbstzufriedenes Gesicht zu sehen.

Ich hab es dir ja gesagt!, hörte sie ihre hohe Stimme in ihrem Kopf. Mia wollte nicht ihre Freundinnen vergraulen, indem sie Anabelle ein blaues Auge schlug. Deshalb erzählte sie, dass sie wieder bei Jeff arbeitete, was sie nach dieser falschen Information wirklich tun musste.

Am Abend in der Bar liefen die neuesten Nachrichten rund um die Stars. Es war ein Kurzbericht über die *Swores* dabei, und Jeff holte Mia aus seinem Büro zum Tresen zurück.

»Hey, Kleine, sieh mal, wer hier ist.« Er deutete auf den Bildschirm, der über dem Getränkehalter hing. Natürlich wusste er nichts von ihrem Liebesdesaster und glaubte, ihr etwas Gutes zu tun. Es war ein Kurzinterview mit Nic, und als sie sein Lächeln sah, wurden ihre Knie augenblicklich butterweich. Er sah so hinreißend aus. Wie sehr er ihr fehlte … eine Faust bildete sich um ihr Herz und drückte fest zu.

Auf die Frage, wie es mit dem neuen Album lief, antwortete er ausweichend. Er schob sich an ihnen vorbei in ein Restaurant, wo sie ihn abgefangen hatten. Ihm voraus ging eine blonde Frau mit spitzen Gesichtszügen. Auf die Frage bezüglich seiner Begleitung antwortete er nicht, und es folgten ein paar Fotos, die ihn mit der blonden, ihr nur zu bekannten Frau zeigten. Angela. Mia wurde übel, und sie krallte sich am Tresen fest.

»Alles in Ordnung, Mia?«, fragte Jeff sofort und stellte das Glas zur Seite, das er gerade trocken rieb. Sie nickte abwesend.

»Ja, ja! Ich … mir ist nur übel …«

»Du solltest dich mal sehen, du bist kreidebleich. Als hättest du einen Geist gesehen.« Die Worte hörte sie nicht mehr. Sie stürzte, eine Hand vor den Mund gepresst, zur nächsten Toilette und erbrach sich mehrmals. Anschließend spülte sie ihren Mund gründlich aus. Sie fühlte sich völlig geschafft, wie nach einer langen Grippe, von der sie sich nicht richtig erholt hatte.

Angela und Nic? Das konnte nicht sein Ernst sein? Abgesehen von Fassungslosigkeit spürte sie nichts.

Im Grunde war es völlig egal. Sie war hier, er war fort. Warum sollte er nur an sie denken? Er hatte sie abserviert. Sie passte nicht in sein Leben. Punkt! Das wenige, was er ihr am Telefon gesagt hatte, entsprach dem, was sie über sich selbst gedacht hatte. Allein deshalb hatte sie ihm sofort geglaubt.

Als sie vor die Toilettentür trat, erwartete Jeff sie und winkte sie zu sich. »Alles in Ordnung?«

Mia nickte nur, weil sie Angst hatte, sobald sie den Mund öffnen würde, müsste sie sich erneut übergeben.

»Für heute ist erst mal Schluss! Du solltest dich ausruhen. Soll ich deine Mutter oder Lizzy anrufen?«

»Warum?«

»Na, damit sie dich abholen kommen. Du kannst in dem Zustand unmöglich Auto fahren.«

»Völliger Quatsch! Ich bin mit Mums Auto da und fahre selbst«, entgegnete Mia unwirsch.

»Hast du eben mal in den Spiegel gesehen? Bist du sicher?«

»Natürlich! Hab mir nur den Magen verdorben oder einen Mageninfekt eingefangen.« Sie wusste es natürlich besser. Sie fand ihr Leben kurz gesagt zum Kotzen, und genau das tat sie.

»Was auch immer es ist. Hauptsache du bist nicht schwanger«, lachte Jeff achselzuckend. Für Sekunden stand die Welt um Mia herum still. Es lief ihr eiskalt den Rücken runter, und sie merkte noch, wie ihre Hand nach etwas greifen wollte. Sie spürte zwei Arme, die sie auffangen wollten, sie aber verfehlten. Dann wurde alles schwarz.

Mia nahm leises Gemurmel um sich herum wahr, während sich die Dunkelheit verflüchtigte. Als sie die Augen öffnete, sah sie Lizzy über sich gebeugt. Sie wirkte besorgt und sprach mit ihr.

»Mia? Süße, hörst du mich?« Ein zweites Gesicht tauchte über Mia auf. Es war Jeffs.

»Sie hat zumindest die Augen geöffnet. Ich finde immer noch, dass wir einen Krankenwagen rufen sollten.«

»Nein!«, entschied Lizzy. »Sie hat seit Alans Tod panische Angst vor den Dingern, ganz zu schweigen von Krankenhäusern. Das will ich ihr nur antun, wenn es nicht anders geht.« Sie streichelte über Mias Wange und forderte ihre Aufmerksamkeit. »Mia, hörst du mich? Kannst du bitte antworten?«

Mia dachte an Jeffs Androhung, den Krankenwagen zu rufen, und nickte. »Ja …«, krächzte sie und blickte sich unsicher um. Sie lag in Jeffs Büro auf dem Sofa, das er selbst häufig für durchzechte Nächte benötigte. Hier hatte Mia oft die Abrechnung für ihn gemacht. Er hatte eine dünne Baumwolldecke über sie gelegt und einen kalten Waschlappen auf ihrer Stirn platziert. Ungewöhnlich fürsorglich für Jeff. Trotz der Decke war ihr kalt, und sie spürte, wie sie zitterte. Mia war heilfroh, dass er nicht eine der Bänke im Gastraum für diesen Zweck genutzt hatte. Sie hätte die neugierigen Blicke der Gäste nicht ertragen und wäre vor Scham im Boden versunken. Es war ihr auch so schon peinlich genug.

»Oh, Gott sei Dank, Mia! Du hast uns einen ganz schönen Schrecken eingejagt. Wie fühlst du dich?«

»Als hätte mich ein Laster überrollt«, antwortete sie wahrheitsgemäß.

»So wie du aussiehst, hat er noch mal zurückgesetzt«, witzelte Jeff mit seinem üblichen Humor.

»Mhm, was machst du nur für Sachen? Brauchst du einen Arzt? Was meinst du?«

Entschieden schüttelte Mia den Kopf. »Ich möchte gern nach Hause. Was ist überhaupt passiert?« Langsam richtete sie sich auf und sah in Jeffs besorgtes Gesicht. Noch bevor er wirklich antworten konnte, fiel ihr langsam alles wieder ein.

»Du bist ohnmächtig geworden, nachdem du auf der Toilette verschwunden warst.« Ein Wort in ihrer Erinnerung brachte sie erneut ins Taumeln.

Schwanger … um Himmels willen!

Mia wurde erneut übel, und Lizzy reichte ihr den Papiermülleimer. Jeff verließ fluchtartig das Zimmer, während Lizzy tapfer Mias Rücken streichelte. Sie würgte einige Male und fühlte sich so erschöpft, dass sie sich an Lizzy lehnen musste. Den Korb stellte Lizzy, so weit es ging, von ihnen fort und fragte: »Was ist nur mit dir? Rede doch endlich mit mir! Bist du krank, meine Süße?«

Mia begann erst zu wimmern, dann zu schluchzen. Der Kummer und die wahnsinnige Angst kamen mit voller Wucht zurück.

Lizzy war völlig überfordert und entschloss sich, ihre Freundin nur festzuhalten. Sie machte sich schreckliche Sorgen um Mia. Sie sprach kaum noch, aß selten mit ihnen und verrichtete stur ihre alltäglichen Pflichten. Es gab kein Rumlümmeln auf Lizzys Sofa während ihrer Lieblingsserie, kein

Kino, kein Ausgehen. Mia hatte sich völlig von ihnen zurückgezogen. Besorgt hatten sogar schon Lynn und Celine ihr auf den Zahn gefühlt. Selbst sie konnten ihr nicht weiterhelfen. Das Einzige, was sie wusste, hatte sie ihnen gesagt: Nic war ein hirnloser Arsch.

Lizzy war nicht dumm, und ihr war klar, dass Mia ihr deswegen nichts sagte. Es ging um ihren Bruder. Als das Schluchzen zu einem Wimmern abebbte und irgendwann ganz aufhörte, streichelte Lizzy Mia immer noch über den Rücken. Sie wartete, dass sie von selbst zu erzählen begann.

»Danke, Lizzy! Es tut mir so leid, dass du das mit ansehen musstest.«

»Mach dir keine Gedanken, Mia. Mich haut so schnell nichts aus den Latschen. Wie oft hast du mir schon die Haare gehalten? Aber ich fürchte, den armen Jeff hast du vergrault.« Sie wollte Mia zum Lachen bringen. Dann fügte sie sanft hinzu: »Hey, du vergisst, was ich dir vor vielen Jahren versprochen habe. Es war unmittelbar nach dem Eiscreme-Disput. Egal, wo du hingehst, ich werde bei dir sein.«

Mia brach erneut in Tränen aus. »Wenn du wüsstest ... ich ... es ist etwas Fürchterliches passiert, und wenn du es weißt, dann ...«

»Dann?«, horchte Lizzy nach.

»Dann bringst du mich vielleicht um oder lässt mich einweisen.« Mias Stimme war ungewöhnlich dünn und erstickt.

Lizzy sah Mia böse an. Doch ihre Freundin wirkte so verletzlich, dass ihre Gesichtszüge sofort wieder weicher wurden. »Niemals!«, versprach sie, und Mia zog die Decke fester um ihre Schultern.

»Es ... es geht um ... deinen Bruder ...«

»Das dachte ich mir schon.« Lizzy starrte sie fragend an, als fände sie den Haken an der Geschichte nicht.

»Lizzy, das ist noch nicht alles!« Mia bemerkte eine Unruhe an Lizzy. Sie schien nervös, als ahnte sie schon, was kommen würde.

»Du musst schwören, dass du nichts von alledem irgendwem erzählst. Vor allem nicht Nic! Hörst du? Versprich es mir!«

Lizzy nickte und sagte argwöhnisch: »Ich verspreche es!«

»Ich … ähm … also es besteht die klitzekleine, große Möglichkeit, dass ich schwanger bin«, hauchte Mia und schluckte den Kloß in ihrem Hals hinunter.

Neue Tränen traten ihr in die Augen und vernebelten ihr die Sicht. Während der letzten Wochen hatte sie nicht einmal daran gedacht. Wie dumm, töricht, naiv, blöd und wahnsinnig war sie gewesen? Sie hatte vor Monaten die Antibabypille abgesetzt, weil ihr Frauenarzt ein hormonelles Ungleichgewicht festgestellt hatte. Er hatte ihr geraten, die Pille eine Weile abzusetzen, bis sich alles wieder beruhigt hatte. Mia hatte keinen festen Freund gehabt, und bei den wenigen Malen mit Chris hatten sie sich anderweitig geschützt. Alles war so schnell gegangen … Sie war so auf Nic fixiert gewesen, dass sie nicht daran gedacht hatte. Selbst danach hatte sie das ganze Gefühlschaos so sehr beschäftigt, dass sie keinen einzigen Gedanken an die Tatsache verschwendet hatte, dass sie ungeschützten Sex gehabt hatten und sie ihre Periode nicht bekommen hatte.

Lizzy betrachtete Mia schweigend, öffnete dann den Mund wie ein Fisch und schloss ihn unverrichteter Dinge wieder.

»Oh, Lizzy, bitte sag irgendwas! Sag mir, dass das nicht sein kann und ich mir keine Sorgen machen muss.«

»Mia, bist du ganz sicher, dass du schwanger bist? Ich meine, hast du einen Test gemacht, oder warst du beim Arzt? Hast du deine Periode bekommen? Habt ihr denn nicht verhütet?« So viele Fragen, auf die Mia keine Antwort hatte.

»Im Grunde steht nur der Verdacht im Raum, und das erst seit heute Abend.« Sie erklärte Lizzy alles, was sich am Abend ereignet hatte.

Eine Weile sagten sie beide nichts, und erst als Jeff hereinkam und Mia besorgt aus sicherem Abstand betrachtete, löste sich das Schweigen der beiden jungen Frauen.

»Es tut mir sehr leid Jeff, für die ganzen Unannehmlichkeiten …«, entschuldigte Mia sich ununterbrochen, während Lizzy sie samt vollem Papierkorb und Decke nach draußen schob.

Ihr Gelegenheits-Chef lächelte mitfühlend und sagte: »Gute Besserung!« Allerdings schien er ebenso erleichtert zu sein wie sie, dass sie endlich gingen.

»Ich kauf dir einen neuen«, versprach Mia und hob den Mülleimer hoch.

»Ich zieh es dir vom Gehalt ab!«, scherzte er und winkte ab.

Nach einem kurzen Weg über die Promenade standen sie vor Lizzys Terminator.

»Wir holen Celines Wagen morgen ab!«, entschied Lizzy, und Mia hatte nicht die Kraft, sich dagegen zu sträuben.

Im Auto sagte Lizzy: »Wir rufen deinen Frauenarzt morgen an und bitten ihn um einen Termin.« Panik blitzte in Mias Augen auf, was Lizzy nicht verborgen blieb. Es war eine Sache, zu *ahnen*, dass da etwas sein *könnte*, aber eine völlig andere, zu *wissen*, dass da etwas *war*.

»Keine Sorge, Süße! Ich lass dich nicht allein!«

»Aber du sagst es doch niemandem?«

»Mia, sieh mich an. Habe ich jemals dein Vertrauen missbraucht?«

»Na ja, das mit der Eiscreme damals war wirklich nicht nett, und ich erinnere mich da an eine Puppe …« Mia lächelte schwach, als Lizzy empört ihren Namen rief. »Nein, natürlich nicht …«

»Okay, ich sehe, wir verstehen uns.«

Etwa eine Stunde später schlief Mia völlig erschöpft vom vielen Weinen und mit ihrem Periodenkalender an der Brust ein. Sie war seit fünfzehn Tagen überfällig …

Kapitel 17

Die *Swores* saßen im Tonstudio und feilten an ihrem neuen Album, das erstaunlich gut geworden war – eine Scheibe mit allen Facetten. Einige Songs handelten von ihren Träumen und Sehnsüchten, andere vom Elend der Welt und wieder andere von ihnen selbst. Jeder Musiker verarbeitete so seine persönlichen Schicksalsschläge oder Triumphe. Man gab für den Erfolg ein Stück seiner Seele preis. Nics Song für Mia war ebenfalls in die Endauswahl gekommen. Ein Teil von ihm hoffte, dass er es aufs Album schaffte. Es war der ehrlichste Song, den er je geschrieben hatte. Ein anderer Teil wusste nicht, ob er dazu in der Lage sein würde, ihn immer und immer wieder zu singen. Er war sich nicht sicher, ob er das je wieder tun könnte.

Seit ihrem letzten Gespräch vor wenigen Wochen hatten weder er noch Liam mit ihr gesprochen. In Nics Kopf echote Mias »*Leb wohl, Nic!*« immer und immer wieder nach, und es brach ihm jedes Mal aufs Neue das Herz. Er hatte an dem Abend dank seiner Panik völlig überreagiert. Am nächsten Morgen hätte er sich selbst ohrfeigen können, dass er Mia derart das Herz gebrochen hatte. Ein Teil von ihm glaubte nach wie vor, das Richtige getan zu haben. Ein anderer Teil sagte ihm, dass Mia durchaus in der Lage gewesen wäre, mit der Situation umzugehen. Jetzt war es passiert, und er konnte es nicht rückgängig machen. Das Wichtigste war, dass er sie beschützte.

Er konnte sich nur annähernd vorstellen, wie es ihr ging. Sie litt sicher genauso wie er. Leider konnte sie sich nicht mit dem Gedanken trösten, dass sie dadurch außer Gefahr war.

Liam beendete gerade ein Telefonat mit der Polizei, und an seiner Haltung konnte Nic erkennen, dass es nichts Neues gab.

»Sie wissen nichts! Es gab keine neuen Briefe und keine neuen Hinweise in Falmouth oder in Bodwin.« Sein Freund rieb sich die Augen. »Verdammte Irre!«, rief Liam und feuerte seine Zigarettenpackung durchs Tonstudio. Alle mieden ihn, wenn er so drauf war, um ja nicht sein Blitzableiter zu werden. Nic wich ihm nicht aus. Er wusste, dass Liam ihn dafür hasste, ihm das Versprechen abgerungen zu haben. Er war gezwungen, seine Familie anzulügen oder ihr aus dem Weg zu gehen.

»Liam!«, sagte er ruhig und berührte ihn an der Schulter. Nic hatte in den letzten Wochen jede Hoffnung verloren, dass die Polizei irgendwas herausfinden würde. Jeden Tag hatte er angerufen, nur um danach noch niedergeschlagener zu sein als zuvor.

»Wie kannst du so cool sein?!«, brüllte Liam seinen Freund an. »Man könnte meinen, Mia bedeutet dir nichts!«

Nic zuckte kurz zusammen, als hätte Liam ihn geschlagen. Er ging auf Nic zu und drängte ihn gegen die nächste Wand. John schoss pfeilschnell auf sie zu, aber Nic bedeutete ihm, nicht einzugreifen, denn Liam schlug um sich – jedes Mal, wenn er nicht weiter oder sich nicht zu helfen wusste. Dann bekam es jemand mit seinen Wutausbrüchen zu tun. Nic kannte das. Das war er, sein Freund. Nic wusste, dass Liam ihn am liebsten wirklich geschlagen hätte.

Nic schaffte es nur mithilfe des Alkohols, abends in einen tiefen und traumlosen Schlaf zu fallen.

Da Nic sich nicht rührte, sondern reglos vor Liam erstarrte, zog der sich zurück. Ein Blick in Nics Augen, die von tiefen Schatten umgeben waren, erinnerte ihn daran, wer wirklich ein

Opfer brachte. Er wusste, dass Nic das einzig Richtige für seine Schwester tat.

An dem verhängnisvollen Abend vor einigen Wochen hatten sie die Polizei in Falmouth verständigt und ihnen gesagt, was sie erkannt hatten. Nachdem sie alle Briefe zusammengepackt und ihnen per Eilkurier zugeschickt hatten, gab die Polizei ihnen recht. Sie glaubten auch, dass es einen Zusammenhang zwischen den Verbrechen gab. Nic hatte erklärt, wie er vorzugehen beabsichtigte, und die Hauptermittler versprachen, nichts davon an Mia weiterzugeben. Das war das übliche ermittlungstaktische Vorgehen, weil sie nicht wussten, wie nah Mia dem Täter stand. Danach hatten sich Nic und Liam betrunken, und Liam hatte Nic etwa hundertmal gedankt, dass er Mia beschützte.

Seither war viel Zeit vergangen, in denen Liam selbst zum Sündenbock für seine Familie wurde. Celine hatte ihm einige Voicemail-Nachrichten hinterlassen, die es in sich hatten. Das Temperament in der Familie rührte nicht nur von Sophies Seite her. Nic hatte sich einiges von seiner Mutter anhören müssen. Selten hatte sie ihn so zurechtgestutzt. Diesmal ging es eben nicht nur darum, wie er sich kleidete oder sich benahm. In Interviews witzelte er häufig darüber, dass seine Mutter ihn oft tadelte, weil er so schrecklich gekleidet fotografiert worden war. Dieses Mal war es anders. Lynn liebte und kannte Mia schon, seit sie in Windeln durch ihren Garten getapst war. Das würde sie ihm nicht so schnell verzeihen.

Liam sackte in sich zusammen und murmelte nur: »Tut mir leid, Mann«. Nic hob seine Zigaretten auf und warf sie ihm zu. Liam zündete sich eine an, während er Nic die Packung hinhielt.

»Ich denke, für heute haben wir genug gearbeitet. Lasst uns

was trinken gehen!« John war der Erste, der mit der Arbeit begann, und der Letzte, der aufhörte. Er hatte aber auch ein gutes Gespür dafür, ob sie es zu etwas bringen würden oder ihre Zeit vergeudeten.

»Ja, in diesen Laden von vorgestern! Da war diese Kellnerin mit den langen Beinen …« Träumerisch warf Stan seine Drumsticks in die Ecke. Nic und Liam sahen den anderen dabei zu, wie sie den Raum verließen. Die Band wusste, was vor sich ging. Es war besser, offen damit umzugehen, weil alle Familien hatten und so prüfen konnten, ob etwas Ähnliches bei ihnen vorgefallen war.

»Wirst du klarkommen?«, fragte Nic.

Liam seufzte und sah ihn mitleidig an. »Und du?«

Nics Blick verdüsterte sich. »Ich fange an, meinen Job und mein ganzes Leben zu hassen … also mal sehen …«

Damit half er seinem Kumpel auf und schob ihn vor sich her aus dem Tonstudio.

Der nächste Tag lief wie ein Film vor Mias innerem Auge ab. Lizzy hatte die Nacht bei ihr verbracht und am frühen Morgen für ihre Freundin Frühstück gemacht, was Mia kaum hinunterbekam und direkt im Bad wieder erbrach. Lizzy rief bei Mias Frauenarzt an und schilderte der Sprechstundenhilfe so knapp wie möglich die Situation. Sie sollten eine Stunde später in der Arztpraxis sein. Mia war speiübel. Lizzy nahm die Hand ihrer Freundin, während sie im Wartezimmer Platz nahmen. Mias Hände waren nass geschwitzt und eiskalt.

Lizzy musterte sie besorgt und flüsterte: »Egal, was gleich passieren wird … ich bin bei dir. Alles wird gut. Bitte glaub mir.«

Mias Frauenarzt, Dr. Hamilton, war ein älterer, grauhaariger und liebenswürdiger Mann. Er war damals der Frauenarzt ihrer Mutter und ebenfalls ein guter Freund von Mias Dad gewesen. Oft war es seltsam, weil er davon erzählte, wie er bei der Geburt ihres Bruders dabei gewesen war, während er ihre eigene nur knapp verpasst hatte.

Als Mia ihm stockend von ihrer Befürchtung berichtete, runzelte er die Stirn und blickte sie eindringlich an.

»Ich nehme an, ein Baby war nicht geplant?«, fragte er mitfühlend.

Mia schüttelte den Kopf. »Verstehen Sie mich nicht falsch, Dr. Hamilton. Ich liebe Kinder. Für mich war immer klar, dass ich eines Tages Mutter werden will. Aber jetzt?«

Er nickte. »Wenn Sie es mir erlauben, Emilia, schau ich es mir mal kurz an. Dann haben wir Gewissheit.«

Mia schloss die Augen und spürte Lizzys Hand in ihrer, während der Doktor den Ultraschallkopf in ihr bewegte. Die Stille war erdrückend, und Mia sagte: »Oh bitte, Lizzy, sag irgendwas. Erzähl mir etwas … Ich halte das nicht aus …« Der Gedanke, dass die gemeinsame Zeit mit Nic mehr Konsequenzen hatte, als sie es ohnehin hatte, war so abwegig und Angst einflößend, dass es Mia einen kalten Schauer über den Rücken jagte.

Lizzy tauschte einen kurzen Blick mit dem Doktor und begann: »Hab ich dir schon erzählt, dass … ich … vorhabe, in Urlaub zu fahren? Ja … genau!« Lizzys Miene hellte sich auf, und sie begann, euphorisch zu erzählen. »Mia, hör mir zu! Egal, was Dr. Hamilton gleich sagt, wir beide fahren weg. Irgendwohin, wo es schön warm ist. Das hätten wir ohnehin schon tausendmal machen sollen. Was hältst du von Italien? So ein italienischer Flirt täte uns beiden gut, oder was meinst du?« Sie zwinkerte ihr zu und blickte Mia erwartungsvoll an.

Eine Arzthelferin klopfte an und brachte das Ergebnis ihrer Urinprobe herein, das sich der Arzt umgehend ansah.

»Und was ist mit Haley? Meiner Granny? Der Uni? Was ist mit dem ganzen Chaos hier?«, fragte Mia, dankbar für die Ablenkung.

»Jetzt hör mir mal zu, Süße! Es wird langsam mal Zeit, dass sich jemand anderes darum kümmert! Es reicht für dich! Haley hat eine Mutter, Sophie hat Celine und ... der Rest kommt auch mal eine Zeit ohne dich, ohne uns, aus. Glaub mir!«

Doktor Hamilton räusperte sich.

»Und?«, brachte Lizzy atemlos hervor und ließ erahnen, wie nervös sie selbst in Wahrheit war.

Er schaute erst Lizzy kurz an, dann Mia und sagte einfühlsam: »Ich fürchte, Ihre Vermutung stimmt, Emilia! Sie sind tatsächlich schwanger.«

Schwanger ...

Mia legte eine Hand an ihre Stirn und ließ den Kopf sinken. Mühsam unterdrückte sie ihre Tränen.

»Emilia, ich sehe, dass Ihre Schwangerschaft ein großer Schock für Sie ist, und meine Tür steht Ihnen jederzeit offen. Sollten Sie über eine Abtreibung nachdenken oder eine Schwangerschaftsbegleitung wünschen, das spielt keine Rolle. Sie sind nicht allein und nicht die einzige junge Frau, die erst mal geschockt ist. Aber bitte glauben Sie daran, dass es Ihnen, wenn wir uns in vier Wochen wiedersehen, besser gehen wird. Denken Sie in Ruhe über alles nach.«

Danach nahm sie alles nur verschwommen wahr. Er sprach von der achten Woche und dass alles in Ordnung sei. Er stellte ihr einen Mutterpass aus und zeigte Mia den kleinen grauen Fleck auf dem ersten Bild ihres Babys.

Baby ...

Sie nahmen ihr noch einmal Blut ab, stellten ihr Fragen und überhäuften sie mit allerlei Prospekten und Informationsmaterial.

Es war Lizzy, die diverse Fragen beantwortete, Fragen stellte und alles entgegennahm, was Mia brauchte.

Sie verfrachtete Mia anschließend ins Auto und hechtete dann zurück, um den nächsten Termin für sie zu vereinbaren.

Als sie die Tür zur Praxis aufdrückte, stieß sie mit einer Person zusammen und wollte schon eine Entschuldigung murmeln, als sie das vertraute Parfum wahrnahm und irritiert hochsah. Die ihr nur zu bekannte Frau blickte entsetzt und starr zurück.

»Anabelle!«, brachte Lizzy halb vorwurfsvoll, halb verlegen hervor.

»Elizabeth!«, entgegnete Anabelle und sah mit vor Schreck geweiteten Augen zu ihr. Jedoch wich dieser Gesichtsausdruck sofort einer ausdruckslosen Miene.

Lizzy betrachtete Anabelle eingehend. Zeitgleich sagten beide: »Was machst du denn hier?« Zeitgleich antworteten sie auch wieder.

»Ich … ähm … brauchte ein … Rezept …«, sagte Anabelle, während Lizzy verkündete: »Ich wollte nur … einen Termin machen …« Unsicherheit machte sich breit.

»Oh, ich wusste gar nicht, dass du auch hierhergehst. Aber Doktor Hamilton ist sehr gut«, erklärte Anabelle.

»Ich war nur mit Mia hier …«

Anabelle horchte auf. »Mia? Wie geht es ihr? Wo steckt sie denn?«

Lizzy wollte Mia diese Begegnung im Moment ersparen und winkte ab. »Sie ist schon zum Auto gegangen.«

Anabelle wirkte misstrauisch, ließ sich aber abwimmeln.

Erst viel später an diesem Tag überlegte Lizzy, warum Anabelle bei Doktor Hamilton in der Praxis ein Rezept brauchte. Sie hätte schwören können, dass Anabelle erzählt hatte, sie wäre bei einem dieser modernen Frauenärzte in der Stadt. Was hatte das also zu bedeuten?

Als sie im Auto saßen, sprach Mia immer noch nicht. Es war kein Laut über ihre Lippen gekommen, keine Reaktion war an ihrem Gesicht abzulesen, seitdem sie Bescheid wusste. Alles, was sie wollte, war, sich in ihrem Zimmer zu verkriechen und die Decke über ihren Kopf zu ziehen. Sie wollte Ruhe und brauchte Zeit zum Nachdenken.

Lizzy respektierte ihren Wunsch, sagte ihr aber, dass sie in der Nähe bleiben würde. Mia schleppte sich wortlos in ihr Dachgeschosszimmer und legte sich ins Bett. Dort blieb sie auch – für ganze drei Tage. Lizzy kümmerte sich rührend um sie. Sie rief bei Jason, Mias Boss, an und meldete Mia weiterhin krank, sie brachte ihr Essen, schirmte sie, so gut es ging, vor ihrer Familie ab und hielt ihre Hand, wenn sie sie brauchte. Es gab keinen Menschen auf der Welt, dem Mia dankbarer gewesen wäre. In Wahrheit waren es all die kleinen Dinge, die Lizzy nicht tat, für die Mia ihr zu Dank verpflichtet war.

Sie stellte keine Fragen, außer nach ihrem Wohlbefinden und einer traditionellen Frage am frühen Morgen: »Was meinst du, wie fühlen wir ›uns‹?« Mit uns meinte sie Mia, sich selbst und das Baby. Es fielen nicht einmal die Wörter Nic, Baby, Schwangerschaft oder Ähnliches. Selbst wenn Mia in ihr Bad eilte, um das Essen zurückzubringen, wartete sie geduldig vor der Badezimmertür und scheuchte alle anderen Familienmitglieder fort. Eines Abends hörte Mia, wie Celine Lizzy ausfragte, doch ihre Freundin war eisern und schwieg beharrlich.

Die einzige Antwort, die ihre Mutter bekam, war: »Wenn Mia so weit ist, dann wird sie es dir erzählen.«

Am späten Abend des dritten Tages kramte Mia in ihrer Tasche nach dem Mutterpass, und das erste Mal blickte sie nicht mehr voller Abscheu auf das Wesen auf dem Ultraschallbild. Stattdessen überrollte sie eine Welle der Verzweiflung. Plötzlich hielt sie es nicht mehr in ihrem Zimmer aus. Alles an ihrem Bett und ihren privaten Dingen erinnerte sie an Nic. Mia zog sich eine Jacke über und schlich leise aus der Haustür.

An der frischen Luft im Garten konnte sie viel besser atmen, und die Übelkeit ließ sich dort auch viel besser aushalten. Ihr Blick glitt zu dem Bild in ihrer Hand. Eine Träne löste sich aus ihren Wimpern. Wie sollte sie das nur alles schaffen? Wie sollte sie ein Baby bekommen? Wie sollte sie es erziehen, eine gute Mutter sein? Was würde aus der Uni werden? Was würde nur aus ihr werden? Was würde sie dem Kind bieten können? Aber vor allem: Was sollte sie Nic sagen?

Sie dachte an ihre vergangenen, gemeinsamen Momente. Sie sah ihn lachen, ihr zuwinken, wie er seinen Mund zu einem frechen Grinsen verzog, um sie zu necken. Da brach alles aus ihr heraus. Sie weinte um ihren Vater, den sie so sehnlich vermisste. Sie weinte um ihre Mutter, die ihn so schmerzlich vermisste, dass sie keinen vollen Monat in ihrem Zuhause aushielt. Und dann weinte sie um sich. Darum, dass sie Nic liebte und er immer so weit fort von ihr war.

Es war genug! Vor einigen Wochen, bevor sie wirklich auf ein gemeinsames Leben mit ihm hoffen konnte, hatte sie sich für sich selbst entschieden. Wo war das nur geblieben? Nic hatte es mit sich genommen, erkannte Mia. Als ein Leben mit ihm in Aussicht gewesen war, hatte sie ihn gewollt. Wieder war sie es, die auf der Strecke blieb.

Es wird langsam mal Zeit, dass sich jemand anderes darum kümmert. Es reicht für dich!, hallten Lizzys Worte in ihren Gedanken wider.

Verdammt, sie hatte recht! Sie war immer hiergeblieben, hatte sich um alles gekümmert, während ihre Familie in der Weltgeschichte unterwegs war. Sie brauchte Abstand und etwas Ruhe. Es wurde Zeit für Mia, etwas zurückzulassen.

Damit begann alles, und Mia wusste, dass, wenn sie irgendwohin wollte, dann nur dorthin, wo die Sonne schien und ihre düsteren und quälenden Gedanken vertrieb. Lilian war die engste Freundin ihrer Mutter und gleichzeitig ihre Patentante. Sie lebte seit zehn Jahren wieder in Südfrankreich, nachdem sie aus den USA geflohen war. Lilian war abgesehen von Mias Mutter und Großmutter die beeindruckendste Frau, die Mia kannte. Sie hatte viele Jahre in den USA gelebt, mit ihrem Mann, der Künstler war. Er verließ sie für eine neunzehnjährige Studentin, mit der er jetzt drei Kinder hatte. Lilian hatte alles in den USA aufgegeben und war in ihr Heimatland zurückgekehrt. Dort hatte sie eine Galerie eröffnet und war wahnsinnig erfolgreich geworden. Es hatte lange gedauert, bis sie diesen Tiefschlag überwunden hatte, erzählte ihre Mutter immer wieder. Mia erinnerte sich genau daran, dass Lilian sie immer gedrängt hatte, zu ihr zu kommen, sobald sie Semesterferien hatte. Die waren zwar gerade erst zu Ende, doch Mia hatte nicht die Absicht, auf irgendetwas oder irgendjemanden Rücksicht zu nehmen. Sie würde ihren Koffer und Lizzy einpacken und in einen Flieger steigen.

Kapitel 18

Lizzy war zu Hause in ihrem Zimmer und packte ihren Koffer. Sie hatte keinen Kopf dafür, genau zu überlegen, was sie brauchen würde. Somit warf sie alles, was ihr in den Sinn kam, hinein. Alles, was fehlte, würde sie kaufen. Nur kurz nach Mias Entscheidung, nach Frankreich zu flüchten, hatten sie schon zwei One-Way-Flugtickets übers Internet für den morgigen Tag gekauft. Lizzy hatte Mia immer versichert, dass sie den Fluchtwagen fahren würde, sollte sie mal einen brauchen, und das tat sie morgen.

Sie wollte sich gar nicht vorstellen, wie Mia sich fühlen musste. Sie wusste, sie selbst wäre wahrscheinlich längst zusammengebrochen, und man hätte sie in die Irrenanstalt stecken müssen. Ihr war klar, dass sie im Moment Mias einziger Halt war, und es fiel ihr nicht im Traum ein, sie allein zu lassen. Ihr Vater hatte sich kurz nach Lizzys Uni erkundigt, verstummte aber sofort, als er ihren eisigen Blick sah. Das war nicht der Moment, um sie auf ihre eigene kümmerliche Zukunft hinzuweisen. Und Lizzy wusste, Mia würde sich durch jedes Unwetter kämpfen, um ihr beizustehen.

Ihre Eltern waren selbst frustriert. Sie ärgerten sich über Nic, waren besorgt um Mia und wussten zu wenig, um sich ein richtiges Bild machen zu können. Lizzy holte im Bad ihre Kosmetikartikel und ging schnurstracks an Nics Zimmer vorbei. Sie selbst hatte gemischte Gefühle für ihren Bruder. Sie hasste ihn dafür, was er Mia antat, und doch war sie sich sicher, dass er sie liebte. Lizzy selbst schwankte zwischen dem Bedürfnis, Nic zu erwürgen, ihn im Garten zu vergraben oder ihn langsam zu Tode zu quälen. Sie verbot sich jeden Gedanken an ihn und warf alles auf ihre Klamotten.

Während sie ein Buch aus dem Regal nahm, klingelte das Telefon. Sie dachte sofort an Mia, denn es war so spät, dass sie keinen Anruf mehr erwartete. Als sie auf das Display sah, war es Liams Nummer. Mit ihm hatte Lizzy gar nicht gerechnet. Ein ungutes Gefühl beschlich sie. »Liam?«

»Lizzy, wir haben ein Problem …«, lallte Mias Bruder ins Telefon. Sie schloss die Augen und ahnte, was sie gleich hören würde.

»Was hat er wieder angestellt?«

»Er wird mich dafür umbringen, wenn er erfährt, dass ich dich angerufen habe. Aber mir fällt niemand anderes ein. Nic ist im Knast!«

Lizzy seufzte und ließ sich aufs Bett fallen. Sie sehnte sich sehr danach, unter ihre Bettdecke zu kriechen. »Wo seid ihr?«, war alles, was sie fragte, ging den Flur entlang, zog ihre Jacke vom Haken und verließ mit ihren Autoschlüsseln das Haus.

»Exeter. Wir sind im Studio. Ich bin mit den Jungs ins Hotel zurückgefahren …«

»Jetzt darf ich meine Nase also hineinstecken, was?«, wiederholte sie seine Worte von ihrem Geburtstag. Liam blieb stumm.

»Du hast keine Ahnung, was gerade abgeht …«

»Das kann ich nur zurückgeben! So viel zum Thema ›Was zusammengehört, kommt auch zusammen‹! Ich bin unterwegs …« Damit legte sie auf und startete den kleinen Terminator.

Nic lauschte dem Hämmern um sich herum. Was war das für ein ekelhaftes Geräusch? Er stieß den Atem aus und empfand

Wehmut. Wieder klopfte es, und das Dröhnen wurde lauter. Einen Arm hatte er über seine Augen gelegt, der andere hing kraftlos herunter. Sein muskulöser Körper lag ausgestreckt auf der schmalen, harten Bank. Gemütlich war anders. Aber er hatte seine Zeit schon unbequemer totgeschlagen. Das Dröhnen nahm zu, und so langsam nervte es ihn richtig. Allerdings war er nicht bereit, die Augen zu öffnen. Was sollte das bringen? Die Realität konnte warten ... was war die Realität schon, wenn er sie ignorierte? Was würden seine Eltern denken? Er konnte die besorgte Stimme seiner Mutter perfekt in seinen Gedanken nachahmen.

Sorgst du dich nicht um dich? Was soll nur aus dir werden?

In Wahrheit provozierte ihn der Blick seines Vaters im Hintergrund viel mehr, und auch wenn er es nie zugeben würde, so tat er manche Dinge schlicht, um diese angespannte Haltung seines Vaters zu sehen. Der vorwurfsvolle Blick war um einiges leichter zu ertragen als der enttäuschte, den er zur Schau trug.

Was willst du deiner armen Mutter eigentlich noch alles zumuten?

Was natürlich nur ein Vorwand war, um sein Gewissen zu packen. In Wahrheit schämte er sich für seinen Sohn. Er schämte sich vor seinen Kollegen, Freunden und Nachbarn. Wahrscheinlich schämte er sich selbst vor dem Tankwart, der ihn mit seinem prominenten Sprössling in Verbindung brachte. Diesmal würde er sich ins nächste Mauseloch verkriechen wollen, sollte diese Geschichte an die Öffentlichkeit kommen. Und das würde sie – mit absoluter Sicherheit.

Das Dröhnen war unerträglich, und so hob er den Arm und öffnete die Augen. Seine Sicht war nebelig und getrübt. Nur langsam gewöhnten seine Augen sich an das grelle Licht, und

Nic erinnerte sich daran, wieso er die Augen geschlossen hatte. Er starrte an die schmutzige Decke und betrachtete die Deckenlampe näher. Verfluchte Scheiße, wozu brauchte man so ein Licht? Das Klopfen war noch lauter geworden, und Nic erkannte, was es war. Das Hämmern war in seinem Kopf und wurde mit jeder Sekunde stärker. Was an dem Rum lag ... Oder war es Whiskey gewesen? Die Erinnerung verschwamm, selbst bei gezielter Betrachtung.

Er winkelte ein Bein an, nur um festzustellen, dass sein Körper fähig war, normale Bewegungen zu machen. Warum hatte der Alkohol seine geistigen Funktionen nicht außer Betrieb gesetzt wie zeitweise seine körperlichen? Trotz des heftigen Hämmerns in seinem Kopf erinnerte er sich an ihr Lächeln, an das Gefühl seiner Hände auf ihrer Haut, an ihren Geschmack ... an alles. Sobald der letzte Tropfen Whiskey, Bourbon oder weiß der Himmel, was es gewesen war, seinen Körper verlassen hatte, würde er sich wieder mit seiner geschundenen Seele auseinandersetzen müssen.

Ein lautes metallisches Geräusch ließ ihn zusammenzucken. »Donahue!«, brüllte der Wachmann und versetzte den Eisenstäben einen ordentlichen Hieb. »Ihre Mitfahrgelegenheit ist da ...«

Nic richtete sich mit schmerzverzerrter Miene auf und starrte den Polizeibeamten aus geröteten Augen an. Wen hatten sie erreicht? Seine Jungs waren sicher selbst auf der Piste oder krochen gerade volltrunken ins Bett. Er hatte keine Ahnung, wer sich zu dieser unchristlichen Zeit auf die Straße begeben würde, um ihn aus dem Kittchen zu holen. Sein Vater hätte ihm einen Denkzettel verpassen wollen und seine Mutter sicherlich davon abgehalten, in ein Auto zu steigen.

Der Wachmann wirkte außerordentlich pflichtbewusst. Jeder Teil seiner Kleidung saß perfekt an seinem Körper, und sicherlich schnitt er die Kanten seines Rasens mit der Nagelschere. Scheinbar hasste er Randalierer, und mit Sicherheit trug sein Promistatus nicht gerade dazu bei, dass er ihm sympathischer wurde. Aber was juckte es Nic? Seine Bekanntheit bewirkte zumindest, dass er eine ›Ich komme aus dem Gefängnis frei‹-Karte bekam.

Nic stand langsam auf, ignorierte seinen rebellierenden Magen und folgte Mister Perfekt aus der Zelle. Kurz vor dem Ausgang musste er eine Unterschrift leisten, bekam seine persönlichen Sachen wieder und wurde entlassen.

Gelassen sah er sich um und erstarrte beim Anblick der jungen Frau vor ihm. Langsam drehte sie sich zu ihm um und schaute zu ihm auf, als hätte sie mindestens zwanzig Sprüche auf der Zunge, die ihn da treffen sollten, wo es besonders wehtat. Nic durchfuhr ein seltsamer Schmerz, der rein gar nichts mit seinem drohenden Kater zu tun hatte. Lizzy starrte ihn weiter an, als wollte sie ihn mit ihrem Blick erdolchen. Nic war auf alles gefasst gewesen. Das Einzige, was seine sonst so schlagfertige Schwester sagte, war: »Können wir?«

Er war zu verblüfft, um irgendetwas zu entgegnen. Das war zu seltsam. Lizzy war ein sehr direkter Mensch, und er liebte sie meistens genau deswegen. Abgesehen von Mia war sie der einzige Mensch, von dem er absolute Offenheit erwarten durfte. Manchmal gab sie ihren Senf zu Dingen dazu, die sie nichts angingen, und Nic hasste ihre Neugier. Sie war eine sehr nervige, liebenswerte kleine Schwester. Er hätte durchaus erwartet, an Ort und Stelle so richtig zusammengefaltet zu werden. Schließlich war Diskretion nicht gerade Lizzys Stärke. Sie ging voraus, ohne sich umzudrehen und sich zu vergewissern, dass er ihr folgte.

Er lief ihr in einem geringen Sicherheitsabstand hinterher – nur um sicherzugehen, dass sie nicht auf dem Parkplatz über ihn herfiel. Sie hatte bestimmt mehrere Hühnchen mit ihm zu rupfen. Zielsicher marschierte sie zu ihrem kleinen Auto, das sie »den Terminator« nannte. Diese Namensgebung war selbstverständlich ironisch gemeint. Ihr kleiner Toyota hatte bereits einige Jahre auf dem Buckel. Hätte Lizzy nicht den einen oder anderen Kfz-Schrauber zu ihren Affären zählen können, hätte der Terminator sicher längst seine letzte Ruhe auf dem Schrottplatz gefunden.

Sie schloss die Tür auf, warf ihre Handtasche auf den Rücksitz und bedeutete Nic einzusteigen. Bevor er sich angeschnallt hatte, fuhr sie rasant an.

Das musste seine Strafe dafür sein, dass er nach dieser durchzechten Nacht, mit einem Kater so groß wie ein Löwe und einem rebellierenden Magen, in Lizzys Auto heimfahren musste. Rasant war nicht das richtige Wort für ihren Fahrstil. Lizzy hatte mit Ach und Krach, viel Geheule und der reinen Frustration ihres Fahrlehrers nach einigen Versuchen ihren Führerschein bestanden. Nur der liebe Gott wusste, wie sie bisher ohne größere Komplikationen durch den Straßenverkehr gekommen war. Er hatte so oft überlegt, ihr endlich ein neues Auto zu kaufen. Immer, wenn er wieder mal kurz davor gewesen war, hatte sie einen Pfeiler mitgenommen oder einen Baum gerammt. Oft dachte er, dass sie kein neues Auto wollte. Sie liebte dieses mit all seinen Macken zu sehr.

Er zog den Gurt strammer und klammerte sich an der Tür fest. Es war beängstigend still im Auto. Einzig das Quietschen der Scheibenwischer war zu hören. Nic wurde übel. Eine stille Lizzy war wesentlich besorgniserregender als eine vor Wut schäumende. Sie starrte nur geradeaus, als säße er gar nicht neben ihr. Um sich von der Übelkeit abzulenken, fragte er vorsichtig: »Seit wann bist du in Exeter?«

Lizzy antwortete zuerst gar nicht. Erst als er dachte, sie würde weiter schweigen, sagte sie: »Bin ich nicht …«

Verblüfft blickte Nic auf die prasselnden Regentropfen auf der Scheibe. »Und wieso bist du hier? Wie haben sie dich erreicht?« Er konnte sich keinen Reim darauf machen.

Lizzy seufzte. »Liam hat mich angerufen, nachdem sie dich mitgenommen hatten. Er wusste nicht, wen er sonst hätte anrufen können, ohne dass die Presse davon Wind bekommen hätte. Deine Kumpels sind wohl alle sternhagelvoll.«

In Nics Oberstübchen ratterte es, und so nach und nach dämmerte ihm, dass Lizzy seit Stunden im Auto sitzen musste. »Du kommst von zu Hause?«

Lizzy nickte stumm.

»Und Mum und Dad?«

»Schlafen«, sagte sie kurz angebunden.

Nic atmete tief durch. »Lizzy, ich …«, begann er nach einer Weile.

Doch sie unterbrach ihn rigoros. »Lass es einfach!«

»Ich wollte nur danke sagen.«

»Du wolltest danke sagen? Danke?«, brüllte sie und fuhr abrupt links ran, ohne groß auf den Verkehr zu achten, was Nic ins Schwitzen brachte. Sie standen in der Einfahrt eines billigen Hostels. Das Blinken der grellen Lichtanlage tat ihm in den Augen weh. Seine Schwester starrte sprachlos die Windschutzscheibe an, auf die immer noch der Regen prasselte. So langsam machte Lizzy ihm Angst. Dieses Unwetter, das sich scheinbar in ihr zusammengebraut hatte, machte ihm Sorgen.

Leise, beinahe tonlos begann sie: »Was denkst du dir eigentlich? Ich meine, denkst du überhaupt jemals wirklich nach?« Das war etwas, was scheinbar jeder von ihm dachte. »Weißt du eigentlich, was hier los ist? Hast du eine Ahnung, was ich deinetwegen durchmache? Jedes Mal …« Nic fiel es schwer, sich beschuldigen zu lassen. Was tat er ihr denn an?

»Du hättest nicht kommen sollen«, sagte er laut. »Du hättest mich einfach im Knast lassen sollen, um mir einen Denkzettel zu verpassen. So hätte Dad es gemacht.«

Lizzy schaute zu ihm auf, und als er ihrem Blick begegnete, sah er ihre Sorge und Trauer. Sofort überkam ihn ein schlechtes Gewissen. Er hatte sich nie Gedanken über Lizzys Gefühlswelt gemacht. Über seine besorgte Mutter und seinen enttäuschten Vater und natürlich über Mia und Liam … Lizzy hatte er nicht auf dem Schirm gehabt. Wie war das möglich gewesen? Schließlich war sie wichtig für ihn. Ein sehr wichtiger Rückhalt. Meist zeigte sie nicht, was sie wirklich bewegte. Da war der eine oder andere Streit mit ihren Eltern gewesen, der Tod ihrer Großmutter vor einigen Jahren und natürlich ein paar Mal Liebeskummer. Aber was seine Schwester für eine Last mit sich herumtrug, welche Sorgen sie nachts wach hielten, das war etwas, worüber er nie nachgedacht hatte.

Er war der Nachdenkliche gewesen – Lizzy die quirlige und ewig lächelnde gute Schülerin. Er hatte Probleme in der Schule gehabt, war immer zu ruhig und meist ein Außenseiter gewesen. Man dachte, dass er der Sensible sei. Aber hier saß seine kleine Schwester mit den großen blauen Kulleraugen und sah ihn auf eine Weise an, die ihn erschreckte. Was hatte er getan, ohne es zu merken?

»Du hast es versaut, ist dir das eigentlich klar? Du hast da etwas sehr, sehr, sehr Gutes versaut. Du hast es so leicht … Du steigst in ein Taxi, in deinen Tour-Bus oder ein Flugzeug und haust einfach ab. Du betrinkst dich jeden Abend, feierst von einer Party in die nächste und niemand stößt sich daran. Es gehört sich schließlich für einen verdammten Rockstar, sich wie ein Arschloch zu benehmen. Nur weißt du, was ich immer dachte? Dieser Typ mit der Gitarre, der einem von dem einen oder anderen Magazin entgegenlächelt und du, das seien zwei verschiedene Typen. Mein Bruder kann nicht derselbe Mensch sein, den ich im Fernsehen sehe, volltrunken und zwei Frauen im Arm. Ich war mir immer sicher, dass das zu deinem Job gehört, dass du ein Image zu erfüllen hast. Doch ich habe mich getäuscht. Alles um dich herum hat sich verändert. Warum solltest du dich nicht auch verändert haben? Du bist nicht mehr derselbe, Nic! Du bist immer mein Fels gewesen. Egal, wo du dich auf der verdammten Welt herumgetrieben hast, ich wusste, sobald ich dich brauchen würde, wärst du da. Ich habe mich getäuscht. Dich interessiert nichts und niemand mehr außer dir selbst. Es ist dir egal. Aber vielleicht täusche ich mich auch jetzt. Vielleicht ist dieser Typ, der mich so sehr anwidert, aus reinem Selbsthass geboren. Nur ich verstehe nicht, warum …«

Ihre Hände krallten sich am Lenkrad fest, sodass ihre Fingerknöchel weiß hervortraten. Sie verstummte, als hätte sie ihre Kraft verloren, noch mehr zu sagen.

Nach einer Weile erwiderte er mit leiser Stimme: »Es tut mir leid …«

Lizzy sah zu ihm auf. »Oh *Domenic*, du hast gar keine Ahnung, wie sehr es dir leidtun wird. Ich bin nicht die Richtige, dir das zu sagen. Aber eins kann ich dir versichern: Es wird der Moment kommen, an dem dir klarwird, was du alles verloren hast. Du wirst wissen, dass es einen Augenblick in deinem Leben gegeben hat, an dem du die falsche Weggabelung gewählt hast, und du wirst dich noch mehr dafür hassen, als du es ohnehin jetzt schon tust. Doch diesmal werde ich dir nicht dabei helfen. Du wirst diesen Moment brauchen, denn nur dann kannst du vielleicht gerettet werden …« Lizzy seufzte, startete den Wagen, und nach dem vierten Mal sprang er auch endlich wieder an.

Nic fühlte sich, als hätte sie ihn geschlagen, und er wünschte, sie hätte es tatsächlich getan. Eine Weile schwiegen sie, während Lizzy den Wagen durch die leeren Straßen fuhr. Es dämmerte bereits und versprach, ein schöner Tag zu werden.

»In dein Hotel?«

»Ja, das wäre super! Vielleicht willst du dich bei mir ausruhen?!«

»Nein«, sagte sie und wirkte mit den Gedanken weit, weit weg. »Ich werde zu Hause gebraucht.«

Nic wusste, was das bedeutete. »Wie geht es ihr?«

Lizzy lachte freudlos auf. »Ich werde auf keinen Fall mit dir über Mia reden. Sei froh, dass ich überhaupt mit dir rede.«

Diese Reaktion hatte er erwartet. Lizzy konnte nicht wissen, dass alles, was er tat, nur Mias Sicherheit gewährte. So hatte er es gewollt. Aber es fühlte sich nicht halb so heldenhaft an, wie er immer gehofft hatte. Lizzys Telefon klingelte, und ausgerechnet Mia rief an. Er erkannte es an dem Klingelton, den Lizzy ihr gegeben hatte, und sein Puls beschleunigte sich.

Lizzy stöhnte auf. »Ach Scheiße, was tue ich hier überhaupt?!«

Nic beobachtete, wie Lizzy ihr Headset ins Ohr stopfte. »Hey … Mia …« Sie lauschte Mias Stimme und sagte: »Ich glaube, wir wechseln das Geld besser dort … ich schaff es vorher nicht mehr. Kommst du ohne mich klar? Ich erklär es dir später.« Sie antwortete etwas, und Lizzy verabschiedete sich schnell. Sie warf Nic einen flüchtigen Blick zu, sagte aber nichts.

»Wozu wechselt ihr Geld?«, hakte Nic nach.

»Vergiss es! Ich werde dir nichts sagen. Dieses Recht hast du verwirkt.« Nic blickte aus dem Fenster und sagte nichts mehr.

Nach einer Weile fragte Lizzy in weniger angriffslustigem Ton: »Du hast also ein Polizeiauto angepinkelt?« Ein Lächeln zupfte an ihrem Mundwinkel, und für eine kleine Weile war die Welt wieder in Ordnung.

Kapitel 19

Es ist schon seltsam, ohne die Kinder im Haus, oder nicht?«, fragte Lynn nachdenklich und beobachtete das Mienenspiel von Celine.

Die beiden Freundinnen saßen an diesem Abend im Garten und genossen die letzten Sonnenstrahlen. Die letzten Tage waren reichlich verregnet gewesen, und so hatten sie alle ihre Tätigkeiten nach draußen verlegt. Sophie hatte sich heute selbst im Garten an die Bügelwäsche gewagt, um die Sonne zu genießen.

Sie machte es Celine zum Vorwurf, nicht häufiger zu Hause gewesen zu sein. Sie würde diesen Vorwurf nie laut äußern, aber Celine wusste darüber Bescheid.

Es war nicht so, dass sie leichtfertig ihre Familie zurückließ. Es war eher so, dass sie sich immer auf Mia verlassen hatte. Sie musste zugeben, dass das nicht besonders fair gewesen war. Sie hatte Alan versprochen, dass sie sich um seine Mutter kümmern würde, sollte ihm etwas geschehen.

Dann war ihm etwas geschehen … er hatte selbst sein Leben beendet und seine Familie mit einem kurzen Brief zurückgelassen. Keiner außer ihr und Sophie wusste von Alans Selbstmord. Mia und Liam hatten genug darunter zu leiden gehabt, dass ihr Vater gestorben war. Die Umstände, die zu seinem Tod geführt hatten, wären für sie eine weitere Bürde gewesen. Celine und Sophie hatten damals gemeinsam diese Entscheidung getroffen. Liam war mit den *Swores* in London gewesen, während Mia und Lizzy gerade ihre eigene Wohnung in der Nähe der Uni bezogen hatten. Celine hatte ihren Ehemann in seinem Arbeitszimmer gefunden, wo er sich selbst ein Mittel gespritzt hatte, das einen sofortigen Herzstillstand hervorgerufen hatte. Als Arzt hatte er genau gewusst, was er tun musste, um sich möglichst schnell das Leben zu nehmen. Seither hatte Celine dieses Zimmer nie wieder betreten. Sie hasste ihren Mann ebenso sehr, wie sie ihn geliebt hatte. Sie hasste ihn dafür, nicht genug gegen diese Krankheit gekämpft zu haben. Sie hasste ihn dafür, sie alle nicht genug geliebt zu haben, damit er dieses Leben länger ertragen hatte. Sie hasste ihn dafür, dass er sie mit zwei erwachsenen Kindern zurückgelassen hatte und sie allein in diesem Haus versauern ließ.

Sie hatten so viele Pläne gehabt. Sie wollten reisen und die Welt erkunden, wenn die Kinder aus dem Haus waren. Doch insgeheim glaubte Celine, dass er der Kinder wegen die Kraft gehabt hatte, weiterzukämpfen. Als beide flügge wurden, waren auch seine Depressionen schlimmer geworden. Celine hasste ihn dafür, dass sie ihm nicht genug gewesen war. Aber am meisten verachtete sie sich selbst, denn sie fürchtete, nicht genug für ihn getan zu haben. Sie ertrug den Gedanken kaum, dass sie ihn nicht davor bewahrt hatte, und noch mehr hasste sie sich selbst dafür, dass sie ihn hasste. Alan war die Liebe ihres Lebens gewesen. Er war trotz oder gerade wegen seiner Melancholie das perfekte Gegenstück zu ihr. Sie war quirlig und lebensfroh, und er war stets ernst und besonnen, fast schon schwermütig durchs Leben gegangen. Sie hatten sich angezogen wie Magnete.

Das Haus war wirklich unglaublich leer geworden. Ihre Mädchen waren seit beinahe drei Wochen in Frankreich und dachten offenbar noch nicht daran, wieder heimzukehren.

»Und wie«, antwortete Celine auf Lynns Frage. »An Liams Abwesenheit habe ich mich mittlerweile schon gewöhnt. Doch ohne Mia ist es wirklich sehr leer und vor allem still. Oft vermisse ich das leise Summen, das sie immer auf den Lippen hat, wenn sie Hausarbeit macht. Immer wenn die Tür aufgeht, glaube ich, dass jeden Moment das Klappern ihrer Absätze zu hören sein muss. Sie fehlt mir schrecklich.«

»Ja, so geht es mir auch. Es war schon merkwürdig, als Josslin endgültig nach Irland gezogen ist, und als Nic auch immer mehr umherreiste, blieb mir nur noch Lizzy. Dieser Wirbelwind hinterlässt ja, wie du weißt, überall Chaos. So oft wie ich mich deswegen mit ihr gestritten habe, so graut es mir jetzt vor der ständigen Ordnung zu Hause.« Beide lachten und ein melancholischer Gedanke kam ihnen.

»Wir werden uns damit abfinden müssen, dass unsere Häuser bald dauerhaft leer sein werden. Doch du hast es ja noch gut, meine Liebe. Sophie, Bea und Haley sind ja noch bei euch.« Ein trauriges Lächeln zeichnete sich auf Lynns Gesicht ab.

»Mmmhhh, aber was wird sein, wenn Bea einen neuen Mann kennenlernt? Und Sophie ist auch nicht mehr die Jüngste.«

Schlagartig wurde Lynn bewusst, woran Celine dachte. »Ich verstehe dich Celine! Wir vermissen Alan auch … Aber was ist denn mit dir? Du bist noch jung, und vielleicht findest auch du noch eine neue Liebe. Alan ist seit über drei Jahren tot …« Es war immer gefährlich, ein solches Gespräch mit Celine zu führen. Lynn war stets ehrlich zu ihr gewesen, und so langsam machte ihr die Isolation ihrer Freundin Sorgen. Sie stand in der Blüte ihres Lebens und hatte ein Recht auf ein erfülltes Leben. Alan würde nicht vergessen sein, nur weil Celine es sich erlaubte, noch einmal zu lieben. Ihre Freundin verbot sich einen solchen Gedanken jedoch.

»Lynn, bitte sag das nicht. Du weißt doch, es wäre unmöglich für mich.«

Damit war das Thema beendet, und Lynn brachte es nicht über sich, weiter nachzubohren.

»Hast du etwas von Mia gehört?«, fragte sie deswegen schnell.

»Nein, nichts. Und du? War Lizzy etwas gesprächiger?«

Lynn schüttelte bedauernd den Kopf, zog ihre Strickjacke über die Schultern und nahm einen Schluck aus dem Weinglas. »Glaubst du, es ist etwas Schlimmes?«

Celine zuckte mit den Achseln. »Ich habe keine Ahnung. Sie spricht nur das Nötigste mit mir und geht nicht auf meine Fragen ein. Lilian weicht mir aus, wenn ich sie danach frage … ja, und mehr kann ich nicht tun. Es ist wirklich fürchterlich. Ich bin froh, dass Lizzy bei ihr ist. Sie hat sich so rührend um Mia gekümmert, und auch Lilian wird sie unterstützen.«

»Ich verstehe einfach nicht, was in Nic gefahren ist. Ich bin so sicher, dass er Mia liebt. Irgendwas muss vorgefallen sein.«

»Ja, das hab ich mich auch schon gefragt. Ich habe sie oft beiläufig nach ihm gefragt, doch Mia ist eine Künstlerin im Ausweichen«, erwiderte Celine. Sie machte Nic insgeheim schwere Vorwürfe. Aber sie konnte auch Lynn gut verstehen. Niemand sah sein eigenes Kind gern als Sündenbock.

»Ich kann nur hoffen, dass es sich wieder kitten lässt. Insgeheim hatte ich ja immer darauf gehofft, dass sie endlich zueinanderfinden.«

Celine lachte und sagte: »Also die Funken sind zumindest kräftig geflogen. Alle scheinen zu wissen, dass Mia und Nic sich lieben … alle bis auf Mia und Nic.«

Zwei Tage später stand wenigstens eine Überraschung ins

Haus. Nic und Liam kamen für ein verlängertes Wochenende nach Hause. Die Arbeit im Studio war weitestgehend getan, sodass sie sich etwas entspannen konnten. Abgesehen von ein paar Interviews und Gesprächen standen in den nächsten drei Wochen kaum Termine an. Die Plattenfirma war hochzufrieden mit den neuen Songs und gönnte den *Swores* eine kleine Auszeit.

Als Nic davon hörte, dass Mia und Lizzy nach wie vor in Frankreich waren, war ein kleiner Teil von ihm erleichtert, während der andere, größere Teil enttäuscht war. Erleichtert, weil er Mia nicht unter die Augen treten musste und sie somit vor der Stalkerin in Sicherheit war. Enttäuscht, weil er sie nicht sehen würde und nicht wusste, wie es ihr ging. Zuerst hatte er vorgehabt, nur eine Nacht zu bleiben, damit es keine Konfrontationen gab. Da dies nicht zu befürchten war, blieb er seiner Mutter zuliebe die paar Tage zu Besuch. Nic fühlte sich schäbig und konnte am Morgen kaum in den Spiegel schauen.

Die Wochen waren dahingeschlichen, und nichts hatte ihn ablenken können. Am schlimmsten hatten ihn Lizzys Worte getroffen, als sie ihn vor ihrer überstürzten Abreise aus dem Gefängnis gerettet hatte. Ein Loch, das niemand anders als Mia füllen konnte, klaffte in seiner Brust. Es quälte ihn, mit niemandem darüber reden zu können. Er fühlte sich allein … und einsam.

Es war ein Sonntagmittag Ende Juni. Die Sonne stand hoch am Himmel und brannte auf sie nieder, als wäre es August. Richard stand am Grill und wendete das Fleisch auf dem Rost, während Celine und Lynn den Tisch mit frischem Salat, Kartoffeln und eingelegten Köstlichkeiten deckten. Nic kam aus dem Haus, um seiner Mutter beim Tragen des Geschirrs zu helfen, während Haley um sie herumrannte. Sophie meckerte über das warme Wetter und hängte Wäsche im Garten auf. Sie deutete auf Liam, der sich in der Sonne aalte.

»Der verrückte Saukerl hier hat mir seine gesamte Schmutzwäsche dagelassen, und was tut er? Er sonnt sich! Was soll ich für einen Stundenlohn nehmen, um ihm seine Wäsche zu machen?«, fragte sie Richard, der sich köstlich über seine alte Nachbarin amüsierte.

»Lass dich nicht über den Tisch ziehen … Verdienen tut er genug …«, lachte er.

»Och, Granny, und ich dachte, du machst das, weil du mich so gern hier hast«, neckte Liam sie und überhörte ihr Maulen.

Richard brachte gerade einen vollen Teller mit Fleisch und Würstchen zum Essenstisch, auf den sich die Jungs sofort stürzten, als ein Taxi vor dem Gartentürchen hielt. Sie achteten nicht weiter darauf und genossen den Geschmack und die Würze des frisch gegrillten Fleisches.

Haley quietschte laut und sprang vom Stuhl auf. Alle Blicke richteten sich nun auf die zwei Frauen, die nacheinander mit ihrem Gepäck durch das Gartentor kamen. Sie waren braun gebrannt und luftig gekleidet. Lizzy grinste von einem Ohr zum anderen, und Mia lächelte glücklich, als sich Haley auf sie stürzte.

»Mia, ich kann's nicht glauben«, rief Celine.

»Warum habt ihr nicht angerufen?«, fragte Lynn, während Richard schimpfte: »Wir hätten euch doch abgeholt.« Allgemeines Stühlerücken war zu hören.

Mia und Lizzy umgab der Duft der Ferne, und sie wirkten so erholt, als sie auf ihre Familie zugingen. Lizzy trug Shorts mit Sandalen und hatte wieder eine neue flippige Haarfarbe,

Pink, während Mia ihr Haar offen trug. Sie hatte ein kurzes Sommerkleid an, das sie sich in Frankreich gegönnt hatte.

Alles an ihr sieht anders aus, dachte Nic. Sein Herz verkrampfte sich, als er sie so nah und doch so weit entfernt von ihm stehen sah.

Mia hielt abrupt inne, als sie Liam und Nic am Tisch entdeckte, was Lizzy ins Straucheln brachte. Es war eins gewesen, sie nach Hause zu kriegen, aber wer konnte schon ahnen, dass die *Swores* ausgerechnet jetzt hier Urlaub machten?

»Wir hätten anrufen sollen«, murmelte Mia und gab Lizzy recht, die sie vor einigen Stunden dazu gedrängt hatte. Mia wollte sich nicht weiter verunsichern lassen und war, ohne jemandem Bescheid zu sagen, ins Flugzeug gestiegen.

»Denk immer daran, dass alles gut werden wird. Zieh das Pflaster mit einem Ruck ab«, flüsterte Lizzy ihrer Freundin zu und drückte ihr aufmunternd die Hand.

»Mia!«, rief Haley mit ihrer Kinderstimme und schlang die Arme um ihre Cousine, die in die Hocke gegangen war.

»Salut Chérie«, wisperte sie an Haleys Ohr und versuchte ihr wildes Herzklopfen unter Kontrolle zu bringen. Es gab kein Zurück mehr, und Lilian hatte ihr einen Ratschlag mit auf den Weg gegeben: *Lieber kurz und schmerzhaft als ein gedämpfter Schmerz bis in alle Ewigkeit.* Und sie musste es wissen.

Lizzy drückte ihr aufmunternd die Hand und wurde von Sophie begrüßt, während Lizzy Haley auf den Arm nahm und sie lächelnd betrachtete. Langsam kamen sie auf den Tisch zu, und Richard entging nicht, dass Lizzy die Hand ihrer Freundin nicht losließ. Die Familien strahlten, nur Nic wirkte niedergeschlagen und war scheinbar blasser geworden. Lachend lief Liam auf die beiden Frauen zu und drückte seine kleine Schwester an seine breite Brust.

»Hey, na ihr Ausreißer. Das nenn ich mal eine Überraschung«, sagte er überschwänglich und begrüßte Lizzy.

»Ja, das kann man wohl so sagen. Ich wusste gar nicht, dass ihr auch hier seid«, bemerkte Lizzy und wechselte einen Blick mit Mia.

»Oh ja, seit gestern schon.«

Lizzy gab Mia ein Küsschen auf die Wange, dann ließ sie sie stehen, um ihre Familie zu begrüßen. Mias Tasche mit dem Mutterpass und dem ersten Ultraschallbild ihres Babys wog plötzlich hundert Kilo. Ihr nervöser Magen machte sich wieder bemerkbar, und sie fürchtete, sich erneut übergeben zu müssen. Da sah sie die Rettung in Form ihrer Mutter auf sich zueilen, und ehe sie es sich versah, fiel sie in ihre Arme. Eine Welle der Erleichterung überrollte sie, und sie drängte sich fester an Celine.

Die schniefte kurz und flüsterte liebevoll: »Mein Engel, ich habe dich so vermisst. Schön, dass ihr zurück seid.«

»Mum …«, brachte Mia erstickt hervor, und es klang in den Ohren ihrer Mutter wie eine Art Hilfeschrei. Aufmerksam betrachtete sie das Gesicht ihrer Tochter. Sie hob leicht die Sonnenbrille, um in ihre verweinten Augen zu sehen.

»Mein Baby, was ist nur passiert?« Mia blinzelte und schüttelte den Kopf. »In Ordnung, später …«

Da drängte sich Sophie zu ihnen durch, drückte Mia ungewöhnlich ruppig an ihre Brust und sagte: »Wie schön, dass du zurück bist. Du hast uns richtig gefehlt.« Celine sah, wie eine Träne über Sophies Wange lief, und hörte sie sagen: »Ach, das ist nichts, wenn man so nah am Wasser gebaut ist wie wir Kennedys, nicht wahr Schatz?!« Sie legte ihren Arm fest um

Mias Rücken und führte sie zum Tisch. Über ihre Schulter hinweg rief Sophie ihrer Schwiegertochter zu: »Celine, bist du etwa festgewachsen?«

Mia fühlte sich umringt von all den lieben Menschen wesentlich sicherer, zumal sie und Nic nur wenige Meter trennten. Ein kurzer Blick zu ihm ließ sie tief Luft holen. Er hatte sich eine Weile nicht rasiert und trug eine Sonnenbrille.

Wie immer, wenn er sich nicht wohlfühlt, kam es ihr in den Sinn. Sie schüttelte leicht den Kopf, als könnte sie so die Gedanken verdrängen.

Mia nickte abwesend und beobachtete, wie Nic die Arme um seine Schwester legte. Er trug ein eng anliegendes, graues T-Shirt. Seine Jeans saßen locker und waren zerschlissen wie immer.

Lynn streichelte Mias Hand und lächelte liebevoll. »Geht es dir besser, Mia? Lizzy sagte, dass du vor eurer Abreise krank gewesen bist.«

Mia ließ sich Zeit mit der Antwort und tauschte einen Blick mit ihrer Freundin. »Es … geht mir gut. Danke, Lynn.« Sie lächelte unsicher. Für einen Moment begegnete sie Nics Blick. Zumindest glaubte sie das, denn er sah zwar in ihre Richtung, aber er hatte immer noch die Sonnenbrille auf.

Bea beugte sich zu ihrer Nichte und strich ihr übers Haar. »Erzählt doch mal. War euer Urlaub schön? Und wie waren die Franzosen so? Ich hab da ja ein paar vage Erinnerungen.«

»Oh ja, da gab es ein paar echte Leckerbissen, nicht wahr Mia? Ich musste ihnen Mia regelrecht entreißen. Frag mal Lilian, wie viele Franzosen mit gebrochenem Herzen zurückgeblieben sind. Würde mich nicht wundern, wenn morgen eine ganze Wagenladung aus Frankreich herkommen würde, um um Mias Hand anzuhalten«, sagte Lizzy kichernd und wurde von Mia nur mit einem bösen Blick bedacht. Lizzy sah ihren Bruder an.

»Ich würde behaupten, dass das Klischee stimmt«, erwiderte Mia. »Sie schwingen große Reden und stellen das Verrückteste an. Aber eigentlich sind sie ziemlich selbstverliebt.«

»Bis auf Henry«, kicherte Lizzy, und Mia stimmte mit ein.

Lizzy begann, die Geschichte von Henry zu erzählen. Er arbeitete in Lilians Kunstatelier und war ein schmieriger Typ. Er war schrecklich um Lizzy bemüht gewesen, was die aber zu erwähnen vergaß. Mia kannte ihre Freundin zu gut, sie wollte, dass Mia sich so wohl wie möglich fühlte. Männerbekanntschaften hatte es für Mia weiß Gott nicht gegeben. Sie hatte genug Männerprobleme und Herzschmerz gehabt, dass es für ein ganzes Leben reichte. Sie hatte ihre Zeit damit verbracht, am Strand zu liegen, zu schlafen, nachzudenken und wieder zu schlafen. Eine Nebenwirkung der Schwangerschaft, wie Lilian zu wissen glaubte.

»Ich hoffe, du hast ordentlichen Appetit, Mia«, sagte Richard und kam mit dem überfüllten Fleischteller auf sie zu. Mit Schrecken schaute Lizzy zu Mia und sah, wie sie angewidert die Nase rümpfte. Allein der Geruch von Fleisch bewirkte derzeit große Übelkeit bei ihr. Bevor Lizzy irgendetwas sagen konnte, war es schon zu spät.

»Oh Gott!« Ruckartig schob Mia den Stuhl zurück, auf den sie sich niedergelassen hatte, presste eine Hand auf ihren Mund und die andere auf ihren Bauch. So rannte sie auf ihr Haus zu, und Lizzy fluchte ungehalten hinter ihr. Sie schaffte es gerade bis zum Wäscheklammereimer und erbrach sich heftig hinein. Lizzy eilte auf ihre Freundin zu und versuchte, sie vor den Blicken der anderen zu schützen. Mia war das fürchterlich peinlich, und sie flüchtete sofort ins Haus. Lizzy kam zum Tisch zurück, wo sie alle bestürzt ansahen.

»Was habe ich getan?«, fragte Richard besorgt und verwirrt zugleich. Lizzy lächelte ihn nachsichtig an. *Das fängt ja wunderbar an,* dachte sie.

»Nichts, Dad. Gar nichts … Schon gut …«

»Ich sehe nach ihr«, beschloss Celine und ging hinter Mia her, während alle zum Haus sahen.

Liam baute sich vor Lizzy auf und bestürmte sie mit Fragen. »Was ist mit ihr? Ist sie immer noch krank?«

Lizzy seufzte und antwortete: »Sie ist nicht krank.«

»Willst du mich für blöd verkaufen? Was ist hier los? Sie sah ganz schön dünn aus.«

Lizzy fluchte lautlos. Sie hatte vergessen, was für eine riesige Glucke Liam sein konnte. Sie blickte in sein ernstes Gesicht und musste lächeln. Sie konnte nur hoffen, dass irgendwer sich irgendwann genauso um sie sorgen würde. »Vielleicht hat sie den Flugzeugfraß nicht vertragen. Er war schlicht und ergreifend scheußlich«, redete sie sich heraus. Diese Antwort schien er erst mal zu schlucken. Aber er sah nicht sonderlich überzeugt aus. Wenigstens stellte er keine weiteren Fragen mehr. »Und was gibt es hier so Neues?«, fragte Lizzy betont heiter und grinste gequält.

Kapitel 20

Mia hatte es gerade bis ins untere Gäste-WC geschafft, wo sie sich erneut übergeben musste. Als sie den Mund gründlich auswusch und in den Spiegel sah, erstarrte sie. Sie war aschfahl unter ihrer Bräune, und am Hals waren kleine Äderchen geplatzt. *Schwanger sein ist wirklich kein Vergnügen,* dachte sie und strich abwesend über ihren Bauch. Sie öffnete die Tür und sah zu ihrer Mutter, die auf den untersten beiden Stufen der Treppe saß und auf sie wartete. Sie sah wunderschön aus in ihrem weißen Leinenanzug und den großen Kreolen, die an den Ohren baumelten. Sie stand auf und kam auf Mia zu.

»Was hältst du von einem kleinen Spaziergang?« Ergeben nickte sie und verließ hinter ihrer Mutter das Haus, damit sie niemand sah. Gemeinsam schlenderten sie untergehakt zum Wald und dem kleinen Fluss, an dem sie als Kinder so oft angeln gewesen waren. Mia liebte diese Ecke. Das leise Plätschern des Baches wirkte idyllisch, und die Sonne tauchte alles in einen hellen Goldton.

»Ich bin schwanger, Mum!«, platzte es förmlich aus ihr heraus, und Celine sog scharf die Luft ein. So etwas in der Art hatte sie geahnt, als Mia sich erneut übergeben hatte. Sie selbst hatte bei beiden Schwangerschaften kein Fleisch essen können. Sie stellte keine Fragen, sondern wartete auf Mias Erklärungen.

Mia weinte in den Armen ihrer Mutter und gab sich gar nicht erst Mühe, die Tränen zurückzuhalten.

Eine kleine Ewigkeit sprach niemand ein Wort, und Celine hielt Mia nur tröstend die Hand, während sie weinte. Seit dem

Tod ihres Mannes hatte sie ihre Tochter nicht mehr so aufgelöst erlebt. Sie drängte Mia nicht. Erst als sie auf dem kleinen Steg haltmachten und sich dort niederließen, begann ihre Tochter zu sprechen. »Ich weiß es seit unserer Abreise.«

»Bist du ganz sicher?«

Mia nickte. »Lizzy und ich waren vor dem Urlaub bei Doktor Hamilton. Es ist nicht zu leugnen.«

»Mein Gott Mia, ein Baby!« Celine schlug eine Hand vor den Mund, zog sie fest in ihre Arme, und Mia ließ erneut ihren Tränen freien Lauf.

»Man sollte meinen, dass ich nicht mehr weinen kann, nachdem ich seit Wochen nichts anderes tue.«

Verständnisvoll strich Celine über Mias Wange und blickte in ihre geröteten Augen. »Warum bist du nicht nach Hause gekommen? Ich … wir …«

Mia schüttelte nur resigniert den Kopf und suchte nach den richtigen Worten. »Ich … ich konnte nicht, und eigentlich Mum, ich weiß auch nicht. Es ist alles so schwer. Ich dachte, ich … Ich werde nicht bleiben …«

»Was?«

»Ich werde zurück nach Frankreich fliegen, wenn ich bei Doktor Hamilton war …«

»Aber … das geht doch nicht. Warum willst du fort? Du wirst es doch behalten, oder?«

In Celines Stimme schwang ein kleiner, ungewollter Vorwurf mit. Für Mia war eine Abtreibung nie wirklich eine Option gewesen. Das hätte sie nicht fertiggebracht. Und seit den paar Wochen, in denen sie es wusste, wurde dieser Gedanke immer abwegiger. Das Wesen war so winzig und wehrlos, doch sie liebte es schon innig. Es war nicht die Schuld des Babys, dass Mia Angst hatte.

»Was ist der Grund für diese Flucht, Mia?«

»Das ... kann ich dir nicht sagen.«

»Aber du wirst es mir erklären müssen. Denn bitte verzeih, aber meine fest verwurzelte Tochter war gerade drei Wochen ohne Angabe von Gründen in Frankreich. Dann kommst du nach Hause und sagst mir, dass ich Oma werde und dass du von hier verschwinden willst. Deine ganze Familie ist hier. Sophie, Liam, Haley, Bea, ich ... und was ist mit deinen Freunden? Was ist mit Lizzy, die dir so treu zur Seite gestanden hat, und Mia, was ist mit Nic?«

Tränen traten erneut in ihre Augen. Sie schniefte in ein Taschentuch und blickte starr geradeaus.

Eine Ahnung überkam Celine. »Nic weiß es gar nicht, oder?« Mia schüttelte nur den Kopf. Celines Stimme glich eher einem Flüstern, doch Mia schrak zusammen, als hätte sie sie angebrüllt. »Du willst gehen, ohne es ihm zu sagen?« Celine erkannte die Antwort in den Augen ihrer Tochter. Sie konnte es nicht glauben. »Aber Mia ... das kannst du nicht tun. Nic hat ein Recht darauf, zu erfahren, dass er Vater wird.«

»Mum, er liebt mich nicht. Oder nicht genug ... Er hat mich verlassen.«

Celine seufzte. »Nun hör mir mal zu, mein Schatz! Ich kann das gar nicht glauben. Aber lass dir von mir sagen, dass das eine mit dem anderen nichts zu tun hat. Dieses Kind braucht Eltern. Egal, ob sie sich lieben, zusammen sind oder nicht. Du wirst das nicht ganz allein machen wollen.«

»Was soll ich nur tun, Mum?«

»Ich würde vorschlagen, wir gehen jetzt zurück, du legst dich ins Bett, ich koche dir etwas Leckeres, Fleischloses, und dann ruhst du dich aus. Du musst dich erholen, und über diese Flucht sprechen wir noch, Chérie.«

»Du sagst ihm doch nichts, oder?«, vergewisserte sich Mia.

»Meine Kleine, das würde ich niemals tun. Das ist ganz allein eure Angelegenheit. Ich bin für dich da, Mia! Glaub mir, es wird alles gut werden, ganz bestimmt.« Zärtlich strich sie über Mias wilden Haarschopf.

Celine dachte daran, wie sie als kleines Mädchen mit Alan und Liam über den Rasen getobt war und wie sie nach ihr gerufen hatte, wenn sie hingefallen war. Sie dachte an das erste Mal, als sie sie »Mummy« genannt hatte. Erinnerungen blitzten vor ihrem inneren Auge auf. Wie erwachsen ihr kleines Mädchen geworden war. Sie war nun selbst schwanger ... und würde eine Familie haben.

Eine ganze Weile später, nachdem Mia sich beruhigt hatte, brachen sie auf und gingen nach Hause. Die Sonne stand schon tiefer, und sie würde bald untergehen. Sie nahmen die Abkürzung durch ihren Garten und winkten den anderen zu. Sie hatten schon gegessen, saßen aber noch zusammen. Haley tobte mit Tiger auf dem Rasen und kam auf ihre Cousine zugerannt.

»Mia, Mia ... sieh mal. Nic und Liam haben mit mir einen Drachen gebaut, und bald lassen wir ihn steigen ...« Sie war kaum zu stoppen.

»Hey, Chérie, meinst du, wir können das auf morgen verschieben?«

»Geht's dir nicht gut, Mia?«

»Mia ist nur müde und erschöpft von dem Flug. Was hältst du von einer Wanne, Liebes?«, fragte Celine fürsorglich.

»Kann ich dich später besuchen kommen? Zum Sandmännchen?« Mia gab Haley einen sanften Kuss auf die Stirn, und Lynn streichelte besorgt über Mias Haar. Lizzy lenkte währenddessen Haley ab und bat sie, ihr diesen Drachen zu zeigen.

Sie drückte Mias Arm. »Du kommst zurecht? Ich komme später zu dir, ja?«

Mia nickte dankbar und sagte: »Erhol dich lieber mal selbst. Und Lizzy? Danke!«

»Du wirst uns doch keinen Kummer bereiten, Mia? Nicht dass du krank wirst!« Schnell schüttelte Mia den Kopf und gab Lynn ein Küsschen auf die Wange, bevor sie ins Haus floh.

»Einen schönen Abend euch allen.« Sie wandte sich um, als ihre Mutter sie rief.

»Mia, Jason hat sich ein paar Mal nach dir erkundigt. Vielleicht solltest du ihn anrufen, wenn du dich ausgeruht hast!« Mia wurde noch blasser.

»Falls er noch mal anrufen sollte, bin ich nicht da … Verschollen in Frankreich, und du weißt nicht, wann ich wiederkomme.« Lizzy lachte unbekümmert und hielt sich schon den Bauch. »Das gilt auch für dich *Elizabeth*«, warnte Mia mit erhobenem Zeigefinger.

»Wie willst du es ihm verheimlichen? Ich bin schließlich auch wieder da.« Mia fluchte leise vor sich hin und ging ins Haus zurück.

Liam wandte sich direkt an seine Mutter. »Was ist hier los?«

»Nichts, mein Sohn.«

»Du lügst! Was ist mit ihr?«

»Vergiss nicht, dass du mit deiner Mutter sprichst, Liam Kennedy«, warnte Sophie ihren Enkel mit erhobenen Augenbrauen. »Außerdem gibt es Dinge, die ihr Männer nicht wissen müsst«, fügte sie hinzu. »Ich lass ihr ein Bad ein.«

Damit folgte sie ihrer Enkelin ins Haus.

»Ist sie krank?«, hakte Liam besorgt und wütend zugleich nach. Celines Blick wanderte zu Nic, der nachdenklich und trübsinnig auf seinem Stuhl saß. Er hatte seine Mütze tief ins

Gesicht gezogen, und eine Sonnenbrille verdeckte seine Augen. Celine war sich sicher, dass er sie ansah. Egal, was zwischen ihnen vorgefallen war, er trug seinen Anteil daran. Sie konnte es nicht vermeiden, ihm einen bitterbösen Blick zu schenken, und ließ sich neben Lynn sinken.

»Nein, Liam, sie ist nicht krank. Mehr kriegst du nicht aus mir raus. Und glaub mir, wenn du sie bedrängst, dann leg ich dich übers Knie, verstanden?« Liam sah aus, als hätte sie ihm eine Ohrfeige verpasst.

»Aber …«, protestierte er.

»Ich will nichts weiter hören!«

So vergingen die ersten beiden Tage nach ihrer Heimkehr. Mia erschien betont gleichmütig zu den Mahlzeiten, meldete sich bei Jason und bat um ihren Job, den er ihr mürrisch zurückgab, weil die Ersatzlehrerin nichts taugte. Dann bat sie Jeff um einige Schichten in der Bar. Sie brauchte dringend Abwechslung, und sie wollte Geld verdienen, um etwas für ihr Baby zu sparen. Lizzy redete auf sie ein, dass sie mit Nic sprechen sollte, doch dafür war sie nicht bereit. Sie bezweifelte irgendwie, dass sie für dieses Gespräch jemals bereit sein würde. Lizzy konnte ihre Bedenken verstehen, zählte ihr trotzdem jeden Grund auf, der dafürsprach, es Nic endlich zu sagen. Insgeheim wünschte sie sich nichts sehnlicher, als dass er sie um ihretwillen aufsuchen würde und das Vergangene mit ihr abschloss. Aber das geschah nicht.

Eines Abends saß sie auf der Terrasse und trank eine heiße Milch mit Honig, die ihr erstaunlich gut bekam und ihr beim Einschlafen half, als Nic durch den Garten ging und eine Zigarette rauchte. Mias Herz raste wie verrückt, und sie versteckte sich automatisch hinter den üppigen Blumen.

Ihre Hände ruhten auf ihrem Bauch, und da wusste sie, dass es nicht richtig war, ihm das Baby vorzuenthalten. Es war nicht richtig, es vor ihm zu verheimlichen und nach Frankreich zu fliehen. Für all die Dinge, die zwischen ihnen vorgefallen waren, konnte das Baby nichts. Es war unschuldig und hatte ein Recht darauf, seinen Vater kennenzulernen. Ganz zu schweigen davon, dass Nic die Chance bekommen sollte, ein guter Vater zu werden. Mia dachte daran, wie er mit Haley umging, und sie wusste, er würde ein guter Vater sein. Sie beschloss, ihm davon zu berichten.

Sie richtete sich auf, um ihren Entschluss sofort in die Tat umzusetzen. Da sank ihr Mut wieder. Was sollte sie nur sagen? Sie blickte zu ihm hinüber, und da begegnete er ihrem Blick. Einen Moment sahen sie sich an, und Nic wandte sich ab. Der Augenblick war vorüber.

Am darauffolgenden Tag schien die Sonne so heiß auf Bodwin, dass jeder in seinen vier Wänden blieb. Die Temperaturen waren so hoch, dass einem bei der kleinsten Tätigkeit der Schweiß ausbrach, und das machte es Mias Kreislauf nicht unbedingt einfacher. Wie sollte es nur weitergehen? Seit sie wieder zu Hause war, schienen diese Gedanken mehr Raum zu beanspruchen, und Mia kam immer mehr zu dem Schluss, dass eine weitere Flucht nicht infrage kam. Sie musste sich ihrer Zukunft stellen. Das Baby würde irgendwann auf die Welt kommen, und ihm war es egal, wo das war.

Der erste Schritt war, Nic endlich alles über das Baby zu erzählen. Mia hatte viel darüber nachgedacht und entschieden, dass sie es nicht länger vor sich herschieben wollte. Am Abend würde sie all ihren Mut zusammennehmen. Lizzy war sehr erleichtert und zuversichtlich.

»Du wirst sehen, alles wird gut werden, sobald er Bescheid weiß«, hatte sie ihr am Morgen gesagt. Mia blieb skeptisch.

Der Tisch wurde auch für die Familie Donahue gedeckt. Es war eine Art Tradition geworden, dass sie gemeinsam aßen, wenn ihre Kinder mal alle versammelt waren. Liam und Nic waren nicht eingeplant gewesen, weil sie sich in der Stadt mit ihrem Manager trafen, um einem regionalen Blatt ein Interview zu geben. Es war also noch Zeit, um sich für das Gespräch am Abend zu wappnen.

Sie saßen alle unter ihrer Überdachung, als die Tür aufging und Liam mit Nic hereinkam. Das Interview war ausgefallen, und so waren sie wieder zurückgefahren. Mia rückte unruhig auf ihrem Stuhl hin und her, als Nic sich nur zwei Plätze neben sie setzte. Nach einigen Fragen von Richard und Lynn kam heraus, dass Nic nach dem Essen direkt nach London aufbrechen würde, während Liam zu Hause blieb.

Mia atmete tief durch. Warum konnte es nicht mal so laufen wie geplant? Alles wurde immer so kompliziert. Es war eine allgemein angespannte Situation. Es war offenkundig, dass Nic nicht nach London musste, sondern wollte.

Als Sophie mit dem Schweinebraten anrückte und ihn vor Mias Nase hinstellte, begann das unaufhaltsame Chaos. Der Geruch von Fleisch erregte nach wie vor fürchterliche Übelkeit bei ihr. Ein seltsames Geräusch drang aus Mias Kehle, und sofort griff ihre Großmutter zu der Platte.

»Oh, bitte entschuldige, Liebes, ich hatte völlig vergessen, was Fleisch bei dir bewirkt.« Da war es schon zu spät. Mia sprang vom Stuhl auf und rannte ins Haus. Ihr Weg führte sie nur bis zur Küchenspüle.

»Oh je … ich bin aber auch eine alte schusselige Schachtel«, schimpfte Sophie sich selbst.

»Ist sie etwa immer noch krank?«, fragte Richard besorgt. »Vielleicht sollte sie einen Arzt aufsuchen. Ich hab erst neulich von einer dieser Krankheiten aus dem Ausland gehört. Vielleicht hat sie sich in Frankreich was eingefangen …«

Lynn schien allerdings ein anderer Gedanke gekommen zu sein, denn sie sah Celine eindringlich in die Augen. Sie war auch dreimal Mutter geworden, und der Weg dahin konnte manchmal unschön sein. Doch ehe Sophie oder Celine etwas darauf erwidern konnte, ertönte Haleys kindliche Stimme: »Oh nein, das ist das Baby. Das bringt Mia dauernd zum Brechen. Hat Mum mir erzählt.«

Lizzys Augen wurden groß, und sie rief scharf: »Haley!«

Entsetzt wandte sich Celine zuerst an Haley, dann an ihre Schwester, die betont unschuldig dreinblickte. Der wahre Schock war Liam und ihren Gästen anzusehen. Nic war aschfahl im Gesicht und brachte kein Wort heraus. Dafür war Liam umso lebendiger.

»Baby? Was für ein Baby?«

Es herrschte Stille. Wenige Augenblicke später betrat Mia kreidebleich die Terrasse und blickte in erstarrte Gesichter. Entgeistert sahen sie alle an, was Mia verunsicherte.

»Bitte entschuldigt, ich fühle mich nicht sonderlich und gehe lieber hoch.«

»Wusstest du etwa davon?«, fragte Liam Nic, der aufstand und in den Garten hinaustrat, weswegen Celine ihn am liebsten erwürgt hätte. Ihr Zorn wurde jedoch schnell auf jemand anderen gelenkt.

»Du bist schwanger?«, rief Liam, und Mia wurde, sofern das überhaupt möglich war, noch blasser. Ihr Blick glitt zu Nic, der auf dem Rasen stand und den Kopf gesenkt hatte.

»Verflucht noch mal, meine Schwester ist schwanger, alle wussten davon, nur dein trotteliger Bruder nicht?«

»Liam!«, warnte Sophie ihn sanft, aber bestimmt. Es dauerte einen Moment, ehe Mia sich rühren konnte. Doch ihr Bruder ließ nicht locker. »Deswegen willst du nach Frankreich? Ich fass es nicht …«

»Du willst nach Frankreich?«, meldete sich Lynn das erste Mal zu Wort. Mia zog es vor, die Flucht anzutreten. *Verdammte Scheiße, so soll das Ganze sicher nicht besprochen werden.*, dachte sie.

»Liam, deine Schwester hat ein paar schlimme Wochen hinter sich! Würdest du ihr bitte etwas Zeit lassen?«, versuchte nun Lizzy, ihn zu beruhigen. Er hatte leider das Temperament seiner Mutter geerbt und ließ sich nicht so leicht bremsen.

»Ich glaub es einfach nicht. Alle haben es gewusst, und ich renn wie ein Volltrottel durch die Weltgeschichte.« Betreten sahen sich alle an.

»Oh, entschuldige Bruderherz! Natürlich hätte ich mit meinen Sorgen als Allererstes zu dir kommen müssen. Nicht weil du mich unterstützt hättest, sondern weil du sonst nicht informiert gewesen wärst. Du bist ja irre!« Mia ging eilig auf ihre Tasche zu und schleuderte ihm ihren Mutterpass entgegen. »So, hier … Es steht alles drin, was du wissen musst.« Damit verschwand sie im Haus.

»Emilia Soph…« Bevor Liam weiter wettern konnte, wurde ihm das Wort abgeschnitten.

»Halt den Mund, Liam!« Nics Stimme war so fest und kühl, dass Liam ihn entgeistert anstarrte. Er griff zum Tisch, hob den Mutterpass auf und nahm ihn in seine leicht zitternden Hände.

»Was?«

»Du sollst aufhören, Mia anzubrüllen, reiß dich gefälligst zusammen!« Er folgte Mia ins Haus, und alle schauten teils verwirrt, teils erstarrt hinter den beiden her. Sie zählten eins und eins zusammen, und die ganze Geschichte ergab plötzlich Sinn.

Nic fand Mia schließlich in ihrem kleinen Reich und machte sich gar nicht erst die Mühe anzuklopfen. Er bebte vor Zorn, Enttäuschung und Unsicherheit. Er konnte nicht glauben, was er eben zu hören bekommen hatte. Und dennoch: Er hielt gerade den Beweis in seinen Händen. Sofort sah sie zu ihm hoch, und ihr Gesicht war von Kummer gezeichnet, was Nic milder stimmte. Sie nestelte unruhig an ein paar Ketten herum, die sie ungeschickt aufhängen wollte. Ihr ganzer Körper bebte vor Nervosität. So gut kannte er sie immerhin noch. Das hielt ihn jedoch nicht davon ab, sie mit den Dingen zu konfrontieren, die ihm so ungeheuerlich erschienen.

»Du bist schwanger?« Mia sah ihn nicht an, nickte nur nach wenigen Augenblicken, in denen Nic hoffte, der Mutterpass in seiner Hand würde sich in Luft auflösen, und sie beide könnten endlich beginnen, ihre Probleme zu lösen, bevor ein Baby hinzukam. Der Mutterpass blieb allerdings, wo er war. Er hielt ihn fest in der Hand, und das Gefühl, das er in ihm auslöste, war fast nicht zu ertragen. Das konnte doch alles nicht wahr sein.

»Wann hattest du vor, mir davon zu erzählen?«, fragte er scharf. Mia antwortete nicht, sondern saß wie ein Häufchen Elend auf dem Fußboden und starrte aus dem Fenster. »Mia!«, rief er laut, sodass sie zusammenzuckte und ihn ansah, als hätte sie ihn gerade erst bemerkt. »Wann hattest du vor, mir davon zu berichten?«

»Davon?«, fragte sie leise.

»Hiervon!« Er warf den Mutterpass vor ihre Füße. »Verdammt Mia, wie konnte das nur passieren?«

Sie hatte seine Anschuldigungen vorhergesehen, und trotzdem traf es sie härter als erwartet. Vielleicht weil sie es sich ebenso vorhielt. Sein Gesicht wirkte versteinert, als sei keine wirkliche Regung mehr möglich, als wäre er erstarrt in diesem entsetzten Ausdruck. Seine Vorwürfe trieben ihr nicht nur die Tränen in die Augen, sondern stachelten auch ihre Wut an. Sie hatte sie so lange zurückgehalten, dass es ihr leichtfiel, das Ventil zu öffnen.

»Du fragst mich, wie das passieren konnte?« Ihre Stimme war gefährlich ruhig. Nic wusste es besser. Es war ähnlich wie bei Lizzy. Normalerweise tobte ein kurzer Sturm, und kurz darauf kam die Sonne zum Vorschein. Das war etwas anderes. Nur war Nic ebenso wütend auf sie wie sie auf ihn.

»Normalerweise nehmen Frauen in deinem Alter die Pille!« Sein Vorwurf war ungehalten und kindisch. Immerhin war er mindestens genauso daran beteiligt gewesen, an Verhütung zu denken, wie sie. Er dachte sonst immer daran, seine Partnerin und sich zu schützen. Bis vor wenigen Minuten hatte er noch nicht mal darüber nachgedacht, in dieser intensiven Zeit mit Mia etwas versäumt zu haben.

»Ist das eine ernsthafte Vorhaltung?«, fragte Mia entsetzt, lenkte dann aber ein und erklärte: »Ich habe vor einigen Monaten die Pille absetzen müssen. Unregelmäßiger Hormonhaushalt … Es gab …« Sie schluckte. »Es gab keinen Grund … sie wieder zu nehmen. Das mag für dich vielleicht seltsam klingen, aber ich pflege nicht mit jedem ins Bett zu steigen, der nicht bei drei auf den Bäumen ist.«

Nics Lippen pressten sich aufeinander, sodass nur ein

schmaler Strich zu sehen war. »Ich verstehe die Anspielung, Mia …«, stieß er zwischen den Zähnen hervor.

»Ich frage mich, ob du dich sonst nicht vor so etwas schützt!?«, fragte sie weicher.

»Natürlich!«

»Warum … hast du dann keinen Gedanken daran verschwendet?« Nic sah wie ein geprügelter Hund aus.

»Vielleicht aus einem ähnlichen Grund wie du …«

Lizzy hatte Mia oft gefragt, warum sie nicht an Verhütung gedacht hatten. Sie waren alt genug, um sich über die Konsequenzen im Klaren zu sein. Mia hatte lange überlegt und festgestellt, dass sie in einer Art Rausch gefangen gewesen war. Sie hatte selbst wochenlang nicht in Erwägung gezogen, etwas vergessen zu haben. Sollte es bei Nic ähnlich gewesen sein?

»Soweit ich weiß, warst du auch nicht immer ein Kind von Traurigkeit.« Natürlich spielte er auf Chris an. Mia war noch enttäuschter, als es ihr erlaubt war. Diese Frage war ihm natürlich gestattet. Doch es fühlte sich an, als wollte er sie und dieses Baby jemand anderem anhängen. Sie hielt den Atem an. Die Richtung, die dieses Gespräch nahm, gefiel ihr ganz und gar nicht.

»Willst du wissen, ob du der Vater bist, Nic?«

»Natürlich bin ich der Vater!«, sagte er entschieden, als hätte er nie etwas anderes angenommen. »Verflucht Mia!« Sie blickte zum zweiten Mal in sein Gesicht, das nicht mehr entsetzt wirkte, sondern verzweifelt.

»Wie kannst du dir so sicher sein?«

»Willst du mich etwa noch mehr provozieren?« Er ging bedrohlich auf sie zu.

»Nein, ich wundere mich nur. Jeder andere hätte daran gezweifelt.«

»Ich stehe zu meinen Fehlern! Das solltest du eigentlich wissen ...«

Mia schnappte nach Luft, stand auf und wandte sich endgültig von ihm ab. Sie hielt die Hände vor ihrem Bauch verschränkt, als wolle sie nicht, dass das Baby dieses Gespräch hörte. »Fehler?«, hauchte sie leise, kaum hörbar. Auch wenn sie verstehen konnte, wie er es meinte, traf sie dieser Satz schmerzhaft in ihrem Herzen.

»Als was würdest du es denn bitte bezeichnen, wenn zwei Erwachsene derart übereinander herfallen, dass sie so etwas Wichtiges vergessen? Und das nicht nur einmal, sondern ... oft«, brachte er seine Ausführung energisch zum Punkt.

Mia kullerte eine Träne über die Wange. Sie war es so leid, zu weinen und sich so schuldig und einsam zu fühlen. »Als dumm, vielleicht«, räumte sie ein und wischte über ihre Wange, damit er nicht sah, wie sehr er sie verletzt hatte.

»Ich verstehe einfach nicht, wie du mir so etwas Wichtiges verheimlichen konntest.«

»Nach allem, was passiert ist ...«

»Ja, Mia, gerade nachdem, was alles passiert ist, hättest du es mir sagen sollen.«

»Wahrscheinlich hätte ich das! Aber was würde das ändern?« Eigentlich hatte sie ihn fragen wollen, wie er dieses Baby wollen konnte, wenn er sie nicht wollte?

Ungläubig betrachtete er Mia. »Du wolltest einfach abhauen? Ohne mir etwas davon zu sagen? Bist du noch ganz bei Trost? Was hättest du dann getan, hm? Wärst du dann mit dem Baby vor mir aufgetaucht und hättest verlangt, was dir zusteht? Ist es das, Mia? Willst du nur das nötige Kleingeld und verschwindest aus meinem Leben?« Er konnte selbst nicht glauben, was er da von sich gab. Etwas in ihm war bei dem

Gedanken daran kaputtgegangen, dass sie ihn nicht in ihrem Leben haben wollte.

»Nein, ich will überhaupt nichts von dir! Behalt deine Kröten für dich! Ich komme schon klar!«, brüllte sie und spürte, wie ihr erneut übel wurde. *Reg dich nicht so auf!*, versuchte sie sich selbst zu beruhigen.

Nic grinste spöttisch und sagte: »Und womit bitte? Mit deinen Ballettstunden? Oder willst du bei Jeff kellnern?«

»Und wenn ich anschaffen gehen würde, *Domenic*. Das könnte dir völlig egal sein. Es geht dich nämlich nicht mehr das Geringste an!«

Für einen Moment verschlug es ihm die Sprache. Er wusste, sie meinte das nicht ernst. Sie wollte ihn nur ebenso provozieren wie er sie.

»Oh nein, *Honey …«* Diesmal klang seine Stimme nicht zärtlich oder vor Lust verzerrt, wie in ihrer Erinnerung. Diesmal klang er tief verletzt und gefährlich.

Er stand nahe vor ihr, beinahe Nase an Nase, und sein maskuliner, vertrauter Duft und seine Augen ließen ihr Herz aussetzen. Es war verrückt, wie ihr Körper auf ihn reagierte, obwohl er sie so verletzt hatte.

»So wird das nichts. Ich habe nicht nur Pflichten als Vater, sondern auch Rechte. Du und dein Arsch bleiben schön hier! Verlass dich drauf!« Damit rauschte er aus ihrem Zimmer. Mia blickte ihm sprachlos hinterher. In all den Jahren, die sie sich kannten, hatte es nie einen derartigen Streit gegeben.

Kapitel 21

Als Nic wutentbrannt die Treppe hinunterrannte, blickte er in viele betretene Gesichter, die alle ertappt wegschauten.

»Na wunderbar …«, sagte er und drückte mit Daumen und Zeigefinger gegen seine Nasewurzel, während er auf dem Treppenabsatz innehielt. Er verfluchte seine Familie und auch Mias. Warum konnten sie ihnen nicht ein wenig Zeit und Raum lassen?

»Stimmt das?«, fragte Richard mit rauer Stimme. Er wirkte wie vor den Kopf geschlagen, und Celine konnte es ihm nicht verübeln. Sie war immer noch nicht ganz dabei, und sie hatte schon einen Tag Zeit gehabt, sich an den Gedanken, Großmutter zu werden, zu gewöhnen.

»Der Junge muss das erst mal verdauen. Komm Nic, du brauchst einen Drink«, sagte Sophie entschieden und winkte ihn zu sich hinunter. Ein Lächeln zupfte an Nics Mundwinkeln. Dass diese alte, exzentrische, aber liebenswürdige Frau ihm einmal derart den Rücken stärken würde, hätte er nie für möglich gehalten.

Nics Augen fanden die wütend dreinblickenden Augen seines Freundes. *Nicht auch das noch!*, dachte er und ergab sich seinem Schicksal, denn Liam würde ihm keinen Aufschub gewähren. Das war so sicher wie das Amen in der Kirche.

»DU. ICH. RAUS!« Drei Wörter, die durch Liams aufeinandergepresste Zähne kaum zu verstehen waren. Er sah so aus, als hätte er ihn am liebsten sofort am Kragen persönlich hinausgezerrt.

»Vielleicht sollten wir uns alle erst mal beruhigen«, bat Lynn mit dünner Stimme. Wenigstens schien sie endlich wieder zu atmen, stellte Nic erleichtert fest.

»Ist schon gut, Mum. Liam duldet keinen Aufschub«, sagte Nic und folgte seinem Freund durch die Küche in den Garten.

»Also gut, leg lo…« Da kam schon eine Faust auf ihn zugesaust, und Nic hatte keine Chance mehr zu reagieren. Hart traf sie ihn am Kinn und brachte seine Lippe zum Platzen. Nic war so perplex über die Reaktion, dass er Liam verdattert anstarrte.

»Was bist du nur für ein hinterhältiger …!« Nun wich Nic seinen Angriffen aus. Er musste sich wirklich zurückhalten, um sich nicht zu wehren.

»Lass uns bitte in Ruhe darüber reden, Liam«, bat er eindringlich und wich erneut Liams Faust aus. Er schubste ihn einmal kräftig, um ihn von sich zu stoßen.

Dann schubste Liam Nic zurück und begann erneut eine Rangelei, bis plötzlich ein Schuss fiel.

Sophie stand mit einer Schrotflinte hinter ihnen und hatte die Hände in die Hüften gestemmt. »Schluss jetzt mit diesen Kindereien. Herrgott noch mal!«, brüllte sie.

»Sophie!«, ertönte es geschockt von der Veranda, während Richard versuchte, die beiden Jungs auseinanderzuhalten.

»Reden? Ich fasse für dich zusammen: Du hast mir das Versprechen abgerungen, ihr nichts von dieser Stalkerin zu erzählen. Dabei hast du sie geschwängert und sitzenlassen …«

»Ich wusste nichts davon! Hörst du eigentlich irgendwem mal zu?«, fragte Nic gereizt. »Ich weiß, dass du mich dafür hasst, dass du sie belügen musstest und deshalb nicht für sie da warst. Aber du wusstest doch genau warum. Was hätte ich denn tun sollen?« Verzweiflung stand Nic ins Gesicht geschrieben.

Liams Wut war verraucht, so schnell, wie sie gekommen war. Es war eine Sicherung durchgebrannt, und er hatte sich nicht mehr unter Kontrolle gehabt. »Du hast nichts davon gewusst?«

Nic schüttelte den Kopf.

»Was soll das alles bedeuten?« Mia, die sich blass durch die anderen hindurchschlängelte, sah die beiden Männer fragend an.

»Du solltest es ihr endlich sagen, Nic. Sieh nur, wo es euch hingeführt hat«, schlug Liam traurig vor und beobachtete seinen Freund genau. Dann verschwand er ins Haus, um sich Eis für die schmerzende Hand zu besorgen.

Langsam wandte sich Mia zu Nic um und betrachtete sein blutendes Gesicht. Sie machte einen unsicheren Schritt auf ihn zu und blickte ihn traurig und irritiert an.

»Was sollst du mir sagen?«

Unschlüssig stand Nic vor ihr. Sie starrten ihn alle erwartungsvoll an. Plötzlich rief er laut, während er beide Arme von seinem Körper streckte, als würde er sich ergeben: »Ich habe dich verlassen, weil ich es musste, okay? Nun zufrieden? Du bist in Gefahr, weil irgendeine irre Stalkerin dich bedroht, solange du mit mir zusammen bist …« Erstaunt schaute Mia ihn an. Nics Wut auf sie war noch nicht verraucht. »Und jetzt, wer ist jetzt hier der Böse? Wer wollte mich einfach aus seinem Leben streichen?«

»Es tut mir so leid …«, begann Mia, was er nur mit einem flüchtigen Nicken kommentierte, während er an ihr vorbeiging. *Einfach weg …*

»Ich glaube, jetzt brauchen wir wirklich alle einen Drink und lassen die Jungs mal ihre Wunden lecken«, sagte Richard und umfasste Mias Schulter sanft, die Nic hinterherstarrte.

»Komm schon, Mia … Für dich gibt es zwar nur Saft, aber der wird dir guttun. Mach dir keine Sorgen! Mein Sohn beruhigt sich schon wieder. Lass ihm etwas Zeit, um sich an den Gedanken zu gewöhnen. Ich selbst werde unseren anderen Superstar mal befragen, was hier eigentlich los ist.«

Mia biss sich schuldbewusst auf die Lippe. Lizzy umfasste ihre Hand und führte sie hinein.

Sie schüttelte lachend den Kopf: »Dich kann man wirklich nicht aus den Augen lassen. Chaos ohne Ende! Jetzt führen sich schon zwei erwachsene Männer wie wild gewordene Kampfhähne auf.« Mia zog eine Grimasse.

»Meinst du nicht, wir sollten nach ihm sehen?«, fragte Lynn besorgt.

»Oh nein, besser nicht«, erklärte Richard gelassen und umarmte seine Frau. »Ich werde später mal nach unserem Sprössling Ausschau halten.«

Ein paar Stunden später fand Richard das Zimmer seines Sohnes leer vor. Er zweifelte nicht einen Moment daran, dass Nic mit Sack und Pack geflohen war. Seufzend ließ er sich auf Nics großem, ungemachtem Bett nieder. Erst vor wenigen Stunden hatte er erfahren, dass er in einigen Monaten zum zweiten Mal Großvater werden würde. Ein Lächeln stahl sich auf sein Gesicht. So ernst die Situation zwischen Mia und seinem Sohn auch war, er konnte die Freude nicht unterdrücken. Er stand auf und ging zu dem großen, offenen Fenster, das zum Garten hinauszeigte.

Nic hatte ein geräumiges Zimmer mit Balkon und einem kleinen Bad gehabt. Es gehörte ihm noch immer, auch wenn er den größten Teil des Jahres in seiner Wohnung in London lebte. Es war ordentlich und spartanisch eingerichtet. Richard hatte sich hier immer wohler gefühlt als in Lizzys vollgestopftem, unordentlichem Zimmer.

Nic erinnerte ihn an sich selbst. Wie schwer hatte Lynn es zu Beginn mit ihm gehabt? Erst als die kleine Josslin geboren worden war, war er sich seiner Verantwortung bewusst geworden. Um ein Haar hätte er diese wunderbare Familie verloren, hätte er nicht noch rechtzeitig die Kurve gekriegt. Er gab es nicht gern zu, aber diese Wildheit, die Nic in sich trug, hatte früher auch Richard angetrieben. Er hatte es nur der Geduld und der unsäglich tiefen Liebe seiner wundervollen Lynn zu verdanken, dass er rechtzeitig zu sich kam und den Sinn im Leben gefunden hatte. Um ein Haar hatte er sie verloren.

Erst nach einigen Tagen hörte Mia wieder etwas von beziehungsweise über Nic. In Wahrheit hatte er sich aus einem bestimmten Grund von ihr getrennt. Mittlerweile hatten sie einige Details aus Liam herausgekitzelt, der seltsam redselig war. Er erklärte ihr, wie schlecht es ihm und Nic in der Zeit gegangen war und dass Nic sie wirklich und wahrhaftig liebte. Mias Hochgefühl ebbte aber immer wieder rasch ab. Jeder ihrer Telefonanrufe wurde von Nic ignoriert, und ihre Nachrichten wurden nicht beantwortet. Mia wusste, dass er verletzt darüber war, dass sie ihm das Baby vorenthalten wollte. Das stimmte so ja nicht. Was sollte sie tun? Sie war nicht allein an diesem Schlamassel schuld. Zur damaligen Zeit hatte sie nicht wissen können, dass Nic aus einem bestimmten Grund so gehandelt hatte. Er musste jetzt erst mal zu sich kommen. Es brachte nichts zu hoffen, dass sich alles von selbst finden würde, und Lynn machte Mia deutlich, dass sie sich endlich für das Baby entscheiden sollte, völlig unabhängig, was aus ihr und Nic werden würde. Erst nach Tagen verstand sie, was sie damit gemeint hatte.

Sie war mit ihrer Mutter bei Dr. Hamilton und sah das kleine Wesen in ihrem Innern. Sie hörte seine Herztöne, sah es entspannt in ihrem Bauch umherhüpfen und fühlte ein ungeahntes Glücksgefühl. Dr. Hamilton sagte ihnen, dass alles in Ordnung sei, und verschrieb ihr ein leichtes Mittel gegen die Übelkeit und das Erbrechen. Mia beschloss in dieser Minute, dass sie ihr Leben in Angriff nehmen musste, und begann sich Gedanken darüber zu machen, wie es für sie beide weitergehen sollte.

Sie wollte unbedingt die Uni beenden und musste sich nach langem Hin und Her eingestehen, dass sie das alles nicht alleine schaffen würde. Lynn, ihre Mutter und Bea waren einstimmig dafür, dass sie sich in der Unizeit um das Baby kümmern wollten und Mia am besten zu Hause wohnen sollte. Celine bot ihr an, das Dachgeschoss und die oberste Etage umbauen zu lassen. Aber Mia konnte nicht zustimmen. Eins hatte sie in den vergangenen Wochen gelernt: Sie musste endlich an ihr eigenes Leben denken und nicht immer mit einem Bein zu Hause wohnen bleiben. Es wurde Zeit, sich davon zu lösen.

Die Wohnung in der Nähe des Campus war in den letzten Wochen längst weitervermietet worden. Lizzy als Mitbewohnerin zu haben wäre sicherlich toll gewesen. Doch Mia wollte ihr das nicht zumuten. Sie musste endlich mal etwas alleine machen. Somit entschloss sie sich, nach einem kleinen Apartment in Bodwin Ausschau zu halten. Ihre Mutter bot Mia finanzielle Unterstützung an, was sie nicht komplett ablehnen wollte. Stolz war etwas, was sie sich im Moment nicht leisten konnte. Allerdings hatte ihr Vater ihr etwas Geld hinterlassen, das sie für die Einrichtung des Babyzimmers inklusive aller

Dinge, die man so brauchen konnte, nutzen würde. Es kamen bestimmt noch andere Ausgaben, wie etwa eine Kaution für die neue Wohnung, hinzu. Es würde nicht einfach werden. Aber wenn sie bald wieder anfing zu arbeiten, würde sie es schon irgendwie schaffen.

Jason war natürlich hocherfreut, als Mia bei der ersten Ballettstunde für die Mädchen wieder vor ihm stand. Sie erzählte ihm nichts von ihrer Schwangerschaft. Unweigerlich würde die Frage nach dem Vater aufkommen, und Mia war nicht bereit, der Öffentlichkeit ihr unklares Verhältnis mit Nic zu erklären. Ebenso verschwieg sie es ihren beiden anderen Freundinnen Lisa und Anabelle, die aufgeregt mit ihnen über Frankreich schwatzten und Mia immer seltener besorgte Blicke zuwarfen.

Anabelle und Lizzy waren offenbar stillschweigend übereingekommen, ihre Unstimmigkeiten ohne jeglichen Kommentar beizulegen. Mia war glücklich darüber. Sie hätte nicht die Kraft gehabt, weitere Konflikte zu ertragen. Lizzys warnende Worte über Anabelle hatten in Mia etwas verändert. Sie ging nicht mehr so vorbehaltlos zu ihren Treffen und beendete sofort jede Diskussion über ihr Liebesleben, ihren Auszug aus der WG an der Uni und jedes Thema, bei dem Anabelle irgendwie angriffslustig wurde. Das führte wiederum zu vereinzelten Spannungen, doch das war Mia egal. Sie hatte genug Sorgen, auch ohne Anabelles Sticheleien. Lizzy sagte nichts dazu, konnte sich aber ein gelegentliches Feixen nicht verkneifen. Da wurde Mia klar, dass ihre Freundin nur ihr zuliebe klein beigegeben hatte, und einmal mehr wuchs ihre Zuneigung für Lizzy ins Unermessliche. Elizabeth Donahue war mit nichts auf der Welt zu bezahlen, und Mia konnte sich glücklich schätzen, sie zur Freundin zu haben.

Am Abend nach ihrem gemeinsamen Kaffeeklatsch mit Lisa und Anabelle kam Lizzy mit einem freudigen Gesichtsausdruck zu Mia und erzählte ihr die Neuigkeit. »Ich habe einen alten Bekannten getroffen, und er hat mir von einer Wohnung erzählt, die hier ganz in der Nähe ist. Sie hat zwar nur ein Zimmer, aber man kann es sich ja wenigstens mal anschauen. Die Wohnung steht leer, es müssen nur noch ein paar Dinge repariert werden. Und der Mietpreis liegt innerhalb deines Budgets!«

Das waren wirklich gute Neuigkeiten. Alle Wohnungen, die Mia bislang in der Zeitung gesehen hatte, waren einfach zu teuer für ihre Verhältnisse. Es hatte eine ganze Weile gebraucht, Lizzy die Idee auszureden, mit ihr und dem Baby eine WG zu gründen. Mia war klar, dass Lizzy es nur gut meinte und ihr beistehen wollte, aber sie wusste selbst nur zu gut, wie es war, sich ständig jemandem verpflichtet zu fühlen. Das eigene Leben blieb dabei oft auf der Strecke. Das dauerhafte Leben mit einem Baby war etwas völlig anderes, als mal den Babysitter und die liebevolle Tante zu spielen. Lizzy war ihre beste Freundin, weil sie es selbstlos anbot, und Mia war Lizzys beste Freundin, weil sie ihr das nicht zumuten wollte.

Nach einer Weile verstummte Lizzys Plappern, und Mia wurde misstrauisch. Meist war es ein Zeichen dafür, dass Lizzy ihr etwas mitzuteilen hatte und nicht so recht wusste, wie sie es am besten verpacken konnte. Unruhig rutschte sie auf dem Stuhl herum und warf ihrer Freundin immer wieder einen leicht zweifelnden Blick zu.

»Gut. Schieß schon los, Lizzy. Was hast du mir zu sagen?«

Demonstrativ legte Mia ihren Katalog beiseite, in dem sie geblättert hatte, und sah Lizzy direkt an.

»Gar nichts«, versicherte sie Mia ein wenig zu schnell. Mia runzelte die Stirn. Nach einer Weile betretenem Schweigen sagte Lizzy: »Ich finde, du solltest darüber nachdenken, mit Nic über das Finanzielle zu sprechen …«

Mia holte tief Luft, um zu antworten, doch Lizzy kam ihr zuvor. »Mia, er ist nun mal der Vater!«

»Ja, das ist er, trotzdem werde ich ihn nicht um Geld bitten. Er kann sich seine Kröten sonst wohin stecken. Meinetwegen kann er sich noch zehn Autos davon kaufen oder es die Toilette runterspülen. Ich will es jedenfalls nicht.« Trotzig nahm Mia ihren Katalog wieder zur Hand, um zu verdeutlichen, dass das Gespräch hiermit beendet war.

»Dir ist schon klar, wie trotzig und dumm das ist?!«

Mia machte einen seltsam erstickten Laut, bevor sie sagte: »Ich werde nicht mit dir darüber diskutieren, klar?«

Lizzys Mund verkniff sich zu einem dünnen Strich, und Mia wusste, dass sie mit sich haderte, das Thema auszudehnen und damit Mias Zorn heraufzubeschwören oder es fallenzulassen. Sie entschied sich für das Letztere, und Mia war dankbar dafür. Ihr fehlten im Augenblick die Kraftreserven für solche Auseinandersetzungen.

»Übrigens ist er in London«, erzählte Lizzy so beiläufig wie eben möglich. Mia ahnte, dass das, was Lizzy in Wahrheit erzählen wollte, noch kommen würde. Sie sagte nichts dazu, um möglichst desinteressiert zu wirken.

»Mum hat ihn so lange angerufen, bis er das Telefon ausgestellt hat. Dann kam dieser Bericht über ihn … Scheinbar hat er ein paar Tage lang ohne Unterbrechung Party gemacht.« Lizzy brauchte ihr nicht zu erklären, wie diese Partys ausgesehen hatten. Ein Mädchen an jedem Finger, und Mias Herz krampfte sich ganz schrecklich zusammen. Allein die Vorstellung, dass er eine andere Frau bei sich hatte, brachte ihr Blut vor Eifersucht zum Kochen.

Es tat ihr so weh, dass er sie nicht mal anhören wollte. Immerhin hatte sie nicht gewusst, dass es diese Stalkerin gegeben hatte. Er hatte sie nur verlassen, weil er sie schützen wollte, was Mia ungemein dumm und bescheuert fand. Aber das war der Nic, den sie liebte. Mia war etwas erleichtert gewesen, zu erfahren, dass es offenbar eine fremde Person und keine aus ihrem Freundeskreis gewesen war, die ihr das Leben schwergemacht hatte. Liam hatte ihr zwar eingeschärft, das nicht auf die leichte Schulter zu nehmen, aber Mia fühlte sich viel besser.

Sie lehnte sich plötzlich erschöpft in den Stuhl zurück und schob ihre Kalkulation über ihre Finanzen, den Katalog und die anstehenden Ausgaben etwas von sich. Lizzy tat es augenblicklich leid, ihr davon berichtet zu haben. Andererseits wollte sie nicht, dass Mia per Zeitungsartikel davon erfuhr.

»Wenn es für mich doch nur auch so einfach wäre …«, seufzte Mia und strich sich über den Bauch. Lizzy verstand sie, lehnte sich über den Tisch und strich über ihre kühle Hand.

»Dad hat ihn heute Morgen aus dem Büro angerufen und, oh Wunder, auch erreicht. Ich weiß nicht, was er zu ihm gesagt hat, aber Dad war wirklich richtig wütend.«

»Deine Eltern sollten sich nicht so bemühen … sie geraten nur selber in der Schusslinie, und du weißt, wie sehr es Lynn immer aufregt, wenn Unfrieden herrscht«, sagte Mia leise, und ihre Müdigkeit lähmte sie förmlich.

Lizzy antwortete nicht darauf. Sie wusste, dass ihre Eltern nicht nur um Mias willen böse auf ihren Sohn waren. Es ging ihnen darum, dass sie ihren Sohn nicht so erzogen hatten und es unverzeihlich fanden, dass er Mia jetzt im Stich ließ. Keiner von ihnen glaubte daran, dass er das wirklich tun würde. Zwei Wochen waren genug Zeit, um sich abzureagieren. Mia konnte sich auch nicht aus dem Staub machen. Über diese Ungerechtigkeit schimpfte Lynn schon seit Tagen.

»Komm Süße! Geh schlafen. Du siehst so müde aus … morgen schauen wir uns diese Wohnung an, ja?«

Um drei Uhr nachmittags trafen sie auf einen gewissen Arndt Reynolds, den Lizzy als ihren alten Bekannten vorstellte. Mia wusste es natürlich besser. »Bekannter« war ein Synonym für Sexpartner. Lizzy hatte vor etwa zwei Jahren eine wilde Affäre mit ihm gehabt. Mia fragte sich, was ihre Freundin an diesem Typen gefunden hatte. Seine roten Haare wirkten recht ungepflegt, wie sie so im Nacken zu einem Zopf zusammengefasst waren. Er hatte sich eine ganze Weile nicht rasiert, was Mia an sich nicht schlimm fand. Jeder sollte sich so darstellen, wie er es wollte, aber er wirkte ungepflegt.

Als sie vor dem Haus standen, ließ sich erahnen, wie der niedrige Preis zustande kam. Alles in allem wirkte es so renovierungsbedürftig wie Mias alte Hütte im Garten. Sie wollte nicht unhöflich sein und folgte dem schlaksigen Mann mit der abgenutzten Kleidung ins Haus.

Das Treppenhaus sah so unsauber und baufällig aus, dass Mia bewusst vermied, irgendetwas anzufassen.

»Folgen Sie mir bitte, Miss Kennedy.« Obwohl Mia sich mit ihrem Vornamen vorgestellt hatte und ihn flüchtig von früher kannte, war er fest entschlossen, sie als Kundin zu behandeln. Er musste fünf verschiedene Schlüsselbunde mit an die zehn verschiedenen Schlüsseln an der Eingangstür ausprobieren. Der vorletzte tat es, und Mia fragte sich, wann das letzte Mal jemand in dieser Wohnung gewesen war. Der Geruch, der ihnen entgegenschlug, war bestialisch und drang aus dem Badezimmer, das so groß war wie Mias Abstellkammer. Sie würgte und trat die Flucht in den Hausflur an. Erst nach einigen Sekunden beruhigte sich ihr Magen wieder, und sie betrat die Wohnung erneut. Notdürftig hatte Arndt schnell alle Fenster geöffnet.

»Das Rohrsystem ist lange nicht benutzt worden«, erklärte er entschuldigend.

»Tatsächlich?« Mia wechselte einen Blick mit Lizzy und kicherte hinter hervorgehaltener Hand. Sie hatte längst beschlossen, dass sie hier mit ihrem Kind ganz sicher nicht wohnen würde. Ein weiterer Blick zu Lizzy genügte, und sie wusste, dass ihre Freundin das gewiss nicht dulden würde.

Arndt gab sich keine große Mühe, dieses Dreckloch zu empfehlen. Scheinbar wusste er, dass es aussichtslos war. Lizzy sprach mit ihm über andere Wohnungen, während Mia aus dem geöffneten Fenster blickte und ihren Kummer nur schwer unterdrücken konnte. Würde so ihre Zukunft aussehen? Sie wollte keinen großen Luxus. Sie wollte ein, zwei kleine Zimmer, die nur annähernd bewohnbar waren. Scheinbar musste sie sich etwas einfallen lassen.

Nur entfernt nahm sie die Stimme wahr, die sich in das Gespräch einmischte, doch sie wandte sich nicht um. Erst bei Lizzys überraschtem Ausruf »du?!« drehte sie sich zur Tür, in der eine große Gestalt stand. *Nic!* Erst beim näheren Betrachten erkannte sie den grimmigen Gesichtsausdruck, die unrasierten Wangen und die dunklen Schatten unter seinen Augen.

Mia erinnerte sich daran, möglichst distanziert und kühl sein zu wollen. Ohne eine Begrüßung für ihn wandte sie sich wieder dem Fenster zu. Sie spürte, wie er sich ihr näherte, und ein Prickeln durchströmte sie.

»Was tust du hier?«, fragte Lizzy irritiert. Ihr Bruder ignorierte sie und blickte unverwandt auf Mia.

»Darf ich fragen, was *du* hier zu suchen hast, *Emilia*?« Seine Stimme war tief und etwa so unterkühlt wie ein Eisberg.

»Nein!«, antwortete sie schlicht, ohne sich umzudrehen.

»Wir haben kein Interesse, Mister …«, sagte Nic barsch zu Arndt.

Mias Kämpfernatur meldete sich augenblicklich zurück, und sie wandte sich ihm ärgerlich zu. »Ich bin hier die potenzielle Mieterin, nicht du.«

»Nein, bist du nicht«, sagte er fest und ruhig, was Mia ätzend fand. Wie konnte er so ruhig und beherrscht sein? Sie wäre am liebsten wie ein HB-Männchen an die Decke gegangen.

»Und das sagt wer?«

»Der Vater deines Kindes, dein Freund … such dir was aus.« Mia schnappte nach Luft. Beflügelt durch seine Worte, musste sie sich daran hindern, ihm in die Arme zu fallen. Er musste sich abgewöhnen, in ihr Leben zu treten und so zu tun, als hätte er die Ansagen zu machen.

Sie schenkte ihm einen mörderischen Blick. »Das könnte dir so passen, dass du einfach hier auftauchst und dich in meine Angelegenheiten einmischst. Ich soll schließlich hier wohnen und nicht du«, meckerte sie nach wenigen Momenten Bedenkzeit.

»Das kann unmöglich dein Ernst sein, Mia. Du willst mit unserem Kind in diesem Dreckloch leben?«

Nein, das wollte sie nicht! Sie müsste lügen …

Sie wandte sich an Lizzy. »Hast du etwa mit ihm gesprochen?«

Lizzy hob die Brauen und sagte: »Ähm … nein. Ich hatte keine Ahnung …«

»Woher soll er denn bitte gewusst haben, wo wir sind?«

»Hey, nun komm mal wieder runter, Baby. Siehst du, wer hier vor dir steht? Ich bin's: Lizzy.«

Mia blickte ihrer Freundin in die Augen und bekam ein schlechtes Gewissen. *Herrgott noch mal, das war Lizzy!* Kleinlaut sagte sie: »Sorry!«

Plötzlich verwandelte Nic sich wieder in ihren besten Freund. Seine Stimme wurde sanfter und freundlicher, und unter anderen Umständen hätte sie sich nur zu gern in seine Arme geworfen.

»Mia, ich kümmere mich darum. Ich kümmere mich um alles. Komm …«

Es wäre so einfach, Ja zu sagen … Mia wollte diesen Druck loswerden und die Sorge, sich nicht ordentlich um ihr Baby kümmern zu können. Nur einen Moment, ein paar Stunden. Dann kam ihr wieder ihr Entschluss in den Sinn. Nicht immer war der leichteste Weg auch der beste, und sie wollte ihr Leben endlich so leben, wie sie es sich vorstellte.

Sie unterbrach ihn: »Nein, ich verzichte auf deine Hilfe. Das schaff ich schon allein. Du lässt mich seit Wochen im Ungewissen. Ich habe keine Zeit, darauf zu warten, dass du irgendwann endlich du selbst wirst und anfängst Klartext zu reden. Ich kann mich im Moment nicht auf dich verlassen. Dauernd haust du ab, beantwortest meine Anrufe nicht und triffst irgendwelche bescheuerten Entscheidungen allein, anstatt mit mir zu reden. Dieses Baby wird kommen, und ich hab's satt, deine Allüren mit anzusehen. Glaubst du nicht, ich würde auch gern zwei Wochen abhauen und mich volllaufen lassen, um einfach mal Dampf abzulassen wegen dem ganzen Chaos, das dauernd über mich hereinbricht? Aber nein, ich bin damit beschäftigt, Eisenpräparate zu nehmen, genügend zu schlafen und zu essen, was ich dann doch wieder nur auskotze. Ganz zu schweigen davon, dass ich eine Wohnung brauche, nicht weiß, wie ich die Uni beenden soll, und mich gleichzeitig für die richtige Flaschen-und-Sauger-Kombination entscheiden muss. Aber ich habe verdammt noch mal keine Ahnung davon, was ein Baby so alles braucht.« Nic sah gequält und überrascht zugleich aus. Mia wandte sich auf dem Absatz um und flüchtete vor dem grausamen Haus und vor allem vor Nic. Sie warf den Autoschlüssel auf den Sitz, damit Lizzy ihn mitnahm, und machte sich zu Fuß auf den Weg nach Hause.

Kapitel 22

Richard war schon seit einiger Zeit auf der Suche nach seinem Sohn. Er war einige Plätze abgefahren, von denen er wusste, dass Nic sich dort gern aufhielt. Doch er wurde enttäuscht. Erst kurz bevor er aufgeben wollte, suchte er an dem Ort, wo es auch ihn schon hingezogen hatte, wenn er sich überfordert gefühlt hatte.

Er sah ihn am Tresen sitzen, als er die Tür zu Jeffs Bar hinter sich schloss. Seltsamerweise tummelten sich nicht wie sonst ein Haufen Leute um seinen Sohn. Es war, als strahlte er etwas aus, was jeden so weit wie möglich fernhielt. Nic saß wie ein Häufchen Elend da und starrte in sein Glas. So oder so ähnlich hatte Richard wahrscheinlich vor Jahren auch ausgesehen. Erschwerend kam bei Nic hinzu, dass er sich nicht so ohne Weiteres in der Öffentlichkeit zeigen konnte. Er wurde oft erkannt. Jeff versuchte, seine Kneipe von Reportern oder Fans sauber zu halten. Sie war daher beinahe der einzige Laden, aus dem es keine Fotos von den Jungs gab.

Er grüßte Jeff und machte ein Zeichen, dass er ihm und seinem Sohn noch mal dasselbe bringen sollte. Der Inhaber nickte und betrachtete mitfühlend Donahue Junior. Er wirkte wirklich jämmerlich. Sein Bart hatte schon länger keinen Rasierer mehr gesehen, seine Kleidung war wahllos zusammengewürfelt, und Nics Gesichtszüge waren so schlaff wie nie.

Richard tat es beinahe leid, wie er ihm am Morgen zuvor zugesetzt hatte. Er hatte ihm tatsächlich ein paar harte Worte um die Ohren gehauen, doch es war die Wahrheit gewesen. Es war seine Pflicht, seinem Sohn den Kopf zurechtzusetzen, wenn es nötig war.

»Hallo Junge«, sagte Richard und blickte in die vom Alkohol geröteten und glasigen Augen. Erstaunlicherweise antwortete Nic vollkommen klar. Auch dieses Phänomen kannte er zur Genüge. Wenn es einem so richtig dreckig ging und man sich nichts sehnlicher wünschte, als vom Alkohol umgehauen zu werden, passierte nichts.

»Was willst *du* denn hier?«, war Nics schroffe Begrüßung.

»Ich habe nach dir gesucht.«

»Aha!«

»Wir haben uns Sorgen gemacht«, versuchte Richard es erneut.

»Worüber? Dass Liam mich umbringt oder dass ich mich zu Tode saufe?« Ein ironisches Grinsen huschte über sein junges Gesicht, das sofort einer schmerzvollen Grimasse wich.

Richard wusste, dass sein Sohn sich einsam fühlte. »Ich weiß nicht, eher das Erstere.«

»Verdient hätte ich's jedenfalls – beides.«

»Sei nicht so hart mit dir«, versuchte Richard seinen Sohn zu beschwichtigen. Nic schüttelte missmutig den Kopf. Er fingerte eine Zigarette aus der Packung und zündete sie an. So wie Nic vor seinem Vater saß, erinnerte er ihn mehr denn je an einen vom Leben geprügelten Rockstar.

»Du hast ja keine Ahnung!« Ein unaufrichtiges Lächeln zeichnete sich auf Nics grimmiger Miene ab. Er hielt seine Zigarette zwischen Zeige- und Mittelfinger, während er mit Daumen und Ringfinger sein Glas an die Lippen hob und einen kräftigen Schluck nahm. Er verzog das Gesicht, als der starke Alkohol seine Kehle hinabrann.

»Dann erzähl es mir«, schlug Richard vor.

Nics Augenbrauen schossen vor Überraschung in die Höhe. »Dir?«

»Warum nicht?«

»Du bist mein Vater?!« Es war eher eine Feststellung als eine Frage, und Richard grinste breit. »Du verurteilst mich wegen meines Lebensstils und schämst dich für mich. Sag jetzt nicht, dass ich mich irre.«

»Da hast du vollkommen recht. Aber nur, weil du mich mehr an meine eigene Vergangenheit erinnerst, als mir lieb ist. Ich war einst in einer ähnlichen Situation wie du, hätte beinahe alles verloren, und ich glaube, es fällt mir schwer, dabei zuzusehen, wie du dieselben Fehler machst wie ich. Außerdem: Nur weil ich doppelt so alt bin wie du, heißt das nicht, dass ich keine Fehler gemacht habe.«

Nic zog wieder eine Grimasse und fasste sich theatralisch ans Herz. »Das hat getroffen«, sagte er und grinste betont gleichmütig. Dann wurde seine Miene ernst, beinahe traurig und schuldbewusst. »Ich liebe sie – ich liebe sie schon so lange …«, sagte er dann matt und starrte wieder auf den Tresen.

»Ganz offensichtlich.« Richard musste ein Lachen unterdrücken.

Nic blitzte ihn böse an. »Willst du dich über mich lustig machen, oder darf ich es dir erzählen?« Richard machte ihm ein Zeichen, dass er fortfahren sollte, und nahm einen tiefen Schluck von dem starken Gesöff.

»Am Abend von Lizzys Geburtstagsfeier … Wir … sie … dieser Typ hat mich beinahe wahnsinnig gemacht.« Nic raufte sich kurz sein wild abstehendes Haar bei der Erinnerung an Mias Verehrer. »Wir, Mia und ich, hatten uns ein paar Tage vorher in die Haare bekommen und seither nicht miteinander gesprochen. Dieser Kerl hat sie die ganze Zeit angefasst und ach … na ja, jedenfalls du warst schließlich dabei, und endlich kam ich dahinter, dass sie mich will.« Er hielt kurz inne.

»Mich? Kannst du dir das vorstellen? Ich dachte immer, dass ich ihr einen Gefallen tue, wenn ich von ihr fortbleibe, aber dann … ich kann es nicht erklären, aber es macht mich wahnsinnig, wenn ich nicht bei ihr bin. Ich werde noch verrückt.«

Er nahm einen Schluck und schaute seinen Vater zweifelnd an. Er sah kein spöttisches Grinsen, und so erzählte er weiter. »Wir haben ein paar Tage zusammen verbracht, und dann musste ich nach London. Ein paar Tage später fand ich das mit der Stalkerin raus. Liam erzählte mir das mit Mias Wohnung, und ich hatte solche Angst um sie. Ich hätte nicht damit leben können, wenn ihr etwas zugestoßen wäre. Es wäre meine Schuld, und ehrlich gesagt, kann ich mir eine Welt ohne Mia nicht vorstellen.«

Nics Vater lächelte und wusste, dass alles gut werden würde. Mia und Nic wussten längst darüber Bescheid, was sie wollten. Die Umstände bekamen nur den Oskar für das beschissenste Timing.

»Waren die Tage mit Mia schön?«

»Ja, sie waren sehr, sehr schön«, wisperte Nic, kaum laut genug, um verstanden zu werden, und schwieg danach. Er schien sich zu erinnern und wirkte so traurig, dass Richard tief Luft holte.

»Was ist dann passiert?«

»Ich habe mich wie ein Arsch benommen und ihr am Telefon gesagt, dass ich es mir anders überlegt habe. Danach war Funkstille, bis Lizzy mich aus dem Knast geholt hat …« Erschrocken sah Nic seinen Vater an, der ihn wiederum fassungslos anstarrte. »Oh … das wusstest du ganz offensichtlich nicht. Eigentlich wurde das bis jetzt ziemlich gut vertuscht. Es gab einen kleinen Vorfall mit einem Auto … gut, bevor du

Lizzy danach fragst: Es war ein Polizeiauto, und ich war nackt …«

Richard holte tief Luft und winkte ab. »Tu mir einen Gefallen und erzähl es mir nicht. Und was wird jetzt, mein Junge? Wirst du hier weiter rumsitzen, anstatt dir dein Mädchen endlich zurückzuholen?«

»Sie wollte einfach abhauen, Dad. Weg von mir …«

»Vielleicht lässt du dir das mal aus Mias Sicht schildern. Denn soweit ich weiß, ging es Mia so schlecht, dass alle Frauen in den beiden Häusern wie aufgeschreckte Hühner herumgelaufen sind. Lizzy hat mal eben so die Uni geschmissen, um mit Mia nach Frankreich zu fliegen, deine Mutter ist stinkwütend auf ihren Goldjungen und mich … wohlgemerkt mehr auf mich als auf dich. Und Celine und Sophie … na ja, das brauch ich glaube ich nicht näher ausführen, oder?« Richard hielt inne und fuhr leise fort: »Denk doch mal daran, wie das alles für sie gewesen sein muss. Endlich findet ihr euch, dann lässt du sie sitzen, ohne dass sie über die Gründe Bescheid weiß. Und als ob das nicht schon genug wäre, erfährt sie auch noch, dass sie schwanger ist. Allein ungewollt schwanger zu werden ist schon eine Herausforderung für die Seele einer jungen Frau. Und das alles, ohne dich an ihrer Seite zu haben. Sie weiß nicht, ob sie die Uni beenden kann, wie sie leben wird, wie sie Geld verdienen soll. Ihre gesamte Lebensplanung wurde über den Haufen geworfen.«

»Natürlich macht sie die Uni fertig.«

»Und wer kümmert sich dann um euer Baby?«

Nic sah erbost aus. »Ich natürlich.«

Richard lachte. »Und wann? Während du irgendwelche Songs aufnimmst? Ich kann dir sagen, einen Säugling mit Blähungen zu versorgen ist eine echte Herausforderung für jeden Menschen, ohne dass er gleichzeitig noch arbeiten muss.«

»Dann häng ich alles an den Nagel. Ich will nur endlich ein Leben mit Mia und dem Baby haben. Alles andere ist mir egal.« Nic stellte sein Glas entschieden auf dem Tresen ab.

»Vielleicht solltest du das alles Mia sagen. Anstatt nur alle paar Wochen hier aufzutauchen und ihr Vorschriften zu machen, wie sie ihre Zukunft zu planen hat. Domenic, ihr müsst endlich miteinander reden.«

Nic stand schwankend von seinem Stuhl auf, als wäre ihm das gerade auch klargeworden. »Ich hab doch nicht daran gedacht, dass sie so was durchmachen muss – allein!«

»Natürlich konntest du nicht ahnen, dass sie schwanger werden würde«, beteuerte Richard.

»Nein! Aber ich bin auch kein Freund für sie gewesen.«

»Wie solltest du auch? Du bist viel mehr als ein Freund für sie. Das warst du eigentlich schon immer. Sei mir nicht böse, aber ihr turtelt schon eine ganze Weile umeinander herum. Wir haben uns schon lange gefragt, wann ihr endlich zueinanderfindet.«

Nic zögerte, beschloss aber, ehrlich zu sein. »Wie hätte ich ihr das nur antun können?«

»Was meinst du?« Richard war irritiert.

»Dieses Leben, das ich führe. Wie kann ich Mia da reinziehen? Sie ist glücklich an der Uni in Falmouth und mit ihren Modedesign-Plänen. Zumindest habe ich das immer geglaubt. Wenn sie an meiner Seite lebt, wäre dieses Leben dahin. Liam und ich haben damals entschieden, dass es nicht fair wäre, sie da reinzuziehen. Sie hätte keine Chance, in ihr Leben zurückzukehren, sollte es mit uns nicht klappen.«

Verblüfft erstarrte sein Vater und sah seinen rebellischen

Sohn sprachlos an. Das war also der wahre Grund für dieses ganze Hin und Her. Sein Sohn war längst nicht so verantwortungslos, wie er immer von ihm gedacht hatte. Ein schlechtes Gewissen machte sich in Richard breit. Er verzichtete auf sein Glück mit Emilia, um ihr nicht zu schaden. Das war selbstlos und … dumm.

Richard räusperte sich. »Das ehrt dich, Junge. Aber glaubst du nicht, dass Mia diese Entscheidung allein treffen sollte? Ob sie ein Leben an deiner Seite führen möchte?«

»Und was ist, wenn ich sie unglücklich mache?«

»Und was, wenn du das die letzten Jahre schon gemacht hast, weil du ihr diese Entscheidung abgenommen hast?« Nic wurde sehr nachdenklich. »Abgesehen davon bekommen wir alle auf dieser Welt keine Garantie für irgendetwas. Es gibt viel Schreckliches: Krankheit, Tod, einen Rockstar als Ehemann …«, witzelte Richard und sah Nic ernst an. »Aber eins kann ich dir versichern. Wir kriegen nicht unendlich viele Chancen, den einen Menschen zu finden. Wenn das Glück da ist, dann solltest du nach ihm greifen. Sei egoistisch. Sei ehrlich zu Mia. Euer Glück winkt quasi schon mit dem Zaunpfahl.«

Nach einer Weile fragte Richard: »Aber eins würde mich noch interessieren: Warum hast du Mia nicht einfach von dieser Stalkerin erzählt, anstatt dich selbst als Arschloch darzustellen und sie so zu verletzen?«

»Du kennst sie doch, Dad. Diese verrückte Frau hätte im Traum nicht eingesehen, dass wir uns eine Weile nicht sehen sollten. Sie hätte diesen hübschen Kennedy-Trotzkopf bekommen und sich gedacht: Jetzt erst recht! Aber eigentlich war das eine übereilte Entscheidung. Ich war so geschockt, als ich davon erfahren habe, dass ich alles getan hätte, um sie sofort aus der Schusslinie zu schaffen. Ich hab einfach überreagiert.«

Richard lachte darüber und musste Nic recht geben. Das hörte sich sehr nach Emilia Kennedy an. Aber in Richard kam ein Gefühl von Bewunderung für seinen selbstzerstörerischen Sohn auf. Es herrschte kurz Stille, bis Richard fragte: »Und nun? Wie fühlst du dich bei dem Gedanken, dass du bald Vater wirst?«

Nic seufzte und zuckte mit den Achseln. »Ich werde noch etwas Zeit brauchen, mich an den Gedanken zu gewöhnen. Eigentlich habe ich nie daran gedacht. Höchstens so in einigen Jahren, wenn meine Karriere vorüber ist, oder so … Ich habe das Gefühl, noch nicht bereit dafür zu sein!«

»Oh, Junge, das wärst du in hundert Jahren auch noch nicht, das kannst du mir glauben!«

»Ging es dir auch so?«

»Als deine Mum mit Josslin schwanger wurde, habe ich beinahe den Schwanz eingezogen. Es war ein ganz schönes Drama, aber sie hat mir verziehen. Es gibt nichts Erschreckenderes, als die Verantwortung für eine Familie übernehmen zu müssen, aber gleichzeitig auch nichts Wundervolleres.« Nach einer Weile fügte er hinzu: »Ihr solltet dringend miteinander reden, vernünftig und ohne Vorwürfe. Das bringt rein gar nichts. Außerdem braucht Mia dich.«

»Als ich heute ankam, erzählte Mum, dass Mia mit Lizzy eine Wohnung besichtigt. Sie wusste glücklicherweise, wo es sein sollte. Also bin ich sofort hin und fand dieses Dreckloch vor. Du kannst dir nicht vorstellen, was das für eine Bruchbude war. In diesem Moment fühlte ich mich so mies wie schon lange nicht mehr. Kannst du dir das vorstellen? Mia muss mit unserem Kind in eine solche Bude einziehen, während ich in den Luxushütten lebe.« Er schüttelte missmutig den Kopf.

»Sie ist so verdammt stolz. Sie wollte auch keine finanzielle

Unterstützung von uns.« Richard lächelte bei dem Gedanken an Mias ungläubiges Gesicht, als Lynn ihr den Vorschlag gemacht hatte. »Aber eins muss man wirklich sagen. Dieses Mädchen hat verdammt viel Mumm und Temperament. Sie wirkt immer so weich und sanft, aber Pustekuchen ...«

Nic grinste. »Ich war immer froh, wenn nicht ich Ziel ihres Wutausbruchs war.« Dann herrschte erneut Stille. »Es tut so weh, dass sie die Planung völlig allein in die Hand nimmt.«

»Na hör mal, mein Junge! Irgendwann muss sie in ihrem Leben aufräumen. Sie muss alles genau überdenken, wie sie das mit der Uni bewerkstelligen will, wo sie wohnen und leben möchte!«

»Aber doch nicht ohne mich. Sie muss doch wissen, dass ich sie nie mit dem Baby alleinlassen würde.«

»Bitte nimm es mir nicht übel, Sohn. Aber nach allem, was du mir in der letzten halben Stunde erzählt hast, hast du genau das die letzten vier Jahre getan. Du hast sie immer wieder verlassen.« Er wusste nicht, wie er mit diesem Vorwurf umgehen würde. Es war die Wahrheit, und es wurde Zeit, dass er ihr in die Augen sah. Als er Nic wieder betrachtete, sah er noch elender als zuvor aus. Der Alkohol tat wohl langsam sein Übriges.

»Ich weiß, ich bin einer dieser Kerle, vor denen ich Mia immer beschützen wollte«, sagte er mit heiserer Stimme. Als Jeff wieder fragend mit der Flasche auf sie zusteuerte, winkte Richard schnell ab.

»Oh nein, das bist du nicht. Du bist ein guter Kerl, der einfach nur ein Händchen für schlechte Entscheidungen hat. Außerdem wird es dir nicht gerade leichtgemacht. Du stehst unter dem Druck der Öffentlichkeit.«

Nic verzog schmerzlich das Gesicht. »Als wenn das eine Entschuldigung wäre, mich wie ein Arsch zu benehmen.«

»Nein, das ist es sicher nicht. Aber es ist eine Erklärung. Hör mir mal gut zu: Es wird verdammt noch mal Zeit, dass du eine Entscheidung triffst. Möchtest du Teil dieser Sache werden? Möchtest du Mia unterstützen und dein Kind großziehen?« Nic nickte ernst. »Gut, dann solltet ihr endlich aufhören aneinander vorbeizureden und euch Vorwürfe zu machen, sondern eine Lösung für all eure Probleme finden.«

Eine Weile sagten beide nichts, sondern hingen ihren Gedanken nach. Während Richard über die Vergangenheit sinnierte, dachte Nic an die Zukunft mit Mia und ihrem Nachwuchs.

»Wenn das an die Öffentlichkeit kommt, dann ist die Hölle los. Man wird Mia überall verfolgen«, sagte Nic schließlich.

»Deswegen braucht sie dich noch viel dringender an ihrer Seite. Du kannst sie davor schützen, so lange es geht, und sie darauf vorbereiten, was auf sie zukommt.« Nic wirkte so hilflos und jung, dass Richard den Drang nicht unterdrücken konnte, einen Arm um seinen Sohn zu legen. »Es wird sich alles finden. Außerdem: Hast du mal darüber nachgedacht, dass vielleicht niemals etwas ohne Grund geschieht?« Es blieb Nic keine Chance, darauf zu antworten, weil Jeff sich zu ihnen gesellte.

Nach kurzem Plaudern fragte er: »Sag mal Nic, weißt du zufällig, was mit Mia los ist? Sie wollte eigentlich heute um acht hier sein und meine Rechnungen machen?«

Nic sah ihn verdattert an, fasste sich jedoch schnell wieder. »Oh Mist, Jeff! Das ist meine Schuld. Ich sollte dir Bescheid geben, dass sie es heute wohl nicht schafft. Ich hab's völlig vergessen.«

Jeff musterte ihn zwar misstrauisch, sagte aber: »Bist wohl etwas ab vom Pinn heut, was? Schon gut, das kann noch etwas warten. Aber geht es ihr denn immer noch so schlecht?«

Nun war es Richard, der ihn erstaunt musterte. »Wie meinst du das?«

»Na ja, vor ein paar Wochen ist sie hier zusammengeklappt, einfach so. Dann hat sie sich bestimmt eine Stunde die Seele aus dem Leib gekotzt, sodass ich deine Tochter angerufen habe. Danach hat sie nur noch geweint. Hatte wohl so was wie einen Nervenzusammenbruch. Mich geht das ja nichts an, aber hab mir schon Sorgen um die Kleine gemacht. Danach hab ich nur noch gehört, dass sie in Urlaub war. Es ist doch nichts Ernstes, oder? Hab sie seit Alans Tod nicht mehr so gesehen.«

Diese Nachricht gab Nic schließlich den Rest, und er bat Richard, ihn nach Hause zu bringen.

Er hatte seinen Sohn noch nie in so einem lädierten Zustand gesehen. Kurz nachdem sie an die frische Luft getreten waren, haute es Nic doch um. Seine Worte wichen einem Nuscheln, das während der gesamten Fahrt nicht abebbte. Richard nickte artig, verstand aber nichts mehr.

Als sein Sohn sich aufs Bett warf und die Augen schloss, sagte er verständlicher: »Das Furchtbare … ich kann nur an Mia denken … an ihr Lächeln und ihre Haut. Du kannst dir nicht vorstellen, wie … wunderschön … *wunderschön* … sie ist … und riecht …« Seine Worte gingen wieder in ein unverständliches Nuscheln über, und Nic schlief während seiner Rede ein.

»Es ist glaube ich besser, dass ich nichts von dem verstanden habe, was du mir so erzählt hast«, murmelte Richard und lächelte versonnen, als er die Treppe zu seinem eigenen Schlafzimmer hinaufschlich. Als er eintrat, sah er seine Frau im Bett liegen. Er ließ sich am Fußende nieder und seufzte leise.

»Richard? Schatz?«, fragte sie verschlafen.

»Ja, mein Engel, ich bin es.«

»Und, hast du ihn gefunden?« Sofort war seine Frau hellwach. Wenn es um das Wohl eines ihrer Kinder ging, konnte sie so schnell nichts bremsen.

»Ja, ich habe ihn gefunden. Er war bei Jeff. Hätte ich eigentlich wissen sollen.«

»Und wie geht es ihm?«

Richard wollte ihr nichts von dem jämmerlichen Zustand ihres Sohnes sagen, doch sie würde ihn sowieso durchschauen. »Ich fürchte, er wird morgen einen schrecklichen Kater haben.«

»Den hat er verdient, falls du mich fragst …«, murrte Lynn und ließ sich zurück in ihre Kissen sinken.

»Mhm …« Richard unterdrückte ein Lachen. Sobald sie wusste, dass es ihm gutging, war sie wieder auf der Seite der Frauen.

»Hat er etwas über Mia gesagt? Sie sah so furchtbar schlecht aus, als ich sie heute Abend gesehen habe. Lizzy sagt, sie wäre einfach davongelaufen. Dieses ganze Hin und Her kann gar nicht gut für sie und das Baby sein.«

»Gib deinem Sohn etwas Zeit, so wie du sie mir damals gegeben hast«, schlug Richard vorsichtig vor.

Er konnte sehen, wie die Lippen seiner Frau sich kräuselten, aber sie sagte nichts.

Richard machte sich zum Schlafen bereit und kletterte in das große Bett. Er zog Lynn in seine Arme.

»Ich musste heute so oft daran denken, wie ich mich damals

gefühlt habe«, sagte sie leise, und Richard fühlte sich sekundenlang elend. Statt einer Antwort küsste er sie.

»Wenn du seine Gründe für all das kennen würdest, dann glaub mir, würdest du ihn verstehen.«

»Sag sie mir nicht. Ich möchte noch eine Weile sauer auf ihn sein.«

Richard lachte leise in ihr Haar. »Dann lass dir wenigstens gesagt sein, dass ich mich geirrt habe, was Nics Verantwortungslosigkeit angeht. Ich bin ziemlich stolz auf den Mann, der er geworden ist.«

Lynn seufzte. »Jetzt hast du es mir versaut«, murmelte sie mürrisch, lächelte aber.

Kapitel 23

Als Nic aus seinem komatösen Schlaf erwachte, konnte er sich nicht dran erinnern, wo zum Teufel er war. Er richtete sich langsam auf, hielt aber unmittelbar wieder inne, weil sein Schädel brummte, als würde ein Zug über ihn fahren. Er rieb sich die Stirn und setzte sich an den Bettrand. Er erkannte sein Zimmer, und plötzlich konnte er sich vage an ein Gespräch mit seinem Vater erinnern. Nein, er konnte sich sogar ziemlich genau an das Gespräch erinnern. Sehnsucht überkam ihn, als ihm bewusst wurde, dass Mia und sein Kind nur ein paar Meter von ihm entfernt waren.

Es kam Leben in ihn. Er ignorierte den hämmernden Schmerz hinter seinen Schläfen und stürmte die Treppe zur Haustür hinunter. Er musste einen Höllenlärm verursacht haben, denn im Zimmer seiner Schwester ging das Licht an, und als er die Haustür hinter sich ins Schloss warf, hörte er ihre verschlafene Stimme. Nic hatte sein Ziel ganz klar vor Augen und wollte sich von nichts und niemandem von seinem Vorhaben abbringen lassen. Er setzte für seinen Zustand überraschend schwungvoll über das niedrige Gartentörchen und rannte auf das Kennedy-Haus zu. Er sprang die paar Stufen zur Terrasse hoch und stellte ernüchtert fest, dass kein Licht im Wohnzimmer brannte. Die Tür war ebenfalls verschlossen. Er ging auf den Rasen zurück und schaute zum Dachgeschoss hoch. In Mias Zimmer brannte gedämpftes Licht, und Nic hielt Ausschau nach ein paar kleinen Steinen. Alles, was er fand, waren ein paar Stöcke.

»Verfluchter Mist!« Das brachte ihn jedoch nicht dazu, von seinem Vorhaben abzurücken. Er würde sich sein Mädchen holen, und zwar jetzt sofort! Er pfiff einmal, zweimal, dreimal, aber nichts geschah. Ratlos ging er vor dem Haus auf und ab.

»Mia!«, brüllte er. *»Emilia Sophie Kennedy!«* Immer noch nichts. Es mochte dem Restalkohol oder seinen unterdrückten Gefühlen zu verdanken sein, aber Nic entschied, dass er das nicht hinnehmen würde. Er würde nicht bis morgen warten, um Mia zu sehen. Auf keinen Fall. Wahrscheinlich passierte wieder irgendetwas Verrücktes, das ihn erneut davon abhalten würde. Ein Ufo mit Aliens entführte sie, oder die Apokalypse brach über sie herein, während er schon wieder gezögert hatte. Also begann er, sehr laut und ungewöhnlich unmelodisch sein Lied für Mia zu grölen, was ihm sicher unter normalen Umständen sehr peinlich gewesen wäre. Es verfehlte aber diesmal nicht seine Wirkung. Zumindest ging beim Nachbarn das Licht an, ebenso in seinem Elternhaus.

»Ruhe!«, brüllte jemand von irgendwoher zu Nic herüber. Doch Nic ließ sich nicht beirren. Er sah drei Gestalten auf seiner Terrasse stehen, fixierte aber weiter das Haus vor ihm. Endlich ging Licht an, und die Terrassentür öffnete sich. Im Lichtkegel erkannte Nic gerade so viel, dass es nicht Mia war, sondern Sophie.

»Ich bin von deiner unbändigen Liebe zu mir wirklich hingerissen, aber meinst du nicht, ich bin etwas zu alt für dich, Donahue?!«

Sophies üblicher flapsiger Tonfall ließ Nic grinsen, und er antwortete: »Sorry, aber ich muss dich enttäuschen. Ich liebe eine andere.«

»Na, da hast du ja ziemlich lange für gebraucht. Bist nicht immer der Schnellste, was?«

»Ich hoffe nur, ich bin nicht zu spät …«

»Zu spät wofür?«, rief eine jüngere und sehr vermisste Stimme zu ihm herunter. Mia stand am Fenster ihrer kleinen Wohnung im Dachgeschoss. Nic konnte nur ihre Umrisse erkennen. Ihre Haare waren offen, und ihre Locken standen wild in alle Richtungen.

»Für alles! Ich will alles …«

»Große Worte für jemanden, der vor zwei Wochen noch davongelaufen ist«, sagte sie bedrückt.

»Lass nicht mit dir feilschen, Mia«, rief Sophie zu ihr hoch.

»Ich bin ein Idiot, Mia! Ich weiß, dass du Angst hast, dass ich bei der nächsten schwierigen Situation wieder verschwinde. Aber das werde ich nicht mehr, nie wieder. Ich verspreche dir, ich lass dich nie mehr irgendwo zurück. Vielleicht glaubst du mir jetzt nicht. Aber wenn du mich lässt, dann beweise ich es dir, den Rest unseres Lebens. Ich liebe dich Emilia, schon sehr lange. Aber ich bin ein Mann, ein Idiot, ein …«

Mia schloss abrupt das Fenster und löschte das Licht in ihrem Zimmer. Nic starrte ungläubig zu der Stelle, wo sie gerade noch gestanden hatte.

»Ich werde nicht gehen! Ich bleib genau hier stehen und sing einfach weiter«, brüllte er entschlossen.

»Bitte nicht!«, schrie ein anderer Nachbar, was Nic sicher unter anderen Umständen zum Lachen gebracht hätte.

Da ging die Terrassentür erneut auf, und Mia stürmte ihm entgegen. Nic konnte sein Glück kaum fassen und blieb wie angewurzelt stehen. Sie bremste wenige Zentimeter vor ihm ab und sah ihn durchdringend an. »Bist du sicher, dass es das ist, was du willst?«

»Ich war mir nie so sicher wie jetzt …«, sagte er leise und streckte die Arme nach Mia aus.

»Und was genau willst du?«, flüsterte sie, und ihre großen

Augen sahen ihn hoffnungsvoll an, sodass Nics Herz sich vor lauter Liebe zusammenzog.

»Ich will dich, dich und unser Baby. Ich liebe dich. Das allein reicht mir. Ich häng alles an den Nagel, damit du die Uni zu Ende …« Mia stoppte seinen Redefluss mit ihren Fingern auf seinem Mund. Ihr Blick war voller Liebe und purem Glück.

Wie von selbst schmiegten sie sich aneinander. Nics Arm umfing ihre Gestalt, während ihre Hand über seinen Hals in sein Haar fuhr und ihre Lippen zueinanderfanden. Sie küssten sich innig, nicht wild oder leidenschaftlich, wie so oft davor. Sondern sehnsüchtig und zärtlich, als wären sie sich sicher, dass sie alle Zeit der Welt hatten, sich auf jede erdenkliche Art zu küssen. Endlich waren sie da, wo sie hingehörten.

Nach einer kleinen Weile hörten sie das Klatschen und Pfeifen um sich. Ihre Familien standen in ihren Schlafanzügen, nur mit Bademänteln bekleidet, auf dem Rasen und applaudierten wie bei einem Rockkonzert.

»Die sind irre«, murmelte Nic, wobei er Mia nicht losließ. Sie kicherte nur und wischte eine Träne fort, was Nic sofort beunruhigte. »Hey …«

Mia winkte ab. »Es ist nur … ich bin so glücklich. Ich habe beinahe aufgegeben, und dann stehst du plötzlich hier und sagst diese schönen Sachen. Ich kann einfach nicht anders …«

»Ich war mir gar nicht sicher, was ich sagen wollte … es kam einfach so aus meinem Mund.«

Mia lächelte. »Ich liebe dich auch, Nic.«

Mit großen Augen sah er auf die kleine Gestalt hinunter. »Und ich weiß echt nicht wieso …«, murmelte er, was Mia zum Lachen brachte.

»Das erklär ich dir im Laufe unseres Lebens«, hauchte sie und küsste ihn leidenschaftlicher.

»Ich finde, wir gehen besser rein. Es wäre doch unangemessen, wenn ich vor aller Augen über dich herfallen würde.«

»Ach was, seit wann so schüchtern, Mister Rockstar? Ich hab gehört, dass du auch keine Hemmungen hattest, ein Polizeiauto anzupinkeln«, zog Mia ihn breit grinsend auf.

Er sah sie entrüstet an. »Diese Verschwiegenheitsklausel werde ich mit Lizzy noch mal durchgehen müssen.«

»Liam ist der Verräter …«

»Ehrlich gesagt wäre ich froh, in nächster Zeit meine Beziehung zur Polizei nicht zu vertiefen. Ich glaube, dieser Nachbar da hinten steht kurz davor, die Bullen zu rufen. Ich lass mir die Nacht mit meinem Mädchen nicht von Gitterstäben verderben. Zu dir oder zu mir, Honey?«, fragte er grinsend und bückte sich, um Mia auf den Arm zu heben, was sie quietschen ließ.

»Egal …«, flüsterte sie und streichelte durch sein wildes Haar.

»Ich ziehe Liam meiner Schwester in dieser Situation vor … oder …« Er bewegte sich ein paar Schritte auf Mias Heim zu, hielt abrupt inne und dachte nach. »Mhm, nein, doch nicht. Verdammt, es wird Zeit, dass wir ausziehen …« Dann ging er auf sein Elternhaus zu. Er sah, wie seine Eltern und Lizzy sie beide strahlend ansahen, und trug Mia über die Schwelle.

»Du hattest mich schon bei der Aussage, dass du ›alles‹ willst«, kicherte Mia und sah Nic tief in die Augen.

Er hielt sich theatralisch die Brust. »Und da lässt du mich so lange zappeln?« Er lachte ausgelassen und erinnerte Mia mehr und mehr an den jungen Mann vor ein paar Jahren, in den sie sich verliebt hatte.

Es war irgendwann am frühen Morgen, und sie lagen in Nics

Bett. Sie hatten sich die ganze Nacht geliebt, als wollten sie jeden verlorenen Moment der letzten Wochen nachholen. Irgendwann war Mia an Nics Brust eingeschlafen, und er hatte sie eine ganze Weile fest im Arm gehalten. Er hatte sich geschworen, sie nie wieder loszulassen. Das war alles, was er für sein Glück brauchte. Alles, was er wollte, war Mia, und er hatte dem Gedanken mehr Raum gegeben, dass er womöglich alles an den Haken hängen würde. Konnte er das wirklich? Seine Freunde und seine Kollegen im Stich lassen? Ja. Er hatte sich bereits entschieden. Er würde es Mia überlassen, wo sie wohnen wollte, und er würde sich um ihr Kind kümmern, damit Mia die Uni beenden und einen Job finden konnte. Über diesen Gedanken war er eingeschlafen, und lange hatte er nicht mehr so ruhig geschlafen. Es fühlte sich alles so richtig an.

»Du hättest es verdient gehabt, noch viel länger warten zu müssen.«

Bedrückt hielt Nic inne. »Es tut mir so leid, Honey. Ich hatte ja keine Ahnung …«

»Dass ich schwanger bin?«, fragte sie und hörte sich sehr kühl an. »Ich hoffe nicht, dass das der Grund für deinen Auftritt war. Denn deswegen möchte ich nicht mit dir zusammen sein. Ich möchte bei dir sein, weil ich seit Jahren mit dem Gedanken an dich aufstehe und abends wieder zu Bett gehe. Weil du der Eine für mich bist und ich mir nicht vorstellen kann, jemals einen anderen Mann auf diese Art zu lieben.«

Nic war bestürzt, aber nicht überrascht über seine Freundin. »Nach all den Jahren glaubst du das nicht wirklich, oder?« Er schmunzelte leicht und hob ihr Kinn an, damit sie ihm in die Augen sehen musste. Zweifel flackerten darin auf, und Nic konnte es ihr nicht verdenken. »Hör zu, Mia! Ich weiß, dass wir ein wirklich beschissenes Timing hatten. Ein total beschissenes Timing sogar. Aber ich habe dich schon so lange geliebt. Wäre dieses Tape deines Bruders nicht der Hit geworden, dann wären wir längst hier. Wahrscheinlich hätten wir schon geheiratet und eine ganze Schar Kinder.« Mia schmunzelte. »Doch alles hat sich so plötzlich verändert. Von heute auf morgen waren wir im Fernsehen, im Radio, auf Plakaten in der Stadt und in jeder Zeitung. Ich wollte dich nicht in diese Welt mit hineinziehen.«

»Und deinen Erfolg erst mal genießen, mit allem, was dazugehörte, richtig?« Er wusste, sie spielte auf die Frauen in seinem Leben an.

»Nun ja, … ja!« Verletzt schloss Mia die Augen. »Bitte glaub mir, ich war dumm und ein Idiot. Aber ich habe mein Leben wie du nur in Bodwin gelebt. Ich wollte sehen, was die Welt mir noch zu bieten hatte. Und was habe ich gefunden? Nichts. Ich wollte nur immer wieder zu dir nach Hause. Irgendwann wollte ich gar nicht mehr fort. Aber da hattest du plötzlich Jake.«

Mia seufzte. »Ihn habe ich als Einzigen wirklich geliebt. Ich wäre mit ihm fortgegangen, wäre … wäre mein Vater nicht gestorben.« Nun wirkte Nics Gesicht erstarrt. Er schluckte. Doch Mia fand es richtig, ehrlich zu ihm zu sein. »Er hat mir zum Abschied ein paar Zeilen geschickt und ich glaube nun, dass er recht damit hatte. Er hat geschrieben: *Leben ist das, was passiert, während du etwas anderes planst. Vielleicht geschieht nichts ohne Grund und wir haben alle einen Platz auf der Welt, um zu einem bestimmten Zeitpunkt an einem bestimmten Ort einem bestimmten Menschen zu begegnen, für den wir bestimmt sind.*«

Nic erinnerte sich gar nicht daran, dass Jake so tiefgründig gewesen war. Er hatte ihn eher als stumpfsinnigen Muskelprotz in Erinnerung. Vielleicht war er aber etwas voreingenommen gewesen.

»Ich glaube, dass vieles, was geschieht, nicht ohne Grund passiert. Vielleicht ist das verrückt, aber …«

»Aber wenn dein Vater nicht gestorben wäre, wärst du nicht hiergeblieben, sondern mit ihm nach Deutschland gegangen, und wir hätten uns aus den Augen verloren. Wir hätten womöglich keine Zukunft miteinander gehabt, und du hättest mit *ihm* Babys bekommen.« Nic schmerzte es, darüber nachzudenken.

»Vielleicht aber wäre ich auch nur ein paar Umwege gegangen, um zu dir zurückzufinden«, murmelte Mia.

»Der Gedanke, dass zusammenkommt, was zusammengehört, gefällt mir. Aber noch mehr gefällt es mir, dass wir uns bewusst für etwas entscheiden«, sagte Nic und strich über Mias Nase. Sie sahen sich tief in die Augen und küssten sich, wodurch das eine zum anderen führte und sie ihr Gespräch erst einige Zeit später wieder aufnehmen konnten.

Es war mittlerweile schon kurz vor Mittag, und Nic schälte sich aus Mias Umklammerung und der Bettdecke, um ihr etwas zum Frühstücken zu besorgen. Er wusste noch nicht viel von Babys, aber ihm war klar, dass Mia darauf achten musste, genügend zu sich zu nehmen. Sie schlief wieder tief und fest und murmelte kaum verständlich seinen Namen.

Nic sprang in seine Shorts, nahm sich frische Sachen mit und marschierte ins Bad, wo er duschte. Nach dem Abend in Jeffs Bar hatte er das dringende Bedürfnis, sauber zu werden. Er rasierte sich, zog sich frische Kleidung an und trat in die Küche. Seine Haare waren nur trocken gerubbelt, wodurch sie gleich wieder wild abstehen würden. Er mochte seinen Badboy-Look, ganz im Gegensatz zu seiner Mutter. Doch heute konnte ihr nichts den Tag verhageln, da war Nic sich absolut sicher. Sie blickte ihm glücklich entgegen, als er den Wohnbereich betrat.

»Guten Morgen, mein Schatz«, sagte sie gut gelaunt und bestückte gerade ein Tablett.

»Guten Morgen? Wohl eher guten Tag«, sagte Richard, grinste seinen Sohn aber an.

»Ich dachte, wir sehen euch den ganzen Tag nicht. Aber Mum meinte, Mia müsse unbedingt was essen«, lachte Lizzy, die neben ihrem Vater im Wohnzimmer auf dem Sofa saß.

»Ja, natürlich. Mia muss mehr denn je auf sich achten. Gerade wo mehr wieder rauskommt als rein.«

Nic lächelte über die Fürsorglichkeit seiner Mutter. »Ich muss mir also keine Gedanken darum machen, dass ihr mit der Wahl meines Mädchens nicht einverstanden seid?«, witzelte er, und alle sahen ihn glücklich an.

»Ganz im Gegenteil.« Richard schüttelte den Kopf und las weiter in seiner Zeitung.

»Versau es bloß nicht!«, war Lizzys einziger Kommentar mit erhobenem Zeigefinger.

»Das hab ich nicht vor, du Nervensäge.«

»Mia verträgt morgens keine Milch, also gibt es Saft. Und sieh zu, dass sie noch vor dem Aufstehen was isst, dann wird ihr gar nicht erst übel«, gab Lynn Nic eine kurze Einweisung.

»Sie muss viel Wasser trinken, vor allem, wenn sie … na, du weißt schon. Ach und diese Tabletten hat der Arzt ihr verschrieben«, kam es hilfreich von Lizzys Seite, während sie danach griff. »Celine hat sie eben vorbeigebracht.«

Nic wurde warm ums Herz. Plötzlich wurde ihm klar, dass seine Familie sich rührend um Mia gekümmert hatte, während er sich wie ein Arsch benommen hatte. »Danke!«, sagte er aufrichtig. Aufgewühlt fuhr er sich über die Haare. »Ich mein es ernst. Ihr habt Mia die ganze Zeit beigestanden und euch um sie gekümmert. Obwohl das meine Aufgabe gewesen wäre.«

Lynn kam um den Küchentresen herum, legte ihrem Sohn einen Arm um die Schulter und sagte: »Das mag zwar stimmen, aber wir haben es nicht nur deswegen getan. Sondern wir tun das, weil wir Mia alle lieben, und egal, ob du mit ihr zusammen bist oder nicht, sie wird immer einen Platz in dieser Familie haben. Den hatte sie schon immer. Ebenso wie Liam und der Rest der Kennedys. Sie waren niemals nur Nachbarn, Nic. Und wir gehören genauso zu ihrer Familie. So ist das eben einfach. Aber ich bin sehr glücklich, wenn Mia und du uns auch offiziell verbindet.« Lynn lächelte Nic aufmunternd an, während sie ihm das Tablett zuschob.

Als Nic zurück in sein Zimmer kam, war Mia längst auf den Beinen und sehr zu seinem Missfallen auch schon angezogen. Überrascht schaute sie auf das gut bestückte Tablett und grinste.

»Du kannst Gedanken lesen, oder?« Mia strich sich über den Bauch.

»Du solltest eigentlich was essen, bevor du aufstehst.«

»Du wurdest also gerade eingewiesen.« Mias Augen leuchteten.

»Jap.« Nic setzte das Tablett auf dem Nachttisch ab und zog Mia zu sich. »Warum bist du nicht einfach nackt im Bett geblieben?« Er küsste sie entlang der sehr empfindlichen Stelle an ihrem Hals.

»Du warst nicht da, sonst wäre ich immer noch nackt«, murmelte sie und strich mit den Händen über seine Brust.

»Mhm, das lässt sich ändern. Ich gehe sofort wieder ins Bett …«

»Nackt!«, ergänzte Mia, und Nic lachte.

»Nackt, wenn du dein Frühstück isst und dich wieder ausziehst.«

Sie rollte mit den Augen. »Mir geht es heute ganz wunderbar. Mir ist gar nicht übel.«

»Und damit das so bleibt, isst du was. Mum hat mir irgendwas vom Abfall des Zuckerspiegels erzählt. Ich fürchte, ich werde meine Musikzeitschriften eine Zeit lang durch Schwangerschaftsbücher ersetzen müssen.«

Mia ließ sich auf Nics Bett nieder und nahm sich eins der Brötchen. »Gut«, sagte sie gespielt schnippisch.

»Außerdem haben wir dann kurz die Gelegenheit, darüber zu reden, wie wir das nun bewerkstelligen wollen.«

»Was genau meinst du?«, fragte Mia misstrauisch. Sie erinnerte sich gut an ihr letztes Gespräch und dessen Ausgang.

»Wo wir beide wohnen werden zum Beispiel. Ich ertrage Lizzys anzügliches Grinsen nicht länger, ganz zu schweigen von meinen Eltern.«

Bestürzt riss Mia die Augen auf. Daran hatte sie in der letzten Nacht überhaupt nicht gedacht. An Nics breitem Grinsen erkannte sie, dass es ihm genauso ging.

»Oh mein Gott, wie peinlich«, sagte sie und hielt sich beschämt die freie Hand vor die Augen.

»Ach was, sie sind alle völlig happy.« Mia schüttelte ihren hochroten Kopf. »Möchtest du, dass wir uns hier was suchen?«, fragte Nic neugierig.

Sie zuckte mit den Achseln. »Nein, dieses Pendeln zwischen London und hier ist einfach zu zeitaufwendig.«

»Ich werde nicht weiter pendeln müssen«, sagte Nic vorsichtig. Er hatte Mia noch nichts von seinem neuesten Plan erzählt, und irgendwie wusste er nicht, wie er es anders anstellen sollte.

»Wie meinst du das?« Entgeistert sah Mia zu ihm auf, stocksteif, als wüsste sie, was jetzt kommen würde.

»Ich hab länger darüber nachgedacht, und ich werde die *Swores* an den Nagel hängen. Dann habe ich genug Zeit für dich und das Baby. Du kannst die Uni weitermachen, während ich mich um das Baby kümmere. Du kannst als Designerin arbeiten, von hier oder in London, ganz wie du willst.«

Mia hatte ihm stumm zugehört und wirkte alles andere als erfreut. »Nein, das wirst du nicht tun«, sagte sie fest. »Hör zu, Nic. Ich weiß, dass du nicht immer mit diesem Leben glücklich warst. Aber ich weiß auch, dass das immer dein Traum war. Schon als du Gitarre spielen gelernt hast, wolltest du nie was anderes, als Musik machen. Du bist Musiker mit Leib und Seele. Wenn ich dich nicht so lange kennen würde oder einen Bruder hätte, dem es ganz genauso geht, könnte ich das jetzt vielleicht nicht so leicht ausschlagen. Im Moment glaubst du, dass das alles ist, was du willst. Ein Leben mit mir. Aber irgendwann wirst du dich fragen, wie dein Leben ausgesehen hätte, wenn du das nicht aufgegeben hättest. Ich weiß, wovon ich rede, denn ich habe genau das in den letzten Jahren getan. Ich habe hier festgesessen, weil ich weder vor noch zurück konnte. Ich habe mich auf das gestürzt, was da war. Sophie und Haley, und ja, ich war auch oft glücklich hier. Aber meistens nur, wenn du da warst. Ich werde nicht dabei zusehen, wie du alles, was du bisher erreicht hast, alles, was dich ausmacht, wegwirfst. Wenn du in ein paar Jahren die Nase voll davon hast, ist das okay. Aber du solltest das nicht für jemand anderen tun.«

»Welchen besseren Grund gäbe es, alles an den Nagel zu hängen, als dich und unser Baby?«

»Wenn du es für dich tust«, gab Mia zur Antwort, und Nic wirkte erstaunt. »Du hast mir mal gesagt, dass du mich nicht in deine Welt mit hineinziehen willst, weil du Angst hast, ich würde alles für dich aufgeben und es irgendwann bereuen. Genauso ist das umgekehrt.«

»Und was sollen wir dann tun? Du bleibst hier und wir sind immer getrennt voneinander? Nein, das kommt nicht infrage.« Nics Miene war entschlossen. »Ich lass dich nicht zurück. Vergiss es!«, ereiferte er sich, was Mia zum Schmunzeln brachte.

Sie nahm einen Schluck von dem Saft und sagte dann: »Das musst du doch gar nicht. Ich komme mit dir nach London. Ich werde mich dort an der Uni einschreiben und nach einem ausgesetzten Semester mit meinem Studium fortfahren. Ich kann nebenbei an meinen Skizzen und Entwürfen zu Hause arbeiten. Wenn du in London arbeitest, kommst du ja immer nach Hause, und wenn du unterwegs bist, komm ich mit, so oft es geht.«

Nic war sprachlos. »Und du gibst dein Leben dann nicht auf? Wenn du von hier fortmusst? Fort von deiner Familie? Fort von Lizzy?«

Mia sah ihn traurig an. »Natürlich werde ich mein Zuhause vermissen, so wie du es tust. Aber ich wäre endlich mit dir zusammen. Das ist es, was ich mir immer gewünscht habe. Ich war so unglücklich hier zu Hause, während du fort warst. Hier werden immer meine Wurzeln sein, aber mein Platz ist bei dir. Egal, wo du bist, ich werde bei dir sein. Wenn das Kind irgendwann größer ist und zur Schule muss, dann müssen wir uns was anderes einfallen lassen. Aber wer weiß, was bis dahin noch alles passiert.«

Nic überbrückte die kurze Distanz zu ihr und küsste sie innig, womit Mia nicht gerechnet hatte und ihr Brötchen überrascht fallen ließ.

»Du bist dir ganz sicher, dass du das tun möchtest?«

»Bist du verrückt geworden? Hast du mir nicht zugehört? Das wollte ich schon immer.«

»Aber dieses Leben, Tausende Fotografen, die uns ablichten, Fans und Autogramme, Auftritte, Frauen, die irgendwelche Geschichten über eine Nacht mit mir erfinden …«

Mia sah ihn irritiert an. »Dann werde ich wohl lernen müssen, vor dem Rausgehen in den Spiegel zu gucken. Und was diese Frauen angeht: So schnell dulde ich niemanden mehr, der sich zwischen uns drängt.«

Nic lächelte erleichtert, wusste aber, dass Mia das alles erst erleben musste, um zu verstehen, was es für sie bedeutete. Er glaubte daran, dass sie beide es schaffen konnten. Sie mussten es. Wenn Mia damit nicht leben könnte, dann würde er einfach alles hinschmeißen. Das wäre ein Preis, den er durchaus dafür bezahlen wollte, wenn er nur mit der Frau, die er liebte, zusammen sein könnte.

Mia hob das Brötchen auf und aß weiter. »Hast du keinen Hunger?«, fragte sie beiläufig, als hätten sie gerade übers Wetter geredet und nicht eine alles verändernde Entscheidung getroffen.

»Ich liebe dich sehr, Mia«, sagte er und küsste sie erneut so heftig, dass sie endgültig das Brötchen fallen ließ und nicht vorhatte, es so schnell wieder aufzuheben.

Es gab allerhand Dinge, die vorher in die Wege geleitet werden mussten. Mia kündigte endgültig bei Jason und bei Jeff, wobei ihr die Arbeit bei Jeff wirklich fehlen würde. Jeff war sichtlich betrübt, auch wenn er vorgab, sich für Mia zu freuen. Er war der Einzige außerhalb ihrer Familien, der wusste, dass Mia mit Nic und ihrem Baby nach London ziehen würde. Alle waren natürlich begeistert gewesen, als sie von ihren gemeinsamen Plänen erfuhren. Selbst Lizzy war seltsam euphorisch, was Mia beunruhigend fand. Celine und Sophie hatten Mühe, ihre aufkommenden Tränen zurückzuhalten, ganz zu schweigen von Haley, die wütend in ihr Zimmer stapfte. Mia konnte sie nicht dazu bringen, wieder rauszukommen, was ihr unheimlich leidtat.

Sie bekam wieder ein schlechtes Gewissen, doch sie war längst darüber hinweg, sich von so was abhalten zu lassen. Sie begann sofort damit, ihr Zeug in Kartons zu verpacken, zumindest das, was sie von zu Hause mitnehmen wollte. Alles aus ihrer Wohnung, was noch gebraucht werden konnte, hatte sie verpackt in ihrer Garage eingelagert.

Lizzy half Mia gerade dabei, ihre Bücher auszusortieren, als sie endlich mit der Sprache herausrückte. »Jane Austen wird sich gut in Nics Bücherregal machen«, kicherte Lizzy ungemein gut gelaunt.

»Sag mal, ich werde das Gefühl nicht los, dass noch was im Busch ist«, gab Mia zur Antwort.

»Wie im Busch? Was meinst du?«

»Na, freust du dich so sehr für Nic und mich, oder bist du froh, mich endlich los zu sein?« Mia musste zugeben, dass sie mit ein paar Tränen oder traurigen Blicken gerechnet hatte und fast enttäuscht war, weil diese ausblieben.

Ihre Freundin seufzte. »Ach mein Schatz, wenn du dir selbst in den letzten Wochen dabei zugesehen hättest, wie unsagbar traurig und unglücklich du warst, könntest du mich vielleicht besser verstehen. Du hast so gelitten, und dich jetzt so strahlend zu erleben, ist einfach wundervoll. Du solltest dich mal sehen. Und ist dir schon aufgefallen, dass du dich nicht mehr übergeben hast?« Mia war perplex vor Überraschung, aber es stimmte. »Ich würde dich sogar mit meinem Bruder ans andere Ende der Welt gehen lassen … natürlich nur, wenn ich mitkommen darf …«

Mia kniff die Augen zusammen und sagte: »Da ich Lizzyisch ziemlich gut spreche … was willst du damit andeuten?«

»Nur, dass ich mir in London eine WG suchen und mich dort an der Uni einschreiben werde, bis ich geklärt habe, was ich wirklich machen möchte. Das heißt, ich werde meine Patentanten-Pflichten und -Bedürfnisse auch weiterhin erfüllen können.« Soweit das überhaupt möglich war, wurde Mia noch wärmer ums Herz.

»Das heißt, du ziehst auch nach London?« Lizzy nickte, und ihr war deutlich anzusehen, wie groß ihre Vorfreude war.

Mia fiel ihrer Freundin um den Hals und murmelte: »Du hast keine Ahnung, wie sehr ich mich darüber freue. Ich muss also nicht allein zwischen den ganzen verrückten Supermodels und Schauspielerinnen sitzen. Du bist da! Dann wird alles gut.«

Mia hatte natürlich Ängste und Zweifel darüber gehabt, ob es ihr in London so gut gehen würde wie hier. Eine Garantie bekam man im Leben nicht. Jetzt wo Lizzy in greifbarer Nähe sein würde, war Mia ruhiger. Wenigstens für eine Person dort wäre sie Mia und nicht nur Nic Donahues Anhang. Sie bekam feuchte Augen.

»Als könnte ich dich gelassen nach London ziehen lassen, ohne dass ich dort ein Auge auf dich habe. Sieh dir nur an, was dir in den letzten Monaten hier alles passiert ist.« Mia schniefte geräuschvoll, und Lizzy gab ihr einen Kuss auf die Wange. »In Wahrheit ist es viel zu beängstigend, hier allein zurückzubleiben, ohne ein wirklicher Teil deines Lebens zu sein.«

Mia drückte ihre Freundin fest an sich. »Das bist du für den Rest meines Lebens, egal, wo ich bin …« Nach einer kleinen Weile voller Gefühlsduseligkeiten nahmen sie auf Mias Sitzecke am Fenster Platz und sahen sich um.

»Kannst du glauben, dass dieser Teil meines Lebens vorüber ist? Dass ich hier nicht mehr über Nics Abwesenheit weinen werde und meine Jugend hier verbringe, mit dir, Liam und Nic? Dass das alles vorüber ist?«

Lizzy seufzte. »Wir wollen noch nicht den Tag vor dem Abend loben!« Mia knuffte ihre Freundin in die Seite. »Nein, ich kann mir auch nicht vorstellen, endgültig aus meinem Kinderzimmer rausgewachsen zu sein. Aber es warten noch so viele aufregende Dinge auf uns. Ich kann mir ein alltägliches Leben in London noch gar nicht wirklich ausmalen. Nic hat mir zwar angeboten, dass ich nebenbei im Plattenstudio der *Swores* arbeiten kann. So wäre mir zumindest schon mal eine Einnahmequelle sicher, aber du kennst das ja mit dieser Art der Vermittlung …«

Lizzy sprach weiter über London und das Leben dort, während Mia sich ausklinkte und ein paar Bilder aus längst vergangenen Zeiten in ihr hochstiegen. Sie sah sich selbst als kleines Mädchen das Treppenhaus hinunterstürmen, um in die Arme ihres Vaters zu fallen. Sie sah, wie ihre Mutter ihre Haare flocht und einen Spritzer ihres kostbaren Parfüms auf ihren Hals gab. Sie sah Sophie, wie sie fluchend mit Mia die saubere Wäsche im Garten abhängte, weil es in Strömen zu regnen begonnen hatte.

Und dann sah sie sich mit den anderen auf dem Rasen liegen. Nic zupfte an seiner Gitarre, während sie miteinander lachten und Spaß hatten. Sie sah auf einmal nur Nics Gesicht, das sich in ihre Netzhaut eingebrannt zu haben schien. Sie tat das Richtige, das wusste sie längst. Hier hatte alles begonnen. Hier würde sie immer zu Hause sein, mit Nic.

Kapitel 24

Mia hielt vor dem großen Supermarkt, drei Straßen von ihrem Zuhause entfernt. Als sie in ihren Rückspiegel blickte, sah sie ein Auto, das ein paar Reihen hinter ihr parkte.

Seltsam, sie hätte schwören können, dass sie es in ihrer Straße schon gesehen hatte, als sie zum Einkaufen aufgebrochen war.

Komischer Zufall!, dachte sie, als sie einen Einkaufswagen vor sich herschob. Eine Art Heißhungerattacke hatte sie überfallen, und sie war wild entschlossen, die Lust auf Eis, Roastbeef-Brot und Erdnussbutter zu stillen. Fürs schlechte Gewissen standen auch Kiwis und Bananen auf ihrem Einkaufszettel. Während sie sich durch die Gänge schob und ihr Appetit scheinbar keine Grenzen zu haben schien, packte sie den Wagen immer voller. Mia war überrascht, dass sie niemand Bekanntem über den Weg gelaufen war. Sie hatte den Gedanken kaum zu Ende gedacht, da rief jemand ihren Namen. Als sie zu der Person blickte, seufzte sie ergeben. Es war Mrs. Sutten, eine Freundin ihrer Großmutter.

»Hallo Kind, schön dich endlich mal wieder zu sehen. Du siehst großartig aus, Emilia.« Die ältere Dame trug richtig altbackene Kleidung, einen Faltenrock mit einem beigefarbenen, selbstgestrickten Pullover und diese typischen Alte-Damen-Schuhe. Mia lächelte. Wahrscheinlich würden Lizzy und sie eines Tages auch so herumlaufen. Gott sei Dank blieb bis dahin eine Menge Zeit.

»Vielen Dank, Mrs. Sutten. Ich hoffe, Sie fühlen sich auch wohl?«

»Ach meine Liebe, es gibt sicherlich immer etwas zu klagen.

Doch ich strafe es mit Verachtung. Sophie sagte, dass sie sich sehr um ihre Enkelin gesorgt hat. Ich hoffe, es geht dir wieder gut? Ich halte ja nichts von diesen Reisen ins Ausland.« So ging es ein paar Minuten weiter, während Mia sich einen Monolog über die Sitten in fremden Ländern anhörte und dass man als Frau allein sicher nicht reisen sollte. Diese Frau lebte also tatsächlich noch in den Fünfzigern. Mia wunderte es jedes Mal, dass Sophie mit ihr befreundet war. Gegensätzlicher ging es kaum.

Mia verabschiedete sich höflich und war erleichtert, als die Kassen bereits in Sichtweite kamen. Eigentlich hatte sie einen Abstecher zu den Schokoküssen machen wollen, aber sie war von Mrs. Suttens Monolog so erledigt, dass sie es nicht riskieren wollte, ihr noch einmal über den Weg zu laufen.

Außerdem wartete Nic bereits zu Hause auf sie. Er wollte ein paar Telefonate führen und einige Dinge in die Wege leiten, damit sie in den nächsten Tagen nach London aufbrechen konnten. Am Wochenende stand eine Preisverleihung an, bei der die *Swores* einen Preis entgegennehmen mussten und einen Auftritt hatten. Dort wollten sie einen neuen Song präsentieren. Nic hatte für alle Karten besorgt, sodass sie eine kurze Reise nach London machen konnten. Mia war glücklich darüber. Es würde ihr die ersten Tage in London versüßen, wenn sie ihre Familie um sich hatte.

Sie wollte noch ein paar Kleinigkeiten fürs Abendessen besorgen und schlug den Weg in die Kühlabteilung ein, als, wie aus dem nichts, ein anderer Einkaufswagen mit ihrem zusammenstieß. Mia hatte überhaupt keine Zeit, sich zu sammeln, als sie jemand ansprach. Als sie zu der Frau mit dem ordentlichen Bob aufsah, ihre roten Lippen entdeckte und »Anabelle« rief, war sie wirklich erfreut. Sie hatte ihre Freundinnen längere Zeit nicht mehr gesehen, und ihr fiel ein, dass sie nicht über Mias Pläne informiert waren, weder Anabelle noch Lisa. Mia überkam das schlechte Gewissen. Sie würde aus ihrem Leben verschwinden.

»Mia.« Anabelle schien leicht pikiert zu sein, was Mia sogar verstehen konnte.

»Hallo, wie geht's dir? Schön, dich zu sehen.« Mia lächelte. Irgendetwas an Anabelles Haltung hielt sie zurück, ihre Freundin überschwänglicher zu begrüßen.

»Ja danke, alles bestens!« Zögerlich fragte sie dann: »Und bei dir? Dir soll es ja offenbar lange nicht so gutgegangen sein? Hat Lisa mir erzählt, nachdem du mich nicht mehr zurückgerufen hast.«

»Ach, bitte entschuldige … Ich hatte wirklich viel um die Ohren.«

Anabelle rümpfte die Nase und sah nicht milder gestimmt aus. »Na ja, um Lisa auf dem Laufenden zu halten, warst du nicht zu beschäftigt. Ich dachte schon, Lizzy hätte zu viel Einfluss auf dich gehabt.«

Mia musste zugeben, dass das zum Teil stimmte. Nachdem ihre Freundin sie vor Anabelle gewarnt hatte, hatte Mia sich etwas zurückgehalten. Und während sie Anabelle betrachtete, spürte sie, dass sie sie nicht besonders vermisst hatte. »Nein, natürlich nicht. Es ist nur viel passiert. Wir sollten uns mal wieder treffen, dann erzähl ich dir alles in Ruhe.«

Anabelle nickte nur unbestimmt und sah in Mias Einkaufswagen. »Wie es aussieht, feiert ihr eine Party? Sind die *Swores* wieder da?«

Mia nickte zwar, wollte aber keinen falschen Eindruck erwecken. »Nein, wir haben nichts zu feiern. Ich musste nur dringend wieder einkaufen. Am Wochenende bin ich in London. Nic … ähm Liam hat uns Karten für eine Musikpreisverleihung gegeben. Sie treten da wohl auf. Ich weiß nicht, ob …«

»Du meinst, ob wir vielleicht Lust hätten mitzukommen?« Anabelle schien quasi zu hyperventilieren, und Mias Augen wurden groß. Nein, das hatte sie damit ganz und gar nicht sagen wollen. Sie hatte nur sagen wollen, dass sie sich nicht in allzu naher Zukunft treffen konnten, damit Mia ihnen nicht zu schnell Rede und Antwort stehen musste.

Sie seufzte und hörte sich selbst sagen: »Keine Ahnung, vielleicht haben sie noch Karten übrig. Ich werde sehen, was sich machen lässt. Wir telefonieren und machen was aus, ja? Ich muss Haley noch bei ihrer Freundin abholen. Mach's gut.« Damit verabschiedete sie sich und hoffte eindringlich, dass Anabelle die Pflegecreme gegen Schwangerschaftsstreifen nicht gesehen hatte. Sie wollte ihren Freundinnen alles in Ruhe erklären. Irgendwie beschlich sie so ein Gefühl, dass sie es nicht sonderlich gut aufnehmen würden.

Völlig in Gedanken machte Mia sich auf die Suche nach dem Hühnchen, das sie am Abend zubereiten wollte. Als sie vor der Theke stand, konnte sie sich nicht überwinden, irgendetwas davon anzufassen. Übelkeit überkam sie und sie machte schnell kehrt. Sie bezahlte an der Kasse, packte alles in ihre Stoffbeutel und machte sich auf den Weg zu ihrem Auto. Von Weitem sah sie, dass dort etwas nicht stimmte. Mia kam näher und traute ihren Augen nicht.

Das Auto, das sie sich von ihrer Mutter geliehen hatte, war vollkommen demoliert. Die Scheiben waren eingeschlagen, und die Scherben lagen überall verstreut auf den Sitzen, der Motorhaube und den Pflastersteinen. Völlig regungslos starrte Mia auf die Szene, die sich ihr bot. Einzig die Heckscheibe war heil geblieben. Allerdings wohl nur, um Platz für eine Botschaft zu lassen: *Schlampe*.

Mias Herzschlag setzte aus, und alle Farbe wich aus ihrem Gesicht. Galle stieg in ihr hoch. Entfernt nahm sie eine Frau wahr, die ihr entgegenkam.

»Ist das Ihr Auto?« Mia nickte halbherzig und betrachtete die Fremde. Sie hatte blondes Haar, war gut gekleidet und wirkte hilfsbereit. »Soll ich die Polizei rufen?«, fragte sie, während sie in ihrer Tasche nach dem Handy kramte. Mia antwortete nicht. Sie stand völlig unter Schock. »Ich würde Ihnen gern helfen. Wissen Sie, wer das war?«

Mia schüttelte knapp den Kopf. Sie dachte an das schwarze Auto, das ihr aufgefallen war, als sie zu Hause losgefahren war. Was, wenn es ihr gefolgt war? Es war Nachmittag und kaum etwas los. Man hätte das sicher schnell bewerkstelligen können, ohne groß Aufmerksamkeit zu erregen.

Jemand rief ihren Namen, und Mia erkannte Anabelle, die ihr entgegenlief. »Was ist denn hier passiert?«

Mia war so dankbar für ein vertrautes Gesicht, dass sie sich kraftlos gegen sie lehnte, als Anabelle sie in den Arm nahm. »Wie schrecklich! Wir müssen die Polizei rufen.« Mia nickte ergeben und suchte in ihrer Tasche nach dem Handy. Sie rief die Nummer an, die ihr als Erstes in den Sinn kam.

»Lizzy, du musst sofort kommen. Bring Liam oder Nic mit … oder … nein, besser nicht … ich weiß auch nicht. Bitte komm …«, flüsterte sie leise ins Telefon, und an Lizzys Stimme hörte sie, dass diese schon losrannte. »Nein, mir geht es gut. Ich bin in Ordnung. Ich habe Anabelle getroffen …« Lizzy echote den Namen ihrer gemeinsamen Bekannten, und Mia nickte nur, bis ihr auffiel, dass Lizzy sie wohl kaum sehen konnte. »Ja, ich hab sie im Supermarkt getroffen. Bitte komm einfach und sag Nic nichts davon.«

Anabelle beobachtete Mia genau, während sie mit Lizzy telefonierte. »Was ist hier wirklich los, Mia? Vor ein paar Wochen ist dein Auto vor einen Baum gefahren worden, dann wird eure Wohnung verwüstet, und jetzt wurde wieder ein Auto demoliert. Wenn ich es nicht besser wüsste, würde ich denken, dass jemand was gegen dich hat.« Mia seufzte und murmelte etwas davon, dass sie erst mit der Polizei reden musste.

Anabelle überhörte das. »Ich finde, dass du dich seltsam benimmst, Mia. Ich dachte, wir wären Freundinnen und du könntest mit mir reden. Doch stattdessen meldest du dich wochenlang nicht, haust einfach mit Lizzy ab, ohne ein Wort zu sagen. Dann kommst du zurück, und bis auf einen simplen Kaffee gibt es kein Lebenszeichen von dir. Von deinem Nachbarn an der Uni, diesem Schwulen, erfahre ich, dass die Wohnung neu vermietet wurde, und dann sehe ich dich hier, wie du Schwangerenkosmetika kaufst.«

Mia blickte starr zu ihrer Freundin. Sie würde ganz sicher nicht den Nobelpreis für die beste Freundin bekommen, aber Anabelle garantiert auch nicht.

»Du magst mit allem recht haben, aber das ist nicht der beste Moment, um mir solche Vorhaltungen zu machen. Ich denke, dass eine Freundin das nicht tun würde.« Damit ging Mia an Anabelle vorbei und stellte sich neben die fremde Frau. Sie hatte die Polizei gerufen, und der Filialleiter des Supermarktes kam herausgestürmt. Er faselte was von kaputten Überwachungskameras, und Mia hätte ihm am liebsten vor die Füße gekotzt.

Quasi gleichzeitig mit der Polizei kam Lizzys Terminator auf den Parkplatz des Supermarkts geheizt, und sie stieg so eilig aus, dass sie am Gurt hängen blieb und ins Stolpern geriet. Der Anblick ihrer Freundin war so komisch, dass Mia am liebsten hysterisch losgelacht hätte. Ihr Blick glitt zur Beifahrertür, die sich ebenfalls geöffnet hatte, und zu dem Mann, der dort ausstieg. Nic trug kurze Hosen, ein an den Ärmeln abgerissenes T-Shirt und Flipflops, die er in der Eile wohl vergessen hatte zu tauschen. Sein Blick war mörderisch.

Lizzy kam zeitgleich mit Nic vor Mia zum Stehen und entschuldigte sich: »Sorry, er hat mitbekommen, wie panisch ich war, und hat eins und eins zusammengezählt.«

Nic warf Lizzy einen bösen Blick zu, während er sich besorgt zu Mia umwandte. »Alles in Ordnung mit dir? Ist dir irgendwas passiert?«

Mia schüttelte nur den Kopf und ließ sich zu gern von ihm in die Arme nehmen. »Bitte verlass mich nicht wieder«, sagte sie leise. Das war ihre eigentliche Angst gewesen. Sie fürchtete, Nic würde sie erneut verlassen, damit sie sicher war. Er hielt sie ganz fest und machte beruhigende Laute.

Zärtlich hob er Mias Kopf mit beiden Händen an und sagte: »Auf keinen Fall. Ich werde dich in Zukunft überhaupt nicht mehr aus den Augen lassen.« Er küsste sie zärtlich und innig auf den Mund, ohne sich darüber Gedanken zu machen, wer das sehen könnte. Seine Aussage war durch seinen ernsten Blick durchaus überzeugend, und von Mia fielen buchstäblich alle Sorgen ab.

»Noch nicht einmal mit Lizzy?«

Nic strafte seine Schwester mit einem weiteren bitterbösen Blick. »Sie hat mein Vertrauen durch ihre Verschleierungstaktik erst einmal verspielt.«

Lizzy presste die Lippen aufeinander, als läge ihr eine scharfe Erwiderung auf den Lippen, so etwas wie »Ohne dich sind wir wunderbar klargekommen«. Mia war froh, dass sie es nicht tat. Im Moment brauchte sie keine Streitereien.

»Das ist ehrlich gesagt auf meinem Mist gewachsen«, erklärte Mia.

Ein Polizist trat auf sie zu, und ihre Aufmerksamkeit wurde auf das Geschehene gelenkt. Nach einer langen Befragung und etlichen Telefonaten mit dem Hauptermittler in ihrer Sache konnten sie endlich nach Hause fahren.

Mia nahm kraftlos auf dem Rücksitz Platz. Lizzy und Nic unterhielten sich leise, was Mia ausblendete, um ihren Gedanken freien Lauf zu lassen. Irgendwas an dieser ganzen Geschichte stank zum Himmel. In der gesamten Zeit, als zwischen Mia und Nic Funkstille herrschte, war sie von jeglichen Anfeindungen verschont geblieben. Und plötzlich, nachdem sie erst in der Nacht zuvor zusammengefunden hatten, begann alles von vorne. Mia hasste die Vorstellung, dass diese Frau aus ihrem Bekanntenkreis stammen sollte ... es gab niemanden, dem sie so etwas ansatzweise zutrauen würde. Sie atmete tief durch. Was sollten sie nur tun?

Da machte Nic sich bemerkbar. Er lächelte sein schönstes Lächeln, und Mia beneidete ihn um die Anziehungskraft, die er auf sie ausübte, während sie sich klein, aufgebläht und nicht besonders genug fand.

»Honey ... ich hab einen beziehungsweise zwei Bodyguards engagiert.« Mia rollte genervt mit den Augen, während er sagte: »Und roll nicht mit den Augen. Ich werde dich nicht weiterhin ungeschützt herumlaufen lassen. Sie beobachten unsere Häuser, solange wir hier sind, und wir bleiben einfach zusammen.«

Das war sein bisher bester Vorschlag, fand Mia. Sie wollte niemand Fremdes in ihrem Haus haben. Wenn das bedeutete, dass Nic sich besser fühlte, war sie mit allem einverstanden.

Zu Hause angekommen, erwartete sie wieder die gesamte Familie. Alle machten sich Sorgen, aber Mia war nur danach, mit Nic ins Bett zu gehen.

Lynn brachte ihnen etwas zu essen in Nics Zimmer und strich Mia sanft übers Haar. »Ich kann mir vorstellen, wie du dich fühlst, Süße.« Dann gab sie Mia einen Kuss auf die Stirn. »Kann ich etwas tun?«

Mia schüttelte den Kopf, bemühte sich aber um ein Lächeln. »Nein, danke Lynn. Ihr tut schon so viel für uns.«

Nic beobachtete seine Mutter und Mia, während sein Vater hinter ihm im Türrahmen stand.

»Dreh bloß nicht durch, Junge«, sagte er. »Hier sind sie sicher.« Daran zweifelte Nic noch, denn er hatte eine Scheißangst und würde sich erst besser fühlen, wenn in ein paar Stunden die Wachleute da sein würden. Bis dahin würde er garantiert kein Auge zumachen.

»Ist alles abgeschlossen?«, fragte er zum wiederholten Mal seinen Vater, der ihm auf den Rücken klopfte und zustimmend brummte. Lynn verließ das Zimmer, nachdem sie ihrem Sohn im Vorbeigehen liebevoll über den Arm gestrichen hatte. Nic schaute auf Mia hinab, die vor dem Tablett mit ihrem Essen saß. Sie sah nicht so aus, als würde sie etwas hinunterkriegen. Er fühlte sich schrecklich für das, was sie seinetwegen durchmachen musste. Da bemerkte sie offenbar seinen seltsamen Blick und streckte die Hand nach ihm aus.

»Ich bin okay. Ich hab nur zu lange nichts gegessen und muss mich zum ersten Happen zwingen.« So tapfer war sie immer gewesen. Die Schatten unter ihren Augen straften ihre

Worte Lüge. Nic seufzte, zog sich die Schuhe aus und kletterte hinter sie aufs Bett, sodass sie zwischen seinen Beinen saß. Er zog sie sanft nach hinten, worum er sie nicht lange bitten musste. Sie seufzte, und er spürte, wie sie sich langsam entspannte.

»Die kriegen diese Irre schon«, sagte sie zuversichtlich, und Nic nickte entschlossen. »Das müssen sie auch bald, denn unserer Familie gehen langsam die Autos aus«, witzelte Mia, was Nic ein Schnauben entlockte.

»Darüber brauchst du dir keine Sorgen zu machen. Celine bekommt ein neues. Sie muss sich nur noch die Farbe aussuchen.«

»Ach was, die Versicherung bezahlt das doch. Das brauchst du nicht tun …«

»Vergiss es Mia! Da wirst du dich daran gewöhnen müssen. Wir sind eine Familie, Liam und ich haben mehr, als wir im ganzen Leben ausgeben können, und dir oder deiner Familie wird es an nichts fehlen.« Nic ließ seine Hände über Mias Bauch gleiten. Irgendwie fühlte er eine leichte Wölbung und fragte sich plötzlich, ob die immer schon da gewesen war oder ob das sein Baby war. »Ist das …?«

»Ich fürchte schon. Meine Mum meinte, sie hätte auch sehr früh einen Bauch bekommen und nachher ausgesehen, als hätte sie einen Luftballon verschluckt.« Man hörte Mias Stimme an, dass ihr diese Vorstellung gar nicht gefiel. Für Nic konnte sich die Zeit plötzlich nicht schnell genug drehen. Die Vorstellung, dass Mia sein Baby bekam, schwappte wie eine Welle über ihn. Er war augenblicklich noch erfüllter von unersättlicher Liebe zu ihr, sein Beschützerinstinkt arbeitete auf Hochtouren und ihm kam ein Haufen Fragen in den Sinn.

»Wann wirst du denn nun kugelrund sein?«, fragte er unbedacht.

»Vorsicht, Mister Donahue, ich bin von Hormonen gebeutelt.«

Nic zog eine Grimasse. »Oh, danke für die Vorwarnung. Aber John hat mich schon davor gewarnt.«

Mia wurde aufmerksam. »Was hat er denn genau gesagt?«

Nic schüttelte den Kopf. »Oh nein, das sind Männergeheimnisse. Ich werde dir kein Sterbenswörtchen verraten.« Mia machte große Augen, während sie ihn flehend ansah. Nic lachte und legte den Kopf in den Nacken. Es war ein ehrliches, herzliches Lachen. Es war schön, so ungezwungen mit ihm umzugehen, und Mia wurde sich bewusst, wie sehr sie ihren Nic vermisst hatte.

»Na gut«, gab er sich geschlagen. »Wie du weißt, hat John ja Erfahrungen mit Frauen, die schwanger sind. Er sagte, dass ihr ganz schöne Stimmungsschwankungen habt und man ab dem sechsten oder siebten Monat am besten keinerlei Komplimente mehr macht.« Nic schlang die Arme fester um sie und lächelte auf Mia hinab.

»Und warum?«

Er grinste spitzbübisch und antwortete: »Das wäre wie Topfschlagen im Minenfeld.« Mia verstand und stimmte in sein Lachen mit ein.

»Da ich noch nie schwanger war, werde ich mich überraschen lassen müssen, wie dick und rund ich werde.«

»Und wann soll das Baby kommen?«

Mia sah überrascht zu ihm hoch. Sie waren so sehr mit allen anderen Dingen beschäftigt gewesen, dass sie bisher noch kaum über das Baby gesprochen hatten. »Also der Arzt hat einen ungefähren Geburtstermin errechnet. Anfang Februar wird es wohl so weit sein. Aber sicher weiß man das nie. Beim nächsten Untersuchungstermin will er schauen, ob es ein Junge oder ein Mädchen wird.«

»Das kann man da schon sehen?« Nic war fast schockiert, und auf einmal hatten sie die Erlebnisse des Tages vergessen und redeten über alles, was es über das Wesen in Mias Bauch zu wissen gab. Sie sprachen über unterschiedliche Schnuller und Flaschen, und Mia holte einen Katalog aus dem Wohnzimmer, von dem sie wusste, dass Nics Mutter ihn hatte, um dem Baby Geschenke zu machen. Sie schauten sich diverse Dinge an, während sie Lynns Essen gemütlich verspeisten.

Später lagen sie satt und glücklich darüber, zusammen zu sein, auf Nics Bett und hatten den Fernseher angemacht, wo ein alter Wes-Craven-Film lief.

Nic beugte sich irgendwann über Mia und sagte: »Wir werden überrascht sein, wie unglaublich schön du in einigen Monaten aussehen wirst.« Sein Blick versank in ihrem und Mia wurde es ganz warm. Zuerst im Bauch, dann breitete sich das Kribbeln in ihrem ganzen Körper aus. Das war genau dieses eine Gefühl, das er ständig in ihr auslöste, und Mia fragte sich, ob es ihm genauso erging. Da gab es nur zwei Möglichkeiten, das herauszufinden.

Mia umschlang Nic mit beiden Armen, strich ihm eine Haarsträhne hinters Ohr und flüsterte: »Bis jetzt machen Sie sich richtig gut mit den Komplimenten, Mister Donahue.«

Sie verschloss seinen Mund mit ihrem und nutzte den Überraschungsmoment, um ihn auf den Rücken zu drehen. Bemerkenswert geschmeidig setzte sie sich rittlings auf ihn und küsste ihn leidenschaftlich, was er sofort erwiderte. Augenblicklich spürte sie, wie er hart wurde, und angetrieben von dieser körperlichen Bestätigung und ihrer eigenen Erregung hielt sie sich nicht lang damit auf, ihn nur zu küssen, sondern liebkoste ihn an weitaus intimeren Stellen.

Das Telefon riss Nic am frühen Morgen aus dem Schlaf, und als er dranging, hörte er Pauls markante Stimme. »Nic, die Proben für das Event am Samstag gehen morgen schon los. Du wirst gebraucht. Also schwing deinen Arsch hierher.«

Nic diskutierte mit seinem Manager über eine halbe Stunde. Es gab nichts, was er hätte tun können. Die Proben konnten nicht ohne ihn stattfinden. Da es eine Livesendung war, gab es im Vorfeld auch mehr zu beachten. Mia war längst wach geworden und hatte so viel verstanden, dass sie sich eilig anzog.

»Also, geht es los?«, fragte sie nur und versuchte, Nic das schlechte Gewissen zu nehmen.

»Es tut mir so leid. Ich hab nicht an die Proben gedacht.«

»Ja gut, ich brauche eine Stunde, um alles Wichtige einzupacken. Ich fahr in nächster Zeit noch mal heim und hol den Rest.«

»Du wolltest dich sicher ausgiebig verabschieden …«

»Ach was, ich kann jederzeit wieder herkommen.« Mia kämmte sich mit den Fingern ihre Haare.

»Da ist noch was … du wärst stundenlang allein in meiner Wohnung. Ich würde dich mit zur Band nehmen, aber da rennen so viele Leute rum, die ich nicht alle überblicken kann und …«

»Die Irre! Ich versteh schon«, seufzte Mia.

»Das wird nicht immer so sein, Mia.«

»Ach, das ist es doch nicht. Ich wurde nur überrumpelt. Aber falls du dich erinnerst, kann ich gut mit solchen Dingen umgehen. Deine Schwester ist hervorragend darin, mich zu überrumpeln …« Gleichzeitig kam Mia und Nic eine Idee. Nics Schwester.

»Sie muss mit!«, entschied Mia und fühlte sich sofort wohler.

»Wenn es in Ordnung ist, fahren wir heute Abend los, und morgen kannst du dich in unserer Wohnung einrichten.« Nics Wohnung … den Gedanken hatte Mia immer wieder verworfen. Sie wollte nicht an den Ort denken, an dem schon so viele Frauen vor ihr gewesen waren. Was sollte sie beanstanden? Dass er ein Leben vor ihr hatte? Das hatte sie auch gehabt.

»In Ordnung, ich muss nur noch ungefähr einhundert Dinge erledigen … das schaffe ich schon.« Hektisch wuselte Mia in Nics Zimmer umher und wurde von ihm eingefangen.

»So, jetzt beruhigen wir uns alle erst mal wieder. Guten Morgen, mein Mädchen …« Er lächelte an ihrem Mund und gab ihr einen kleinen Kuss.

»Hey …«, sagte Mia nur.

»Wir gehen jetzt frühstücken. Dann kannst du mir alles sagen, was erledigt werden muss, und wir beschränken uns auf das Wichtigste. Anschließend packen wir unseren Kram, und irgendwann später fahren wir los.« Mia bewunderte ihn für seine Ruhe.

Als sie ihren beiden Familien erzählten, dass sie am gleichen Tag noch nach London aufbrechen würden, waren alle in heller Aufregung. Sie waren glücklich darüber, dass Mia und Nic endlich zueinandergefunden hatten. Die daraus resultierenden Konsequenzen fanden sie jedoch eher bedrückend. Mia war so lange ein fester Bestandteil ihres Alltags gewesen, dass Sophie sich gar nicht vorstellen wollte, wie trostlos ihr Leben ohne sie sein würde. Was allerdings am meisten zählte, war das Glück von Mia.

Der Wirbelwind hastete von einem Zimmer ins andere, und Sophie rechnete es Nic hoch an, dass er diese Lebhaftigkeit seiner Freundin mit Gelassenheit ertrug. Zwischendurch zog er Mia mit ihrem Chaos auf, was ihre Enkelin immer wieder zum Lachen brachte, und wenn sie glaubten, keiner beobachtete sie, sah Sophie, wie die zwei turtelten. Es war so schön mit anzusehen, wie Mia mit leuchtenden Augen durch die Welt lief, dass Sophie beinahe selbst Nic einen dicken Kuss gegeben hätte. Die alte Frau feixte innerlich. Sein Gesicht hätte sie gern gesehen.

Einige Zeit war vergangen, und Nic war längst damit beschäftigt, alles in sein Auto zu packen, als ein weiteres Auto in die Einfahrt bog. Lisa und Anabelle stiegen aus ihrem Wagen und blickten überrascht auf die Kartons im Eingangsbereich. Mia kam gerade die Treppe hinuntergelaufen und rief nach Nic, als sie wie angewurzelt stehen blieb. Das passte ihr überhaupt nicht in den Kram. Die Frauen sahen sich alle sprachlos an, als der Wachmann kurz nach dem Rechten schaute und nur noch mehr erstaunte Blicke erntete.

»Miss?«, fragte er und tauschte einen Blick mit Mia, die unwirsch mit der Hand wedelte.

»Ja, ja, ist schon in Ordnung.«

Lisas Mund stand sperrangelweit auf. »Mia?«, fragte sie nur tonlos.

Mia kam die letzten Stufen zu ihnen hinunter, als Nic mit Liam hereinrauschte.

»Wir können noch was bei Liam und Lizzy ins Auto packen«, sagte Nic und nahm im Vorbeigehen Mias Hand in seine. Da erst wurde er sich der anderen Frauen im Raum bewusst.

»Na hoppla«, grinste die Rothaarige, und Nic erkannte Mias Freundinnen. Sie hieß Lisa, und die andere hieß seiner Erinnerung nach … Amanda?

»Oh … ähm … hi«, sagte er kurz angebunden. Beide sahen ihn mit einem seltsamen Blick an, und erst da wurde Nic bewusst, dass sie offenbar nichts von alldem wussten.

»Lisa, richtig?« Sie nickte fröhlich und winkte. Die Blonde kam mit graziösen Schritten auf ihn zu und lächelte zuckersüß. »Amanda?«

Ihr Gesicht verfinsterte sich, und Nic wusste, dass er einen Fehler begangen hatte. Sie sagte nichts, aber ihr Blick war mörderisch.

Nic wandte sich kurz an Mia. »Ich pack weiter ein, warum machst du nicht eine kleine Pause und trinkst einen Tee mit deinen Freundinnen?«, schlug er vor.

Mia nickte unbehaglich und wünschte sich Lizzy her. Lizzy hatte ebenso wie Mia ihren Stolz und war zu ihrer Bank unterwegs, damit sie niemandem auf der Tasche lag. Nic gab Mia einen Kuss auf die Nase und flüchtete vor den dreien.

»Kommt doch erst mal rein«, sagte Mia überflüssigerweise. Sie folgten ihr wortlos ins Wohnzimmer, wo sie sich auf den Sessel fallen ließ. Sophie rannte an ihnen vorbei und brummte etwas zur Begrüßung.

Lisa wartete, bis Mias Großmutter fort war, und fragte dann ohne Umschweife: »Was ist hier los? Zieht jemand aus?« Mia war sich nicht sicher, wie viel sie ihnen erzählen sollte und konnte.

»Ich meine, Anabelle hat mir von dem Vorfall gestern berichtet, und nachdem du nicht ans Telefon gegangen bist, dachten wir, wir kommen vorbei und schauen, wie es dir geht«, erklärte Lisa weiter und schien nicht zu bemerken, dass Mia Anabelle recht unfreundlich taxierte. Die ganze Geheimniskrämerei ging ihr auf die Nerven.

Sie seufzte. »Gut, die kurze oder die lange Version?«

»Ich will nur wissen, was hier los ist.«

»Ich bin im vierten Monat schwanger und werde zu Nic nach London ziehen, dort zur Uni gehen und mit ihm zusammenleben.« Verblüffung zeichnete sich auf ihren Gesichtern ab. Anabelle wurde kreidebleich, sagte aber nichts.

»Und wann genau hättest du uns davon erzählt?«, fragte Lisa leicht verärgert, aber vor allem geschockt.

Mia sah die zwei Frauen vor sich an und stellte sich vor, wie sie sich fühlen würde, wenn Lizzy sie so vor vollendete Tatsachen stellen würde. Ja, sie fühlte sich schuldig, und das schlechte Gewissen machte sich in ihr breit. Lisa sah so aus, als wüsste sie nicht, welche Frage sie zuerst stellen sollte, während Anabelle wie versteinert auf dem Sofa saß. Mia vermochte nicht zu sagen, was in ihr vorging.

»Hört zu, in den letzten Wochen ist ziemlich viel passiert, und ich weiß, ich hätte euch längst darüber ins Bild setzen müssen. Dafür gibt's auch keine Entschuldigung. Aber es sind einige Sachen so schnell aufeinandergefolgt, dass ich selbst oft nicht wusste, was ich darüber denken sollte.« Ein lahmer Versuch, sich zu erklären, das war Mia bewusst.

»Ich bin völlig geschockt und auch enttäuscht, dass du nichts gesagt hast«, sagte Lisa. Ihre Freundin spielte unbeholfen mit der Tischdecke auf dem Couchtisch. »Du wärst einfach umgezogen, ohne uns was davon zu erzählen?«

»Nein, ich hätte euch natürlich noch angerufen und informiert. Aber ich wollte es nicht in aller Eile tun, sondern wenn wir uns persönlich sehen. Vielleicht kommt ihr am Wochenende nach London?«

»Wenn wir eingeladen sind?«, fragte Lisa leise, schien sich aber bald zu fangen.

»Natürlich«, beschwichtigte Mia ihre Freundinnen.

»Aber jetzt erzähl erst mal ... du bist schwanger? Von Nic? Seid ihr jetzt zusammen, so richtig?« Mia strahlte versonnen, als sie ihnen von Nic berichtete, und Lisa schien völlig hingerissen. »Wow«, sagte sie leise. »Du bist schwanger. Ich werd verrückt. Und endlich mit Nic zusammen. Das nenn ich ja mal eine Liebesgeschichte ... Und du ziehst zu ihm? Ach, ich freu mich so für dich, Mia.« Sie sprang von ihrem Platz auf und umarmte Mia herzlich. Lisa wirkte ehrlich erfreut, während Anabelle zumindest wieder atmete. »Nun sag doch auch mal was, Anabelle!«, forderte Lisa sie auf.

Anabelle lächelte seltsam und sagte: »Mia hat deutlich gemacht, dass sie sowieso keinen Wert auf unsere Meinung legt. Wozu braucht sie dann jetzt meinen Segen?« Mia hatte mit einem verbalen Seitenhieb gerechnet, und irgendwas an Anabelle gefiel ihr nicht.

»Wie gesagt, ich hatte einiges um die Ohren, und mir tut es auch leid, dass ihr euch übergangen fühlt. Das war sicher nicht meine Absicht«, versuchte Mia nochmals zu erklären. Allerdings war diese Entschuldigung eher an Lisa gerichtet, die sie direkt ansprach. Lisa rollte mit den Augen und machte deutlich, dass sie Anabelles Reaktion überzogen fand.

Sie sprachen über Mias Schwangerschaft, wie es ihr ging und wie es sich anfühlte. Anabelle schien kaum Notiz von dem Gespräch zu nehmen. Mia hatte seit der kleinen Strandparty mit den *Swores* ohnehin das Gefühl, dass sie ein persönliches Interesse an Nic hatte. Jetzt war sie beinahe überzeugt, dass

Anabelle nicht sonderlich erfreut über die Versöhnung von ihr und Nic war. Mia empfand nichts außer Abneigung. Anabelle hatte ihr ständig Vorhaltungen gemacht und ihr eingeredet, dass diese Beziehung aussichtslos war. Das tat eine wahre Freundin nicht. Mia entschied in diesem Moment, dass Anabelle keine Rolle mehr in ihrem zukünftigen Leben spielen würde, wenn das kommende Wochenende vorüber war.

Lizzy kam hereingehetzt und schaute ihre Freundin fragend an. »Hallo … puh … ich war gerade unterwegs … Hab grade erst gehört, dass ihr hier seid. Was für eine … Überraschung …« Sie sah zwischen den Frauen hin und her und spürte, dass etwas in der Luft lag. »Mia, Nic hat nach dir gefragt. Er ist oben in deinem Zimmer. Irgendwas wegen deinen Klamotten.«

»Ja, ich hab eigentlich auch keine Zeit mehr. Ich muss einiges einpacken und so. Aber schön, dass ihr vorbeigekommen seid. Ich hoffe, wir sehen uns am Wochenende.« Mia drückte Lisa zum Abschied und ging wortlos an Anabelle vorüber, während Lizzy die beiden freundlich rauswarf. Mia floh ins Dachgeschoss, und Nic bedachte sie mit einem verwirrten Blick.

»Alles okay? Ich hatte irgendwie das Gefühl, dass eisige Stimmung herrschte. Deswegen hab ich Lizzy angerufen. Sie war auf dem Weg zurück.« Mia warf sich in seine Arme und wollte festgehalten werden.

»Wann fahren wir los? Ich hab das dringende Bedürfnis, einige Meilen zwischen Anabelle und mich zu bringen.«

»Anabelle? Autsch … ich dachte, sie heißt Amanda …«

Mia schmunzelte. »Ich fürchte, das hat ihr den Tag verhagelt.«

Nic küsste Mia sanft. »Ist alles soweit im Auto. Wir können

in einer Stunde los, wenn du willst. Ich glaube, Liam und Lizzy fahren etwas später.«

»Ich hoffe, du fühlst dich wohl? Ich meine, wir können uns auch was anderes suchen. Eine Traumwohnung mit Wahnsinnsausblick auf London oder ein Haus mit Garten ...« Nic wirkte nervös, kurz bevor Mia seine Wohnung sehen würde. Natürlich wollte er, dass sie sich wohlfühlte. Seine Wohnung war eher was für einen Junggesellen, das wusste er selbst. Nic trug gerade Mias kleinen Reisekoffer die Treppe hoch und hielt vor der Tür an. Der Bodyguard war dafür verantwortlich, dass Mias Kartons nach oben gebracht wurden.

»Ich werde dich meine Luxuswünsche wissen lassen«, sagte Mia ironisch. Sie machte sich keine Gedanken darüber, dass die Wohnung nicht schön genug sein könnte, sondern viel eher darüber, wer dort alles Nics Zeit versüßt hatte. Es war sicher dumm, sich um solche Dinge Gedanken zu machen. Sie war ziemlich gebeutelt von den letzten Wochen und sehr hormongesteuert. Der Abschied von ihrer Familie war ihr nicht leichtgefallen. Sie hatte die ersten zwanzig Minuten im Auto geweint und Nic damit ein schlechtes Gewissen gemacht. Das hatte sie natürlich nicht gewollt, aber sie hatte nichts dagegen tun können. Irgendwann nach dem ersten Tankstopp hatte sie sich beruhigt. Nur um einige Minuten später erneut loszulegen, weil Nic ihr an der Tankstelle eine Packung ihrer Lieblingsschokolade und eine süße Stoffkatze geschenkt hatte. Die Katze war rötlich braun wie der Nachbarskater. Es war lieb von ihm gewesen, und als sie ihn später damit aufzog, dass er mit dieser Katze wesentlich besser klarkommen würde, waren die Tränen versiegt.

Mia freute sich darauf, mit Nic zusammen zu sein. Sie war

so glücklich. Trotzdem fragte sie sich, wie sie sich darüber hinaus in London eingewöhnen würde. Bald käme Lizzy, und das würde die Sache einfacher machen. Nic steckte seinen Schlüssel ins Schloss und öffnete zögernd die Tür.

»Puh, die Putzfrau war da«, sagte er erleichtert.

»Musste sie noch die letzten Partyreste wegräumen?«, witzelte Mia, und Nic sah sie aus zusammengekniffenen Augen an.

»Ich hab mir eher über das dreckige Geschirr Gedanken gemacht.« Mia wusste, dass er es hasste, wenn sie ihn mit diesem Rockstarimage aufzog. Aber ihre Anspannung machte es ihr unmöglich, es nicht zu tun.

Nic trat in die Wohnung, und Mia folgte ihm. Ihre Augen wurden groß vor Überraschung. Sie sah sich um und fühlte sich sofort wohl. Diese Wohnung war modern eingerichtet, aber gemütlich. Es war zwar alles sehr maskulin, ohne Bilder oder irgendwelchen Schnickschnack, aber es war auffallend ordentlich. Nic war immer mehr auf Ordnung bedacht gewesen als Mia. An dieser Wohnung konnte sie rein gar nichts aussetzen. Sie hatte Sorge gehabt, dass er sie in so einen Luxustempel bringen würde. Aber diese Wohnung war wirklich ganz Nic. Mia trat näher an die Terrassentür und blickte auf die kleine Dachterrasse. Es war zwar schon dunkel, aber dort schien es ganz schön zu sein.

Sie spürte, wie Nic hinter sie trat und sie zärtlich um die Taille fasste. »Und? Jetzt spann mich nicht so auf die Folter. Wirst du dich hier wohlfühlen?«

Mia wandte sich lächelnd zu ihm um. »Natürlich. Sie ist wirklich richtig schön, deine Wohnung«, sagte sie leise.

»Es ist jetzt unsere Wohnung«, erwiderte er glücklich.

Kapitel 25

Lizzy und Liam waren noch nicht bei Nic und Mia angekommen. Die zwei hatten die Zeit genutzt und die Wohnung ein bisschen zurechtgemacht. Nic hatte Platz im Kleiderschrank und in der Kommode geschaffen. Schnell wurde klar, dass sie einen zweiten oder größeren Schrank brauchen würden. Mia hatte aus Berufsgründen viele Kleidungsstücke. Während sie ein paar ihrer persönlichen Sachen auspackte, stand Nic vorm Kühlschrank.

»Was würde dem Baby und dir heute schmecken?«, fragte er ratlos.

Mia kam aus seinem Schlafzimmer und rief herunter: »Ach, einfach schnelle Küche. Nudeln mit irgendwas …«

Nics Augen wurden groß, und er kratzte sich verlegen am Kopf. Er wusste, was er beim Blick in den Vorratsschrank finden würde, schaute aber trotzdem hinein. Vielleicht hatte er ja was vergessen. »Tja, ich fürchte … ich hab rein gar nichts da … Ich könnte mit Käse und Bier dienen. Eine Dose Mandarinen hätte ich auch noch im Angebot. Aber soweit ich mich erinnern kann, darfst du den Käse nur pasteurisiert essen, ganz zu schweigen vom Bier.«

Mia lachte. »Was hältst du davon, wenn ich etwas einkaufen gehe, während du hier weitermachst?«, fragte Mia.

Nic machte ein ersticktes Geräusch und schüttelte den Kopf. »Ich kann mich deutlich an deinen letzten Einkaufsbummel erinnern, Honey«, sagte er, während er die Treppe zu ihr hochkam. »Wir gehen was essen, sobald Lizzy und Liam da sind. Oder hast du jetzt schon Hunger?«

Mia schüttelte den Kopf. »Woran hattest du gedacht?«

Nic beobachtete seine Freundin, und sein Herz quoll über vor Liebe zu ihr. Er hatte so lange auf diese junge Frau gewartet. Ihr Haar war offen, und ihre wilde Mähne fiel ihr in weichen Locken über die Schultern. Ihr Make-up war dezent und betonte dennoch das Schönste in ihrem Gesicht.

»Mhm, eigentlich hatte ich an das Cipriniani gedacht.« Mia schnappte nach Luft und blickte zu Nic, der sie nicht minder erstaunt ansah. Dieses Restaurant war ziemlich bekannt für seine exklusiven Gäste und die hochpreisigen Gerichte.

»Das soll wohl ein Scherz sein, oder?«

Nic schüttelte den Kopf. »Ich scherze nie, wenn's ums Essen geht.«

»Du scherzt nicht? Das ist dein voller Ernst?«, wiederholte Mia.

»Ja, warum?« Bedrückt sah Mia ihn an, und Nic sagte: »Mia, das ist nur ein Essen, und ich dachte, es würde dir gefallen …«

»Das mein ich gar nicht, Nic. Es ist natürlich toll, aber … mir wäre es lieber, wir würden in einem der schnuckeligen kleinen Restaurants essen, wo uns niemand sieht.«

Überrascht sah Nic seine Freundin an. Das war neu für ihn. Keine seiner Freundinnen oder Dates hatte sich bisher dagegen gesträubt, mit ihm in eins der besten und teuersten Restaurants zu gehen.

»Du würdest lieber bei McDonald's essen gehen als im Cipriniani?«, fragte Nic und konnte seine Überraschung kaum verbergen. Sie war eindeutig etwas Besonderes. Mia sah ihn unsicher an.

»Ich wollte die Stimmung nicht vermiesen … wirklich, es tut mir leid …«

»Nein, Mia, bitte. Das ist schon okay. Ich wundere mich nur und frage mich, wieso?«

Sollte Mia ihm sagen, wie groß ihre Sorge war, dass ihm auffallen würde, wie wenig sie in seine Welt passte? Dass sie Panik hatte, das teure Essen, sobald sie es hinuntergewürgt hätte, gleich wieder auf dem Klo zu erbrechen? Dass sie am meisten Angst davor hatte, neben ihm lächerlich auszusehen? Sie wünschte sich für ihren ersten Abend eine entspannte Atmosphäre.

»Es ist nur … ich fühle mich dort so fremd und …«

»Du möchtest nicht in der Zeitung erscheinen?«, fragte Nic und wirkte zerknirscht. Wenn sie bereits jetzt vor Fotos Angst hatte, wie würde eine Zukunft für sie beide aussehen?

»Nein, so ist es nicht. Die Fotos sind mir egal«, erwiderte sie und rang mit den Worten. Nic hatte sich neben sie gesetzt und einen Ellbogen auf die Knie gestützt. Er hielt den Zeige- und Mittelfinger nachdenklich an seinen Mund. Zärtlich und vorsichtig nahm Mia seine andere Hand, die auf seinem Oberschenkel lag. Sie streifte seine Jeans, und sofort richtete sich jedes Haar an Nics Körper auf. Als hätte sie ihm einen Stromschlag versetzt, zuckte er zusammen. Er spürte seine unmittelbare Erregung. Mia strich vorsichtig über seinen Arm. »Bitte versteh mich nicht falsch. Es ist bestimmt ein tolles Restaurant, und ich werde es bald von innen sehen. Aber was ist, wenn wir beide feststellen, dass ich nicht in diese Welt oder an deine Seite passe?«

Sein Blick wurde starr. »Mia! Du bist die einzige Frau, die an meine Seite gehört, egal, in welcher Welt. Ich verstehe, dass das heute zu viel ist. Eigentlich wollte ich ohnehin nur mit dir angeben«, grinste Nic, und Mia fühlte sich sofort besser. Wie machte er das nur immer?

Sie sahen sich tief in die Augen. Seine Augenfarbe nahm einen dunkleren Ton an, und er versenkte den Blick in ihren.

Sanft umfing seine Hand ihre Wange, und er streichelte mit dem Daumen darüber. Mit der anderen strich er ihr eine Haarsträhne aus dem Gesicht und kam ihren Lippen näher. Plötzlich spürte sie, wie sehr ihr Körper seinen vermisst hatte. Alles machte sich bereit für ihn. Sie spürte die wilde Schmetterlingstruppe in ihrem Bauch, die Hitzewelle, die sie bei seinen Berührungen erfasste, und das pulsierende Verlangen in ihrem Schoß. Sie wollte ihn … schon wieder … Sein Gesicht kam näher, und die gleiche Sehnsucht spiegelte sich auch in seinen Augen …

»Wenn du wüsstest, was du mit mir machst …«, hauchte er, und Mia bekam glänzende Augen. Sanft legte er seinen Mund auf ihren. Liebevoll küsste er diese weichen, vollen Lippen, die ihn mehr in Verzückung versetzten als alles andere je zuvor. Er spürte, wie ihre kleine Zungenspitze auffordernd gegen seine Lippen stieß. Sofort kam er ihrer Bitte nach, und die sexuelle Spannung entlud sich bei der ersten Berührung ihrer Zungen. Zärtlich umkreisten sie einander, bis die Leidenschaft sie übermannte. Gierig umklammerten sie sich und vertieften den Kuss. Nie zuvor hatte Mia es intensiver genossen, und sie kostete den Moment in vollen Zügen aus.

Plötzlich klingelte es, und sie fuhren hektisch auseinander. Es dauerte etwas, bis sie sich voneinander gelöst hatten, wodurch der Wartende an der Tür ungeduldig weiterschellte.

»Ja, ja … ist ja gut …«, meckerte Nic frustriert und tappte zur Gegensprechanlage. »Natürlich ist es unsere Familie … beschissenes Timing haben wir einfach im Blut …«, brummelte er.

Lizzy und Liam kamen mit Chaos und Radau herein. Sie zogen sich gegenseitig auf wie Kinder, und Nic und Mia beobachteten das amüsiert.

»Ich hab dir gesagt, dass du eine früher abfahren sollst, weil da Stau ist«, meckerte Lizzy und rollte mit den Augen.

Liam hatte die Augen weit aufgerissen und starrte Lizzy ungläubig an. »Ja, als ich quasi schon an der Ausfahrt vorbeigefahren war und du den Stau sehen konntest. Ungefähr zu diesem Zeitpunkt kam mir der Gedanke auch.«

»Dein Bruder treibt mich in den Wahnsinn. Ich fahre nie wieder mit ihm. Und dann dieses Gejaule von Musik …«, schimpfte Lizzy in Liams Richtung.

»Wehe, du nennst *Muse* jemals wieder Gejaule, dann hast du wirklich Mitfahrverbot bei mir. Und wenn du diese dämlichen Dosen noch mal im Fußraum meines Autos liegen lässt …« Er hielt einen Energydrink in der Hand und warf ihn Lizzy zu. »Als hättest du weitere Energie nötig, du Nervensäge. Nicht eine Minute hast du den Mund gehalten. Mir klingelt's immer noch in den Ohren …« Mia unterdrückte ein Lachen, als sie Lizzy und Liam dabei zusah, wie sie sich stritten.

Liam hatte seinen Zeigefinger auf Lizzys Nase gerichtet, und sie schlug ihn spielerisch weg. »Dir täte dafür etwas mehr Elan ganz gut, du Langweiler …« So ging das eine ganze Weile weiter, bis ihnen auffiel, dass Mia und Nic sich auf dem Sofa niedergelassen hatten und knutschten.

»Widerlich«, kommentierte Liam die Szene, und plötzlich waren sich Lizzy und er wieder einig. Nic und Mia lachten, als Lizzy mit Nics Hilfe ihre Sachen in Nics Büro verfrachtete. Lizzy würde einige Zeit bei ihnen wohnen, damit Mia nicht so lange allein bleiben musste und Lizzy in Ruhe eine Wohngemeinschaft suchen konnte.

Nic scheuchte alle auf, damit sie etwas zu essen bekamen, und der Abend entpuppte sich als einer der schönsten, die sie je zu viert verbracht hatten. Sie gingen bei einem kleinen Italiener in der Innenstadt essen, wo sie lachten, sich alte Geschichten erzählten und Pläne für ihre Zukunft schmiedeten.

Ihnen wurde auf einmal klar, dass sie wieder mehr Zeit miteinander verbringen konnten, und das war ein weiterer Anlass zum Feiern. Sie ließen den Abend in Nics Wohnung ausklingen, wo Lizzy und Liam sofort über die Playstation herfielen, während Mia auf Nics Schoß gekuschelt einschlief. Er hatte ein paar Faxe bekommen, die den Zeitplan der nächsten Tage enthielten, und erkannte, dass ihm wirklich wenig Zeit mit Mia blieb. Allerdings war er glücklich, dass er sie jeden Tag um sich haben würde. Er blickte auf sie hinunter und schmunzelte. Sie gehörte zu ihm, so fest wie … ja, wie fest?

Liam triumphierte gerade über Lizzy und brüllte so laut, dass Mia hochschreckte. Verschlafen sah sie Nic an.

»Mein irrer Bruder …«, murmelte sie und rieb sich müde die Augen. Nic grinste und strich eine Locke hinter ihr Ohr. Mia schaute ihn an und sagte: »Tut mir leid, ich bin in letzter Zeit immer wahnsinnig müde.« Sie gähnte demonstrativ, während Nic den Kopf schüttelte.

»Dafür brauchst du dich nicht zu entschuldigen. Du bist hier bei mir … egal, ob du schläfst oder …« Er grinste anzüglich. »… andere Dinge mit mir machst … ich bin für alles offen.«

Mia grinste spitzbübisch und knöpfte sein blaues Hemd etwas auf, um seine Brust zu küssen. Nic schnappte nach Luft und lachte übermütig. Dann verschloss er ihren Mund mit seinem, bis er sich eines Besseren besann.

»Vielleicht … lass uns lieber hochgehen …«, sagte er knapp und hob Mia abrupt auf seine Arme. Lizzy und Liam sahen sie beide überrascht an, schienen aber nicht weiter nachfragen zu wollen. Mia kicherte und schlang beide Arme um seinen

Hals. Sie begann, ihn dort zu liebkosen, und Nic schloss kurz die Augen, bevor er weiterging.

»Du hast keine Ahnung, was du mit mir tust«, wiederholte er seine Worte von vor ein paar Stunden und keuchte, als ihre Zunge die empfindsame Stelle unter seinem Ohr fand. Er blieb auf dem Treppenabsatz stehen und sagte: »Dir ist hoffentlich klar, dass du diese Nacht … oh Gott, Mia …«, stöhnte er und setzte sie ab.

»Nur noch einen Augenblick länger, und ich falle hier über dich her«, hauchte er und blickte in ihre Augen, die ihn so voller Verlangen ansahen. Diese grünen Augen hatten ihn in den langen einsamen Nächten verfolgt, und ab dieser Nacht sollte sie für immer zu ihm gehören. »Ab in die Kiste, Miss Kennedy!«

Sanft schob er sie in ihr Schlafzimmer und ließ sie nicht eine Sekunde los. Kaum war die Tür ins Schloss gefallen, umklammerten sie sich und gaben sich ihrer wilden Sehnsucht hin.

Einige Zeit später lagen sie eng aneinandergekuschelt im Bett. Zärtlich strich er über den sanft gewölbten Bauch, und Mia umfing seine Hand mit ihrer.

»Spürst du es schon?«, fragte er, während er ihre Schulter küsste.

»Ich bin mir nicht sicher«, gab sie zu.

»Wie meinst du das?«

»Manchmal fühlt es sich so an, als wären dort Schmetterlinge.«

»Spürst du es jetzt auch?«

Mias Herz klopfte, und sie sah ihn an. »Ja, aber diesmal bin ich mir nicht sicher, ob dieses Gefühl tatsächlich vom Baby kommt.« Er lächelte. »Vielleicht sollte ich Lizzy …«

»Sie wird sich zurechtfinden«, murmelte er in ihr Haar.

»Hört sich an, als fände da unten eine Party statt. Wie viele Frauen gab es hier eigentlich schon?«, fragte Mia plötzlich, bevor sie den Mut wieder verlor. Nic musterte sie überrascht und strich durch seine Haare. Sie wusste, dass er sich bei dieser Frage alles andere als wohlfühlte.

»Wie ist diese Frage gemeint?«

»Na, wie viele Frauen hast du schon mit hierhergebracht? Hat eine hier gelebt, so wie ich?«

»Es gab keine anderen Frauen in dieser Wohnung, abgesehen von platonischen Freundschaften.«

Mia starrte ihn ungläubig an. »Im Ernst jetzt?« Nic lachte, nickte aber nachdrücklich. »Aber wie …?«

»Das willst du wirklich wissen?«, hakte er nach, fügte aber hinzu: »Das ist meine absolute Privatsphäre. Hier kommen nur Leute rein, denen ich völlig vertraue. Ich hab wenige Rückzugsorte, die wirklich nur für mich sind. Das ist einer davon. Wenn es um eine Frau ging, bin ich zu ihr oder manchmal ins Hotel …«

»Stopp! Stopp! Ich will nichts mehr davon hören.« Mia winkte ab und schloss gequält die Augen.

»Glaubst du, für mich ist und war diese Vorstellung einfach, dass du mit einem anderen Mann zusammen warst?«, fragte er.

»Na ja, aber es gab sicher nicht so viele«, warf Mia ein.

»Das mag sein, aber dafür gab es jemanden, den du wirklich geliebt hast. Das hat es für mich nie gegeben.«

Mia fuhr mit den Fingerspitzen über Nics Lippen und küsste ihn.

Die *Swores* betraten ihren Pausenraum in der Arena und stürzten sich völlig ausgehungert auf die Nudeln in Hackfleischsoße, die ihnen vom Haus zur Verfügung gestellt wurden. Sie hatten seit den frühen Morgenstunden einen Termin nach dem anderen gehabt und höchstens Zeit für einen Kaffee. John erzählte gerade eine Geschichte über seine jüngste Tochter, in der ein Hackfleischbällchen den Weg in die Nase gefunden hatte, und alle lachten darüber. Plötzlich wurde Nic klar, dass noch nicht alle über Mias Schwangerschaft Bescheid wussten. Er hatte zwar mit John gesprochen, aber der schien dichtgehalten zu haben. So entschied Nic spontan, dass es keinen besseren Zeitpunkt geben würde.

»Es gibt übrigens noch eine Neuigkeit, über die ihr nicht Bescheid wisst.«

»Ach was … jetzt sag nicht, dass Mia zu dir gezogen ist«, lachte Stan und ließ deutlich durchblicken, dass sie durchaus davon wussten.

Liam, die alte Klatschtante.

»Ich freu mich wirklich für dich, Nic. Wenigstens ist deine Laune dann besser«, neckte Jim ihn.

»Sehr witzig, aber das ist gar nicht alles … wir bekommen ein Baby.« Es herrschte kurz Stille, bis plötzlich alle durcheinandersprachen.

»Das gibt's ja nicht«, rief Stan fassungslos, während John breit grinste.

»Nun, wie es scheint, hast du den Hauptgewinn gezogen«, brachte Jim heraus und schlug ihm auf den Rücken.

»Volltreffer!«, lachte Paul aus dem Hintergrund und grinste schief.

»Herzlichen Glückwunsch«, sagte John und drückte Nic kurz an sich. »Und wann wird geheiratet?«

Nic sah ihn sprachlos an und dachte darüber nach wie schon

zwei Abende zuvor. *Was gibt es da eigentlich noch nachzudenken?*, fragte er sich selbst. Er wollte nur Mia. Sie bekamen ein Baby, und es gab bekanntlich nichts, was zwei Menschen mehr miteinander verband als ein Kind. Mia war die *Eine*. Da war Nic sich absolut sicher.

Die ersten Tage in London waren für Mia und Lizzy rasend schnell vergangen. Mia hatte Nics Wohnung in ihre gemeinsame verwandelt, hatte den Kühlschrank gefüllt und gekocht, sodass Nic abends in eine in Kerzenlicht gehüllte, behagliche Wohnung zurückkehrte. Lizzy genoss es, ihren Bruder und ihre Freundin so glücklich miteinander zu sehen. Nic war es hoch anzurechnen, dass er Mias angebrannte Würstchen oder die versalzene Nudelsoße aß. Das nannte man wohl dann Liebe. Sie fühlte sich nie fehl am Platz, obwohl die beiden regelmäßig in ihre eigene Welt abtauchten, zu der kein anderer Zugang hatte. Lizzy gefiel das. Genauso etwas wünschte sie sich irgendwann auch. Es musste nicht perfekt sein, aber besonders.

Am Samstagmorgen machte sich eine kleine Gruppe aus Bodwin auf den Weg nach London. Richard, Lynn, Celine und Bea mit Haley trafen ihre Töchter Lizzy und Mia am Heathrow Airport, um Josslin und ihren sechsjährigen Sohn aufzusammeln. Sie waren eine Art Überraschungskomitee zur Preisverleihung der *Swores*. Die Freude über das Wiedersehen mit Josslin war das erste Highlight des Tages. Mia war erstaunt, wie groß der kleine Christopher geworden war. Sofort richteten sich ihre jungen Mutterinstinkte auf den Kleinen, und Josslin beobachtete sie fröhlich.

»Ich bin wirklich überglücklich über die Nachricht meiner Eltern gewesen. Immerhin seid Nic und du … na ja … perfekt füreinander«, sagte sie und umarmte Mia, bevor sie in die Autos stiegen.

Eine Stunde später kamen sie an der Arena an und waren überrascht, als sie die *Swores* auf dem Basketballfeld spielen sahen. Anscheinend hatte Paul ihnen eine Pause von der Musik verordnet. Die Jungs wetzten über den Platz und sahen so verschwitzt aus, als kämen sie gerade aus der Dusche. Mia konnte ihren Blick kaum von dem jungen Mann mit der Mütze auf dem Kopf, den dunklen Shorts und dem eng anliegenden NBA-T-Shirt abwenden. Nichts erinnerte im Moment an den gefeierten Sänger der Rockband, den so viele Frauen anhimmelten und der heute Abend einen großen Auftritt vor sich hatte. Er war ein einfacher junger Mann mit eigenem rebellischem Kopf und der Gabe, andere zum Lachen zu bringen. Er war ihr Nic. Sie sah aus dem Auto, wie er und John sich kabbelten und lachend zu Boden gingen.

Richard half Lizzy und Mia aus dem Van und blickte Paul, dem Manager, entgegen. Er kam wie gewohnt strahlend auf sie zu, grinste breit und begrüßte einen nach dem anderen. Paul war ein Charmeur, das musste Mia ihm lassen. Sie konnte sich gut vorstellen, dass er einer Maus eine Katze verkaufen konnte. Es war bekannt, dass er über Leichen ging, wenn es seinen eigenen Zielen diente. Irgendetwas an ihm gefiel Mia nicht. Er war zuvorkommend und wirkte nett. Aber meinte er auch das, was er sagte? Mia war sich da nicht sicher.

»Ich hoffe, Sie hatten eine angenehme Fahrt. Ich freue mich so, dass Sie kommen konnten. Liam hat alles in die Wege geleitet, dass Sie gemütlich unterkommen. Sie werden dort drüben in diesem kleinen Hotel untergebracht sein, wie die Jungs auch. Aber zuerst wollen Sie sicher die Kerle da auf dem Spielfeld begrüßen.« Er grinste Mia an und zwinkerte.

Sie gingen gemeinsam und mit großer Vorfreude auf die Band zu. Mias Herz begann, wie wild zu klopfen, als wolle es aus ihrer Brust zu Nic hüpfen.

Ihre Aufmerksamkeit galt nur dem Mann mit den schönsten Augen, die sie je gesehen hatte. John und Liam bemerkten sie als Erste und grinsten über beide Ohren. Liam hatte den Basketball in den Händen und ließ ihn achtlos neben sich fallen.

»Aber hallo«, sagte er matt und lächelte.

Verwundert darüber folgte Nic seinem Blick. Als er seine Familie auf sich zukommen sah, hellte sich sein Gesicht auf. Es waren nicht seine Eltern oder Josslin, die er so dringend hatte sehen wollen. Am vergangenen Abend war es so spät geworden, dass er direkt vor Ort ins Hotel eingecheckt hatte, ohne nach Hause zu fahren. Mia war natürlich enttäuscht gewesen, aber hatte auf keinen Fall gewollt, dass er die Strecke bis nach Hause in einem erschöpften Zustand zurücklegte. Seine ganze Aufmerksamkeit galt seiner Freundin.

»Das gibt's nicht«, murmelte er vor sich hin und ging zuerst langsam, dann im Laufschritt auf sie zu. Mia lächelte zurückhaltend und wartete darauf, dass er zuerst seine Eltern und Josslin begrüßen würde. Doch er wandte sich, ohne auf die anderen zu achten, nur ihr zu. Die anderen waren längst zurückgeblieben und beobachteten die Begrüßung.

Nic hob Mia leicht an und wirbelte sie einmal im Kreis herum, bevor er sie sanft wieder auf die Füße setzte und küsste.

»Mia«, sagte er leise, und sie drückte ihren Freund fest. »Ich hatte ja keine Ahnung, dass ihr schon heute Morgen kommen würdet.«

»Überraschung?«, fragte sie vorsichtig und wurde sanft an seine Brust gezogen. Nic legte seine Hand auf ihren Hinterkopf und vergrub sein Gesicht in ihren wilden Locken. Der

Duft, der ihn sofort umgab, war der Geruch von zu Hause. Was für eine Verschwendung die letzten Jahre nur gewesen waren. Kein Song, keine Melodie, kein Abenteuer und keine Party, nichts, absolut gar nichts konnte hier mithalten. Sein Daumen streichelte die empfindsame Mulde unter Mias Ohr, und er gab ihr einen Kuss aufs Haar. Es war, als hätten sie sich wochenlang nicht gesehen.

»Ja, Überraschung«, murmelte er. Mia tastete sich an seinem Rücken entlang und fand es überhaupt nicht störend, dass sein T-Shirt schweißgetränkt war. Er roch nach Aftershave, Tabak und nach etwas, was nur ihn ausmachte. Sofort richteten sich Mias Härchen am ganzen Körper auf. »Du hast mir gefehlt«, sagte sie leise, und er erwiderte es mit einem bestätigenden Brummen.

Ein lautes Räuspern sagte ihnen, dass sie nicht allein waren, und sie lösten sich umständlich aus ihrer Umklammerung. Sein Vater zerrte Nic rau an seine Brust. John tauchte ebenfalls hinter Nic auf, um Mia zu begrüßen.

»Hey Mia, wie schön, dich zu sehen.« Auch er ließ es sich nicht nehmen, sie kurz zu drücken. Es folgten die restlichen Bandmitglieder, bis Mia vor ihrem Bruder stand.

»Hallo Schwesterherz.« Nic beobachtete, wie Liam Mia in seine Arme zog und sie übermütig herumwirbelte.

»He, pass gefälligst mit meinem Mädchen auf!«, rief Nic laut.

»Nicht so wild«, tadelte auch Lizzy, wurde aber von zwei Männern und einer Frau unterbrochen, die sich zu ihnen gesellten. Einer davon weckte sofort Lizzys Aufmerksamkeit. Ein hübscher Mann, wesentlich eleganter gekleidet als die restlichen Bandmitglieder. Er wirkte nicht zu konform. Seine blonden Haare waren kurz und seine Augen hellbraun.

»Hey, darf ich vorstellen? Das hier ist Taylor. Er ist unser ganz persönlicher Fotograf für den heutigen Abend und das nächste Album. Er wohnt im Moment ebenfalls hier und macht nachher noch ein paar Außenaufnahmen von den Jungs«, erklärte Paul. Taylor senkte bescheiden den Kopf, während die *Jungs* ein paar spaßige Kommentare losließen. Es war nicht zu übersehen, dass sie ihn mochten.

Die junge Frau neben ihnen war ziemlich niedlich, wahrscheinlich ein, zwei Jahre älter als Mia. Sie hatte dunkles, kurzes Haar, das leicht wirr vom Kopf abstand. Ihre Klamotten waren einfach und sportlich. Sie musterte Mia mit einem undurchdringlichen Blick. Trotzdem war sie ihr sofort sympathisch.

»Und das hier ist Emma. Sie ist unser Mädchen für alles … einfach unschlagbar.«

Emma nickte in die Runde und lachte freundlich. »Wenn ich also irgendwas tun kann … lasst es mich wissen …« Ihr Blick ruhte auf Liam.

Plötzlich hielt Taylor inne, sah zu Liam und Mia und fragte: »Und zu wem gehörst du?« Diese Frage war für Mia nicht eindeutig zu beantworten und so schaute sie hilflos hin und her.

»Sie gehört zu mir«, kam es postwendend aus zwei Mündern, und die Donahues brachen in schallendes Gelächter aus, während Mia rot wurde. Taylor hob verwundert eine Braue und sah zwischen Nic und Liam unsicher hin und her.

»Hab ich da etwa einen Nerv getroffen, Jungs?« Mia bemerkte den Blick von Emma, der ihr nicht gefiel. Und sofort kam ihr ein Geistesblitz.

»Ich bin Mia Kennedy, Liams Schwester und Nics … Freundin!« Emma lächelte sofort viel freundlicher.

Nach kurzem Smalltalk entschied Richard, dass sie erst mal ihre Zimmer beziehen wollten. Der Rest schien damit einverstanden zu sein, und so folgten sie Paul. Mia ging neben Lizzy und Lynn her, während sich die Jungs hinter ihnen kabbelten.

»Warum hast du nie gesagt, was für eine Wahnsinnsfrau deine Schwester ist, Liam? Obwohl … wenn ich sie mir so von hinten ansehe, weiß ich genau, warum.« Taylor grinste breit und wurde sofort am Arm gepackt.

Nic sah ihn mordlustig an, und die Jungs um ihn grölten. »Wenn du noch ein Wort in dieser Richtung sagst, prügle ich dich grün und blau …«

»Ich wusste ja nicht, dass ich hier in fremden Gewässern fische!« Nic schüttelte nur den Kopf und lief an ihnen vorüber.

»Lass lieber die Finger von Mia, wenn du den kommenden Tag noch erleben willst«, ermahnte John den Fotografen feixend.

Kapitel 26

Liam beobachtete Nic beunruhigt von der Seite. Sie hatten im Hotel eingecheckt, und Nic war mit Mia für kurze Zeit in sein Zimmer verschwunden. Die Band saß zusammen, um den Zeitablauf für den Abend zu besprechen, und Nic blickte immer wieder zum Tisch von Mia. Ihre Familien hatten sich Essen bestellt, während die Band ihre Absprachen traf. Taylor saß neben Lizzy und gegenüber von Mia und unterhielt sich mit den beiden Frauen. Liam konnte weiß Gott nichts Verwerfliches an seinem oder Mias Verhalten erkennen, aber Nic schien es zu wurmen. Wahrscheinlich musste Liam auch die eine Person finden, um ähnlich zu empfinden und sich von Männern wie Taylor bedroht zu fühlen. Er musste ein Schmunzeln unterdrücken. Es war seltsam, seinem Freund, Rockstar und Frauenheld, dabei zuzusehen, wie er vor Eifersucht rot anlief.

»Ich denke, wir haben zwar einen straffen Zeitplan, aber das wird ein toller Abend werden. Nic hast du schon eine Dankesrede verfasst?«, wandte sich Paul an ihn. Nic antwortete nicht, sondern starrte unverwandt weiter zu dem anderen Tisch. »*Domenic?*« Paul schnaubte entnervt.

»Was ist?« Nic sah ihn entgeistert an, als hätte er nichts von alledem verstanden.

»Was hast du überhaupt mitbekommen?«

Nic räusperte sich. »Genug, um den Abend über mich ergehen zu lassen.«

Paul seufzte. »Dankesrede, Nic! Aber pronto!«

Sie blieben noch eine Weile bandintern sitzen, als Paul schon in die Arena zurückgegangen war.

Liam erbarmte sich. »Du bist ziemlich abgelenkt, Buddy! Hängt das zufällig mit meiner reizenden Schwester zusammen?«

Nic grinste und fühlte sich ertappt. »Ich weiß nicht, was du meinst …«

»Du machst dir doch nicht wirklich Gedanken um Taylor?«

Nics Blick verdüsterte sich. »Nicht wirklich. Ich denke, ich bin einfach nervös.«

»Wegen dem Auftritt? Dem Fernsehteam? Oder weil Mia da ist?«

»Nun … es hängt eher damit zusammen … Ich denke, du solltest es zuerst erfahren. Ich werde Mia fragen, ob sie mich heiraten will.« Liam war sprachlos. »Liam? Einatmen und ausatmen …«, sagte Nic und grinste unsicher. »Zu früh?«

Liam fasste sich schnell wieder. »Zu früh würde ich eher nicht sagen, in Anbetracht dessen, dass ihr viel zu lange gebraucht habt, um überhaupt zusammen sein zu können.« Er suchte nach den richtigen Worten. »Vielleicht für den Moment zu überstürzt. Aber das ist nur meine ›Ich bleib ewig Single‹-Meinung. Mia ist schwanger, ihr kriegt bald ein Baby, und sie ist gerade erst hierhergezogen. All das ist schon recht viel. Aber wenn ich jemandem zutraue, dass er das alles hinkriegt, dann seid das ihr zwei. Ich glaub, ich bin einfach zu baff, dass ihr direkt in die Vollen geht.«

Nic grinste von einem Ohr zum anderen. »Keine Ahnung, wie ich es erklären soll … ich hab erst vor ein paar Tagen die Kurve gekriegt, aber dann war es mir vollkommen klar, als hätte jemand die Scheiben vom Dreck befreit oder das Licht angestellt.« Er hielt inne. »Hättest du das Anfang des Jahres für möglich gehalten? Dass ich Vater werde und eine Frau, eine Familie haben werde?«

Liam schüttelte den Kopf. »Ganz ehrlich, ich hab an alles gedacht, aber nicht daran. Aber wie wird das werden? Mit der Band und so? Wie willst du das hinkriegen?«

»Ich habe noch nicht auf alle Fragen eine Antwort, aber eins weiß ich: Mia ist meine Sonne … und unser Baby ist das Beste, was ich bisher zustande gebracht habe. Ich wollte alles für die zwei hinschmeißen, doch das wollte Mia nicht. Mehr Antworten brauch ich im Moment nicht.«

Liam lächelte, und Nic wusste, dass er über ihn lachte. Doch wenn er es nicht verstand, was Mia für ihn immer schon bedeutet hatte, dann niemand.

»Mhm … äh … deine Sonne, ja?« Liam hüstelte verdächtig und grinste breiter. Sein Freund verzog das Gesicht und gab ihm einen freundschaftlichen Ellbogenhieb. Sie lachten kurz und nahmen einen Schluck von ihrem Energy Drink. Bier war vor jedem Auftritt tabu.

»Ein Baby … Ich kann's gar nicht glauben, dass die Frau da drüben mit dem Babybauch meine Schwester ist.«

»Dann weißt du annähernd, wie ich mich fühle. Zumindest so ein Hundertstel ungefähr …« Nic warf einen Blick auf Mia und kniff die Augen zusammen. »Allerdings geht Taylor mir wirklich gewaltig auf die Eier!«, fügte er hinzu und stand auf.

»Na komm schon, du weißt doch, er kann einfach nicht anders. Hübsche Frauen ziehen ihn magisch an …«, versuchte Liam ihn zu beruhigen. Das reichte, um Nic ganz auf die Palme zu bringen. Er trank seine Dose leer, zerdrückte sie und warf sie lässig auf den Tisch. Dann stiefelte er beinahe provozierend auf den anderen Tisch zu, schlang von hinten beide Arme um Mia und flüsterte ihr etwas zu, was sie kichern und rot werden ließ. Nic gab ihr einen langen Kuss und ging hinaus. Liam wechselte verblüffte Blicke mit den Jungs. Das hatten sie nicht erwartet. Eher so etwas, was Paul dazu motivieren würde, Nic eine Menge Ärger zu machen, weil er mit einem Veilchen auftreten musste.

»Na, Jungs, da seht ihr, wie ein echter Mann das macht. Er markiert das, was ihm gehört«, grinste John breit. Sie sahen zu, wie Mia Nic folgte.

Sie fand ihn ganz lässig auf der Lehne einer Bank sitzen, vor ihm stand Angela. Mias Stimmung sank in den Keller. Auf diese Zankerei hatte sie keine Lust. Sie wollte sich schon wieder abwenden, als sie Angela bereits auf sich zukommen sah. Die schenkte ihr nur einen kühlen Blick.

Jemand kicherte hinter Mia, und sie sah in Emmas freundliches Gesicht. »Also bist du diejenige, die Angela endlich mal die Tour vermasselt hat. Ich könnte dich knutschen.«

Mia lächelte, sagte aber: »Das versteh ich nicht …«

»Ach komm schon … du hast dir ihre anvisierte Beute geschnappt. Ich bin ja so glücklich, dass Nic ein gutes Mädchen abbekommen hat. Er ist nämlich ein guter Kerl. Und jeder Tag ist so viel besser, dank dir.« Sie grinste und flüsterte: »Er hat sie in den letzten Monaten nicht mal mehr angesehen. Sie könnte nackt rumlaufen, und ihn ließe das völlig kalt. Das macht sie rasend.«

Mia schnalzte mit der Zunge und beobachtete Nic, der ihr einen kurzen Blick zuwarf. »Er sollte sich auch je was anderes trauen.«

Sie sah Emma kurz an, die nur leicht aufmunternd nickte und wieder verschwand. Mia ging langsam auf Nic zu. »Na, ihr habt ganz schön viel um die Ohren, was?«

Nic zog Mia zu sich heran und murmelte: »Dafür hab ich Zeit.« Er küsste sie innig und ließ seine Hände über ihren

Körper gleiten. »Komm in zwei Stunden in meine Garderobe, Honey.«

Mia sah ihn irritiert an. »Wieso? Ich glaub, da kommt Lisa an.«

»Kannst du bitte einmal auf mich hören? Nur einmal …«, bettelte er und warf den Kopf in den Nacken.

Mia grinste. »Aber das wär doch dann ziemlich langweilig, oder?«

Nic lächelte und bat lieb: »Bitte, tu mir den Gefallen. Es ist wichtig für mich.«

Mia nickte zustimmend und strich ihm die Haare aus der Stirn. »Du hast mir so gefehlt diese Nacht.«

Nic raunte: »Du hast ja keine Ahnung, wie sehr du mir gefehlt hast.« Mia dachte an ihre Nacht zuvor, und es prickelte in ihrem ganzen Körper. Offenbar dachte Nic auch daran. Ohne eine weitere Sekunde verstreichen zu lassen, senkte er seine Lippen auf ihre und vertiefte den Kuss. Bestimmt drängte er sich gegen ihren Körper. Seine Zunge strich über ihre Lippen, um Einlass zu erbitten. Er spürte, wie ihre Arme sich um seinen Hals schlangen und in seine Haare fuhren. Sie öffnete ihren Mund und erwiderte den Kuss mit einer Wildheit, die sie beide überraschte. Ihre Zungen fanden zusammen, als hätten sie nie etwas anderes getan. Nics Hände glitten zu ihrem Rücken und drückten sie fester an sich.

»Oh Mia«, keuchte er zwischen zwei Küssen. Stimmen ertönten auf dem Flur, und Mia löste den Kuss, ohne von ihm abzurücken. Er hielt ihren Blick mit seinem gefangen und nahm ihre Hand, auf deren Innenfläche er einen Kuss drückte. Kurz glaubte sie, seine Zunge zu spüren, und ein erregender Schauer überlief sie.

Ihre Wangen sahen herrlich erhitzt aus. Nic gab ihr einen

weiteren Kuss. Er ließ von ihr ab, als er seine Eltern auf sich zukommen sah. Beide lächelten, und Nic war sich nicht sicher, ob sie etwas mehr zu sehen bekommen hatten, als ihm lieb gewesen wäre.

»Na, ihr zwei«, grüßte Lynn, hinter der auch Celine auftauchte.

Nic fand als Erster seine Stimme wieder. »Ja, ich muss langsam wieder rein …«

Es folgte ein seltsames Schweigen, und Richard grinste breit, sodass Mia unruhig von einem Bein aufs andere trippelte.

»Na dann wollen wir dich nicht aufhalten. Gutes Gelingen, falls wir uns vorher nicht mehr sehen«, sagte Celine und beobachtete Nic und Mia amüsiert. Nic kletterte von der Bank herunter und zog Mia kurz an sich, um ihr einen letzten Kuss zu geben. »Nächste Woche wird es ruhiger«, versprach er.

»Sag das nicht. Immer wenn wir glauben, es wird ruhiger, kommt es noch schlimmer«, sagte Mia, lächelte jedoch dabei. Er löste sich schweren Herzens von ihr und ging zur Arena zurück. Mia sah ihm nach und seufzte.

»Es ist so schön, euch so zu sehen«, sagte Celine und umarmte ihre Tochter.

Lynn nickte eifrig und sagte: »Ich kann beinahe nicht glauben, dass ich das noch miterleben darf.«

Lizzy kam herausgerannt und fragte: »Wer bitte ist auf die Idee gekommen, Anabelle und Lisa einzuladen? Grade hat sie mich angerufen und gefragt, wo wir uns treffen. Bitte sagt mir, dass das nur ein Albtraum ist.« Mia sah schuldbewusst auf ihre Schuhe. »Oh nein, Mia. Diese Hormone bekommen dir nicht. Gott sei Dank ist das bald vorüber.« Theatralisch nahm sie Mias Hand und schleifte sie hinter sich her. »Sie sind am Eingang B. Das baden wir jetzt gemeinsam aus, Fräulein.«

Es war eins, Nics Freundin zu sein, während sie in Bodwin waren. Selbst bei Paul und der Band hatte Mia kein seltsames Gefühl. Doch jetzt, wo ihr zum ersten Mal ein öffentlicher, gemeinsamer Auftritt an Nics Seite bevorstand, fühlte sie sich gar nicht gut. Was würde wohl geschehen? Würde man sie ausbuhen? Mia machte sich nichts vor. Nics Fans waren meist Frauen und das sicher nicht nur aus rein musikalischem Interesse. Sie hatte ebenfalls für Boy Bands geschwärmt und war sicherlich ein klein wenig verliebt gewesen. Noch heute fand sie Johnny Depp wahnsinnig attraktiv. Die Frauen wären sicher eifersüchtig. Alle würden über sie herziehen, dass ihr Mund zu breit, ihre Nase zu lang und sie zu klein wäre. Das Flattern in Mias Bauch wurde immer stärker, sodass ihr beinahe übel wurde. Sie legte eine Hand auf den leicht gerundeten Bauch und streichelte ihr Baby. Das beruhigte sowohl das Baby als auch sie.

Da hielt sie inne und riss die Augen auf. Dieses Flattern … da war es schon wieder. Dieses Flattern waren leichte Bewegungen des Babys. Wahnsinn … Ein ungeahntes Glücksgefühl breitete sich in Mias ganzem Körper aus. Sie hatte so oft in sich hineingehört und darauf gewartet, dass etwas geschah. Und dann passierte es ausgerechnet jetzt. Mia glaubte insgeheim an Zeichen, und so hielt sie einen Moment inne, genoss die zarten Bewegungen in ihrem Bauch, richtete sich auf und straffte die Schultern.

Sie betrachtete sich im Spiegel, trug etwas Lipgloss auf und war mit dem Ergebnis ganz zufrieden. Das Kleid war eine Eigenkreation, die sie schon im letzten Jahr genäht hatte. Es war zwar nicht für ihre Schwangerschaft vorgesehen gewesen, aber für Mia war es kein Problem, es so zu ändern, dass es ihr passte. Ihr Haar war an der Seite zusammengesteckt, und ihre Locken fielen über ihre rechte Schulter. Mia fand sich schön … natürlich wäre sie nie so schlank und groß wie Lizzy oder hätte so ein makelloses Gesicht wie Angela. Auch Emmas braune Augen hatte sie nicht.

Sie griff gerade zu ihrer kleinen Handtasche, während sie überlegte, ein weiteres Mal die Toilette aufzusuchen, was eine nervige Nebenwirkung der Schwangerschaft war, als es an der Tür klopfte. Lizzy war früh dran, und so rief sie schnell, dass sie hereinkommen solle. Als Mia aus dem Bad zurückkehrte, stand dort nicht Lizzy, sondern Paul. Sie konnte ihre Überraschung kaum verbergen.

»Ich dachte, es wäre Lizzy«, brachte sie mühsam hervor. Paul hatte keine allzu freundliche Miene aufgesetzt, und irgendwie wurde Mia das Gefühl nicht los, dass er nicht gekommen war, um ihre Erscheinung zu bewundern. Sie starrten sich einige Momente an, bis Mia nervös zu werden begann. Was war nur los?

Endlich räusperte er sich und fing an zu sprechen. »Nun Emilia, du gehörst beinahe mit zur Band. Dein Bruder und dein Lover gehören fest dazu, und du bist für beide sehr wichtig. Deswegen bist du für uns alle wichtig.« Mia wich etwas zurück, als er auf sie zukam. »Ich kann nicht leugnen, dass ich Nics Einstellung zu eurem Privatleben missbillige. Es wäre nicht nur für die Fans wichtig zu erfahren, wie es um euer gemeinsames Leben steht. Immerhin sind sie es, die Nic seinen Lebensunterhalt bezahlen.« Und ihren! Das wollte er eigentlich damit sagen. »Allerdings hätte auch die gesamte Band etwas davon. Nics Begründung lautet, dass er dich vor der Presse schützen will. Wie stehst du dazu, Mia?«

Mia war leicht vor den Kopf gestoßen. Es war neu, dass Paul so etwas mit ihr besprach, und dass er in ihrem Zimmer auftauchte, zeigte nur, dass Nic davon nichts wusste. »Ich denke, das sind bandinterne Dinge, die du nicht mit mir besprechen solltest …«

»Oh, doch … Ich bin gezwungen, sie mit dir zu besprechen. Seit du mit Nics Brut schwanger bist, ist an ihn kein Herankommen mehr. Du nimmst Einfluss auf seine Entscheidungen.«

»Ich weiß nicht, was du mir damit sagen willst, Paul. Ich habe nie mit Nic über die Band und seine Entscheidungen gesprochen.« Das stimmte nicht ganz, aber sie wollte ihm nicht auf die Nase binden, dass Nic längst alles hingeschmissen hätte, wenn sie ihn nicht davon abgehalten hätte. Außerdem hatten sie größere Probleme gehabt, als sich mit diesen Dingen zu beschäftigen. Aber das brauchte Paul nicht zu wissen.

»Das sehe ich anders. Ich brauche deine Zustimmung, dass du mit mir an einem Strang ziehst. Sonst sieht es schlecht aus für die *Swores*.«

Mia schnappte nach Luft und legte ihre Hände über ihren Bauch. »Paul, ich versichere dir, ich möchte nichts Schlechtes für die *Swores.* Allerdings entscheide ich nur zum Besten meines Babys. Das ist auch Nics einziger Antrieb …«

»Du willst die Frau eines Rockstars sein? Dann musst du auch mit den Konsequenzen leben können. Nic trifft diese Entscheidung einzig und allein, damit er dich vor der Öffentlichkeit schützen kann. Das ist sein Grund. Wenn das so weitergeht, können wir alle einpacken. Die Jungs streiten sich, die Medien, die Presse, alle sitzen uns wegen des neuen Albums im Nacken. Wie stellst du dir ein Leben an Nics Seite vor? Er wird nicht neben dir sitzen, während das Kind die Windpocken hat, während du in Bodwin hockst. Er wird immer weg sein, immer auf großen Bühnen, von Frauen umschwärmt. Er wird sich betrinken, und ich werde seine Kotze wegwischen, während du Windeln kaufst und dem Kind eine Geschichte vorliest. So etwas funktioniert nicht auf Dauer. Sieh dir John und Maureen an. Zwei Kinder, viele Hoffnungen und gebrochene Herzen. Das hat es sie gekostet.« Er hielt inne, um seinen Worten mehr Kraft zu verleihen, und kam näher auf sie zu.

»Oder du wirst ihn dazu bringen, alles hinzuschmeißen. Er hat noch nie so oft davon gesprochen, wie in letzter Zeit. Und was wären die *Swores* dann noch? Was würde aus deinem Bruder werden? Oder gar aus Nic? Wie ist es ihm vor seiner Karriere ergangen? Du weißt es besser als ich. Wird Nic damit leben können? Glaubst du nicht, eines Tages wird er dir genau das vorwerfen? Wirst du damit leben können, dass er all das für dich hingeschmissen hat? Ich habe so etwas schon oft erlebt. Viel öfter, als du es dir vorstellen kannst. In Wahrheit braucht Nic eine Frau, die stark genug für dieses Leben ist. Er braucht jemanden, der mit ihm durchs Land zieht, und wenn du diese Frau bist, warum traut er dir das dann nicht zu? Warum hat er so lange gebraucht, mit dir zusammenzukommen, wenn er überzeugt wäre, dass du diese eine Frau bist?«

Paul wandte sich ab, hielt vor der Tür inne und wandte sich ihr noch einmal zu. Mia kaufte ihm sein falsches Lächeln nicht ab. »Ich mag dich wirklich, Mia. Ich mach nur meinen Job, vergiss das nicht. Aber vielleicht solltest du über deine eigenen Worte nachdenken. Wenn Nics einziger Antrieb dieses Baby ist …«

Die Tür fiel ins Schloss, Mia schnappte nach Luft und ihr wurde klar, dass sie während seines Monologs den Atem angehalten hatte. Sie griff sich an die Kehle und stützte sich geschockt auf dem kleinen Tisch ab. Wie konnte ein ihr fremder

Mann in so kurzer Zeit all die Zweifel, die sie selbst hegte, wieder hervorholen?

Paul war zufrieden mit sich, als er den kleinen Flur entlangging. Er wusste, er hatte den Nerv getroffen. Er hatte genügend Zweifel geschürt, um eine der beiden gewünschten Reaktionen hervorzurufen. Entweder Mia würde sich auf seine Seite schlagen, um zu beweisen, dass sie diese Frau war, die Nic brauchte, oder sie würde den Rückzug antreten. Das würde wesentlich mehr Staub aufwirbeln, aber Nic würde es irgendwann überwinden. Das war immer so. Eines Tages würde er wieder zu seiner alten Stärke finden, und alles wäre so wie früher.

Paul war ein Macher. Er saß nicht rum und hoffte, dass sich die Dinge von selbst erledigten. Er packte sie an. Und als Emma Nic diese Drohbriefe zugespielt und ihn damit in heillose Panik versetzt hatte, wusste Paul, dass es nur noch eine Möglichkeit gab, das sinkende Schiff zu retten. Jede Band hatte eine Schwäche. *Take That* hatte Robbie, *Boyzone* hatte Ronan gehabt, und die *Swores* hatten Nic. Es waren meist die Leader der Band, die das größte Risiko darstellten. Die ständige Aufmerksamkeit machte das Hirn so mancher Stars mürbe. Aber wenn der Leader alles hinschmiss, war das das Aus für alle.

Nic war in den vergangenen Monaten ständig mürrisch und schlecht gelaunt gewesen. Er war mit den Anforderungen an ihn nicht zurechtgekommen. Damals hatte Paul gedacht, dass es ein Drogenproblem gab. Wie sich herausstellte, war es von Anfang an die Liebe zu Mia gewesen. Angela begegnete ihm auf dem Flur, und er zwinkerte ihr zu. Jetzt musste er nur abwarten, bis seine Saat Früchte tragen würde.

Mia atmete tief durch, sammelte jede verfügbare Kraftreserve und verließ ihr Hotelzimmer. Sie hatte keine Ahnung, wo hier der Ausgang war, doch ihre Beine schienen ihn zu kennen. Sie fasste die Tür als Ziel fest ins Auge und blendete alles andere um sich herum aus. Ihr Kleid hielt sie seitlich gerafft, um schneller zu sein. Es hatte schon einmal auf eine ähnliche Weise geschmerzt. Damals hatte sie nur ihren besten Freund verloren. Jetzt verlor sie den Mann, den sie liebte, und ihren besten Freund.

Der Weg würde der schwerste werden ... doch sie würde ihn meistern. Hinter sich hörte sie jemanden ihren Namen rufen, wahrscheinlich war es Lizzy. Sie durfte nicht zurückschauen. Dann würde sie die letzte Kraft zu gehen verlieren. Sie gehörte nicht hierher. Sie hatte es immer gewusst. Es hatte niemals eine reelle Chance für sie bestanden. Warum hatten sie nicht vor dem Baby zusammengefunden, wenn die Liebe so groß war? Warum hatte er ihr nicht zugetraut, an seiner Seite zurechtzukommen? Sie wollte keine bequeme Lösung für Nic sein wie damals auf seinem Abschlussball. Sie wollte die Antwort auf all seine Fragen, Hoffnungen und Wünsche sein.

Plötzlich hielt Mia inne und atmete ruhiger. Wie konnte sie so schnell aufgeben? Wie konnte sie nur an Nics Liebe zweifeln? Natürlich hatte sie Ängste in sich getragen, die ganze Zeit über. Es würde nie eine Garantie geben. Egal, welchen Weg sie wählte. Kurz in Panik zu verfallen war in Ordnung, aber jetzt war es an der Zeit, stark zu bleiben. Und jedes Mal, wenn sie sich nur etwas von Nic distanziert hatte, geschah wieder etwas Schreckliches.

Mia wusste, dass sie an seine Seite gehörte, und da dachte sie plötzlich wieder klarer. Sie ging die letzten Meter, bis sie an der frischen Luft war, und atmete tief durch. Sie spürte, wie sich ihr Herz gegen alle Zweifel und Ängste zur Wehr setzte.

Natürlich wollte Paul genau das. Er wollte, dass sie Angst bekam und wegrannte. Oder was ihm sicherlich besser gepasst hätte: wenn sie sich mit ihm verbrüdert hätte. Sie hätte Nic dazu überredet, all das zu tun, was Paul wollte, nur um zu beweisen, dass sie die Richtige für Nic war. Nein! Auf keinen Fall! Sie würde ganz sicher nicht einem alten Knacker gestatten, dass er sie so manipulierte.

Sicherlich gab es einiges, was die Zeit zeigen würde, und vielleicht musste sie etwas mehr Vertrauen in sich und Nic haben. Aber sie würde sich auf keinen Fall den Mann nehmen lassen. Stolz reckte sie das Kinn hoch und stemmte die Hände in die Hüften. Plötzlich ertönte eine Stimme hinter ihr.

»Mia!«

Sie erschrak und wandte sich um, als sie Anabelle auf sich zukommen sah.

»Ist alles in Ordnung mit dir?«, fragte sie freundlich. »Hast du geweint?«

Mia durchströmte Erleichterung. »Ach, du bist es. Nein, oder ja … es ist alles wieder gut. Ich hab grad nur … nicht so wichtig.« Sie winkte ab und lächelte.

»Du solltest unbedingt eine Toilette aufsuchen, Süße. Dein Make-up …«, riet Anabelle, wie immer auf das Äußere bedacht.

Mia nickte. »Ich glaub, hier unten ist eine, ich gehe schnell. Nic wartet sicher schon auf mich.«

»Ich komme mit. Ich hab einfach zu viel Wein getrunken«, lachte sie und folgte Mia ins Hotel zurück und in die nächste Toilette hinein.

Nic fummelte ungeduldig an dem Kästchen in seiner Hosentasche herum, während er darauf wartete, dass Mia kam. Irgendwas machte ihn nervös. Würde sie Nein sagen? Oder vielleicht wollte sie ihn nicht so sehr wie er sie? Was würde er tun?

Die Garderobe war chaotisch wie immer, wenn die *Swores* einige Zeit in einem Raum verweilt hatten. Überall lagen Gitarren, Drumsticks und irgendwelche Zettel herum, auf denen rumgekritzelt wurde. Ein Haufen Klamotten türmte sich auf den Sofas, und etliche Schuhe zierten den Boden, sodass man kaum mehr auftreten konnte. Das alles störte Nic nicht besonders. Auch das Gegröle, das gegenseitige Aufziehen und Rumgeklimpere auf Gitarrensaiten konnten ihn heute nicht reizen. Es war ein besonderer Tag für ihn, und nichts konnte sein Hochgefühl trüben. Hatte er geglaubt.

Große braune Augen sahen ihn besorgt an. Da ahnte er, dass ihm das, was er gleich hören würde, nicht gefallen würde. Es war mucksmäuschenstill in ihrer Garderobe, als hätten alle gespürt, dass etwas nicht stimmte.

Emma war zerknirscht zu ihm herangetreten und sagte: »Ich wollte Mia gerade ihren Backstagepass geben, aber …«

»Aber?«

»… ich kann sie nirgends finden.«

Mia stellte sich vor den Spiegel und überprüfte ihr Make-up. So schlimm sah sie gar nicht aus, stellte sie fest, während Anabelle in eine der WC-Kabinen ging.

»Ganz schön aufregend für dich, oder? So im Mittelpunkt zu stehen ist ja eigentlich nicht dein Ding.«

»Das hab ich gerade schon mal gehört.«

Anabelle fragte interessiert: »Von wem?«

Mia verzog das Gesicht. »Ach, es war nur Nics Manager …«

Sie hörte Anabelle seltsam lachen. »Ich dachte schon, es wäre wieder diese Verrückte, die dir tote Tiere aufs Bett legt«, ertönte ihre Stimme, während Mia mit Toilettenpapier unter ihren Augen herumwischte. Sie erstarrte und sah sich fassungslos im Spiegel an.

Das konnte nicht sein ... Woher hatte Anabelle von dem toten Tier erfahren? Sie hatte nie darüber gesprochen. Aus ermittlungstaktischen Gründen hatte die Polizei sie darum gebeten. Und jetzt, ganz plötzlich, kamen in ihr Erinnerungen hoch, die sie bisher verdrängt hatte. Sie sah Anabelle bei Pedro, wie sie ihr geraten hatte, sich von Nic fernzuhalten. Sie sah Anabelle während ihres Lagerfeuers, wie sie sich an Nic herangemacht hatte. An dem Tag, an dem ihr Auto kaputt gefahren worden war, war Anabelle bei ihr gewesen, um ihre gekürzten Hosen abzuholen. So war sie an Mias Schlüssel herangekommen. Sie war im Supermarkt gewesen, obwohl sie viel zu weit hätte fahren müssen. Sie hatte Mia so feindselig behandelt. Sie sah Anabelles Gesicht kreidebleich werden, als sie ihr von ihrer Schwangerschaft und ihrem Umzug zu Nic erzählt hatte. Oh Gott, wie hatte sie das nur nicht sehen können?

Die ganze Zeit hatte sie sie nur für oberflächlich gehalten. Was sollte sie jetzt tun? *Rennen*, schoss es ihr durch den Kopf, aber ihre Beine gehorchten ihr nicht. Da öffnete sich die Toilettentür, und Mia konnte ihren entsetzten Gesichtsausdruck nicht mehr rechtzeitig unter Kontrolle bringen.

Anabelles Blick kreuzte Mias, und sie seufzte erleichtert. Ihre Miene veränderte sich. »Oh, Gott sei Dank, du hast es endlich kapiert, Emilia. Schluss mit der Scharade«, sagte sie und legte ein Messer, das sie offenbar in ihrer Handtasche mit sich herumgetragen hatte, neben das Waschbecken. Ihr Tonfall hatte sich kein bisschen verändert. Sie sprach so locker mit Mia, als würden sie über etwas total Belangloses wie das Wetter reden. Nur ihr Gesichtsausdruck war vollkommen fremd. Es war, als wäre sie eine völlig andere Person. Mia starrte sie geschockt an und sah zu, wie sie sich gelassen die Hände wusch. Sie trocknete sie ab und schaute Mia mit ruhigem Blick an.

»Das hat aber echt lange gedauert, was entweder dafür spricht, dass ich schrecklich clever bin oder du schrecklich dumm. Ich würde sagen fifty-fifty.« Sie packte das Messer und richtete es auf Mia.

»Wieso?«, fragte Mia mit zitternder Stimme.

»Wieso? Wieso? Wieso?«, äffte Anabelle sie nach. »Ein Mann natürlich ... Es geht immer um einen Mann. Das solltest du doch wissen. Denn bei dir dreht sich auch alles um einen Mann. Und das ist genau das Scheißproblem. Das ist nämlich meiner! Hättest du dich doch einfach nur mit Chris begnügt. Er wäre perfekt für dich gewesen. Aber nein, dir reicht ein toller Kerl nicht aus ...« Sie ging auf Mia zu und drängte sie in eine Ecke.

»Am Anfang fand ich dich echt nett. Etwas stumpfsinnig vielleicht, aber nicht so misstrauisch wie deine Busenfreundin. Mann, Lizzy hätte echt zum Problem werden können. Aber sie ist mir nie auf die Schliche gekommen.«

»Oh doch! Das ist sie. Nur meinem guten Zureden ist es zu verdanken, dass wir heute hier stehen. Meiner Gutgläubigkeit. Lizzy hatte immer den richtigen Instinkt bei dir.« Mia war wichtig, dass Anabelle wusste, was Lizzy von ihr gedacht hatte.

»Das spielt keine Rolle mehr, oder?!« Anabelle grinste boshaft.

»Was hast du jetzt vor?«

»Hm, dein offenbar nicht so erfreuliches Gespräch mit Nics

Manager kommt mir durchaus gelegen. Alle werden denken, dass du weggelaufen bist. Erst mal wird dich niemand suchen.«

»Da kennst du meine Familie und Nic aber schlecht«, ereiferte sich Mia.

Anabelle lachte nur. »Ach ja, das werden wir ja sehen.«

»Und selbst wenn du mich beseitigst. Wie glaubst du, wirst du Nic jemals für dich gewinnen? Indem du mich und sein Kind umgebracht hast? Das wird wohl kaum als Gesprächsaufhänger bei eurem ersten Date funktionieren.« Irgendetwas in Mia sagte ihr zwar, dass sie ruhig bleiben musste, aber sie hatte genug. »Glaubst du, er könnte dich jemals lieben, wenn er sich bisher nicht mal deinen Namen merken konnte?« Mia sah, wie in Anabelle die Wut kochte.

»Und wessen Schuld ist das? Deine! Du hast uns von Anfang an dazwischengefunkt. Hast ihn immer durch eure Freundschaft an dich gebunden und niemandem die Möglichkeit gegeben, an ihn ranzukommen. Er liebt mich, und ein Teil von mir wünschte, du könntest uns dabei zusehen. Denn dann würdest du ebenso leiden wie ich. Aber das kann ich nicht zulassen. Solange du von ihm schwanger bist, wird er dich nicht verlassen.«

Mia sah jetzt den Wahnsinn in Anabelles Augen, und sie fragte sich, wie sie das so lange nicht bemerkt haben konnte? Ein Teil von ihr wusste, wozu Anabelle fähig war. Sie hatte sie wochenlang oder noch viel, viel länger an der Nase herumgeführt. Sie hatte sich ihr Vertrauen erschlichen, während sie so näher an Nic herankam. Und dann hatte sie zum Gegenschlag ausgeholt. Hatte Mia getäuscht, sie alle getäuscht.

»Aber vielleicht kann ich auch nur dafür sorgen, dass du nicht mehr schwanger bist …«, überlegte sie lauter, heftete den Blick auf Mias Bauch und kam noch näher. Mia legte schützend die Hände auf ihren Bauch. Niemals würde sie zulassen, dass sie ihr Baby tötete. Dann würde sie Anabelle töten müssen. Mia hatte nie gedacht, dass sie zu so etwas fähig wäre. Jetzt wusste sie es besser. Sie würde es tun, wenn sie dadurch ihr Baby retten könnte.

»Erzähl mir, seit wann du in Nic verliebt bist …«

»Was geht dich das an? Glaubst du, ich weiß nicht, was du hier vorhast? Zeit schinden, um dich zu retten.« Anabelle sah wieder in Mias Gesicht, während sie gegen die Heizung gedrängt stand und an der Wand entlangtastete, ob sich irgendein Gegenstand greifen ließ. Natürlich gab es da nichts. Mias Gehirn arbeitete auf Hochtouren.

»Worauf wartest du dann noch? Bringen wir es hinter uns. Allerdings wirst du mich töten müssen, denn ich werde nicht zulassen, dass du mir Nics Baby nimmst. Und ich werde keine Sekunde in deinem jämmerlichen Leben zulassen, dass Nic mit dir zusammen ist. Ich werde ständig gegen dich kämpfen und jedem erzählen, was du für eine Psychopathin bist. Ich werde nicht ruhen, bevor du für all das bezahlst, was du Nic und mir angetan hast. Ich verspreche dir, es wird keine Welt geben, in der ich ohne Nic leben will.«

Anabelles Züge verspannten sich einen Moment, bis sie wieder freundlich lächelte. »Es sind keine Überredungskünste nötig, um mich dazu zu bringen, dich zu töten.«

Alles ging ganz schnell. Mia wartete nicht darauf, dass Anabelle sie angriff, sondern setzte sich selbst zur Wehr. Sie griff sie an und nutzte den Überraschungsmoment. Das hatte Anabelle nicht kommen sehen und bewies damit, wie schlecht sie Mia kannte. Sie war eine Kämpferin. Die beiden Frauen rangen um das Messer, und Mia schlug Anabelles Hand, die das Messer hielt, auf den Waschbeckenrand. Diese schrie kurz auf, doch das Messer fiel zu Boden. Mia dankte Liam kurz für seine ständigen Rangeleien mit ihr, so hatte sie einiges gelernt.

Wutentbrannt packte Anabelle Mias Haarschopf im Nacken und schlug ihren Kopf auf das Waschbecken. Blut rann ihr übers Gesicht, während sie taumelnd zurückwich. Schmerz durchströmte ihren Körper. Sie fühlte sich wie benebelt. Ihre Wut auf Anabelle, auf Paul, auf Angela und alle, die ihrem Glück mit Nic im Weg standen, ließ sie weiterhin aufrecht stehen. Geistesgegenwärtig kickte sie Anabelles Messer unter eine Toilettentür.

»Du Schlampe!«, wetterte Anabelle, ging erneut auf Mia los und schlug mit den Fäusten auf sie ein. Mia hielt dagegen und wehrte sich mit Händen und Füßen. Sie kratzte ihr ins Gesicht und holte ein paar Mal zu einem Schlag aus. Sie verfehlte ihr Ziel, und Anabelle rammte ihr den Ellbogen in den Bauch, was Mia vor Schmerz und Schreck zusammensacken ließ. Sie landete halb in einer Toilettenkabine. Ihr fehlte jede Kraft, um nach Hilfe zu rufen, und sie spürte, wie die Panik sie übermannte.

Anabelle holte aus und traf Mia hart im Gesicht. Sie schmeckte Blut und verlor für Sekunden das Bewusstsein. In dieser Zeit hatte Anabelle sich das Messer zurückgeholt. Das Erste, was sie sah, als sie die Augen öffnete, war Anabelle mit dem Messer an ihrer Kehle.

»Nun bettle schon um dein Leben«, höhnte sie.

Den Gefallen wollte Mia ihr nicht tun. »Tu Nic bitte nichts. Bitte, das ist das Einzige, was ich von dir erbitten möchte«, wisperte Mia und sah zu ihrer einstigen Freundin auf.

»Nic war alles, was ich je wollte.«

Das konnte nicht alles gewesen sein. Wie konnte Mia kampflos dabei zusehen, wie diese Verrückte ihr Leben nahm und Nics zerstörte? Sie musste weiterkämpfen. Aber der Schmerz und die verlockende Dunkelheit wiesen ihr einen anderen Weg, einen leichteren, einfacheren.

Kapitel 27

Mia war versucht nachzugeben, als sie Lizzys Stimme in ihrem Unterbewusstsein hörte. »Nein! Das lass ich dir nicht durchgehen. Du musst gegen sie kämpfen. Hol dir dein Leben zurück. Dann wird alles gut. Du kannst nicht aufgeben. Du musst kämpfen, für das Baby, für Nic, für Celine, Sophie, für meine Eltern und für mich. Kämpfe für Nic! Das darf so nicht enden!«

Und dann glaubte Mia, eine andere Stimme zu hören. Das konnte wirklich nicht sein. Andererseits hatte sie sich ein paar Mal den Kopf gestoßen und alles, was man für Halluzinationen brauchte, abbekommen.

»Mein Mädchen ... wie wunderschön du geworden bist. Was für ein wundervolles Wesen du hast. Du solltest dich nicht aufgeben. Denn das ist es, was ich getan habe. Ich habe mich aufgegeben. Ich habe nicht genug gekämpft für dich, für Liam und für deine Mutter. Nicht weil ich euch nicht geliebt habe, sondern weil ich zu schwach war. Aber sieh dir an, was das unserer Familie angetan hat. Ich werde mir das nie verzeihen. Aber du, du bist stark. Viel stärker, als ich es je war. Kämpfe für das Leben, mein Mädchen. Denn das, was es für dich bereithält, wird wundervoll sein. Hol es dir zurück, Emilia!«, sagte die Stimme ihres Vaters so liebevoll, wie sie sie immer in Erinnerung gehabt hatte.

Dann schlug Mia die Augen auf, erblickte die Toilettenbürste, nach der sie sich einen Moment streckte, und schlug zu. Völlig unkontrolliert, wo auch immer sie traf, es war egal. Sie spürte, wie das Messer an ihrer Kehle zurückwich, und hörte Anabelle schreien.

Mia rappelte sich hoch, schubste Anabelles Körper von sich, wurde aber von ihren Füßen ins Stolpern gebracht und fiel der Länge nach hin. Sie zog sich weiter zur Tür hoch und traute sich nicht zurückzuschauen. Von hinten wurde sie festgehalten und daran gehindert, die Tür weiter zu öffnen.

»Was denkst du dir eigentlich? Dass ich mich so schnell schachmatt legen lasse? Von einer einfältigen Hure wie dir?«

Mia stieß mit aller Macht ihren Kopf nach hinten und wurde von Anabelle losgelassen. Sie eilte zur Tür, öffnete sie und glitt hindurch. Mit letzter Kraft schleppte sie sich den Gang entlang.

Ein Mann vom Service kam ihr entgegen, und als er erkannte, was mit der jungen Frau los war, stürmte er auf sie zu. Er brüllte lauthals um Hilfe und umfing Mia, damit sie nicht zusammensackte.

»Miss! Oh Herrgott, Miss! Was ist mit Ihnen passiert?«

»Frau in der Toilette … es war Anab…« Mia wurde wieder schwarz vor Augen, und Übelkeit stieg in ihr auf. Einige Personen vom Service eilten auf sie zu, was Mia nur verschwommen wahrnahm. Irgendwer schickte jemanden, um auf der Toilette nachzusehen, und es sollte jemand einen Krankenwagen rufen, was Mia mit Schrecken wahrnahm und sich sträubte. »Nein, ich muss … Nic … Lizzy, ich muss schnell … kein Krankenwagen.« Jemand kam von der Toilette gerannt und rief nach der Polizei. Einige Sicherheitsleute rannten an ihnen vorbei und verschwanden in der Toilette.

»Die Frau hat ein Messer!«, rief ein Mann. Mia richtete sich auf, um fortzulaufen und Nic zu warnen, als ihr ein paar sehr vertraute Gesichter entgegenkamen. Liam, Lizzy und Richard wich sämtliche Farbe aus dem Gesicht, als sie Mia erblickten.

»Mia! Oh, mein Gott!«, rief Richard.

»Was ist denn passiert?«, flüsterte Lizzy, unfähig, lauter zu sprechen.

»Nic …«, wisperte Mia, als sie von Richard aufgefangen wurde und mit ihm zu Boden sank.

»Hol Nic! Bevor er durchdreht!«, brüllte Richard und fügte hinzu: »Und jemand soll einen Krankenwagen rufen!«

»Ist schon unterwegs. Ebenso wie die Polizei, wegen der Verrückten in der Toilette.«

Lizzy erbleichte. »Was ist passiert? Oh Gott, Süße!« Lizzy nahm Mias Hand in ihre und erschrak, als sie all das Blut sah. Eine kleine Lache bildete sich zwischen Mias Beinen. »Wo kommt das Blut her?«, schrie Lizzy panisch.

»Mein Baby …«, wimmerte Mia, und Lizzy traten Tränen in die Augen. Sie tauschte einen schreckerfüllten Blick mit Richard. Sie hörten einige Menschen hinter sich auf sie zurennen. Nic tauchte in Mias Blickfeld auf, und sein Gesicht war kreidebleich, sein Blick erstarrt und leer.

»Mia, oh Gott, Mia …« Er nahm sie in seine Arme und wiegte sie wie ein kleines Kind, während Mia zu weinen begann. Nic schloss geschockt die Augen, und Panik durchfuhr ihn. »Ich liebe dich so sehr, Mia! Hörst du mich?«

»Wo bleibt der Krankenwagen?«, schrie Richard wutentbrannt und sah seinen hilflosen Sohn an, während er das Beste in seinem Leben in den Armen hielt. Er konnte sich nur ausmalen, was in ihm vorging. Liam hockte neben ihm und war nicht fähig, irgendetwas zu tun.

Mia hörte auf zu weinen und sagte: »Nic … es war Anabelle …«

»*Was?*«, brüllte Lizzy.

Hektik kam im Flur auf. Ein Notarzt und ein Sanitäter kamen mit Taschen auf sie zugelaufen. Sie hockten sich neben sie und zwangen Nic, Mia loszulassen. »Sir, ich muss Sie bitten, uns unsere Arbeit machen zu lassen.«

»Ich werde sie keine Sekunde alleine lassen!«, brüllte Nic zurück und wurde von Richard davon abgehalten, dem Mann körperlich wehzutun.

»Sie ist schwanger, in der fünfzehnten Woche«, sagte Lizzy.

»Was ist passiert?«, fragte der Sanitäter.

»Ich weiß es nicht. Wir haben sie so gefunden.«

»Ma'am, hören sie mich? Was ist passiert? Wo haben Sie Schmerzen?«

»Mein Baby …«, war alles, was Mia hervorbrachte.

Nic fuhr sich hilflos und panisch übers Gesicht. Er musste sich zusammenreißen, um nicht laut loszuschluchzen oder auf jemanden wild einzuprügeln. Da kamen die Sicherheitsleute aus der Toilette und hatten eine Frau in Gewahrsam, die sie alle nur zu gut kannten. Sie starrten ungläubig auf Anabelle, die deutliche Kampfspuren davongetragen hatte.

»Ich werde es euch noch zeigen! Das werdet ihr bereuen! Ich werde nie aufhören! Ich weiß, dass du mich liebst!«, brüllte sie ungehalten und wehrte sich gegen die Männer vom Sicherheitsdienst. Nic rannte sofort auf die Frau zu, die Mia das angetan hatte, wurde aber von einem Sicherheitsmann aufgehalten.

»Nic, das hilft Mia nicht«, rief Richard, während Lizzy sagte: »Wenn er sie nicht umbringt, tu ich's.«

Die Sanitäter hatten Mia auf eine Trage gelegt und mithilfe eines Ultraschallgerätes die Herztöne des Babys erfasst. »Das Baby lebt, aber wir müssen Ihre Frau sofort ins Krankenhaus bringen.« Nic folgte den Sanitätern in den Krankenwagen, während Richard Lynn, Celine und Bea abfing, die oben auf Nics Flur nach Mia gesucht hatten. Celine brach in völlige

Hysterie aus. Liam starrte fassungslos auf die Szene, die sich ihm bot: ein Krankenwagen, der mit Blaulicht und seiner Schwester davonfuhr; seine weinende Mutter und eine Irre, die um sich schlug, während man sie in ein Polizeiauto zwängte. Da spürte er eine Hand, die sich an seinen Arm klammerte. Als er hinuntersah, blickte er in Lizzys vor Angst geweitete Augen. Fest umfasste er ihre kalten, blutverschmierten Hände.

»Es ist alles meine Schuld, Liam! Ich bin schuld … Ich bin so ein verdammter Idiot und habe ihr das angetan, und ich … oh Gott, wenn ihr und dem Baby etwas zustößt … ich …«

Liam legte einen Arm um Nic und zog ihn an sich. Mit rauer Stimme sagte er: »Du kannst nichts dafür, dass diese Irre ihr aufgelauert hat. Mia hat das nicht kommen sehen, wie hättest du das denn erkennen sollen? Diese Schlampe ist schuld. Niemand sonst.«

»Ich hätte bei ihr sein müssen …«

»Nic, du kannst doch nicht immer an ihrer Seite sein. Das ist unmöglich. Du kennst Mia doch. Sie würde das niemals zulassen«

»Du hattest recht. Von Anfang an. Ich hab es gewusst, doch ich konnte nicht anders … ich …«

»Wovon sprichst du?«

»Ich bin nicht gut für Mia. Ich hätte nie … nie … ich bin nur … so … wenn ich gewusst hätte … aber ich hab es geahnt. Deswegen bin ich fort und dann … das Baby! Oh Gott, Liam. Ich liebe sie! Alles, was ich weiß, ist, dass ich sie mehr als mein eigenes Leben liebe … Wenn ihr irgendwas geschieht …«

»Mia wird nichts geschehen, hörst du? Du darfst das nicht mal denken …«, warf Lizzy ein.

»Und wenn ich noch einmal höre, dass du schuld bist, weil

du mit ihr zusammen bist, dann … raste ich aus und verpass dir ein Veilchen«, drohte Liam.

»Wie kann so etwas sein?«, fragte Lynn fassungslos. »Ich dachte, ihr wärt befreundet?«

Lizzy und Lisa schüttelten geknickt den Kopf. »Ich wusste immer, dass mit ihr was nicht stimmt«, sagte Lizzy, »aber das hätte ich ihr auch nicht zugetraut.«

»Ich bin echt sprachlos … wie konnte sie das nur tun?« Lisa war ebenfalls völlig geschockt.

Celine saß in sich gekehrt in einem der Sessel im Warteraum, und Liam ging zu ihr, um ihr beizustehen. »Mum, möchtest du einen Kaffee?« Sie schüttelte abwesend den Kopf.

»*Wo ist sie? Wo ist meine Enkelin?*« Tumult am Eingang der Notaufnahme erregte ihre Aufmerksamkeit, und sie sahen alle perplex auf die alte Frau, die auf sie zugelaufen kam. Richard ging ihr entgegen, um Sophie zu beruhigen.

»Was machst du denn hier, Granny?«, rief Liam und eilte ihr entgegen.

»Na, meint ihr etwa, ich bleib seelenruhig zu Hause sitzen, während meine Enkeltochter von einer Irren beinahe umgebracht wird?! Bei euch piept's wohl. Wieso hast du mich nicht angerufen?«, wandte sie sich vorwurfsvoll an Liam.

»Ich … ich … wollte dich nicht beunruhigen.«

»Papperlapapp!« Sophie steuerte auf Nic zu und tätschelte seine Wange. »Sie wird schon durchkommen, mein Junge. Wir Kennedy-Frauen sind hart im Nehmen.« Damit wandte sie sich an Celine, die wie ein Häufchen Elend zu Sophie aufsah. »Komm her, Püppi!«, sagte sie ungewohnt liebevoll und nahm neben Celine Platz, um sie fest im Arm zu halten.

Eine geschlagene Stunde später kam endlich ein Arzt auf sie zu, und alle sprangen auf. Er wandte sich an Nic, der sich kurzerhand als Mias Ehemann ausgegeben hatte. Celine und Liam stellten sich dazu.

»Ihrer Frau geht es den Umständen entsprechend gut. Sie hat eine Gehirnerschütterung, ein paar Platzwunden und Prellungen. Alles wurde genäht und versorgt.«

Erleichterung durchströmte Nic, doch die Anspannung blieb. »Und dem Baby? Wie geht's unserem Baby?«

»Alles so weit in Ordnung. Sie hat zwar Blutungen gehabt, aber die Plazenta hat sich nicht gelöst. Der Herzschlag ist kräftig, und der kleine Kerl ist ziemlich munter. Höchstens etwas aufgeregt über das, was seine Mutter mitmachen musste.« Sie alle atmeten tief aus. »Sie hat ganz schön was einstecken müssen und ganz viel Glück gehabt.«

»Kann ich zu ihr?«, fragte Nic sofort und warf Celine einen Seitenblick zu.

»Ja, aber nicht alle auf einmal. Sie braucht etwas Ruhe, und wir behalten sie ein paar Tage zur Beobachtung hier.« Nic ließ sich vom Arzt in ein angrenzendes Zimmer führen. Dort lag sie.

Mia wirkte winzig klein in dem großen Krankenhausbett. Ein Gerät überwachte ihren Herzschlag, während das andere den des Babys beobachtete. Nic stiegen Tränen in die Augen. Er kam sich nicht seltsam dabei vor. Hinter ihm traten Lizzy, Sophie, Celine und Liam ein, hielten aber etwas Abstand. Mias aufgeplatzte Lippe, die Platzwunde und die blauen Flecken auf der Stirn machten alles schrecklich real und weckten eine furchtbare Wut in Nic. Er eilte auf sie zu und umfing ihre Hand. Bei der Berührung öffnete Mia die Augen und sah Nic an. Er konnte sich nur vorstellen, was sie für Schmerzen haben musste, aber sie lächelte.

»Mia«, wisperte er und beugte sich über sie, um ihr einen

vorsichtigen Kuss aufs Haar zu geben. Er schloss die Augen, sog ihren Duft ein und genoss den Moment. Es hätte so viel schlimmer ausgehen können.

»Es geht mir gut, Nic. Und hast du schon gehört? Ihm geht's auch gut.« Sie deutete auf ihren Bauch und lachte. »Es wird ein Junge …«

Nic lachte mit ihr und beschloss in dem Moment, dass er nicht mehr warten wollte. Er ging vor Mia auf die Knie und hielt ihre Hand in seiner. »Emilia Sophie Kennedy, heirate mich. Bitte werde meine Frau!«

Mia sah ihn aus großen Augen an und schien ihn fragen zu wollen, ob er alle Sinne beisammenhatte. Da fingerte Nic schon nach der Dose in seiner Hose.

»Ich weiß, du denkst, das ist nur der Schock, aber Mia schau, ich wollte dich heute in besonderer Atmosphäre fragen … eine leere Arena mit vielen Kerzen und allem Drum und Dran. Aber immer wenn uns etwas Großartiges passiert, kommt etwas Schreckliches dazwischen, und bevor die Welt untergeht oder wir wieder ein schreckliches Timing haben, möchte ich dich bitten, den Rest deines Lebens mit mir zu verbringen. Denn das ist alles, was ich will! Ein Leben lang an deiner Hand mit einer Horde Kinder oder auch nur einem. Ist mir völlig egal. Ich will dich! Ich liebe dich und wäre beinahe verrückt geworden bei dem Gedanken, dass ich dich vielleicht verliere. In einer Welt, in der du nicht bist, möchte ich auch nicht sein!« Mia weinte leise, ohne Geräusche zu machen, und sah so glücklich aus wie nie zuvor.

Sie nahm Nics Hand, ohne dem Ring Beachtung zu schenken, und hauchte leise: »Ja … Ja, ich will deine Frau werden.« Nic stieß den angehaltenen Atem aus und umarmte Mia fest, was sie zusammenzucken ließ. Sofort zog er sich zurück und lächelte sie an.

»Ich liebe dich!«

»Und ich liebe dich!«, sagte Nic und streichelte Mia übers Haar. Erst da nahm er die schluchzenden Geräusche im Hintergrund wahr und sah Celine, Lizzy und Sophie sich in ihre Taschentücher schnäuzen. Liam stand breit grinsend an die Wand gelehnt.

»Na, du Held in der schimmernden Rüstung. Wo ist dein Gaul?«, fragte er lässig und kam auf Nic und seine Schwester zu. Er schlug bei Nic ein, umarmte ihn und sagte: »Herzlichen Glückwunsch, du Superstar. Wenn du ihr wehtust, dann breche ich dir alle Knochen.« Er wandte sich an seine Schwester. »Hey Kleine, du hast uns allen einen ganz schönen Schrecken eingejagt. Ich bin so froh, dass es dir gutgeht.«

Alle stürmten an Mias Bett, und Celine weinte in Mias Haar, während sie sie umarmte. Mia verstand kaum etwas davon, was ihre Mutter auf Französisch zu ihr sagte. Sie wechselte einen Blick mit Liam, der nur breit grinste und die Schultern hob, als wollte er sagen: »Du kennst sie doch.«

Lizzy drückte fest Mias Hand. »Ich lass dich nie wieder aus den Augen. Das ist dir doch klar, oder? Diese falsche Schlange, ich hab es immer geahnt.«

Zuletzt trat Sophie an Mias Bett und brachte ungewöhnlicherweise kein Wort heraus.

Mia lächelte sie überrascht an: »Granny! Was machst du denn hier?«

»Warum fragen mich das eigentlich alle?! Was glaubt ihr denn?« Dann wurde ihr Blick weicher. »Ich hab gehört, du hast dieser Verrückten ordentlich eins verpasst. Ich bin stolz auf dich.«

»Erzählst du uns, was eigentlich genau passiert ist?«, fragte Nic.

Mias Blick wurde traurig, und sie atmete tief durch. »Ich wollte gerade zu dir, als Paul mich in meinem Zimmer aufgesucht hat.« Sie sah Nic zweifelnd an und überlegte, ob es gut war, ihm von Pauls Versuch, sie auf seine Seite zu ziehen, zu erzählen, entschied aber, dass sie keine Geheimnisse mehr haben sollten.

»Paul?«, fragten Liam und Nic wie aus einem Mund. »Was wollte er?«

Mia erzählte alles, was er gesagt hatte und was danach passiert war, wie sie von Anabelle erst getröstet wurde und sie schließlich auf der Toilette enttarnt hatte. Mia konnte sehen, wie Nics Körper sich immer mehr anspannte. Sie wusste, dass sie mit der Offenbarung, was Paul anging, einen Brand legte, aber das war nicht ihre Schuld. Das Einzige, was zählte, war, dass sie und ihr Baby überlebt hatten, und Mia würde niemandem mehr Gelegenheit geben, ihre Familie zu zerstören. Als sie geendet hatte, sagte eine Weile keiner etwas.

Irgendwann brach Lizzy das Schweigen. »Ich kann nicht glauben, dass sie zu so was fähig war. Dass sie nicht ganz dicht ist, hab ich geahnt … aber …«

»Ich denke, ich spreche für alle, dass es uns ebenso ging.« Nic und Liam tauschten einen Blick und tuschelten miteinander, woraufhin Liam sich verabschiedete.

»Ich komme morgen wieder. Hab noch was zu erledigen. Pass gut auf sie auf«, sagte Liam und gab Mia einen Kuss aufs Haar, ganz ähnlich wie Nic es zuvor getan hatte. Eine Schwester kam herein und bat alle zu gehen, da die Besuchszeit längst vorbei war. Nic ließ sich allerdings nicht dazu bringen, Mia zu verlassen.

»Ich werde hier auf dem Stuhl sitzen, keinen Mucks machen und sie schlafen lassen«, versprach er freundlich. Ob es Nics Berühmtheit war, sein Sexappeal oder die Geschichte, die Mia hierhergebracht hatte, konnte sie nicht sagen, aber die Krankenschwester ließ es zu. Alle anderen verabschiedeten sich und versprachen, morgen früh wiederzukommen.

Nics Gesichtsausdruck war mürrisch. Mia lächelte. »Eine ganze Arena, ja?«

Er grinste breit und hielt Mias Hand fest in seiner. Mit der freien Hand reichte er ihr die Dose mit dem wunderschönen, schlichten Ring. Er war perfekt. Nic nahm ihn heraus und streifte den zarten Reif über Mias linken Ringfinger. In ihren Augen schimmerten Tränen, und auch er konnte seine nicht zurückhalten.

»Wenn dir etwas Schlimmeres zugestoßen wäre …«

»Ist es aber nicht«, besänftigte Mia ihren Verlobten.

»Ich möchte dieser Irren was antun … qualvoll …« Mia streichelte sanft über seine Wange. Er ließ den Kopf hängen und mied ihren Blick.

»Wirst du aber nicht«, wisperte sie.

»Es ist alles meine Schuld, Honey.«

Mia richtete sich etwas auf. »Jetzt rede keinen Unsinn, Domenic Donahue! Du magst berühmt sein, in der Öffentlichkeit stehen und all das … aber diese Frau war nicht bloß ein Fan von dir. Sie war meine Freundin. Hörst du? Selbst in Bodwin, wo du mich in Sicherheit zurücklassen wolltest, war ich in Gefahr. Einfach weil ich den Hang habe, allen Menschen Vertrauen zu schenken … ich bin zu gutgläubig … Mutter Teresa, wie Lizzy immer sagt.«

Nic sah Mia in die Augen und lächelte. »Dafür liebe ich dich. Wenn du nicht so wärst, hätte ich nie eine hundertste Chance bekommen. Ich schwöre dir, ich werde dich nie wieder allein lassen.« Mia nickte und lächelte über seine Worte. Sie schwiegen einen Augenblick, und Nic strich zärtlich über ihren Babybauch.

Um die bedrückende Stille etwas aufzulockern, fragte Mia erneut: »Eine ganze Arena also, ja?«

Nic grinste. »Zu irgendetwas muss meine Bekanntheit ja gut sein, oder?« Mia lachte. Sie waren wieder Nic und Mia, die so selbstverständlich zueinanderpassten, dass ihnen fast entgangen wäre, dass sie genau das passende Gegenstück direkt gegenübersitzen hatten.

»Du weißt schon, dass deine und meine Mum ganz schrecklich nerven werden, oder?«

»Ist mir egal, wie wir heiraten … ich will nur mit dir zusammen sein.«

»Lass dir von jemandem gesagt sein, der schon einmal Brautjungfer bei Josslins Hochzeit war, dass du absolut keinen Schimmer hast, worauf du dich da eingelassen hast.«

Nic lächelte versonnen. »Dann pack ich dich eben ins Auto und wir hauen ab.«

Sie schwiegen kurz, bis Mia etwas klarwurde: »Ein Gutes hat die ganze Sache ja, wir sind diese ständige Bedrohung endlich los und können normal weiterleben, oder?«

Nic nickte zustimmend, schien aber nach wie vor skeptisch zu sein. »Ich weiß nicht, wann ich wieder zur Normalität übergehen kann. Aber das wird die Zeit zeigen.«

»Du wirst nicht alles hinschmeißen wegen der Sache mit Paul, oder?«

Nic sah Mia überrascht in die Augen. »Ich werde das nicht hinnehmen … wir haben Paul viel zu lange freie Hand gelassen. Ich werde aber auch nicht das Handtuch werfen. Wir werden sehen, was die Band dazu sagt. Aber jetzt möchte ich, dass du schläfst. Ich bleibe hier und gehe nirgends hin. Versprochen!« Damit gab er Mia einen Kuss und löschte das Licht.

»Nic? Musst du nicht heute einen Preis entgegennehmen?«

Nic schnaubte. »Vergiss es Mia. Du glaubst doch nicht, dass ich auf eine Party gehe …«

»Nic?«

»Mia?«

»Bitte leg dich zu mir.«

»Meinst du, das geht?«, fragte er unsicher.

»Ja, ich bestehe darauf.« Nic tastete sich im Dunkeln vor und legte sich vorsichtig auf das Bett.

»Meinst du, es wäre gegen die Vorschriften, wenn ich auch ein bisschen fummeln würde?« Mia konnte Nics Grinsen hören und lachte erleichtert.

Die Pressekonferenz war schon in vollem Gange, und die *Swores* beantworteten alle Fragen. Sie hatten vor laufender Kamera ihre neue Single vorgestellt und den Preis nachträglich entgegengenommen, als Entschädigung für die Fans. Die Presse interessierte sich kaum für den Preis oder die neue Single. Vielmehr waren sie an den Gerüchten der letzten Woche interessiert, die sich angehäuft hatten.

Nic hatte getobt wie ein Irrer, als er am Vormittag das erste Mal Paul gegenübergestanden hatte. Paul hatte das Ganze auf die Spitze getrieben, indem er die Geschichte mit Anabelle als beste Promotion für das neue Album sah. Hätten John und Liam Nic nicht mit Mühe und Not zurückgehalten, hätte er Paul einen gehörigen Kinnhaken verpasst. Nic hatte eindeutig infrage gestellt, ob er wirklich bereit war, weiterhin mit Paul zusammenzuarbeiten, und wollte schon vor der Pressekonferenz zu Mia nach Hause fahren. Auf Drängen der Band hatte er sich davon abhalten lassen.

Mia war am Morgen zuvor aus dem Krankenhaus entlassen worden und wurde von Lizzy versorgt. Nic hatte vor, am selben Tag mit ihr nach Bodwin zurückzukehren, damit Mia sich im Kreise ihrer Familie erholen konnte.

»Nic, vielleicht wären Sie so freundlich, Stellung zu den ganzen Gerüchten zu nehmen, die im Moment kursieren.«

Nic lächelte erschöpft. »Sie meinen, dass ich seit Längerem mit der Schwester meines Bandkollegen liiert bin, bald Vater werde und heirate?« Die Reporterin nickte.

»Dem kann ich nur voll und ganz zustimmen. Emilia Kennedy und ich sind schon unser gesamtes Leben lang Freunde und miteinander groß geworden und haben uns verliebt. Nun hat diese ganz besondere Frau zugestimmt, meine Frau zu werden, und ich bin ein wahrer Glückspilz. Wir erwarten in einigen Monaten einen kleinen Jungen, und vielleicht sollten sie den Patenonkel hier befragen, wie er die Nachricht verkraftet hat.« Nic schlug grinsend auf Liams Rücken, und ein allgemeines Lachen ging durch den Raum.

Es brach Trubel aus, weil jeder Reporter eine Unmenge an Fragen an Nic hatte. »Allerdings möchte ich Sie bitten, meiner Verlobten und mir etwas Privatsphäre zu lassen. Ich weiß, dass das Ihr Job ist und Sie scharf auf Fotos von uns sind. Ich verspreche, Ihnen zu gegebener Zeit welche zukommen zu lassen. Wie Sie vielleicht auch gehört haben, gab es einen Vorfall, der meine Verlobte sehr mitgenommen hat, und sie braucht Zeit, um sich zu erholen. Ich kann Ihnen und allen versichern, dass sie der wundervollste Mensch ist, dem ich je begegnet bin, und ich mich mehr als glücklich schätzen kann, dass sie ausgerechnet mich liebt. Ich danke Ihnen für ihr Verständnis.« Nic wollte sich erheben, wurde aber von Liam zurückgehalten.

John ergriff das Wort. »Es gibt noch weitere Neuigkeiten, die wir Ihnen heute mitteilen möchten. Die *Swores* geben bekannt, dass wir mit sofortiger Wirkung die Zusammenarbeit mit Paul Bingley und seiner Managementfirma beenden werden. Es wird keine weiteren Alben mit ihm geben, und wir werden jeden Rechtsstreit mit ihm ausfechten, wenn es das ist, was er möchte.«

Paul starrte entgeistert auf das Podium, und sein Gesicht wurde aschfahl. Alle Reporter wandten sich an ihn, was die *Swores* als Chance für sich nutzten und das Feld räumten.

Nic folgte ihnen entgeistert und fragte im Hinterzimmer: »Ist das euer Ernst?«

Stan grinste verschlagen. »Natürlich! Glaubst du etwa, wir lassen solche Manipulationen zu? Ganz zu schweigen davon, dass wir sicher nicht auf dich verzichten wollen, Nic.« Nic war überwältigt von dem Rückhalt seiner Jungs und war sich plötzlich ganz sicher, dass alles irgendwie gut werden würde.

Kapitel 28

Mia hatte ihr Gesicht an die Fensterscheibe gelehnt und betrachtete die verregnete Landschaft, die an ihr vorüberzog. Sie konnte sich nicht sattsehen an den Grüntönen der Wiesen und Wälder oder am Meer, das vom Wind aufgewühlt war. Die Häuser waren so vertraut, als sie in die Straße einbogen, in der ihre Familien lebten. Das war ihre Heimat, und Mia liebte jeden Grashalm. Der Regen und die triste graue Farbe des Himmels konnten diesem schönen Bild nichts anhaben. Mia seufzte, als das Auto anhielt. Nic legte einen Gang ein und zog die Handbremse an. Sie sah zu ihm hinüber und konnte sehen, dass er lächelte. Da wusste sie, dass er ebenso empfand. Dies würde für immer ihre Heimat bleiben, hier waren ihre Wurzeln.

Nic schaute zu Mia, und sein Blick verdüsterte sich, als er ihr geschundenes Gesicht sah. Sie wusste, es erinnerte ihn daran, was sie durchgemacht hatte. Das gehörte ebenso zu ihnen wie die wundervollen Erinnerungen. Nicht zuletzt sagte man ja, dass jede Herausforderung, aus der man als Sieger hervorging, einen stärker machte. Mia wollte unbedingt glauben, dass all das für sie beide bedeutete, dass sie alles schaffen konnten. Sie lächelte ihn beruhigend an und stieg aus dem Auto.

»Bereit für das erste Hochzeitsvorbereitungsgespräch?« Mia grinste breit, während Nic den Kopf schüttelte.

»Man sollte glauben, dass du enthusiastischer an die Sache rangehen würdest. Immerhin heiratest du den gefragtesten Junggesellen Englands.«

Mia rollte mit den Augen. »Du hast ja keine Ahnung, wie viele Beigetöne es gibt, wenn es um die Wahl der Tischkarten geht!« Theatralisch fügte sie hinzu: »Abgesehen davon hat der Titel Prinz William gehört.«

Nic schien erbost zu sein und murmelte etwas Unverständliches. Er blieb vor Mia stehen und verzog das Gesicht. »Du willst doch nicht etwa andeuten, dass du lieber einen Prinzen heiraten wolltest?«

Mia grinste und streckte ihm die Zunge heraus. »Du weißt, ich steh mehr auf die Superhelden.« Sie deutete auf Nics T-Shirt, auf dem das Batman-Zeichen prangte. Nic lächelte zufrieden, holte ihre Sachen aus dem Auto und scheuchte Mia vom Kofferraum weg.

»Du weißt, was der Arzt gesagt hat. Du sollst dich schonen und nichts weiter tragen als unseren kleinen Rockstar da in dir.«

»Ich dachte, unsere Jacken wären ein vertretbares Gewicht, du Softie.«

»Nicht so frech, zukünftige Mrs. Donahue. Sonst leg ich dich nachher übers Knie«, versprach Nic und grinste anzüglich, was Mia zu gern sofort eingelöst hätte. Ihre Mutter stand mit der restlichen Familie an der Tür und erwartete sie beide mit weit ausgebreiteten Armen.

Irgendwann am Abend lag Mia auf ihrem Sofa, mit Nic an ihrer Seite, und schaute eine Fernsehshow. Nic war längst neben ihr eingeschlafen und schnarchte leise an ihrer Schulter, was Mia ungemein süß fand. Er sah viel jünger aus, während er schlief, und seine Gesichtszüge waren fein, beinahe wie die einer Frau. Allerdings gab er sich große Mühe, sie hinter den ungekämmten Haaren und seinem Rockstarimage zu verstecken. Mia kannte alle Ecken und Kanten ihres Verlobten. Ein seltsamer Gedanke, fand sie. Es fühlte sich richtig an. Aber vor nicht allzu langer Zeit hatte sie sich ihn genau hierhin gewünscht. Damals schien er wahnsinnig weit weg zu sein. Mias Fingerkuppen strichen über Nics Wange und seine Augenbrauen, und sie. Sie war unsagbar glücklich.

Wie tapfer er das erste Gespräch mit ihren Eltern über die bevorstehende Hochzeit ertragen hatte. So richtig hatten sie sich nicht einigen können. Mias Mutter fand eine Hochzeit im Mai wunderschön. Aber da wäre ihr Baby gerade erst ein paar Wochen alt. Außerdem bestand Nic darauf, dass sie vor der Geburt des Babys heirateten. Es hatte ein paar enttäuschte Gesichter seitens der Brautmutter und Lynn gegeben. Nic hatte sich nichts aufs Auge drücken lassen, und Mia war mächtig stolz auf ihn. Es war nicht leicht, mit einer Frau zu verhandeln, die es gewohnt war, alles zu bekommen, was sie wollte. Diese Diskussion forderte nun ihren Tribut.

Und nicht nur das war schuld daran. Die Ereignisse der vergangenen zwei Wochen nahmen ihn mehr mit, als er sich anmerken lassen wollte. Er hatte jede Nacht bei Mia im Krankenhaus verbracht, nur um ganz sicher zu sein, dass sie keine Angst hatte. Mia hatte ihn oft nach Hause jagen wollen. Er ging aber nicht. Ein kleiner egoistischer Teil von ihr war dankbar dafür, denn sie stand wesentlich mehr Ängste aus, als sie sich anmerken lassen wollte. Genauso zerknittert und müde war Nic jeden Morgen an Mias Bett aufgewacht.

Mia hörte jemanden im Erdgeschoss wuseln und richtete sich langsam auf, ohne Nic aufzuwecken. Sie legte die Decke über ihn und machte den Fernseher aus. Langsam ging sie die Treppe hinunter und folgte dem Zigarettengeruch, der ihr schwach entgegenkam. Natürlich wusste sie sofort, wen sie antreffen würde, was ihr sehr gelegen kam. Mia nahm Nics

Jacke von der Garderobe und ging auf die Terrasse, wo Sophie saß.

»Ertappt!«, sagte sie und sah Sophie grinsend an.

Die alte Frau lächelte leicht und antwortete: »Manche Dinge ändern sich nie, was, du kleine Spürnase?« Sie schwiegen einen Moment. Es war ein behagliches Schweigen.

»Granny?«, fragte Mia und sah ihre Großmutter nachdenklich an. Diese Frage hatte sie seit Anabelles Angriff schwer beschäftigt. Sie hatte mit niemandem darüber sprechen können. Genau genommen hatte sie sich dafür geschämt und diesen Moment herbeigesehnt. Nur ihrer Großmutter konnte sie diese Frage stellen, ohne sich seltsam zu fühlen. Sophie nickte langsam.

»Mein Dad … er hat keinen Herzinfarkt gehabt, oder?«

Sophies Augen sahen plötzlich wachsam zu ihrer Enkelin hinüber. »Wie kommst du darauf?«

»Es mag sich seltsam anhören, aber … an dem Abend, als sie mich … umbringen wollte, hat es einen Moment gegeben …« Mia hielt inne und biss sich auf die Lippen. »Er hat sich umgebracht, oder?« Es klang eher nach einer Feststellung als nach einer Frage.

»Mia, hör zu … Alan, dein Vater, war schwer krank, sein ganzes Leben lang schon«, begann Sophie zu erklären.

»Ich weiß, er hatte Depressionen …«, sagte Mia. »Also stimmt es? Er hat sich das Leben genommen?«

»Ja … Deine Mutter hat ihn gefunden, als ihr nicht zu Hause wart. Wir haben beide entschieden, dass es für euch schon schwer genug zu verkraften war, dass euer Vater tot war. Ein Selbstmord macht es für die Hinterbliebenen nicht gerade einfacher. Deine Mum leidet deswegen so sehr darunter. Sie fühlt sich verantwortlich, weil sie nichts mehr für ihn tun konnte.

Doch ich sehe das anders. Denn ich glaube, wenn er Celine nicht begegnet wäre und euch beide nicht bekommen hätte, dann wäre er womöglich gar nicht so alt geworden. Er hatte ein glückliches Leben, viel glücklicher, als es ohne euch gewesen wäre. Und er hat jeden von euch innig geliebt.« Sophie legte eine ihrer faltigen Hände auf Mias und sah traurig zu ihr hoch.

»Ich frage mich nur …«

»Ja?«

»Lag es daran, dass er gedacht hat, ich würde mit Jake mitgehen?«

»Dass er sich umgebracht hat? Nein. Nein, ganz bestimmt nicht, meine Liebe. Du warst immer sein Sonnenschein. Er wollte nur, dass du glücklich bist. Aber er hat auch immer fest daran geglaubt, dass du dein Glück im Nachbargarten findest«, schmunzelte Sophie, und Mia musste lachen.

»Wirklich?«

Sophie nickte. »Er hat oft davon gesprochen, und ich freue mich, dass er recht behalten hat. Nic wird dich glücklich machen. Er war schon immer der, der dich glücklich gemacht hat. Egal, was du gebraucht hast, er hat es dir gegeben. Ich gebe zu, dass er oft arg begriffsstutzig war, aber was zählt, ist nur, dass ihr euch endlich habt.« Mia lächelte und hatte einen Ausdruck im Gesicht, den Sophie nur zu gut kannte. So sah Celine aus, wenn sie über Alan sprach. »Aber erzähl mir von dem Moment, der dir klargemacht hat, dass dein Vater keinen Herzinfarkt hatte.«

Mia berichtete zögernd von der Stimme in ihrem Kopf, die sie für eine Halluzination gehalten hatte.

»Weißt du, Liebes, du solltest daran glauben, dass er es war. Denn nur weil der menschliche Geist noch nicht richtig erforscht ist, heißt das nicht, dass da nicht noch mehr ist. Wenn Alan irgendwo ist, dann mitten unter uns. Denn dort war er immer am glücklichsten.«

Nachdenklich und schweigend blieben die beiden Kennedy-Frauen auf der Bank sitzen. Mia schmiegte sich wie in ihrer Kindheit an ihre Großmutter. Der Wollstoff ihrer Strickjacke kratzte an Mias Wange, die sie an Sophies Schulter gelegt hatte. Ein schwacher Geruch von Alkohol und Zigaretten umgab Sophie wie schon immer. Mia fühlte sich in eine vergangene Zeit zurückversetzt. Geistesabwesend strich sie über ihren Bauch.

Irgendwann schickte Sophie Mia ins Bett, bevor sie sich bei dem feuchten Wetter erkälten konnte. Kurz bevor Mia hineinging, wandte sie sich nochmals zu ihrer Großmutter um. »Bitte sag Mum nichts davon, dass ich über Dads Tod Bescheid weiß.«

Sophie nickte zustimmend. »Das bleibt unser kleines Geheimnis.«

Als Mia in den Flur ging, kam ihr Nic mit verschlafenem Gesicht entgegen.

»Da bist du ja …«, murmelte er und ging zielstrebig auf sie zu, um sie fest in den Arm zu nehmen. »Ich mach mir doch Sorgen, wenn du plötzlich fort bist.« Er küsste sie aufs Haar und führte sie die Treppe hoch, zurück ins Bett. Dort angekommen ließen sie sich hineinfallen und kuschelten sich aneinander. Als Mia in Nics Augen blickte, sah sie so viel Liebe, dass sie die Luft anhielt.

»Ich hab da eine Idee …«, murmelte Nic. »Was hältst du davon, wenn wir nächste Woche heiraten …«

Mia sah ihn perplex an. »Wie das?«

»Tja, wir könnten morgen in einen Flieger steigen und an einen traumhaften Ort fliegen, um am Strand zu heiraten. Ohne Einladungskarten in Eierschale und Tischdekoration und den ganzen Wahnsinn. Oder wir heiraten nächste Woche am Strand und nächstes Jahr im Mai mit der Taufe unseres Sohnes und unserer Familie.« Mia richtete sich auf und beugte sich über ihn. Sie warf die Haare über ihre Schulter, damit sie wie ein Vorhang über sie beide fielen, und sah auf ihn hinab.

»Du hast wirklich ein Händchen dafür, mit uns Kennedy-Frauen umzugehen. Machst alle Parteien glücklich, ohne Abstriche machen zu müssen. Das ist ziemlich beeindruckend, Mr. Donahue.«

»Ja, ich hatte ja auch reichlich Übung. Also einverstanden?«

Mia nickte glücklich und küsste ihn innig. Da kam ihr ein Gedanke: Bodwin würde immer ihre Heimat bleiben. Doch Nic war ihr Zuhause.

Epilog

Babyglück für die Swores

Nach einer Liebesgeschichte, wie sie in einem Roman kaum besser beschrieben werden könnte, sind Nic Donahue, Frontmann der Swores, *und seine Frau Emilia Donahue glückliche Eltern eines kleinen Jungen geworden.*

Am vergangenen Donnerstag, in einer stürmischen Nacht im Februar, ist innerhalb von fast zwanzig Stunden ein kleiner, strammer Junge auf die Welt gekommen. Der frischgebackene Vater berichtete am Tag nach der Geburt sichtlich erschöpft, aber vor allem stolz über den Familienzuwachs, es sei jedoch seiner Frau vorbehalten, den Namen des Kleinen preiszugeben. Weiter erklärte er, dass er niemals zuvor glücklicher gewesen sei, was, wie er selbst bestätigte, beinahe unvorstellbar sein müsse. Schließlich sei er ohnehin der glücklichste Mann der Welt, weil seine Verlobte ihn nach jahrelanger inniger Freundschaft schlussendlich erhört und vor ein paar Monaten geheiratet habe. Die Mama habe alles gut überstanden und sei sehr tapfer gewesen.

Wenn man dem Glanz in Nics Augen glauben darf, ist er tatsächlich nicht glücklicher zu machen. Auch der stolze Patenonkel Liam, Gitarrist der Swores und Emilias Bruder, twitterte ein Foto von sich, der Patentante und Schwester von Nic sowie einem überdimensional großen Teddybären und schrieb: Tante Lizzy und Onkel Liam.

Zuletzt hatten wir noch über ein Gerichtsverfahren berichtet, das gegen die Stalkerin A.G. eingeleitet worden war. Sie hatte im vergangenen Jahr einen tätlichen Angriff auf Nics Ehefrau verübt und wurde nun zu einem langjährigen Aufenthalt in einer psychiatrischen Klinik verurteilt. Nach all dem ist der kleinen Familie Donahue nur Glück und unendliche Liebe zu wünschen.

Danksagung

Dieses Buch hat sich so sehr in meine Seele eingebrannt, und dennoch hat es ganze vier Jahre gebraucht, es zu beenden. Als Selbstpublizierende habe ich es bei Neobooks hochgeladen. Ich danke Eliane Wurzer dafür, dass sie an das Buch glaubt, und bin noch dankbarer für ihre Geduld angesichts meiner tausend Fragen.

Ebenfalls danke ich Sandra Lode, die dem Manuskript den richtigen Schliff verliehen hat und immer auf meine Wünsche und Anregungen eingegangen ist. Panikattacken waren dank ihr eher die Ausnahme.

Ich hätte das Buch wahrscheinlich nie fertig geschrieben, wenn meine Freundin Antje nicht dafür gesorgt hätte. Danke dafür! Du weißt, du bist so viel mehr als meine Schwester, meine beste Freundin, und ich liebe dich.

Jede Frau braucht diese besten Freundinnen, die auf »Ich bin in einer Stunde bei euch, lasst uns durchbrennen« mit »Tasche ist gepackt!« antworten. Ich habe das Glück, drei solche Freundinnen zu haben, die mich seit vielen, verrückten und turbulenten Jahren durch mein Leben begleiten. Antje, Jenny und Nicky: Ohne euch geht es nicht! Ich danke euch dafür. Dank auch an meine Uroma, die mit zweiundneunzig Jahren losgezogen ist und sich ein Handy gekauft hat. Sie hat mir schon als Kind unzählige Bücher geschenkt und wird mir bis zum Schluss mit ihrer Energie und Lebensfreude ein Vorbild sein.

Ich danke meiner Mutter, die auf ihre Art immer an mich geglaubt hat. Sie ist eine beeindruckende Frau, die vielleicht keine Karrierefrau geworden, dafür aber immer eine liebende

Mutter gewesen ist. Noch heute braucht es nicht viel mehr als eine ihrer Umarmungen und eine Portion Nudeln mit Tomatensoße, damit ich mich besser fühle. Mama, ich wüsste ganz einfach nicht, wie ich ohne dich zurechtkommen würde. Danke, einfach für alles!

Auch meinen »restlichen« Eltern, meinem kleinen Bruder und all meinen Lieben sage ich danke für ihre Liebe und ihren unermesslichen Rückhalt.

Am allermeisten jedoch danke ich meinem Mann und meinem Sohn, die mich zum reichsten und glücklichsten Menschen machen, indem sie einfach da sind und mir Zeit lassen, um Geschichten wie diese zu schreiben.

Jan, du bist die Liebe meines Lebens, mein Liebhaber und mein bester Freund. Du bist mein Nic.

Lenny, mein kleiner Prinz, eines Tages wirst du womöglich dieses Buch in den Händen halten. Mit etwas Glück wirst du es komplett durchlesen. Mit aller Wahrscheinlichkeit und den Genen deines Vaters wirst du zu dieser Seite vorblättern. Ich wollte immer glücklich sein und Mutter werden. Dazu hast du mich gemacht, und ich liebe dich sehr.